ज्ञान गरिमा के
70 वर्ष

भारतीय
ज्ञानपीठ

भारतीय ज्ञानपीठ

महाअरण्य में गिद्ध

(उपन्यास)

महाअरण्य में गिद्ध

(झारखंड अभ्युदय : एक औपन्यासिक आख्यान)

राकेश कुमार सिंह

भारतीय ज्ञानपीठ

लोकोदय ग्रन्थमाला : ग्रन्थांक 1237

ISBN 978-93-263-5288-8

महाअरण्य में गिद्ध

(उपन्यास)

राकेश कुमार सिंह

दूसरा संस्करण : 2016

मूल्य : 520 रुपये

प्रकाशक : **भारतीय ज्ञानपीठ**

18, इन्स्टीट्यूशनल एरिया, लोदी रोड, नयी दिल्ली-110 003

मुद्रक : चार दिशाएँ प्रिंटर्स, नोएडा

आवरण चित्र : देवीलाल पाटीदार

आवरण : महेश्वर

MAHAARANYA MEIN GIDDHA

(Novel)

by Rakesh Kumar Singh

Published by

Bharatiya Jnanpith

18, Institutional Area, Lodi Road, New Delhi-110 003

Ph. : 011-24698417, 24626467; 23241619 (Daryaganj)

Mob. : 9350536020; e-mail : bjnanpith@gmail.com

sales@jnanpith.net; website : www.jnanpith.net

Second Edition : 2016

Price : Rs. 520

बिज्जी...!

लोक-संस्कृति के अप्रतिम बातपोश

विजयदान देथा

की

स्मृतियों के नाम!

शुरू करने से पहले

एक प्रश्न जो प्राय: मुझसे पूछा जाता है वह यह है कि मैं लिखता क्यों हूँ!

इस प्रश्न का दो-चार वाक्यों में कोई सजता सा उत्तर मैं कभी तैयार कर ही नहीं पाया। कई उत्तर मस्तिष्क में उभरने-उतराने लगते हैं। कई-कई वैकल्पिक उत्तरों में सर्वाधिक जरूरी उत्तर यही है कि मैं अपनी जन्मभूमि पलामू (झारखंड) के पठार को अधिकाधिक बार साहित्य में उपस्थित करना चाहता हूँ। पठार को विभिन्न कोणों से पुन:-पुन: चित्रित करना चाहता हूँ। अपने गृह जिले पलामू के माध्यम से पठार की चिर उपेक्षा, दु:खों तथा संघर्षों के बारे में झारखंडेतर समाज को एक प्रत्यक्षदर्शी की भाँति बताना चाहता हूँ। कुछ अविस्मरणीय चरित्र, कुछ न भुलाने योग्य चेहरे, कुछ घटनाएँ या कुछ स्मृतियाँ जो मेरे मन मस्तिष्क में खोई गुफाओं के प्राचीन भित्तिचित्रों की भाँति आज भी ताजा हैं, उन्हें अधिकाधिक लोगों तक पहुँचाना-दिखाना चाहता हूँ।

अपने इसी प्रयास में मैंने वर्ष 1995 में एक कहानी लिखनी चाही थी परन्तु मेरे अनचाहे कथा का कलेवर औपन्यासिक बन गया था। तब मैं साहित्य में मात्र छ: महीने का था और मेरे लिए अपनी उपन्यासिका हेतु प्रकाशक पा लेने की कल्पना करना भी मुहाल था। विवशतावश मैंने अपनी उपन्यासिका को संक्षेपित कर कहानी का रूप दे डाला था। वह कहानी प्रकाशित तो हो गयी थी और वह मेरी पहली ऐसी रचना थी जो चर्चित भी हुई थी और मेरी पहचान बन गई थी, परन्तु संक्षेपित उपन्यासिका की वह पांडुलिपि रह-रह कर मुझे लताड़ती रहती थी कि मैंने प्रकाशित मात्र होने के लिए एक समझौता किया था और एक सम्पूर्ण उपन्यासिका को अधमरी करके प्रस्तुत कर दिया था।

तब मैंने कथा कहने में कुछ रचनात्मक छूटें अवश्य ली थीं परन्तु उस सच्चे कथ्य के अनेक प्रमाण हिन्दी कथा-साहित्य में उपलब्ध हैं। इसी कारण मैंने उस पांडुलिपि या अब कह सकता हूँ कि प्रस्तुत उपन्यास की 'पूर्वकथा' में कथ्य-विस्तार से बचने का प्रयास भी किया है और मूल पांडुलिपि को नये शिल्प में ढाला है ताकि पाठक को दुहराव से बचाया जा सके। आगे की कहानी—'उत्तरकथा' जो प्रस्तुत

उपन्यास का अभिप्रेत है, कुछ मेरी कल्पना का यथार्थ है : कुछ यथार्थ की कल्पना; पर यही मेरी फौरी जरुरत है।

हम कथाकार किसी कहानी को जहाँ पूर्णविराम दे डालते हैं, कहानी सचमुच वहीं समाप्त नहीं हो जाती—यह मुझे कहानियों के साथ दस वर्षों तक रहने-जीने के बाद पता चला। मैं अपनी उपरोक्त (पूर्वकथा) कहानी को जहाँ समाप्त समझने के भ्रम में था, वस्तुतः कहानी तो वहाँ कुछ समय के लिए ठहरी भर थी। 'पूर्वकथा' और 'उत्तरकथा' की सन्धिरेखा पर ठिठकी-सी खड़ी थी। अतः इस पुस्तक के पाठक को 'पूर्वकथा' में ही एक सम्पूर्ण उपन्यासिका का स्वाद मिले तो कोई ताज्जुब नहीं।

दस वर्षों के बाद जब 'पूर्वकथा' का चरित्र मुझे पुनः दिख गया तो वह ठिठकी खड़ी कथा एक अप्रत्याशित झटके के साथ आगे चल पड़ी और एक बड़े कैनवस पर फैले रंगों की भाँति फैलने लगी। मेरी कहानी वह पुराना चरित्र अब उसी पुराने रंग-ढंग के साथ नहीं था। अब वह एक नयी और अविश्वसनीय भूमिका में था। मुझे लगा कि अपने प्रिय चरित्र की इस नयी भूमिका को भी बदले समय के परिप्रेक्ष्य में मुझे साहित्य में दर्ज करना ही चाहिए। मुझे लगने लगा कि मेरी अप्रकाशित उपन्यासिका वस्तुतः उस एक सम्पूर्ण उपन्यास का एक अध्याय भर थी जो अब पूरा हो सकता है। अब यह सम्पूर्ण उपन्यास आपके साथ है।

प्रस्तुत उपन्यास के साथ ही मेरे उपन्यासों का एक चतुस्तवक या चतुष्टय पूरा होता है जिसकी योजना मैंने ईस्वी सन् 2000 में बनायी थी। इस श्रृंखला का मेरा पहला उपन्यास था 'जहाँ खिले हैं रक्तपलाश' (2003) जो झारखंड के भूमिगत आन्दोलनों की पृष्ठभूमि पर था और प्रकाशकीय उदासीनता एवं मेरी अनुभवहीनता के कारण अल्पज्ञात रह गया। दूसरा उपन्यास है 'पठार पर कोहरा' (2003) जो व्यवस्था की विफलता (फेल्योर ऑफ सिस्टम) की कहानी था। इस श्रृंखला की तीसरी कड़ी है 'जो इतिहास में नहीं है' (2005) जो संथाल आन्दोलन (1855) की पृष्ठभूमि पर है और जो प्रकाशन क्रम में भले तीसरा है परन्तु मैं इसे इस श्रृंखला के दूसरे उपन्यास के रूप में देखता हूँ इस श्रृंखला की पहली कड़ी है 'हुल पहाड़ियाँ' जो प्रकाशन क्रम में चौथा है। अब यह पाँचवाँ और इस श्रृंखला का आखिरी उपन्यास जो झारखंड की ताजा परिस्थितियों की कथा है।

मेरा विश्वास है कि प्रस्तुत पुस्तक के अन्तिम पृष्ठ तक पहुँचते-पहुँचते पाठक भी इस सच के कायल होंगे कि सचमुच कहानी कभी समाप्त नहीं होती। यह तो किसी कहानीकार की सीमा या उसके सामर्थ्य का सर्वोच्च बिन्दु भी हो सकता है जहाँ तक पहुँचने के बाद कथाकार किसी कथा को समाप्त घोषित कर डालता है परन्तु कथा चुकती नहीं है। चुकती है तो वह कलम जो किसी कथा को किसी मोड़ विशेष पर 'समाप्त' लिख कर यन्त्रणामुक्त होने का भ्रम पाल बैठती है, जबकि कथाकार

के लिए यातना एक अन्तहीन और अनिवार्य प्रारब्ध है। कहानी तो वस्तुतः चलती जाती है जिस प्रकार चलता रहता है जीवन... और जब तक जीवन है, कहानी पूर्णविराम कैसे ले सकती है भला?

उपन्यास में प्रयुक्त लोक-कथाओं, किस्सों और शिशु-गीतों के लिए श्रीमती शकुंतला रामलखन सिंह (गीता दीदी) तथा पोती सौम्या (छोटी) के प्रति आभार!

किसी कथा को उत्तरकथा में विस्तारित करने का मेरा यह प्रयोग (सिक्वेल) पाठकों की कसौटी पर कैसा उतरता है यह जानने की विकल प्रतीक्षा है। अपने सुधी पाठकों और मर्मज्ञ आलोचकों की राय की तीव्र प्रतीक्षा—

—राकेश कुमार सिंह

पूर्वदीप्ति

धरती फाटै मेघ मिलै, कपड़ा फाटै डौर
तन फाटे को औषधि, मन फाटे नहीं ठौर

काले वर्षतु पर्जन्यः पलामू शस्यशालिनी...!

यह रात में नीलगायों और बनसूअरों से फसल को बचाने हेतु खलिहान की रखवाली का मौसम था। धान के बोझों से पीठ टिकाए ओठंग कर अधरतिया तक चलने वाली बतरस का मौसम...! पके धान धन से भरे-पूरे अगहन के महीने में पलामू के खेतिहरों का जगना-सोना-लुकमा-कलेवा... सब कुछ खेत-खलिहान में ही होता है।

उत्तम खेती की देवी 'जाहेर ऐरा' इस वर्ष पलामू के मुंडा गाँव महुअरिया पर विशेष कृपालु रही। जब-जब खेतों ने पानी चाहा,... मिला। पठारी भूमि ने जब-जब प्यासी मछली-सा मुँह खोला, धरती पर पड़ी दरारों को जलमग्न कर जल देवता ने वसुन्धरा को तृप्त कर दिया। धरती समय से सरस होती रही थी।

तृप्त माटी ने बीजों को तृप्त किया। तृप्त फसल ने खलिहानों की गोद भर दी। भरे-भरे खलिहान देख तृप्त हुआ कृषक मन। नर्म अगहनी धूप में सुनहले पके धान के बोझों से उठती सोंधी महक से महुअरिया गाँव के मुंडा समाज की छाती जुड़ा रही थी।

यह धान की कटनी-दंवनी-ओसवनी का मौसम था। मीठी धूप में नहाते हुए दिन भर खलिहान में देह खटाने और नयी पछुवा हवा में स्वेद सुखाने का मौसम...! विगत के दुःख-ताप और आगत के दैन्य को कुछ समय के लिए बिसार कर निहाल होने का मौसम...!

खलिहान में बतरस पसारे बैठा था बुलाकी मुंडा! महाकवि कालिदास के "कोविदाः ग्रामवृद्धाः" का प्रतीक पुरुष बुलाकी मुंडा। कथा को इतिहास की भाँति बाँचने वाला... इतिहास को किस्से में ढाल देने वाला महुअरिया गाँव का महावृद्ध बुलाकी मुंडा!

सच्चा इतिहास हो या कपोल कल्पित गप्प, बुलाकी मुंडा श्रोताओं की आँखों के समक्ष कथा-प्रदेश को मानो मूर्त ही कर देता था। सम्पूर्ण जीवन्त परिवेश और पात्रों के साथ कथा को श्रोताओं के समक्ष गँवई नौटंकी के दृश्यों की भाँति मानो प्रत्यक्ष

उपस्थित कर देता था। वह बूढ़ा किस्सा-गो पहले धुँआती जिज्ञासा में बस एक फूँक मारता था। उत्सुकता की नोंक से रहस्य के पर्दे को तनिक उठा कर भीतर झाँकने भर का अवसर देता था,

"ओह रात कोठिलवा पहाड़ ऐसा लहक रहा था,... ऐसा लहका था पहाड़ कि कुछ कहने जोग नहीं। बुझाता था कि सगरे[1] जंगल में आग पसर जाएगी रे नाती...!"

"अड़िबाप...! कौन रात नूनू?" सनीचर ने पूछा।

"वोही रात रे, जौन रात मनसोख नान्ह बाबू की नरेटी[2] में बुचनियाँ का तीर धँस गया था। जौन रात कसइया मऊआर को बुचनियाँ ने बनसूअर जैसा छेद दिया था।"

"ई नान्ह बाबू कौन?" सनीचर ने फिर पूछा।

"बता देंगे रे। पूरी कत्था बताएँगे। बाकी अब हमारा हाड़-चाम झूलने लगा है। तन बुढ़ा गया है और मुदइया[3] जाड़ा का जो हाल है सो जानते ही हो सब...। थरथरी समा जाता है रे!" मुसकाया बुलाकी मुंडा।

"तुममें यही खराब बात है नूनू! छछनाते बहुत हो तुम! बात छान कर छछनाना ठीक नहीं," सनीचर खीज कर बोला।

पलामू के देहात में पिता के बड़े भाई (ताऊ) को 'नूनू' और पिता के छोटे भाई (चाचा) को 'काकू' कहने का चलन है। गाँव समाज का हर ताऊ 'नूनू' होता है, हर चाचा 'काकू'...। बूढ़े बुलाकी नूनू ने तकली से महीन सूत कातने की भाँति बात को नर्माई से आगे खींचा। जैसे रूई की गुलगुल पूनी से निकलता जाय लम्बा धागा...!

"लड़िकन को छुएँगे नहीं, जवान हमार भाई : बुढ़वन को छोड़ेंगे नहीं, ओढ़ें लाख रजाई...! जाड़ा पापी यही रटता है रे। तो पहिले बुढ़वा के जाड़ा काटने का उपाय करो रे नाती फिर बुढ़वा का कत्था सुनते रात कटोगे सब लोग!" शर्त रख कर बुलाकी मुंडा उठ खड़ा हुआ।

सिर के ऊपर शेषनाग के खूब फूले-तने फन की भाँति छाया किए खड़ा था पीपल का खूब पुराना दरख्त। विशाल पीपल वृक्ष के नीचे वृक्ष को केन्द्र बनाए वृत्त की परिधि पर जुड़े थे पाँच खलिहान। एक दूसरे से सटे-सटे। आधा खलिहान वृक्ष की छाया में, आधा छाया से बाहर, आकाश की छाया में।

मुंडा युवकों के अन्तस में एक रोचक किस्से का बीज बो कर बुलाकी मुंडा पीपल की मोटी जड़ पर जा बैठा था। पीपल की जड़ के इर्द-गिर्द बसे भुतैले अँधेरे में मौन बैठे बुलाकी मुंडा की आँखें चित्ती कौड़ियों सी चमक रही थीं।

---

1. समूचे 2. गला 3. वैरी।

सनीचर, सोमाई, बुधुआ, डमरू, छेदहवा और बीरन—मुंडा युवक खलिहान के बाहर-भीतर विचरने लगे। अलाव के लिए समिधा जुटाई जाने लगी। यत्र-तत्र सूखी झाड़ियाँ, ज़ंगली बेर की पतली झाड़ी-झूरी, अकवन की पतली-मोटी डालियाँ, धुने पुआल, धान की खंखरी (छिलके), कुछ परे हट कर उगे घने बँसवाड़ की जड़ के निकट इकट्ठी हो गयी सूखी पत्तियाँ...। जलावन ढूँढ़ते-खँखोरते बीरन ने बाँस की एक गाँठदार जड़ भी उखाड़ ली। मौन बैठा बुलाकी मुंडा उन्हें ताकता रहा।

पलामू के देहात में एक कहावत चलती है—राग-रसोई-पागड़ी : कभी-कभी बन जाय...!

सुन्दर पगड़ी बाँध लेना, स्वादिष्ट रसोई तैयार कर लेना और मन में उतर जाने योग्य गायन...तीनों कलाएँ हैं। दक्ष कलाकार से भी कला की प्रस्तुति में कभी-कभार चूक हो ही जाती है परन्तु कथा वाचक बुलाकी मुंडा से चूक? न्ना...! अचूक बतरस पसारता था महुअरिया का वह कथावाचक... हर बार।

बदरी-झपसी के निठल्ले दिन हों या लू-लहर की सूनी-उदास दुपहरिया... मकई-बाजरे की फसल के बीच गड़े-खड़े मचान पर लेटे-अधलेटे खेत अगोरते हुए रतजगा करना हो या रब्बी-खरीफ के खलिहान की रखवाली वाली जागी-जागी रातें... बुलाकी मुंडा की उपस्थिति से मनसायन बना रहता था। समय कब-कैसे सरकता निकल जाता था—पता ही नहीं चलता था। आवश्यकता होती थी तो बस खूब कसे-ठुँसे महीन रेत से भरे बोरे में खूब पिजाये हँसिए की नोंक सटा देने की...।

खलिहान की रखवाली करने वाले मुंडा युवकों को खूब पता था कि यदि रात में बूढ़े बुलाकी मुंडा को खलिहान में घेर लिया जाय तो चिल्ला जाड़े की रात चुटकी बजाते कट जाती है, बिना बाँसुरी... बिना माँदल... बिना गीत।

रात-रात भर आसिन कार्तिक का पाला झेलते मुंडा रोज-रोज आग-अलाव के पचड़े में नहीं पड़ते थे। आज तो बुलाकी मुंडा की कथा के पेंच में पड़ कर समिधा जुटा रहे थे। कहावत याद करते हुए—कनेंया को झूला नहीं; बिलाई को गांती। नववधू की देह ढँकने हेतु चोली उपलब्ध नहीं परन्तु नववधू के साथ आयी बिल्ली को आपादमस्तक ढँकने हेतु चादर की व्यवस्था।

अलाव के लिए पर्याप्त ईंधन एकत्रित किया जा चुका तो सनीचर ने अकवन की रूई में एक पत्थर लपेटा और दूसरे पत्थर से उसे टकरा-टकरा कर आग बनाने लगा।

पत्थरों के टकराव से चिनगारियाँ छिटकीं। अकवन की रूई धुआँने लगी तो रूई में फूँक मार-मार कर आग को जिलाया गया। जीवित हुई आग को सूखे पुआल में बसाया गया। गाँठदार बाँस की जड़ को सुलगाने का उपक्रम करने लगा सनीचर। एक बार यदि बाँस की ठोस गाँठ सुलग उठे तो रात भर दहकता रहता है अग्निपिंड।

अलाव जल उठी। बुलाकी मुंडा पीपल की जड़ से उठा। मुट्ठी भर पुआल अलाव के सामने बिछा कर अपना आसन बनाया। अलाव के सम्मुख बैठकर बूढ़ा तृप्तिपूर्वक् बिवाइयों से भरी परपराती एड़ियों को बारी-बारी आग की लपटों में डाल कर सेंकने लगा।

दूर... कुहासे की झीनी चादर ओढ़े सो चुका था गाँव महुअरिया। गाँव की दिशा से कभी किसी बावले कुत्ते के भौंकने की मद्धिम-मद्धिम आवाज सुनाई देती तो खलिहान में धान के बोझों में समाए ऊँघते-सोते कुत्ते भी घुरघुरा उठते थे।

आग की लपटों पर जंगली बेर की सूखी कँटीली झाड़ियाँ बोझने के बाद ऊपर से धान की भूसी की मोटी परत बिछाते सनीचर ने टोका,

''हँ तो नूनू... अब कहो ओह रात के बात!''

मौन रहा बुलाकी मुंडा। पाँव सेंकता रहा चुपचाप। कलाकार ठहरा बुलाकी मुंडा। कलाकार थोड़ी मान-मनुहार तो खोजता ही है।

''कित्ते बरिस पुरानी बात होगी नूनू?'' सोमाई ने फैली हथेलियों से अलाव की आँच पीते हुए पूछा।

''कौनो जुग थोड़े बीत गया रे? जिस बरिस तेरा बाप चाय बगान में कमाने आसाम गया था, ओही साल की बात...।''

''बुचनियाँ तब केतना बड़ा होगा।'' सनीचर अनुमान लगाने लगा।

''केत्ता का...? मूँछ की रेख फूट रही थी बस! सूअरिया के घेंटा जैसा हमारे पीछे-पीछे लटका चलता था बुचनियाँ। बहुत सनेही था रे! उसका जनम-करम... सब हमारा देखा हुआ है। एक-एक भेद उसका हमें पता,... उसके बाएँ चूतर पर लहसन का रुपए भर का दाग है।''

''भक्क नूनू...!'' नाटकीय विस्मय के साथ बुधुआ ने बुलाकी मुंडा के घुटने पर चपत लगायी—''अलबत्ते गजब बतियाते हो तुम भी।''

मीठा उलाहना। कथा-वाचक का मन खिल उठा। जैसे खूब तेज धार वाले हँसिए की नोंक ठसाठस सूखी रेत से भरे बोरे को छू गयी। सूखी रेत झिरझिराती बह चली! बहने लगी बुचनियाँ की कथा उस गोबर लिपे खलिहान में।

''तब राजा गोमके[1] की जवानी का जमाना था। डेढ़-दो बीसी[2] की उमर भी कोई उमर होती है? का सान थी तब मछुआगढ़ की हवेली की...! का मजाल कि हवेली के सामने से कोई रैयत पनही माथा पर रखे बिना निकल जाय...।''

''अड़िब्बाप...!'' बीरन चौंका।

---

1. राजा/मालिक 2. तीस-चालीस।

"हाँ रे नाती! तब महुआटाँड़ के अस्मान पर दो-दो सुरूज थे। एक सुरूज सिंगबोंगा[1], दूसरा राजा गोमके। तब गोमके ने जोधादास मऊआर जैसा साँढ़ पोस कर रखा था।"

"ई कौन हुआ?" बीरन ने ही पूछा।

"गोमके का गोमास्ता था मऊआर। बहुत जुलमी आदमीन। बहुत जब्बर लठैत। बहुत कड़ा पानी वाला गोमास्ता था जोधवा।"

"हूँ...!" सनीचर ने कथा-प्रेरक हुँकारी भरी।

"जोधवा के हाथ में हरमेसा सवा पोरसा का लाठी रहता था। पीतल की मुठिया वाला लाठी। राख से माँज-माँज कर चमकाई जाती थी पीतल की मुठिया! एक मुठिया मारो तो पका बेल फट जाय...!"

"अड़िब्बाप...!"

"ऐसे आदमीन को बुचनियाँ ने बेध दिया...! कैसे नूनू?" डमरू का औत्सुक्य छलक गया।

कथा के बीच मात्र हुँकारी वांछित है। कथा के बीच प्रश्न: रंग में भंग।

"ले मजा, अभी तो कत्था ढंग से लीक पर भी नहीं चढ़ी और तुम बेंग[2] जैसा उछिल कर अन्त पर पहुँचने लगे? सब अभिए जान जाओगे— ? कैसे छेद दिया... ? काहे बेध दिया... ?" तुनक उठा बुलाकी मुंडा।

"ऐ डमरू, टोकाटाकी काहे करता है रे?" बुधुआ ने डाँटा।

"डमरूआ तो ऐसे ही बेफालतू बात बोलता रहता है। तुम आगे..." सनीचर ने चिरौंरी की—आगे कहो न नूनू।"

"ठीक बात! अब डमरूआ बीच में नहीं बोलेगा। आगे सुनो कत्था— " पिघला कथावाचक, "ऐसा करेजगर छोकड़ा था बुचनियाँ कि बाघ के खोह में घुस कर दिन-दुपहरिया बाघ का बच्चा उठा लाता था। जंगल में उतरने वाले चोर बघमरवा लोग बढ़िया दाम दे कर गोमके से बघेरा किन[3] लेते थे। एक दफा तो बघेरा के धोखा में बुचनियाँ चीता का बच्चा उठा लाया जंगल से। चीता कौन लेता, तो गोमके ने उसे पोस लिया था।"

"फिर नूनू... ?"

कपड़े की मैली-कुचैली थैली से खैनी निकालता बुलाकी मुंडा मौन हुआ तो सनीचर ने टोका,

"दो न नूनू, खैनी हम बनाते हैं। तुम कथा कहो।" डमरू ने पिछली टोकाटाकी का परिमार्जन कर लिया।

---

1. महादेव 2. मेढ़क 3. खरीद।

बुलाकी मुंडा स्वयं की हथेली पर खैनी में चूना मिलाने लगा। अँगूठे तले मली जा रही थी मरी पत्तियाँ... ! मानो मरे समय को मथ कर उसे पुनर्नवा करने लगा बुलाकी मुंडा। कहानी में लौटा कथावाचक,

"तो बाबू बूझ लो कि ठेठ चइत का महीना था। सीतला माई के थान पर चइत-नवमी की पुजाई का दिन था...।"

सोमाई, सनीचर, बुधुआ, डमरू, छेदहवा और बीरन को कहानी के भीतर खींचने लगी बुलाकी मुंडा की रहस्यमय होती धीमी आवाज।

शनैः शनैः विस्मृत होने लगा वर्तमान। विस्मृत हो चली आस-पास सजे-सजाये धान के बोझों की उपस्थिति। अगहन की कटखनी निशाचर हवा बिसरने लगी। अनसुनी होने लगी पीपल के पत्तों पर संघनित टिकी ओस की बूँदों के रह-रह कर नीचे के पत्तों पर टप्प टिप्प टपकने-बजने की आवाज...। मानो अतीत की किसी गहरी कन्दरा से आ रही थी बुलाकी मुंडा की आवाज।

"उस रोज सीतला माई के थान पर खूब मचहला[1] मचा हुआ था रे। सतबहिनी देवी सादान[2] राजा गोमके की पुजावन देवी ठहरी। पूजा के दिन जिला-जवार के लोग जुटे थे। कनछेदी मुंडा उस रोज भर पेट ताड़ी पी कर ऐसा ढोल बजा रहा था... ऐसा पीट रहा था ढोल कि बुझाता था कि ढोल फाड़ कर ही मानेगा।"

कथारसिक श्रोताओं पर तारी हो चुका था बूढ़े कथा-वाचक का जादू...। कहानी का सम्मोहन चेतना पर हावी हो चुका था। अब कहानी सुनते मुंडा युवकों को बुलाकी मुंडा की छाया मात्र दिखने लगी थी। फिर तो दिखने लगे थे मात्र कथा वाचक के हिलते होंठ। फिर वे बूढ़े होंठ भी अतीत के धुँधलके में गुम होने लगे।

आँखों के सामने मूर्त हो उठी कथा-चरित्रों की धुँधली परछाइयाँ। कानों में मानो बजने लगी कनछेदी मुंडा के मोरपंखी ढोल की धमक। सोमाई, सनीचर, बुधुआ, डमरू, छेदहवा और बीरन मानो समय को पार कर सदेह सीतला माई के थान पर जा खड़े हुए थे। शुरू हो चुकी थी कहानी...। सम्पूर्ण जीवन्त पात्र-परिवेश के साथ... कहानी बुचानी मुरमू की। पृष्ठभूमि में धमस रहा था ढोल... ढाक्-ढिनिंग,...ढाक्-ढिनिंग,...ढाक्...।

सीतला माई के देवीथान पर खूब चहल-पहल थी। चैत मास की नवमी तिथि थी। देवी-पूजन का दिन...।

---

1. भीड़-भड़क्का 2. गैर आदिवासी झारखंडी।

सीतला माई का आधा-अधूरा पुराना मन्दिर एक कँकरीले टीले पर स्थित था। मन्दिर की पीठ वाली दीवार से सटा खड़ा था वर्षों पुराना नीम का बूढ़ा वृक्ष जिसकी आधी छाया मन्दिर की छतहीन दीवारों के भीतर गिर रही थी, शेष छतनार छाया वहाँ तक पसरी थी जहाँ टीले की ढाल समाप्त होती थी।

जहाँ टीले की ढलान समतल भूमि से एकसार हो रही थी वहाँ छाया में लगी थी प्रभूदयाल शाहदेव की कुर्सी। महुआगढ़ की हवेली के मालिक का आसन।

महुआटाँड प्रखंड में लाल साहब या राजा गोमके के नाम से ख्यात, महुआगढ़ के खानदानी जमींदार घराने के वंशधर थे प्रभूदयाल शाहदेव। क्षेत्र के रैयत-आदिवासियों के लिए ही नहीं वरन् विद्यालय शिक्षकों, सरकारी पदाधिकारियों, थाना और प्रखंड मुख्यालय के कारिन्दों के लिए भी राजा गोमके, या बढ़का गाऊँआँ या बड़े सरकार...!

प्रभूदयाल शाहदेव की कुर्सी के साथ लगी दूसरी कुर्सी पर बैठे थे हवेली के राजकुमार। प्रभूदयाल शाहदेव के छोटे बेटे नान्ह बाबू। कैशोर्य को रेखा से उपर उठ रहे नान्ह बाबू! महुआगढ़ के इकलौते दीपक नान्ह बाबू।

नान्ह बाबू के बड़े भाई बढ़का बाबू शिकार के लती जीव थे। अभी मूँछों की रेखा ही फूटी थी कि बढ़का बाबू को बाघ के शिकार का चस्का लग गया था। आदिवासी कमियाँ-सेवकिया के दम पर घायल हुए बाघों पर गोलियाँ दाग-दाग कर दो बाघ मार चुके थे बढ़का बाबू। एक साँझ अपने बूते पर बाघ का शिकार करने निकले हवेली के युवराज दुर्भाग्यवश स्वयं बाघ का शिकार बन गये थे। दो गोलियाँ लगे बाघ को मृत समझ बैठे थे। छाती ऊँची किये गिरे-पड़े बाघ के एकदम निकट जा पहुँचे थे। अधमरा बाघ मानुष गन्ध पाते ही पागल हो उठा था। मृत्युवेदना से लथपथ दहाड़ के साथ बाघ उछला था और बढ़का बाबू के बन्दूक सीधी करने से बहुत पहले ही अपने शत्रु की गरदन भंभोड़ने लगा था।

जबतक साथ शिकार पर गये अंगरक्षक सेवकिए कुल्हाड़ी-फरसे चलाते, बाघ स्वयं गिर मरा था। मरने से पूर्व बाघ ने बढ़का बाबू की गर्दन का मलीदा पीस डाला था।

अब इकलौते नान्ह बाबू ही हवेली महुआगढ़ के अन्तिम दीपक थे जिसे आँख की पुतली की भाँति पलकों की छाया में सहेज कर रखती थी महुआगढ़ हवेली की गोमकाईन... मालकिन।

नान्ह बाबू के जन्म के बाद हवेली में तीसरी बार पितराही थाली बजाने का सुयोग ही नहीं जुटा था। एक बेटी अवश्य जनमी थी परन्तु बेटियों के जन्म पर पीतल की थाली थोड़े ही बजाई जाती है...!

अपने मालिकों के आसन के पीछे खड़ा था गिद्ध जैसी नाचती आँखों वाला चौकन्ना जोधादास मउआर! प्रभूदयाल शाहदेव का विश्वस्त बराहिल। महुआगढ़ की

हवेली का दु:खहरण। हवेली के लठैतों का सरदार। अचल देह पर टिका अडोल सिर परन्तु आँखें हर दिशा में फिर रही थीं।

मऊआर के कन्धे से लटक रही थी हवेली की दोनाली बन्दूक! मऊआर की कमर में बँधी थी लाल-लाल कारतूसों से सजी-भरी पेटी!

इसी जोधादास मऊआर के भरोसे खतरनाक बिरहोर आदिवासियों की ओर से भी नि:शंक रहते थे प्रभूदयाल शाहदेव। इसी मऊआर के काठ कलेजे के बल पर राज कर रहे थे राजा गोमके पलामू के महाअरण्य में। घोड़े के उन्मत्त बछेड़े की नाईं बीहड़ों में निडर-निष्कंटक दनदनाते फिरते थे नान्ह बाबू जबकि वह राज-पाट कागज पर खत्म भी हो चुका था।

क्षेत्रपति राजा गोमके की कुर्सी के पीछे भूमि पर बैठी थी क्षेत्रपति की प्रजा। आदिवासी और गैर आदिवासी रैयतों की रेवड़।

कई-कई मौजे भूमि वाले जमींदार रहे थे प्रभूदयाल शाहदेव के पुरखे। सरकारी तौर पर जमींदारी समाप्त भले हो गयी थी परन्तु जितनी संख्या में संताल, मुंडा, कोल, उराँव, भुईंया, मुसहर, गंजू, भोगता, चेरो, परहिया, डोम, तुरी, कहार, दुसाध और जुलाहों जैसे आदिवासी—गैर आदिवासी रैयतों का जुटान पुजाई में जुटा था, लगता था जंगल में अभी भी जमींदारी कायम थी। वही शान थी। वही अकड़ थी। वही आतंक...जो कभी समाप्त होने वाला नहीं दिखता था।

महुआटाँड़ प्रखंड की चौहद्दी के भीतर, जहाँ तक प्रभूदयाल शाहदेव के नाम का दमामा बजता था, प्रत्येक घर से एक-दो रैयत पुजाई में उपस्थित था। यह उपस्थिति क्षेत्र के बड़े आदमी की प्रतिष्ठा का सूचकांक थी कि उसके पूर्वजों की जमींदारी में कितने गाँव थे या कि उसके पास कागज पर जमींदारी समाप्त होने के बावजूद कितने रैयत थे। कितने अवैतनिक हाथ थे उसके पास जो उसके लिए बेगार खट सकते थे।

मन्दिर में सतबहिनी के आसन के समक्ष हाथ जोड़े बैठी थी गोमकाईन। गोमकाईन के एकदम पीछे खड़ी थी गोमकाईन की निजी परिचारिका देकुली। हाथ में पूजा की थाली उठाए थी देकुली।

उस छतविहीन मन्दिर के मध्य में सात देवियों के आसन स्थापित थे। सुघड़ लिपा-पुता फर्श...। जमीन पर औंधे रखे कटोरों जैसी सात मिट्टी की अकृतियाँ... सात बहनें! खूब सारे सिन्दूर, फूल और ओक्षत से अँटी-ढँकी सतबहिनी सीतला माई।

कनेर, गुलाइची और उड़हुल के फूलों से भरी, अक्षत-रोड़ी-सिन्दूर और पुए-ठेंकुएँ-कचवनियाँ जैसे पवित्र व्यंजनों से सजी थाली दायें कन्धे तक उठाए खड़ी थी देकुली। मन्दिर में अकेली मछुआगढ़ की गोमकाईन पुजाई कर रही थी।

मन्दिर की ढहती-ढिमलाती पुरानी दीवारों की छाया में एकत्रित रैयत स्त्रियाँ

कचर-पचर कर रही थी। मन्दिर के प्रवेश द्वार के समक्ष खड़ी औरतें देवीमाई के गीत गा रही थी। देवी माई को गोहरा रही थी गीतिहारिनें :

नीमियाँ के डाढ़ मइया, लागेला हिंडोलवा
कि झूले-झूलीं ना...
कि मईया सातो बहिनीं गावें गीतिया
झूले झूलीं ना...
कि मईया...

देकुली का कंठ-स्वर सबसे तीखा था। नए फूटे कंठ की ताजा उठान के साथ उठता सुर। निठाह गितिहारिन थी देकुली।

मन्दिर के प्रवेश-द्वार से पीठ टिकाए पैर पसारे बैठा कनछेदी मुंडा ढोल बजा रहा था—ढिन-ढिन-ढिन्ना... ढिन-ढिन-ढिन्ना...

जमीन पर बैठे रैयतों के झुंड के पीछे नाटे-मँझोले अमलतास के सघन वृक्षों का कुंज-सा था। अमलतास के पीले फूलों के बन्दनवारों जैसे झूलते अनगिनत गुच्छे पछुवा हवा में डोल रहे थे।

बित्ता-बित्ता भर के कपड़े की भगई[1] पहने आदिवासी बच्चे अमलतास की ठसकाह[2] डालियों से लटकते-झूलते 'डोल्हा-पाती' खेल रहे थे। बच्चों की क्रीड़ा-कचबच के कारण टूट-टूट कर धरती पर झर रही थीं अमलतास के कोमल फूलों की पंखुड़ियाँ।

झड़े पुराने फूलों के पीछे फल निकल आये थे। बित्ते-से लेकर हाथ भर के हरे सुच्चिक्कन डंडे जैसे फल। लाठीनुमा इन फलों के कारण ही देहात में अमलतास वृक्ष को सियरलाठी का पेड़ कहते हैं। सियार की लाठी... सियरलाठी।

चैत पूजन में राजा गोमके की आदिवासी प्रजा अपनी परम्परागत परिधान-सज्जा के साथ उपस्थित हुई थी। देह पर वस्त्र पुराने भले ही थे पर धुले हुए थे। कन्धों पर धनुष थे, पीठ पर तीरों के तरकश। कमर में छोटी कुल्हाड़ी-टाँगी, हाथ में भाला, बरछा, बलोया या चकवार।

मन्द-मन्द बह रही थी चैती बयार। हवा में फरफरा रहे थे कुचला बूटी के विषैले रस से बुझे आदिवासी तीरों की पूँछ में लगे पंख।

हाँका-अखेट में एक ही शिकार पर एक साथ कई लोग तीर फेंकते हैं। तब तीर की पूँछ में लगे पंख ही साक्षी होते हैं कि शिकार के सर्वाधिक मर्म स्थल पर धँसने वाला निर्णायक तीर किस धनुर्धर की कमान से निकला था। शिकार पर शिकारी का पहला अधिकार यही पंख तय करते हैं।

---

1. लंगोटी 2. कमजोर।

बुचानी मुरमू भी पुजाई में पहुँचा था। मूढ़ी-प्याज मिली चने की चटपटी घुघनी के साथ सफेद झाग से फनफनाती दो लबनी (मिट्टी की बोतलाकार मटकी) हंड़िया[1] पीकर पुजाई में आया था बुचानी मुरमू। पुजाई में मद्य निषेध है पर वनवासियों के लिए चावल की मदिरा-हंड़िया गंगाजल है।

कन्धे में हरे बाँस का ताजा धनुष पिरोये था बुचानी मुरमू। पीठ पर हंस के दुर्लभ पंख लगे तीरों का तरकश बाँधे। भूमि पर बैठे रैयतों से दो कदम आगे ही खड़ा था बुचानी मुरमू ताकि राजा गोमके आगा-पीछा ताकें तो बुचानी को एक नजर देख जरूर लें।

बुचानी मुरमू के भीतर तरंगायित होती हंड़िया के हिचकोलों के साथ ताल मिला रही थी कनछेदी मुंडा के ढोल की धमस। ढोल की ढमाढम सीतला माई के अधूरे मन्दिर की फुटहँड़ दीवारों से टकराती पूरे सरेह में गूँज रही थी—ढाक्-ढिनिंग...ढाक्-ढिनिंग...ढाक्।

बुचानी मुरमू पुजाई के कार-व्यापार में रुचि नहीं ले पा रहा था। उसका खिन्न मन पुजाई से जुड़ ही नहीं पा रहा था क्योंकि जो कुछ वह देख रहा था उसके कारण उसे नान्ह बाबू से चिढ़ हो रही थी। नान्ह बाबू की निष्पलक आँखें देकुली की पीठ से चिपकी जो हुई थीं—एकदम बबूल का लासा लगी लग्गी के छोर पर चिपक चुकी बगेरी (बटेर) की भाँति देकुली की देह से सटी हुई थीं नान्ह बाबू की आँखें।

देकुली की कसमकस नयी देह में खजूर की हरी सँटी जैसी लचक थी। जूड़े में झूल रहा था सफेद फूलों का झोंपा। नान्ह बाबू के सूखते होठों पर फिरती जीभ और ऊपर-नीचे होती गले की घँटी देखता बुचानी मुरमू बूझ रहा था कि देकुली को निरख-निरख कर नान्ह बाबू के होश गुम...!

देकुली के रूप-सिंगार को भर आँख देख लेने के बाद कौन नामरदा होश में रहता? एकदम साँझ की उतारी खटमिट्टी ताड़ी की गगरी जैसी देकुली को छू भर लेने के बाद बुचानी मुरमू की देह भी तो रात भर गरम रहती थी।

जैसा गाँव के बूढ़े-पुरनियाँ कानाबाती करते थे, एक नाते से देकुली नान्ह बाबू की बहन भी लगती थी। रक्त सम्बन्ध भले नहीं था परन्तु दूधमइया नान्ह बाबू और दूधबहिनी देकुली के बीच दूध का नाता तो था ही। अपनी दूधमईया की बेटी को ही गुजुर-गुजुर कैसे हेर रहा था नान्ह बाबू? छिः रे बेलज्ज नान्ह बाबू...!

देकुली तनिक तिरछी हुई तो नान्ह बाबू की आँखें देकुली की छाती में धँसने लगीं। ऐसे गड़ने लगीं जैसे चोख तीरों का जोड़ा।

बाप पर पूत : जात पर घोड़ा...देवी भगवती जैसी गोमकाईन के जीते जी गोमके देकुली की माई के संग कौन-कौन 'रसलील्ला' करते थे यह न तो बुचानी मुरमू से

1. चावल की मदिरा।

छुपा था, न ही हवेली के भीतर-बाहर आने-जाने वाली किसी बँधुआ-कमिया के लिए गोदपन रहस्य था। हवेली की ड्योढ़ी पर पालतू की भाँति बँधा रहने वाला बैठ-बेगार बुचानी मुरमू खूब जानता था कि सिर के बाल भले उजले होने लगे थे पर गोमके का मन अभी भी कुचकुच[1] काला...।

जब नान्ह बाबू जनमे थे तो गोमकाईन की छाती में दूध ही नहीं आया था। खूब अजवायन-पानी पीने के बाद भी जब गोमकाईन की छाती सरस नहीं हो सकी थी तो चिन्ता होने लगी थी। माँ की सूखी छातियों के भरोसे कितने समय तक टिकता नवजात?

जब शिशु की जीवन रक्षा हेतु गाँव-पड़ोस में किसी नवप्रसूता की खोज होने लगी थी ताकि नान्ह बाबू का कंठ गीला किया जा सके, तब सतवाँस[2] देकुली अपनी माई के फटे अँचरे में लिपटी केहाँ-केहाँ कर रही थी।

देकुली की माई महुआगढ़ की हवेली में बुलाई तो गयी थी नान्ह बाबू की दूधमइया बना कर परन्तु सिंगबोगा ने रूप-देह ऐसा दिया था कि जब वह हवेली से बाहर निकली थी तो गोमकाईन की अघोषित सौत बन कर गाँव लौटी थी।

गढ़-हवेलियों के मालिकों का मन एक स्त्री के आँचल से बँधता भी कहाँ था? एक कूप के जल से मालिकों की देह-दाह शान्त नहीं हो पाती थी। बीमार, गर्भवती, पीहर गयी या नवप्रसूता पत्नी के पुन: स्वस्थ होने तक इस झरने से उस बावड़ी तक झाँकते फिरना बाबू-बबुआन की प्रतिष्ठा में कुछ जोड़ता भले न हो, घटाता कतई कुछ नहीं था। यह तो बड़े जमींदारों की शान थी। हवेलियों की छाया में बसाए गये रैयतों पर लादी गयी पुश्तों से चली आ रही पुरानी रीत...।

महुआगढ़ की गोमकाईन भी बड़े घर की बेटी ठहरी। बड़े लोगों के शौक-मौज नैहर में ही देख चुकी थी। यहाँ ससुराल में नया कुछ तो घट नहीं रहा था सो नयी-नयी सौतनों को सहजतापूर्वक तब तक स्वीकार कर सकती थी जब तक सौतन हवेली में अपना पीढ़ा-पलंग न माँगने लगे।

देकुली की माई हवेली में निर्विघ्न आती-जाती थी। गोमके की इच्छा को दैव इच्छा की भाँति शिरोधार्य कर पेट गिरवाती रही थी ताकि उसके गर्भ से भूल से भी हवेली का कोई जारज वारिस न जन्म ले सके। गोमकाईन भी देकुली की माई की इस सेवा-उत्सर्ग को मान देती रही थी। जब तक देकुली की माई जीती रही, उसके लिए होली-दशहरे में लुगा-झूला[3] भेजती रहती थी गोमकाईन। जिसकी निर्वस्त्र देह से हवेली के राजा की नंगी देह एकाकार होती हो उसकी देह उघारे-निघारे कैसे देख सकती थी हवेली की मालकिन?

---

1. गहरा 2. सातवें माह में ही जनमा बच्चा 3. साड़ी-ब्लाउज।

नन्हीं देकुली को भी महुआगढ़ की हवेली में आते-जाते कोई रोका-छेंका नहीं लगता था। देकुली के तनिक अँखफोर (समझदार) होते ही गोमकाइन ने उसे हवेली में टहलुआ रख लिया था। खास गोमकाईन की सेवा-टहल में रहने वाली दाई-लौंड़ियों में से एक देकुली गोमकाईन के आगे-पीछे छाया बनी, डोलती रहती थी। फिर तो देकुली गोमकाईन की अनिवार्यता बनती गयी थी और देकुली की माई गोमके के खाली समय का मनसायन।

अब देकुली की माई नहीं थी। क्षय-रोग से क्षरित हो चुकी थी परन्तु अब भी हवेली में देकुली की वही पूछ थी। हवेली के कोनों-कोठरियों में साधिकार फिरती देकुली को नान्ह बाबू हुँड़ार (भेड़िया) की भाँति घूरते रहते थे। लाख मान-दान हो पर देकुली थी तो एक लौंड़ी ही!

खस्ती-पाड़े को जब ताड़ता है बाघ तो अलबत्त चमकने लगती हैं बाघ की आँखें। बनैले बाघ की आँखों की बनैली चमक हुटाप के घने जंगल में कई-कई बार देख चुका था बुचानी मुरमू। नान्ह बाबू की आँखों में भी उग रही थी वही चमक। शिकार पर घात लगाए भूखे नाहर की आँखों जैसी चमक!

बाघ की चमकती आँखों के ऐन बीचोबीच तीर मार सकता था बुचानी मुरमू पर यहाँ तो उसके हाथ बँधे थे। बुचानी की देह पर बन्धन था... रोटी-रोजगार का बन्धन। बुचानी की चेतना पर बन्धन था... बैठ-बेगार होने का बन्धन। बुचानी के हिरदा पर भी बन्धन था... गोमकाईन के नेह-सनेह का बन्धन।

पीढ़ियों से हवेली का रैयत जो ठहरा बुचानी मुरमू। रोज सात मुट्ठी घाटो (मोटा अन्न) पर देह खटाने वाला बैठ-बेगार जो ठहरा बुचानी मुरमू। ऐसे बँधुआ दास की जान का मोल ही क्या था हवेली में? गोमके की जलती आँखों का आतंक और जोधादास मऊयार की चमकती काली लाठी का भय रैयतों की छाती के भीतर अक्षय बलगम की भाँति वर्षों से जमा पड़ा था।

सरकार ने अपने कागज पर जमींदारी समाप्त भले घोषित कर दी थी पर अभी भी महुआगढ़ के प्रभूदयाल शाहदेव राजा गोमके ही थे। राजा गउंआ या बड़े सरकार ही कहलाते थे। राजा की कुपित दृष्टि पड़ने का अर्थ अभी भी रैयत का सर्वस्व स्वाहा ही था।

हवेली में कोई मन का हीरा जीव था तो वह थी महुआगढ़ की गोमकाईन। बुचानी मुरमू के दुरदुराए कुत्ते जैसे जीवन में तनिक भी मानुष जैसा मान मिलता था तो गोमकाईन से ही मिलता था। यह तो गोमकाईन के नेह-छोह की उष्मा ही थी जो नान्ह बाबू के प्रति उमड़ने वाले बुचानी मुरमू के बनैले रोष को नमनीय बनाए रखती थी। चमड़े के सोंटे को भिगो कर नम रखने वाला जल थी गोमकाईन।

बुचानी मुरमू अनभिज्ञ नहीं था कि रैयत के मन में उमड़ता रोष रैयत के जी का जंजाल बन जाता था। गोमके की बेधक आँखें रैयत का मन तक पढ़ लेती थीं। बुचानी मुरमू इस बात से भी भिज्ञ था कि रैयत का क्रोध स्वयं रैयत के जी का काल बन जाता है। बागी रैयत के लिए साक्षात् महाकाल था जोधादास मऊआर। फिर भी कई बार नान्ह बाबू के प्रति बुचानी मुरमू के मन में इतना क्रोध उमड़ता था... इतना पित्त कि...

जिस रैयत पर ताकते हुए राजा गोमके की भौंहें टेढ़ी हो जाती थीं वह रैयत धरती से हमेशा के लिए उठ जाता था। मन से उतरे ऐसे रैयत पर हुलकाए शिकारी कुत्ते की भाँति झपट पड़ता था जोधादास मऊआर। हवेली के लिए अवांछित रैयतों को मानो आकाश निगल जाता था या धरती चबा जाती थी या फिर लील लेती थी मीलों तक पसरे गहन अरण्य की गहराई। दूर-दूरान्तर तक फैले महाअरण्य में स्थित प्रभूदयाल शाहदेव के काठगोदाम की दीवारें भी नरभक्षी थीं। बागी रैयत को निगल जाती थी उस गोदाम की आदमखोर दीवारें या दीवारों के भीतर पलते रक्तपिपासु जीव।

कोठिलवा पहाड़ की तराई में था गोमके प्रभूदयाल शाहदेव का यह यातना गृह। काठगोदाम के नाम से जाने जाना वाला वह नर्क।

कभी पलामू पर शासन करने वाले चेरों राजवंश के अधिकार में रहा यह पुराना किला अंग्रेजी पलटन ने ढाह दिया था ताकि बागी इसमें शरण न ले सकें। मोर्चा न बाँध सकें।

गुरिल्ला चेरों लड़ाकों के लिए जंगल के भीतर स्थित यह छोटा किला भले ही कभी सामरिक महत्त्व का रहा हो परन्तु जंगल में स्थापित होने वाली नयी सत्ता—ईस्ट इंडिया कम्पनी के लिए सुदूर बीहड़ में स्थित यह दुर्ग आर्थिक महत्त्व का नहीं रह गया था। अंग्रेजी तोपों की मार से लगभग ध्वस्त कर डालने के बाद आवागमन हेतु दुष्कर यह छोटा दुर्ग उपेक्षित छोड़ दिया गया था। भेड़ियों, स्यारों, बाघों, चीतों, भालुओं और वन्य पखेरूओं का यह अभय गृह।

इस उपेक्षित किले के खंडहर के भीतर अभी भी कुछ कोठरियां काम के लायक थीं। यह महुआगढ़ की हवेली के परम भक्त कारिंदे या बुचानी मुरमू जैसे विश्वस्त बैठ-बेगार ही जानते थे कि सुर्खी-चूने-कौड़ी-गारे के मिश्रण से निर्मित एक काल कोठरी के गर्भ में एक अन्धकूप भी था। एक गुप्त तहखाना, जो अभी भी सुरक्षित बचा हुआ था।

मरम्मत के अभाव में दिनोंदिन जर्जर होते खंडहर की यही टूटी-फूटी कोठरियाँ अब प्रभूदयाल शाहदेव का गोदाम थी। इसी गोदाम में भरे रहते थे ठेके में तुड़वाए गये बीड़ी पत्ते के हजारों बोरे। इसी गोदाम में महुए के बोरों का भंडारण किया जाता था। अवैध कारोबार का माल... चोरी की लकड़ियाँ, अवैध शिकार से उतरी वन्य

पशुओं की खालें, अस्थियाँ, हाथी दाँत और पान में प्रयुक्त होने वाला कत्था आदि-आदि का गुप्त ठिकाना था यह काठगोदाम।

यों कहने को अब हर वर्ष सरकारी नियम के अनुसार बीड़ी पत्ते का ठेका किसी आदिवासी के नाम पर ही मिलता था परन्तु यह सरकारी फाइलों की उदर तृप्ति का सच था। सरकारी कागज के इतर का सच यही था कि वर्षों से बन्दूक के बल पर प्रभूदयाल शाहदेव तेंदू पत्ते का ठेका अपने मनचाहे आदिवासी रैयत के नाम पर उठाते रहे थे। [illegible]ढ़ के राजा गोमके के मुकाबले में बोली लगाने आगे आता भी कौन?

[illegible]ठगोदाम के सामने ही बाहर बीड़ी पत्ते की खलिहान जुटती थी। पचास-[illegible] पत्तों की हजारों-लाखों गड्डियाँ कड़ी जेठ-वैसाख की धूप में सूखती रहती थीं। खलिहान की रखवाली का जिम्मा उसी रैयत का होता था जो उस वर्ष घोषित रूप से सरकारी ठेकेदार बनाया जाता था। बदले में नित्य चार सेर मोटे अनाज की बनी (मजदूरी) और नाश्ता...।

बीड़ी पत्तों के बोरे जोधादास मऊआर की देख-रेख में कसे जाते थे। चारों ओर से छूने पर बीड़ी पत्ते से भरे बोरों के बीच छुपा कर पलामू या बिहार से ही बाहर भेजे जाते थे हिरण के सींग, कत्थे की सिल्लियाँ, पलामू के बेतला व्याघ्र योजना के अभयारण्य में अवैध शिकार द्वारा मारे गये हाथियों के दाँत, बाघ की खालें-हड्डियाँ और नाखून...! अवैध देहाती आग्नेयास्त्र तक।

काठगोदाम के भीतर गोमके प्रभूदयाल शाहदेव ने मानो मृत्युभुवन बनाकर रखा था। किले के एक विशाल प्रांगण में लोहे के विशाल कोठरीनुमा पिंजरे में बन्द बसता था प्रभूदयाल का प्रिय काला चीता। जोधादास मऊयार ने उस हिंस्र पशु को आदमखोर बना डाला था। किले के पृष्ठ भाग की एक पुरानी गहरी बावड़ी में तैरता रहता था मगरमच्छों का खूनी जोड़ा, किले के पुराने सीलन भरे तहखाने में पल रहा था खूब मोटा अजगर...।

अजगर, चीते और मगरमच्छों को खुराक देने और खंडहर की आवश्यक साफ-सफाई करने हेतु प्रायः बुचानी मुरमू को ही काठगोदाम जाना पड़ता था। पाले हुए मांसाहारी जीवों की नियमित खुराक थी बकरियाँ या भेंड़ें। हालाँकि जोधादास मऊआर को राजा गोमके की ओर से पूरी स्वतन्त्रता मिली हुई थी कि वह बागी या गद्दार रैयतों का सदुपयोग बकरियों-भेंड़ों की जगह मनमाने रूप से कर सकता था। जीवित या मृत...!

कोठिलवा पहाड़ के एक सँकरे दर्रे में प्रभूदयाल शाहदेव की चिरान थी। लकड़ी के मोटे कुन्दों या अनगढ़ लट्ठों को भवन निर्माण में प्रयुक्त होने योग्य आकार-प्रकार में बदलने वाली आरा मशीन! कई बार इस आरा मशीन के दराँतीदार धात्विक पट्टों के सामने निर्जीव काठ के लट्ठे की जगह सजीव मानव देह भी होती थी। तब नरमांस

से काठगोदाम के आदमखोरों का महोत्सव मनता था। इस दुर्गति से गुजरने वाली देह का फिर कोई अता-पता नहीं मिल पाता था।

यह चिरने वाली मृत्यु भी वैसे बागी रैयत को नसीब होती थी जिसके सत्कर्मों से हवेली कभी प्रसन्न हुई होती थी। यह एक विद्रोही नमकहलाल की मृत्यु होती थी। यदि रैयत ने कभी हवेली का नमक नहीं खाया होता था तो उसे इतनी आसान मृत्यु सुलभ नहीं होती थी। उसे तो निहत्था निर्वस्त्र कर सीधे मगरमच्छों की बावड़ी में, अजगर के तहखाने में या चीते के पिंजरे में फिंकवा दिया जाता था। मानव चीखों से काँपने लगती थी कोठिलवा पहाड़ की चोटी-चट्टानें। सिहरने लगते थे जंगल के पात-पखेरू! सहम जाते थे वन्य प्राणी। आगे या तो जौ जानता था या फिर जाँता...।

जीवन-मृत्यु के इस रोमांच और लोमहर्षक अन्त देखने वाली आँखें दो-चार ही थीं पर शिकार की मरणान्तक चीखें सुनने वाले कान दस-बीस थे और हजारों-हजार रैयतों पर छाया रहता था महुआगढ़ और काठगोदाम का आतंक। डरावनी प्रेतकथा की भाँति।

बुचानी मुरमू पर कितना भरोसा रखते थे गोमके प्रभूदयाल शाहदेव? तभी तो बुचानी भी सदैव गोमके के भरोसे का मान रखता आया था।

पुजाई में खड़े बुचानी मुरमू का मन खौल रहा था, नान्ह बाबू पर क्रोध घुमड़ रहा था। उमड़ते पित्त को घोंटता बुचानी मुरमू नान्ह बाबू की ओर एकटक ताक रहा था। नान्ह बाबू की आँखें अदृश्य बरछी की भाँति देकुली की छाती को बेध कर पार होने को छटपटा रही थीं।

बुचानी मुरमू देकुली के लिए कुछ बोलता भी तो किस मुँह से बोलता? किस हक से बोलता? अभी देकुली से उसका कोई नाता भी कहाँ जुड़ा था? अभी तो बुचानी मुरमू देकुली के पिता वामन टेक्का के पास राय बिरौच (विवाह मध्यस्थ) भेजने की सोच ही रहा था। अभी तो देकुली उसकी अपनी कम थी और हवेली की लौंड़ी ज्यादा थी।

बुचानी मुरमू के कुछ बोलते ही नान्ह बाबू बुचानी मुरमू की जीभ राख लगा कर खींच न लेते! नान्ह बाबू का मन दुखने पर बुचानी मुरमू के हाथ-पैर बाँध कर चीते के पिंजरे में न फिंकवा देता जोधादास मऊआर! कठकरेज मऊआर कितना मयफट (निर्मम) है सो खूब जानता था बुचानी मुरमू।

देकुली को निहारते नान्ह बाबू को देख-देख बुचानी मुरमू का माथा धीपने लगा था। अंड-बंड सोच-सोच कर बुचानी मुरमू का नशा फटने लगा था। पुजाई से एकदम उचाट हो गया था मन।

अन्ततः पुजाई छोड़कर फिर तड़बन्नें की ओर ही निकल पड़ा था बुचानी मुरमू। कनछेदी मुंडा के ढोल में लगे मोर के पंख चमड़े पर लगातार पड़ती कमाचियों की चोट से थरथरा रहे थे। जैसे काँप रहा था पितपिताया बुचानी मुरमू का रोवाँ-रोवाँ।

तड़बन्ने में ताड़ी पीते बुचानी मुरमू को अपनी भूल का अनुभव होने लगा था। लगने लगा था, बढ़िया होता जो उसी साँझ मर जाता नान्ह बाबू जिस साँझ सूअर ने उसे खदेड़ा था। नान्हक उस साँझ बुचानी मुरमू ने बेलज्ज नान्ह बाबू को मरने से क्या बचा लिया था। अब साँप की भाँति फन उठाए डोल रहा था बैरी...! "जा रे स्साला नान्ह बाबू..!"

दूर... मन्दिर पर लयताल में बजता ढोल बुचानी मुरमू की छाती के भीतर धमसने लगा था ताड़क्-तड़धिन... ढिन-ढिन-ढिना... ताड़क् तड़धिन... ढिन-ढिन-ढिन्ना...! ..."जा रे मरनजोगा नान्ह बाबू...!"

"कौन साँझ नूनू... ?" कौन साँझ ? कहानी में आ गया एक नया गेंत्त। उत्सुक सनीचर—
"कौन सूअर... ?"

कथा बाँचता बुलाकी मुंडा दम लेने को रुका। राख होकर भहराती अलाव को पुनः व्यवस्थित करता बुधुआ नयी समिधा बोझने लगा।

'ली-फॉक' की चित्रकथाओं में दर्शित मृत्युंजय वेताल की कहानियों के एक किस्सा-गो चरित्र 'बाबा मोज' की भाँति सिर पर तिकोना किए कम्बल की घुघ्घी ओढ़े बुलाकी मुंडा का चेहरा अलाव की ताजा आँच से दमक उठा।

उतरते अगहन की कठुआई रात में ओस से लथपथ होते अश्वत्थ के पत्ते भी मानो कठुआने लगे थे। वृक्ष तले थी घनेरी छाया,... छाया तले थी लहकती अलाव। वृक्ष की छाया से बाहर कटे खेतों और भरे खलिहान पर तैरता हल्का कुहरा अब स्पष्ट दिखने लगा था। पुआल की ऊँची टाल पर ठिठकी हुई थी हतबुद्धि चाँदनी।

सब कुछ सर्द... कनकन परन्तु खलिहान में मानो नवान्न की ऊष्मा थी। जलती अलाव के निकट थी चिड़िया के पंखों के भीतर वाली नर्म गरमाहट।

अलाव पर धान के छिलके भुरभुराते हुए बुधुआ ने टोका,

"आगे कहो न नूनू...!"

"हाँ नूनू, फिर का हुआ ?" बीरन ने भी टहोका दिया।

"फिर का रे। ताड़ी पीता बुचनियाँ सोचने लगा कि नाहक नान्ह बाबू को मिरतु से बचा लिया। बढ़िया होता जो सनकाहा बनसूअर उसी साँझ नान्ह बाबू का लाद[1] फार देता।"

"अरि बाप...! अपने गोमके के पूत के लिए ऐसन बात कहीं सोचता है रैयत ? भला कहो तो... ?" डमरू बोला।

---

1. पेट।

"सोच लेता है रे! जब धान-खेत की मेंड़-आरी ही धान की बाली चबाने लगे तो कौन-कौन बात नहीं सोचने लगता है आदमीन? देवता सिगबोंगा ने गोमके लोग को जन-धन का बल काहे को दिया? अपनी परजा-रैयत की रच्छा के लिए दिया। बाकी देह का जोम बढ़ जाय तो सिगबोंगा की बात भी नहीं सुनता आदमीन।" बुलाकी मुंडा ने गहरी साँस ली।

"और ओह साँझ की बतियाँ नूनू...! सनकाहा सूअर वाली कत्था...?"

"हँ-हँ! तो ओह साँझ हुआ ई था कि—" सनीचर की बात बीच में ही लोकते हुए बुलाकी मुंडा ने कथा आगे बढ़ायी।

श्रोताओं की आँखों के समक्ष पुन: फैलने लगा बुलाकी मुंडा का इन्द्रजाल। कोयल नदी की मन्थर चैती धारा-सी आगे बह चली कथा। कहानी बुचानी मुरमू की...

नान्ह बाबू की मृत्यु कामना करते बुचानी मुरमू को याद आने लगी थी गये फागुन की वह साँझ।

याद आने लगी थी पश्चिम के आकाश में अस्ताचलगामी सूर्य की वह फीकी रक्ताभ दमक। याद आ रहा था टह-टह ईंगुर के छापे से पूरमपूर भरा फागुन का वह रक्तिम क्षितिज। साँझ की हल्की खुन्नस भरी बहती ठंडी हवा...।

उस वर्ष सरेह में अच्छी नमी के कारण रब्बी की फसल चढ़कर हुई थी। पके गेहूँ की फसल से लदे पड़े थे खेत। पछांत (पीछे उगे) चने-मटर के गुलाबी-नीले-सफेद फूल पछुवा हवा में हिलोरें ले रहे थे। छोटे-छोटे पौधों के नये-ताजा फूल पके गेहूँ की उन सोहराती बालियों के संग होड़ ले रहे थे जो साँझ की चम्पई धूप में सोना-सोना होती झूम रही थीं। हरियाली की चूनर ओढ़े, सोलह सिंगार साजे जीवन से भरी धरती मानो नाच रही थी फागुन में।

ऐसे भरे दिन की भरी साँझ में नान्ह बाबू के सिर पर नाचने लगा था वह चौपाया कालदूत! पीछे पड़ गया था वह मताया हुआ जंगली सूअर!

साँझ के पहर पलाशवन से चर-चोंथ कर ढोर-डांगर अपने खूँटों-नादों पर लौट रहे थे। बैलसार के बथान पर गाय-गोरू के लिए सानी-पानी लगा रहा था बुचानी मुरमू। नयी ब्याई गोली गाय का तीन दिन का बछड़ा गोशाले के सामने खूब पड़क रहा था। बछड़े के कुलाँचे भरने के साथ बज उठती थी उसके गले में लटकी पीतल की छोटी घंटी... टिनिंग...टिनिंग... टिनिंग.. टिनिंग...

हठात् हवेली की पश्चिम दिशा में बसे बैगा टोले की ओर से हल्ला उठा था—

"गेलौ जान से रे बपई! मुँआँय के मानतौ रे ऽऽऽ... आज तो नान्ह बाबूआ गेलौ रे मइयो ऽऽऽ"

ओझाई–मताई करने वाले बैगा लोगों के चार घरों का छोटा सा टोला था बैगा टोला। दूर–दूर छितराई चार झोपड़ियाँ थीं जिनके ओसारे तक नहीं थे। न गलियाँ थीं, न छुपने–ओटने योग्य कोई जगह ही थी। ऐसी खुली जगह में नान्ह बाबू का पीछा कर रहा था वह वन्य वराह! महुए के ताजा फूलों से भरे पेट वाला मत्त जंगली सूअर...! मानो नान्ह बाबू के पीछे पड़ी थी साक्षात् मृत्यु!

पानी से भरी बाल्टी भड़ाक्–से नाँद में पटक कर बैंगा टोले की ओर भाग छुटा था बुचानी मुरमू! मानो हो–हल्ले की दिशा में निकला था खूब तनी प्रत्यंचा पर से छुटा कोई वाण।

अभी पंचकौड़ी बैगा के कुएँ तक ही पहुँचा था बुचानी मुरमू। सामने ही दिखा, उसकी ओर भागता आ रहा था वह लोमहर्षक दृश्य। फागुन का बौराया बनसूअर मानो पगलाया हुआ हाथी।

अपनी जान मुट्‌ठी में भींचे नान्ह बाबू कुएँ की ओर भागे आ रहे थे। धोती–कुर्ता पता नहीं कहाँ उतर–फिंक चुका था। नान्ह बाबू के कन्धे पर झूल रही थी चीर–चीर गंजी और नीचे कच्छा भर...।

शायद सूअर ने नान्ह बाबू को एकाधिक बार ढूँसा भी था। तभी तो नान्ह बाबू का दाहिना घुटना फूट कर खूनमखून हो रहा था। अँगूठे की जगह साँप की कुचली मुंड़ी की भाँति मांस का लहुआलुहान लोथड़ा भर दिख रहा था।

नान्ह बाबू का पीछा करते फोंय–फोंय करते बनसूअर के गलफड़ों से सफेद गाज टपक रही थी। महुए के फूलों के रस से मताल हुए उग्र बनसूअर के गलफड़ों से बाहर दिखते पैने दाँतों पर कीचड़ लिथड़ी हुई थी।

सूअर के पीछे थे शोर मचाते कई लोग जिनके हल्ला–हुड़दंग से सूअर कुछ और बौराया हुआ था। नथुने फुलाता फुँफकारता बनसूअर ऐसे चढ़ा आ रहा था मानो नान्ह बाबू को चीरे बिना नहीं छोड़ेगा।

बनसूअर के पीछे आती भीड़ में सोमता, चरना, बटेसर जैसे करेजगर[1] जवान भी थे। पंचकौड़ी और दलगज्जन जैसे अनुभवी लोग भी। सबके पास हथियार थे। तीर–धनुष, टाँगी और भाला... परन्तु हथियार फेंक कर मारने पर भय था कि कहीं नान्ह बाबू ही न चोट खा बैठें।

बनसूअर से तो सम्भवत: बचा भी जा सकता था परन्तु कुचला बूटी जैसी विषैली बेल या कुचलाफल के अर्क से बुझी धार वाली फलक के साथ रक्त के मेल का अर्थ था नान्ह बाबू की निश्चित मृत्यु। साँप के जहर का तोड़ है परन्तु कुचला के अर्क का तीक्ष्ण विष...! आदमी पानी भी नहीं माँगता।

---

1. साहसी।

निमिष भर हतबुद्धि बना रहा था बुचानी मुरमू फिर हठात् तड़ित की भाँति चमका था। कुएँ की जगत की ओर उछाल भरी थी।

लपक कर पंचकौड़ी बैगा के कुएँ पर से डोल खींचने वाले मोटे रस्से का झोंपा उठा लिया था बुचानी मुरमू ने। अब कुछ सोचने-बूझने का समय ही कहाँ बचा था? भागते नान्ह बाबू ठेस खा कर मुँह के बल गिर जो पड़े थे। गिरे और बेसुध...!

फेन-गाज लिथड़ी थूथन वाला हिंस्र बनसूअर मुंडी झुकाए भोंसड़ा कर गिरे नान्ह बाबू पर चढ़ ही जाता कि सिंगबोंगा को सुमिरते बुचानी मुरमू ने रस्से का झोंपा पूरी ताकत से सूअर की टाँगों की ओर उछाल फेंका था। ''सहाय होवो आज... हे सिंगबोंगा...!''

अलबत्त निसाना...!

''सब्बास बुचानी...!'' उछाँह से चीख उठा था पंचकौड़ी बैगा।

अटपटे ढंग से उलझा रस्से का झोंपा बनसूअर की अगली टाँगों पर गिरा था और तेजी से लटपटा-सा गया था। अचानक के इस व्यवधान और गति में आये झटके से सूअर सँभलता और हमलावर की ओर आकृष्ट होता इसके पूर्व ही बुचानी ने रस्से का एक छोर अपनी कमर में लपेटा था और तड़ाक्-से गिरह डाल दिया था।

बनसूअर और बुचानी मुरमू के बीच मानो रस्साकसी होने लगी थी। पाशविक बल और मानवीय विवेक के बीच का वही आदिम संघर्ष जो सदियों से अरण्य की परम्परा रही है। अस्तित्व के लिए संघर्ष और श्रेष्ठतम की उत्तरजीविता का एक आधुनिक जैव वैज्ञानिक सिद्धान्त परन्तु जंगल की युगों-युगों पुरानी रीत...वनवासियों के लिए जनम-जनम का खेल...।

बनसूअर रस्सा तुड़ाकर भी बेहोश गिरे नान्ह बाबू पर चढ़ बैठने को बावला हो रहा था। सूअर की अगली टाँगें रस्से में उलझी फँसी कदमताल कर रही थीं। पर मुक्त पिछली टाँगें मिट्टी खूँद रही थीं। चिकनी केवाली मिट्टी सूअर के कड़े खुरों से उखड़-उखड़ जा रही थी पर नहीं उखड़े थे बुचानी मुरमू के वज्र हो चुके पैर...!

बुचानी मुरमू ने अपने दोनों तलवे पंचकौड़ी बैगा के कुएँ क़ी मुँडेर पर अड़ा दिये थे। हताश होती भीड़ अब उल्लसित होकर चीखने लगी थी।

''जियो बुचानी...!''

''दम बान्ह लेना रे बेट्टा...दम बाँध के...''

''जियो रे पट्ठे जवान...''

''रस्सा न छूटे...! करेजा काठ कर रे बेट्टा...!''

सोमता, चरना, पंचकौड़ी, बटेसर, दलगज्जन, बुलाकी, नेपाली सबके सब बुचानी मुरमू के साहस और शक्ति के अदम्य से हतप्रभ थे। कौशल से दंग। उस उठती जवानी

की देह की चमड़ी के नीचे मानो मछलियाँ ही मछलियाँ तड़प रही थीं। नस-नाड़ियों का मोटा जाल उभरा हुआ था।

बजरंगबली और सिंगबोंगा की जैकारियों से गूँज उठा था गाँव का सिवान तब कहीं पूरे गाँव में खलबली हुई थी। लोग बैगा टोले की ओर दौड़ पड़े थे। बुचानी मुरमू को उत्साहित करती आवाजों और शिकार के देवता 'रंगो-रूजी' की जयकारियों से खड़खड़ाने लगे थे छप्परों के खपड़े तक...।

वांछित घड़ी की प्रतीक्षा में तन चुकी थी कई प्रत्यंचाएँ। कमानों पर चढ़ चुके थे कई पैने तीर। कानों तक खिंची हुई थीं धनुषों की डोरियाँ।

ठोस-कड़ी मांसपेशियों वाली देह बुचानी मुरमू की...। बैल जैसे दिख रहे थे बुचानी के कन्धे... पुट्ठे... जाँघें...! देह का सारा रक्त मानो बुचानी मुरमू के चेहरे पर ही एकत्रित हो आया था और आँख-कान-नकसार की नस-नस फोड़कर फुहारों की भाँति बस फूटने ही वाला था काले सन्ताल का आदिवासी लहू...। आँखों के बाहर फिंकते ढेलों के साथ मानो उबलने-उबलने को था रैयत के रक्त में घुला गोमके प्रभूदयाल शाहदेव का नमक।

बनसूअर इस रस्साकसी से छूटने को तनिक डगमगाया था। पीछे मुड़ने... शत्रु को भाँपने का प्रयास...। धनुषों की डोरियाँ भन्ना उठी थीं। नान्ह बाबू की सीध से बित्ते भर का विचलन...। सूअर के डगमगाते ही सन्नाते हुए कई विषैले वाण कमानों से छूटे थे।

अरना भैंसे की भाँति चोंकार मारता बनसूअर उछला था और फिर ढहती भीत सा भहराता गिरा था। वनवासियों ने बेध डाला था एक और दुर्दमनीय शिकार...।

बुचानी मुरमू ने कमर से लिपटा-बंधा रस्सा खोला था तो काली चमड़ी पर जमुनियाँ-नीला दाग... मोटे रस्से का। ऐंठे साँप की भाँति शनैः शनैः उभरता बाम। देह से हरहर बह चला था धार-धार पसीना।

तीसी के ताजा फूल-सी बैंगनी हो गयी थी बुचानी मुरमू की देह परन्तु चेहरे पर लहरा मारने लगी थी सिंचित-तुष्ट सरसों की फूलों भरी क्यारी।

नान्ह बाबू को गोदी में उठाए बुचानी मुरमू हवेली पर पहुँचा था तो गोमके दुआर पर नहीं थे। बिना खाँसे-खँखारे बुचानी मुरमू हवेली के भीतर भागता गया था। अभी बुचानी ने नान्ह बाबू की बेसुध देह को आँगन में पड़ी खटिया पर लिटाया ही था कि बाढ़ भरी नदी-सी हहास करती गोमकाईन ओसारे से आँगन में कूद पड़ी थी और बुचानी मुरमू को अँकवारी में बाँध लिया था। भीगे कंठ से थरथराती आवाज में बोली थी गोमकाईन—

"खाँटी मरद निकला तू रे बेटा। आज जो तू नहीं होता तो निरबंस हो जाता गोमके का बंश-बिरिख...!"

"भक्क गोमकाइन..." लजा गया था बुचानी मुरमू।

"अरे कोई बाबू के माथ पर तेल धरो रे। बुचनियाँ को बताशा-पानी दे रे देकुलिया..."

"अलबत्ते बात करती हो तुम गोमकाईन"—गोमकाईन के बाहुपाश से निकलता बुचानी मुरमू—"बुचनियाँ के जिनगी रहते एक्को अँगुरी[1] तक पीयर[2] नहीं होगा नान्ह बाबू का। फिर हम जी कर का किए ऐ गोमकाईन...?"

"माँग बेटा, जो शौक-सरधा हो माँग ले आज। ना कहें तो राँड़ मरें...!"

"आह...! ई का? तुम जियो गोमकाईन! हमें तुमसे कुछ नहीं लेना! तुम्हीं तो हो गोमकाईन कि हम हैं।"

उस साँझ क्या जानता था बुचानी मुरमू कि गोमके के वंश की यही बेल बड़ी हो कर ऐसी विषैली निकलेगी कि आज उसे जड़ से उखाड़ने की इच्छा करने लगेगा स्वयं बुचानी मुरमू?

एक वह साँझ थी—स्नेह, श्रद्धा, विश्वास, और कृतज्ञता से भीगी-भीगी साँझ। एक यह साँझ थी—क्रोध, अपमान, घृणा और प्रतिशोध से तपती साँझ...।

भगवान बिरसा के कन्धे से कन्धा जोड़कर फिरंगियों से लोहा लड़ाने वाले लोग थे बुचानी मुरमू के पुरखे। वनवीर सिद्धू-कान्हू जैसे पूर्वजों का लहू था बुचानी मुरमू की देह में। प्रण पर अड़ने वाले और आन के लिए जूझ कर जान मेटने वाले चाँद और भैरव जैसे लड़ाका सन्तालों का वंशज था बुचानी मुरमू।

बुचानी मुरमू का लकड़दादा भुनेसर मुरमू भगवान बिरसा के उलगुलान पर न्योछावर हो गया था। बुचानी मुरमू का परदादा झरी मुरमू भी फाँसी चढ़ा था। बात के धनी और मान के हठी लोगों का नये खून बुचानी मुरमू ने भी गोमके की वंशबेल की रक्षा का वचन दिया था गोमकाइन को... उस फागुन की साँझ।

...सीतला माई के देवीधाम पर धमसती ढोल ध्वनि तड़बन्ने के छप्पर को थरथराए दे रही थी। छप्पर की फूस ढोल की धमक के साथ 'खस्स-खस्स' बज रही थी।

छप्पर के नीचे बुचानी मुरमू बिसरा नहीं पा रहा था नान्ह बाबू की भूखे बाघ जैसी चमकती आँखें। ताड़ी से भरे दोने में भी छिलबिल-छिलबिल करती नाचने लगती थीं कुटिल-कामुक नान्ह बाबू की वे आँखें।

सोच रहा था बुचानी मुरमू, बाबू-बबुआन लोगों के भी अजगुत-अजगुत रीत-रिवाज...। ढोर-डाँगर की सींग-में घी लगाकर, गाय-बैल का माथा सिन्दूर से

1. उंगली 2. पीली।

टीक कर उसकी खुरपुजाई तो कर सकते हैं गोमके लोग पर आदिवासी रैयत की बेटी बहिन-बहुरिया की मान-मरजादा की आन नहीं रख सकते! हत्तेरे की बड़े लोगन की रीत...!

सोच रहा था बुचानी मुरमू,... नाहक नीमक धोवना नान्ह बाबू की जान बचाने को हमें दौड़ा दिया सिंगबोगा ने। बढ़िया यही होता कि उसी साँझ मर जाता यह पापी बिछखोंपड़ा! न आज नान्ह बाबू जीवित रहता, न आज देकुली पर मैली आँख गड़ाता, न ही बुचानी मुरमू को आज 'एतना गोस्सा' चढ़ता।

नान्ह बाबू की मैली नीयत तो बहुत पहले ही चीन्ह गया था बुचानी मुरमू। अब नान्ह बाबू की आँख में देकुली भी चढ़ गयी थी। सशंकित था बुचानी मुरमू का प्रेमी मन। भूखे बाघ की आँखों में छपी नयी बछिया को कौन अगोरेगा[1] हवेली के भीतर...?

देकुली की अभी उमर ही क्या थी? एकदम लड़िकभुभुक[2] छौंड़ी थी देकुली और नान्ह बाबू की काँईंयाँ आँखों की चमक से चौंधियाए शिकारों की कोई गिनती थी?

अब का होगा दइब[3]? बुचानी मुरमू के जीने का निमित्त भी देकुली। बुचानी मुरमू के मरण का निमित्त भी देकुली...?

''एक जमाना हो गया रे नाती''—गाढ़ी साँस भर कर बोला बुलाकी मुंडा—''का सान थी तब हवेली की! आदमी-जन, आली-मोहाली, दाई-लौंड़ी, चाकर-कमिएँ... हवेली अलबत्त जगर-मगर करती थी तब। ओह राज में अन्न धन की ठेलमठेल थी रे! आज जैसन थूक से सत्तू सानने वाले लोग नहीं थे तब। साहेब-सरकार और थाना बाबू तक हवेली में गोमके को सलामी देने आते थे और पनही खोल कर गोमके की चौखट में घुसते थे। हवेली के बाहर दो-दो मोटर खड़ी... घोड़े वाला फिटिन भी झूलता रहता था। सब आँख से देखा हुआ है रे... गया अब ऊ जमाना!''

''ऊ जमाना''... अर्थात् वह समय जब जमींदारों के पेशाब से चिराग जलते थे। जब महुआगढ़ की हवेली के सामने अन्त्यज नर, आदिवासी नारी और खाकी वर्दीधारी... किसी का मान-सम्मान नहीं था। तब महुआटाँड़ की हवेली पर जलता कन्दील जहाँ तक दिख सकता था, प्रभूदयाल शाहदेव की तूती बोलती थी।

हाथी भले मर गया था पर मरा हाथी भी सवा लाख का। हाथी का हथसार अभी भी कायम है। अलग बात है कि 'ऊ जमाने' में समय बाहुबल का था। अब प्रभूदयाल शाहदेव के पास धन बल है। राजनीति की दुनिया में ऊँची पहुँच की शक्ति है।

---

1. रखवाली 2. अबोध 3. दैव।

पीढ़ियाँ बदलने के साथ समाज की व्यवस्था में भी कुछ बदलता है। समय के साथ कई रूढ़ रीति-रिवाजों तक में कई बदलाव आ जाते हैं। परन्तु अभी तक नहीं बदली है पलामू के लाल साहबों की मानसिकता।

लाल साहब अर्थात् वर्तमान लाल साहब प्रभूदयाल शाहदेव के पिता लाल साहब उमेश्वरदयाल शाहदेव। लाल साहब अर्थात् लाल साहब उमेश्वर दयाल शाहदेव के पिता लाल साहब रघुवरदयाल शाहदेव। लाल साहब अर्थात् लाल साहब रघुवरदयाल शाहदेव के पिता लाल साहब प्रताप नारायण शाहदेव। पीढ़ी दर पीढ़ी लाल साहब।

भारतवर्ष अंग्रेजों की गुलामी से आजाद हो चुका। भारतवर्ष से जमींदारी प्रथा का उन्मूलन सरकारी कागजों पर कब का हो चुका परन्तु एक अलिखित-अघोषित जमींदारी की परम्परा का निर्वहन होता रहा पलामू के देहात में। विशेषकर दुर्गम्य वन प्रान्तर में। नागरीय व्यवस्था से हटे-कटे, सुदूर देहात-जंगल में, जहाँ अब भी लालटेनें ही जलती हैं और 'टार्च' विलासिता है। जहाँ आज भी बैलगाड़ियाँ ही परिवहन के सस्ते-सुलभ साधन हैं और साइकिल विलासिता है। जहाँ अब भी रेडियोसेट से आती आवाज सचमुच दूर देश की आकाशवाणी है और फिजूलखर्ची भी...।

ऐसे विकास से वंचित वनप्रदेश में पीढ़ी-दर-पीढ़ी जीवित रहे हैं लाल साहब। नये रूप-तेवर में, नयी भूषा भूमिका में। परम्परा से मिले बिरसे की भाँति लाल साहबी को भी ढोते रहे हैं महुआगढ़ जैसी हवेलियों के वंशधर जो गुलाम भारत में अंग्रेजों के ताबेदार रहे और आजादी मिलते ही झट पाला बदल कर सत्ताधारी कांग्रेस पार्टी की सदस्यता झपट ली।

समय बहुत बदल चुका है। वर्तमान बूढ़े लाल साहब प्रभूदयाल शाहदेव की एक भव्य, तीन मंजिला कोठी अब जिला पलामू के जिला मुख्यालय डालटनगंज उर्फ मेदिनी नगर के सम्भ्रान्त इलाके 'रेड़मा' की शान है। रेड़मा चौक पर ही लाल साहब प्रभूदयाल शाहदेव का सोना उगलने वाला पेट्रोल पम्प है। दर्जनों मोटरों और कई दर्जन ट्रकों का फलता-फूलता परिवहन का व्यापार है। डालटनगंज के व्यस्ततम मुख्य बाजार में पच्चीसों दुकानें किराए पर चढ़ी हैं। कनखजूरे की कितनी टांगें... ? टाँगें ही टाँगें...!

बूढ़े प्रभूदयाल शाहदेव जिसे 'अपुत्रस्य गतिर्नास्ति' के निश्चित प्रारब्ध तक पहुँचना है और जिसकी मृत्यु के बाद निकट सम्बन्धियों में महुआगढ़ स्टेट की शहरी सम्पत्ति और महुआगढ़ की पुरानी हवेली को लेकर श्त्रान युद्ध होना है, जिले की राजनीति में भी निर्णायक हस्तक्षेप करने की क्षमता रखते हैं। कल के लाल साहब उर्फ राजा गोमके अब बढ़का गऊँआँ, बड़े सरकार या बढ़का साहेब के नाम से भी जाने जाते है। जिसकी जिस नाम में भक्ति...।

बूढ़े प्रभूदयाल शाहदेव की इन्द्रियों में अब धन को भोग पाने की वह प्रचंड

शक्ति नहीं रह गयी है। कर्मेन्द्रियों का सामर्थ्य भले छीज चुका है परन्तु महाठगिनी लिप्सा तृप्त नहीं हो सकी है। अकूत धनसंचय के कुटैव हेतु शरीर की कर्मेन्द्रियों ने नोच-खरोंच कर अपनी शेष शक्ति ज्ञानेन्द्रियों को दे डाली है सो अब प्रभूदयाल शाहदेव का दिमाग खूब काम करता है।

अतुलनीय धन का प्रवाह अपनी ओर होता रहे चाहे यह प्रवाह प्रभूदयाल शाहदेव के वैध शहरी व्यापार से हो या फिर महुआटाँड़ के जंगल से संचालित होने वाली तस्करी, चोरबाजारी जैसे काले धन्धों से हो जिसका नियन्त्रण अब प्रभूदयाल शाहदेव के दामाद तारकेश्वर सिंह उर्फ तारा बाबू उर्फ छोटे सरकार के हाथों में है।

अब महुआगढ़ नहीं जा पाते प्रभूदयाल शाहदेव। वह पुरखों की पुरानी हवेली अब उनका 'भंडार' कही जाती है जहाँ हवेली के नये-पुराने बराहिल-गुमाश्ते-लठैत रहते हैं। देहात की खेती-बारी देखते हैं। लाह-महुआ-कत्था-बीड़ी-पत्ता की देख-रेख करते हैं। जीते-खाते हैं और तारकेश्वर सिंह द्वारा संचालित वैध-अवैध धन्धों का संयोजन-संचालन करते हैं।

महुआगढ़ की हवेली की वह पुरानी चमक-दमक अब भले नहीं रही परन्तु देहात-जंगल में अभी भी पुरानी हवेली 'राजा गोमके की हवेली' ही कहलाती है। हवेली की पुरानी शान और हवेली वालों के आतंक से जुड़ी कई घटनाएँ अब कथा-किंवदन्तियों में भी ढल चुकी हैं। इसी महुआगढ़ की हवेली के अतीत से जुड़ी हुई है कहानी बुचानी मुरमू की... अविच्छिन्न...!

देकुली की याद आते ही बुचानी मुरमू की देह में फुरफुरी सी होने लगती थी। नाक-मुँह में मीठी-मीठी रिसरिसाहट होने लगती थी। रिसरिसाहट... ?

हाँ! वही तो। सन्तालों के युवागृह-घुमकुड़िया-में एक रात देकुली ने बुचानी मुरमू के मुँह पर अपना कमलपत्ते जैसा हाथ जो रख दिया था। वह स्पर्श... मानो देकुली की स्मृतियों के मन में सुगबुगाते ही वही स्पर्श जाग जो उठता था... तो क्यों न होती रिसरिसाहट ?

बैल के खुर के हटते ही उसके नीचे दबी हरी घास जैसे शनैः शनैः सिर उठाने लगती है, देकुली की याद आते ही बुचानी मुरमू की यादों में उसी सिर उठाती घास की भाँति फिर-फिर जगने लगती थी घुमकुड़िया की वह रात...! बुचानी मुरमू की हथेली अनायास अपने चेहरे पर फिरने लगती थी। मरे-बीते मुहुर्तों की स्मृतियाँ सजीव होकर अँधेरे में जगमग करती भगजोगनी[1] के झुंड की भाँति मानस में नाचने लगती थी।

1. जुगनू

ढोल की धमक से तड़बन्ने का फूस-पत्तों का छप्पर सिहर-सिहर उठता था। सिहरता बुचानी मुरमू ताड़ी के बड़े-बड़े घूँट कंठ के नीचे उँड़ेलता जा रहा था। सीतला माई के देवी थान पर अभी भी कनछेदी मुंडा का मोरपंखी ढोल बज रहा था।

हाथ-पैर लटपटाने की सीमा तक ताड़ी पी चुका था बुचानी मुरमू। तीखा नशा अब उसकी कनपटियों की नसों में फद्द-फद्द करने लगा था। अब नान्ह बाबू की भूखे नाहर जैसी चमकती आँखें बुचानी मुरमू की चेतना से विस्थापित होने लगी थीं। उसकी जगह को घेरने लगी थीं तैरती हुई छवियाँ—देकुली की अनेकानेक छवियाँ... ।

मद्य के आधिक्य से पपोटे भारी-भारी से लगने लगे थे। अधमुँदी आँखों के समक्ष पसरने लगी थी चादर—साँवली-साँवली चादर-सी। बीते महीने वाली पूरे चाँद की रात... ।

बुचानी मुरमू की देह तो बैठी थी तड़बन्ने में परन्तु बुचानी का मन उसकी देह से अलग होकर मानो तैरने लगा था अन्तरिक्ष में। तैरता हुआ मन जा पहुँचा था अतीत में। किशोरों के शयनगृह महुअरिया गाँव की घुमकुड़िया में—पंचरुखवा की छाँव थी जहाँ।

सखुआ, महुआ, सागौन, पाकड़ और पीपल के पाँच पुराने महावृक्षों का घना कुंज था पंचरुखवा। दिन में भी अँधेरा रहने वाले उस कुंज के निकट था एक भू-खंड।

उस भूखंड पर वृत्त बनाती मिट्टी की दीवारों वाली कई झोपड़ियाँ थीं। वृत्त के बीच गोबर-माटी से लिपा-पुता सुघड़ समतल आँगन था। फूस, नरकुल और ढाक के पत्तों की शंक्वाकार छप्परों वाली नाटी झोपड़ियों का यही समूह थी—गाँव की घुमकुड़िया।

चैत के निर्मेघ आकाश में हुलस के साथ खिला था शीतल प्रकाश का स्वर्णपिंड। दहकते सोने की थाल जैसा पूरनमासी का चन्द्रमा कोठिलवा पहाड़ के पीछे से उग आया था।

पल-पल जवान होते चन्द्रमा की रजतवर्णी जगमग-जगमग से खेतों में मानो जल उठे थे दिये। लहराती पके गेहूँ की बालियाँ... ! चैती हवा के मन्द झकोरों में आगे-पीछे लयबद्ध हिलोरें लेती बालियाँ... ! सरसराती पीली-सुनहली गेहूँ की बालियाँ नहीं थीं, मानो थरथरा रही थी जलते दियों की लौ।

दूर... लड़कियों के युवागृह 'पेल-एरपा' में माँदल बज रही थी... धातिंग... धातिंग... धातिंग... धातिंग... ! आकाश से पिघल-पिघल कर बहते चाँद का टप्प-टप्प टपकता अर्क धरती पर पसरता जा रहा था। मिट्टी पर चढ़ रहा था चाँदी का वर्क।

किशोरियों के झूमर-झुमटा-चौहट नाचने की मद्धिम-मद्धिम रुनझुन किशोरों के युवागृह तक पहुँच रही थी। पायल-झाँझर-कंगन-बाऊटी के धात्विक संगीत और कुँआरे कंठों से फूटती स्वर-लहरी—

छोटी नान्हीं पोखरी
पुरइन के रे फुलवा कि हो रे हो ऽऽऽ रे...
लाले-लाले फूल देखी
फूलय लबेलब तू हो रे हो ऽऽऽ रे...
फुलेरों रूप लेका
गातेअँ मेलाय कि हो रे हो ऽऽऽ रे[1]...

'लिंगो देवता' द्वारा मानव जाति को प्राप्त सर्वाधिक मधुर, सरस और रागात्मक वरदान है घुमकुड़िया (युवागृह)। घुमकुड़िया से उठता महुए के गाढ़े रस जैसा मीठा गीत और माँदल की काँपती थाप से उठता थरथराता संगीत! जागी-जागी रात में सिहर रही थी वह माँदल ध्वनि... धातिंग... धातिंग... धातिंग... धातिंग...

घुमकुड़िया में देर रात तक चलते हैं नृत्य-गीत-संगीत। थकी देह जब थिराने लगती है और देह का स्वेद सूख चुका होता है और युवागृह में नीरव शान्ति ओढ़कर लेट जाता है चन्द्रमा का शुभ्र उजास तब सुगबुगाने लगते हैं किशोरों के भाव। भावनात्मक रिश्ते! कहने को तो चोरी-चोरी परन्तु सबके भेद सबको पता। लड़के-लड़कियों की आपसी सहमति से जोड़े बनने लगते हैं।

भावी नर-नारी टटोलते हैं एक दूसरे के मन को भी और तन को भी। कल के युवा स्त्री-पुरुष एक दूसरे के भावी जीवन के लक्ष्य और योजनाओं के बारे में विचार विनिमय करते हैं। एक-दूसरे को समझना चाहते हैं।

यदि मन मिल गये तो ऐसे जोड़ों के सम्बन्ध लम्बे समय तक निभाए जाते हैं। घुमकुड़िया के इस गुप्त प्रेम की परिणति विवाह तक में हो सकती है परन्तु सगोत्रीय विवाह आदिवासी समाज में... कदापि नहीं।

उस रात बाघिन जैसे कलेजे वाली देकुली बन बिलाई की भाँति दबे पाँव लड़कों की घुमकुड़िया में घुस आयी थी। समा गयी थी बुचानी मुरमू की झोपड़ी में दुःसाहसी देकुली। बुचानी मुरमू के मन में पैठ गयी थी देकुली। उतर गयी थी बुचानी मुरमू की काया में...!

---

1. छोटे पोखर में खिले रक्तिम कमल के फूलों को देख प्रिय तुम मुग्ध हो और कमल फूलों जैसे तुम्हारे मुखड़े को देख-देख प्रिय, मैं मुग्ध हूँ।

फूस-पात के झीने छप्पर से छन-छन कर झोपड़ी के भीतर रिस रही थी पूर्णचन्द्र की ज्योत्स्ना। पिघली चाँदी की क्षीण धाराएँ...।

चाँदनी के हल्के उजास में देकुली की छुंछिया दप्प-दप्प दमक रही थी। बुचानी मुरमू के हिरदा में मानो उतरती गयी थी कोई दहकती चिनगारी। तप उठी थी बुचानी मुरमू की देह।

घुमकुड़िया का कोतवार (चौकीदार) देख लेता तो? हदस[1] से पसीना-पसीना हो उठा था बुचानी मुरमू।

पके देवदार के रंग जैसी देकुली के चेहरे पर कुछ विजित कर लेने की उत्तेजना थी। चोरी के अमरूद को कुतरने जैसी नटखट उत्तेजना। लड़कों की घुमकुड़िया में चुपके से घुसना पहाड़ लाँघना ही तो था।

उत्तेजित देकुली के उपर वाले होंठ पर थरथरा रहे थे स्वेदकण... मानो कंटीली चम्पा की खिलती कली पर थिरकती ओस की बूँदें। चाँदनी में नहाती... चाँदनी से धुली-धुली ओस की बूँदें।

बुचानी मुरमू की छाती जोर-जोर से धड़क रही थी। यह एकांत में युवा स्त्री-देह से उसका प्रथम अंतरंग परिचय था। देकुली के लिए यह नया नहीं था शायद क्योंकि वह तनिक भी भयभीत नहीं थी बल्कि उस रात तो देकुली की आँखें हीरे की कनियों जैसी चमक रही थीं।

''अबकी सरहुल परब के बाद तोहार बप्पा से बतियाने राय-बिरौच[2] भेजेंगे'' बुचानी ने कहा था।

''काहे को?'' देकुली फुसफुसायी थी।

''बिहा करने को। हमसे बिहा करेगी तू?''

''जो ना कहें तो?''

''तो जो दूसरा मरद तुझसे बिहा करने आवेगा उसको तीर मार देंगे। फिर हमें जेहल होवे तो होवे। हमें फँसरी लगे तो लगे।''

''ओह रे मोर सुग्गा ऽऽऽ!''

देकुली ने अपना खरगोश के रोएँ जैसा गुलगुल हाथ बुचानी मुरमू के मुँह पर रख दिया था। उत्तप्त बुचानी मुरमू ने देकुली को समेट कर कुछ और निकट खींचा था तो बुचानी मुरमू की साँसों में बसी हँड़िया की महक देकुली की साँसों में घुलने लगी थी।

देकुली की हथेली का वह अमिट स्पर्श...। आह...! कैसा गुदगुर हाथ...। हथेली थी कि एकदम चिक्कन पुराइन[3] का पत्ता...। सवेरे तक गमागम महकता रहा

---

1. आतंक 2. मध्यस्थ 3. कमल।

था बुचानी मुरमू का चेहरा। कौनो इत्तर कि देहगन्ध...? कभी समझ नहीं पाया बुचानी मुरमू पर रिसरिसाहट ऐसी थी कि कभी गयी ही नहीं।

लाज की भाँति पता नहीं कब सरक गयी थी वह घुमकुड़िया की रात। दोनों ही को भान तक नहीं हुआ था कि झलमलाता[1] चाँद कब का फीका हो चुका था।

भोर हुई थी। श्यामा चिरई बोली थी। चुहचुहिया चिड़िया के चुहचुहाने से पहले ही पड़ चुकी थी माँदल पर थाप। प्रात:कालीन गीत का समय...।

एक घड़ी चाँद के रहते गूँज उठा था अरण्य प्रदेश। धातिंग... धा-धातिंग... धातिंग... धा-धातिंग... गहने-कपड़े सहेजती देकुली चटाई पर लेटी-लेटी बोली थी—

"प्रातकी के बेर आज तो बड़ी जल्दी हो गेलौ।"

"इयाद रखिहें हमार बतियाँ देकुली रे" लेटे बुचानी मुरमू ने देकुली को आखिरी बार अंकवारी में भरते हुए कहा था।

"अब जाये दे!" उतावली हो उठी थी देकुली—"भिनसहरा[2] के अँजोरिया में कोई देख लेवे तो लजाये पड़तो?"

"पहिले किरिया[3] खा," बुचानी मुरमू ने देकुली के खुले बिखरे केश मुट्ठी में पकड़ कर कहा था।

"किरिया ए मोर करेजऊ! दोसर मरद के अँगना में गोड़ डालें हम तो हमें कोढ़िया कर दें सीतला माई। हमें लील जाय हात्यारा घाट...।"

उस रात बुचानी मुरमू ने देकुली को उपहार दिया था। बालों में गूँथने के लिए सिल्कन का चारगज्जी फीता और रबड़ वाली शहराती चोली के साथ धानी रंग की कुरती।

"तईयारी कर के रखता है?... दुर्र बेलज्ज...!"

बुचानी मुरमू के हाथों से उपहार छीन कर हँसती देकुली बुचानी मुरमू की झोपड़ी से निकल भागी थी।... दुर्र बेलज्ज...!

पीछे महकती रही थी देकुली की बेआवाज हँसी। देकुली की वेणी से टूट-टूट कर चटाई पर बिखरी चम्पे की पंखुड़ियाँ सेवेरे तक महकती रही थीं। महकती रही थी अगली रात और फिर उससे भी अगली रातों तक देकुली की हँसी... झोपड़ी के फर्श से छप्पर तक.. दुर्र बेलज्ज...!

हँसती थी देकुली तो उसके गालों में गढ़े बन जाते थे। कोयल नदी के पथरीले 'हत्यारा घाट' के अथाह पानी में उठने वाली भँवर जैसे गढ़े। जनमरवा गढ़े। उस खतरनाक जानलेवा गढ़े में डूबता गया था बुचानी मुरमू।

---

1. जगमग 2. भोर 3. कसम।

बाहर आकाश में कोठिलवा पहाड़ के माथे पर टँका भुरुकवा तारा दिपदिपा रहा था। माँदल की थाप पर थिरक उठे थे वनजाओं के पैर। पायल-छागल की रुनझुन के साथ ठिठोली करती माँदल की धुन नयी भोर का आवाहन कर रही थी... आ दिन.. आ दिन... धातिंग.... धातिंग... धातिंग...।

देकुली से पहली रसवंती भेंट की उस चैती रात की स्मृति से ही फुरफुरा उठता था बुचानी मुरमू का रोवाँ-रोवाँ। देकुली के कमल के पत्ते जैसी हथेली की वह अमिट छाप।

तड़बन्ने में ताड़ी के नशे में चुभ-चुभ डूबता-उतराता बुचानी मुरमू सशंकित था अगर जो नान्ह बाबू ने देकुली पर अपनी नीयत मैली कर दी तो... ? देकुली की देह पर भूखा बाघ अपने पंजे मारने लगा तो... ? तब क्या करेगा बुचानी मुरमू ?

एक ओर था रैयत बुचानी मुरमू के स्वामिभक्त रक्त की बूँद-बूँद में घुला अपने गोमके प्रभूदयाल शाहदेव का नमक और दूसरी ओर थी युवा सन्ताल की साँस-साँस में बसी देकुली की देह गन्ध!

विकट दुविधा की घड़ी थी। हतबुद्धि थे ठिठके हुए क्षण... ! बुचानी मुरमू को गोमके के नमक की आन भी रखनी थी। बुचानी मुरमू को देकुली के नेह का मान भी रखना था। बुचानी मुरमू को देकुली के लिए जान लेना भी पड़ सकता था। बुचानी मुरमू को देकुली के लिए जान देना भी पड़ सकता था। क्या करे बुचानी मुरमू... ?

मद्य के अतिरेक से माताल होकर तड़बन्ने में पसरे बुचानी मुरमू के मनप्राणों में मानो धुआँने लगा था कोई आँवा। आँवे के भीतर मानो एक निश्चय! धारा में कूद पड़ने का निश्चय। फिर चाहे आर या पार।

गगरी भर ताड़ी तो पी चुका था बुचानी मुरमू पर मन में धधकते आँवे की दाह शान्त नहीं हो सकी थी। कलेजे को फूँकती रही थी आँवे की आँच।

गेहुँअन साँप का जहर फेंकती आँखें थीं नान्ह बाबू की आँखें जिन्हें मन से मेटना असम्भव हो रहा था। काले शंखचूड़ नाग का विष मानो फैलता जा रहा था बुचानी मुरमू की नसों-नाड़ियों में।... "स्साला नान्ह बाबू...।"

यह जानते-बूझते कि गाली बात तो क्या तनिक ऊँची आवाज में बोल भर देने पर आदमी को सिर के ऊपर तक ऊँचा उठाकर जमीन पर पटक देता है जोधादास मऊआर। जूते के नीचे रख कर धान कूटने की भाँति रौंद देता है आदमी की हड्डियाँ-पसलियाँ। यह देखने के बावजूद बुचानी मुरमू के मुँह से नान्ह बाबू के लिए गाली फूट पड़ी थी।

पिछले ही साल कौआखाप गाँव के सारे हरिजनों को उजाड़ डाला था इसी मऊआर ने। सारी झोपड़ियाँ ढहवा दी थीं। गाँव के सारी बकरी-छेरी को हँकवा कर

हवेली पर पहुँचवा दिया था और गाँव की जमीन पर हल चलवा कर सरसों के बीज छींट दिये थे।

हरिजन हिम्मत जुटा कर थाना तक गये भी थे, पर थानाबाबू ने कुत्ते जैसा दुरदुरा कर उन्हें खदेड़ दिया था। थाना हो कि हाकिम हो, चाहे बड़ा लाट ही क्यों न हो, राजा गोमके से कौन नहीं डरता था?

सर्वव्यापी भय की छाया तले बैठे बुचानी मुरमू के मुँह से अपने गोमके के बेटे के लिए गाली निकल पड़ी थी...''साला नान्ह बाबू!''

यह हँड़िया के नशे का प्रभाव था या प्रेम के नशे की शक्ति... यह तो स्वयं बुचानी मुरमू को भी पता नहीं था।

अलाव मन्द पड़ने लगी थी।

''अरि बाप रे बाप, गोमके के पूत के लिए गारी— ?'' अलाव में सूखे पत्तों की नयी समिधा डालता सनीचर चौंक कर बोला।

फेफड़े में साँस खींच कर पूरे वेग से अलाव में फूँक मारने लगा बुधुआ।

''बैठ-बेगार और होता का है रे? हाथ-गोड़ बँधा जीव होता है बैठ-बेगार रइयत। मालिक-गोमके लोग पर गोस्सा आता है तो ताड़ी-हँड़िया पी कर कुक्कुर-बिलार पर लाठी भाँजता है। रूख-बिरिख को गरियाता है। बच्चन-मेहरिया को मारता-पीटता है। अपने माथे का बार नोंचता है... और का करेगा रइयत... ?'' बुलाकी मुंडा ने गहरी साँस छोड़ी तो नथुनों से धुएँ की दोनाली जैसी छूटी भाप। ठंड बढ़ गयी थी।

''नाहक डेरा रहा था बुचनियाँ। नान्ह बाबू ने देकुली के साथ कुछ बुरा काम तो किया नहीं।'' लपटों में तलवे सेंकते सोमता ने कहा।

''अब ई जानें देकुली,... जानें सिगबोंगा कि नान्ह बाबू ने कुछ किया कि जोधवा मऊआर ने ही कुछ कर दिया... बाकी लापत्ता देकुली का नकबेसर तो बुचनियाँ को गोमके के काठगोदाम में ही गिरा मिला था सो बात में तो कोई दाग ही नहीं है।'' बुलाकी मुंडा ने बताया।

''कठगोदाम में...! देकुली की छुँछिया?'' बीरन चौंका।

''कठगोदाम माने गोमके का गोह-चीता-चीताबरबर वाला घर?''

''ए सनीच्चर। नूनू को ही कहने दो न कत्था।'' बुधन ने टोका।

''हँ नूनू, आगे कहो।'' सोमता ने भी बुधन का समर्थन किया।

''हँ: तो आगे जो कत्था है सो सरहुल की रात की बात...। सियरमरवा पहाड़ी

पर खूब मनगर मेला लगा था ओह बरस,'' बुलाकी मुंडा कहानी में लौटा— ''जौन रात लापत्ता हुई देकुली, तौन रात खूब जगर-मगर अँजोरिया...।''

सरहुल की रात...!

वह रात बड़ी झिलमिल-झिलमिल चाँदनी वाली रात थी। आकाश में चैत की तीसरी रात का चन्द्रमा खूब खिल कर उठा था।

हर वर्ष की भाँति महुआटाँड़ और कोठिलवा पहाड़ के बीच, सियरमरवा पहाड़ी की तराई में सरहुल का वार्षिक मेला जुड़ा था। पूरी-पूरी रात चलने वाला यह मेला छोटा नागपुर के विख्यात 'हिजला मेला' या 'सोनाहातू मेला' जैसा बड़ा और नामी मेला तो नहीं था परन्तु महुआटाँड़ के आस-पास के क्षेत्रों में सप्ताह भर चलने वाले इस मेले की प्रतीक्षा आदिवासी समाज को रहती थी। मेला शहर के घुमक्कड़ मनमौजियों के लिए भी आकर्षण का केन्द्र बना रहता था।

दूर... बहुत दूर-दूरान्तर, गहरे अरण्य प्रदेश से आदिवासी जन सियरमरवा पहाड़ी के मेले में पहुँचते थे। केचकी, चियांकी, मैकलुस्कीगंज, गुरहा, पलाशखाँड़, गजलीठोरी और बाघामुँडी जैसे सुदूर बसे आदिवासी-गैर आदिवासी गाँवों के लोग तक।

बाँस के सूप-दौरी-झाँपी-झलरी, चमड़े-मिट्टी-काठ-लोहा के बर्तन-बासन, शहद-चिरौंजी-गोलोचन-बंशलोचन जैसे वन उत्पाद, लाह-कत्था गोंद-महुआ और गाय-बकरी-सूअर-मुर्गी... हर नग के क्रेता-विक्रेता मोल-मोलाई करने आते थे मेले में। बजाज-हलवाई-तमाशे वालों के लिए यह लाभ कमाने का अवसर था। व्यापारियों-बिसातियों-आढ़तियों के लिए लाभ में लोटने का अवसर।

ग्रामीण स्त्रियों के लिए भी यह मेला रास-रंग का वार्षिकोत्सव था। सिंगार-पटार की चीजें खरीदने और मीना बाजार की लहार-बहार लूटने का मौका था। दस-दस पैसे का बाइस्कोप, हवा मिठाई, लकड़तोड़, लेमनचूस या आसमानी झूले की पेंग लेने की आस साल भर से सँजोए रहते थे बच्चे भी।

सियरमरवा पहाड़ की दर्जनों छोटी-बड़ी पहाड़ियों-टीलों की उस लघु शृंखला में से किस पहाड़ी पर कब, क्यों और कैसे सियार मरा या मारा गया सो तो महुआटाँड़ क्षेत्र के किसी गाँव के किसी मुखिया-पहान[1] को भी पता नहीं था पर महुआटाँड़ का वह सम्पूर्ण पर्वतीय क्षेत्र ही सियरमरवा पहाड़ी कहलाता था।

निकट के गाँव-टोले की स्त्रियाँ दिन के तीसरे पहर से सूरज के डूबने तक मेले में पहुँचती रहती थीं और रात अधियाने तक मेले से निवृत्त होकर वापस अपने

---

1. प्रधान पुजारी।

गाँव के लिए लौट पड़ती थीं ताकि भोर में महुआ बीनने का अनिवार्य कार्य कदापि नागा न हो सके। भोर हो चुकने के बाद जंगली सूअर और चरने के लिए छोड़े गये ढोर-डाँगर महुए के फूल खाने लगते हैं। महुए की उपेक्षा किसी कीमत पर नहीं की जा सकती क्योंकि भूमिहीन निर्धन वनवासियों के लिए महुआ ठहरा जंगल का खरा सोना...वृक्षों की छाया में टपक कर चादर की भाँति बिछा ताजा महुआ हो या सूखा लिया गया फूल... जब इच्छा हो नकदी में बदली जा सकने वाली बिन पूँजी की फसल है यह प्रकृति-प्रदत्त वरदान!

आधी रात तक मेला घूम कर गाँव लौट आयी थी नन्हकी, सुगनी और तरेगनी। जमुनी की माई भी लौट आयी थी और ढोंढ़ाई महतो की नयी बहुरिया भी। हहाका बूढ़ी जैसी लाठी पर चलने वाली वृद्धा तक... पर नहीं लौटी थी देकुली।

गाँव की इन्हीं औरतों के साथ तो गयी थी देकुली। मेले तक साथ पहुँची भी थी पर जब गाँव वापस पहुँची थी स्त्रियों की यह टोली तो उनके बीच देकुली उपस्थित नहीं थी।

कहाँ अटक गयी थी देकुली— ? जंगल की राह में क्यों और कहाँ बिलम गयी थी देकुली ?

देकुली के पिता वामन टेक्का ने हहाका बूढ़ी से पूछा था। नयी लड़कियों से भी पूछा था। अपनी जवानी में लगने वाले मेले की स्मृतियों को पुनर्जीवित करती बूढ़ी स्त्रियाँ, लजाती-ठिठियाती नयी-नोहर कनेयां-बहुरिया या एक-दूसरे के खरीदे आलता-फीता-टिकुली-सिन्होरा परखती नयी छौंड़ियों की नजर किसी एक देह पर हरदम थोड़े न टिकी रहती है ? फिर उन दिनों गाँव-जंगल में देकुली और बुचानी मुरमू के बीच बढ़ता नेह-सनेह भी पके कटहल-सा महकने लगा था।

मेले आते-जाते, कौन जाने बीच राह में दिख गया हो बुचानी मुरमू। उसी के साथ बैठ गयी हो देकुली... परन्तु पहान की बेटी के लिए ऐसी बात मुँह से से कढ़ाता[1] कौन ?

तीन पहर रात मरने तक बिन माँ की बेटी देकुली की घर वापसी की राह ताकता रहा था देकुली का बूढ़ा पिता वामन टेक्का... बस्ती का पहान, पुरोहित।

खोजी-पूछी कर थकने लगा था वामन टेक्का। पास-पड़ोस में टोह-हंकार कर निराश हो चुका था वामन टेक्का। अब थके-हारे वामन टेक्का के मन में किसी सम्भावित अनिष्ट का भय मुंडी उठाने लगा था। शनैः शनैः... बहरे साँप की तरह।

---

1. निकालता।

कहीं देकुली जंगल में रास्ते से भटक तो नहीं गयी ? दिन का वन तो वनवासियों के लिए प्रिय क्रीड़ास्थली है परन्तु रात का अरण्य सशस्त्र मनुष्य के लिए भी जीवन-मौत का दोराहा।

बूढ़े पिता के भीरू मन को अनुभवी पहान का विवेक ढाढ़स बँधा रहा था। नहीं, आदिवासिन छौंड़ी जंगल में राह नहीं भटक सकती, भले रात का जंगल हो। गाँव की लड़कियाँ जंगल-पहाड़ की हर डगर पगडंडी बचपन से धाँगती सयानी हुई हैं। रास्ते से बिलटना तो असम्भव... परन्तु रात-बिरात के अकेले जंगल में बाघ, भालू, चीते या हुँड़ार का भय तो होता ही है।

फिर सुनने में यह भी आ रहा था कि बेतला के जंगल से एक बूढ़ा बाघ घेरा तोड़ कर बाहर निकल भागा था। खुले जंगल में विचर रहा था वह बूढ़ा नाहर। कई दिनों से बेतला व्याघ्र परियोजना के कर्मचारी उस भगोड़े बाघ के पदचिह्न ढूँढ़ते फिर रहे थे जंगल में।

दाँत-नाखून झड़ चुकने के बाद बूढ़ा हुआ बाघ कुलाँचे भरने वाले हिरण - कोटारी जैसे शिकारों पर आक्रमण नहीं करता। पैने सींगों वाले बारहसिंगे या पालतू ढोर-डाँगर को दबोचने में भी असमर्थ हो जाता है बूढ़ा बाघ। अपने से ताकतवर शिकार से कतराने वाला ऐसा अशक्त बाघ एकाकी दोपायों पर ही सुविधापूर्वक आक्रमण किया करता है। बस्तियों में रात-बिरात सेंध लगाने लगता है। कमजोर किल्ले-किवाड़ वाले गोशालों में बँधे मवेशियों पर डाका डालने लगता है। घसियारों पर चढ़ बैठता है।

जंगल में भूखा भटकता बुढ़वा बाघ कहीं देकुली को रास्ते में भेंटा तो नहीं गया ? धक्क् रह गया था वामन टेक्का का कलेजा...! देकुली से लड़ तो नहीं गया बाघ ?

अकेला घर था पहान का। थका-डरा पहान अकेला जीव था। न कोई मति देने वाला था, न कोई राय-विचार करने वाला। दुश्चिन्ताएँ वामन टेक्का को घर से बाहर ठेलने लगी थीं।

अन्तत: किसी से सलाह-विमर्श किए बिना ही जंगल की ओर निकल पड़ा था वामन टेक्का। टोकते-टोकते भी हाथ में पोरसे भर का बलोया चमकाता वामन टेक्का बौराहे की भाँति जंगल में धँस पड़ा था।

"देकुली गे ऽऽऽ रे देकुली ऽऽ"

नंगी देह थी। नंगे पाँव। देकुली का सशंकित बाप, अपनी बेटी की खोज करता बीहड़ जंगल की अँधेरी गहराई में निडर उतर पड़ा था।

"ओऽऽए... हे.... हे.... हे रे देकुऽऽ ली.... ी.....ी ....ी ...ी ....ी"

वामन टेक्का की हाँक जंगल की आग की भाँति बस्ती में फैल गयी थी। पहान की बेटी पर मृत्यु संकट...।

अच्छे-बुरे में गाँव के लिए आगे-आगे चलने वाला बूढ़ा अकेला कैसे हो सकता था? कुछ साहसी लड़के तीर-धनुष-भाले-टाँगी-फरसे आदि-आदि हाथों में तौलते पहान के पीछे-पीछे जंगल की ओर भाग छूटे थे।

बुचानी मुरमू तक भी पहुँची थी वामन टेक्का की हाँक। जंगल की आग की भाँति बस्ती में फैलती बात...। बुझाता है पहान की छौंड़ी बाघ के मुँह में...!

बुचानी मुरमू का रोवाँ-रोवाँ गनगना[1] उठा था। सुनते ही कलेजा भारी हो कर डूबता-सा लगा था।

बुचानी मुरमू ने तो यह तय ही किया था कि बस कल ही वह वामन टेक्का से मिलेगा। अपनी और देकुली के ब्याह की बात चलाने के लिए राय-बिरौच भेजेगा। पहान के घर पर रात में ही आ गयी थी विपदा— ? आह रे सिगबोंगा...!

बुचानी मुरमू जैसे दक्ष अहेरी के जीते-जी देकुली को कोई बाघ लूट ले जाय... ? कन्धे पर धनुष-तरकश कसे बुचानी मुरमू भी उतर पड़ा था जंगल की ढलान में। वामन टेक्का की हाँक का पीछा करता... जंगल की गहराई में धँसे-बसे गहरे काले-हरे अँधेरे को चीरता बुचानी मुरमू।

सूखे झरने के निकट बुचानी गुरमू वामन टेक्का के साथ हो लिया था।

चाँद की मुलुर-मुलुर फीकी होती अँजोरिया में शेष रात जंगल में हाँकाते-चिल्लाते भटके थे वामन टेक्का और बुचानी मुरमू।

पलाश, सेमल, पियाल, महुआ, सखुआ, शाल, सागौन... वृक्ष-महावृक्षों के पात-पात तक पहुँची थी देकुली को पुकारती हाँक। प्रत्युत्तर में हवा की साँय-साँय, झिंगुरों की झें-झें, स्यारों की हुआँ-हुआँ, हुँड़ार-खेंखर की खें-खें...। सरसराती बहती हवा पर तैरती कई-कई बनैली आवाजें... परन्तु वांछित आवाज को तरसते रह गये थे कान।

मौन गाछों के मौन पत्ते दोनों खोजनिहारों[2] की विफलता को चिढ़ाते हुए ढलमल-ढलमल डोलते रहे थे।

भोर होते-होते तक जंगल, कछार, पहाड़ की तली, छोटी-बड़ी पहाड़ियों की काँख तले नमी से बारहों माँस तर रहने वाली तराई तक निकल गये थे बुचानी और वामन। डेग-डेग छान मारा था पर कहीं नहीं थी देकुली। देकुली को खोजते-ढूँढ़ते विहान हो चला था।

हताश-निराश वामन टेक्का दिशाहारा की भाँति डगमगाती थकी टाँगों पर देह

---

1. सिहरना 2. खोजियों।

खींचता सीधा गाँव की ओर लौट पड़ा था। बुचानी मुरमू काठगोदाम के रास्ते थोड़ा घूम कर गाँव की ओर जाती पगडंडी पर बढ़ने लगा था।

हठात्... एक मोड़ पर...

ठिठक कर खड़ा रह गया था बुचानी मुरमू। धातु की चमक से चौंके बारहसिंगे की भाँति थकमका[1] गया था।

सामने... बस कुछ ही डेग आगे... बनबेर की आदमकद झाड़ियों पर अटका एक परिचित कपड़ा हवा में फरफरा रहा था, बित्ते भर का कपड़े का चिथड़ा।

उगते सूरज के ठीक पहले की झोंकती पछुवा चैती बयार में बुचानी मुरमू की आँखों के समक्ष फड़फड़ा रहा था धानी रंग का वह चिथड़ा।

लपक कर बनबेर के उस झुरमुट के निकट पहुँचा था बुचानी मुरमू। देखा था, वह किसी कुर्ती की बाँह और पीठ के जोड़ के निकट का नुचा हुआ टुकड़ा था।

कुर्ती की बाँह की किनारी पर सुनहले धागे से कढ़े थे मोर के पंख जिनके बीचोबीच आँख की जगह जड़ी शीशे की टिकुलियाँ चमक-चमक उठती थीं। देकुली से घुमकुड़िया में भेंट की उस महुआई रात को बुचानी मुरमू ने देकुली को जो उपहार दिये थे, यह चिथड़ा उसी उपहार में दी गयी कुर्ती का हिस्सा था।

हवा के झोंके से फड़फड़ा रही थीं कुर्ती की बाँहें। ताजा धूप में चमकते शीशे...! मानो बनबेर की झाड़ियों पर टँगी हुई थी देकुली की कटी बाँह!

बुचानी मुरमू की बेचैन आँखें बनबेर की धान्ही[2] के आसपास की भूमि पर बिन पानी की मछली की भाँति नाचने लगी थीं। पागल हिरण की भाँति झाड़ियाँ और घास-पात टटोलने लगा था बुचानी मुरमू मानो वहीं कहीं छुपी कोई कस्तूरी महक रही हो। पागल हिरना-सा बुचानी मुरमू...।

आगा-पाछा देखा। इधर-उधर खोजा। बाघ के पदचिह्न पढ़ने वाले खोजियों की भाँति बुचानी मुरमू ने ढूँढ़ा। मिले थे टूटी बालियों के कुछ टुकड़े... देकुली के हाथ की बालियों के टुकड़े? एक खाड़ू[3] भी कुछ दूरी पर गिरा मिला था। यह खाड़ू बुचानी मुरमू ने महुआटाँड़ के हाट में बहुत मोल-मोलाई कर खरीदा था। देकुली के लिए भेंट...।

...तो ले ही गया देकुली को बूढ़ा बाघ...! हदस[4] उठा था बुचानी मुरमू। वही बुढ़वा बाघ या कोई अन्य जीव-जिनावर...?

हताश हो उठा था बुचानी मुरमू। क्रोध, पीड़ा और विवशता से बुचानी मुरमू की आँखें सजल हो उठी थीं।

---

1. द्वन्द्व में ठिठकना 2. झाड़ी 3. कंगन 2. हताश।

देकुली की फटी कुर्ती के चिथड़े को अपने धनुष के एक छोर से बाँधते हुए बुचानी मुरमू की सारी थकन बिलाने लगी थी। अब बुचानी मुरमू को देकुली के हत्यारे की खोज करनी थी। बुचानी मुरमू नये सिरे से पदचिह्न ढूँढ़ने लगा था। बाघ, चीते, हाथी.. किसी वन्य पशु के ताजा पदचिह्न...।

दोपहरी चढ़ने तक बुचानी मुरमू की खोज विफल रही थी। पर हारा नहीं था बुचानी मुरमू। एक बाजी जरूर हारी जा चुकी थी।... देकुली की जान की बाजी परन्तु अरण्य का आदिम खेल-शिकार और प्रतिशोध—अभी जारी था। इस खेल में अब तक नहीं हारा था बुचानी मुरमू।

जानवर चाहे कोई हो, मानव देह को पीठ पर लाद कर नहीं ले जाता चौपाया। खींच कर ले जाता है। खाया-अधखाया शिकार तो छोड़ता ही है कहीं-न-कहीं। बुचानी मुरमू को बोझा खींचते किसी वन्य पशु के पदचिह्न नहीं मिल रहे थे... यह विचित्र बात थी। न मृत हाड़-मांस के लिए लड़ते मँडराते चील-गिद्ध, न ही आसपास मिल रही थी सियार-हुँड़ार की सुनगुन। आखिर देकुली को कहाँ खींच ले गया होगा नरभक्षी ?

खोह... खाई... टीले... कछार... दो दिनों तक आसपास के जंगल की खाक छानता रहा था बुचानी मुरमू। नहीं मिला था वह बूढ़ा बाघ। नहीं मिला था फिर देकुली का कोई नया सूत्र। रक्त की एक बूँद तक नहीं। बुचानी मुरमू को मुँह चिढ़ाता जंगल मानो निगल ही चुका था देकुली को।

दो दिन बीते थे। इतवार का दिन था वह, तीसरा दिन। नित्य की भाँति बुचानी मुरमू के काठगोदाम जाने का एक और दिन! अजगर, चीते और मगरमच्छों के लिए कलेवा पहुँचाने का दिन...।

उस इतवार को भोर में ही बुचानी मुरमू हवेली से निकल पड़ा था। बकरियों की एक छोटी-मोटी रेबड़ को हाँकता वह काठगोदाम तक पहुँचा था।

काठगोदाम पहुँचकर बुचानी मुरमू ने बकरियों को छाती तक ढही दीवारों वाली एक बाड़ेनुमा कोठरी में बन्द कर दिया था और चार जीवित छौनों के कान पकड़ कर उन्हें खींचता मगरमच्छों की बावड़ी तक पहुँचा था।

भोजन की गन्ध पाते ही मगरमच्छ बावड़ी के किनारे से आ सटे थे। बुचानी मुरमू ने एक-एक कर बकरी के चारों बच्चों को मगरमच्छों की बावड़ी में उछाल दिया था। मगरमच्छ शिकार पर टूट पड़े थे।

दो छौने तो अविलम्ब मगरमच्छों के जबड़ों में छटपट-छटपट करने लगे थे। मगरमच्छ उन्हें जबड़ों में भींचे पानी में डुबकी लगा गये थे। बावड़ी के पानी की सतह रक्तिम बुलबुलों से बलबलाने लगी थी।

शेष दो बकरियाँ बावड़ी के फिसलन भरे किनारों पर चढ़ने के प्रयास में विफल

हो रही थीं। दो-चार कदम तेजी से चढ़ने के बाद सर्रर...! फिसल कर पुनः बावड़ी के जल में तैरने लगते थे मेमने।

मगरमच्छ पुनः जल से उतराये थे। अधमरे छौनों को पानी में छटपटाता छोड़ वे काई—फिसलन से जूझते नये शिकारों के साथ आखेट खेलने लगे थे।

बकरों की मरणान्तक मिमियाहट को अनसुना करते बुचानी मुरमू ने घूम कर दोबारा बावड़ी की ओर ताका भी नहीं था। हृदयहीन की भाँति उसने पुनः दो बकरों के कान पकड़े और उन्हें घसीटता ले चला था।

एक कोठरी में स्थित अजगर वाले तहखाने की किवाड़ खोल कर बुचानी मुरमू ने दोनों बकरों को मानो अन्धे कुएँ में धकेल दिया था। गहरे अँधेरे से भद्-भद् के साथ करुण मिमियाहट तहखाने में गूँज उठी थी।

तहखाने के फर्श में बनी लकड़ी के उस एक पल्ले वाले किवाड़ को वापस बन्द करने के बाद भी देर तक सड़े मांस और अजगर की दुर्गन्ध देह में व्यापी रहती थी।

बुचानी मुरमू ने एक और छौने को बाड़े से बाहर खींचा था। छौनों ने मांसाहारी चौपाए की गन्ध पा ली थी सो चिल्लाए जा रहे थे। खींचे जाने का हरसम्भव प्रतिरोध करते, जोर-जोर से मिमियाते छौने को घसीटता बुचानी मुरमू चीते वाले आँगन में जा पहुँचा था।

एक छोटे कमरे जितने लम्बे-चौड़े लोहे की मोटी-मोटी सलाखों से निर्मित पिंजरे में बन्द काला चीता बुचानी मुरमू को पहचान कर घुरघुराने लगा था। चीते की बल खाती पूँछ बकरी के बच्चे को देखते ही तेजी से ऐंठने लगी थी।

साफ-सफाई के सुभीते के लिए चीते का वह विशाल पिंजरा लोहे की दीवार जैसे जँगले से दो हिस्सों में विभक्त किया गया था। यह दीवारनुमा जँगला आवश्यकतानुसार ऊपर उठाया जा सकता था। इस लोहे के जँगले के ऊपर उठ जाने से बीच की दीवार हट जाती थी और विशाल पिंजरा एक बड़े कमरे में बदल जाता था।

जँगले की इस दीवार को ऊपर उठाने हेतु घिरनी का प्रयोग किया जाता था। जंगले के ऊपरी हिस्से पर लोहे का एक मोटा कुंडा जड़ा हुआ था जिसमें एक मोटा रस्सा बँधा था। रस्सा ऊपर एक वृक्ष में बँधी बड़ी चकरी से गुजरता हुआ नीचे आता था और यह छोर वृक्ष के तने में बँधा रहता था—घिरनी वाले पनघट की भाँति।

पिंजरे के जिस हिस्से में चीता खड़ा था, बुचानी मुरमू ने उस ओर की छोटी खिड़की खोली थी। अभ्यस्त वधिक की भाँति बुचानी मुरमू ने आर्तनाद करते अजशावक को चीते की ओर उछाल दिया था।

बुचानी मुरमू की जानी-पहचानी देहमुद्रा को भाँपता चीता मेमने के पिंजरे में गिरने से पूर्व ही उछाल भरने लगा था। ज्योंही बकरा पिंजरे के फर्श पर गिरा उसकी गर्दन में चीते की दाढ़ धँस चुकी थी।

गर्दन उघड़ते मेमने की घुटती चीख और हिंस्र गुर्राहट के साथ शिकार भंभोड़ते चीते की ओर से निर्लिप्त बुचानी मुरमू वृक्ष के तने से बँधे रस्से की गाँठ ढीली करने लगा था।

गाँठ खुलते ही रस्सा ढीला पड़ा था। वृक्ष में बँधी घिरनी तेजी से घूमने लगी थीं ढन्ना ऽऽक्... ढनननन... ! लोहे की दीवार नीचे गिरी थी। विशाल पिंजरे के एक कोने में कैद चीता शिकार की गर्दन फोड़ चुकने के बाद तृप्तिपूर्वक मेमने की गर्दन से भलभल बहते रक्त को चाटे जा रहा था।

पिंजरे के परले हिस्से में बनी छोटी खिड़की खोल कर बुचानी मुरमू पिंजरे के खाली भाग में प्रविष्ट हुआ था। पिंजरे में ही एक ओर पड़ी बाँस की झाड़ू उठा कर पिंजरे के भीतर बिखरी चीते की गन्दगी साफ करने लगा था।

खाए-अधखाए मांस के उच्छिष्ट,... चिथड़ों की भाँति फर्श से चिपकी पशु खाल,.. चबाई-चिंचोड़ी हड्डियों के बिखरे अवशेष... वृक्ष की पत्तियाँ,... चीते का मल-मूत्र...। यन्त्रवत् झाड़ू फेरता रहा था बुचानी मुरमू।

बुचानी मुरमू के अभ्यस्त हाथ बिना मानसिक निर्देश के स्वतः अपना नियत कार्य कर रहे थे। पिंजरे में बस देह भर थी। मन बुचानी मुरमू का कहीं और था। पिंजरे से बाहर... टँगा था बुचानी मुरमू का मन देकुली की फटी कुर्ती में...। कुर्ती की बाँह पर कढ़े मोरपंखों के बीचोबीच शीशे की तरह। देकुली के संग मानो बैठा था बुचानी मुरमू गाँव की घुमकुड़िया में।

चीते की गन्दगी बुहारते बुचानी मुरमू का हाथ अकस्मात् थरथरा गया था। हठात् हाथ से छूट गयी थी झाड़ू। चीते की लीद के एक लोंदे के बिखर कर छिन्न-भिन्न छितराते ही अचानक चमक उठी थी कोई भगजोगनी जैसी बीरबहूटी...।

चीन्हीं-परिची चमक... ! सिहरती साही के काँटों की भाँति रोमांच और सनसनी से खड़ा हो गया था बुचानी मुरमू की देह का एक-एक रोवाँ।

नीचे झुक कर बुचानी मुरमू ने उस लाल चमकते जुगनू को एकदम निकट से परखा था। बुचानी की रीढ़ में हिमानी ठंडक की लहर-सी भर उठी थी। देह में बहते रक्त की जगह मानो बर्फ की महीन बुकनी जमने लगी थी।

उस लाल दहकती भगजोगनी को बुचानी मुरमू ने थरथराती उँगलियों से उठा लिया था। काँपती हथेलियों के बीच रगड़ कर साफ किया था।

वह देकुली की छुँछिया थी...। वह देकुली की छुँछिया ही थी याकि तलहथी पर दप्प-दप्प करता कोई अंगारा... ? या कि हथेली पर थरथरा रही थी उष्ण लहू की एक बूँद... ? पैर काँपने लगे थे बुचानी मुरमू के। देह बेजान लगने लगी थी। थसथसा कर फर्श पर थसक गया था बुचानी मुरमू।

जूड़ीताप के रोगी जैसी काँपने लगी थी बुचानी मुरमू की बोटी-बोटी...। हथेलियाँ

सिकुड़ चुकी थीं। मुट्ठी में भिंची थी कोई चिनगारी...! मुट्ठी खुलते ही हथेली पर थरथरा उठता था शीशे का लाल नग। रक्त की ताजा बूँद की भाँति। लगा, जल उठेगी हथेली।

बुचानी मुरमू की आँखें डबडबा आयी थीं। हथेली पर झिलमिल-झिलमिल नाचती छुँछिया...! धुँधला-धुँधला दिखने लगा था छुँछिया का लाल नग। बुचानी मुरमू के कानों में मानों गूँजने लगी थी कनछेदी मुंडा के मोरपंखी ढोल की धमक... ढिन-ढिन-ढिन्ना... ढिन-ढिन-ढिन्ना...!

बुचानी मुरमू के मानस में डूबने-उतराने लगा था नान्ह बाबू का घुटने तक लार टपकाता चेहरा। आँखों के समक्ष नाचने लगी थी जोधादास मऊआर की दहकते कोंयलें जैसी रक्तिम आँखें... ढिन-ढिन-ढिन्ना... ढिन-ढिन-ढिन्ना...!

स्मृतियों की गीली-भीगी परछाइयाँ बुचानी मुरमू के आसपास उड़ते रूई के फाहों जैसी तैरने लगी थी। गोदने से भरा-भरा देकुली का हाथ...! कमल पत्ते-सा वह कोमल स्पर्श देकुली का। देकुली के मधुमक्खी के छत्ते जैसे कंठ से बहती वही स्वरलहरी—"निमियाँ के डाढ़ मइया, लागेला हिंडोलवा कि झुले-झूलिना...।"

तो आखिर दू-गोड़वा[1] बाघ ने शिकार कर ही डाला देकुली का...? "हाय हो सिंगबोंगा...!" घुटनों में सिर गाड़े हिलक-हिलक कर रोने लगा था बैठ-बेगार बुचानी मुरमू। चार हाथ निकट भूखे चीते के जबड़ों में 'कड़क्-कड़ाक्' कर टूट-फट-पिस रही थी मेष की अस्थियाँ।

नान्ह बाबू की आँखों की हिंस्र चमक की याद आयी तो बुचानी मुरमू के जबड़े भिंच उठे थे। मुड़ी कटौना नान्ह बबुइया को आज का दिन दिखाने के लिए ही मौत के मुँह से बाहर खींचा था बुचानी ने? मर क्यों नहीं गया था जुवनढहना[2] उसी साँझ लेकिन ना...! सिंगबोंगा की इच्छा के विपरीत कैसे जी-मर सकता है कोई? ...हे सिंगबोंगा...! बुचनियाँ की जिनगी में एक दिन तो ऐसा लिख देते कि उस दिन इस बुचनियाँ के हाथ में लाठी होती और सामने होता हाथ-पैर बँधा जोधादास मऊआर।

...लेकिन सिंगबोंगा को भी क्यों दोष देता बुचानी मुरमू? सिंगबोंगा ने जो किया था ठीक ही किया था। सिंगबोंगा की इच्छा के बिना न कोई धरती पर आ सकता है, न धरती से उठ सकता है। नान्ह बाबू के लिलार पर सिंगबोंगा ने बुचानी मुरमू के हाथों मरण लिखा था। एक रैयत के हाथों मरना...। जोधादास मऊआर के भाग्य में बुचानी का तीर ही लिख दिया था सिंगबोंगा ने तो कोई कैसे मेट सकता था लिलार पर लिखे सिंगबोंगा के लेखा को...?

---

1. दोपाया 2. जवानी ढहना।

खौलते प्रतिशोध के ज्वार में तिनके-सा उधिया रहा था बुचानी मुरमू। मरणवेदना के भाटे में सींक-सा पटका रहा था बुचानी मुरमू। लोर से भरी-भरी आँखों के समक्ष साँवलेपन की झीनी ओढ़नी फैलती जा रही थी। उस साँवली ओढ़नी की पृष्ठभूमि में उड़ते-लड़ते दिख रहे थे पीले-वासन्ती सरसों-कनेर के फूल। अनेकानेक चिनगारियाँ...। ...छोटी-नान्हीं पोखरी पुरइन के रे फुलवा के होरे हो ऽऽऽ रे ऽऽ...।

विवशता के विषैले घूँट घोंटता बुचानी मुरमू चीते के पिंजरे से बाहर निकला था। सोचता हुआ... जंगल में जब-जब बाहर से लोग आते हैं..., ये दीकू[1] लोग अन्हिया-तूफान बन कर आते हैं। जंगल काटते जाते हैं दीकू। नये-नये खेत-खदान गढ़ते जाते हैं दीकू। आदिवासी का जीवन बेघर-बेचैन छितरा देते हैं ये दीकू। फिर कुछ समय के बाद वे दीकू का केंचुल उतार कर सादान[2] वन जाते हैं। जंगल में बस जाते हैं राजा गोमके की भाँति। ज्यों घने बँसवाड़ में बँसेड़ ले लेता है नाग साँप!

वन में बसे ऐसे ही गैर आदिवासी सादान लोगों ने वनवासियों से उनका जंगल छीना है। आदिवासी जन का परम्परागत अरण्य पर अधिकार छीना है। आदिवासियों की भूमि जो वनवासियों ने अपने श्रम-स्वेद से अर्जित किया था।... और अब ये दीकू लोग छीनने लगे हैं अपने विश्वस्त रैयत-कमियों की बेटी-बहिन-बहुरिया। राजा गोमके का बेटा छीन चुका है बैठ-बेगार बुचानी मुरमू की देकुली को...! ऐसे ही नहीं भगवान बिरसा को उठाना पड़ा था उलगुलान।[3] दीकू लोगों से लड़ाना पड़ा था लोहा।

जिन दीकू लोगों को सादान स्वीकार कर आदिवासियों ने अपने समाज से जोड़ लिया था, जिन सादान लोगों को वनवासी समाज ने अपनी पंचायतों में ऊँचा पीढ़ा दिया था, जिन बाहरी लोगों को जंगल ने इतना मान दिया था वही बाहरी दीकू सादान आगे चल कर जंगल के मालिक-गोमके बन गये और फिर दिखाने लगे अपना दीकूपन! दिखाने लगे अपने छुपे दाँत-पंजे!

जिस राजा गोमके की चार पीढ़ियाँ सादान बन कर जंगल में निष्कंटक राज भोग रही थीं, बुचानी मुरमू जैसे रैयतों के बल पर... उसी गोमके का बेटा खाँटी दीकू जैसा व्यवहार कर चुका था। अब किसके भरोसे पर रहता बुचानी मुरमू? किसका मुँह देख कर जंगल में जीते बुचानी मुरमू जैसे दूसरे बैठ-बेगार...?

बरसों से महुआगढ़ की हवेली में चलने वाले स्याह-सफेद पचाता आया था बुचानी मुरमू। अब लापता देकुली की छुँछिया के चीते की लीद में होने का अर्थ भी खूब समझता था बुचानी मुरमू। अब खेत की मेंड़ ही खेत की फसल चरने लगी थी।

व्यन्द और दुविधा के पार उतरने को छटपट-छटपट कर रहा था बुचानी मुरमू। चीते की लीद में मिली देकुली की छुँछिया और बुचानी मुरमू के रक्त में मिला गोमके प्रभूदयाल शाहदेव का नमक! का करे बैठ-बेगार बुचानी मुरमू?

---

1. जंगल के बाहर के गैर आदिवासी 2. जंगल में बसे गैर आदिवासी। मूलवासी 3. आन्दोलन।

जब से बुचानी मुरमू ने होश सँभाला था, तब से गोमके की देहरी पर ही रोटी पाता आया था। महुआगढ़ की हवेली के खाए नोन का मोल चुकाने के कर्तव्य से कभी जी नहीं चुराया था परन्तु अब नमक के ढेर में जो साँप की बाँबी दिख रही थी उस बाँबी में पलते सँपोले की मुंडी थुरने सिंगबोंगा तो नहीं उतरेगा आकाश से...! ऐसे छोटे-छोटे काम के लिए कहीं धरती पर उतरता है देवता? फिर कैसे चुकेगा देकुली की जान का मोल?

आदिवासियों की स्वामिभक्ति सीमाहीन। आदिवासियों का प्रतिशोध भी सीमाहीन। आदिवासी विश्वास अत्यन्त भोला और निश्छल। आदिवासी क्रोध, अविवेकी और संहारक।

भिंचे जबड़ों, डबडबाई आँखों और धुआँ-धुआँ कलेजे के साथ बुचानी मुरमू ने मन-ही-मन देवों के देव, महादेव सिंगबोंगा को गोहराया था।

"सहाय होवो हे सिंगबोंगा...!"

मरी बीरबहूटी जैसी देकुली की रक्तिम नगदार छुँछिया को मुट्ठी में पूरी ताकत से भींचे काठगोदाम से बाहर निकलते बुचानी मुरमू ने चमकते आकाश के नीले विस्तार की ओर ताका था..."हे सिंगबोंगा...!"

बुचानी मुरमू के संग देकुली की भेंट की रसगर बातें...! घुमकुड़िया का सरस प्रसंग मुंडा युवकों को भरमा गया। देकुली की छुँछिया वाले प्रसंग ने बाद में सिहराया भी।

कथा बाँचता बुलाकी मुंडा थका तो खलिहान पर मानो नीरवता का चन्दोवा तन उठा। दूर... कहीं दूर नदी के कछार में ठंड से कुड़कुड़ाते सियार रो रहे थे। मनहूस शृंगाल-रुदन के बाद देर तक छाया रहा अवसाद और मौन।

अलाव पर झाड़ी-झूरी की नयी खेप बोझते बुधुआ ने अन्ततः मौन भंग किया। वातावरण के भारीपन को तोड़ता बोला—

"तनिक ई तो बताना नूनू कि ओह रात कौन कोना में सट कर खड़े थे तुम? का करने गये थे लड़िकन की घुमकुड़िया में जो देख लिये भीतर का सब खेला...?"

अवसाद और गाम्भीर्य को छिन्न-भिन्न करती दबी-दबी हँसी बिखर पड़ी। वातावरण हल्का हो उठा। चिन्तन में रत, आग में ताकते बुलाकी मुंडा की श्वेत भौंहें प्रत्यंचा-सी तन उठीं—

"माने...?"

"माने ई कि देकुली के ओठ पर छिलबिलाता पसेना और रबड़ वाली शहराती चोली वाली बात..." कहते-कहते अटक गया बुधुआ। नजरें चुराता अलाव में फूँक मारने लगा।

"अड़िब्बा प रे बाप! कइसे देखे... बताव न नूनू... ?" सनीचर की नाटकीय भंगिमा...

बुधुआ की हँसी फड़क उठी। मुँह में भरी फूँक सरकी तो खाँसने लगा बुधुआ।

कृत्रिम रोष से भर कर बुलाकी मुंडा बुधुआ की पीठ पर चपत मारने लगा।

"गलथेथई बतियाता है रे? हम हथजोड़ी तो नहीं किये थे कि बाबू लोग तनिक हमसे कत्था सुनने की किरपा करो? पहले तो बाँह ममोर कर जबरई कऊड़ा[1] पर बैठा लेते हो तुम सब फिर कत्था के बीच लगते हो कठजिरह पसारने। रहने दो फिर कत्था...।"

"अरे ए बुधुआ,... अहो सनीचर भाई..." —बीरन ने बीच बचाव किया। "कत्था के बीच अंड-बंड बात काहे पूछने लगते हो भाई? अब आगे एकदम पूछ-गछ नहीं।"

"हँ भाई! जिसको नूनू की बात पर भरोसा नहीं सो मत सुने कत्था। जा कर सुते," सोमाई ने भी हस्तक्षेप किया," रस बेरस करना ठीक बात नहीं।"

सोमाई ने बुलाकी मुंडा के घुटने सहलाते हुए पाँव दबाने का उपक्रम किया। इस नाटक के साथ थोड़ी मनुहार भी की।

"छोड़ो इनको नूनू। तुम आगे कहो। हम सुनेंगे पूरी कत्था... चाहे रात बीत जाय। अब कोई बीच में नहीं बोलेगा। कोई कुच्छो नहीं पूछेगा। एक दफा हमरी बात भी मानो न नूनू!"

"पहले ई दुनो बदमास को भगाओ यहाँ से" —बुलाकी मुंडा अगराया[2]।

खिसियानी हँसी हँसता सनीचर बुलाकी मुंडा से तनिक और सट गया। सोमाई भी हेहर[3] की भाँति वहीं बैठा रहा। चुपचाप आग तापते सोमाई और सनीचर कान चुनियाए कथा के आगे बढ़ने की प्रतीक्षा करते रहे तो बुलाकी मुंडा ने भी मानो शैतान बच्चों को क्षमा कर ही दिया।

"हँ तो नूनू आगे...?" सनीचर ने साहस जुटा कर कहा।

"आगे का— ? बुचनियाँ का मन जेठ की भीत की तरह लहकने लगा था। पितपिती[4] में लगता था कि आग लहका कर सर्वस जंगल ही जार झोल दे। बाकी सोचो रे,.. का करता बेचारा बुचनियाँ? भाग-जोग से सियार के हाथ पाव भर लोहा लग भी जाय तो सियार को टाँगी गढ़ना थोड़े आ जाता है। सोचो सब... सियार को भाग से टाँगी ही भेंट जाय तो सियार को टाँगी चलाना थोड़े आ जाता है?" बुलाकी मुंडा ने अवसाद भरे स्वर में कहा।

---

1. अलाव 2. इतराया 3. ढीठ बेशर्म 4. आक्रोश।

"माने बुचानी की कत्था यहीं खतम... ?" चौंका डमरू।

"ना रे! कत्था कहीं खतम भी होती है भला? आगे का हवाल भी सुनो। आगे हुआ था ई कि एक रात जंगल में हाँका लगा था। बाघ मारने के लिए हाँका..."

अलाव की भड़क उठी लपटों में चमकने लगी कथावाचक की आँखें। किसी सतरंगे इन्द्रधनुष की भाँति शनैः शनैः श्रोताओं के मानस में उगने लगी कहानी उस हाँके की रात की। कहानी बुचानी मुरमू की...।

साँझ ढल चुकी थी।

गोमके प्रभूदयाल शाहदेव के दरवाजे पर जलती गैसबत्ती रखी जा चुकी थी। आलोकित हो उठे थे महुआगढ़ की हवेली के दालान-दुआर।

दालान के नीचे चौड़े-लम्बे बरामदे से सटी खड़ी थी एक खुली जीपगाड़ी जिसके सामने वाले शीशे के नीचे लिखा था—"टाइगर प्रोजेक्ट बेतला (पलामू)"।

बेतला वन के वनरक्षक चंडीदास बनर्जी और 'बेतला व्याघ्र परियोजना' के अधिकारी करतार सिंह मोंगा गोमके प्रभूदयाल शाहदेव के साथ बैठे शाम को रंगीन कर रहे थे। भुनी देसी मुर्गी चबा रहे थे। पुरानी विदेशी शराब पी रहे थे। आरामदेह कुर्सी के गद्दे में फँसे हँसी-ठट्ठा कर रहे थे।

अन्य टहलुओं के साथ दालान की सीढ़ी पर बैठा बुचानी मुरमू भी प्रतीक्षारत था कि कब बनर्जी बाबू और मोंगा साहब यहाँ से टलें। कब मऊआर उन्हें छुट्टी दे तो टहलुए भी कोने में ओठंगा कर रखी अपनी-अपनी थालियाँ लिए हवेली के भीतर पहुँचें। थाली भर माँड़-भात-नमक पी कर अपनी पीठ सीधी करें परन्तु दालान पर चलती महफिल आज कुछ ज्यादा ही लम्बी खिंचती दिख रही थी।

मन-ही-मन भिन्ना रहा था बुचानी मुरमू। इस प्रकार की बैठक का अर्थ था—आज यह चोर मंडली जंगल में कुछ जायज-नाजायज जरूर करने वाली है।

सरकारी खर्चे पर जंगल-जंगल जीप रगेदते फिरने वाले ये दोनों साहब लोग अपनी नौकरी कम करते हैं, यह तो जानते थे आदिवासी जन!... और अधिक क्या-क्या करते थे यह बुचानी मुरमू से छुपा नहीं था।

वन से जुड़े गोमके प्रभूदयाल शाहदेव के हर अवैध व्यापार में मोंगा साहब और बनर्जी बाबू हिस्सेदार थे। इमारती लकड़ियों के लिए मँहगे-दुर्लभ पेड़ों की अवैध कटाई, कत्थे की चोरी, पेशेवर शिकारियों को न्योत कर गुपचुप शिकार और फिर वन्य पशुओं की मूल्यवान खालों की तस्करी। कई-कई काले कारनामे करती थी पित्त-वात-बलगम की यह चोर तिकड़ी।

गोली से छिद कर बाघ-चीते हिरण-सांभर का चमड़ा खराब हो जाता है। फिर

उसकी कीमत घट जाती है बाजार में, अतः जिसके कन्धे पर सरकार ने बाघों के प्रजनन, पोषण तथा सुरक्षा का उत्तरदायित्व रखा था, बाघ के वही रखवाले बाघों को तीक्ष्ण विष दे कर मरवाते थे।

बाघ की खाल उतारने के बाद छिली लाश को बोरे भर नमक से ढँक कर जमीन में तब तक के लिए गड़वा दिया जाता था जब तक कि शव का सारा मांस गल कर हड्डियों से अलग नहीं हो जाता था। फिर बाघ की खाल और अस्थियों को बनर्जी बाबू के सहयोग से जंगल से बाहर निकाल दिया जाता था। आगे इस 'माल' को खरीददारों या चोरबाजारों तक पहुँचाते थे गोमके प्रभूदयाल शाहदेव के विश्वस्त हरकारे।

जंगल के सरकारी पहरेदार ही हाथियों के शिकार का व्यसन रखते थे। सरकारी कागजों पर अपने द्वारा मारे या मरवाए गये हाथियों को 'चोर-शिकारियों के हाथों हत्या' कह कर अज्ञात लोगों के विरुद्ध थाने में रपट लिखवाते थे। आगे प्रभूदयाल शाहदेव के अनुचरों का तन्त्र हाथी दाँत को राँची-पटना—कलकत्ता के भूमिगत बाजारों तक पहुँचाता था।

मात्र दो-चार कारतूस की लागत से या अवैध शिकारियों से कौड़ी के दाम खरीदी गयी वस्तुओं को मुहरों के भाव बेच कर राजा बन गये थे बुचानी मुरमू के गोमके प्रभूदयाल शाहदेव।

यों कहने को बिना वन विभाग के आदेशपत्र के कोई आदिवासी भी जंगल के वृक्ष नहीं काट सकता था। हरे वृक्षों के लिए तो परमिट ही नहीं मिल सकता था परन्तु चंडीदास बनर्जी को किसी परमिट या आदेशपत्र की क्या आवश्यकता थी? हर वर्ष लाखों-लाख रुपये के मूल्यवान हरे वृक्षों की अवैध कटाई बेरोक-टोक होती थी बरवाडीह-महुआटाँड़-बेतला-हुटाप के महाअरण्य में।

कटे वृक्षों को सुविधाजनक पटरे—सिल्लियों-कुन्दों में गढ़ा जाता था। प्रभूदयाल शाहदेव के चिरान पर चिर कर पेड़ लट्ठे-पटरे में बदल जाते तो लकड़ियों को बैलगाड़ियों या साइकिलों पर लाद कर गुपचुप जंगल से बाहर निकाल दिया जाता था।

आदिवासियों को भी तस्करी की ये लकड़ियाँ बेचने हेतु दी जाती थीं। आदिवासी जन रेलमार्ग द्वारा दिन-दहाड़े लकड़ियों की तस्करी में 'वाहक' बना डाले गये थे। जंगल के सीमान्त पर स्थित डालटनगंज या गढ़वा रोड जंक्शन के स्टेशनों पर आदिवासी युवक-स्त्रियों के द्वारा अवैध लकड़ियाँ सरेआम ट्रेनों से उतारी जाती थीं। बिके हुए रेल पुलिस के जवान मौनी बाबा बने रहते थे।

मात्र दस-बीस या हद से हद पचास रुपये की घूस पुलिसियों की याचक हथेली पर टिका कर लकड़ियाँ स्टेशन परिसर से बाहर निकाल ली जाती थीं। स्टेशन के मुख्य फाटक पर ही आदिवासियों को प्रलोभन या भय दिखा कर महँगी लकड़ियों को औने-

पौने भाव में खरीद लेते थे लोग। बढ़ई, लुहार, व्यापारी, लकड़ियों के दलाल-बिचौलिए या फिर मकान बनाते जरूरतमन्द लोग।

वनपुत्रों को जंगल में सियार मारने या चिता के लिए लकड़ी जुटाने पर भी जेल-जुर्माना तय है परन्तु प्रभूदयाल शाहदेव की दालान की दीवारों पर सजी हुई थी हिरण की खाल और व्याघ्र चर्म या जड़े हुए थे बारहसिंगों के सींग... पदकों की भाँति।

जंगल की सुरक्षा-संरक्षा हेतु नियुक्त और जंगल का हाल-हवाल पढ़ने भारत सरकार द्वारा सर्वाधिकार प्राप्त 'मथाई आयोग' के सदस्य आये थे कभी जंगल में। वर्ष उन्नीस सौ चौरासी में...। जंगल की चौरासी कोस भूमि पर यत्र-तत्र तम्बू गड़े थे। वनभोज खाया गया था और फिर हर साँझ ये डेरे उखाड़ कर आयोग के सदस्य डरावने जंगल से दूर डालटनगंज के होटल में जा सोते थे।

ढेर सारे कागज लिखे गये थे। कई फाइलें भरी गई थीं। फाइलों की पोथियाँ तैयार की गयी थीं। फिर बँधी फाइलों को कन्धे पर लादे पलामू से चली गयी थी 'मथाई समिति'। साथ लेकर गयी थी अनेक जंगली उपहार।

कागजी पुथल्लों का वह ढेर जो सरकारी भाषा में 'मथाई कमिटी की रिपोर्ट' कहलायी, सरकारी व्यवस्था के किसी अँधेरे सीलन भरे कमरे में मनो धूल के नीचे दबा दी गयी थी।

मथाई आयोग से जुड़े लोग भी जंगल के बाहर के लोग ही थे जिन्हें रात का जंगल डराता था जबकि जंगल को उसके सच्चेपन के साथ रात में ही देखा-परखा जा सकता है। वे लोग वनवासियों की भाषा में दीकू थे। दीकू... अर्थात् दिक्कतें उत्पन्न करने वाला जंगल के बाहर का गैर-आदिवासी। दीकू... अर्थात् गोमके प्रभूदयाल शाहदेव, मोंगा साहब और बनर्जी बाबू की भाँति ही बाहर का आदमी। दीकू कभी आदिवासियों के हितू नहीं रहे... अरण्यवासियों का यही अनुभव रहा है।

जंगल की एक कहावत है—"साहब-साहब एक टोपी हैं... !" इस मुहावरे में दम है। टोपी वाले सभी साहब एक ही प्रकृति-विचार वाले होते हैं, यह आदिम विश्वास है। मान्यता है अरण्य में कि दीकू जब भी कोई बात करता है तो पहले दीकू-समाज के हितों को सुरक्षित रखते हुए बात कहता है। प्रकृतिपुत्रों को उनके द्वारा गढ़े गये खेतों का रैयती अधिकार दिलाने की बात नहीं करता दीकू। अरण्य के वास्तविक दावेदारों को वनोपज का स्वामित्व लौटाने की बात नहीं करता दीकू।

मन-ही-मन कुढ़ता बुचानी मुरमू दालान पर चलती बतरस सुन रहा था। राजा गोमके कह रहे थे—

"हत्यारा घाट पर आजकल रोज पानी पीने उतरता है वह बूढ़ा बाघ। हमारे आदमियों ने पक्की सूचना दी है हमें। आज तो धारा पर उतरते ही बाघ को घेर लेना है।"

“एकदोम भालो[1] बात” —बनर्जी बाबू ने मुंडी हिलाते हुए कहा था— “किलर प्वांईट पर... आज रात को ही... का बोलते हैं मोंगा बाबू...?”

“आहो जी! मैंनू तो शाम से ही नदी के नाल-नाल[2] घेरा डलवा रखा है जी। हाँके वालों को जुटा कर नदी का पूरा कछार घेरवा दिया है जी। मैं तो कहंदा हूँ जी कि बाघ को जल्दी मारा नहीं जाता तो कल को बस्तियों को भी खतरा हो सकता है जी।”

“फिन भालो बात बोला” —बनर्जी बाबू गम्भीर हो उठे थे— “बाघ गाँव में घुश गिया तो शमझो कि गोमके की परजा का शफाया...। नो परजा,... दैन नो राजा। मीन्स नो गोमके एनी मोर...” हा... हा... हा... हा... हा... खीक्-खीक्-खीक्...।

गुरु-गम्भीर बनर्जी बाबू अचानक 'खी-खी' करने लगे तो कंठ से उतरती शराब तालू से ऊपर चढ़ गयी थी। तरल सरक गया तो हँसते-हँसते खाँसने लगे बनर्जी बाबू। बुचानी मुरमू बूझ गया था कि बनर्जी दादा के मगज में चढ़ने लगी है बिलैती दारू।

पर्याप्त रंग-पानी कर चुकने के बाद प्रभूदयाल शाहदेव ने पुकारा था—

“रे जोधा...!”

भीतर कहीं बैठा जोधादास मऊआर मालिक की हाँक सुनते ही प्रेत की भाँति दालान में तुरन्त प्रकट हो गया था। दोनों हाथों में एक-एक दोनाली बन्दूक।

मऊआर के पीछे-पीछे ही दालान में आये थे नान्ह बाबू भी। दो और बन्दूकें साथ लिये। हवेली की बन्दूकों में से मात्र दो के लाइसेंस राजा गोमके के लिये थे। प्रभूदयाल शाहदेव के नाम से। शेष सारी बन्दूकें अवैध। बिना लाइसेंस की।

वन विभाग की जीपगाड़ी पर सवार हो कर पाँचों व्यक्ति हवेली से कूच करने लगे थे। चंडीदास बनर्जी, करतार सिंह मोंगा, प्रभूदयाल शाहदेव, नान्ह बाबू और जोधादास मऊआर। जीपगाड़ी निकल पड़ी थी। दूर भागती जीप के पीछे बच गयी थी गाड़ी की दुम पर जड़ी लाल बत्तियाँ।

जीपगाड़ी ज्योंही अगले मोड़ पर घूमी थी, बूझ गया था बुचानी मुरमू। सीधे हत्यारा घाट पर पहुँचने वाली है जीप गाड़ी।

दालान पर बैठे दूसरे कमियाँ-टहलुए अपनी-अपनी थालियाँ उठा कर हवेली के भीतर कलेवा पाने चले थे। बुचानी मुरमू की थाली यथास्थान पड़ी रही थी। बुचानी मुरमू की आँखों में थी जीपगाड़ी की चमकती लाल बत्तियाँ। आँखों से ओझल हो चुकी थीं वे बत्तियाँ परन्तु बत्तियों की लालिमा बुचानी मुरमू की आँखों की चमक को दोबाला कर गयी थीं। आखिर वह शिकार की रात जो थी!

---

1. ठीक 2. साथ-साथ।

हाँका लगने वाला था उस रात। बाघ का शिकार होने वाला था उस रात। तन उठी थी बुचानी मुरमू की नस-नस। झपटने से पहले अपनी देह सिकोड़ कर कैसे शिकार पर घात लगाता है बाघ... ?

हाँके की उस रात को बुचानी मुरमू के देह की बोटी-बोटी फड़कने लगी थी। कैसे चमकती है सामने से शिकार पर झपटने से पूर्व शिकार की आँखों में आँखों गड़ाए नाहर की आँखें... ?

कन्धे पर धनुष तो पहले से कसा था, कमर से लटका था तीरों का तरकश। अन्तिम साथी के थाली उठाए हवेली के भीतर जाते ही बुचानी मुरमू प्रभूदयाल शाहदेव की दालान से भाग छूटा था... सीधा हत्यारा घाट की दिशा में।

बजराहा पीपल की जड़ पर स्थित आदिवासियों के आराध्य बोंगा-बोंगी के देवस्थल पर माथा नवाने के बाद जीपगाड़ी से कहीं पहले हत्यारा घाट पर जा पहुँचा था बुचानी मुरमू।

दो-पहिया या चार पहिया गाड़ियाँ लम्बे-घुमावदार अरण्यपथ पर चलती हुई भेंड़ाघाट के पुल को पार कर हत्यारा घाट तक पहुँचती थी। परन्तु बुचानी मुरमू तो जंगल-जंगल चला था। निशाचर की भाँति रस्ता-कुरस्ता चलता नदी को तैर कर पार कर गया था। पहले पहुँच गया था हत्यारा घाट तक... छोटे रास्ते से।

ठीक वहाँ... जहाँ कोयल बाँक लेती है, वहीं था हत्यारा घाट—मगरमच्छों और घड़ियालों का घर हत्यारा घाट... ?

पथरीली चट्टानों की दीवार जैसे नदी के कछार थे हत्यारा घाट पर। नदी के दोनों किनारों की सपाट-सीधी चट्टानों के कारण धारा मन्थर हो गयी थी और एक विशाल नाँद जैसा प्राकृतिक कुंड-सा बन गया था। इस कुंड में वर्ष भर अथाह पानी बना रहता था। कुंड से आगे नदी में उतना ही पानी निकल बहता था जो नाँदनुमा घाट की सतह से उपर उठ जाता था। अनेक चौपायों-दोपायों की बलि ले चुके थे हत्यारा घाट के खूनी जलचर।

हाँका लगाने वाले रैयत हँकनिहारों ने हत्यारा घाट को तीन दिशाओं से घेर रखा था। चौथी दिशा में थी नदी की धारा और अथाह जलकुंड।

टाना भगत बाजी बदने को तैयार था कि इसी घेरे के भीतर फँसा बैठा था बूढ़ा बाघ। चीते-हाथी-भालू के पैर पढ़ने में टाना भगत का कोई जोड़ नहीं था। बेतला व्याघ्र परियोजना तक से टाना भगत को बुलावे भेजे जाते थे जब पदचिह्नों के आधार पर वन्य पशुओं की वार्षिक सरकारी गिनती की जाती थी।

चक्रव्यूह रचा जा चुका था। अब या तो बाघ शिकारियों की गोली खा ले या फिर हत्यारा घाट के पानी में छलाँग लगा ले। अब तक के अनुभव तो यही थे कि रक्तपिपासु घड़ियाल-मगरमच्छों के भय से बाघ-चीते जैसे हिंसक चौपाए तक रात-

बिरात पानी पीने हत्यारा घाट पर नहीं उतरते थे। जत्थों में साँझ के पहर ही घाट तक आने का साहस करते थे।

शिकारियों ने जीपगाड़ी जंगल की मुख्य सड़क पर ही छोड़ दी थी। वहीं, सड़क के किनारे के एक सेमल वृक्ष पर बँधी मचान थी जिस पर चढ़कर बैठ गये थे बमय बन्दूकें-कारतूस बनर्जी बाबू और मोंगा साहब!

खिली चाँदनीवाली रात थी। शीतल बढ़िया हवा थी। शिकार के लिए आदर्श स्थिति...! तिस पर मेदे में छलछलाती मदिरा शिकार के आनन्द भरे रोमांच को दोबाला कर रही थी।

दस आदमियों के घेरे में पाँव-पैदल चलते प्रभूदयाल शाहदेव, नान्ह बाबू और जोधादास मऊआर हत्यारा घाट से सटी अपनी मचान तक पहुँचे थे। घाट के आस-पास की पथरीली-चटियल भूमि पर कोई मजबूत ऊँचा वृक्ष नहीं था सो ऊँची-ऊँची शहतीरें गाड़ी गयी थीं। चार मोटी-मजबूत शहतीरों पर मचान बाँधा गया था।

तीनों शिकारी मचान पर जा चढ़े थे तो सुरक्षावश मचान से सीढ़ी हटा कर नीचे धकेल दी गयी थी।

शक्तिशाली टार्च की प्रकाश रेखाओं के माध्यम से दोनों मचानों के बीच "सबकुछ ठीक है" के संकेतों का आदान-प्रदान हुआ था। शिकारियों का प्रकाश संकेत पाते ही हँकनिहारों ने हाँका शुरू कर दिया था।

"धू-धू-धू-धू-ऊ-ऊ-तू-तू-तू-तू-तू- ऽऽऽ..." सिंघे फूँके जाने लगे थे।

"ढिन-ढन्ना... ढिन-ढन्ना... ढिन" ढोल पीटे जाने लगे थे।

"धिंग-धिंग-धितंग-धातिंग-धितंग" माँदल पर थाप पड़ी थी।

"ढन-ढन-ढन-ढनढनाढनढन्न"... टीन के खाली कनस्तरों पर बाँस की कमाचियों के लगातार प्रहार...।

"ओऽ होऽ होऽ हूऽ ले ले ले ले..." का शोर मचाते, हाँका लगाते पंक्तिबद्ध हँकनिहार झाड़ियाँ, झाँखियाँ और लता-गुल्मों को चीरते आगे बढ़ने लगे थे। हाथों में जलती लुकाठियाँ लिये हँकनिहार धीरे-धीरे घेरा छोटा करते आगे बढ़ते रहे थे। नदी की ओर... हत्यारा घाट को केन्द्र में लिये बढ़ती जा रही थी अर्धचन्द्राकार चक्रव्यूह वाली वह मानव शृंखला।

धीरे-धीरे एक दूजे की ओर सिमटते हँकनिहारों का घेरा बीच से दो स्थानों पर खुला छोड़ रखा गया था। शिकारी बन्दूकों की मारक दूरी के भीतर बाघ को धकेलने की आदिम युक्ति थी यह हाँका।

एक सँकरी फाँक सड़क वाले मचान की ओर छोड़ी गयी थी और दूसरा द्वार खुला हुआ था हत्यारा घाट की ओर। अपेक्षाकृत व्यापक खुला क्षेत्र ताकि बाघ घेरे

से बाहर निकलना चाहे तो दोनों में से किसी एक रास्ते का विकल्प चुन ले। ताकि बाघ को शिकारियों के किसी-न-किसी मचान के सामने से अवश्य गुजारना पड़े।

हाँके के शोर-हंगामे से हटकर, हँकनिहारों की जानकारी से अलग, शिकारी बन्दूकों की सोच से बहुत दूर... अरण्य के हरियल अँधेरे वाली उस रात में परछाईं की भाँति पत्थर की एक बड़ी शिला से चिपका खड़ा था बुचानी मुरमू। नदी की धारा और मचान के बीच... मचान के एकदम पीछे।

चट्टान के कालेपन के साथ एकसार हो रही थी आदिवासी देह। एक और शिकारी घात लगाए बैठा था अपने शिकार पर। खूब पिजाये फल वाला एक विश्वस्त तीर अपने धनुष पर चढ़ाए सन्नद्ध था वह आखेटक। धनुष की प्रत्यंचा हर क्षण खिंची हुई थी। हर क्षण निष्कम्प था अपने गन्तव्य तक पहुँचने को आतुर तीर। निष्पलक ताक रहा था वह व्यग्र अहेरी...।

जहर बुझे तीर की पूँछ में लगा हंस का पंख धुँधली चाँदनी में दूध के दिए से उठती दुधिया लौ की भाँति लहरा रहा था। धनुष के ऊपरी छोर में बँधा फरफरा रहा था देकुली की धानी रंग वाली कुर्ती का टुकड़ा। चैत के इक्का-दुक्का मेघखंड से आँख-मिचौली खेलते चाँद की नीम रोशनी में रह-रह कर चमक उठते थे कुर्ती में जड़े शीशे के गोल-गोल टुकड़े... मानो चमक-चमक उठती थीं देकुली की स्मृतियाँ। धनुर्धर के मेदे से माथे तक सुरसुरा रही थी चावल की मदिरा-हँड़िया—जिसकी खाली हाँड़ी बुचानी मुरमू के पैरों में लुढ़की पड़ी थी।

जंगल में तुमुल शोर उठ चुका था। ढोल-माँदल-सिंघे की बेसुरी-बेताल आवाजों से घबराए, पेड़-पौधों पर स्थिर हो चुके चिरईं-चुरगुन हरहरा कर उड़ने लगे थे। उजियाती रात के आकाश में साँवली चादरों की भाँति बेचैन उधिया रहे थे पखेरू। चौपाए भी जहाँ सींग समाए भाग-छुप रहे थे।

हो-हंगामे से बौखलाया बूढ़ा बाघ कुपित हो कर दहाड़ने लगा था। पलायन की दिशा ढूँढ़ते बाघ की दहाड़ निरन्तर खूंखार होती जा रही थी। यही दहाड़ बाघ के चक्रव्यूह में घिर चुके होने की पुष्टि भी कर रही थी।

बुचानी मुरमू की अपलक आँखें घूसर चाँदनी में सबकुछ पढ़-परख रही थीं। खुले मचान के ऊपर स्थिर दिख रही थी तीन मैली मूरतें। घुटनों पर देह का बोझा दिये—बन्दूकें ताने तीन अडोल परछाइयों को आकृति-आकार से चीन्ह चुका था बुचानी मुरमू।

पानी में बंसी डाले मछेरों की भाँति बाघ पर घात लगाए बैठे थे तीनों शिकारी। बायीं ओर थे खूब लम्बे-चौड़े राजा गोमके। दाहिनी ओर था माथे पर बड़ा सा फेंटा बाँधे जोधादास मऊआर और दोनों के बीच में अपेक्षाकृत छोटी पतली परछाईं सी... यह थे नान्ह बाबू।

कहा करता था बुचानी मुरमू के गाँव का पहान वामन टेक्का, ''हरमेसा से हारते रहे हैं हम जंगल के लोग। जुग-जुग से हर लड़ाई में हारना ही हमारा करमलेख है रे। कोल लड़ाई, सरदारी लड़ाई, खरूआ और मुलकी लड़ाई... हूल की लड़ाई में भी और भगवान बिरसा के उलगुलान तक... हर बार हम हारे ही हारे। हरमेस्सा हमीं लोग हारे... जंगल हारा। जीतते रहे, जीतते गये... जीतते ही रहते हैं दीकू लोग। सोचो रे सोचो कि ऐसा काहे... ?''

बुचानी मुरमू के समवय संगी अब तक नहीं ढूँढ पाए थे पहान के इस बुझौव्वल का हल। रोटी-रोजगार के जतन और मजदूरी-बेगारी का जुआ गर्दन उठा कर सोचने का समय कहाँ देता है ? बहुत दिनों के बाद ही सही परन्तु इस ''ऐसा काहे ?'' की पहेली को बूझने लगा था बुचानी मुरमू परन्तु यह बूझ जाना भी कितनी खतरनाक बात थी ? अधिक समझदारी हवेली में रैयतों का दुर्गुण मानी जाती थी। गोमके प्रभूदयाल शाहदेव का नोन-पानी घुला था बुचानी मुरमू के लहू में। बुझौव्वल बूझना मना था। मन की बात मन में रखनी थी।

अब जानता था बुचानी मुरमू कि हाकिम, थानाबाबू, जंगल बाबू, फरसगाड, दरोगापुलुस और अपने राजा गोमके... ये सारे लोग दीकू ही होते हैं। दीकू लोगों की इस जमात से कैसे लड़ेगा अकेला अनपढ़ जंगल समाज ? अपना एक आदिवासी भाई... पाँकी गाँव का सरना मुंडा दारोगा बाबू बन भी गया तो मुंडा लोगों का कोई मान नहीं बढ़ा जंगल में।

दरोगाबाबू बना सरना तो फिर वह आदिवासी मुंडा नहीं रहा। आदिवासी मुंडा से क्रिस्तान बन गया सरना... सरना हेम्ब्रम... ! सरना को पोसने-पढ़ाने में जिसने रुपया खर्च किया उसने सरना मुंडा का नाम, धरम-ईमान सब-कुछ खरीद लिया।

गले में जोड़ (क्रास) पहनने लगा सरना हेम्ब्रम। बन गया कौआ अपने पोंछ में हंस का पंख खोंस कर हंस... माने आधा दीकू। अपने मुंडा समाज को बिसरा कर दोगुना लाभ के लोभ में पड़ गया सरना। अपने आदिवासी होने का लाभ तो कमाता ही था, क्रिस्तान होने का लाभ भी लूटने लगा सरना। फिर तो नफे के नशे में भूल ही गया सरना अपने कोल्ह-धाँगड़ समाज को। अपने काले गोतिया-नातेदार को भी न चीन्हने का ढोंग करने लगा सरना हेम्ब्रम। खड़िया-नगपुरिया बोली बिसरा कर गिट्टपिट्-गिट्टपिट् वाली बिलैती-शहराती बानी बोलने लगा आदिवासी पेट से निकला जनम-जनम का मुंडा सरना हेम्ब्रम !

अपने ही लोग जब पाला बदल लें तो कैसे न हारे जंगल समाज ? सीदो-कान्हू फिरंगियों से नहीं हारे। उन्हें पकड़वाया अपने समाज के सरना हेम्ब्रम बने लोगों ने। भगवान बिरसा को फिरंगी नहीं हरा सके। भगवान को फिरंगी के जाल में फँसाया फिर अपने समाज के ही सरना हेम्ब्रम बने लोगों ने। जंगल के बाल-बच्चे ही अब

दीकू जैसा बनने को छछनने[1] लगें तो कैसे नहीं जीतेंगे हर बार दीकू लोग? ...ठीक है कि जीतते रहे हैं दीकू बार-बार लेकिन आज नहीं! आज तो जान का मोल देकर भी जीतेगा बुचानी मुरमू। इस बार तो जीतेगा जंगल...।

हाँके की उस रात बुचानी मुरमू ने भी आखेट की ठान रखी थी। निश्चय कर लिया था कि देसी दीकू लोगों को गोर (कब्र) में गाड़ देगा। एक उत्कट महत्त्वाकांक्षा छाती में बटोरे उस रात 'हत्यारा घट' पर अड़ा बैठा था बुचानी मुरमू।

अचानक नदी के बीच उभरी चट्टान पर बैठे चकवे-जाँघिल चीख कर उड़ने लगे थे। बाघाईन महक से चौंक उठे थे जलपाखी। कछार के किनारे-किनारे उगे ऊँचे-ऊँचे सरकंडों के जंगल में भी हलचल-सी मच उठी थी। कई नेवले पानी में गुप्प-गुप्प कूदे थे। साथ ही कछार में गूँजी थी कुपित बाघ की भयंकर दहाड़...।

नदी की ओर निकल आया था बाघ। हाँका सफल रहा था। नदी में कूद पड़ने को उद्धत था नाहर। अमानवीय हुल्लड़-हंगामें से घबराया एकान्तप्रिय पशु पलायन को आतुर हो रहा था। मगरमच्छों-घड़ियालों के खतरों से जूझ कर भी नदी पार करने को व्यग्र था वह गुलदार! ...परन्तु मचान के निकट से गुजरे बिना बाघ का नदी तक पहुँचना असम्भव कर दिया गया था।

बादलों को चीर कर निकल आया था चाँद। चटख होती चाँदनी में छुप नहीं सकती थी वह पीली चित्तीदार खाल।

राजा गोमके की मचान से दस-बीस डेग हटकर... दबे पाँव सरक रही थी वह पीली चित्तियों वाली आकृति। उतावली बन्दूकें प्रतीक्षारत थीं।

मचान के ऊपर से पहली बन्दूक तड़की थी। चौकन्ने नान्ह बाबू की बन्दूक... शिकार का प्रशिक्षण पाते हवेली के राजकुमार की बन्दूक... धाँय...!

बुलाकी मुंडा ने कमर में खुँसी खैनी की मैली पोटली को बाहर खींच लिया। खैनी के कुछ पत्ते पोटली से निकाल कर नाखून से खैनी की पत्तियाँ कुतरता मौन बुलाकी मुंडा अलाव में ताकने लगा मानो अलाव की आँच में धीमे-धीमे पक रही हो आगे की कथा।

पूरा समय लेते हुए सुरती में चूना मिला कर बायीं हथेली पर दायें अँगूठे से मिश्रण को धीमे-धीमे फेंटता-मसलता बुलाकी मुंडा मानो कथा-श्रोताओं के धर्य की परीक्षा लेने लगा। व्यग्र चातक जैसी व्याकुल उत्सुकता से भरे कथा पिपासु मुंडा युवक मौन बुलाकी मुंडा को ताके जा रहे थे।

---

1. तड़पने।

सुरती मुँह में फाँक कर पोपले होते मुँह के किसी कोने में खैनी की पूरी मात्रा को व्यवस्थित करने का प्रयास करते बुलाकी मुंडा के मुँह से आह-सी निकली।

"हाय हो सिंगबोंगा...!"

"का हुआ नूनू...?" सनीचर का धीरज सबसे पहले चूका।

"जरूर बुचनियाँ ने कोई कांड किया होगा... और का?" बुधन ने खोदा।

"अब का कहें रे नाती! ओह रात के बाद तो बाभन की राँड जैसे चावल में से पिल्लू बीनती है... वैसे ही राजा गोमके, जोधवा और जंगल बाबू ने डेग-डेग जंगल छान-फटक दिया बाकी बुचनियाँ किसी को भेंटाया ही नहीं।

"नहीं भेंटाया माने...? बाघ खा गया?" सोमता ने पूछा।

"भक्क बुड़बक... अभी कहाँ? नान्ह बाबू और जोधवा अभी तीर कहाँ खाए हैं जो बुचनियाँ को बाघ खाएगा? कत्था के सुरू में का बोला था नूनू सो भूला गया का रे!"

"ओ...हँ-हँ... याद है।" डमरू की झिड़की ने सोमता को कथा की याद दिलायी।

"बीस बरस का होर छोकड़ा बुचनियाँ बीस बाँस नीचे धरती में धँस गया कि बीस कोस ऊपर अस्मान में उधिया गया सो तो सिंगबोंगा ही जानें," बोला बुलाकी मुंडा।

"माने ओही रात से बुचनिया लापत्ता...?" डमरू का मुँह विस्मय से खुल पड़ा—"कैसे नूनू...?"

"आजतक...? एकदम्मे लापत्ता...?" बीरन भी दंग...!

"बाकी लपत्ता हो काहे को गया बुचनियाँ?" उलझन बढ़ती जा रही थी।

"धरती फाटे मेघ मिले, कपड़ा फाटे डोर। तन फाटे को औषधि, मन फाटे नहीं ठौर...।" बुलाकी मुंडा ने उसकी गाँठे खोलीं—"मन फट गया था बुचनियाँ का मालिक गोमके से भरोसा फट गया था रे। कौन गोमके के जीते जी उसे ठौर देता जंगल में? ओह रात बुचनियाँ ने जो उत्पात रच दिया था सो खरमण्डल[1] कभी कोई मुंडा, कोई सन्ताल, कोई कोल-धांगड़-भुईंयाँ-मुसहर के पूत ने कभी किया ही नहीं था।

"जंगल में कोई साथ नहीं दिया?"

"न्ना...।"

"माने अब कब्बो बुचनियाँ नहीं आएगा?" नीरन ने पूछा।

"आएगा रे... जरूर आएगा।"

"कब नूनू...?"

1. उत्पात/उथल-पुथल।

"जब हम मरेंगे। तौन दिन तो बुचनियाँ को आना ही होगा रे। हमार रंथी[1] में काँधा लगाने आना होगा उसको। हमें माटी देने जरूर आएगा बुचनिया... हमारा मन कहता है।"

"तुमको बहुत मानता था बुचनियाँ... है न नूनू— ?" बीरन ने मानो कोई सूखा घाव कुरेद डाला।

"चुप रे बीरना। पुरान बात मत खोद रे। बुचनियाँ का तो ऐसा नेह-सनेह था हमसे कि उसका हाल सोचते हैं तो हमारी छाती टनटनाने लगती है। मन खराब हो जाता है हमारा।" उदास हो गया बुलाकी मुंडा।

सप्तऋषि मंडल सरकता-खिसकता खलिहान के आकाश पर तिरछे झुक कर पीपल की फुनगी से बतियाने लगा था।

"आगे नूनू... ?" सनीचर ने बुलाकी की संवेदना को छुआ—"अभी तो बुचनियाँ का लीला बताए ही नहीं।"

"हँ...! कत्था न ?" —बुलाकी मानो चैतन्य हुआ—"तो कहाँ से आगे जाना है रे ?"

"हँ... हँ... तो ओह रात हाँका लगा था। बाघ गोमके के मचान के नजीक से पार होने लगा था— " उपसंहार की ओर बढ़ी कथा बुचानी मुरमू की—"तो सबसे पहिले नान्ह बाबू की बन्दूक छूटी थी फिर गोमके की बन्दूक बोली थी... ठाँय!"

दूसरी गोली दागी थी प्रभूदयाल शाहदेव ने। शिकार के नियमानुसार ऐसा करना अनिवार्य है ताकि शिकार के मारे जाने की पुष्टि हो सके... अनुभवी शिकारी ऐसा कह गये हैं।

बाघ को दो बार मारा जाता है ताकि लक्ष्यवेध में कोई सन्देह न रह जाय। ताकि बाघ असावधान शिकारी पर कतई आक्रामक न हो सके।

आखिरी गोली दागी थी जोधादास मऊआर ने। लगातार एक के बाद एक... जंगल में तीन धमाकों से भन्ना उठा था कछार! चीखने लगे थे पाखी पखेरू...! पोरसे भर ऊँचा तड़प कर भरे बोरे सा धम्म से भूमि पर गिरा था वह नौ हाथ का नाहर!

मात्र एक... इकलौता अवसर बुचानी मुरमू को आमन्त्रित कर चुका था। पुनः अवसर मिले न मिले... अचूक लक्ष्यबेध हेतु संकल्पित बुचानी मुरमू की तीर पर चिपकी उँगलियाँ निमिष भर को थरथरायीं थीं। उँगलियों की दबिश शिथिल होते ही मुक्त हुआ वाण सन्नाता अपने लक्ष्य की ओर लपका था। अलबत्त निशाना...!

---

1. अर्थी।

सन्तुष्ट हुआ था बुचानी मुरमू। बुचानी मुरमू का तीर सीधा शिकार की गर्दन के आर-पार हो गया था।

क्षण भर को ऐंठकर मचान से चार हाथ ऊपर उठ गयी थी लक्ष्य की देह। चौंके थे साथ के बन्दूकधारी। तब तक हवा में उठा धड़ हवा में ही ऐंठा था और फिर असन्तुलित होकर बिंधे कबूतर की भाँति तड़फड़ाती नान्ह बाबू की देह मचान से नीचे गिरी थी—लद्दधड़ाम्म्...!

भौंचक्का रह गया था शिकारी मचान। पके कोंहड़े की भाँति नान्ह बाबू की नीचे टपककर भहराती देह...! आँखें बन्द कर मचान से सीधे नीचे कूद पड़े थे बौखलाए प्रभूदयाल शाहदेव।

अन्हिया वातास बना बुचानी मुरमू सरकंडों के घने जंगल को चीरता... सरकंडों के तीक्ष्ण धार पत्तों से देह छिलवाता-कटवाता जंगल की गहराई में धँसने लगा था। पवन वेग से उधियाने लगा था बुचानी मुरमू... कोठिलवा पहाड़ की ओर...!

बुचानी मुरमू के पैरों में मानो पंख उग आये थे... बाँहों में डैने...। भागा जा रहा था बुचानी मुरमू मानो उसका पीछा कर रही हो कोयल नदी में हठात् उमड़ कर कूल-कगार डूबो देने वाली प्रलयंकारी बाढ़... 'हड़पाबान'!

मचान के नीचे नान्ह बाबू की गिरी देह गर्दन कटे बकरे के धड़ की भाँति झटके खा रही थी। हिचकियों के साथ नान्ह बाबू के मुँह से बाहर उबल रहा था रक्त... रक्तिम गाज-फेन। गरदन के पीछे धँसे तीक्ष्ण बाण का फलक गर्दन की घेंटी फोड़ कर आर-पार निकल गया था। भुनते मांस में पिरोई हुई सलाख की भाँति गर्दन में धँसे-फँसे तीर की पूँछ में लगा पंख फरफरा रहा था। हंस का पंख...।

हँस के पंख वाला वाण...? विस्मयातिरेक से अधिक आतंक...! आँखें फट पड़ी थीं। मोच खाए घुटने की पीड़ा तिरोहित हो गयी थी। मरणवेदना में एड़ियाँ रगड़ने लगे थे नान्ह बाबू। चीख उठे थे गोमके प्रभूदयाल शाहदेव।

"बुचनियाँ रे ऽऽऽ... साला नीमकहरमवाँ...! जोधा, भूँज दे रे... खोज रे.. ह़रामी को चीर दे रे जोधा ऽऽ"...

मचान से नीचे कूदा जोधादास मऊआर बुचानी मुरमू के पीछे दौड़ चुका था। दाँत पीसता... ललकारता... गरियाता...। जोधादास मऊआर को कुछ निर्देशित करने की आवश्यकता बिल्कुल नहीं थी। आपातकाल में वह साक्षात् काल बन जाता था। हर आफत-विपत्ति में गोमके के प्रति अपने कर्तव्य को निभाना जानता था हवेली महुआगढ़ का वह संकटमोचन...।

"रुक रे हरमजादा... रुक...! ऐतना करेजगर रइयत रे? गाँड़ी में नाल ठूँस कर फैर कर देंगे आज... रुक रे छिनरी के पूत...!"

दूर से आ रही थीं आवाजें...गालियाँ...! बुचानी मुरमू का पीछा करता जोधादास मऊआर अन्धे फायर झोंक रहा था। दो क्षण ठहरने, गोलियों से रिक्त हुई बन्दूक की नाल तोड़ने की अनिवार्यता और रिक्त नाल में नये कारतूस डालने की विवशता... इतना मात्र का समयान्तराल बुचानी मुरमू से उसे दूर... और दूर करता गया था।

आगे-आगे भागते... क्षण ओझल क्षण दिखते उस दुःस्साहसी वनचर को भून डालने का अवसर झपट सकता जोधादास मऊआर परन्तु चाँद दगा देने लगा था। चैत की बदरी धोखा दे गयी थी। फिर कहाँ बुचानी मुरमू... ? देह तो देह बुचानी मुरमू की परछाईं तक को न पा सकी बन्दूक की इकलौती गोली।

अपनी परछाईं समेत बुचानी मुरमू की देह वृक्षों की अँधेरी छायाओं के साथ घुल मिल कर एकाकार हो गयी थी।

पीड़ा से पिराते, मोच खाए पैर पर खड़े महुआगढ़ के राजा गोमके प्रभूदयाल शाहदेव अपने कुल के फदफदाते दिए की अन्तिम लौ को निरन्तर घटता देखते रहे थे... और जब दिया बुझ ही चुका तो त्योरा कर, कलिख भरे दिए पर गिर कर, भोंकार पार कर रो उठे थे प्रभूदयाल शाहदेव।

आसपास उन्हें घेरे खड़े थे पचासों हँकनिहार। हँकनिहारों के घेरे के बीच लाश का माथा सहलाते दहाड़ें मार कर विलाप कर रहे थे राजा गोमके...'' हमारा तो जहाज ही डूब गया रे ऽऽऽ बाप...!''

''आग...!'' अचानक एक हँकनिहार उत्तेजना से बोला।

''जंगल में आग...!'' एक और आवाज।

''कहाँ लहक गया रे... पहाड़ ?'' किसी ने पूछा।

कठगोदाम की दिशा गुलाबी-गुलाबी दिखने लगी थी। धुएँ का घटाटोप गुबार सा... गहरे काले पर्दे के पीछे ढँकने लगा था कोठिलवा पहाड़ का धड़। कहीं काठगोदाम ही तो नहीं...! भयभीत मन बड़ी जल्दी सशंकित हो उठता है।

काठगोदाम में आग... ? नान्ह बाबू की देह की सुरक्षा का दायित्व हँकनिहारों पर छोड़कर घायल पाँव पर भचकते सशंकित प्रभूदयाल शाहदेव बन्दूक लिये काठगोदाम की ओर चल पड़े थे। भचकते-हुचकते पर यथासम्भव तेजी से बढ़ गये थे राजा गोमके।

पैरों की पीड़ा को घोंटते प्रभूदयाल शाहदेव काठगोदाम तक पहुँच तो गये थे परन्तु आह...! काठगोदाम के ऊपर धुआँ-धुआँ हो रहा था आकाश। काठगोदाम के ऊपर धुएँ का गुबार काले कुकुरमुत्ते की भाँति तना हुआ था।

प्रभूदयाल शहदेव ने आगा-पाछा देखा था। अकेले खड़े थे। उनके आगे कोई नहीं था। उनके साथ पीछे-पीछे कोई नहीं आया था। दाँत पीसने लगे थे राजा गोमके। ''साले जंगली के जंगली ही रह गये। कोई कायदा ही नहीं सीख सके...।''

काठगोदाम से धुएँ का उठता पहाड़ बागी बुचानी मुरमू के किए भी तो सम्भव था। वे अकेले थे। बुचनियाँ के पीछे दौड़ा जोधादास मऊआर आखिर कहाँ पहुँचा था?

सम्भावित आक्रमण और आसपास कहीं छुपे बैठे बुचानी मूरमू के तेवर से सशंकित प्रभूदयाल शाहदेव काठगोदाम के पीछे वाले चोर रास्ते से काठगोदाम के भीतर प्रविष्ट हो गये थे। अंतर्द्वंदों से घिरे... यहाँ आग कैसे? क्यों...?? किसने...??? बुचनियाँ ने ही या किसी दुर्घटनावश...? रैयतों ने आज उनकी स्थापित परम्पराओं का पालन नहीं किया...। पीछे-पीछे दो-चार को रात के जंगल में चलते गोमके के साथ आना चाहिए था। कोई नहीं आया... क्यों? कहीं बुचनियाँ हरामी ने अन्य रैयतों को भी भड़काया तो नहीं...? कब से खुद रही थी हवेली की दीवार में यह सुरंग...? कितने लोगों को अपने पक्ष में फोड़ा होगा गद्दार बुचनियाँ ने? सबकुछ अविलम्ब पता लगाना होगा। एक-एक बागी को कटवा कर गड़वा देना होगा अन्धे कुएँ में। जिन्दा फिंकवा देना होगा मगरगोह के आगे। गजब के बौरा गये हैं साले आदिवासी...

...परन्तु काठगोदाम में तो और भी कई 'गजब' गोमके प्रभूदयाल शाहदेव की प्रतीक्षा कर रहे थे।

एकदम सिर पर खड़े चाँद की रोशनी में झिलकारी मार रही थी जलभरी बावड़ी। काठगोदाम की बावड़ी के मगरमच्छ तैर रहे थे परन्तु वे उल्टा होकर तैर रहे थे। मरे साँप की भाँति सफेद पेट को जल के तल पर ऊपर दिखाते हुए। खुरदरी पीठ नीचे... पानी में ओझल...डूबी हुई।

सफेद काठ के लट्ठों की भाँति जल की गति के संग तिरता-डोलता मगरमच्छों का जोड़ा। प्रभूदयाल शाहदेव ने बावड़ी की कगार से नीचे झाँका। दिखा—मगरमच्छों की थूथन में धँसी सलाखें...? सलाखें नहीं तीर! हंस के पंख पहचाने राजा गोमके ने। मगरमच्छों के पेट में भी धँसे थे तीर! बुचानी मुरमू के तीर...!

बीड़ी पत्ते से भरी थी काठगोदाम की कई कोठरियाँ। गलियारों में भी महुए के बोरे छत तक अँटे हुए थे। महुआ... एक तैलीय फूल...! आग का मित्र!

पत्तों की टाल के निकट पहुँचे प्रभूदयाल शाहदेव तो लगा बोरों से धाह[1] निकल रही थी। भीतर मानो सुलग रहा था कोई आँवाँ। धुआँ... धुआँ... और धुआँ। ज्योंही प्रभूदयाल शहदेव ने एक बोरा खींच कर पुष्टि करनी चाही... धकधकाती लपट भड़क उठी थी, छत तक भभक उठी थी।

प्रभूदयाल शाहदेव ने माथा पीट लिया। बीड़ी पत्तों की गड्डियों के रूप में सुलग रही थी रुपयों की गड्डियाँ। जलने लगे थे लाखों रुपये। चिल्ला उठे थे प्रभूदयाल शाहदेव—

1. तपिश।

"हरिया रे...रे गोढ़ना... कहाँ हो रे देहचोर साले... ?"

अर्धविक्षिप्त की भाँति प्रभूदयाल शाहदेव काठगोदाम में पानी ढूँढ़ने लगे थे। उन्हें पुकारते हुए जो वहाँ थे ही नहीं और यह प्रभूदयाल शाहदेव को भी पता था पर मति शून्य होने लगी थी।

प्रभूदयाल शाहदेव की हाँक काठगोदाम के बाहर तक पहुँची थी। बाहर कहीं से जोधादास मऊआर की घबराई हुई आवाज—

"आ गए का गोमके ऽऽऽ!"

"तू कहाँ है रे जोधा?" चिल्लाए थे गोमके—"जो दिखे, भूँज दे साले को..."

"काठगोदाम से दूर रहिए गोमके नहीं तो झोला जाएँगे। बहुत जब्बड़ आग है इधर। बुचनियाँ नें कुच्छो नहीं छोड़ा गोमके! अपनी आँख से देखे हैं हम हरमियाँ को लुकवारी लगाते...।"

"तूने रोका नहीं साले?" उत्तेजित कंठ से चीखते प्रभूदयाल शाहदेव काठगोदाम से बाहर निकलने की सोचने लगे थे।

"अन्हरिया में बिला गया साला भूत का जनमा!... यहीं खड़े हैं हम, ...बाहर निकलिए गोमके।"

परन्तु काठगोदाम से बाहर तुरन्त कहाँ निकल सके थे गोमके प्रभूदयाल शाहदेव? प्रांगण को पार करने लगे तो उनपर सन्निपात का दौरा-सा पड़ गया था। उनका प्रिय चीता अचानक दहाड़ने लगा था। जड़वत् गोमके प्रभूदयाल शाहदेव...!

विशाल पिंजरे में बन्द चीते की उछलती-लोटती देह धधकते काठ का कुन्दा बनी हुई थी। सदेह जीवित लहकता लुकाठा...! जलते मांस-चमड़े की चिरायँध धूम्रगन्ध से भरा हुआ था प्रांगण। प्रांगण के फर्श पर हर ओर मानो किरासन तेल की बारिश हो कर हटी थी। बदबू के भभके से राजा गोमके का माथा फटने लगा था। पीछे बीड़ी पत्तों की आग और भड़क चुकी थी। गलियारा आग उगलती गुफा के दहाने-सा दिखने लगा था।

चीते की मरणान्तक दहाड़ से थर्राने लगा था काठगोदाम तब कहीं प्रभूदयाल शाहदेव की कठमुरकी टूटी थी। चैतन्य हुए थे राजा गोमके। लाक्षागृह की भाँति अग्निस्नान करते काठगोदाम से बाहर भाग निकले थे, घोर अविश्वास से लथपथ प्रभुदयाल शाहदेव।

सचमुच अकेला ही है बुचनिया... ? कैसे इतना साहस कर गया यह लंगटा सन्ताल? बुचनिया अब वह बुचनियाँ नहीं रहा!... साला बिरसा मुंडा बनने चला है! जरूर उसने कुछ और रैयतों को फोड़ कर अपने साथ मिला लिया है। ...एक बार पकड़ में आ जाय बेट्टा तो बुचनियाँ की खाल में भूसा भरवा कर रहेंगे प्रभूदयाल

शाहदेव।

दाँत पीसते प्रभूदयाल शाहदेव काठगोदाम से बाहर निकल गये थे। काठगोदाम की आग से आलोकित होने लगा था पड़ोस का जंगल। प्रकाश था, परन्तु मनहूस सन्नाटे से सना...। हताशा, निराशा, क्रोध... और अब भय...! सामन्त-भूमिपति लोगों के अकेलेपन को आतंक से भर देता है प्रजा की बगावत का भय...।

एक पतली-सी गलियारी थी जो भूमिगत राहदारी से गुजरती काठगोदाम के मुख्यद्वार की सीढ़ियों के नीचे खुलती थी। इसी चोर रास्ते से बाहर निकले थे प्रभूदयाल शाहदेव।

अब बाहर से देखा—काठगोदाम की आग होलिका की लपटों की भाँति ऊँची और ऊँची उठती जा रही थी। हाँके के बाद के सन्नाटे के उपरान्त एक बार पुनः चीखने लगे थे अरण्य के पाखी-पखेरू।

बुचानी मुरमू के पीछे-पीछे भागा जोधादास मऊआर बनर्जी बाबू और मोंगा साहब को भी अनिष्ट की सूचना देता आया था। यहीं तो चूक गया था मऊआर। असावधानी कर बैठा था। बुचानी मुरमू को पर्याप्त अवसर दे बैठा था और काठगोदाम में ज्वालामुखी भड़क उठा था। लंकादहन हो रहा था।

जंगल में आग। चिन्तित हो उठे थे चंडीदास बनर्जी और करतार सिंह मोंगा। नान्ह बाबू का मरण उनकी चिन्ता नहीं थी। चिन्ता थी कि सवेरे वे जंगल की इस आग को कैसे छुपा सकेंगे। वन एवं पर्यावरण मंत्रालय के 'कारण बताओ पत्र' की तलवार तले वनविभाग की जीप आग की दिशा में भाग छूटी थी। इस बात से अनभिज्ञ कि जंगल नहीं जल रहा था। जल रही थी राजा गोमके की गोमकई।

जीपगाड़ी की बत्तियों और तीन दिशाओं में घूमती फ्लैशलाइट के झागदार प्रकाश में बनर्जी बाबू और मोंगासाहब बन्दूकें चमकाते जंगल की सड़क रौंदने लगे थे। इस अनहोनी से अनभिज्ञ कि लुट चुके थे प्रभूदयाल शाहदेव। जो आग दिख रही थी वह राजा गोमके के काठगोदाम के सीमित क्षेत्र में धधक रही थी।

दहकते काठगोदाम के बाहर सन्न खड़े थे गोमके प्रभूदयाल शाहदेव। पागल की भाँति खड़े ताकते रहे थे राजा गोमके। काले दिखते आकाश की पृष्ठभूमि में दावानाल सी छायाएँ नाच रही थीं। पीली चिनगारियाँ उठ रही थीं, लाल-गुलाबी स्फुलिंग... अग्निछायाएँ!

वहाँ मचान के नीचे पड़ी बेटे की निष्प्राण देह को भूल कर अग्निकांड से सम्भावित क्षति का अनुमान लगाते प्रभूदयाल शाहदेव। अब हानि के आकलन के सिवा कुछ करना सम्भव नहीं रह गया था। वे काठगोदाम की परिक्रमा करते हुए पीछे पहुँचे थे। काठगोदाम के पीछे वाली सीढ़ियों तक... उफ..!

सीढ़ियों के निकट धूल खँखोरता फट्-फट्ट एड़ियाँ रगड़ रहा था जोधादास

मऊआर...।

मऊआर की छाती... पेट.. गर्दन में धँसे हुए थे तीर। एक... दो... तीन... सात-सात तीर! हंस के पंखों वाले तीर...! एक तीर की पूँछ तो अभी तक भन्न-भन्न भन्ना रही थी। मानो अभी-अभी कमान से निकल कर लक्ष्य में धँसा हो तीर!

आतंकित प्रभूदयाल शाहदेव भागे थे। भाग कर एक मोटे वृक्ष के पीछे जा छिपे थे। पता नहीं किस अँधेरे में खड़ा हो उनका वैरी। फटी-फटी आँखों से चारों दिशाओं में आँखें चीर कर घूरने लगे थे प्रभूदयाल शाहदेव।

कभी धधकते काठगोदाम के ऊपर का लाल-पीला होता आकाश। कभी पीछे भाँय-भाँय करते जंगल की स्याह गहराई। कभी काठगोदाम की सीढ़ियों की ओर जहाँ निष्प्राण हो चुका था हवेली का कष्टहरण... जोधादास मऊआर।

भयभीत थे परन्तु उस क्षण सुरक्षित थे प्रभूदयाल शाहदेव। कोई अगियाबैताल था जो काठगोदाम को आग में फूँक कर मानो हवा में बिला गया था।

काठगोदाम की काठ की सीढ़ी के किनारे को छूती, सरसराते लाल साँप की भाँति रेंगती लहू की धार मिट्टी में सूख रही थी। रक्त की उद्‌गम देह शान्त हो चुकी थी। मानो रक्त की आहूति ले रहा था अग्निगर्भ...! मानो रक्त पी रही थी जंगल की जमीन।

रक्ततप्त तवे की भाँति लहक उठी थी काठगोदाम की दीवारें। धीप उठी थी आसपास की धरती तक। काठगोदाम की नींव में बसे जंगली चूहे, खपड़बिच्छे, कनगोजर और नेवले ताप से बिलबिला कर बाहर निकल रहे थे... रह-रह कर।

पाँव के नीचे ताप का अनुभव करने लगे थे प्रभूदयाल शाहदेव। लग रहा था जोधादास मउआर की देह से बहती रक्तधार उनकी रीढ़ की हड्‌डी के भीतर से रेंगती बहने लगी हो और जाँघों के बीच से सरसराती धरती पर गिरने लगी हो।

भयाक्रान्त गोमके प्रभूदयाल शाहदेव पर कोई तीर नहीं चला था परन्तु आतंक के अन्तिम छोर तक भाग कर थक चुके गोमके अब और बर्दाश्त नहीं कर सके थे।

साहस ढह पड़ा तो बगटूट डांगर की भाँति भाग छूटे थे प्रभूदयाल शाहदेव। पीछे जंगल में मरे पड़े बेटे की लाश छोड़कर बस्ती की ओर भाग चले थे राजा गोमके। पीछे आग का पर्वत बन उठे काठगोदाम को छोड़कर भागे जा रहे थे महुआगढ़ के राजा गोमके प्रभूदयाल शाहदेव।

भयभीत जंगली पशु-पक्षी भी भाग-उधिया रहे थे। भालू, खरगोश, हाथी, बन्दर, सियार, गीदड़, साही, सरीसृप, हिरण... भागे जा रहे थे चौपाए। तीतर, बटेर, कौवे, बगुले, कबूतर, हारिल, पंडुक, धनेश, तोते, मैनाएँ... आकाश में ऊँचे... और

ऊँचे होते जा रहे थे नभचर! काँव-काँव... चाँव-चाँव... चिंघाड़, ...दहाड़... और गुर्राहटें...! जाग उठा था जंगल। जाग उठे थे गाँव।

हहास कर उठी थी अगिनदेवी! धू-धू... चिट्ट्-चिट्ट करते जलते-लहकते काठगोदाम की गगनचुम्बी लपटों से आसपास के जंगल में उजास ही उजास हो उठा था। प्रकाश से आलोकित हो उठा था दूर तक का अरण्य प्रान्तर। कोठिलवा पहाड़ की चोटी तक लाल-लाल हो उठी थी!

उस रात कोठिलवा पहाड़ इस तरह लहक रहा था... ऐसा लहक रहा था पहाड़, कि लगा था कि यह आग सारे जंगल में पसर जाएगी!

उत्तरकथा

साधो, गगन घटा घहरानी।
आपन-आपन मेंड़ सम्हारो,
बह्यो जात है पानी...

एक

बाकायदा सड़क जैसी कोई चीज नहीं थी।

मवेशियों के आवागमन, बैलगाड़ियों के नियमित आने-जाने और पाँव-पैदल चलने वालों के चलने के कारण घनी उगी झाड़ियों, वृक्षों और नागफनियों से उलझते सुलझते अनेक चौड़े-पतले रास्ते और गलियारे उग आये थे। एक-दूसरे को काटती शैतान की आँतों की भाँति उसकी अनेकानेक पगडंडियाँ...!

अपेक्षाकृत चौड़ा यह अरण्यमार्ग जंगल के भीतर-भीतर लातेहार तक जाता था। जहाँ यह राँची—डालटनगंज मुख्य सड़क से जुड़ जाता था। भरपूर उपयोगिता के कारण पर्याप्त चौड़ा यह रास्ता शहरी सड़कों की भाँति तो नहीं परन्तु पर्याप्त समतल हो गया था। मिट्टी की इसी प्राकृतिक सड़क पर भागी जा रही थी महुआटाँड़ के प्रखंड विकास पदाधिकारी सुबीर झा की जीपगाड़ी।

सुबीर का जीप चालक आदिवासी था और चूँकि आज वह छुट्टी पर था अतः जीप स्वयं सुबीर ही चला रहा था।

सुबीर दक्ष चालक नहीं था परन्तु सड़क चूँकि ठीक-ठाक थी अतः जीप चलाने में कोई दिक्कत नहीं थी। झारखंड की भौगोलिक संरचना में बजरी की प्रचुरता के कारण डामरहीन सड़कें भी बरसात में जल्दी खराब नहीं होतीं और अभी तो बसन्त था।

सड़क के दोनों ओर दूर-दूर तक झाड़ियों-झुरमुटों के बीच से झाँकती भूमि ललछौंह पीली दिख रही थी। दाईं ओर का बीहड़ बजरी के छोटे ढूहों और बड़े टीलों वाला अरण्यक्षेत्र था जिन पर बबूल, पुटुस, नागफनी और जंगली बेर की घनी झाड़ियाँ थी। झाड़ियों पर मकड़ी के जालों की भाँति लजाया हरापन ओढ़े अमरबेल की पीली लत्तरें छितराई-फैली थी। बबूल की शाखों से लटकते झूल रहे थे बया के अनेकों घोंसले। दूर-दूरान्तर तक खिले पड़े थे रक्तिम पलाश के फूल! दूर... कहीं दूर, माँदल बज रही थी।

सड़क की बाँई ओर की मिट्टी भी बजरी ही थी परन्तु सड़क से उतरते ही ढलान पर जमीन का रंग चीकट कालापन लिये था। करील मिट्टी...! पलामू जिले

का यह भूगोल..., मानो पलामू की सामाजिक संरचना का एक वन्य रूपक था। दस कदम पर ही नितांत पृथक भू-संरचना...! बाईं ओर की ढाल तीखे कगार की कसर रह जाने के कारण खाई होने से बाल-बाल बचती ढलान थी। ढलान पर पतले-पतले गलियारों जैसी सीढ़ीनुमा क्यारियों में चैती फसल की बीमार-सी बालियाँ डोल रही थीं। जबकि बबूलों पर गजब की हरितिमा...! पलामू की सामाजिक स्थिति का एक और जंगली रूपक!

जीप चलाते सुबीर झा के साथ वाली सीट पर बैठा जोगी अन्यमनस्क-सा, जीप के बाहर घुमेरिया खाते हुए पीछे भागते विशाल प्राकृतिक लैंडस्केप पर नजरें टिकाने का प्रयास कर रहा था परन्तु दृश्यावली के 'कोलाज' थे कि जीपगाड़ी देख कर डरे सियारों की भाँति पीछे भागते ही जा रहे थे।

जोगी—मूलनाम; योगराज जोशी—सुबीर झा का पुराना मित्र था। संप्रति जोगी महुआटाँड प्रखंड के अन्तर्गत बसी जनजातियों के सामाजिक संस्कार, कला तथा संस्कृति पर शोध करने की योजना पर काम कर रहा था।

कभी छठे-छमाहे पटना, दिल्ली या अन्य कहीं सुबीर और जोगी की भेंट-भाँट हो जाती थी तो दोनों ही अपनी-अपनी व्यस्तताओं में उलझे होते थे। सुबीर जोगी को हर उस जगह आने को निमन्त्रित करता रहता था जहाँ कि उन दिनों सुबीर पदस्थापित होता था परन्तु लम्बे समय तक साथ बैठने या सिगरेट-शराब-गप्पों का सिलसिला बन ही नहीं सका था।

अब संयोगवश जोगी को एक सरकारी संस्था की ओर से आदिवासी क्षेत्रों में अध्ययन हेतु एक फेलोशिप मिल गयी थी। इन दिनों सरकार आदिवासियों के प्रति कुछ अधिक ही उदार हुई थी जिसका लाभ जोगी को भी मिल गया था। अनुदान के रूप में जोगी के लिए अच्छी-खासी रकम कमाने का जुगाड़ बैठ गया था और सुबीर भी संप्रति पलामू जिले के अरण्यक्षेत्र में—महुआटाँड़ ब्लाक में—ही पदस्थापित था सो दोनों यारों के लम्बे संग-साथ का सार्थक सुयोग जुट गया था।

कभी जब जीप का गियर बदला जाता या क्लच-एक्सीलेटर पर पैरों की अदला-बदली करता सुबीर तो जोगी का ध्यान जीप के भीतर खिंच आता। क्षण भर को वह सुबीर की ओर ताकता और...

अपनी ओर जोगी को देखते ही सुबीर की आँखों में कुटिल चमक उगती। नीचे के होंठ को दाँतों के बीच दबाकर एक शैतान मुस्कान के साथ आगे देखने लगता सुबीर। ...जीप हिचकोला लेकर कुछ और तेज भागने लगती।

जोगी की नये बछड़े वाली मन:स्थिति को भली-भाँति समझ रहा था सुबीर झा! जुताई करने हेतु खेत में उतारने से पूर्व जब नये बछड़े के कन्धे पर लकड़ी का कुन्दा चढ़ाया जाता है तो बोझ का अनभ्यस्त बछड़ा शुरू-शुरू में थोड़ी कूद-फाँद

करता ही है। इस लकड़ी के 'भुंरकुड़' के साथ थोड़ी झटक-पटक के बाद अन्ततः बछड़ा कन्धे पर जुआ ढोने का अभ्यस्त हो जाता है।

क्रान्तिकारी चिन्तन से लैस जोगी जैसा प्रतिबद्ध पत्रकार अपने लंगोटिए यार सुबीर की दीदादिलेरी से अचम्भे में पड़ा था... अब तक पड़ा हुआ था। जोगी ने अनचाहे-अनजाने जो कुछ देख लिया था, शायद सुबीर हठात् जोगी को कतई नहीं दिखाता। पहले जोगी की पीठ पर 'भुंड़कुर' रखता... फिर जुआ! धीमे-धीमे पर्दे हटाता।

...परन्तु यदि जोगी ने ऐसा-वैसा कुछ देख ही लिया था तो जोगी जैसे अंतरंग मित्र का यूँ विचलित होना भी सुबीर को कम चकित नहीं कर रहा था। आखिर कोई पहाड़ तो नहीं टूट पड़ा था जो...

"किस गुनताड़े में पड़ा है जोगी?" लम्बे होते मौन को सुबीर ने ही भंग किया था।

"कुछ नहीं... बस यूँ ही..."

जोगी की आँखें जीप के सामने वाले विंडस्क्रीन पर टिकी थीं जहाँ शीशे पर एक स्टिकर लगा था, जिस पर लिखा था; ..."यू विन सम, यू लूज सम... लाइफ गोज ऑन...!"[1]

"अब भूल भी जाओ कामरेड! कम ऑन... रिलैक्स!"—हँसा सुबीर—"मुझे पता है कि तेरे दिमाग में लेनिन-चेग्वारा जाग उठे हैं। दरअसल तुम धुर वामपंथियों की यही ट्रैजिडी है यार कि पढ़ते भी सिर्फ वही हो जो पार्टीलाइन द्वारा अनुमोदित हो। इसीलिए वैचारिक किताबी बहसें तो बढ़िया कर लेते हो पर गाँवों की नब्ज और किसान-मजदूरों की सच्चाइयों को यथार्थ रूप में समझ नहीं पाते।"

"बकता रह, ...मैं सुन रहा हूँ।" भिन्नाया जोगी जीप के बाहर ताकता रहा।

"यही सच है यार कि गाँव के बदलते यथार्थ की जटिलताओं को गाँव की जमीन पर उतर कर ही समझा जा सकता है... नहीं?" —सुबीर अपनी धुन में 'बकता' रहा— ..."पर तुम लोग हो कि महानगरों की एयरकंडीशंड गोष्ठियों में काठ की तलवारों, हवाई फतवों और विमर्श के विलास में डूबे हो! सोचो कामरेड, कहीं यही कारण तो नहीं कि दुनिया भर की समानता की बातें करते हुए भी तुम लोग छोटा नागपुर के पठारों पर पस्त और अस्तित्वहीन बने हुए हो?"

"मुझे बहका मत"— जोगी गुर्राया "बहसों में न उलझा! मुझे यकीन नहीं होता कि तू... तू..."

जोगी को आगे के शब्द ढूँढे न मिले तो हावी हुआ सुबीर...।

---

1. आप कुछ जीतने हैं कुछ हारते हैं... जीवन यों ही जिया जाता है।

''हो जाएगा विश्वास भी। मैं तुझे यकीन दिला कर रहूँगा कामरेड कि वह औरत अपनी इच्छा से मेरे साथ थी। इस मामले में किसी दुखिया के सिनेमाई बलात्कार-गुहार की करुण कथा ढूँढ़ने की कोशिश करेगा तो खता खाएगा तू।''

''चल ठीक है यार, मैं नहीं कहता कि मेरी कमीज तेरी कमीज से ज्यादा साफ है। शुचिता-नैतिकता की बीमारी भी नहीं है मुझे, पर जनजातीय समस्याओं को लेकर जो कुछ मैं अखबारों-पत्रिकाओं में पढ़ता रहा हूँ उसे यहाँ के तेरे कहे यथार्थ से 'मैच' कराता हूँ तो सबकुछ गड्ड-गड्ड...

''देयर यू आर[1] माई डियर जोगी, देयर यू आर! जो पढ़ा वह भी सच है और जो देखा वह भी सच! याने यहाँ भी आधा तीतर आधा बटेर है। इसलिए इस कड़वे सच को निगल ही ले मेरे वीर बालक कि आदिवासिनें भी अब पूरी सूझ-बूझ के साथ देह के मोहरों का इस्तेमाल सीख चुकी है।''

''बिना अनुभव के यकीन कर लूँ... ?'' जोगी की भावहीन आवाज में चुनौती सी थी।

''बोल कुछ रहा है और तेरे चेहरे पर लिखा साफ पढ़ा जा रहा है कि कामरेड कि तू सोच कुछ और रहा है''—सुबीर ने ठहाका लगाया— ''अभी तूने देखा ही क्या है? महुआटाँड़ में तेरा सारा हवाई आदर्शवाद और प्रतिबद्धताएँ फना हो जाएँगे बेटा... !''

''बेवजह... ?'' जोगी ने आँखें तरेरी।

''अभी मेले पहुँचते हैं न, फिर ससुरी वजह भी निकल आएगी। मेले में एक से एक शिकार ताड़ने को मिलेगी। जो पसन्द आ जाय; बस, उसकी ओर उँगली उठा देना। शाम ढलने के बाद शिकार खुद चल कर तेरे बिस्तर पर न आ गिरे तो जो चोर की सजा, वह मेरी''—सुबीर ने दुष्ट नजरों से जोगी को निहारा— ''तू बस हाँ कर, फिर आज की रात तू जंगल के अलफनंगे सच के साथ बिताएगा, मेरे एथेंस के सत्यार्थी... !''

जोगी कुछ और बोलता, इसके पूर्व ही जीपगाड़ी ने तीखा मोड़ काटा।

सामने दिखी एक फूस की झोपड़ी। मिट्टी की अनगढ़ दीवारों पर टिका फूस का छप्पर। निकट और निकटतर होती झोपड़ी के पीछे से घने धुँए के गुबार उठ रहे थे।

''बस यहीं से उठाते चलते हैं गला तर करने का सामान।''

''यहाँ से... ?'' चौंका जोगी।

''और क्या? सामने पूरी डिस्टिलरी है भई!''

''जीपगाड़ी झोपड़ी के सामने आ रुकी थी। ड्राइविंग सीट पर ही बैठा रहा सुबीर। स्टियरिंग के पहिए पर उँगलियों से ताल देता, मानो किसी की प्रतीक्षा कर रहा हो।

---

1. वही तो...

उस झोपड़ी के प्रवेशद्वार पर टँगा लटका झूल रहा था एक काला पड़ता नीबू जिसके ऊपर आठ-दस लाल मिर्चें गुँथी हुई थीं। अशुभ छायाओं, अदृश्य आपदाओं या आसमानी विपत्तियों को परे रखने हेतु एक वन्य टोटका...!

ऐसी कई झोपड़ियों को वे पीछे छोड़ते आये थे। उन झोपड़ियों के निकट से गुजरते हुए जोगी महुए की गाढ़ी मादक गन्ध का अनुभव करता आ रहा था। ...तो अभी तक जिस घनी महक को वह महुए के ताजा खिले फूलों की खुशबू समझ रहा था वह वस्तुतः भट्ठियों में शराब चुआते महुए से निकलती मदिरा की महक थी...?

झोपड़ी सड़क से एकदम सटे ही थी। झोपड़ी के पीछे थोड़ी समतल जगह दिख रही थी और उस समतल के पीछे ढलान थी। आगे के रास्ते पर अन्य कोई समतल नहीं दिख रहा था। सड़क की चौड़ाई समाप्त होते ही तीखी ढाल...!

सड़क किनारे की वनस्पतियों से आच्छादित ढलान जहाँ खत्म हो रही थी वहाँ एक पतली जलधारा बह रही थी। नाले जैसी चौड़ी, परन्तु यह न नाला था, न नदी। स्थानीय बोली में यह था ढोंढ़ा...। धरती के भीतर से फूटे प्राकृतिक चश्मे से निकलते-बहते पानी का पतला सोता...!

''कोई है रे...? रे फेंकना ऽऽऽ!'' सुबीर ने आवाज लगाई।

झोपड़ी के पिछवाड़े की ओर कुछ कूटा जा रहा था शायद। ओखल-मूसल की धम्म-धम्म जैसी आवाजें आ रही थीं। कुछ मानवीय आवाजें भी।

सुबीर की हाँक अनसुनी गयी। धम्म-धम्म पूर्ववत् होती रही।

झुँझला कर सुबीर जीप से उतर पड़ा। जीप की चाभी की जंजीर तर्जनी में गोल-गोल घुमाता वह झोपड़ी के पीछे की ओर जा पहुँचा। साथ-साथ जोगी भी।

झोपड़ी के पीछे सचमुच महुए की देसी शराब बनाने का कुटीर उद्योग चल रहा था।

दो आदिवासी लगते किशोर काठ की ओखली में सूखे महुए के फूल कूट रहे थे! पानी में भिगोए-सड़ाए हुए फूलों का कीमा...! कुछ परे..., ढाल की दिशा में जमीन में खुदे चूल्हे पर चढ़ी पकी मिट्टी की बड़ी हाँड़ी में कुटे महुए की लुगदी उबल रही थी। बड़ी हाँड़ी के ऊपर एक अपेक्षाकृत छोटी गगरी रखी हुई थी जो गीले पुआल से पूर्णतः ढँकी हुई थी और छोटी गगरी के मुँह पर पानी से लबालब, ऊँचे किनारों वाली एक थाली रखी हुई थी।

चूल्हे की आँच निहारते बूढ़े ने पदचापों का अनुसरण किया। पीछे ताका और हड़बड़ा कर उठ खड़ा हुआ।

''जोहार[1] हाकिम...!''

---

1. अभिवादन।

"स्साला...! कान में ठेंपी लगाकर रखता है क्या रे?" सुबीर ने बूढ़े को घुड़का।

भारी-भरकम देह, चौड़ी चरबी चढ़ी ललाट, आँखों में तैरती रात की मदिरा की लालिमा और मदमस्त झूलती चाल सुबीर की...। सरकारी नौकरी खूब रास आयी थी तिस पर जंगल की आबोहवा...!

"ओखरी-मुसरी के धम-धमासा में कुच्छो सुनाई कहाँ देता है हाकिम? कान से कम सुनाता है अब।" फेंकन ने हाथ जोड़े।

"कितने दिन हुए, तू ब्लॉक ऑफिस की ओर नहीं दिखा। न बँगले पर आज 'रमरमी' करने ही आया। डंड-प्रणाम भी भूल गया क्या रे?" चाभी के गुच्छे को तर्जनी में सुदर्शन चक्र की भाँति घुमाता सुबीर...।

"भला ऐसा पाप कभी होगा हमसे हाकिम?" फेंकन का चेहरा दयनीय हो उठा—"ठीकेदार आजकल हगनी-मुतनी सब बन्द करके रखा है हाकिम! ठीकेदार साँस दे तब न आवें हम बिलौक आपिस? देखते नहीं हैं हजोर, सरहुल परब के दिन भी हम सब यहीं खट रहे हैं।"

सुबीर चूल्हे के निकट जा पहुँचा। चूल्हे के बाजू में एक घड़ा था... गले तक जमीन में गड़ा हुआ। चूल्हे पर चढ़ी बड़ी हाँड़ी से उठती किण्वित महुए की भाप ऊपर वाली गगरी के पेंदे में बने छिद्र से गगरी के भीतर पहुँच रही थी। छोटी गगरी में ठंडी हो रही थी भाप! संघनित हो रहा था महुए का अर्क...! आसवित द्रव गगरी की पेंदी से जुड़ी एक खोखले बाँस की नलकी से होता बाहर निकल रहा था और भूमि में गड़े घड़े के खुले मुँह में टप्प-टप्प चू रहा था।

सुबीर ने टपकती कुछ बूँदों को तर्जनी पर लिया। भाप उठते द्रव को जीभ पर रखा।

चटखारे लेता, सहमति में सिर हिलाता सुबीर पुनः फेंकन की ओर आकृष्ट हुआ।

"तूने कहा था कि तुझे खेती के लिए एक बैल कम पड़ रहा है?

"हजोर...!" फेंकन ने हाँ में सिर हिलाया।

"...तो साले, सरकार आकर तेरे दरवाजे पर बाँध देगी बैल?"

"भला कहिए तो हाकिम?" —फेंकन ने जोगी को निरखते हुए सहमति की याचना की—"हमने ई कब्ब कहा हजोर...?"

"नहीं कहा" —सुबीर ने माना—"पर ब्लॉक में आकर कागज पर अँगूठा तो छापना पड़ता है न रे? तभी न तेरे नाम पर रुपया जारी करेगी सरकार? तभी तो तेरा माँझी हड़ाम[1] तेरा बैल खरीद कर देगा तुझे? ससुर, कोल्हू के बैल...! बात समझेगा नहीं और..."

"...हम काल्हे हाजिर हो जाएँगे हजोर...!"

1. मुखिया

फेंकन के चेहरे पर उत्तेजना छलक आयी! अपना बैल...! नया बैल मिल पाने की सम्भावना मात्र से ही उत्पन्न यह रोमांच...!

सुबीर ने शराब भट्ठी की सुव्यवस्था को सन्तुष्टिपूर्वक निहारते हुए पूछा।

"फेंकना रे, कुछ ताजा चुआया है बे?"

"यही है हाकेम! एकदम निछुन्ना माल... बाकी अभी तो एकदम तातल[1] है हजोर।"

"गर्म है तो ठंढा कर ससुर! दो बोतल गाड़ी में रखवा दे।"

फेंकन पलक झपकते झोपड़ी के भीतर घुसा। वापस निकला तो हाथ में दो साफ धुली खाली बोतलें थीं।

बोतलों की गर्दन में बँधी सुतली के फन्दे को उँगलियों में पिरो-पिरो कर फेंकन ने बारी-बारी खाली बोतलें भूमि में गड़ी हाँड़ी के आधे भरे द्रव में टेढ़ी कर डुबोई।

बोतलों में महुए की कच्ची मदिरा भर चुकी तो उँगलियों में फँसी बोतलें झुलाता फेंकन ढलान से नीचे उतरने लगा। ढोंढ़ा के बहते ठंडे पानी में बोतलें सिराने... ठंडी करने!

"चलो...!" सुबीर झोपड़ी के सामने खड़ी जीप की ओर बढ़ा।

"जंगल में ऐसी डिस्टिलरियाँ तो कई होंगी?" जोगी चकित था।

'सैकड़ों...हजारों और सब बिना लाइसेंस-परमिट के चल रही हैं," सुबीर ने बताया।

"आदिवासी ही चलाते हैं उन्हें?"

"सुना नहीं, ठीकेदार-ठीकेदार रट रहा था फेंकना! ...ये लोग तो बस दिहाड़ी मजदूर हैं। यह भट्ठी भी दरभंगा के किसी ठेकेदार जटाशंकर ठाकुर की है। कभी टीन का एक बक्सा सिर पर उठाए इस जंगल में उतरा था यह पंडित! अब पथनिर्माणविभाग के बड़े ठेकेदार के रूप में जाना जाता है। ठेकेदार भी बस नाम का... अवैध शराब के धन्धे से लाखों रुपए पीट चुका है पट्ठा।"

"ऐसे काले धन्धों पर निगरानी नहीं होती?"

"कौन करेगा निगरानी?" सुबीर ने जेब से सिगरेट का पैकेट मय लाइटर बरामद किया।

"वन विभाग? पुलिस? आबकारी विभाग?" जोगी ने पूछा।

"खाक विभाग" विभागों को धुएँ में उड़ाते सुबीर ने बताया—"इधर के तमाम सरकारी विभागों की नकेल भूमिगत संगठनों के हाथों में है। भूमिगत संगठनों की मर्जी के बिना जंगल में एक पत्ता नहीं खड़क सकता।"

---

1. तप्त।

"खड़का तो... ?"

"गोली...! अलबत्ता संगठन को टैक्स-लेवी चुकाते रहो तो, वक्त-जरूरत संगठन को मुँहमाँगी शराब उपलब्ध कराते रहो तो चैन से चलाते रहोगे जंगल में ऐसी भट्ठियाँ।" अँगूठे और तर्जनी के बीच सिगरेट को नचाने लगा सुबीर।

"एक मुझे भी दे।"

सुबीर ने पूरा सिगरेट का पैकेट ही जोगी की ओर बढ़ा दिया।

वे सड़क के किनारे खड़े सिगरेट फूँकने लगे। नीचे खाई की तली में उँकड़ू बैठा फेंकन ढोंढ़ा के कलकल करते बहते शीतल जल में डूबो-डूबोकर बोतलें ठंडी कर रहा था।

नीचे खाई की तली में उगे सेमल के एक महावृक्ष की फुनगियाँ ऊपर उठते-उठते सड़क तक आ गयी थीं और कुछ शाखें सड़क पर ही पसरी हुई थीं। शाल्मली के ताजा खिले रक्तिम फूलों पर झूलती धनेश के ठोर वाली पिद्दी-सी अनेक फूलसुंघी चिड़िया और जंगली मैना के झुंड कचबच-कचबच कर रहे थे।

चिड़ियों के उद्यम और वासन्ती उल्लास को निहारते जोगी का मन पलामू के जंगल में चलती उस अवैध शराब की भट्ठी के निकट से उचट कर उस शाम के नीम अँधेरे में पहुँचने लगा था, जहाँ उसने सुबीर को उसकी आदिवासिन नौकरानी मोतिया के साथ गुत्थमगुत्था होते देखा था।

सुबीर झा और योगराज जोशी कॉलेज में सहपाठी थे। एक कक्षा, एक विषय, एक कमरा, एक पसन्द और एक दिनचर्या...! कुल मिलाकर उनकी अन्तरंग मिताई के अनेक कारण थे।

उनके कॉलेज जीवन का समय वह कालखंड था जब भारत में अपातकाल घोषित किया जा चुका था। आपातकाल का विरोध करने वाले आन्दोलनकारी जेलों में भरे जा रहे थे। तब भारतीय नवयुवकों के नये जोशीले रक्त में परिवर्तन का उबाल था और सपने तक क्रान्ति के ही आते थे। लाल किले पर लाल पताका फहराने के चटख लाल सपने...!

उन दिनों सुबीर और जोगी अपने अन्य आन्दोलनकारी और क्रान्तिधर्मी साथियों के साथ समाज और व्यवस्था के पाखंड, अन्याय, भ्रष्टाचार और पोंगापन्थ के विरुद्ध अभियान छेड़े रहते थे। अखबारों में लेख लिखते! रातों में अखबार-पर्चे छुप-छुप कर वितरित करते। नुक्कड़ नाटक, धरने और रैलियाँ तो उनकी रोजमर्रा की दिनचर्या थी। सम्पूर्ण क्रान्ति के दौरान वे कई बार पुलिस के चंगुल में भी पड़े, लाठियों से सिंके भी, हवालात भी झेली और रिहा भी हुए।

सम्पूर्ण क्रान्ति की तथाकथित सम्पूर्णता के बाद सुबीर तो पुन: अधूरी छूटी अपनी कॉलेज की पढ़ाई में जुट गया था और स्नातक की परीक्षा पहले दर्जे में पास भी कर डाली थी। कुछ प्रतियोगिताओं के लिखित और कई की मौखिकी परीक्षाओं में विफल होते जाने के बाद अन्ततः वह एक साक्षात्कार में सफल हो ही गया था।

नौकरी की तमाम बाधाओं को अपने सम्पर्क बल और कई रुकावटों को अपने पिता के धनबल से पार कर लेने के उपरान्त आखिरकार सुबीर झा बिहार सरकार के प्रखंड विकास पदाधिकारी की कुर्सी तक पहुँचने में कामयाब रहा था।

रहा योगराज जोशी...! तो एक महान आन्दोलन की चमत्कारिक सफलता के बाद जोगी के भीतर एक और बड़े परिवर्तन की उम्मीदें जाग उठी थीं। अब वह एक सक्रिय एक्टिविस्ट बनने की आकाँक्षा के साथ आगे की पढ़ाई को लात मार कर तोप के मुकाबिल रहने वाली अखबार की दुनिया से जुड़ गया था।

क्योंकि कामरेड माओ ने अपने 'हेनान टॉक्स' में यह कह रखा था कि जनता की लड़ाई में मुख्य भूमिका तो जमीनी सैनिकों की ही होगी, परन्तु साथ-साथ सांस्कृतिक सेना की भी आवश्यकता है। सो जोगी अखबारों में तीखा-तुर्श लिखने-पढ़ने लगा था।

चूँकि बिहार की अखबारी दुनिया एक छोटा तालाब थी और पत्रकार तो पत्रकार, अनेक कवि-कथाकार-रंगकर्मी भी दिल्ली-भोपाल-लखनऊ की ओर भाग रहे थे तो जोगी भी बड़े सागर में संतरण करने की महत्वाकांक्षा को क्यों दमित किए रहता? सूचना-प्रौद्योगिकी की तत्कालीन राजधानियाँ उसे आमन्त्रित करती जान पड़ती थीं। सो आँधी से डरे ऊँट की भाँति जोगी भी पश्चिम दिशा की ओर दौड़ पड़ा था और अब तक दिल्ली में संघर्षरत था। किसी स्थायी ठौर की खोज में हाथ-पाँव मार रहा था।

अपनी फेलोशिप के सिलसिले में जब जोगी ने सुबीर से सम्पर्क किया था तो सुबीर ने उसे निमन्त्रित करते हुए खूब लम्बा पत्र लिख भेजा था... ''*इधर तेरे जैसे लोगों के लिए बहुत कुछ है कामरेड! पूरे उत्तर भारत में वामपन्थियों ने चन्द वकीलों, प्रोफेसरों या लेखक-पत्रकारों को वामपन्थ की रास थमा कर यह मान लिया कि वे सारे किले फतह कर डालेंगे। पर यार, बिके हुए वकीलों, भ्रष्ट प्रोफेसरों, दोमुँहे लेखकों और पूँजीपतियों के अखबारों में लपेट कर रोटियाँ खाने वाले अवसरवादी पत्रकारों जैसे सफेद कॉलर वाले लोगों को लोकतन्त्र की जड़—गाँवों की ओर झाँकने की फुर्सत ही कहाँ है? तू पलामू आकर देख तो सही... यही सच है यार!*

वैसे ऐतिहासिक भू-क्षेत्र है यह पलामू। नौकरी के लिए यह क्षेत्र जितना बीहड़ और खतरनाक है, घुमक्कड़ी के लिए उतना ही रोमांचक और सम्मोहक...! जहाँ मैं हूँ, बहुत सम्भव है यहाँ मुगलों के हमलावर लश्करों या अंग्रेजी पलटन के साथ आदिवासियों के मुक्ति-संग्राम भी हुए हों। निकट ही एक पहाड़ी पर ढहे-टूटे बौद्ध विहार के भग्नावशेष भी हैं। सम्भव है कभी गौतम बुद्ध भी इधर से गुजरे हों।

झरने, जंगल, पहाड़, प्रपात, पलामू की ख्यात बेतला व्याघ्र परियोजना और पक्षी अभयारण्य...! आदिवासी गाँव तो कुकुरमुत्तों की भाँति। तुम्हारी योजना के लिए आदर्श क्षेत्र है महुआटाँड़। सबकुछ है यहाँ। यार मेरे, जिन्दगी में कभी अपनों के काम आ गये तो समझ जिन्दगी के काम आ गये। ...तू बस कागज-कलम और अपनी देह के साथ फौरन से पेश्तर यहाँ आकर मर...!''

सुबीर को बिना आगमन की पूर्व सूचना दिए, अपनी औचक उपस्थिति से सुबीर को चौंका डालने की योजना के साथ दिल्ली से महुआटाँड़ भाया पटना के लिए निकल पड़ा था जोगी। बिहार के उस चिर उपेक्षित जिले पलामू के अरण्य प्रदेश की यात्रा पर...!

पटना से बरवाडीह के बीच चलने वाली पलामू की इकलौती एक्सप्रेस ट्रेन 'पलामू एक्सप्रेस' से यात्रा कर जोगी अल्लसुबह पलामू के जिला मुख्यालय डालटनगंज के रेलवे स्टेशन पर उतरा था।

पलामू के प्रथम साक्षात्कार के रूप में उसे जानवरों की हड्डियों का जखीरा देखने को मिला था। पशु-अस्थियों से रोंगटे खड़े कर देने वाली गन्ध उठ रही थी। प्लेटफार्म की परली ओर मालगोदाम था जहाँ मालगाड़ी के एक बन्द डिब्बे में जानवरों की सूखी हड्डियाँ लादी जा रही थीं।

भारत में अंग्रेजी राज के दौरान अंग्रेजों के बसाए ग्रीष्मावास 'नेचर हार्ट' अब अपभ्रंशित नाम, नेतरहाट को जाने वाली डामर की टूटी-फूटी सड़क पर बाँस के बीहड़ वन को पार करने के बाद प्रागैतिहासिक काल की तकरीबन काल कवलित वह खटारा महुआटाँड़ पहुँची थी जिसे 'मोटर' कहना बस का मजाक उड़ाना था। वह दरअसल दोपाए ढोने वाली एक लॉरी थी जिसका हार्न ही नहीं, पेंच-पेंच बोलता था। जोगी की हड्डियाँ भी बजने लगी थीं।

यों तो डालटनगंज से आगे छीपादोहर नामक एक छोटे स्टेशन पर उतर कर वहाँ से बाइस किलोमीटर जंगल में स्थित कस्बे गारू और पुनः आगे चालीस किलोमीटर के सड़क मार्ग से भी महुआटाँड़ पहुँचा जा सकता था। याने इस एक सौ पाँच किलोमीटर के बदले मात्र बासठ किलोमीटर की यात्रा होती परन्तु छीपादोहर में द्रुतगामी गाड़ियाँ रुकती नहीं थीं। फिर गारू का बीहड़ वन तो दोनों मार्गों पर फैला पड़ा था।

बस के धचकों-हिचकोलों से जोगी का कलेजा उछल कर कंठ से आ सटता था, परन्तु बस में भेड़-बकरियों की भाँति ठुँसे यात्री चकित कर देने की हद तक सामान्य और प्रसन्नवदन दिख रहे थे। कभी-कभी तो बस एक करवट इतनी टेढ़ी हो लेती थी कि लगता था बस अब तो पल्टी मार ही लेगी। एक दफा तो बेहूदे सड़क के लिए जोगी के मुँह से गाली तक फूट पड़ी थी।

''साली सड़क है या...''

"सड़क को काहे गरियाते हैं साहेब...?" कंडक्टर ने टोक दिया था—"गोस्सा आ रहा है तो ठीकेदार को गारी दिजिए न, जो रुपया में बारह आना खा जाता है और चवन्नी छाप सड़क बनवाता है।"

जब हड्डियों के जोड़-जोड़ खोल डालने वाली बस यात्रा पूरी कर जोगी महुआटाँड़ के बस पड़ाव तक पहुँचा था तो पहाड़ों पर चमकदार धूप उतर आयी थी और सीधे खड़े होते, दमकते सूर्य की आभा में पर्वतों की गोद में उगे पलाशवन दहक रहे थे।

गाँवों का देश भारतवर्ष चन्द्रमा तक पहुँचने की होड़ में शामिल होने की योजनाएँ सँवार रहा था। परन्तु जिला मुख्यालय से प्रखंड मुख्यालय महुआटाँड़ तक एक सम्पर्क सड़क दुरुस्त रखना सरकारी प्राथमिकता से बाहर था। उच्च तकनीक नगरों बंगलौर-हैदराबाद में जलती तकनीकी मशाल के छायाक्षेत्र में महुआटाँड़ जैसे और कितने गाँव बसे थे जहाँ बिजली के जंगआलूदा खम्भों पर तार तक नहीं थे?

सुबीर ने महुआटाँड़ के बारे में अपने पत्र में लिखा था—"रोमांचक और सम्मोहक...!" बस पड़ाव पर ही अरण्य के रोमांच से जोगी का पहला साक्षात्कार हो गया था।

बस पड़ाव से कुछ ही कदम हटकर तमाशाइयों जैसा जनसमूह गोल बाँधे एकत्रित था। कोई तमाशे वाला होगा..., सोचता जोगी भीड़ के निकट चला गया था पर यहाँ तो एक गजब का तमाशा...!

कोई साँप बिल में घुसा बैठा था और मात्र एक चड्ढी धारे नीम नंगा युवक बिल में घुसे साँप को पकड़ने वाला था...कैसे?

"क्या हो रहा है भाई?" जोगी ने पूछा भी था।

"होगा क्या? अभी मुसहरवा साँप पकड़ेगा। निठाह गेंहुमन है!"

"साँप...? पकड़ेगा...? कैसे??"

"देखिएगा कैसे।" लड़के ने कहा था।

जोगी ने सर्प उद्यान देखे थे। पिटारियों में रखे सँपेरों के पाले हुए साँप देखे थे। छुट्टे भागते-पिटते साँप भी देखे थे, परन्तु अब देखने को उत्सुक हो उठा था कि पिटारियों में बन्द होने वाले साँप पकड़े कैसे जाते हैं? नीम नंगे युवक-कथित मुसहर-के पास न बीन भी, न डमरू...!

मुसहर[1] नाटे कद का युवक था। उसके कमर में भगयी[2] बँधी थी। सिर पर गमछे का मुरेठा था। हाथ में खूब तगड़ी लाठी थी। उसके अपने कद से दो बित्ते ऊँची।

---

1. एक जाति 2. बिना सिला लंगोट।

एक हाथ में बरमे जैसी चीज, जो मिट्टी खोदने का औजार थी और दूसरे हाथ में कनिष्ठा उँगली जितनी पतली बाँस की संटी थी जिसे वह पूरे मनोयोग से साँप के बिल में धीरे-धीरे घुसाने लगा था।

बाँस की पतली टहनी के तीन हिस्से को बिल में घुसेड़ता गया था मुसहर। एक चौथाई हिस्सा शेष रहा तो उस छड़ी को रेलगाड़ी की पटरियों के बाजू में लगे सिगनल की भाँति हवा में लटकता छोड़कर मुसहर बिल की सम्भावित लम्बाई वाली ऊपर की भूमि को लाठी की मूठ से ठोंकने लगा था। साँप के सम्भावित ठिकाने को थपथपा कर साँप से छेड़खानी... ?

अपेक्षित प्रतिक्रिया नहीं मिली थी शायद! मुसहर ने संटी को बाहर खींच लिया था और जितनी दूर तक संटी बिल में घुसाई थी उतनी दूर तक भूमि को खोद डाला था।

पतली नाली जैसा बिल उजागर हो गया था। प्रत्यक्ष था कि साँप नहीं निकलना था, न ही निकला।

युवक ने सन्तुष्टिपूर्वक सिर हिलाया और खुदी बिल से चार-पाँच फीट परे एक गढ़ा-सा खोदने लगा था।

तमाशाई भीड़ के लिए मुसहर की कार्यप्रणाली जानी-पहचानी प्रक्रिया थी, परन्तु जोगी के लिए कौतुक की चीज! अब क्या होगा इसके बाद... ?

बित्ते भर गहरा और लगभग दो बित्ते व्यास वाला गढ़ा खोद चुकने के बाद मुसहर ने उस गढ़े को केन्द्र में रखते हुए अपना पतला गमछा माथे से खोल कर गढ़े पर बिछा दिया था। हाथों से दबा-सँवार कर गमछे को मिट्टी के उस कटोरेनुमा गढ़े की दीवारों से सटा दिया था।

एक बार पुनः मुसहर खुदी बिल तक पहुँचा था। फिर पतली बाँस की संटी के तीन हिस्से बिल के अन्दर थे। पुन: पूर्ववत् साँप के सम्भावित बैठकखाने की छत थपथपाने की प्रक्रिया...! इस बार अपेक्षित प्रभाव दिखा! तमाशाई भीड़ किलक उठी और लोगों का घेरा कुछ बड़ा हो गया।

बिल के बाहर दिखती संटी धीमे-धीमे हिल रही थी! साँप के सक्रिय होने का संकेत मिल रहा था? बिल के भीतर बैठा साँप छेड़छाड़ से खिन्न हो रहा था?

बाहर दिखती बाँस की टहनी जोर-जोर से हिल उठी तो मुसहर चीखा। लोग कई कदम पीछे हट गये थे। सचमुच सिहर उठा था जोगी...!

बिल से बाहर आयी थी मोटी काली रस्सी...! चमकती आँखों और लप्प-लप्प करती फटी जीभ वाला वह भुजंग फन उठाए बिल के बाहर निकला था। बिल से बाहर निकलते ही उसकी गति तेज सरपट हो गयी थी पर मुसहर की चपलता भी देखने की चीज थी।

ज्योंही साँप की दुम दिखी थी, मुसहर ने पलक झपकते ही साँप को अपनी लाठी पर रस्सी की भाँति उठा लिया था और उसे सिर के ऊपर हवा में उछाल दिया था।

हवा में कलाबाजी खाता साँप भद्द-से जमीन पर गिरा था और सरसराता एक ओर भागने लगा था। भीड़ में भगदड़... हँसी... उत्साह...! जबकि जोगी की साँसे थम गयी थीं।

साँप दो हाथ भी नहीं भाग पाया था कि मुसहर ने उसे पुन: लाठी पर ले लिया था। पुन: उसे हवा में उछाला था। इस बार कुछ और ऊँचे...! साँप इस बार जमीन पर गिरा था तो उसकी चाल में वह चपल सरपट नहीं थी। तीसरी-चौथी बार हवा में उछलने-उछालने के बाद साँप के कस-बल ढीले पड़ने लगे थे।

पाँचवीं बार तो साँप जहाँ गिरा था, वहीं ऐंठने लगा था।

मुसहर ने सन्तुष्टिपूर्वक फन सिकोड़े साँप को लाठी पर उठाया था और उसे भूमि पर खुदे, गमछा बिछे कटोरे में डाल दिया था। साँप भी थक चुका था। सुविधाजनक स्थान पाते ही वह कटोरे में कुंडली मार कर बैठ गया था। उसके जीभ की लपलपाने की गति भी अब कम हो चुकी थी।

मुसहर ने सुरक्षित दूरी बनाते हुए लाठी के सिरे से ही गमछे के कोनों को समेटा था। बारी-बारी से गमछे का एक-एक कोना लाठी से उठा कर कटोरे के मुँह पर रखने लगा था मानो गमछे को तह कर रहा हो।

एक के ऊपर एक...! चारों कोने साँप के सिर पर जमा हो चुके तो उसने लाठी के छोर से ही ढँके साँप को हल्के से दबा लिया था। पूरी मुलायमियत के साथ! बाएँ हाथ में थमी लाठी साँप के ऊपर थी और दाँए हाथ ने चटपट गमछे के छोरों में गिरह लगा दिया था।

गमछे के छोरों पर पड़ी गाँठ को दुरुस्त करने के बाद मुसहर ने साँप की पोटली को लाठी के छोर में पिरोया था, लाठी को कन्धे पर लिये मुसहर एकत्रित जनसमूह के बीच से निकलता उस पहाड़ी की ओर निकल पड़ा था जिस पहाड़ी पर एक चर्च खड़ा था और जिस चर्च के ऊपर बना क्रॉस धूप में जगमग-जगमग दिख रहा था।

फिर घंटे भर तक जोगी महुआटाँड के छोटे से हाट में घूमता-फिरता रहा था। सुबीर के बारे में जानकारी लगभग तुरन्त ही मिल गयी थी।..." हटिया (हाट) के बाहर जाती सड़क पर ही आगे है सरकारी लाल बंगला। उसी में तो रहते हैं "बिड्डी सैब"![1]

---

1. बी.डी.ओ. साहब।

सुबीर के ठिए का पता जान चुकने के बाद निश्चिन्त जोगी का पत्रकार सजग हो उठा था। महुआटाँड़ के बारे में कुछ दिलचस्प सूचनाएँ तो जोगी को बस में भी मिल चुकी थीं। अब सूचनाओं में कुछ और जोड़ने में जुट गया था जोगी।

मडुआटाँड़ के आसपास राजपूत और ब्राह्मणों के गाँव भी थे परन्तु गिनती के! सन्ताल और मुंडा तो और भी कम! यह क्षेत्र उराँव, खरवार, कोरबा, और बिरजिया जनजातियों तथा दुसाध, मुसहर, भुईंया आदि-आदि लोगों का इलाका था।

मडुआटाँड़ के हाट में टहलते-भटकते जोगी को क्षेत्रीय ग्रामीण बैंक और भारतीय स्टेट बैंक की शाखाएँ दिखीं। हाट के दक्षिणी सीमान्त पर वन विभाग की पौधों की नर्सरी थी। सरकारी स्वास्थ्य केन्द्र के बरामदे पर गोबर करती गाएँ बँधी थीं। निजी डॉक्टर का कोई क्लिनिक तो नजर नहीं आया अलबत्ता अपने नाम के साथ पी.एम.पी.ओ. या पी.एस.पी.ओ. की सनद जोड़े और रेडक्रास का निशान कब्जाए कई निजी क्लिनिकों के नामपट्ट अवश्य दिखे जिनके बारे में जोगी ने बाद में जाना कि वे झोला छाप देहाती डॉक्टरों के क्लिनिक थे।

बस पड़ाव पर स्थित झोपड़ीनुमा दुकानों में चाय-नाश्ता-पान-गुटखे की भरपूर सुविधा उपलब्ध दिखी। एक पक्की एकमंजिली इमारत भी जोगी ने देखी जिसमें छोटी-छोटी दुकानों की श्रृंखला थी। परचून, किराने, जूते और सिले-सिलाए वस्त्रों की दुकानों की इस कतार के एक छोर पर बजरंगबली का मन्दिर था और दूसरे सिरे पर देसी शराब की लाइसेंसी सरकारी दुकान थी।

शराब की दुकान में बाहर से आये शौकीनों-सैलानियों के लिए दुगनी कीमत पर अंग्रेजी दारू उपलब्ध होने के सूत्र भी मिले थे।

हाट के बाहर, लाल बँगले की ओर जाती कच्ची सड़क पर, एक बगीचे में साप्ताहिक हाट लगती थी। आज हाट लगने का दिन नहीं था, परन्तु बगीचे में खजूर के नाटे वृक्षों की छाया तले कई चलन्त ताड़ीखाने चल रहे थे।

जब फागुन की अल्हड़ धूप सिर पर सीधी नाचने लगी थी और तपते पर्वत शैलों से उत्सर्जित होने लगी थी उष्मा तो घाटी में उमस भरी हवा चकराने लगी थी। डालटनगंज से महुआटाँड़ तक की तकलीफदेह लम्बी यात्रा में जोगी के कंठ से एक बूँद पानी भी नहीं उतरा था। अब प्यास भड़क उठी थी।

हाट में एक चापाकल दिखा जरूर था परन्तु कई लोग उस हैडपम्प के हत्थे पर जोर आजमा कर देख चुके थे। पानी की इकलौती बूँद नहीं निचोड़ सका था कोई जियाला। यहाँ-वहाँ एक-दो और ऐसे बदरंग चापाकल गड़े हुए थे परन्तु वे भी सूखे हुए थे... बाँझ! फरवरी-मार्च में ही पठार का जलस्तर सरकारी पहुँच से बाहर होने लगा है अब... ?

जोगी एक चाय-मिठाई की दुकान पर पहुँचा था। बाहर रखी बेंचों की जोड़ी में से एक पर बैठते हुए आवाज लगाई थी।

''मिलेगा भाई पानी... ठंडा?''

''मिलेगा साहेब। ठंडा भी है पर ठंडा नहीं है साहेब।'' दुकानदार फुर्तीला था। शीतल पेय की एक बोतल का ढक्कन उड़ाता जोगी की ओर लपका था और खटाक-से जोगी के सामने मेज पर शीतल पेय की खुली बोतल परोसते हुए दाँत निपोर दिए थे।

''ठंडा साहेब...!'' आदेश पूरा किया जा चुका था।

''पर मैंने तो ठंडा पानी माँगा था भाई।''

''पानी— ? ठंडा पीजिए साहेब...ठंडा। ठंडा का माने यही तो...''

अनिच्छापूर्वक जोगी ने शीतल पेय की गर्म बोतल को थाम लिया था। बोतल पर लिखी इबारत घिसी-धुँधलाई लगी तो जोगी ने बोतलबन्दी की तारीख देखी...। एक वर्ष पुरानी तारीख पड़ी थी।

जोगी के कलेजे से आह निकल पड़ी थी। उसने मिठाई की उस दुकान के सामने रखे शीशे के शो-केस की ओर आँखें मोड़ी थी। आधे से कुछ अधिक ही टूट चुके शीशे पर रंगीन अखबार चिपका था जिस पर छपी माधुरी दीक्षित की तस्वीर ग्राहकों को आमन्त्रित करती दिख रही थी।

एक कोने पर चिपके फटे स्टीकर की दरार से बर्र ओर ततैयों का शो-केस की मिठाइयों तक आवागमन जारी था। शो-केस में सजी बर्फी, लड्डू, जलेबियों और लकठों पर भी हड्डे-ततैयों का दल फटे रूमाल सा बिछा था जिसमें से झाँक रही थी बासी मिठाइयाँ।

महुआटाँड़ के हाट में पीने के पानी की सरकारी व्यवस्था भले नहीं थी, सरकारी प्याऊ भी नहीं था तो न सही पर कोकाकोला वहाँ उपस्थित तो था। बोतलबन्द शुद्ध पानी तो मिल रहा था, भले साल भर पुराना हो।

देर तक उसी दुकान पर बैठा जोगी कभी पानी, कभी चाय, फिर एक और चाय पीता मानो महुआटाँड़ को पृष्ठ-दर-पृष्ठ पढ़ता रहा था।

दुकान में उपलब्ध पुराने अखबारों में छपी बासी स्थानीय खबरें चाटते हुए जोगी को सुबीर के आवास—कथित लाल बंगला—तक पहुँचने की कोई जल्दी नहीं थी। एक तो यायावरी उसके चरित्र में शामिल थी दूजे कार्यदिवस के दिन वैसे भी उस वक्त सुबीर की अपने आवास में अनुपस्थिति ही सम्भावित थी।

निठल्लों की बैठकी के अभ्यस्त दुकानदार को भी जोगी के वहाँ बैठे रहने से कोई आपत्ति नहीं थी। ग्राहक कोई मुसाफिर था जो शायद साँझ वाली बस की प्रतीक्षा में था। फिर ग्राहक दिलदार भी तो था। रह-रह कर कुछ पीता तो रहा था। दस-बीस रुपए की चाय ही सही।

ताजा अखबार का मुख्य पृष्ठ मोटे-मोटे लाल अक्षरों से भरा था। प्रधानमन्त्री के स्वर्णिम सड़क परियोजना के अन्तर्गत कार्यरत पथनिर्माण विभाग के एक अभियन्ता की हत्या से सम्बन्धित खबर नमक-मिर्च के साथ प्रकाशित की गयी थी।

जोगी को लगा था, काली इबारतों को चटख लाल अक्षरों में छापने का विचित्र चलन आया है इधर की पत्रकारिता में। तभी तो मुख्यपृष्ठ की हेडलाईन अब 'सुर्खियाँ' कहलाने लग गयी हैं और अच्छी-बुरी हर घटना एक 'स्टोरी'! महज एक कहानी...! आज पढ़ो, कल भूल जाओ। आखिर कितनी कथाएँ याद रखता रहेगा कोई?

अन्ततः जोगी अखबारों से ऊबा था। वहाँ से उठने-चलने को हुआ ही था कि दनादन कई साईकिलें सड़क के पार वाली चाय-मिठाई की दुकान के सामने आकर रुकने लगी थीं। कलफदार कुर्ता-बंडी धोतीधारी सज्जन जैसे लोग पाँव झटकारते हाथ सीधे करते दुकान के बाहर पड़ी बेंच-कुर्सियों पर ढहने लगे थे। बैठते ही आदेश देने लगे थे।

"दो चाय।"

"दो सिंघाड़ा और एक ठो चाह।"

"एक मीठा देना बुधई।"

"पहले पानी... कने गया रे पलटुआ?"

"का जी बनवारी माट्साैब? इस दफे केतना फारम भराया? सुनते हैं प्राइभेट फारम भरवा कर बढ़िया पईसा पीट रहे हैं...?"

एक बन्द जीप गाड़ी भी उसी दुकान के सामने आ लगी थी। काले शीशे वाली जीप, टाटा सूमो..! उस गाड़ी से एक हट्ठा-कट्ठा आदमी बाहर निकला था। दुकान के एक भृत्य ने अविलम्ब एक कुर्सी गमछे से पोंछ कर सामने रख दी थी।

"पड़ाम माट्सैब लोग के...!" कद्दावर व्यक्ति ने जुड़े हाथ अपनी पूरी ऊँचाई तक हवा में उठा कर एक ही बार में समवेत अभिवादन किया था।

"का जी दिल्लू बाबू, इधर कैसे?" एक माट्सैब ने पूछा था।

"भाट्ठा देखने निकले थे इधर। सोचे कुछ नास्ता पानी भी करते चलें।... और सब ठीके न माट्सैब?"

"हँ-हँ! हमलोग ठीके रहते हैं, आप कहिए। सुनते हैं न, ठीकेदार लोगों को तंग करने वाला इंजिनियरवा काल्ह मरा गया? आखिर उसको ले ही लिए आपलोग?"

ही-ही... ठी-ठी होने लगी। दिल्लू बाबू ने दाँतों के बीच जीभ दबा कर दोनों कानों को चुटकियों में पकड़ा था।

"आऽऽ हा-हा-हा...! क्या बोलते हैं गुरुजी! हमको हथकड़ी लगवाईएगा क्या? दिलुआ कौन बड़का ठीकेदार है जो ऐसा करेगा? बाप को पादने न आवे, बेटा शंख बजावे? ऐसा कठकरेजई काम हमसे...? ना...ना-ना-ना!"

"माने आपको कुछ पता नहीं है?" दूसरे शिक्षक ने मुसकाते हुए पूछा था।

"अब एतना थेथरई कैसे करें कि कुछ पता ही नहीं है? कौन नेता नहीं जानता माट्‌सैब कि सड़क के काम में टंकी के टंकी अलकतरा पी जाते हैं ठिकेदार? कौन इंजिनियर नहीं जानता कि एक फीट मोटाई के बदले दस ईंच गिट्‌टी-पत्थर बिछाकर पूरे फीट का बिल पास कराते हैं हमलोग? सबको सब कुछ पता है माट्‌सैब। ऊपर से नीचे तक ऐसे ही चलता है ठीका-पट्‌टा का काम! सड़क मन्त्री से लेबर तक माल चाभते हैं तो ईमानदारी छाँटने की क्या जरूरत थी ईंजिनियरवा को?"

चाय-चुई चलती रही थी। दिल्लू बाबू के नाश्ते में शिक्षक लोग भी चम्मच मार रहे थे। दालमोठ को हथेलियों के प्याले से मुँह में स्थानान्तरित करने तथा उसे गलफड़ के एक कोने में समेटने के बाद पलकों की झिर्री को और पतली करते एक शिक्षक ने पूछा था।

"सुनते हैं सच्चो बड़ा ईमानदार था इंजिनियरवा! कौन मारा होगा ऐसे आदमी को इधर?"

"वही लोग जो मिल-जुल कर सरकारी मलाई चाभते हैं। नेता, ठीकेदार, जुनियर इंजिनियर... सब लोग खडयन्त्र करके मरवा दिया!"

"किससे? 'झामुद' से मरवाया?"

"ना-ना...!" दिल्लू बाबू ने फिर कान छुए—"झामुद का नाम बेफालतू में मत घसीटिए माट्‌सैब! ई पार्टी कोई टैक्स-लेबी वसूलने वाला संगठन थोड़े है जो ऐसा काम... ना-ना! हम तो गंगाजी में खड़ा होकर गवाही दे सकते हैं। हँ... कभी सभा-मिटिन-धरना हुआ,... रैला-रैली हुआ तो चन्दा वाली रसीदबुक जरूर भिजवा देता है ददुआ मानकी। अब हमरी इच्छा, हम जितना चन्दा उसमें भर दें। लेकिन लकड़ी छूकर कहते हैं, हमें न तो कभी धमकी न कोई दबाव...।"

"चलिए 'झामुद' न सही! कोई दूसरा संगठन भी तो मंडर[1] कर सकता है?" कोई पीछे से बोला था।

"काहे नहीं भाई! एकदम मंडर कर सकता है। नेता लोग, पुलिस और पार्टी वाले... सबको पता होगा कि किस संगठन ने ईंजिनियरवा को टपकाया है। बाकी कोई मुँह नहीं खोलेगा। जमाना से उल्टा चल रहा था इंजिनियरवा तो कौन उसके लिए आगे आएगा?" दिल्लू बाबू ने दुनियादारी की बात की थी।

"आप जमाने को खूब बूझते हैं दिल्लू बाबू।" एक शिक्षक ने प्रशंसा की थी।

"एकदम न! हम तो ठीका मिलते ही बीस परसेंट इंजिनियर साहेब के घर खुद पहुँचा आते हैं। पच्चीस परसेंट जिस पार्टी-संगठन का क्षेत्र में प्रभाव हो उसको पहुँचा देते हैं। इसमें कोई बईमानी नहीं करते हम।"

---

1. मर्डर।

“माने पैंतालीस परसेंट रुपया तो काम शुरू होने से पहले ही चढ़ावे में साफ... !” सामने बैठे शिक्षक ने युगसत्य उद्घोषित किया था।

“और का? मुसकिल से तीस परसेंट रुपया काम में खर्च होता है।” दिल्लू बाबू ने भी माना था।

“बाकी पन्द्रह... ?

“अब हमारा भी तो पेट-परिवार है न माट्सैब? चढ़ मरे मुर्गा: बिलार खाय अंडा? पन्द्रह परसेंट भी नहीं कमाएँगे तो का पानी से चलता है ई टाटा सूमो?”

“छोड़िए भी! सुना है रामस्वरूप और रामविनय ठीकेदार झामुद पार्टी को एक्को रुपया नहीं देते। ईमानदारी से पूरा रुपया काम में लगाते हैं इसीलिए इधर का कोई संगठन टैक्स-लेवी के लिए उन्हें तंग नहीं करता?”

“ऐ माट्सैब! घुमा कर कान मत पकड़िए,” दिल्लू बाबू की आवाज ऊँची हो उठी थी—“कहना है तो सीधे हमें बईमान कह लिजिए। बाकी हम घर का रुपया डुबा कर ठीकेदारी करें... सो हमसे नहीं होगा। हम ठीकेदार हैं। जनसेवक नहीं हैं हम। कमाने-खाने ही इस फील्ड में उतरे हैं माट्सैब...जग[1] करने नहीं।”

“अरे छोड़िए भी दिल्लू बाबू! बात बहक न जाय। यह बताइए कि इंजिनियर मंडर केस में अब आगे क्या होगा?” एक शिक्षक ने बात को सँभाला था।

“घंटा होगा।”

“सुनते हैं सी.बी.आई. को बुलाया जा रहा है जाँच करने के लिए?” बात में रहस्य की छौंक लगाते एक माट्सैब का प्रश्न...।

“अरे रहने दिजिए माट्सैब” मुँह में भरे रसगुल्ले का कीमा पीसते दिल्लू बाबू—“ऐसा सी.बी.आई.—फी.बी.आई. खूब देखा है सबने। सी.बी.आई तो बूझ लिजिए कि है सरकारी तबलची। कांग्रेसी शामियाने में सरकार घँघरा पहन कर नाचती है तो जो सी.बी.आई. तीन ताल बजाती है... भाज्जपा की महफिल में सरकार के साड़ी पहनते ही आड़ा-चौताला... नचनियाँ बदलते ही तबलची का ताल बदल जाता है न माट्सैब... ?”

“जा रे ससुर सी.बी.आई... !” ठहाके... ! हँसी के फव्वारे उबल पड़े थे। जोगी भी गुदगुदी का अनुभव किए बिना न रह सका था। कौन कहता है कि पलामू की जनता में राजनीति बोध नहीं है... ?

जलखई[2] निपटा कर दिल्लू बाबू उठे थे। पुन: अपनी काले शीशे वाली वातानुकूलित टाटा-सूमो में समाने से पूर्व राजनेताओं की भाँति हाथ उठाकर शिक्षकों का अभिवादन करना नहीं भूले थे। टाटा-सूमो ने बड़ा सा अर्द्धवृत बनाया था और यह जा-वह जा... !

---

1. यज्ञ 2. जलपान।

शाम हो रही थी! शिक्षकों की आपसी बतरस फूट-फूट कर बह रही थी। जोगी दुकान पर से उठा था और सुबीर के आवास के उपलब्ध पते पर, लाल बँगले की ओर निकल पड़ा था।

एक विद्यालय शिक्षक, एक दुकानदार, एक बस चालक, एक पादरी, एक बहेलिए और बस यात्रा में साथ वाली सीट पर बैठे, पढ़े-लिखे लगते एक सहयात्री से प्राप्त जानकारियों तथा दिल्लू सिंह एवं अन्य के वार्तालाप के आधार पर जोगी पहले ही दिन महुआटाँड़ के बारे में काफी कुछ जान-सुन-समझ चुका था। पुराने अखबारों ने भी कम ज्ञानवर्धन नहीं किया था।

दुकानदार ने बताया था,...''बच्चा लोग को फुसलाने वाला झुनझुना है यह महुआटाँड़ ब्लॉक। यह झुनझुना गरीब-गुरबा की सरकार ने तब इधर की जनता को पकड़ाया था जब बदले में भोट जीतना था। यहाँ तो साहेब... न बिजली रहती है, न पानी-पटवन का ही ठिकाना है। कागज पर प्राथमिक स्वास्थ्य केन्द्र भी है बाकी यहाँ के रोगी-बीमरिया को झोला झाप 'डाकदर' का ही आसरा रहता है।''

डालटनगंज-महुआटाँड़ की बस यात्रा में सबसे आगे की सीट पर बैठा था जोगी। एकदम 'ड्राइवर साहब' के बाजू में... बोनट से सटे। बस चालक की टिप्पणियों को सिलसिला दिया जाय तो...''सोरही गाय है महुआटाँड़। एकदम कामधेनु! देखते हैं न ई सड़क... ? पलामू के रोड में हर बरस देहाती इंजिनियरिंग ऑफिस[1] लाखों रुपया झोंकता है। साल भर नहीं होता कि सड़क में लाखों-लाख गढ़े...! इस इलाके में कमाने वाले ईंजिनियर, ठीकेदार, बी.डी.ओ., सी.ओ.... सब साले लखपति बन कर जाते हैं इधर से! सरकारी ठीकेदारी माने लूट का लाइसेंस...!''

शिक्षक ने भी जोगी की जानकारी में कुछ जमीनी सूचनाओं का इजाफा किया था...''बाल श्रमिकों की खान है महुआटाँड़ क्षेत्र! इधर के देहात के स्कूल तो उग्रवाद के कारण एकदम ठप्प ही समझिए। छोटे बच्चे बकरी चराते हैं, ईंटें पाथते हैं, जंगल से चोरी की लकड़ियाँ ढोते हैं, खदान निकट हो तो कोयला चुराते हैं। धनिकों के लड़के तो शहर के अंग्रेजी स्कूलों में... डालटनगंज हो या लातेहार, कुकुरमुत्तों की तरह निजी पब्लिक स्कूल खुल गये हैं। स्कूल खाक...! धन्धा है साहब...! इधर तो कई भूमिगत संगठन अब छोटे-छोटे बच्चों को भी अपने गुप्त दस्तों में शामिल कर रहे हैं... राइफलें ढोने या मुखबिरी के लिए! अखबारों में खूब छप रहा है इनका 'कैच देम यंग' का प्रोग्राम। ...पता नहीं क्या होगा गाँव-समाज का। देश तो सर जी गया रसातल में...''

---

1. ग्रामीण अभियन्त्रण संगठन।

पढ़े-लिखे सज्जन की पीड़ा थी...''चिकित्सा व्यवस्था नहीं, शिक्षा-व्यवस्था नहीं, सड़क नहीं, बिजली नहीं, सिंचाई नहीं... सरकारी सुविधा के नाम पर प्रखंड मुख्यालय महुआटाँड़ में भी है ही क्या? बस दो-तीन पीली सरकारी इमारतों वाला ब्लॉक... हाथी के दाँत, जिनकी पुताई तक भठरंग हो चुकी है? पन्द्रह वर्षों से बिजली के खम्भे गड़े हैं इधर। कहीं-कहीं कटे तार भी झूलते देखे होंगे पर बिजली तो इधर होली-दशहरे ही दिख जाती है।''

सुबीर के आवास की ओर आते हुए जोगी को एक अधेड़ पादरी दिख गया था। जोगी ने पादरी को रोका था। साभिवादन अपना परिचय एक घुमन्तू पत्रकार के रूप में दिया था। महुआटाँड़ के बारे में कुछ जानकारी चाही थी, विशेषकर पहाड़ी पर खड़े चर्च के बारे में...! कुछ पूर्वज्ञात जानकारियों के दुहराव के बाद नयी बात भी जुड़ी थी। अपनी दिशा में चलते रहे पादरी ने बताया था,'' छोटा नागपुर का यह पठारी क्षेत्र अनन्तकाल तक अशिक्षा और अज्ञान के अँधेरे में डूबा रहा था। चन्द मध्यकालीन पुरातात्विक अभिलेखों के अतिरिक्त इस पठार पर अक्षर ज्ञान का कोई अन्य साक्ष्य नहीं मिलता। इस क्षेत्र में अंग्रेजों के आगमन के बाद भी पचास वर्षों तक अंग्रेजी सरकार जनशिक्षा के दायित्व से विमुख ही रही थी। शिक्षा के लिए तब या तो पंडिज्जी थे या मौलबी साहब! कैथी लिपि का चलन या इधर... यू नो कैथी...? नो..! एनी वे[1], ...सर्वप्रथम रोमन कैथोलिकों ने प्रभू की असीम अनुकम्पा से इस पठार पर शिक्षा और आधुनिक ज्ञान के दिए जलाए थे क्योंकि स्वप्न देखना हमारा धर्म है। ई. सन् 1890 में रोमन कैथोलिक मिशनरी फादर ब्रेटाडियो यहाँ आये थे। ई. सन् 1898 के महाअकाल में मिशनरियों ने यहाँ मानवता की सेवा के लिए अस्थायी पड़ाव डाला था और पहले विश्वयुद्ध के आसपास शायद सन् 1880 में फादर कोन्सटेन्ट लिविस ने यहाँ पहला कैथोलिक गिरजाघर खड़ा किया था।

अपनी मंजिल की सुध छोड़ कर जोगी पादरी के साथ-साथ चलने लगा था। वे टहलते हुए गिरजाघर तक निकल आये थे। गिरजाघर के प्रांगण या दरवाजे तक नहीं वरन् उस पहाड़ की तली तक, जहाँ से पहाड़ की चोटी पर खड़े गिरजे तक पहुँचने वाली अनगढ़ सीढ़ियाँ प्रारम्भ होती थीं।

पादरी को अभिवादन तथा विदा की औपचारिकता निभाने एवं कभी गिरजाघर देखने आने का वायदा कर जोगी वापसी के लिए कुछ ही कदम चला था कि उसे एक बहेलिया मिल गया था।

बटेरों की दो भरी पिटारियों को बहँगी की भाँति कन्धे पर ढोते बहेलिए ने एक महँगी सिगरेट के बदले जो सूचनाएँ दी थीं वे भी कम रोचक नहीं थीं। बहेलिए को

---

1. तुम कैथी लिपि जानते हो? नहीं...! खैर।

जोगी ने ही माचिस माँगने के बहाने रोका था। माचिस बहेलिए के पास शायद नहीं होनी थी... यह जोगी को भी पहले से पता था परन्तु बतियाना था सो बात करने का बहाना काम आ गया था।

बहेलिए की बातों की छान-फटक के बाद जो जानकारी मिली थी वह जोगी को चमकृत कर रही थी। वाकई क्या जगह थी यह महुआटाँड़ ?...''बीचबीचबा इलाका (बफर जोन) है ई महुआटाँड़ साहेब! सरगुज्जा (छत्तीसगढ़...) जाना हो हजोर, चाहे मिरजापुर (उत्तरप्रदेश...!) जाना हो... जंगल-जंगल पैदल चल कर पहुँच सकता है आदमीन (वाह...!)। चोरिका बाँसकाठ, दो लम्बरी (अवैध... ?) बन्दूक, आटी-पाटी (भूमिगत संगठन... ?) ...सबके लिए इधर से आवाजाही एकदम सुगुम है मालिक...! ए साहेब..., अखबार वाला हो का... ? तनिक हमार एक-ठो फोटो खींच दो न हजोर... ?''

ललचाई आँखों से जोगी की उँगलियों में फँसी अनसुलगी सिगरेट को ताकते बहेलिए को जोगी ने सिगरेट का पूरा पैकेट ही सौंप दिया था... सूचनाओं के एवज में। फोटो न खिंच पाने के अफसोस को सिगरेट के पैकेट में बन्द करता बहेलिया... दोहरा होकर सलामी दागता बहेलिया..., सूचनाओं के जंजाल को दिमाग में तरतीबवार सजाता जोगी...।

थकने की हद तक घूमने-भटकने के बाद अन्ततः जब लालबँगले तक पहुँचा था जोगी तो सुबीर का ठिकाना देखकर दंग रह गया था।

पलामू के अरण्य में अभी तक सुरक्षित बचे हुए थे ब्रिटिश कालीन अवशेष... ? गहरे महरून रंग की पुताई वाले डाकबंगले के स्थापत्य का शिल्प इमारत की उम्र की चुगली कर रहा था। राजा हर्षवर्धन के राज्य की भाँति पलामू में दरवाजों पर ताले भी नहीं लगाए जाते थे...!

तो यही था लाल बँगला या सरकारी डाकबँगला? बँगले के विशाल बरामदे पर खुलता मुख्य द्वार सचमुच खुला पड़ा था। ज़ोगी निःसंकोच भीतर प्रविष्ट हो गया था।

मुख्य दरवाजा एक विशाल हॉल में खुला था। मुख्य हॉल में घुस कर पुनः चकित हुआ था जोगी। अंग्रेजी राज में निर्मित (?) डाकबँगले की ऊँची-ऊँची पटियादार छतें, बड़े-बड़े रौशनदान, खूब बड़ी-बड़ी खिड़कियाँ...! जंगल में इतने हवादार मकान या तो सुरक्षाप्रबन्ध के धनी जमींदार ही बनवा सकते थे या फिर फिरंगी अधिकारी।

खुले-खुले केन्द्रीय कक्ष से जुड़े कमरों में ताक-झाँक करता, किसी आदमजात को सूँघता जोगी,सुबीर को चौंका डालने की नीयत रखने वाला जोगी... दुर्योग से बँगले के पिछवाड़े खुलने वाले दरवाजे तक जा पहुँचा था।

हर सटे पल्ले को धकेलता-झाँकता आगे बढ़ता जोगी...! उत्सुकतावश जब उस दरवाजे को खोला था तो पीछे का जंगल दिखने लगा था... बाल्कनी जैसी जगह थी। वह बाल्कनी से बाहर झाँकने को आगे बढ़ा ही था कि ठिठक गया था।

उसी बाल्कनी के एक सिरे पर ...एक दीवान पर सुबीर झा एक काली स्त्री के साथ मैथुनरत था! सुबीर की देह पर तो फिर भी एक बनियान थी पर वह स्त्री सम्पूर्ण निर्वस्त्र...!

जोगी को देखते ही भौंचक्का सुबीर...! और जोगी तो क्रौंचवध जैसे अपराधबोध से दंशित-सा अकबकाया पीछे पलट गया था। स्त्री की आँखें बन्द थीं। खुली भी होतीं तो उसे सुबीर की लोमश छाती ही दिखती। ...कैसे नाजुक मौके पर वहाँ पहुँचा था जोगी...?

जोगी को सुबीर पर बेतहाशा क्रोध उमड़ा था। ऐसे गोपनीय कर्म के लिए घर का मुख्यद्वार खुला छोड़कर... दुष्ट ने समय भी कैसा चुना था... गदहबेर[1]! अभी इतना अँधेरा भी नहीं हुआ था... दिनदहाड़े खुली बाल्कनी में...?

सुबीर और जोगी के बीच शर्म, संकोच या औपचारिकता के पर्दे पहले भी कभी नहीं थे। हर चीज साझी होती थी चाहे वह नारीदेह ही क्यों न हो, परन्तु समय और स्थान का ध्यान तो रखना ही चाहिए,.. सोच रहा था जोगी।

निवृत्त होने के बाद कपड़े धारण कर सोल्लास जोगी को पुकारता हॉल में प्रविष्ट हुआ था सुबीर। भिन्नाए जोगी ने आपत्ति दर्ज कर डाली थी।

"क्या यार तू भी... यूँ दिन-दहाड़े श्वान-रीति...?"

"बिना आवाज दिए, बगैर अनुमति इस बँगले में घुसने का साहस कौन करता है?" सुबीर ने सफाई दी थी।

"फिर भी..."

"मजबूरी थी यार, जानता नहीं, ऋतुस्नान के बाद सम्मुख प्रस्तुत रमणी के साथ रमण न करो तो सौ गाएँ मारने का पाप लगता है?" सुबीर ने निर्लज्ज मुस्कान के साथ कहा था।

"यह उस रमणी के पति-वति के लिए कहा गया है।" जोगी और चिढ़ गया था।

"जैसे पति पुरुष नहीं होता... अरे पाँच-छः दिनों का भूखा था कामरेड! सब्र नहीं हुआ तो... बात को समझा कर स्साले।"

सुबीर ने ठहाका लगाया था। हॉल के रौशनदान में बसेरा करने बैठी अबाबीलें चौंककर चिंचियाती उड़ने लगी थीं।

---

1. दिन रात का संधिकाल।

"रोटी, रोमांस और रिवोल्यूशन,... तीनों साथ-साथ चलते रहने चाहिए कामरेड! जानता नहीं, लेनिन, माओ और चेग्वारा तीनों ही क्रान्तिकारियों ने इन तीनों तत्त्वों को ग्रहण किया था?"

"याने तू रोमांस कर रहा था?" जोगी ने आँखें तरेरी थीं!

"और नहीं तो क्या कर... मछलियाँ पकड़ रहा था?"

"बकवास मत कर। कौन थी वह?" बुरा सा मुँह बनाए जोगी ने पूछा था। गुस्सा अब मस्तिष्क से तालू के रास्ते मुँह में बह आया था।

"थी... ? है यार! नौकरानी है अपनी। बँगले की साफ-सफाई करती है। दोनों वक्त का खाना बना देती है। कपड़े धो देती है। कभी-कभार रात में यहीं रुक भी लेती है। देखना..., अभी चाय लेकर आती है न..।"

सुबीर ने जोगी की जाँघ थपथपाई थी तो मुँह में घुला गुस्सा कंठ के रास्ते घोंट गया था जोगी। सुबीर जोगी के साथ ही सोफे पर सट कर आ बैठा था। जोगी को सिर से पाँव तक निरख रहा था सुबीर।

रंगीन छींट का कत्थई कुर्ता, तंग पाँयचों वाला सफेद पायजामा... चूड़ीदार, कुर्ते के ऊपर काली बंडी। सामान के नाम पर खूब फूला-फूला एक कपड़े का झोला मात्र...! सुबीर ने गहरी साँस छोड़ी थी।

"याने कि अभी भी वही सातवें दशक वाला बुद्धिजीवी परिधान बोध बाकी है तुममें? वैसे फब रहे हो यार।"

वे मुख्य हॉल में ही सोफे पर पसरे हुए थे। देह को ढीला छोड़ते जोगी ने सुबीर की व्यंग्य मिली प्रशंसा पर प्रतिक्रिया दी।

"परिधान बोध की बात नहीं है यार! मेरी जाँघ में जो पैदायशी मस्सा था न... ? उम्र के साथ काफी बड़ा हो गया है। अंगूर के दाने जितना। तो पाँयचों वाली पतलून पहनूँ तो पसीने और पाँयचों की रगड़ का कुल जमा होता है मस्से का छिल जाना। घाव बन जाता है तो हफ़्ते-दस दिन चलना-फिरना मुश्किल... सो यही पोशाक विवशता है... पर तू तो पूरा अफसर बन गया है भई! व्यक्तित्व, रख-रखाव, कुटैव...।"

जोगी की नजरें दरवाजे पर झूलते पर्दों, सोफा कवर, फर्नीचर और सुबीर पर घूम रही थीं। सुबीर ने विवशता प्रकट की थी! हँसते हुए कहा था।

"रोम में रहना हो तो रोमन तहजीब-रिवाज में देर-सबेर ढलना ही पड़ता है न कामरेड? जागीरदारों—जमींदारों का इलाका रहा है यह महुआटाँड़। पाँच साल इधर के लाल साहबों की सोहबत में अफसरी करो, फिर पाँच रखैलें न पाल बैठो तो जो चोर की सजा, वह मेरी। ससुरे सड़े पान हैं ये लाल साहब। ...तो संगति से गुण तो आता है न? अपन कौन से चन्दन वृक्ष हैं जो भुजंग का विष न व्यापे... ?"

वह स्त्री, कथित नौकरानी जब सचमुच चाय की ट्रे थामे मुख्य हॉल में प्रविष्ट हुई तो सुबीर ने निर्देश दिया।

"इनसे लजाने की जरूरत नहीं रे मोतिया! अपने खास साथी हैं। सबकुछ साझा चलता है हमारा! यहीं कुछ दिन रहेंगे जोगी बाबू...।"

जो स्त्री दस मिनट पूर्व जोगी की आँखों के सामने सम्पूर्ण नग्न लेटी हुई थी, अब लाज से मानो मरी जा रही थी। साड़ी का पल्लू दाँतों में दबाए आधे मुँह का घूँघट काढ़ रखा था।

मोतिया चाय रख कर चली गयी थी। सुबीर ने चाय का एक मग उठा लिया था।

"बड़ी दुखिया है बेचारी मोतिया! बाप छियानबे के अकाल में भूख से मर गया था। एक भाई था सो..."

"भूख से मौत... ?" जोगी चौंक पड़ा था।

"सब अखबारचियों का वितंडा है यार... और क्या? जब तक जंगल में साँप-चूहे-छछुन्दर मिलते रहेंगे, आदिवासी भूख से नहीं मर सकता।"

"क्या बात करता है तू... ? यह भी कोई खाने योग्य जानवर..."

"अरे छोड़ यार...आगे सुन! तो मोतिया का भाई 'झामुद' में शामिल हो गया था। पतरातू में किसी प्रदर्शन के दौरान हुई पुलिस फायरिंग में मारा गया था।"

'झामुद... !' चाय सुड़कते जोगी ने पूछा— "बस अड्डे पर भी कुछ लोग इस नाम पर चर्चा कर रहे थे। है क्या यह झामुद... ?"

"झारखंड मुक्तिवाहिनी दस्ता... !" —सुबीर ने बताया था—"यह इधर सक्रिय एक भूमिगत संगठन है। कहते हैं इस पार्टी के तार एक राजनीतिक दल 'झारखंड मुक्ति दल' से जुड़े हुए हैं।"

"याने दोनों ही संगठनों के संक्षिप्त नाम 'झामुद'... ?" जोगी ने विस्मयकारी नतीजा निकाला था।

"हाँ। इधर के आदिवासियों ने छोटा नागपुर के बाहर से आये गैर आदिवासियों के विरुद्ध एक आन्दोलन छेड़ रखा है। अब तो 'झामुद' के गुप्त दस्ते काफी शक्तिसम्पन्न माने जा रहे हैं। सरकार तक यह स्वीकार करती है कि ये भूमिगत संगठन... खैर, बातें तो हम बाद में भी करते ही रहेंगे। तू चाहे तो नहा-धो ले।"

"हाँ यार! बस के सफर में हड्डियों के जोड़-जोड़ खुल गये लगते हैं," जोगी ने अँगड़ाई लेते हुए उँगलियाँ चटखाई थी, "ससुरे आये दिन एक नया उपग्रह छोड़कर ताल ठोंकते हैं। भाषणबाजी यह कि भारत की आत्मा गाँवों में बसती है... स्साले भीतर की आत्मा तक पहुँचने के रास्ते तो हमवार कर नहीं सकते... चाँद पर जाएँगे।"

"तू फ्रेश हो ले तो तेरे खुले जोड़ बिठाने की भी दवा करेंगे। मुझे खबर करके आता तो मैं तुझे डालटनगंज में ही रिसिव कर लेता। सरकारी जीप थी...।"

"ठीक ही है यार... यह भी एक अनुभव..." जोगी ने जँभाई ली थी।

"बढ़िया अनुभव है ना?"—सुबीर ने छेड़ा था—"तू तो भईया सरप्राइज विजिट देना चाहता था न मुझे? तू जीता भई... जीत गया। मैं चकित हुआ। इत्ता चकित... इतना कि...।"

"...अब खींच मत!"

स्नानादि से निवृत्त होने के बाद जोगी सुबीर के साथ डाकबँगले के बाहर कुछ देर तक टहलता रहा था। साँझ रात में ढली तो वे बरामदे पर ही मयखाना सजा बैठे थे। हिरण की भुनी कलेजी और शराब...।

जोगी शराब को शराब समझ कर शराब की भाँति पीता रहा था जबकि सुबीर शराब को पानी समझ कर पानी की भाँति पिए जा रहा था।

"तेरी जिन्दगी में यह.. मोतिया, अकेली है या और भी कोई मोतिया है?" जोगी ने पूछा था।

"महज नैतिकता के सदके मुझे फिर से लतियाना चाहता है तू या कोई आदर्शवाद झाड़ेगा अब?" सुबीर ने कृत्रिम रोष प्रकट किया था।

"ऐसा कोई इरादा नहीं है मेरा।" मुसकाया था जोगी।

"नो-नो! यू वांट टू कट मी टू साइज! यू वांट टू टैल मी...! ओ.के., ग्लेडन योर हर्ट। आई कनफेस दैट यू हैव सक्सीडिड...।[1] कामयाबी मुबारक हो।" सुबीर के पाँच गिलास हो चुके थे।

"चिढ़ता क्यों है कामरेड...?" खिसियानी हँसी हँसते जोगी ने मेजबान को आश्वस्त किया था—"भूख-प्यास की तरह ही है आदमी की जिस्मानी जरूरतें भी। तो मेरे पूछने का मतलब यह था बीर बालक कि तेरे बच्चे कच्चे तो हैं नहीं... तो पत्नी को अपने साथ क्यों नहीं रखता?"

"छोटा नागपुर में? या मध्यप्रदेश के जंगलों में?.. ऐसी पोस्टिंग में जो अफसर पत्नी को साथ-साथ ढोता फिरे उससे बड़ा मूरख इस धरती पर कोई नहीं! अकेले आदमी के छक कर खाने के लिए छत्तीसो व्यंजन हैं यहाँ। जब देह का सुपर बाजार लगा है महुआटाँड़ में तो मैं रिटेल शॉप पर क्यों जाऊँ?"

"ये आदिवासिनें व्यंजन हैं?" मुँह बिचकाए जोगी हँसा था।

"अँधेरे में सारी बिल्लियाँ काली होती हैं।"

"साले वुमनाइजर..." जोगी ने ठहाका लगाया था।

---

1. तू मेरी औकात बताना चाहता है। ठीक है, तू खुश हो जा, मैंने माना कि तू सफल रहा।

"प्यास लगने पर मिनरल वाटर या गंगाजल न मिले तो कोई पानी पिया जा सकता है! आपद्धर्म कामरेड... आपद्धर्म!"

"हद है... हद है...।" जोगी हँसता रहा था।

"सच तो यही है जोगी कि..." सुबीर नशे में गम्भीरता घोलने लगा था—"...कि हम बाहर के लोगों ने... सच पूछ तो हम गैर जंगलियों ने पलामू का जम कर शोषण किया है। बल्कि पूरे छोटा नागपुर का ही! यहाँ के जंगल, जमीन, खान, खनिज और...मादा देह को जम कर भोगा है हमने। पर यकीन कर यार, यह दोहन इकतरफा नहीं है। कसम से, हम जैसे अफसर न हों यहाँ तो कई 'मोतिया' के यहाँ कुछ रोज चूल्हा ही न जले...।"

"मान लिया! सचमुच तू धर्म का काम कर रहा है। मेरे जनसेवक, अब पीना बन्द कर।" सुबीर के तर्क पर हतप्रभ होते जोगी ने व्यंग्य किया था।

"तूने शादी-वादी की? मेरी छोड़... तूने शादी की?" सुबीर ने पूछा था।

"शादी...? तौबा! शादी बिच्छुओं से भरे झोले में इस उम्मीद में हाथ डालने की तरह होती है भाई कि जब हाथ बाहर आएगा तो हाथ में तितली होगी।

"लक्की डॉग...!' सुबीर ने ठहाका लगाया था।

क्या शान है अंग्रेजी भाषा की जो काले अंग्रेजों को घुट्टी में पिला कर चले गये गोरे अंग्रेज कि किसी को कुत्ता कहना उसकी प्रशंसा करना होता है।

रात का पहला पहर चढ़ते ही निशाचर जीवों की हलचल प्रारम्भ हो गयी थी डाकबँगले के पिछवाड़े पलाश की घनी झाड़ियों में स्यार फेंकरने लगे थे। एक बार तो देहाती कुत्ते कहीं दूर से एक स्यार को घेरते-खदेड़ते बँगले के भीतर तक आ गये थे। भयभीत स्यार डाकबँगले के बरामदे पर ही आ चढ़ा था।

डाकबँगले के मुख्य हॉल में चारों कोनों पर चार लालटेनें जला कर रख गयी थी मोतिया! मानो फरवरी की शाम जैसी हल्दिया धूप निकल आयी थी हॉल में।

डाकबँगले से आधे मील की दूरी पर ही मोतिया का गाँव था। भोजनादि से निवृत्ति हो कर मोतिया को विदा भी करना था, अतः रात का भोजन लग चुका था। मकई का आटा मिली गेहूँ की रोटियाँ... शुद्ध घी चुपड़ी! सोंधी रोटियों पर रखी कदम्ब फल की चटनी और स्वादिष्ट पका मोर का माँस! माँस और मौसमी फल-सब्जियाँ 'बिड्डी सैब' के लाल बँगले पर बिन माँगे ही पहुँचती रहती थी।

भोजन करते जोगी सोच रहा था, माँस यहाँ दाल सब्जी की भाँति प्रयोग किया जा रहा है। तो कब तक मनुष्य पूरा जंगल निगल लेगा?

भोजन के बाद जोगी की अनुमति से सुबीर कुछ अत्यावश्यक फाइलें निपटाने में व्यस्त हो गया था। वार्तालाप के नाम पर अनिवार्य "हाँ-हूँ-नहीं-अच्छा?" ही

कर पा रहा था। देर तक सुबीर को फाइलों में मुँह गाड़े देखते रहने के बाद ऊब कर जोगी सोने हेतु उठ खड़ा हुआ तो फाइल में झाँकते सुबीर ने पूछा था।

"अभी बर्तन साफ कर रही होगी! तू चाहे तो रात भर रुक भी सकती है मोतिया।"

"शटअप..!" जोगी ने जम्भाई ली थी।

"नहीं,... मतलब... शायद तुझे कुछ मालिश-वालिश की जरूरत... तो अपनी मोतिया है न? खरीदी हुई चीज से पूरे पैसे वसूल करना उपभोक्ता का अधिकार है भई...।"

"...चाहे वह मानवीय श्रम या नारी देह ही क्यों न हो।" जोगी ने मानो सुबीर का जुमला पूरा किया था।

एक धूर्त मुस्कान सुबीर की आँखों से छलकने लगी थी, फाइल से सिर उठा कर बोला था।

"ईश्वर भी पापियों का ही पक्षधर है कामरेड! प्रभु यीशू ने कहा है कि मैं धार्मिक नहीं, पापियों का मन परिवर्तन करने के लिए ही आया हूँ। माने प्रभु 'प्रो-सिनर' है.. नहीं?"

सुबीर के धूर्त कुतर्क और सुबीर की कुटिल हँसी, दोनों की उपेक्षा कर जोगी सोने चला ही गया था अपने लिए नियत कमरे में।

थके-पिटे जोगी को जल्दी ही नींद आ गयी थी, परन्तु गहरी निद्रा में डूबने से पहले तक उसे विचित्र-विचित्र अनुभव होते रहे थे।

डाकबँगले के पिछवाड़े जरा-सी हवा सरसराती तो लगता कोई धीमे-धीमे कान के निकट फुसफुसा रहा है। पेड़ों की शाखाएँ रगड़ खातीं तो किसी घायल के कराहने का भ्रम होता। कोई खिड़की तेज हवा से धीमे-धीमे खुलती या बन्द होती हुई चरमराती तो लगता कोई चमरौंधे जूते पहने दबे पाँव चल रहा है।

अगले हफ्ते दिन में ही महुआटाँड़ में पूरी तरह से रम गया था योगराज जोशी। पठार के स्वर्णाभ प्रात: और श्यामल साँझ के सम्मोहन में बँध गया था जोगी। अपने शोध की सामग्री और आँकड़े ढूँढ़ने-जुटाने की प्रक्रिया में अकेले भी आदिवासी बस्तियों तक जाने लगा था जोगी।

दूर से उँकड़ूँ बैठी मटमैली आकृतियों जैसी दिखती झोपड़ियों वाले गाँव जोगी की दिलचस्पी का मरकज थे। झुकी-झुकी दस-बीस झोपड़ियों वाले गाँवों में जोगी देर तक ठहरता। कुछ-कुछ पूछता। कुछ-कुछ नोट करता। बूढ़ों से उनके अनुभव सुनता। बच्चों में टाफियाँ बाँटकर उन्हें मोहता। 'बिड्डी सैब' का अतिथि याने पूरे क्षेत्र का अतिथि... योगराज जोशी।

हर प्रात: किसी मुर्गे की बाँग, किसी चरवाहे की हाँक, किसी गड़रिए की

टिटकार और सूर्य की पहली किरण के साथ नींद खुलती। जंगल की सिहरती वासन्ती भोर ऊँचे पहाड़ और घटाचुम्बी वृक्षों से सरकती नीचे उतरने लगती तो सुबह की सैर के लिए निकल पड़ता था जोगी।

अमा के निकट पहुँचता-घटता चन्द्रमा भोर हुए पहाड़ के पीछे से गजब का सुन्दर निकलता था। जोगी बार-बार इस सम्मोहक दृश्य को निहारने की खातिर आदत के विपरीत भोर में ही नींद से जगने लगा था।

नयी भोर की पहली हवा में वन्य वनस्पतियों की महक पीता जोगी! छोटी-छोटी गोल टोकरियाँ काँख में दबाए महुए के फूल बीनने निकली स्त्रियों की टोली देखता जोगी तो महुए की नशीली महक से अघा उठते थे फेफड़े! भोर के टपके हुए महुए खाने निकले हिरण-भालू नीलगायों को हुलकाते लोगों की हाँक में भी एक बनैला संगीत था.. हू ले-ले-ले-ले ले लेऽऽऽ।

डाकबंगले के बाहर सड़क पर वनजलेबी के वृक्ष पर लिपटी थी घुँघची की कत्तरें। घुँघची की पकी फलियों के भीतर होते थे काली बिन्दी वाले घुँघची के रक्तिम बीज...रत्ती! जोगी नित्य पकी छिमियाँ मसल कर कुछ दाने जमा कर लेता था। रत्ती का भंडार वह क्यों जमा कर रहा था, वह स्वयं नहीं जानता था। हथेली के प्याले में जगमग लाल...जोगी को अच्छे लगते थे ये रक्तिम बीज और...बस!

सुबीर के पास कागज काले करने, सरकारी अनुदानों की राशि कहीं-न-कहीं खपाने, जवाहर रोजगार योजना या राष्ट्रीय ग्रामीण नियोजन कार्यक्रम या ग्रामीण भूमिहीन नियोजन गारंटी योजना या 'ट्राइसेम' योजना आदि-आदि के कागजी क्रियान्वयन या फिर कभी-कभार डालटनगंज के दौरे पर आने वाले राजनेताओं के आगे-पीछे डोलने के बाद अन्य भी कई व्यस्तताएँ होती थीं।

बिहार राज्य का विभाजन होने वाला था। बिहार को बाँट कर एक और नये राज्य 'झारखंड' का निर्माण ठीक उसी प्रकार अवश्यम्भावी हो चुका था जिस प्रकार उत्तर प्रदेश को चीर कर उत्तरांचल और मध्यप्रदेश को फाड़कर छत्तीसगढ़ का निर्माण निश्चितप्राय था।

भारत सरकार की इस ऐतिहासिक योजना पर निर्णय की अन्तिम मुहर लगने से पूर्व सुबीर झा अपना तबादला नये बिहार में, अपने गृह राज्य में करवा लेने को बेचैन था सो अपनी स्थापित दिनचर्या के बीच-बीच कभी सख्त और न टाली जाने योग्य पैरवी-यात्राओं पर राँची-पटना की दौड़ भी लगाता रहता था।

दोनों मित्र जब नित्य की किलकिल और एकरस दिनचर्या से ऊबते तो जिला मुख्यालय डालटनगंज की सैर को निकल पड़ते थे। सिनेमा देख आते थे। बेतला-बारे साँढ़ के घने जंगल की ओर निकलते और हवाई बन्दूक से भोज्य पखेरुओं का शिकार कर आते। शराब के साथ आदिवासियों की जीवन-संस्कृति पर कुछ ईमानदार,

पवित्र और किताबी बातें कर लेते थे जिसकी चर्चा प्रायः घूम-फिर कर आदिवासी युवतियों के निश्च्छल भोलेपन, अनगढ़ सौन्दर्य, अनछुई ताजगी, सहज विश्वास और आसान उपलब्धता पर केन्द्रित हो जाती थी।

पहली ही लम्बी फुर्सत में,जो कि प्रायः, त्योहार-इतवार को ही मिल पाती थी,सुबीर झा जोगी को महुआटाँड़ से नौ मील पश्चिम में स्थित रक्सेल राजपूतों के ऐतिहासिक किले 'तमोलगढ़' के खंडहर दिखा आया था। महुआटाँड़ के दक्षिण में चार मील पर स्थित 'गुटामघाघ' प्रपात में भी नहा आया था जोगी। बीस फीट की ऊँचाई से कठोर पहाड़ी चट्टानों पर गिरते प्रपात का सौन्दर्य देख विभोर हो गया था जोगी।

महुआटाँड़ से आठ मील उत्तर-पश्चिम में साढ़े चार सौ फीट ऊँचे 'बूढ़ाघाघ' प्रपात के सौन्दर्य ने तो जोगी को सम्मोहित-सा कर लिया था। घंटों वहीं बैठा रह गया था जोगी... अभिभूत! जोगी की स्मृति में अमिट अंकित हो चुका था बूढ़ाघाघ! अंकित हो चुकी थी झरने से फूटती नदियों में सोई रेत और जल के तल में बैठे चिकने पत्थरों के टुकड़ों का वह झिलमिलाता समाज। अमिट हो चुका था मानस में सूर्य की किरणों से सोना-सोना होती उस बालुका राशि का सम्मोहन!

महुआटाँड़ के ये चन्द दिन...! कभी भूल सकता था जोगी पलामू के इस अरण्य प्रान्तर को?

जगह-जगह चीते की खाल पर पड़ी चित्तियों की भाँति अकेले-दुकेले लेटे खेतों में उमड़ी फसलें...! अरण्य की श्यामलिमा...! दिगन्दव्यापी शस्य फुनगियाँ...! स्तब्ध वनप्रान्तर...! अल्हड़ फगुनहट की विदावेला और आसन्न चैत की पवन...! उष्म होती धूप और झड़ते-खड़खड़ते उड़ते और फिर तह पर तह बिछते हुए पत्तों वाला यह जंगल...।

जंगल में देवस्थल तो जगह-जगह मिल जाते थे। क्षीण आबादी और जंगल-झाड़ के अबाध सिलसिले के बीच किसी महावृक्ष की जड़ को घेरे मिट्टी के अनगढ़ चबूतरे...। वृक्ष की जड़ को बाहों में समेटे बैठे माटी के चबूतरे पर पकी मिट्टी की आकृतियाँ... हाथी-धोड़े...! चिकनी शिलाओं या वृक्ष की जड़ों से लिपटे धागे, घंटियाँ, झंडियाँ, सिन्दूर और भभूत हस्ताक्षर थे कि वनवासियों ने अपने भय, दुःख, त्रास, पीड़ा, हारी-बीमारी... सबको मिथकों के सहारे प्रकृति में कील दिया है।

मिथकों, विश्वासों, कथा-किंवदंतियों से अप्लावित पलामू के इतिहास में उतरना भी जोगी के लिए एक रोमांचक दुनिया की सैर से कम नहीं था। आश्चर्यलोक में एलिस की भाँति...।

लगभग सम्पूर्ण पलामू क्षेत्र मध्यकाल से पूर्व सम्भवतः अभेद्य बीहड़ जंगल ही था। मध्यकाल में अरण्यभेदन सम्भव हुआ तो गाँव-कस्बे-टोले बसे। प्रमाण हैं

अनेक छोटे शहरों और कस्बों के नाम, जो मध्यकालीन मुगल-पठान हमलावरों, अंग्रेजी सैन्य अधिकारियों-उच्चाधिकारियों या फिर ब्रिटिशकालीन नवाबों के नाम पर बसे थे। हैदरनगर, हुसैनाबाद, मुहम्मदगंज, शाहपुर या जपला, लेस्लीगंज, डालटनगंज, मैकलुस्कीगंज आदि-आदि। ये आधुनिक नाम स्थानीय आदिवासियों पर बाहरी लोगों के आक्रमण और दीकू (गैर-आदिवासी) लोगों की पलामू पर विजय की अनेकानेक कहानियों के शीर्षक जैसे लगते हैं। जिन स्थानों के आदिकालीन नाम गहन अरण्य में जीवित बचे थे वे स्वयं अपनी आदिम जिजीविषा का परिचय दे रहे थे, ...केचकी, चियांकी, मँगरा, टोकीसूद सतबरवा, छीपादोहर, हेहेगड़ा या फिर यह... महुआटाँड़!

एक जगत प्रसिद्ध पर्यटन स्थल जहाँ अभी तक जोगी नहीं जा सका था, वह था पलामू के बेतला वन में स्थापित व्याघ्र परियोजना का अभयारण्य... और फिर चेरो राजाओं के पराक्रम का गवाह पलामू किला के खंडहर...! हालांकि ये स्थान महुआटाँड़ से निकट ही थे।

"पास ही है। वहाँ तो किसी दिन शाम को टहलते हुए भी चल सकते हैं।" आश्वासन देता रहता था सुबीर परन्तु...!

आज सुबह सबेरे की बात...!

"आज सरहुल है जोगी! महत्त्वपूर्ण आदिवासी त्योहार है यह! मैं कुछ बहुत जरूरी फाइलों पर दस्तखत से निपट कर दफ्तर छोड़ दूँगा। कहीं निकल मत पड़ना तुम, लेकिन तैयार जरूर रहना। आज सियरमरवा पहाड़ी का मेला घूमने चलेंगे।"

अल्लसुबह ही सुबीर ने सूचना-चेतावनी-आदेश की घुट्टी पिलाई थी जोगी को।

अब जोगी की समझ में आ चुका था कि क्यों आज मुँहअँधेरे ही जाग उठा था जंगल। अभूतपूर्व चहल-पहल से भर उठा था ग्राम क्षेत्र! नित्य शाम या रात को बजने वाले ढोल-माँदल आज तो एकदम भोर से ही बजते सुनाई दे रहे थे।

जोगी के महुआटाँड़ आगमन के बाद यह पहला स्थानीय आदिवासी त्योहार आया था। सरहुल...! या वसन्तोत्सव...?

परम्पराजीवी और उत्सवधर्मी आदिवासियों की संस्कृति में तभी तो जीवित है यह कहावत कि चलना ही नृत्य है, बोलना ही गीत...! सेन गे सुसुन, का जी गे दुरंग...! तभी तो जीवट से भरे वनवासियों के जीवन में भात के बाद कोई दूसरी बड़ी चिन्ता नहीं होती। क्योंकि वे जानते हैं कि यदि किसी समस्या का हल सम्भव है तो समस्या के प्रति चिन्तित रह कर पर्व-त्योहारों के उल्लास से क्यों वंचित रहें? क्योंकि वे समझते हैं कि यदि किसी समस्या का हल होना असम्भव है तो चिन्तित होने से भी क्या होना है? व्यर्थ की चिन्ता में आज के रास-रंग को क्यों व्यर्थ होने दें?

"पर तूने तो कहा था कि मुहलत मिलते ही टाइगर प्रोजेक्ट चलेंगे। पलामू किला और कमलदह झील देखेंगे?" जोगी ने इसरार किया था।

"चलेंगे यार वहाँ भी। आखिर पलामू किला पलामू के इतिहास की नाक है। बेतला देश की पहली व्याघ्र परियोजना है। लेकिन कामरेड इधर की वन्य संस्कृति का चेहरा समग्रता में देखना हो तो सियरमरवा पहाड़ी का मेला घूमना अनिवार्य शर्त है।"

"चल ठीक है फिर! तू जा दफ्तर। तेरे लौटने तक मैं तैयार मिलूँगा।" जोगी ने हथियार डाल दिये थे।

"साले आदिवासी लात-बात के आदी हैं यार। प्रेम से बात करो तो प्रचारित कर देंगे कि अफसर कमजोर आदमी है। राज-काज क्या चलाएगा? गाली-रौब के साथ इनसे बात करो तो मानेंगे कि क्या मर्द साहब है! ऐसा ही कड़क आदमी साहब बनना चाहिए। ऐसे बनेचड़ों को सरकारी राहत देने की कोशिश भी धन की बर्बादी है। ससुरे सारा रुपया दारू-हँड़िया में उड़ा देते हैं। इनके तो ताजा नाल कटे बच्चे भी हँड़िया के बिना माँ का दूध नहीं घोंट पाते।"

शराब की बोतलें ठंडी होकर आयीं। बोतलों को गीले टाट के मोटे कवच में लपेटा गया। दोनों बोतलों को जीपगाड़ी के औजार-बक्स में सुरक्षित दबा कर बक्से में ताला लगाते सुबीर ने कहा।

"हो सकता है मेले से वापस लौटते-लौटते रात हो ही जाय। ...तो रात के राशन-पानी का जुगाड़ तो हो गया।"

जोगी ने सहमति में मुँड़ी हिलाई।

दूरदर्शी था सुबीर झा। ऐसे ही नहीं पलामू के जंगल में दाँतों के बीच जीभ की भाँति सुरक्षित था सुबीर झा। जंगल के स्वाद को सचमुच उसके पूरेपन के साथ भोग रहा था सुबीर झा।

वे जीप में बैठे। सुबीर ने इग्नीशन में डाल कर चाबी घुमाई। बिहार सरकार की सरकारी जीपगाड़ी का थका ईंजन पहले जरा सा खाँसा... फिर दमे के रोगी की भाँति घरघराने लगा।

"अभी देखना मेले में। कैसी-कैसी मोतिया दिखती हैं वहाँ। जो मोती आँख में समा कर दिल में उतर जाय उसकी ओर बस उँगली उठा देना", ईंजन गर्म होते ही सुबीर ने गाड़ी को गियर में डाला—"आज रात में ही वह तेरे पास होगी। सारी रात उसका इंटरव्यू लेते रहना और आश्वस्त होने पर ही कुछ और लेना कि वह जबरन किसी गाँव से उठाई गयी 'मोतिया' नहीं होगी। अपने पैरों पर चल कर वह खुद हमारी तिजोरी तक पहुँची होगी। फिर मुझ पर लानतें भेजने वाला तेरा आदर्शवाद और तेरी क्रान्ति हवा-हवाई न हो जाय तो... तो पेशाब से मेरी मूँछें मुँड़वा देना।"

"आगे देख आगे... वर्ना गाड़ी किसी पेड़-पत्थर में दे मारेगा तू।' जोगी ने टालने का प्रयास किया।

"मेरा फर्ज तो पार्टनर नजीर पेश करना है, तुझे यकीन दिलाना नहीं।" मुँह बिचका कर बोला सुबीर।

अपने पीछे धूप से जली बन्ध्या भूमि की ललछौंह धूल के गुबार उठाती जीपगाड़ी सियरमरवा पहाड़ी की ओर भाग रही थी।

दूर-दूरान्तर की बस्तियों से उठती माँदल की थाप और ढोल की धमक पर मानो थिरक रहा था जंगल। राह-पगडंडियों पर मेले जाने वाले लोगों की कतारें दिखने लगी थीं। नीचे खाई में मेले की दिशा में बढ़ते लोगों का झुंड बौनों के समूह की भाँति रेंगता दिख रहा था।

शीघ्र ही किसी सीटी, किसी फोंफी, किसी पिपहरी या किसी बाजे की ऊँची आवाज के बीच भीड़ की भनभनाहट सुनाई देने लगी। मानो मधुमक्खियों के हजारों छत्तों को एक साथ छेड़ दिया गया हो।

कभी-कभार भनभनाहट पर हावी होती भोंपू की आवाज... "सूई-सलाई-मूसमरवा दवाईः तीनों बस एक रुपया में भाई...!"

मेला सचमुच खूब फैला जुड़ा था। जोगी मेले तक तो अन्यमनस्क-सा ही पहुँचा था परन्तु मेले में पहुँचने के बाद मेले की अनन्त छवियों ने जोगी को सचमुच अपने में समो लिया था।

घोड़ों पर गट्ठर के गट्ठर कपड़े लेकर मेले में आये थे बजाज! सिर के ऊपर मैली चादर का चन्दोवा ताने नीचे बिछी टाट पर कपड़ों के थान सजाये बैठे थे कपड़दार। सस्ती साड़ियाँ, फूलदार फ्रॉक-झूला-ब्लाउज के कपड़े। रंगीन, मारकीन और लट्ठे के थान...।

एक ओर अनाज की खरीद-बिक्री करते बनियों-आढ़तियों की कतार थी। कुम्हार, ताँती बुनकर और मल्लाहों की पाँत अलग जहाँ अपने घड़े-गगरे-चुक्के, सुतली-छान-पगहे, कम्बल-धूस-चादरें और बाँस से निर्मित सूप-दौरी-टोकरी-झलरी का ढूह खड़ा किये थे छोटे और मँझोले गँवई व्यापारी...। सस्ते भाव पर अनाज, महुआ, गुड़, तिलहन आदि-आदि खरीद कर शहरों में ऊँचे मुनाफे पर बिकवाने वाले दलाल खुदरा विक्रेताओं से सौदे पटा रहे थे।

जूते-चप्पल, कलछुल-पहसुल, कठौता-बरगुना, काठ-मिट्टी के खिलौने, ढिबरी-लालटेन, लाठी-खड़ाऊँ... दैनिक उपयोग की प्रायः हर वस्तु मेले में उपलब्ध थी।

सामर्थ्य भर सज-धज कर मेले में पहुँचे वनवासियों के बहुरंगी वस्त्रों की

अद्‌भुत छटा थी। हवाई झूले या चक्कर में घूमते घोड़ों पर सवार बच्चे किलकारियाँ भर रहे थे। बाइस्कोप, हवामिठाई, लकठो, लकड़तोड़ और जलेबी पर टूटी पड़ रही थी आदिवासी बालाएँ। गोलगप्पे और छोले की दुकान की लहार-बहार से सटे मुर्गा लड़ाई और तीतर युद्ध के अखाड़े खुले हुए थे।

मेले के किसी कोने में कारुणिक दृश्य भी था। एक चिरन्तन सात्विक करुणा...। कहीं दूर गाँव में ब्याही गयी बेटी अपने पिता या परिजन के पाँव से लिपटी जार-जार रो रही थी। कहीं कोई नव ब्याहता नैहर से ससुराल के लिए बिछुड़ते हुए अपनी बहन-माँ के गले लग कर रोती-हुमकती उलाहनें दे रही थी... "केवन दूर देसवा बियहले ए माई ऽऽऽ।"[1]

जोगी के लिए तो यह एक अद्‌भुत ही दुनिया थी। अनदेखी... अनुभवातीत...! अब वह इस सच को स्वीकार करने को विवश था कि यदि वह मेले में न आया होता तो पलामू की सैकड़ों-हजारों अविस्मरणीय छवियों को देखने से वंचित ही रह गया होता।

ऐसे अनुभव, ऐसे दृश्य, ऐसा उल्लास, ऐसी छटा, ऐसी आनन्द भरी रुलाई... ऐसे सच्चे पल-छिन जीवन के, जो एक साथ कहीं उपलब्ध नहीं हो सकते! न नाटकों में, न सिनेमा में, न साहित्य में... कहीं नहीं। बस अरण्य के जीवन में। भारत के गाँव में।

मेले में पुतली ने चोटी बाँधने के लिए सिल्क का चारगज्जी फीता खरीदा था। अब वह फीता पुतली की वेणी में गुँथा था और दोनों चोटियों को समेट कर मुर्गे की कलंगी की भाँति दो लाल फूल पुतली के सिर पर खिले हुए थे! पुतली की मुट्ठी में बँधी शीशी वाली नोहरंगी की शीशी पसीने से भीगी हुई थी।

स्टेला कुजूर ने हवा वातास की भाँति उधियाती पुतली को पुकारा।

"अगे छौंड़ी...! तनिक रूक रे।"

"परनाम दीदी...।" हवा-वातास रुकी थी।

"वाह रे छौंड़ी। जोहार भूल कर प्रणाम...? आगे हल्लो-हल्लो करेगी का रे?"

"जोहार...!" लजा गयी पुतली...।

"खुश रह! आजकल दिखती नहीं रे तू? कहाँ रहती है?"

"दिल्लू बाबू के ईटा भट्ठा में कमाते हैं दीदी।"

---

1. कितने दूर परदेस में ब्याह दिया ओ माँ।

"दुर्र बौराहिन! कितना कमा लेती है? इतने रुपए में कहीं जिनगी चलती है रे?" —स्टेला कुजूर ने समझाया, "तूने कहा था, तू खूब रुपया कमाना चाहती है। दिल्ली जाना चाहती है। तो आयी क्यों नहीं फिर हमसे मिलने?"

"आएँगे दीदी।" भागने को उतावली पुतली...।

"जल्दी ही आना। लड़कियों की नयी खेप जाने वाली है दिल्ली। तेरे जैसी सीधी और कमहँड़ लड़कियों को दिल्ली में काम मिलते देरी नहीं लगती रे। मैंने तेरे लिए भी और तेरी बहन सुइया के लिए भी... सारा इन्तजाम सोच रखा है।" स्टेला कुजूर ने हाथ की सुनहली चेन वाली घड़ी चमकाते हुए बताया।

पुतली ने स्टेला कुजूर की उँगली में सफेद मोती जड़ी अँगूठी भी देखी। सुनहरे पट्टे वाली कलाई घड़ी को भी देखा और स्टेला कुजूर के गले में शोभा देते क्रॉस को भी ललचाई आँखों से निहारा। स्टेला कुजूर के होठों पर गाढ़ी पुती लाल लिपस्टिक कैसी चमक रही थी... ? किसी रोज उसके पास भी नहीं हो सकता ऐसा-ऐसा सबकुछ..., पुतली ने सोचा, ...घड़ी, अँगूठी, लिपस्टिक और... और...।

स्टेला कुजूर राँची में एक प्लेसमेंट एजेंसी चलाती है। रोजगार दिलानेवाली संस्था... 'उद्धार!' निर्धन आदिवासी हों या गैर-आदिवासी लड़कियाँ...। इन्हें मुम्बई, दिल्ली, पूना, कलकत्ता, बंगलौर या हैदराबाद जैसे बड़े शहरों में दाई, आया या नर्स का काम दिलाने का, आदिवासियों के जीवन से बेरोजगारी और भूख मिटा कर उन्हें आत्मनिर्भर बनाने का पुण्य कार्य करती है स्टेला कुजूर!

लड़कियों का जीवन कितना सँवर पाता है यह किसे पता... सिवा उन लड़कियों के? पता नहीं क्यों, कोई स्टेला कुजूर से कभी यह नहीं पूछता कि निठल्ले बैठे, नशे में डूबते-मरते या बिगड़े लहेंड़े आदिवासी युवकों को कोई रोजी-रोजगार क्यों नहीं दिला पाती है 'उद्धार' वाली दीदी।

विदेशी नाम-उपनाम पहना-ओढ़ा कर विदेशी मिशनरियों ने आदिवासियों के नष्ट कर दिये गये आत्मसम्मान और आत्मविश्वास को पुनर्स्थापित तो किया है परन्तु आदिवासियों के सदियों के संचित संस्कार और उनकी कई अच्छी परम्पराओं को नष्टमूल करने के प्रयास भी किये हैं। ऐसे ही एक गलत प्रयास की उपज थी स्टेला कुजूर। बपतिस्मा ओढ़ लेने से ही मनुष्य के भीतर का अमानुष मर तो नहीं जाता....!

अंग्रेजी में 'स्टेला'... माने हिन्दी की 'पत्थर की पाटिया'! संगमरमर की शुभ्र पत्थरपाटी जैसी ही साँवली, सुचिक्कन, सुन्दर और सम्मोहक लगती है स्टेला कुजूर। पुरुषों के लिए पत्थरपटिया जैसी कठोर प्रकृति और नीरस व्यवहार वाली स्टेला मर्दों के मुँह नहीं लगना चाहती। वह तो बस लड़कियों से ही हेल-मेल रखती है।

जो इकलौता दोपाया नर स्टेला कुजूर के कवच को भेद सका है और प्राय: स्टेला के साथ परछाईं की भाँति डोलता देखा जाता है वह है मॉरिस कुजूर।

"अगले ही सनीचर को दिल्ली जाने वाली हैं लड़कियाँ। तुम दोनों बहन भी निकल पड़ो साथ-साथ! किस्मत बदल जाएगी रे छौंड़ी। बाहामुनी बुढ़िया से भाग्य पढ़वाने से किसी का भाग्य नहीं बदलता। यहाँ रहेगी तो सोनवाँ और बिखुनी की तरह दिलावर सिंह के ईंट भट्ठे में जल-पक कर कोयला हो जाएगी तू भी।"

पुतली के मन को छूती है स्टीलवा दिदिया की बातें। भले गाँव आना-जाना कम हो गया था पर पर्व-त्योहार नहीं छूटा था दिदिया का। कपड़ा-लत्ता शहराती भले हो गया था, परन्तु बात-विचार में तो वही पुरानी थी स्टीलवा दिदिया! बाहामुनी वाली बात तो हँसी-ठट्ठे में बोल गयी थी स्टीलवा दिदिया।

महुआटाँड़ प्रखंड के गाँव-देहात में यह विश्वास था कि उड़सुग्गी गाँव की बाहामुनी बुढ़िया धूल पढ़ने की विद्या जानती है। भरी मुट्ठी की धूल हवा में भुरभुरा कर गिराती है और आँधी-पानी की भविष्यवाणी घंटों पहले बता देती है। बादल पढ़ सकती है बाहामुनी! बादलों का रंग-गति देख कर घाघ-भड्डरी की भाँति वर्षा की भविष्यवाणी करती है। पानी पढ़ लेती है बाहामुनी। दो शाखाओं वाली हरी पेड़ की टहनी की छड़ी से धरती को टो-टो कर बता सकती है बाहामुनी बुढ़िया कि किस स्थान पर प्रचुर भूमिगत जल मिल सकता है ताकि कुँआ खोदने में लगने वाला धन और श्रम व्यर्थ होने से बचाया जा सके।

इतने कुछ विचित्र-अजूबा चीजें कहने-करने-समझने वाली बाहामुनी ने स्वयं को 'गुनी' या 'टोनही' कभी स्वीकार नहीं किया था। बाहामुनी के लिए तो उसका यह ज्ञान मात्र अनुभव और अनुमान का हिसाबी खेल था। कोई उसे डाईन या बिसाहिन कह कर तो देखे... हँसी में भी! कहने वाले का मुँह नोंचने को दौड़ पड़ती थी बाहामुनी बुढ़िया।

"क्या रे? किस सोच में पड़ गयी तू?" स्टेला कुजूर ने बुत बनी खड़ी पुतली को टोका तो...।

"तुम कितनी सुन्नर लग रही हो दीदी?" बोली, स्टेला कुजूर को निहारती पुतली।

"भक्क झूट्ठी।" स्टेला कुजूर ने इतराते हुए पुतली की कनपटी पर मीठी चपत लगाई—"दीदी की झूठी तारीफ करती है रे? पहले तू दिल्ली की तैयारी कर। दिल्ली में कुछ बन जाएगी तब एक बढ़िया साड़ी पहनूँगी तुझसे...! अभी तो एकदम भूतनी लग रही है। तेरे बाल देख, कैसे झाँखुर-माखुर...! और तेरे हाथ कित्ते खुरदुरे...? ऐसे में तुझे दिल्ली में कौन रखेगा अपने घर में रे?"

लजा गयी पुतली। अपने बालों में लगा सिल्क का फीता रेशम की रजाई में भद्दे मारकीन का पैबन्द लगने लगा।

"ए मॉरिस, पुतली को एक साबुन दो...तेल भी।" स्टेला कुजूर ने कहा—"पता नहीं कितने बड़े साहब के घर में नौकरी मिल जाय इसे। इसको तो नहला-सँवार कर ढंग से भेजूँगी दिल्ली।"

"लैलोन का लुगा भी दोगी दीदी—" पुतली ने विहँस कर पूछा।

"दूँगी रे... जरूर दूँगी। नायलॉन की साड़ी कौन बड़ी चीज है? तू दिल्ली जाने की बात पक्की करे तो कल ही सिल्कन की साड़ी पहना दूँ तुझे।"

स्टेला कुजूर की परछाईं मॉरिस कुजूर हजारीबाग में एक एन.जी.ओ. चलाता है।

बड़े पैमाने पर एक सामानान्तर शक्ति-व्यवस्था और शासनतन्त्र में बदल रहे तथा देश के आन्तरिक मामलों में विदेशी हस्तक्षेप का सम्मानजनक मुखौटा लगाए कुकुरमुत्तों की भाँति उगती अर्द्धसरकारी संस्थाओं में से एक का संचालक है मॉरिस कुजूर।

'पवित्र हृदय' नामक इस एन.जी.ओ. का सर्वेसर्वा है मॉरिस कुजूर। मॉरिस अर्थात् दलदल..! एक बार कोई भटक कर इस दलदल के निकट निकल जाय तो उसे अपनी ओर खींच लेता है यह दलदल! मॉरिस का मायाजाल अपने शिकार को नख-शिख निगल जाता है। एकदम गड्प्...!

स्टेला कुजूर का आदेश पाते ही मॉरिस ने अपने कन्धे से लटके शान्तिनिकेतनी झोले में हाथ डाला था। हाथ बाहर निकला तो उँगलियों में दबी थी देह में लगाने वाली हेमामालिनी छाप खुशबुदार साबुन की एक बट्टी और चमेली की महक वाली तेल की एक छोटी शीशी...!

"रख ले रे, लजा मत...!"

पुतली के हाथों में बलात् तेल-साबुन पकड़ा कर आगे बढ़ गयी मुसकाती स्टेला कुजूर। पुतली की आँखों में भावी सुख-समृद्धि के सपने जगाती मुसकाती स्टेला कुजूर! दुःख-दारिद्रय मिटा डालने के सपने दिखाती 'उद्धार' की स्टीलवा दिदिया!

जाल फैलाया जा चुका था। दाने बिखेरे जा चुके थे। अब प्रतीक्षा में थे बहेलिए कि हिचकता-सकुचाता पक्षी कब जाल पर आ बैठता है, जो कि बस देर-सबेर की बात थी। देखना यह भी था कि ललचाया यह पखेरू अपने साथ और कितने पंछियों को जाल पर उतार पाता है।

स्टेला कुजूर की कार्यप्रणाली का रहस्य और मॉरिस कुजूर की माया को अभी तक कोई भेद नहीं सका है। सौ टका खरा काम करती है स्टेला-मॉरिस की यह जुगल जोड़ी।

जंगल-समाज में अनावश्यक ताक-झाँक के लिए समय किसके पास है? नित्य कुँआँ खोदना और रोज पानी पीना की संस्कृति वालों को दूसरों के जीवन व्यापार में रुचि लेने का अवकाश ही कहाँ होता है? कभी चूक हो भी गयी तो स्टेला की पहुँच थाना-पुलिस तक ही नहीं राज्य के कई विधायकों तक है।

चूक होती भी कैसे? भोले, निर्बल, त्रस्त, निर्धन, मातृ-पितृ हीन और समय

के मारे शिकार भाँप कर ही जाल फेंकती है स्टेला ताकि शिकार की ओर से प्रतिरोध कतई न हो। ताकि शिकार पक्ष की ओर से कार्य में गतिरोध किंचित भी सम्भव न हो।

कुछ देर तक साबुन-तेल मुट्ठी में बाँधे वहीं ठगी-सी खड़ी पुतली विचारती रही,... स्टीलवा दीदी की आँखें कैसी तो चमकती हैं। बाज की आँखों की तरह? ठूँठे खजूर की फुनगी पर बैठे, गौरेया-बटेर पर घात लगाए बैठे बाज की गोल-गोल आँखों में ऐसी ही चमक नहीं होती? और मॉरिस— ? उसकी आँखें... जैसे तमस भरे गहन अरण्य में चमकती है हुँड़ार (भेड़िया) की आँखें...!

रक्त-माँस के रसिया हुँड़ार का प्रिय शिकार होते हैं निर्बल मेमने और भोले बछड़े जिन्हें बल नहीं छल से अपना भोजन बना डालता है हुँड़ार।

रात गहरी हो जाने के बाद अरण्य के छुपे अँधेरे से निकल कर टोले-बस्ती में उतर आते हैं बनैले हुँड़ार। असुरक्षित बँधे मेमने या किसी खुले छूट गये बछड़े को देखते ही दबे पाँव अपने शिकार के निकट जा पहुँचते हैं हुँड़ार। प्रेम से चाटने लगते हैं अपने भोले शिकार का मस्तक,... गर्दन, पीठ या पुट्ठे! जैसे अपने शिशु को स्नेहपूर्वक दुलराती है माँ-गाय या बकरी-माँ। स्नेह भरे चुम्बन आश्वस्त करते तरल स्पर्श...! भोले पशु-शावक हुँड़ार के सरस कपटजाल के छलावे में आ ही जाते हैं।

छौने-बछड़े को अपने स्नेहिल विश्वास में ले चुकने के बाद यदि शिकार खूँटे से बँधा भी हुआ तो उसकी रस्सी, छान या पगहे को अपने पैने दाँतों से काट डालते हैं हुँड़ार। फिर शुरू होता है जीवन-मौत का आदिम खेल...।

नन्हे शिकार का एक कान मुँह में दबाए हुँड़ार धीमे-धीमे चलता गाँव से बाहर की ओर निकल पड़ता है। फिर खुले में हठात् दौड़ने लगता है। गोशाले, नाँद, बाड़े, खूँटे-सबसे दूर,... और दूर जाने की दौड़।

साथ-साथ दौड़ने लगता है अबोध शिकार भी, मानो यह भी कोई नया खेल हो या कोई नया प्रशिक्षण...।

नहीं जानता भोला छौना कि किसके जबड़ों में दबा हुआ है उसका कान! नहीं जानता निश्छल मेमना कि उसे अँधेरे की ओर दौड़ाए लिए जाने वाला जीव उसका मित्र है या शत्रु। नहीं जानता शिकार कि इस अन्धी दौड़ का उद्देश्य क्या है। नहीं जानता नवजात कि इस रोमांचक दौड़ का अन्त कहाँ, कब और किस प्रकार होने वाला है।

नहीं जानती थी पुतली कि सचमुच हुँड़ार जैसी ही तो चमक रही थी मॉरिस की आँखें। बिल्कुल बाज की ही आँखों जैसी चमक थी स्टेला कुजूर की आँखों में...!

मेले में विचरते अठबकरा लुहार के सामने औचक ही मानो प्रकट हो गया था सरना हेम्ब्रम। जादुई दीपक के जिन्न-सा...!

"क्यों रे अठबकरा? महीना हुआ रे, तू थाने पर हाजरी लगाने भी नहीं आता अब? दिमाग में चरबी चढ़ गयी है क्या रे?"

धक्क रह गया अठबकरा। टेंट में पचास का नोट था, पर तुड़ाने का मन नहीं कर रहा था सो सवेरे से पेट में दो मुट्ठी सत्तू तक नहीं गया था। और अब यह सरना...! कनेया को माँड़ नहीं : लोकनी (परिचारिका/दाई) को बुन्दिया पर कुछ चढ़ावा चढ़ाए बिना छुटकारा नहीं। राम पड़े कुक्कुर के पाले : नोच-चोंथ कर करिहें काले...?

"खाने को अनाज नहीं, चरबी क्या चढ़ेगी हजोर!" बोला अठबकरा।

"तेरे थाने का दारोगा भोला पासवान तो बोलता है कि अठबकरा को पाँख निकल गया है आजकल? बहुत ऊँचा उड़ने लगा है तू आजकल?" सरना हेम्ब्रम ने अँधेरे का तीर फेंका।

"सो बात नहीं है मालेक। खाली हाथ थाना बाबू के पास जाने में भी तो लाज की बात है। गोड़ पर रखने को सर-सलामी का पाँच रुपया भी हाथ में न रहे तो का थाना जाँए? कार-बार भी इधर नरम चल रहा है।" अठबकरा ने सफाई दी।

सरना हेम्ब्रम ने सिगरेट की अपनी डिब्बी जेब से निकाली तो चमकती डिब्बी से निकली रूएदार सिरे वाली सिगरेट को ललचाई आँखों से ताकने लगा अठबकरा।

सरना ने उदारतापूर्वक एक सिगरेट अठबकरा को भी दिया।

"ले पी! सुनते हैं कि तू कलकत्ता गया था?"

"कलकाता...?" अठबकरा का मुँह खुला रह गया।

सरना ने सिगरेट होंठों में दबाकर अपनी सिगरेट सुलगाई, फिर जलती तीली आगे बढ़ाई तो अठबकरा ने भी सारस की भाँति गर्दन आगे निकालते हुए सिगरेट को आँच दी।

ढेर सारा धुँआ अठबकरा के चेहरे पर उगलते हुए बोला सरना हेम्ब्रम।

"हाँ रे बेट्टा.. कल-क-त्ता ऽऽऽ!"

"काहे को जाएँगे मालेक हम कलकाता?" अठबकरा ने पूछा।

"विलायती बन्दूक गढ़ने की कारीगरी सीखने" सरना ने अपनी गिद्ध दृष्टि अठबकरा की आँखों में डाली, "कहाँ से इतना रुपया जुटा रे कि हबड़ा का पुल पार कर गया तू?"

"हमको तो राँची गये साल लग गया हजोर। कलकाता तो हमारे लिए मालेक सात पहाड़ पार है।" अठबकरा ने उँगलियों में फँसी सिगरेट के बिन सुलगे रूईदार सिरे को मुट्ठी में बाँधा और सुट्टा खींचने लगा।

"एक नम्बर का झूठा है तू रे हरामी!" हँसता सरना हेम्ब्रम...! मुँह से भकभका कर उबल पड़ा ढेर सारा धुँआँ।

हँसी धुले धुँए की गन्ध मिली तो आश्वस्त हुआ अठबकरा का बेचैन चित्त।

दाँतों के बीच जीभ दबा कर कानों से उँगलियाँ छुआता अठबकरा क्षमायाचना की नाटकीय भंगिमा बनाने लगा तो उसके टेढ़े-मेढ़े हाथ और तिरछे फिंकने वाले टेढ़े पैरों की मुद्रा देख जोर से हँसने लगा सरना हेम्ब्रम!

सरना के होंठों पर हँसी थी पर आँखों में हुँड़ारपन! अठबकरा को एकटक घूरता सरना मानो अठबकरा के मन की गहराई में दबे झूठ-सच को कुरेदने का प्रयास कर रहा था।

क्षमायाचना का प्रपंच पसारे अठबकरा— ! अठबकरा को भेदता सरना हेम्ब्रम गम्भीर हो गया।

"बहुत हुआ नौटंकी! अब बन्द कर अपना डरामा। दाई से पेट छुपाएगा तो साले याद रखना, एक कनखी मारते ही भोला पासवान तेरी पिछाड़ी में लाठी ठूँस कर अँतड़ी-पचौनी मथ देगा..!"

अठबकरा ने अपनी जेबें टटोलने का सफल अभिनय किया। ढूँढ़-खोज का पटाक्षेप हुआ तो अठबकरा की अंटी से पचास रुपए का एक तुड़ा-मुड़ा नोट बरामद हो गया। पुड़िए जैसे मुड़े नोट को खोलकर सरना हेम्ब्रम की कमीज की ऊपर वाली जेब में ठूँसता हुआ अठबकरा दयनीय स्वर में बोला।

"दोहाई है सरकार! अभी तो झार-झुर कर यही है। पान-चाय रखें मालेक।"

"हमें सिगरेट का दाम दे रहा है रे?" मुसकाते सरना ने अठबकरा की गुद्दी पर धौल जमाया—"नोट दिखाता है हमें? जा भाग स्साले...!"

जन्मजात टेढ़े-मेढ़े अंगों के कारण देहात के बड़े-बबुआन अठबकरा को बचपन में व्यंग्य से 'अष्टावक्र की औलाद' कहा करते थे। अठबकरा कुछ बड़ा हुआ तो अपने गोतिया-समाज में उसे चिढ़ाने वाले बच्चों ने भी अठबकरा के लिए यही नाम सटीक पाया था। जटिल उचारण वाला नाम 'अष्टावक्र' अपभ्रंश का शिकार हो कर अब 'अठबकरा' हो गया था और यही नाम अठबकरा के परिचय-व्यक्तित्व के साथ अविच्छिन्न रूप से जुड़ा रहा था। '...की औलाद' की दुम कालान्तर में विलुप्त हो चुकी थी।

रूप-आकृति चाहे जैसी भी पाई हो परन्तु गुनी लुहार तो अवश्य था अठबकरा। देसी कट्टे-तमंचे-बन्दूक गढ़ने में अठबकरा लुहार की ख्याति बिहार की सीमा से बाहर रायपुर-सरगुजा के जंगल तक फैल चुकी थी। चोर हो या साहूकार, अठबकरा के भूमिगत हथियार कारखाने के द्वार सबके लिए खुले रहते थे.. दिन-रात!

जंगल में कहीं कटहल पके और धरती न फटे...? कटहल के पके कोए की महक न फैले...? असम्भव! अठबकरा के कौशल से जंगल-देहात में सक्रिय भूमिगत सेनाएँ भी प्रभावित थीं और अठबकरा को तो मानो रुपए कमाने, रुपए उड़ाने का व्यसन था। जुए में लुटाने और शराब में नहाने की लत थी।

भूमिगत सेनाओं के लिए मनोवांछित सामान (हथियार) मुँहमागी कीमत पर गढ़ने वाला अठबकरा राँची-डालटनगंज के कबाड़ियों से 'मन' के भाव से लोहा-लक्कड़ खरीद कर लाता था। 'कण' की दर पर बन्दूकें बना कर बेचता था अठबकरा।

सस्ते साधारण तमंचे की नाल के लिए साईकल के फ्रेम की नली और छः फायर करने वाली मँहगी बढ़िया पिस्तौल के लिए चारपहिया वाहनों की स्टियरिंग रॉड...! पर हाथ की सफाई और गढ़न का हुनर ऐसा कि दोनों हथियारों में अन्तर करना कठिन...!

पुलिस के दारोगा-थानेदार तक रात के अँधेरे में अठबकरा से सम्पर्क करते थे। थाने की ओर से उसे कोई बन्दूक दिखाई जाती थी और चार दिन की मुहलत पर वैसी ही दूसरी-तीसरी या चौथी-पाँचवीं बन्दूकें बनवाई जाती थीं। बन्दूक की नाल के लिए लोहे की नली तो दारोगा-हवलदार अठबकरा के घर तक पहुँचा जाते थे।

सफेदपोश अपराधियों के विरुद्ध खड़े किसी मुकदमे को मजबूत करने के लिए या किसी फर्जी मुठभेड़ में किसी को मार गिराने के बाद हत्या को असली मुठभेड़ सिद्ध करने हेतु देसी बन्दूक बनवाने के लिए महुआटाँड़, पाँकी, लातेहार, बरवाडीह, सतबरबा... कई-कई थानों के थानेदार अठबकरा लुहार की कार्यकुशलता और विश्वसनीयता की कसमें खा सकते थे।

छापा-मुठभेड़ के दौरान जब्त असलहों-हथियारों को नष्ट करने के लिए राँची-डालटनगंज-हजारीबाग की पुलिस लाईन में सुरक्षित व्यवस्था थी। हथियारों के आवश्यक पुर्जे खोल कर बन्दूक राइफलों की लकड़ी-कुन्दे जला दिये जाते थे। किसी थाना बाबू के लिए बन्दूकें बनाने की नकद मूल्य-मजदूरी कभी नहीं लेता था अठबकरा। थाना बाबू जो दाम ठहराना चाहे, उतने पारिश्रमिक और मूल्य के बराबर असली हथियारों के पुर्जे ही लेता था अठबकरा।

भूमिगत संगठनों और पुलिस विभाग के अलावा ऐसे लोगों के लिए भी अठबकरा का कारखाना विश्वसनीय दुकान थी जो लोग महँगी सरकारी बन्दूकों के लाइसेंस के पचड़े में नहीं पड़ना चाहते थे। परन्तु सुरक्षा के लिए हर गृहस्थ अपने घर में दो-तीन गुप्त हथियार तो अवश्य रखना चाहता है अब।

सरना हेम्ब्रम जब डालटनगंज सदर थाने में पदस्थापित था तो छठे-छमाहे अठबकरा से चलती-फिरती ही सही पर देख-भेंट होती रहती थी।

माँडर और फिर मनिका थाने में बदली हो गयी थी तब भी सरना हेम्ब्रम वक्त जरूरत अठबकरा की सेवाएँ ही लिया करता था। अब सरना तरक्की पाकर सब-इंसपेक्टर बन गया था और अब उसकी बदली भी काफी दूर गुमला में हो गयी थी। फिर भी गाढ़े समय में आज भी सरना हेम्ब्रम को पुराना विश्वासी अठबकरा ही

याद आता था। अठबकरा के लिए इतना ही क्या कम था कि पुलिस वाले से उसकी मीठी राम-सलाम थी?

आज तो अकारण ही मेला घूमते हुए अठबकरा से टकरा गया था सरना हेम्ब्रम! अठबकरा का दुर्भाग्य... या सरना का सौभाग्य...?

अठबकरा को पचास रुपए का घाटा दे गया था सरना। फिर भी जान में जान आयी अनुभव कर रहा था अठबकरा। सस्ते में जो छूट गया था।

मेले में आये एक अधेड़ फोटो-पत्रकार की आँखें मीनाबाजार में मनिहारी की दुकान पर कचबच करती लड़कियों के झुंड पर टिकी थीं।

उस अत्याधुनिक दिखते पत्रकार की काया सींक-सलाई थी, चेहरे पर तराशी हुई बकरदाढ़ी थी। कन्धे से नीचे पीठ तक घोड़े के अयाल की भाँति लटकी-फहराती हाथ भर की खिचड़ी केशराशि— । वासन्ती हवा बार-बार उसके झूलते स्त्रैण जुल्फों को उसके चेहरे पर बिखेर देती थी जिसे वह उँगलियों की कंघी से सँवारता रहता था।

कान के अनावृत होते ही उस बकरदाढ़ी पत्रकार के एक कान में झूलती बड़ी सी बाली का सोना तीसरे पहर की धूप में झकमक-झकमक करने लगता था।

उस पत्रकार के गले में लटके एक फोटोकैमरे की बित्ते भर लम्बी थूथन चुगली कर रही थी कि कैमरे में दूर की चीजें पास दिखाने वाला 'जूम लेंस' लगा हुआ था जो सम्भवत: शरारती-असावधान तस्वीरें उतारने में काम आता था। अलबत्ता दूसरा फोटो कैमरा निर्दोष और सामान्य था।

दुकान पर सौदे पटाती लड़कियों को उसने प्रति लड़की पाँच रुपए दिये थे और लड़कियों की सामूहिक तस्वीरें कई कोणों से उतार चुका था। अब वह बारी-बारी से एक-एक लड़की के फोटो खींच रहा था । कैमरे के मुँह पर ठिठियाती लड़कियों को यह कहाँ पता चलना था कि थूथन वाले कैमरे की पहुँच उनकी देह के किन-किन उभारों और गोलाइयों को चित्रबद्ध कर रही थी।

फोटो खिंचवाने के रोमांच और पाँच रुपए पुन: पा सकने के लालच के वशीभूत लड़कियाँ कभी मुसकाती, कभी पीले दाँत दिखाती हुई खिलखिलाती, कभी कृत्रिम रोष व्यक्त करतीं...! बकरदाढ़ी पत्रकार पल-पल बदलते साँवले सौन्दर्य की छवियाँ डिब्बे में अंकित कर रहा था। क्षणे रूष्टा: क्षणे तुष्टा के पल-पल बदलते रंगों का रस ले रहा था।

फूँक मारते उड़ जाने वाली तन्दुरूस्ती के स्वामी उस बकरदाढ़ी पत्रकार के होठों में अटकी जलती सिगरेट का सिरा रह-रह कर दमक उठता था और फिर नाक से धुएँ की दोनाली फूट पड़ती थी।

हर मनोवांछित चित्र को कैमरे में दर्ज कर लेने के बाद उसकी आँखों में एक और नये चित्र की प्यासी चमक उभर आती थी। गिद्ध की भाँति वह आदिवासी स्त्री-सौन्दर्य की बोटी-बोटी पा लेने हेतु किसी नये फोटोजेनिक एंगल को ताड़ने लगता था।

आदिवासियों की जीवन शैली जंगल के बाहर के सभ्य समाज के लिए बिकाऊ पोस्टर बनाई जा चुकी है और आदिवासियों का उन्मुक्त स्वतन्त्र जीवन सभ्य शहरी समाज के लिए विलास का सामान...!

"छौंड़ियन का तो खूब फोटो खींचे साहेब।"

दढ़ियल पत्रकार ने पीठ की ओर गर्दन घुमाई। सामने था एक बूढ़ा आदिवासी।

घुटनों तक उठती मैली सफेद धोती बाँधे। ऊपर की देह पर सफेद मोटी चादर ओढ़े। सिर पर मैले कत्थई कपड़े का अनगढ़ मुरेठा धारण किये! हाथ में थी सिर के ऊपर निकलती लम्बाई वाली चमकती मोटी लाठी...!

लम्बी हिमश्वेत दाढ़ी-मूँछ वाले उस आगन्तुक बूढ़े आदिवासी ने रत्नपारखी पत्रकार की पकी-पकाई खीर में मानो मक्खी डालने का प्रयास किया था। बकरदाढ़ी ने झुंझला कर पूछा—

"तुम कौन?"

"हम हम हैं और कौन?" उत्तर मिला।

"हो तो रहो न! देखते नहीं, काम कर रहा हूँ? फूटो इधर से।"

"बहुत गरम आदमी हो साहेब। बताओ तो, इ गदहियन का फोटो शहर में बेचकर तुम तो खूब रुपया कमा लोगे, बाकी इ छौंड़ियन को कितना रुपया दिये?"

"तुम्हें इससे मतलब? लड़कियों के रखवाले हो क्या? तुम होते कौन हो जो सवाल... लड़कियों के बाप-दादा तो नहीं हो न?" बकरदाढ़ी चिढ़ कर बोला।

सुलगती सिगरेट की आँच उँगलियों तक पहुँची तो पत्रकार ने झुँझलाते हुए सिगरेट को नीचे पटका! सामने मौन खड़े बूढ़े को चुपचाप ताकता रहा।

सपाट चेहरा। पुरानी जंगली शीशम के तने जैसी रूखड़ी-गठीली काया। पकीदाढ़ी-मूँछ चुगली न करें तो बुढ़ापे को ठेंगा दिखाती देहयष्टि...। यदि वह काला बूढ़ा पत्रकार से न उलझता तो पत्रकार बूढ़े को कोई सन्त-संन्यासी ही समझ बैठता।

"ए साहेब।" बूढ़ा बोला—"छौड़ियन का नाक, मुँह, ओठ, छाती... ई सब का फोटो तो खूब खींचते हो तुम लोग। तनिक ई लड़कियन के गोड़-एंड़ी का फोटो भी खींच कर कहीं छपवाओ न साहेब।"

दढ़ियल की आँखें हठात् लड़कियों के पैरों को घूरने लगीं। एंड़ियों पर

नजर टिकी तो लगा मुँह में सिगरेट के घुले धुएँ का कसैलापन कई गुना बढ़ गया है।

पत्रकार के मस्तिष्क में यह सहज प्रश्न कौंधा कि इन नंगी एंड़ियों की बिवाइयों में रेत-मिट्टी की कितनी मात्रा नित्य समाती रहती होगी?

रक्तवर्ण दरारों से छलनी-छलनी थीं वनजाओं की एंड़ियाँ। कनिष्ठा उँगली की आधी पोर भीतर धकेली जा सके, इतनी चौड़ी-चौड़ी दरारें मानो मरी मछली के खुले गलफड़...। दारारों के भीतर इतनी लाली कि सींक की नोंक लग जाय तो फक्-फक् रक्त फूट पड़े!

"ए ऽऽ ह! तू सब अभी तक यहीं खड़ी है बेहया की तरह? भागती है कि नहीं रे? लँगटी[1] कहीं की...बेलज्ज[2] सब...।"

खून को पानी बना दे, ऐसी गर्जना और अंगार होती आँखें बूढ़े की...!

दढ़ियल पत्रकार सहम गया। फटकार सुनते ही हड़बड़ाई बकरियों के रेवड़ की भाँति वहाँ से भाग छूटा लड़कियों का समूह!

"ठीक बोले थे तुम साहेब। हमें लड़कियन का बाप-दादा ही समझो। रखवार ही बूझ लो। अब फोटो-सोटो खींचना हो तो सुन लो कान खोल कर... लड़की के बाद भी हजार चीज है बजार में। बात नहीं बूझोगे तो...।"

बूढ़े ने मुट्ठी में जकड़ी लाठी को सीधा ऊपर उठाया और जमीन पर पटका! मानो कुछ कूट रहा हो!

पत्रकार ने अपनी ओर घूरते उस श्वेत पुरुष को मुँह बिचकाते हुए देखा। दोनों कन्धे उचकाए। कैमरों के शीशों पर ढक्कन लगाया और चुपचाप आगे बढ़ गया। किसी नये शिकार की खोज में। 'स्नैप हंटर्स' ऐसी परिस्थितियों से कहीं विचलित होते हैं? चित्रों के शिकारी किसी से उलझ कर वक्त खराब करते हैं?

जो वस्तुएँ बाजार में ऊँचे मूल्य पर बिक सकती थीं उन्हें तो वह अपने कैमरों में जमा कर ही चुका था।

आदिवासी समाज के रीति-रिवाज, पर्व-संस्कार, नृत्य-गीत और दुःख-दैन्य... सबकुछ आजकल की पत्रकारिता या साहित्य-संस्कृति की दुनिया में गर्म जलेबी की भाँति तैयार होते-होते बिक जा रही हैं। छोटा नागपुर-सन्ताल परगना के कई छली संस्कृतिकर्मी समाजसेवी तक आदिवासियों के प्रति अपनी छद्म प्रतिबद्धता का ढिंढोरा पीटते हुए यही सब कुछ महानगरों के बाजारों में बेच रहे हैं।

आगे यही चीजें देश से बाहर भी... अमरीका, हालैंड, नार्वे, डेनमार्क या स्वीडन के बाजारों में खूब उँचे दामों पर बेची जा रही हैं। इस 'हॉट केक' में हर कोई अपना-अपना हिस्सा हक भर नोंच रहा है।

---

1. नंगी 2. बेशर्म।

बेचो-खरीदो के इस बाजारीकृत समय में किसे चिन्ता थी आदिवासिनों के पैरों में फटी बिवाइयों की? फटी बिवाइयों का बाजार में क्या मोल था? चवन्नी भर नहीं।

वह बकरदाढ़ी पत्रकार जब आँखों से ओझल हो चुका तो लाठी पटकता वह हिमश्वेत केश वाला बूढ़ा उस दिशा में बढ़ गया जिधर माँदल की थाप पर प्रारम्भ होने-होने को था 'घड़ा उतार तमाशा'...!

मेला बाजार में आने वाला हर ग्रामीण एक चीज तो अनिवार्यतः खरीद लेता है। हर दिन की आवश्यकता की वस्तु! सबसे सस्ती चीज... नमक!

मेले में नमक बेचते पंसारियों के निकट गोलबन्द भीड़ कभी कम नहीं होती। जोगी ने नमक की कोई ऐसी ढेरी नहीं देखी जहाँ बनिया निष्क्रिय बैठा हो।

विश्वग्राम के झूठे मॉडल में एक लघुत्तम बिन्दु भर भी स्थान नहीं छेंकता महुआटाँड़, परन्तु यहाँ के हाट-मेलों में भी नमक को लेकर आदिवासी संवेदना और व्यावसायिक हितों के बीच रस्साकशी चल रही थी जिसमें आवारा पूँजी की विराट और नृशंस शक्ति की विजय सुनिश्चित थी। वैश्विक बाजार का धोखे भरा नमक सियरमरवा पहाड़ी के मेले तक भी पहुँच चुका था... आयोडीन युक्त नमक...!

शुद्ध आयोडीन-पोटाशियम आयोडेट के बदले घातक सस्ता पोटाशियम आयोडाइड मिला बहुराष्ट्रीय कम्पनियों का थैलीबन्द नमक...! नमक या धीमा जहर...?

एक रुपए प्रति किलो से भी कम उत्पादन-लागत वाले, पहले कित्ते सस्ते मिल जाने वाले नमक को दस रुपए प्रति-किलो बिकता देख स्तम्भित थे अनपढ़ आदिवासी!

जोगी देख रहा था कि किस प्रकार बहुराष्ट्रीय कम्पनियाँ आध पेट खा कर दिन काटने वाली जनजातियों को घेंघा, गलघोंटू और हीमोग्लोबिन की कमी से बचाने की आड़ में चाँदी कूट रही हैं। जैसे कभी जाहिल भारतवर्ष को सभ्य-शिक्षित बनाने के बहाने अंग्रेजी कम्पनियों ने लूटा था।

राहत की बात यह थी कि भारत सरकार ने बहुराष्ट्रीय कम्पनियों द्वारा साधारण नमक की बिक्री पर रोक लगाने के छली अनुरोध को ठुकरा दिया था और फिलहाल खुले नमक की ढेरियाँ भी गाँव के हाट-बाजार में दिख रही थीं। पर कब तक...? शीघ्र ही विदेशी सौदागरों को नमक में लौह तत्त्व भी मिलाने

की अनुमति मिलने की सम्भावना थी और तब यही नमक महुआटाँड़ में बीस रुपए प्रति किलो की दर से बिकने आने वाला था!

जोगी देख रहा था, अरण्य प्रदेश में भी पूँजी प्रसार के अभियान में अविष्कार को ही आवश्यकता की जननी बनाने का बाजारू शीर्षासन चल रहा था।

सुबीर के लिए इस मेले में कुछ भी अभिनव या अनदेखा नहीं था। सम्भवत: कई बार ऐसे मेलों में जा चुका सुबीर अभ्यस्त था। वह तो गिद्ध की भाँति मेले में गर्मगोश्त की खोज, परख और छँटाई करता फिर रहा था।

मेले में 'बिड्डी सैब' को जोहार-प्रणाम-रमरमी-सलाम करने वाले इतने लोग मिल रहे थे कि सुबीर अब अभिवादन का उत्तर देने में भी असुविधा अनुभव करने लगा था। अब तो वह अभिवादनकर्ता की ओर आँख उठा कर पलकें भर झपका रहा था और सामने वाला 'साहब' की दृष्टिवर्षा से नहा कर निहाल हो जा रहा था।

मेले में युवा और किशोरियों की स्त्री-देह की नयी खेप ही सुबीर के आकर्षण का केन्द्र थी। सिर से पाँव तक परखने-निरखने के बाद सुबीर हरेक लड़की में कोई न कोई खोट घोषित करता जा रहा था। अभी तक आदिवासी या गैर आदिवासी किसी बाला का दैहिक भूगोल सुबीर की कसौटी पर शत-प्रतिशत खरा नहीं उतर सका था।

"यार, इसके कपड़ों से बास आ रही होगी। इसके बाल भी चीकट हैं।"

"इसकी चमड़ी बहुत सख्त है, मजा नहीं आएगा।"

"भई इसमें मांसलता है ही नहीं। बगैर माँस के क्या हड्डियों का अचार डालेंगे?"

"इसकी छातियाँ तो सपाट पिच हैं। छोड़ो यार।"

"इसकी ब्रेस्ट तो पहाड़ियाँ बनी हुई है, हाथ में ही नहीं आएँगी।"

"अरे यार, इसकी टाँगें, इसकी बाँहें, सूखी झाड़-जटाएँ दिख रही हैं।"

जोगी के पेट में बल पड़ने लगे थे। स्त्री देह की विचित्र-विचित्र उपमाएँ। गजब-गजब टिप्पणियाँ झरती थी सुबीर के मुँह से। जोगी पुनः पुनः हँसने को विवश हो जाता था।

मनोवांछित 'मोतिया' को ताड़ते हुए वे जिस्म जौहरी अन्ततः वहाँ जा पहुँचे थे जहाँ महुआटाँड़ के प्रखंड विकास पदाधिकारी आज मुख्य अतिथि थे। समारोह के अध्यक्ष थे।

जोगी के लिए यह अपरिचित खेल था और सुबीर इस वर्ष भी 'घड़ा उतार प्रतियोगिता' का अध्यक्ष मनोनीत था।

"यह क्या प्रतियोगिता हुई?" जोगी ने पूछा।

"यहाँ वह नजारा दिखेगा कामरेड कि जिसे देख कर तुझे यकीन हो जाएगा कि मनुष्य बन्दरों की ही सन्तान है। कम से कम ये जंगली भुच्चड़ तो जरूर बन्दरों के निकटतम वंशधर हैं।"

प्रतियोगिता के निर्णायक मंच पर चढ़ते ही प्रतियोगिता के संयोजकों ने अध्यक्ष सुबीर से जोहार-बन्दगी की। दिशोम गुरु ने 'बिड्डी सैब' को फूल माला पहनाई।

"आप ही की आस देख रहे थे हमलोग। अब हजोर का हुकुम हो तो खेला चालू किया जाय?"

सुबीर ने मुँडी हिलाकर प्रतियोगिता का प्रारम्भ करने की औपचारिक सहमति दी। उच्च पदाधिकारी जनता के बीच जितना कम बोले, जनता पर रौब उतना ही अधिक बना रहता है।

मंच के सामने अखाड़ा व्यवस्थित किया जा चुका था। अखाड़े के बीच मलखम्भ की भाँति खूब मोटा-चिकना काले रंग का खम्भा गड़ा हुआ था। खम्भे पर तेल या ग्रीस जैसी खूब सारी चिकनाई चुपड़ी हुई थी जो चमकती काली रेखाओं की शक्ल में नीचे की ओर चू रही थी। खम्भे के एकदम ऊपर के समतल सिरे पर पीतल का एक घड़ा टिका रखा था जिसमें हजार रुपए के सिक्के थे। रुपयों के ऊपर भरे मोतीचूर-बूँदी के लड्डू घड़े के मुँह के ऊपर तक अँटे दिख रहे थे।

दो-चार किलो लड्डू और हजार रुपयों से भरे इसी पितराही घड़े को पाने के लिए हर वर्ष मेले में जुड़ती थी यह प्रतियोगिता। युवकों के कई दल...! भगयी-लंगोट पहने वनपुत्र साल-दर-साल बढ़ती खम्भे की ऊँचाई को पुनः पुनः पराजित कर पितराही घड़ा जीतते आये थे।

माँदल की द्रुत ताल पर आदिवासी युवकों का पहला जत्था अखाड़े में उतरा। खम्भे को बाहों में कस कर बाँधे, मुंडी नीचे गाड़े दो युवकों की पीठ पर चटपट चार लोग जा चढ़े। उन चारों की पीठ पर दो अन्य युवक। उन दो युवकों के कन्धे पर एक नाटे कद का युवक...! मानव देह से बनी इस सीढ़ी पर नाटे युवक के चढ़ते ही पता नहीं किस खिलाड़ी का पैर उखड़ गया या किस खिलाड़ी का हाथ खम्भे पर फिसल पड़ा कि सर्रर ऽऽर्रारा... धड़-धड़... भद्-भद्...भद्दाम...!

भरभरा कर बिखर गयी मानव सीढ़ी की बाँस-बाती। अखाड़े को घेरे खड़ी दर्शकों की भीड़ के ठहाकों और तालियों ने कुछ और मेला घुमन्तों को अखाड़े की ओर आकृष्ट किया। भीड़ बढ़ने लगी।

जोगी के अनुसार तमाशे के बाहर खड़े लोग भूमि पर गिरे धूल-धूसरित खिलाड़ियों के अच्छे प्रयास के लिए तालियाँ बजा रहे थे। जबकि सुबीर का मत था कि बन्दरों की भाँति मरते-लोटते-पछड़ते पराजितों का जंगलीपन और वानरी हरकतों पर तालियाँ

बजा रही थी भीड़!... हँसी उड़ा रही थी भीड़।

अब आदिवासी जाँबाजों की दूसरी टोली लक्ष्य को पाने का प्रयास करने लगी थी! मंच पर बैठे दिशोम गुरु की आँखें अखाड़े में चलते खेल पर टिकी थीं। सुबीर की ओर झुकते हुए दिशोम गुरु ने दबी आवाज में पूछा।

''हमारी भैंस कब तक मिल जाएगी साहेब?''

''बहुत जल्दी''—सुबीर के होंठ हिले। धीमा आश्वासन—''समझ लो कल-परसों में ही। तुम्हारे खूँटे पर भैंस बाँधने की चिन्ता तुमसे अधिक ब्लॉक के बाबू लोगों को होगी।''

''बड़ा बाबू का सलामी तो हम आज सवेरे ही पहुँचा दिये हैं हजोर!'' दिशोम गुरु ने बताया।

''तो बस, तुम्हारा काम हो ही गया समझो।''

गाँव-समाज का प्रतिनिधि था दिशोम-गुरु! गाय-बैल-बकरी-भैंस के लिए सरकारी कर्ज-अनुदान पाने वालों का अँगूठा निशान सादे कागज पर छपवा कर पहले ही प्रखंड कार्यालय के सम्बन्धित विभाग में बड़े बाबू के पास जमा कर देता था। आदिवासियों के लिए कागज पर अंगूठा लगाना और खेत से कद्दू काट लाना एक-सा सहज...!

ढाई हजार की रकम में ऊपर से नीचे तक ब्लॉक के छोटे-बड़े किरानियों का कुछ-न-कुछ हिस्सा बनता था। सलामी, दस्तूरी, नजराना, कमीशन या घूस चाहे जो नाम दिया जाय।

चढ़ावे के बाद जो रुपए बचते थे उससे तो कोई सूखी बकरी-छेरी या हड्डियल-मरियल बैल या फिर बूढ़ी भैंस ही खरीदी जा सकती थी। ऐसे पशु खरीदें और सरकारी तन्त्र के द्वारा ठगे जाएँ? फिर क्यों न प्राप्त सरकारी रुपयों की दारू-हंडिया ही पी लें आदिवासी और सरकार को ही ठग लें? अलबत्ता दिशोम गुरु के खूँटे पर दो जोड़ी हृष्ट-पुष्ट भैंसें अवश्य बँधी रहती थीं।

घड़ा उतार खेल का रोमांच नयी ऊँचाइयों को छूने लगा था।

सबसे नीचे खड़े एक लम्बे युवक के कन्धे पर चढ़ा एक फुर्तीला लड़का अकेला ही खम्भे से साँप की भाँति लटपटा गया था और चपल बन्दर की भाँति चिकने खम्भे के ऊपर चढ़ा जा रहा था। ताड़ी के ऊँचे वृक्ष से ताड़ी उतारने वाले दक्ष पासी की भाँति।

मात्र हाथ भर दूर ही तो बचा था वह पितराही घड़ा! युवक ने घड़े की ओर हाथ बढ़ाया ही था कि सर्रर्र ऽऽऽ धड़ाम्...! रुकने-सँभलने को चिकने खम्भे पर कोई पकड़ नहीं बननी थी। एकदम सपाट और चिकना खम्भा...!

चिड़चिड़ाए-खिसियाए झक्की बन्दरों की भाँति पुनः पुनः प्रयास करते

जनूनी युवकदलों के निर्णायक, मंचस्थ मदारी और तमाशाई भीड़ हर असफल प्रयास के बाद ठहाके लगा रही थी। तालियाँ पीट रही थी।

जंगलीपन से भरे घड़ा उतार तमाशा देख कर हँसने-ठहाके लगाने वालों में मात्र दीकू या गैर आदिवासी ही नहीं थे। दीकू लोगों के साथ ही हिला-मिला बैठा था जंगल का आदमी भी। दीकू लोगों से कानाबाती करता आदिवासियों का अपना प्रतिनिधि। दिशोम गुरु, जो मानो स्वयं को दुमकटे सियारों के समाज का एकमात्र दुमदार समझता था।

श्रम-स्वेद से लथपथ हो रही थी युवकों की टोलियाँ। सफलता हाथ-दो हाथ मात्र की दूरी से मुँह चिढ़ाती, कतराती फिसल रही थी। दिशोम गुरु थके पस्त युवकों को उत्साहित करने हेतु मंच पर खड़ा ही हुआ था कि अखाड़े में उतर पड़ा। वही बूढ़ा।

मैली सफेद धोती, मैली कत्थई पगड़ी, कन्धे से लिपटी मोटे कपड़े की सफेद चादर। हिमश्वेत दाढ़ी-मूँछों वाले बूढ़े के हाथ में चमकती लाठी थी।

"यही दिन देखने को जी रहा था ददुआ?"— बूढ़े ने गर्जना की—"लाज नहीं आती? ढकनी भर पानी में डूब कर मर काहे नहीं जाते तुम लोग? ऐसी आन्हर जवानी ढह कर बिला काहे नहीं जाती रे?"

घड़ा उतार खेल के प्रतियोगियों को फटकारा बूढ़े ने। एक युवक तमतमाता उठ खड़ा हुआ।

"ऐसा कुबोल[1] काहे बोलते हो ददुआ?"

बूढ़े ददुआ ने युवक के कन्धे पर हाथ रख कर पीछे धकेला तो अखाड़े में भहरा गिरा युवक। ददुआ दहाड़ा।

"चोप रह! जीत भी जाएगा तो क्या हो जाएगा रे? राजा हो जाएगा का? अरे जीत कर भी हारे ही कहाओगे। हारने वाले भी तुम्हारे जात भाई ही होंगे। जीतने वाले भी हारने वाले भी... तुम दोनों रहोगे वही बनेच्चड़ के बनेच्चड़...।"

"ऐ ददुआ ए...! कहाँ से भचराने[2] को आ गया रे तू?"

"बेफालतू में खेला खरमंडल[3] करना ठीक बात नहीं।" दिशोम गुरु ने हस्तक्षेप किया।

पलामू के गाँव-देहात में घर-समाज के बूढ़े दादा को लाड़ से ददुआ पुकारने का चलन तो है परन्तु इस ददुआ के साथ 'मानकी' का आदर भी जुड़ा हुआ था—ददुआ मानकी! कहाँ का मानकी था ददुआ ये किसी को नहीं पता!

मानकी का पद वंशानुगत होता था कभी जंगल में। चूँकि लोगों को यह पता ही नहीं था कि ददुआ के नाम के साथ 'मानकी' कब और कैसे जुड़ गया

1. बुरे बोल 2. बकबक करने 3. विध्वंस।

था अतः लोगों ने सहज ही ददुआ को किसी मानकी का वंशज मान लिया था। लोग ददुआ को मुखिया-मानकी जैसा ही मान भी देते थे। वही ददुआ मानकी आज जंगल की एक पुरानी व्यवस्था... घड़ा उतार तमाशा, के विरुद्ध खड़ा हो गया था।

पुराने समय में दस-बारह मुंडा गाँव मिलकर अपनी पंचायत गठित करते थे... परहा पंचायत! गाँवों में बेटी बिदाई, खेत चराई, सामाजिक अनुशासन, विवाह, बँटवारा, उत्तराधिकार, निषिद्ध यौनाचार, डायन ओझा आदि-आदि की समस्याओं का निबटारा यही परहा पंचायत करती थी। परहा पंचायत का प्रमुख होता था 'मानकी' जो इस पंचायत का सर्वोच्च न्यायाधीश जैसा होता था। गाँव-समाज का सम्मानित जन! ददुआ मानकी का गाँवों में ऐसा ही मान-सम्मान था तिस पर ददुआ मानकी 'झामुद' का एरिया कमांडर भी ठहरा।

ददुआ मानकी ने लाठी उठा कर कन्धे पर रखी। बोला।

"भचरा नहीं रहे हैं। समझा रहे हैं लड़िकन को कि मरद बनें। बानर मत बनें। मरद का काम है तीर खेलना। बाजी लगाकर तीर खेलाओ मेले में। घड़ा उतार के बहाने बनरनाच मत कराओ।"

"बरसों से घड़ा उतार खेलते हैं लोग। तेरे कहने से कैसे बन्द हो जाय कोई रीत-व्यवहार? दिशोम गुरु हम हैं... तुम नहीं।" दिशोम गुरु ने चुनौती फेंकी।

"पुरानी रीत होने से सब रिवाज ठीक ही नहीं है रे भाई! समय देख कर रीत-रिवाज सुधारना होता है रे। यह 'घड़ा उतार' कोई खेल नहीं है, फिरंगी लोग का बनाया हुआ तमाशा है बस। अब जंगल में कहाँ रह गये हैं फिरंगी? हमारी बात झूठ लगे तो पूछ ले बिड्डी साहेब से! अपना राज है अब, तो दूसरों के मौज-मजा के लिए बानर बन कर काहे नाचे-कूदे आदिवासी?"

बतरस बढ़ने लगी थी। दिशोम गुरु भी ऊँचा बोलने लगा था और ददुआ मानकी की आवाज का तीखापन भी बढ़ता जा रहा था।

सुबीर कुर्सी छोड़कर उठ खड़ा हुआ तो दिशोम गुरु ने हाथ जोड़े—

"आप बैठिए न हजोर—।"

"नहीं। आज सरहुल पर्व है! आज झगड़ा मत बढ़ाओ। कल-परसों में अपनी पंचायत बुला लो। पाँच आदमी बैठा कर मामला तय करा लो। मेले में शान्ति व्यवस्था बनी रहे तो ही ठीक।" सुबीर ने समझाया।

"छोड़िए न हजोर! ई ददुआ का क्या है? इसका तो न घर है,न गाँव। बन्दूक का डर दिखाकर सलामी पाता है। यह क्या जाने गाँव-समाज की रीत?"

"ना भाई! यह तुम्हारे जंगल समाज का मामला ठहरा। इसमें हम जैसे

बाहरी लोगों का दखल ठीक नहीं! फिर यह कोई सरकारी आयोजन तो है नहीं कि इसमें हमारी उपस्थिति जरूरी हो या इस समस्या में मेरा दखल हो। हम तो भाईचारे में ही आ जाते हैं न?''

''ठीक है! जो हजोर का हुकुम।'' दिशोम गुरु ने दाँत निपोरे।

''और जिसको हमने पसन्द किया है उसे साँझ को...'' सुबीर का आदेश।

''...पहुँच जाएगी हजोर!'' बात पूरी होने से पूर्व ही उत्तर मिला।

''लाल बँगले पर ही...।''

''जरूर जाएगी हजोर!''

''रात में सब ठीक बीता तो सवेरे तुम्हारे लिए बड़ा वाला गाँधी छाप पक्का! एक उसके लिए भी। अभी कह रखो।''

सुबीर ने दिशोम गुरु की अभ्यर्थना में जुड़ी हथेलियों के बीच एक पचास का नोट सरका दिया।

''हजोर...!'' ललछौंह नोट की आभा...! दिशोम गुरु के जुड़े हाथ माथे से जा लगे। आश्वस्त सुबीर मंच से नीचे उतर पड़ा। जोगी भी।

अगले दसवें मिनट वे महुआटाँड़ की वापसी की यात्रा पर थे। जीप चलाते सुबीर ने रास्ते में ही सवेरे वाली शराब की एक बोतल खोल डाली।

''साले अल्कोहलिक'' जोगी ने बुरा-सा मुँह बनाया—''कहीं एक्सीडेंट मत कर बैठना।''

''कुछ नहीं होता यार...! यहाँ कोई ट्रेफिक है? दो घूँट ले कर देख न।'' सुबीर ने पुन: बोतल मुँह से लगाई।

''कभी पी नहीं महुए की... निखालिस।'' जोगी हिचकिचाया।

''देअर इज आलवेज ए फर्स्ट टाइम! कभी तो पहल होती ही है कामरेड?''

सुबीर ने इसरार किया तो जोगी ने चौथाई भरी बोतल थाम ही ली। पहले ही घूँट के जीभ से आँतों तक का हाहाकारी सफर तय करते-करते जोगी का चेहरा लाल भमूका हो उठा।

''हो गया न इन्कलाब जिन्दाबाद?'' ठठा कर हँसा सुबीर।

''सचमुच।'' जोगी ने बोतल का मुँह दोबारा होंठों से चिपका लिया।

सड़क के किनारे, दूर खेतों की मेड़ों पर, वृक्षों के भुलभुलैये में, नीचे तराई में... मेले से लौटने वाले मर्द-औरतों-बच्चों की छोटी-बड़ी कतारें दिखने लगी थीं।

''मेले का असली रंग तो रात को ही निखरता है।'' सुबीर ने बताया।

वृक्षों की फुनगियों पर रंगोली रचता सूरज कटी पतंग-सा पहाड़ों के पार गिरा जा रहा था। वसन्त साँझ में महुए की गन्ध सनी पवन, मेघमय रक्ताभ गगन

और धरा पर खिले रक्तपलाश का गहन वन...! प्रकृति के अछोर कैनवस पर चित्रित था जंगल का अद्भुत जादू। नशे में तरंगायित, मन्त्रमुग्ध जोगी...!

महुआटाँड़ हाट में पान-सिगरेट लेते, वे वापस डाकबँगले तक पहुँचे तो सुरमई अँधेरा बिखर चुका था। फागुनी साँझ गहराने लगी थी। आकाश में चन्द्रमा खिल उठा था और जगमग-जगमग कर उठी थी सम्पूर्ण धारित्री।

अँजोरिया पाख का तीसरा चाँद...! आसमान से जमीन तक स्वप्न कुहेलिका की चादर-सी लहराती चाँदनी मदिरा के संग के बाद कुछ और जगमग दिखने लगी थी।

महुआटाँड़ प्रखंड में, ऐसी जगमगाती सरहुल की रात में, दो नशीले प्रसंग घटित हुए। एक सियरमरवा पहाड़ी के मेले में और दूसरा सुबीर के डाकबँगले में...।

पहला प्रसंग यह कि पहली बार सियरमरवा पहाड़ी के मेले में, खुले आकाश तले, चलन्त सिनेमा के रास्ते एक साथ आयी थी जय-वीरू की जोड़ी। धर्मेन्द्र के साथ आया अभिताभ बच्चन मनसोख लड़कियों को बहका गया। बच्चों को डरा गया गब्बर सिंह और नये लड़कों को भरमा गयी ताँगेवाली बसन्ती।

दूसरा प्रसंग यह कि बिस्तर से दूर तिपाई पर लालटेन रख कर पढ़ने-लिखने में जोगी को असुविधा होती थी सो जोगी कील-हथौड़ा लिये अपने शयनकक्ष में प्रविष्ट हो ही रहा था ताकि बिस्तर के सिरहाने एक कील ठोंककर लालटेन टाँगने की व्यवस्था कर सके कि...कि नशे में डोलते जोगी को कमरे के भीतर धकेल कर सुबीर ने बाहर से कुंडी चढ़ा दी थी।

जोगी कमरे में था। उसके बिस्तर पर घुटने मोड़ कर छाती से लगाए, छाती और घुटने को बाहों में बाँधे एक साँवली किशोरी बैठी थी। उस किशोरी को यह बताया जा चुका था कि जोगी 'पंडिज्जी' हैं और जंगल की रीत वह स्वयं भी जानती थी कि सेज पर आदिवासिन का संग करते हुए 'पंडिज्जी' को आदिवासिन का मुँह देखना वर्जित है। पाप लगता है। 'बिड्डी सैब' के साथी पंडिज्जी को पाप न लगे सो...।

''लालटेन बुता दो न सैब।'' शैया पर बैठी लड़की ने मनुहार की।

शहद के किसी अछूते छत्ते से मानो टपक पड़ी थी शहद की दस बूँदें। शहद की मिठास से झूम उठा जोगी। शहद के छत्ते की ओर डगमगाता जोगी आगे बढ़ा था। ठोकर लगी थी। हाथ में थमा हथौड़ा फिसल कर उस बनजा के घुटनों पर गिर पड़ा था। पीड़ा भरी सिसकारी... पर जोगी उत्तेजित हो उठा

था।

तेज कच्ची शराब का नशा...नशे में डूब कर मरने लगी थी नैतिकता! गेहूँ की भरी-पूरी बालियों की भाँति जोगी के समक्ष बिछ गयी थी जंगल की ताजा फसल...!

जंगल में पलाश दहकते रहे थे। पलाश के पत्रहीन नंगी शाखों पर टेसू की आग दहकती रही थी। गल-गल कर मोम की भाँति क्षरित होती क्रान्तिधर्मिता उस वन्या किशोरी की कोख में स्खलित होती रही थी। गलित कुष्ठ का स्राव सोखती रही थी वह वनजा... वीर भोग्या वसुन्धरा...!

दो

खैनी के पत्ते को खूब बारीक खूँट चुका था सनीचर! अब पत्ते की रीढ़ को भी टुकड़े-टुकड़े करने के बाद बाईं हथेली पर रख दाएँ अँगूठे से चूना मिलाकर मसल रहा था।

"काहे को थूक से सातू सानता है रे?" बुलाकी मुंडा मुसकाया।

"हं भाई, कंजूसी नहीं। नूनू के लिए खैनी तनिक छनकाह[1] चाहिए", बीरन बोला।

"ठीक बात। ऊँघाने लगे बुढ़ऊ तो हो गया कथा-कहानी...।" बुधुआ ने जोड़ा।

"बुढ़ऊ किसको बोला रे? तोहार आजी[2] तो जी रही है न अभी? पूछ जाके आजी से... कैसी थी हमार जवानी।" तुनक उठा बुलाकी मुंडा।

"ऐ बुधुआ...! एकदम बनडमरू हो गया है तू का रे? अभी मुरकटवा राजा का खिस्सा सुनना है कि नहीं?" सनीचर ने धमकाया।

मुरकटवा राजा...? अर्थात् सिर काट लेने वाला राजा जयप्रकाश नारायण सिंह! बिहार के औरंगाबाद जिले की देव रियासत के राजा जयप्रकाश नारायण सिंह के प्रति पलामू के वनवासियों के मन में अथाह घृणा है। देव राजा का नाम जंगल में मित्रघाती व्यक्ति का उदाहरण बना हुआ है।

भारत में अंग्रेजी राज के समय अंग्रेजों के पक्षधर रहे राजा जयप्रकाश नारायण सिंह ने पलामू के आदिवासी समाज के साथ जो प्राणघातक छल किया था उस इतिहास कथा को कई-कई बार सुना चुका था बुलाकी मुंडा। कई बार सुन चुके थे महुअरिया गाँव की पीढ़ी-दर-पीढ़ी बच्चे। जब-जब किशोरों की नयी फसल जवान होती थी, मुरकटवा राजा की पुरानी कहानी फिर-फिर नयी हो उठती थी।

एक बार पुन: नये श्रोता सामने थे। एक बार फिर वही औत्सुक्य जो कथा वाचन को प्रेरित करता है। फिर वही रोमांच... आज पुन: महुअरिया गाँव के एक खलिहान में...!

इस वर्ष हथिया नक्षत्र दगा दे गया था।

---

1. तीखी 2. दादी।

हथिया के पूर्वार्द्ध में 'लोहा' और 'ताँबा' के चार-चार दिन तो बढ़िया बरसात हुई थी। 'चाँदी' भी ठीक-ठाक ही बरसी थी, पर 'सोना' बरसने में कसर रह गयी थी सो धान की आधी उपज ही खलिहान में आ पाई थी। खेतिहरों ने हिम्मत बाँधी थी कि माघ महीने में पुनः पठार पर लौटेंगे बादल। थोड़ी बहुत बदरी भी आये और मघेड़ पानी गिर जाय तो रब्बी की फसल बढ़िया होगी और खरीफ की कसर पूरी हो जाएगी परन्तु आशा फलवती नहीं हुई थी। माघ भी धोखा दे गया था।

गेहूँ-चने में दूध तो बढ़िया उतरा था परन्तु एक पटवन की कमी के कारण दाने मनगर पुष्ट नहीं बैठ सके थे। लाह, महुआ, मडुआ और जौ जैसे हठी फसल न हों पठार पर तो पलामू में कितने ही गरीब गुरबा हर वर्ष भूख से ही मर जाएँ।

धुर जंगल में बसे आदिवासी गाँवों के लिए सरकारी सहायता तो गूलर का फूल ही है। बिहार की राजधानी में यह कहावत प्रसिद्ध है कि जिस वर्ष पलामू में सूखा नहीं पड़ता उस साल पटना की राजनीति में सूखा पड़ने का खतरा होता है।

नीतिविहीन शासकों, दृष्टिहीन व्यवस्था और भ्रष्ट अधिकारियों ने पलामू जिले को षडयन्त्रपूर्वक स्थायी सूखा क्षेत्र बना रखा है। सूखा उन्मूलन कार्यक्रमों के लिए सरकारी धन तो पानी की भाँति पलामू की ओर उलीचा जाता है, परन्तु यह धन कभी सम्पूर्णतः जमीनी स्तर तक नहीं पहुँच पाता। अधिकांश पानी तप्त पठार पर गिरने से पूर्व ही ऊपर-ऊपर भाप बना कर उड़ा लिया जाता है। ऊपर-ऊपर ही पी जाते हैं गगनविहारी पीने वाले...!

यों पठार पर बारिश इतनी भी कम नहीं होती, परन्तु अब प्रायः बरसात किसानों की कृषि योजना के अनुसार नहीं होती। जंगल की अन्धाधुन्ध कटाई से हर वर्ष क्षरित हो रहा है पठार का सदाबहार सोना! पलाश, खैर, सेमल, कुसुम, हर्र, बहेरा, आँवला, पियाल आदि-आदि वृक्षों का निर्मम वध किया जा रहा है.. लगातार! शहरों में बढ़ती सजावट, गृहनिर्माण तथा नवीनतम फर्नीचर के व्यसन के कारण आसन, बिया, करम या बाँस की बेतहाशा बढ़ती खपत ने छोटा नागपुर-सन्ताल परगना के पहाड़ों को भी नंगा करना शुरू कर दिया है। तिस पर अरण्यक्षेत्र में बढ़ता औद्योगीकरण तो पूरी वन्य पारिस्थितिकी के सन्तुलन को ही ध्वस्त करने लगा है।

अब तो जो भी था, जितना भी अपनी छाती फाड़कर दे सकी थी धरती, उसे सहेजने के उपक्रम में आजकल खलिहानों में जाग थी। गाँवों में रात्रि जागरण का कारण महुआ भी तो था। महुआ के फूल सुखाने और समेटने के लिए गाँव के सिवान पर बसे खलिहानों में रतजगे और बतरस चल रहे थे।

पलामू के देहात में पुराने दिनों वाली रौनक अब नहीं रही जब गाँवों के बाहर

पचासों खलिहान दिखते थे। सवर्ण बहुल गाँव में तो खेतिहर अब अपने घर के अगवाड़े-पिछवाड़े ही खलिहान लगा रहे हैं। खलिहान के भूगोल में आया यह परिवर्तन वस्तुतः गाँव की सामाजिक व्यवस्था में आये बदलाव का प्रतिबिम्ब है।

पलामू में 'अधिया' या 'अधबटाई' वाली खेती की प्रथा खूब है जिसमें जमीन मालिक की जमीन होती है। हल बैल और बीज भी। बटाईदार का परिश्रम होता है और जुताई-बुआई-कटाई का खर्च भी दोनों पक्षों की सहमति से कभी-कभी संयुक्त रूप से वहन कर लिया जाता है।

उपज का आधा हिस्सा बटाईदार का। आधा जमीन मालिक का। पुआल-भूसे में भी कुछ हिस्सा जमीन मालिक को मिल सकता है यदि बटाईदार की इच्छा हो तो...!

दक्षिण बिहार में सक्रिय भूमिगत संगठनों ने बटाई की इस व्यवस्था को कृषि-श्रमिकों का शोषण घोषित कर दिया है। विवश भूमिपति और भूहीन श्रमिकों ने गुपचुप बटाई प्रथा को विवशता की भाँति अपनाए रखा है। क्योंकि भूमिपति स्वयं श्रम नहीं कर सकते और इस प्रथा से बटाईदार को दोहरा लाभ है अतः प्रथा चल रही है।

अब स्थिति यह है कि भूमिगत संगठनों के समर्थक बटाईदार उपज का चौथाई हिस्सा तो खेत-खलिहान में ही दबा लेते हैं। इस चोरी को रोकने हेतु खलिहान की दिन-रात चौकसी तो भूमिपति कर नहीं सकते। सवर्ण तो खलिहान पर सोने के नाम से डरते हैं अब।

पूँजी लगने के बाद अब जमीन मालिक उपज के तीन हिस्से का ही अधबटाई घर ले जाते हैं। श्रमिक बटाईदार की बेईमानी यदि पकड़ भी ली जाय तो श्रमिक बटाईदार तुरन्त किसी पार्टी (भूमिगत संगठन) में भूमिपति के विरुद्ध नालिश ठोंकने की धमकी देकर जमींदार को आतंकित कर देता है।

पार्टी में नालिश का अर्थ ही है भूमिगत संगठन की जन अदालत में अपने शोषण-दमन की दुहाई देने जाना। अपने समर्थकों के प्रति सदय संगठन कृषि श्रमिकों के पक्ष में खड़े हो जाते हैं। ऐसे में गैर-आदिवासी दलितों को बटाईदार बनाना आस्तीन में साँप पालने जैसा है।

दुनियादारी के मामले में प्रायः मूर्ख आदिवासियों को ही खेत बटाई पर देना भूमिपति के लिए फसल की चोरी से बचने या जन अदालत के खतरे से बचे रहने की सुनिश्चित युक्ति है।

महुआटाँड़ प्रखंड में बड़े सवर्ण खेतिहर साँझ ढलते ही अपने-अपने घरों में बन्द हो लेते हैं। भूमिगत संगठनों का खुला विरोध करने के बाद, संगठनों के बन्दूकधारी निशाचर दस्तों से रार पसार कर कोई भूमिपति खुले खलिहान में कैसे सो सकता है? हालाँकि शत-प्रतिशत सुरक्षा तो घर में भी सम्भव नहीं परन्तु घर की दीवारों के भीतर

सुरक्षा का भ्रम तो है? भूमिगत संगठनों के विरुद्ध हथियार उठाने वाला व्यक्ति यदि रात को घर से बाहर किसी अनिवार्य विवशतावश निकलता भी है तो अगली सुबह का सूरज देखने हेतु अपनी जान हथेली पर रख कर ही निकलता है।

निर्धन-भूमिहीन आदिवासियों को भूमिगत संगठनों से कोई रार-वैर-खतरा नहीं सो वे निर्भय रहते हैं। कुछ आदिवासी टोले तो किसी भूमिगत संगठन के समर्थक भी हैं। कई संगठन प्रमुखों के मित्र भी। जैसे ददुआ मानकी और बुलाकी मुंडा की मिताई है।

तैयार खैनी हथेली से होठों तले पहुँच चुकी तो बुधन ने बात बढ़ाई।

''हं, तो मुरकटवा राजा यहाँ तक पहुँचा कैसे था नूनू?''

''कैसे माने?''

''माने तब तो इधर घोर जंगल होगा न?''

''हाँ, तब तो'' बुलाकी मुंडा बोला—''तब तो इधर अकूढ़ जंगल। इतना रूख-बिरिख था इधर कि धरती के घास-पात तक सूरज की किरिन नहीं देख पाते थे। तब महुआ और सीरीस का बिया बिछौने जैसा बिछा रहता था जंगल में। तब हमारे महुआटाँड़ में भोगता जात के राजा का राज था भोगता राजा ऐसा बीर बाँका था कि फिरंगी लोग को पलामू में गोड़ रखने ही न दे...।''

''एतना दमगर[1] राजा?'' बीरन ने रोका।

''दुर बुड़बक! बड़ियार[2] राजा नहीं होता रे, बल तो होता है राजा की परजा में। परजा के एका में। ...तो बबुआ, थक गये फिरंगी बाकी पलामू पर राज करने का सुपना तो सुपना ही बना रहा।''

''कैसे नहीं था इधर फिरंगी राज? फिरंगी पलटन ने तोप लगाकर पलामू किला ढाह तो दिया था।'' बीरन ने प्रतिवाद किया।

''एऽऽह बिरना! ढेर अक्किल मत छाँट! आगे सुनता नहीं है और लगता है फुटानी छाँटने?'' गुर्राया बुलाकी मुंडा।

''ढेर बुद्धि मत बघारो,'' —सनीचर ने बीरन की गुद्दी पर चपत लगाई। ''हां नूनू, आगे कहो।''

''बीरन भी गल्त नहीं बोला रे। पलामू किला ढहा था। ढहना ही था बाबू मोरे— बुला की मुंडा गहरी साँस लेकर बोला था बात है न, कि सब दिन जात न एक समाना? पलामू का करम तो उसी रोज फूट गया था जब जैपरकास नरैन सिंग फिरंगी लोग का भेदिया बन कर पलामू में पैठ गया था।''

''कौन जैपरकास?''

''मगह का राजा और कौन? गया जी के पास एक ही राज था तब... देव! वहीं का राजा था जैपरकास नरैन।''

---

1. दमदार 2. बलवान।

"पलामू आ गया था?"

"पहले सरगुजा गया, फिर कोरबा गया। इधर गारू का जंगल पार करके महुआटाँड़ आ गया। यहाँ के भोगता राजा ठहरे फिरंगी के वैरी तो देव राजा बोला कि फिरंगी अब हमारा भी वैरी। चलो दोनों देसी भाई मिल कर लड़ें और फिरंगी को बंगाल भगा दें।"

"झूठ बात न... ?" उत्तेजित सनीचर।

"सफा धोखाबाजी बात! हमारा भोगता राजा ठहरा जंगल का सूधा-सीधा आदमी। दीकू राजा का छल बूझ नहीं सका! देव राजा से मेल कर लिया!"

"फिर... ?"

कथा में रस लेते श्रोता से प्रसन्न कथा वाचक की आँखें चमक उठीं। सनीचर को देख मुसकाया।

"फिर का? दाँव लगते ही देव-राजा ने घात कर दिया।"

"सो कैसे?"

"परब के रात भोगता लोग के दारू-हँडिया में देव राजा ने कोई बूटी फेंटवा दिया था! अधरतिया तक सब भोगता मरद बेहोस...। भोगता राजा के सिपाही तक मद से माताल होकर लोटने लगे। फिर तो कुल छौ हजार भोगता की मुंडी काटने लगे लोग।"

"कौन लोग?" बुधन अकबका गया।

"देव राजा! देव राजा के सिपाही! और कौन? काट दिया पूरा राज अगले सांझ तक।"

"छौ हजार मुंडी...!" बीरन का मुँह भक्क खुला रह गया।

"माने भोगता राज तो ढह गया होगा?" सोमाई भी दु:खी हो उठा।

"हाँ रे। ऐसे ही छल से राज जीतते थे फिरंगी। फिरंगी के राज में मुरकटवा राजा का मान-दान खूब बढ़ गया। बड़का लाट साहेब ने मुरकटवा राजा को ईनाम से लाद दिया।[1] इतना भर नहीं, जब पलामू किला के राजा बाबू चुरामन राय दलिद्दर हो गये तो नीलामी में पलामू को खरीद कर फिरंगी सरकार ने पूरा पलामू देवराजा को ही दे दिया।" बुलाकी ने बताया।

"माने पलामू का राजा बन गया वह मुरकटवा?"

"बन तो गया पर ढेर जोम: जीव का काल...! देवराजा सेर था तो बिस्रामपुर का छत्तरपति राय निकल गया सवा सेर! देवराजा लगान उगाहने बिस्रामपुर राज गया तो छत्रपति राय ने देव राजा को पनही से पीट दिया। दे जुत्ता... दे जुत्ता...।"

1. ग्रांड कमांडर ऑफ द स्टार ऑफ इन्डिया (जी.सी.एस.आई.) की उपाधि प्रदान की गई थी।

श्रोताओं के विषण्ण मन पर मानो मरहम लगा। फीकी हँसी...। अन्यायी, मित्रघाती और नृशंस देव रियासत के राजा जयप्रकाश नारायण सिंह को छत्रपति राय जैसा सबक सिखाने वाला मिला तो...!

"मारकर छोड़ देता तो भी कुछ इज्जत बचती बाकी छत्तरपति राय ने तो देव राजा का मूँछ उखाड़ कर दलिद्दर खेदने जैसा विस्रामपुर से भगाया था..." कहते-कहते फूफ-फूफ कर हँसने लगा कथावाचक!

"बढ़िया पाठ पढ़ाया" बोला बीरन।

"यहीं बात खतम हो जाय तो कथा कैसे बने रे? मुरकटवा राजा पर सिगबोंगा ने भी कम बज्जर नहीं गिराया। पाप से कमाया राज-पाट भोग सका है कोई? नाती-परनाती तक जाते-जाते मुरकटवा राजा निर्बंस हो गया। कुलनाश...! कोई दिया बारने वाला भी नहीं रहा देव राजा के खानदान में। देव में मुरकटवा राजा का किला आज भी है बाकी ढन-ढन कर रहा है। देव में देवता का मन्दिर था सो धरती नहीं डोली नहीं तो ऐसा पापी का तो महल ही धरती में धँस जाता...।"

समाप्त हो गयी कथा! कथा-समापन के बाद अब सुने को गुनने के क्षण। कोई ग्राम कथा मात्र मनोरंजन के लिए नहीं होती। कुछ सन्देश होते हैं, कोई सीख...! खलिहान में नीरवता व्याप उठी।

लौहदंड के मेंह (धुरी) को घेरे बिछी अधूरी रह गयी दंवरी के भूसे तले से झाँकता नवान्न मुंडाओं का भविष्य बना, चाँदनी में विहँस रहा था। खलिहान के एक ओर ताजा महुए के फूल पीली चादर की भाँति पसारे हुए थे। मानो पसरा हुआ था जीवन। मानो पसरा हुआ था भविष्य की कई योजनाओं का अवलम्ब!

महुआ पलामू में जीवन-रेखा ही है। खलिहान के दूसरे कोने में सूखे महुए का ढेर खड़ा नहीं था ...वह तो खड़ी होती जिजीविषा थी। सूखा पर खड़ा जीवन!

बगबग चाँदनी में अकवन[1] की पकी-फटी छीमियों से निकलती रूई के गोले हवा में चाँदी के दुधिया फाहे बने ऊधिया रहे थे। बुलाकी मुंडा उधियाती रूई को देख डर रहा था। अपशकुन...। अगले वर्ष भी मनगर बरखा नहीं होगी शायद...।

तेज होती पछुवा हवा से फटफटाते रहे थे पीपल के पत्ते। पुराकथा के कथा-प्रदेश से अनिच्छापूर्वक बाहर निकलते श्रोताओं की चेतना पर किसी के लाठी पटकने की आवाज दस्तक दे रही थी।

रात-बिरात खेतों में निकलने वालों के लिए साँप, बिच्छू, खपड़बिच्छे या कनगोजर जैसे जहरीले सरीसृपों को परे रखने का यह ग्रामीण सुरक्षा प्रबन्ध है, लाठी पटकते चलना!

---

1. मदार।

रात को भूमिगत संगठनों के दस्ते भी खेत-देहात में विचरते रहते हैं पर दस्ते वाले आवाज नहीं करते। यथासम्भव नि:शब्द चलते हैं। इस तरह लाठी तो हर्गिज नहीं पटकते। न्यूनतम वार्तालाप और संवादों का संकेतों से आदान-प्रदान करते निकलते हैं। आदिवासी टोले-खलिहान की ओर निकलने से तो भरसक परहेज ही रखते हैं। क्या मिलना है निर्धन आदिवासियों को आतंकित कर... ?

आदिवासियों के लिए भोजन जुट गया तो पहनने के लाले। पहनने को देह पर हो गया तो फींचने को चीर नहीं। महुअरिया गाँव का न किसी से सिवान का झगड़ा है, न मूँछ का रगड़ा सो किसी भूमिगत पार्टी से भय का कोई कारण नहीं था। ऊपर से महुआटाँड़ में सक्रिय झारखंड मुक्तिवाहिनी दस्ते का एरिया कमांडर तो अपना आदिवासी भाई ही था।

भय का कोई कारण नहीं परन्तु खलिहान में बैठे लोगों की गर्दनें आवाज की दिशा में घूम गयीं।

उधर कंकरीली जमीन पर आदमकद काँस का झुरमुट उगा था। हर वर्ष बरसात के बाद उग आती थी काँस सो जंगल-सघन भी था। सियार-खरगोशों का बसेरा...।

चाँदनी में जगमगाते काँस के झक्क सफेद फूल हवा में डोलते चाँदी के छोटे-छोटे गुब्बारों जैसे खिले पड़े थे। जगमग-जगमग करते गुब्बारों जैसे काँस के मौर के पीछे से प्रकट हुई वैसी ही झक्क सफेद मानवाकृति।

''ददुआ हो का हो ?'' बुलाकी मुंडा ने हाँक लगाई।

चाँदनी में बगबगाते श्वेत वस्त्रों वाले निशाचर आगन्तुक को पहचानना कठिन नहीं था। उत्तर मिला।

''चीन्ह गये का बुढ़ऊ ? बुढ़ारी में भी खूब नजरचोख हो भाई।—''कौम आन्हर तुमको नहीं चीन्हेगा ददुआ ? देह पर से चद्दर हटा दो तो एकदम बुढ़ाए बिरसा जैसा तो लगते हो।''

लम्बे-लम्बे डग भरता खलिहान तक पहुँचता ददुआ मानकी हँसकर बोला।

''एक जाड़ा का दिन, दूजी आदिवासी की जवानी.. चढ़ते-उतरते देर कहाँ लगती है ? पर बुढ़ारी में तोहार अकिल भी एकदम लड़िकभुभुक हो गया है का ? घोड़ा से गदहा लड़ाने लगे बुढ़ऊ ? कहाँ भगवान बिरसा और कहाँ हम पापी आदमी... ?''

जहाँ तक ज्ञात था, ददुआ मानकी का न कोई स्थायी घर था न गाँव-ठिकाना। किसी जगह कोई ठौर-झोपड़ी तक नहीं...! बस देस-देस घूमता रहता था सो जब बतियाने लगता था ददुआ मानकी तो राँची-पटना-दिल्ली-कलकत्ता तक की बातें मथ कर रख देता था। कई बार उत्सुकतावश लोगों ने जानना भी चाहा था ददुआ मानकी का गाँव गोत्र परन्तु ददुआ मानकी या तो बात टाल देता था या हँसकर बात बदल देता था या फिर गोल-मोल उत्तर सरका देता था।

एक बात जो ददुआ मानकी स्पष्ट स्वीकार करता था और जिसे सारे लोग जानते-मानते भी थे वह यह कि पृथक झारखंड राज्य के लिए सक्रिय भूमिगत आन्दोलन चलाने वाले भूमिगत संगठन से जुड़ा हुआ था ददुआ मानकी। 'झारखंड मुक्ति दल' का मेठ था। उस 'झामुद' का एरिया कमांडर था जो महुआटाँड़ प्रखंड के निर्धन-निर्बल वनवासियों के लिए न्यूनतम मजदूरी, और गैरमजरूआ भूमि पर उगे वृक्षों से निर्बाध महुआ-लाह एकत्र करने की आजादी लेकर आया था।

ददुआ मानकी मानो एक ऐसा 'घवाह'[1] बैल था जिसके पुट्ठे पर 'अबुआ राज झारखंड' (अपना राज्य झारखंड) का घाव था और जिस घाव पर घर बनाए बैठी 'झामुद' की कुकुरमाछी उसे बेचैन किये रहती थी। यह मक्खी ददुआ मानकी को रात-दिन जंगल-जंगल दौड़ाए फिरती थी।

भूमि पर फैल-पसर कर बैठे मुंडा युवकों के मंडलाकार घेरे के बीच निःसंकोच पालथी मारे जा बैठा ददुआ मानकी।

"हाँ! अब कहो, का हो रहा है खरिहान में?"

"होना का है? कथा-कहानी। अगोरिया... और का?" बुलाकी मुंडा बोला।

"इस बुढ़ौती में काहे हाड़ खटखटा रहे हो तुम? छठू को भेज देते खरिहान में।"

बुलाकी मुंडा का इकलौता बेटा था छठू मुंडा। नाती-पोते जल्दी देख लेने की साध थी सो बुलाकी मुंडा ने छठू का ब्याह कुछ जल्द ही कर डाला था। साध तो पूरी हो गयी थी परन्तु अल्पवयसा पतोहू की जान की कीमत पर पूरी हुई थी। प्रसव के तुरन्त बाद रक्त के अतिस्राव के कारण छठू की बहुरिया मर गयी थी।

नवजात पोता किसी भाँति पल-पुस तो गया था परन्तु घरनी बिन घर भूत का डेरा...! बुलाकी मुंडा ने तीसरे ही बरस छठू का दूसरा ब्याह कर दिया था। अब ब्याह के छठे महीने फागुन में दोंगा 'द्विरागमन' कर के आयी थी छठू की नयी पत्नी रतनी। भले दूहाजू लड़के से ब्याही हो पर नयी कनेया के कुछ अरमान होते हैं सो बुलाकी मुंडा वर-वधू को थोड़ा एकान्त उपलब्ध करने के प्रयास में देर रात तक खलिहानों में ही रह जाता था।

ददुआ मानकी ने बेटे की आलसी निष्क्रियता का ताना दिया तो बुलाकी मुंडा ने सफाई दी।

"खरिहान में थोड़ा मनसायन रहता है न ददुआ सो बैठ जाते हैं कुछ देर। अब हम घर जाएँगे तो छठू कलेवा कर चुका होगा। आ जाएगा खरिहान में।

1. घाव वाला 2. भटकता फिरना।

नयी कनेया-बहुरिया को हँड़िया-रसोई करते देर लग जाती है न?... पर तुम कहो, नीलगाय जैसा रात में कहाँ बौड़िया[2] रहे हो?''

''तुम्हारे ही पास तो आये हैं।'' बोला ददुआ मानकी।

''सो काहे?''

''तुम्हारे गाँव से दस आदमी चाहिए बुलाकी भाई। जवान लड़के खाली हों तो और बढ़िया।''

''कहीं लाठी-लठौर करना है का?'' बुलाकी मुसकाया।

''अरे ना भाई! मार नहीं करना है। कोई हूल-गदर वाली भी बात नहीं है। आदिवासी समाज का जनबल दिखा कर सरकार से माँग करना है कि आदिवासी का हक हरदम से मारा गया है। अब बिहार बँटते समय हमारा हक न मारा जाय। ...तो राँची में एक रैली निकालना है,'' ददुआ ने बताया।

''बस यही बात न?''

''बस नहीं। यह तो पहला मोर्चा हुआ। दूसरा मोर्चा थोड़ा कड़ा है भाई।''

''सो भी कहो।'' सनीचर ने पूछा।

''सो बात ऐसी है नन्हका कि इस बरस कोई आदिवासी अपना महुआ किसी दीकू बनिया-पंसारी के हाथ नहीं बेचेगा इसका प्रचार करना है। बाँस-लाह-काठ कुछ भी दीकू लोग को नहीं देंगे हम हाट में। कौड़ी के भाव से महुआटाँड़-छीपादोहर में हमारा सामान उठाते हैं दीकू बनिये और गया-इमामगंज ले जाकर मोहर के दाम बेचते हैं। हमारा बड़ा फायदा तो दीकू लोग की दलाली में ही चला जाता हैं तो इस बरस आदिवासी जन जो सामान बेचना हो डालटेनगंज या लातेहार ले जा कर ही बेचे! बूझे बबुआ सनीचर?''

''फैदा वाला बात तो बूझ गये हम बाकी राँची में रैली काहे को?'' बीरन ने पूछा।

''अरे छौंड़ा, बिना रोए तो माई भी लड़िका के मुँह में चूँची नहीं देती तो सरकार कहाँ से देगी तुमको कुछ? सो तनिक हल्ला-गुल्ला जरूरी है कि अब तक दीकू हमारा हक लूटते रहे हैं। नये झारखंड में उनपर रोक लगाए सरकार।''

''कहाँ हमारा हक मारता है कोई? बाबू-बबुआन के घर कटनी-दंवनी करते हैं तो बनी मजूरी मिल ही जाती है। बटाई में भी कोई नहीं दबाता हमें। बढ़िया से कमा-खा तो रहे हैं हमलोग।'' बीरन ने तर्क किया।

''तू बात नहीं बूझ रहा,...ऐसे बूझ। पहले यह बता दे कि सरकार ने झूम खेती[1] का रिवाज बन्द कर दिया कि नहीं?''

1. जंगल जल कर हर वर्ष नये खेत गढ़ने की प्रथा।

"किया।" बीरन ने माना।

"पहले हमारा रोजी-रोजगार था महुआ बीनना, कत्था चुआना, गोंद जमा करना, बाँस-काठ का समान बेचना...। अब जंगल में जाने का पोरमिट लेना पड़ता है। पोरमिट न हो तो फरसगाड[1] को घूस में रुपया देना पड़ता है। पोरमिट माने हमारे जंगल का मौरूसी हक छीनने वाला कागज! तब भी देखो, जंगल कैसे खाली होता जा रहा है? है कि नहीं?"

"बात तो ठीक है।" सनीचर ने हामी भरी।

"और सुन आगे। सरकार ने इधर का जंगल काट कर कारखाना गाड़ा। बाकी रोजी-नौकरी देते समय आदिवासी लोग से ज्यादा घुसाए गये दीकू!... एक्को आदिवासी को राशन-कोटा का दुकान चलाते देखा है किसी हाट में? इधर जंगल-पहाड़ में लाइसेंस-कोटा का हक तो गरीब-गुरबा का ही बनता है। बाकी यहाँ भी हमारा हक दीकू लोगों ने छीन लिया है कि नहीं?"

सोच में पड़ गया बीरन मुंडा। ददुआ मानकी की बातें मन को छू तो जरूर रही थीं। पर वह जवानी ही क्या जो हठी न हो। उसके पास अभी भी एक तर्क था।

"जो भी हो। आदिवासी को सरकार नौकरी तो देती ही है। सरना हेम्ब्रम सिपाही भर्ती हुआ था। अब थाना बाबू बन गया कि नहीं?"

"तू बुड़बक का बुड़बक ही रहेगा रे"—हँसा ददुआ मानकी—"देख, तनिक आँख निटोर कर देख। सरकारी नौकरी आदिवासी सरना को कहाँ मिली है रे? नौकरी तो गले में जोड़ पहनने वाले सरना हेम्ब्रम को मिली है। क्रिस्तान बन जाने पर दोनों हाथ में मिठाई है न? आदिवासी जनमने के दुख के लिए रोते भी रहो और क्रिस्तान बन लेने का हक भी लूटते रहो।"

"अड़िब्बाप!"

ऐसे ही नहीं गाँव-देहात में लालबुझक्कड़ आदमी माना जाता है ददुआ मानकी। बीरन निरुत्तर हो गया था। कैसे बात के भीतर घुस कर बात की आंत काढ़ लेता है ददुआ मानकी? गिरहगाँठ मामिला का मर्म खोलकर रख देता है ददुआ।

"काठ-कोयला-पत्थर सब जंगल दे। लाह-महुआ भी हम दें और हमारे जाँगर ठेठाने का लाभ लूटते रहे दीकू लोग? बिहार गोरमिट के खजाना में आधा से ज्यादा रुपया हमारे जंगल से कमाया हुआ है। हमारी जमीन से निकला रुपया... बाकी जितना देता है जंगल, उसका पाँच आना भी हमारे जंगल के लिए खर्च नहीं करती सरकार। खर्चा है भी तो साहेब-पुलिस को पोसने में खर्चा होता है।

1. फारेस्ट गार्ड।

सो अब नहीं चलने देगा 'झामुद' '' ददुआ मानकी ने तिक्त स्वर में पूछा—''कितना आदिवासी आदमी पटना में मन्त्री-सन्त्री बनता है रे? कोई आदिवासी मुख्यमन्त्री सुना है बिहार में? काहे कि हमें आदमी मानते ही नहीं दीकू लोग। इसीलिए अब जंगल उठकर अपना हक माँगेगा। जंगल यह नारा उठाएगा कि हमारे घर-दुआर से एबीसीडी साफ करो..।''

चकरा गये मुंडा युवक। एबीसीडी...? ले मजा! यह कौन जीव-जिनावर? जीव ही न? कि कोई घास-पात? अशिक्षित-निरक्षर आदिवासियों के बीच यह अकिलगुम का तमाशा... एबीसीडी।

महुआटाँड़ में पुराना चर्च था। चर्च था अत: धर्मान्तरित आदिवासी टोले भी थे। वे आदिवासी थे, अत: कहीं बाहर से आये लोग नहीं थे! धर्मान्तरण होने से क्या...? अखरा—सरहुल-करमा से सम्पूर्ण विच्छेदन क्या इतनी जल्दी सम्भव था? धर्मान्तरित आदिवासियों के सम्पर्क में रहने वाले मुंडा युवकों की समझ में इतना तो अवश्य आया कि 'एबीसीडी' का यह पद विदेशी है। रंगरेजी बोली...! परन्तु इस पद का अर्थ तो कोई पढ़ा-लिखा अकिलवंत ही लगा सकता है या फिर ददुआ मानकी।

''नहीं समझे न रे लड़िकन?'' ठठाकर हँसा ददुआ मानकी।

''ना...।'' समवेत नकार.।

''इसीलिए कहते हैं बुलाकी भाई कि पढ़ना-लिखना बहुत जरूरी बात है।'' बुलाकी मुंडा के कन्धे पर हाथ रखता बोला ददुआ मानकी—''उधर महुआखाप गाँव में उमेश भाई और ममता दीदी ने स्कूल खोला है। इधर के छौंड़े अँगरेजी पढ़ने लगे हैं भाई! अंग्रेजी में एबीसीडी का माने हुआ आरा, बलिया, छपरा और दरभंगा...!''

''ओऽहो! तो गंगा पार का मामिला है?'' ज्ञानी की भाँति बुलाकी मुंडा सिर हिलाता समझ गया।

''हाँ भइया। इस बुझौव्वल को और खोल कर समझाना हो तो जाकर देख आओ बोकारो! जंगल के लोगों को ठग-बहका कर वहाँ खड़ा हुआ था अजगर जैसा लोहा कारखाना! उसमें काम करने वाले ढेर लोग दीकू हैं और बेजमीन हुए आदिवासी अब बोकारो शहर में डिसप्लेस कहलाते हैं...विस्थापित लोग।''

''माने?''

''माने अपने घर-गाँव-जमीन से उखड़ा हुआ आदमी। आरा, बलिया, छपरा, दरभंगा, सिवान, ...पता नहीं कहाँ-कहाँ से उधर आते हैं दीकू लोग। सड़क के किनारे जहाँ मन किया मड़ई डाल कर दुकानदार पंसारी-सेठ-महाजन बनकर बैठ गये। भैंस का खटाल खोल लिया। अब देखो तो जाकर बोकारो का रंग-रूप! छपरा मोड़, आरा मोड़, सिवान मोड़। जंगल की धरती पर गंगापार के शहर का नाम ठोंक

दिया दीकू लोग। लोटा, सोंटा और झोंटा वाला लोग मिल कर आदिवासी को उसके घर में ही पहुना-बेघर बना दिया रे...!''

''लोटा माने?'' सनीचर ने पूछा।

''दीकू पंडिज्जी लोग।'' बुलाकी मुंडा ने बताया।

''और सोंटा?''

''राजपूत-भूमिहार और कौन?''

''और झोंटा?''

''वही करतार सिंग जैसा झोंटा वाला पंजाबी लोग जो तुझसे पाँच रुपए सेर लाह खरीद लेता है और डालटनगंज में पच्चीस के भाव से बेचता है।'' ददुआ मानकी ने बताया।

हर कोई का ऐसा नसीब कहाँ कि बोकारो-टाटा जैसा देस-विदेस घूम सके। हाँ, बुधन की ससुराल वहीं थी।

बुधन का ससुर कभी माराफारी गाँव का खाता-पीता खेतिहर था। अब माराफारी समा चुका है बोकारो इस्पात नगर के पेट में। बुधन का ससुर जमीन के बदले मिले रुपयों से नया घर-जमीन नहीं ले सका... जमीन के भाव ही इतने चढ़ गये थे।

अब बुधन का ससुर कारखाना श्रमिकों की कॉलोनियों के क्वार्टर्स में फेरी लगा कर पत्तल-दातुन बेचता है। बोकारो के सेक्टर आठ और सेक्टर नौ के बीच के जिस खाली मैदान में वह और उसके जैसे कई गरीब-गुरबा झोपड़ी डाले बसे थे वह जगह अब 'विस्थापित चौक' के नाम से प्रसिद्ध है।

''सोरह आना ठीक बात बोले तुम ददुआ। अपने ससुर का दुरगत तो हम आपन आँख से देख रहे हैं।'' बुधन ने सत्यापन किया। ददुआ की बात सबकी समझ में आ गयी।

''यह तो बस एक शहर, बोकारो का हाल है रे बुधुआ। सगरे जंगल का यही हाल होना है एक दिन जो हम न चेते। सूई जैसे दीकू जंगल में आते रहेंगे औ जंगल का सत्त पी-पचा कर फाल जैसे मोटे होते रहेंगे। गड़ते रहेंगे हमारे पेट में।''

''जमाना खराब हो गया ददुआ।'' बुलाकी मुंडा ने गहरी साँस ली।

''दो-चार हाथ जमीन खरीद कर दीकू लोग इधर घर बना लेते हैं। फिर लगते हैं ताल ठोंकने कि वही खाँटी झारखंडी हैं।''

''तो हम आदिवासी कौन हैं भाई?'' सनीचर ने पूछा।

''तुम हो साँप-गोंजर, भालू-बानर...ना-ना... बनमानुष।''

''अब हमें बुझाया ददुआ कि कैसे-कैसे मारा जाता है हमारा हक।'' बीरन ने कहा।

''सो बुझाया तो बुझाया बाकी अब ई बुझाओ ददुआ कि हमें हमारा हक फिर

मिलेगा कैसे?'' सनीचर ने पूछा।

''अब का मिलेगा हक-हिस्सा? एतना दीकू इधर भर गये हैं कि आदिवासी को अब कुछ मिलेगा?'' बुधुआ निराशा से बोला।

''सही बात तो यही है रे बुधुआ कि भारत देस सबका है''—ददुआ ने समझाया—''आदमी का जहाँ मन करेगा वहाँ रहेगा। कहीं कमाने-खाने पर भी किसी को कोई रोक काहे लगे? जरूरी बात यह है भाई कि दीकू लोग हमें भी आदमी समझें। छल-बल से हमारी जमीन न लूटें। सही दाम दें। आदिवासी को लातिया-धकिया कर उसका हक-हिस्सा न छीनें।''

''कौन दीकू मानेगा तुम्हारी सही बात?'' सनीचर ने पूछा।

''मानेगा। जब 'झामुद' समझाएगा तो मानेगा। इसी हक के लिए तो लड़ रहा है 'झामुद'। हमारे गुरुजी तो एकदम गाँधी बाबा जैसा बोलते भी हैं कि जिस दिन अपना राज मिल जाएगा, यहाँ का राज-काज यहाँ के आदिवासी-सादान देखने लगेंगे और पढ़े-लिखे आदिवासी मन्त्री साहेब बनने लगेंगे उसी रोज 'झामुद' का काम खतम! 'झामुद' का काम पूरा होते ही 'झामुद' पार्टी भी खतम!''

ददुआ मानकी था तो जरूर भूमिगत संगठन से जुड़ा एक जमीनी आन्दोलनकारी, महुआटाँड़ क्षेत्र का एरिया कमांडर कहलाता था परन्तु लाल झंडे वालों की भाँति दिल्ली-पटना-चीन-पाकिस्तान नहीं बतियाता था। राँची में बैठ कर नेतागिरी नहीं झाड़ता था। ददुआ मानकी तो अपने गोतिया-समाज में बैठकर वनवासियों की भाषा में बतियाता था। आदिवासी समाज के साथ खाता, पीता, ओढ़ता-बिछाता था। तभी तो ददुआ मानकी महुआटाँड़ की जनता के बीच विश्वस्त 'आपन जन' था।

''खैनी बने ददुआ?'' बुलाकी मुंडा ने पूछा।

''बना दो। अब हम निकलेंगे भईया। जो कहा है सो याद रहेगा न? कम से कम दस आदमी तैयार रहें।... जब बुलावा भेजें हम...''

''...सो निसफिकिर रहो न तुम! जब कहोगे छठू के साथ दस जवान भेज देंगे हम, पर एक बात मानो ददुआ, ...कहाँ जाओगे अभी रात-बिरात? न हो तो महुअरिया में डेरा करो।'' बुलाकी मुंडा ने न्योता दिया।

''ना भाई! जाना तो जरूरी है! अभी तो महुआटाँड़ जाएँगे। फिर महुआ रीडिहरी होते राँची भी निकलना है। अब जनबल का जमाना है तो गाँव-गाँव घूम कर साथी जमा करना होगा न भाई। तभी तो रैली में दम होगा?''

''एक बात पूछें ददुआ?'' खैनी मलते सनीचर ने संकोच के साथ पूछा।

''पूछ रे नाती।''

''तोहार घर कहाँ है?

''यही जंगल में।'' हँसता उत्तर...।

"सो तो ठीक। माने कौन गाँव-ठेकान?" बीरन ने टोका।

"अरे बीरना, घाम, बतास, बदरी, हवा... ई सबका कौन घर-ठिकाना? ददुआ तो बूझ बेटा कि रमता जोगी ठहरा। बहता पानी...।"

"फिर वही बात...!" सनीचर ने मुँह बिचका दिया।

"कुल धरती सिंगबोगा की है रे सनीचर! 'झामुद' के आदमी के लिए समूचा जंगल अपना गाँव-घर है बेटा!" ददुआ ने सनीचर की पीठ ठोंकी।

"तुम्हारा कोई मीली"[1] तो होगा न?" बुधुआ ठहरा गिरहबाज।

"है न रे। हमारा मीली है होरो-को[2]। सबसे बड़ा मीली यही तो है धरती पर।"

बहस में ददुआ मानकी से पार पा सकता है कोई? निरूत्तर बुधुआ। मौन सनीचर। बुलाकी मुंडा के होंठों पर एक भेद भरी मुस्कान अवश्य थिरक उठी थी।

सनीचर ने हथेली पर ताल ठोंक कर खैनी फूँकी। खुली हथेली पर रखी खैनी की पूरी मात्रा को ददुआ मानकी के सामने परोस दिया।

"कौनो दिन हमारे अखरा में आओ न ददुआ। दस लोग साथ बैठेंगे। बात सुनेंगे।"

"धत्त रे बुड़बक रेंगा।[3] जहाँ चार आदमी मिल बैठें वहीं अखरा है रे। भीड़ को समझा लें ऐसा गुनी सन्त थोड़े ही हैं हम? भीड़ को तो हमारे गुरुजी ही समझाते-बुझाते हैं। हम तो ठहरे अनपढ़ जंगाली भुच्च! जो गुरुजी से सुनने-गुनते हैं वही सब बात आगे गाँव-गाँव बाँट देते हैं बस!"

खैनी पा कर उठ खड़ा हुआ ददुआ मानकी। चाँदनी में खिलते-खुलते काँसवन से विपरीत दिशा में कुछ दूर तक उसे छोड़ने निकल आये सारे लोग।

खलिहान से बाहर निकलते ददुआ मानकी ने बुलाकी मुंडा के कन्धे पर हाथ रखा। बोला—

"बेतला के बाघबन में देसी-विदेशी लोग खूब घूमने आते हैं आजकल। बाघबन के फाटक के बाहर एक नया लाइन होटल खुला है। खूब चमक-दमक वाला... शहराती लोग उसको ढाबा बोलते हैं। कभी देखे हो वह ढाबा?"

"हाँ। देखे तो हैं हम।"

"तो भइया एक रोज हमने देखा कि दीकू लोग आदिवासिन छौंड़ियों को मोटर में चढ़ा कर भीतर जंगल में घुस गये... बाघ देखने। तुम्हारे गाँव की एक छौंड़ी भी थी।"

"कौन...?"

---

1. गोत्र 2. मानव जाति 3. बच्चा।

"अब जाने दो बुलाकी भाई। नाम लेने से बेटी-बहिन का मान घटता है। बाकी रोको भाई। यह ठीक नहीं हो रहा है।"

"आजकल के बेरस्ता हुए छौंड़ा-छौंड़ी को कोई बात समझाना अपना कपार फोरना है ददुआ।" बुलाकी मुंडा निराश-सा बोला।

"समझाना काहे को? सीधे डाँटो। अभी सियरमरवा मेला में छौंड़ी लोग ऐसा मुँह टिकोर-टिकोर कर फोटो खिंचवा रही थी कि देख कर हमारा कलेजा ही फुँका गया। हमने तो डाँट दिया एकदम से।" ददुआ ने बताया।

"दीकू लोग के पास ऐसा-ऐसा मोहिनी मन्तर है ददुआ और फेंकने खातिर एतना रुपया कि कोल्ह-धाँगड़ का मन बहक ही जाता है।"

"जानते हैं हम कि"— बोला ददुआ मानकी, "पता है हमें भी कि आदिवासी भी आदमी है। देवता नहीं है पर नये लोगों को मान-मरजादा की बात तो बड़े-बूढ़े समझाएँगे ही न?"

"बात ठीक है बाकी अब पुराना जमाना तो रहा नहीं कि परहा-पंचायत बैठा लें। अब तो पंचैती-राज हुआ भाई! हमारे मुखिया, पंच, सरपंच... सब अब दीकू लोग ही हैं। सादान लोग हैं। आगे फिर थाना है। कचहरी है... अब परहा पंचायत में दम कहाँ रहा जो..." बुलाकी मुंडा ने विवशता बताई।

ददुआ मानकी ने बात महुअरिया के लड़कों की ओर मोड़ी। साथ-साथ चलते बीरन के कन्धे पर हाथ रखा।

"तू छौंड़ा सब भी कम नहीं बिगड़ रहा है रे। ढोल-माँनर... अखरा-पूजा सब धीरे-धीरे खतम कर देगा का? परब-त्यौहार में रेडियो-टेप वाला गाना बजा-बजा कर फूहर घोड़नाच नाचने लगा है जंगल का धिया-पुता लोग!"

"हमारे गाँव में कहाँ ददुआ?" बीरन ने दबे स्वर में विरोध जताया।

"तेरे गाँव में नहीं; ...दूसरे गाँवों में तो है ऐसा? तेरा-मेरा छोड़। मान कि आदिवासी समाज में तो घुसा है न ऐसा रोग?"

"लच्छन खराब है ददुआ" बुलाकी मुंडा बोला, "ऐसे तो आपन रीत-रिवाज भुला कर मर जाएगा आदिवासी समाज।"

वे खलिहान से कुछ दूर निकल आये थे। ददुआ मानकी रुका। अब विदा माँगी। विदा करने वाले मौन खड़े ददुआ मानकी को आगे बढ़ता देखते रहे। पीछे सूने-खाली खलिहान में वनचर नीलगायों के मुँह मारने का खतरा भी तो था।

ददुआ मानकी अकेला आगे की यात्रा पर निकल पड़ा था। कुछ देर तक ददुआ मानकी की बग-बग करती धोती और चादर चाँदनी में चलते सफेद जिन्न की भाँति दिखती रही और फिर वनस्पतियों की सघन छाया के साथ एकाकार हो गया सफेद परछाईं सा दिखता ददुआ मानकी।

तीन

महुआटाँड़ के प्रवास में अब योगराज जोशी का मन रमने लगा था। महुआटाँड़ क्षेत्र की भौगोलिक संरचना से कुछ-कुछ परिचित हो चुका था जोगी। हाट-बाजार की बतरस जोगी को लुभाने लगी थी। भावी नये राज्य झारखंड के बारे में स्थानीय अखबारों में नित्य कुछ-न-कुछ छपता रहता था। सुबीर के साथ सम्भावित झारखंड के विषय में बातें होतीं तो बिहार विभाजन के बाद की भावी स्थितियों पर वे अपने-अपने मन्तव्य और तर्क लड़ाने लगते थे। जिरहें करते थे। बहसें हर जगह थीं। महुआहाँड़ हाट में, शिक्षकों की बतरस में, कार्यालयों में...।

जोगी को लग रहा था कि मानो भयंकर प्रसवपीड़ा से गुजर रहा है बिहार, परन्तु इस पीड़ा में सृजन का सुख नहीं था वरन् यह पीड़ा तो ऐसी थी मानो बिहार के गर्भ से रिस रही हो रक्त की बूँदें।

विद्यार्थी जीवन से ही आन्दोलनों से जुड़ा और परिवर्तनों का साक्षी रहा था जोगी। सो सशंकित था कि कहीं शिशु राज्य झारखंड विकलांग न जनम ले... या फिर मृत!

सुबह-शाम महुआटाँड़ हाट की सैर जोगी की नियमित दिनचर्या बन चुकी थी और देशकाल को पढ़ने का अवसर भी। प्रात:कालीन भ्रमण पर निकला जोगी प्राय: दस बजे तक हाट में ही अटका रह जाता था सिवाय रविवार के।

सवेरे अपने-अपने विद्यालयों को निकले साइकिल-सवार शिक्षक महुआटाँड़ के हाट में एकत्रित होते तो चाय-पान की दुकानों पर बतरस छिड़ जाती थी। शाम को विद्यालय से वापस घर लौटते हुए तीन-चार बजे तक पुन: हाट में वही जमावड़ा जुट जाता था। कुछ देर गाँव, राज्य, देश, और समाज पर चर्चा-परिचर्चा चलती थी और फिर शिक्षक साँझ के पखेरूओं की भाँति अपने गाँव-घर की ओर साइकिल टुनटुनाते निकल पड़ते थे।

साँझ की हाट में पहुँच कर जोगी को गाँव में गहरे तक धँसी भारतीय समाज की देशज जड़ों से जुड़ने का अहसास होता था। यह महुआटाँड़ की हाट ही थी जिसने जोगी को विश्वग्राम की अवधारणा को खाँटी भारतीय कोण से समझने का अवसर

उपलब्ध कराया था। गरीबी रेखा की छाया तले ठहर कर भूमंडलीकरण के लाभ और खतरे पर मनन करने पर विवश किया था कि क्या सचमुच भूमंडलीकरण संयुक्त राज्य अमरीका के अधिपत्य का पर्याय है?[1]

नगरों-महानगरों में भूमंडलीकरण की आँधी तो उठ ही चुकी थी परन्तु महुआटाँड़ हाट में स्थानीय समाज ने अपने परम्परागत मानकों को उत्तरआधुनिकता की बाजारू आँधी से बचाए रखा था... फिलहाल।

आदिवासियों ने 'जोहार' के साथ-साथ 'पड़नाम-नामस्ते' सीख लिया था। हाट को 'मरकिट' कहने का चलन भी शुरू हो चुका था, परन्तु बनवासी समाज ने अपनी हँड़िया, माँदल और ऋतु गीतों की विरासत को भी छोड़ा नहीं था।

सुदूर स्थित अरण्यप्रदेश के स्थानीय हाट अभी भी काठ के मापक पात्र—'पइला' पर भरोसा करते थे। अपेक्षाकृत आधुनिक, महुआटाँड़ प्रखंड मुख्यालय का हाट नये बाट-बखरों से अपना तालमेल बैठा रहा था।

भले ही लोहे के कम और बराबर वजन के ढेले-पत्थर... परन्तु सेर, अधसेर, छटाँक या कनवाँ की जगह किलो, पाँच सौ (ग्राम) का प्रयोग धड़ल्ले से कर रहे थे वे आदिवासी जन जो अब हाट-बजार को 'मरकिट' या 'मरकेट' कहना सीख चुके थे।

अब अधनंगे आदिवासियों का समय नहीं रहा था। अब आदिवासी पुरुष बुशर्ट, कुर्ता, लुंगी आदि पहनने वाले लोग थे। राजा रवि वर्मा के तैलचित्रों की अर्धनग्न आदिवासिनें भी अब अतीत का हिस्सा बन चुकी थीं। आदिवासिनें थोड़ी उटंग, घुटनों-पिंडलियों तक ऊँचा लुग्गा (साड़ी) बाँधने लगी थीं। ऊपर पहनने की ढीली कुर्ती या झोलझाल! झूला। हाँ, अधेड़ या बुजुर्ग लोगों में नये वस्त्र-संस्कार विकसित नहीं हुए थे। वही परम्परागत अधनंगापन...!

जोगी को महुआटाँड़ के हाट देख कर ही पहली बार यह विचार सूझा था कि जिस भूमंडलीकरण के अतिभार से अविकसित देशों की रीढ़ दुहरी हुई जा रही है और विकासशील देशों की गर्दन टेढ़ी, ...उस भूमंडलीकरण के हरकारे क्या तभी भारतीय बाजारों में घुसपैठ नहीं कर चुके थे जब भारत में देशी माप-तौल प्रणाली की जगह विदेशी माप-तौल प्रणालियों ने घुसपैठ की थी? सेर-कनवाँ-छटाँक की जगह किलो-मिलिग्राम-ग्राम ने हथिया ली थी? कोस-मील-घूर-बिस्वे को किलोमीटर-माईल—ईंच-फीट ने विस्थापित कर दिया था?

जब देशी अंकव्यवस्था को कूड़ेदान में फेंककर भारतीय समाज ने अंग्रेजी अंक-प्रणाली को अपरिहार्य मान लिया था, क्या उसी समय की आवाज आज नहीं

---

1. 12 अक्तूबर 1999 को ट्रिनिटी कॉलेज में दिये गये भाषण में हेनरी किसिंजर।

गूँज रही कि डालर दुनिया में कहीं भी चल सकता है...टिम्बकटू से होनोलूलू तक ?... और अंग्रेजी भाषा ही दुनिया की सम्पर्क भाषा है सिनसिनाटी से महुआटाँड़ तक... ? क्या यह विश्व की सर्वाधिक प्राचीन और जीवित संस्कृति को उसके मूल्यों, आदर्शों, सामाजिकता, परिवार-सम्बन्ध, कला, संगीत, साहित्य, कृषि, क्रीड़ा, संस्कार, अर्थव्यवस्था... सबकुछ समेत निगल जाने की दूरगामी योजना का चरणबद्ध अनुकूलन अभियान नहीं... ?

यह सब कुछ जोगी के विचारों को मथने लगा था! महुआटाँड़ का हाट जोगी के लिए अनुभव, निरीक्षण और सोच की प्रयोगशाला थी!

सुबीर के लिए भी सुभीता हो गया था कि अब जोगी को महुआटाँड़ में घूमने-फिरने हेतु सुबीर की सहायता की आवश्यकता नहीं रह गयी थी। मेजबानी-मेहमाननवाजी की औपचारिकताओं से दोनों जने ही मुक्त हो चुके थे।

चूँकि जोगी यहाँ के प्रखंड विकास पदाधिकारी का मित्र था, तिस पर बुद्धिजीवी अत: शिक्षक मंडली में वह सहज ही घोल लिया गया था। जोगी से शिक्षक कुछ जानते थे, जोगी शिक्षकों से कुछ जमीनी जानकारियाँ पाता था।

सुबीर के कृपापात्र गैर-आदिवासियों को जोगी के साथ घनिष्ठ होने में कोई हिचक नहीं थी। सुबीर के कृपाकांक्षी भुईंयाँ, दुसाध, चमार, गंजू, उराँव, खरवार, नागेसिया या मुंडा लोगों से जोगी को कोई छूत परहेज नहीं था। बेखटके किसी की खटिया पर बैठ जाने वाला या बेधड़क किसी से पानी माँग कर कथित 'छुआ पानी' भी पी लेने वाला जोगी दलित-आदिवासियों के बीच भी सम्मान और ऊँचे आसन का पात्र बन चुका था। कुछ-कुछ अपना-सा...।

आदिवासी और सादान दोनों ही समाज के निकट हो लेना जोगी के शोधकार्य की प्रगति में हर दृष्टि से सहायक सिद्ध हुआ था। नित्य कुछ पृष्ठ उसके अनुभव, आँकड़ों और निष्कर्षों के रूप में जुड़ते जा रहे थे।

साप्ताहिक बड़े हाट के दिन जोगी मुख्य बाजार से कुछ हट कर लगने वाली बागीचे वाली हाट की सैर करता था... बिना नागा। नमक, कपड़ा, मसाले, साबुन, तेल, बर्तन, गिलट के जेवर या सब्जियाँ इस हाट में इतनी सस्ती थीं कि दिल्ली के मुकाबले लगभग मुफ्त!

आजकल यह बागीचे वाली हाट महुए की खान बनी हुई थी। महुआ बाजार...। महुआ जो महुआटाँड़ क्षेत्र में मानो मुख्य फसल जैसा था। पलामू की जीवन-रेखा...महुआ। इस वर्ष तो इस महुआ बाजार में महुए के लिए मानो जीवन-मरण का संघर्ष था।

पलामू में महुआ ऐसे ही नहीं जीवन कहलाता। महुए के ताजा फूल कच्चे भी खाए जा सकते हैं। ताजा फूलों को दूध में सिंझा कर तो ऐसी स्वादिष्ट खीर पकती

है कि राजभोग भी तुच्छ...! रसीले महुए के फूलों को आटे के साथ गूँथ कर महुए की मीठी रोटियाँ सेंकी जा सकती हैं। सूखे महुए को कूट कर बनता है महुए का 'लाट्टा,' जिसके लड्डू बाँधे जाते हैं। सूखा महुआ पौष्टिक पशुचारे के काम आता है। महुए के फूल झड़ने के बाद डालियों पर फल लगते हैं। महुए का फल... डोरी। डोरी के अंडाकार बीज के तेल से ढिबरी-कुप्पी जलती है। वनस्पति घी तैयार होता है। यह काला डोरी का बीज सुगन्धित साबुन बनाने के भी काम आता है।

अनेकानेक उपयोग हैं महुए के। परन्तु अब महुए का जो उपयोग सर्वग्रासी बाजार को सुहाता है वह है महुए की शराब निकालना। महुआटाँड़ प्रखंड में महुए की शराब चुआने की अवैध भट्ठियाँ कुकुरमुत्तों की भाँति उगी हुई थीं तो इसका कारण यही था कि कच्चे माल की खान था यह क्षेत्र महुआटाँड़।

टाँड़ अर्थात् पथरीला पठारी क्षेत्र! छोटा नागपुर के भूगोल में टाँड़-टीकर अत्यन्त आम एवं महत्वपूर्ण शब्दबन्ध है। जहाँ भू-सतह पर मिट्टी कम और कंकड़-पत्थर अधिक हों ऐसी ऊँची जगह 'टीकर' कहलाती है। यदि एक विशाल भू-खंड की सम्पूर्ण संरचना ही टीकर जैसी हो तो वह पूरा भूखंड स्थानीय बोली में कहलाता है 'टाड़'। पलामू जिले में गाँव-गाँव में टीकर है ओर कोस-कोस पर टाँड़।

टाँड़ क्षेत्र कृषि के लिए निकृष्ट भूक्षेत्र होता है। ऐसी जमीन पर फसल प्राय: नहीं होती! यहाँ उगे दिखते हैं बबूल, बनजलेबी के वृक्ष। महुआ, नीम, पीपल या बरगद जैसे गहरी जड़ों वाले महावृक्ष। बनबेर, नागफनी, पुटुस, मदार आदि-आदि जैसे कठजीव या मरूद्भिद् झाड़ियों-पौधों की बहुतायत होती है टाँड़ पर। महुए के विशाल दरख्तों की प्रचुर उपस्थिति के कारण ही सम्भवत: इस क्षेत्र का नामकरण हुआ था—महुआटाँड़।

आदिवासी बहुल क्षेत्र था महुआटाँड़। चार-छ: टोले ही ब्राह्मण-राजपूतों के थे। शेष गाँवों में एक-दो घर सवर्ण, बाकी मुंडा, सन्ताल, चेरों या उराँव जनजातियों की ही उपस्थिति थी महुआटाँड़ प्रखंड में। आदिवासी और गैर आदिवासी के बीच जमींदार-श्रमिक सम्बन्ध के आगे और कुछ नहीं था। दोनों समाज एक दूसरे से एक सीमा तक ही घुले-मिले थे। मालिक और बनिहार-हरवाह की भाँति।

पुराने सरना धर्म में आस्था रखने वाले आदिवासियों का बाहरी लोगों पर कभी विश्वास जमा ही नहीं। आदिकाल से गुप्त, तुर्क, पठान, मुगल और अंग्रेजों के द्वारा बार-बार के दमन-शोषण के कारण बाहरी या गैर आदिवासियों के प्रति आशंका, भय और उपेक्षा का ऐसा क्षेत्र बन चुका है पलामू का पठार कि मिशनरियों पर भी भरोसा होते-होते बड़ी देर के बाद हुआ था।

पहले तो क्रिश्चियन मिशनरी आदिवासियों बीच 'सफेद भूत' माने जाते रहे।

मिशनरियों के सेवा भाव तथा करुणा भाव ने शनैः शनै वनवासियों को प्रभावित करना प्रारम्भ किया। जब आदिवासी मिशनरियों के हाथों दिल हार बैठे तो यह सच भी सामने आने लगा कि सेवा और करुणा भी बेमोल प्राप्त नहीं होते।

जब जीवन की मूलभूत आवश्यकताओं और शिक्षा-स्वास्थ्य के अवसर के बदले आदिवासियों को सरना धर्म से विमुख होकर ईसाइयत अपनाने की शर्तों में बाँधा जाने लगा तो सरना जैसे आदिधर्म में गहरी जड़ें जमाए आदिवासी समाज का बाहरी लोगों पर विश्वास एक बार पुनः टूटा था!

देश आजाद हो चुका था परन्तु देशी जमींदारों के वंशज जिन्होंने कभी अंग्रेजों के पक्ष में खड़े होकर आदिवासी विद्रोहों का नृशंसतापूर्वक दमन किया था, अब खादी टोपी पहने जनप्रतिनिधि चुन कर पुनः आदिवासियों के सिर पर सवार हो गये थे। बन्धुआ मजदूरी और जमींदारी राज जैसी कुप्रथाएँ कागज पर भले समाप्त हो चुकी थीं पर सीलिंग को धता बताकर हजारों एकड़ भूमि सुरक्षित बचा लेने वाले, कुप्रथाओं के संचालक ही जब जनप्रतिनिधि हो चुके हों तो कुप्रथाओं का मूलोच्छेद असम्भव था।

इसी कारण पलामू में सदैव तूती बोलती रही बाबू की, साहू की और बन्दूक की। महुआटाँड़ के आदिवासियों को आंवला, चिरौंजी, लाट्ट, गोंद, रूई, शहद, कत्था या महुआ जैसे बनोपज इच्छित भाव पर बेचने की स्वतन्त्रता कभी नहीं मिली। महुआटाँड़ में अब भी महुए का भाव बेचने वालों के द्वारा नहीं वरन् खरीदने वाले की इच्छानुसार निर्धारित होता था। विक्रेता की विवशता होती थी कि वे क्रेता द्वारा नियत दर पर महुआ समर्पित कर दें और अपने ही हाथों स्वयं को लुटा दें क्योंकि प्रतिरोध करने का मूल्य शीश देकर भी चुकाना पड़ सकता था।

पलाश, लाह और महुए की खान पलामू में, महाअरण्य में स्थित महुआटाँड़ में, ऐन महुआ खरीद के मौसम में उपस्थित था योगराज जोशी।

वन विभाग की जमीन पर लगने वाली महुए की हाट में सवेरे से ही चहल-पहल हो उठती थी। घोड़ों पर नमक-चावल-साबुन-कपड़े-माचिस लादे व्यापारी-बनिये हाट में आने लगते थे और शाम को उन्हीं घोड़ों पर महुआ लादे वापस लौट पड़ते थे। महुआटांड़ प्रखंड के लगभग बारह हजार महुआ वृक्षों का महुआ इसी हाट में गिरता और तुलता था।

जोगी जब हाट तक पहुँचा था तो क्रेता-विक्रेताओं का जमघट लग चुका था। समवेत स्वर भुनभुनाहट के रूप में हाट के सिर पर स्थिर बादलों की भाँति टँगे तैर रहे थे। जोगी जहाँ खड़ा था, वह कच्ची सड़क थी जिससे सटे छोटे व्यापारियों की पंक्ति बैठी हुई थी।

महुए के आढ़तियों से परे, हाट की परिधि पर बैठे लोगों के समक्ष महुए के

ढेर नहीं थे। उनके सामने विक्रय योग्य अन्य किसी न किसी वस्तु की टोकरा-टोकरी थी। साग-सब्जी मुर्गी-अंडे, तारकोल पुते पेंदों वाली टोकरियों में छिलबिलाती जिन्दा मछलियाँ। हाट में सब कुछ बिकता है। इस हाट में कोई आदिवासी हाथ झुलाता नहीं आता। कुछ न मिले तो जंगली इमली-केंद-करोंदे ही सही...।

इस हाट की पकौड़ी बड़ी चटख होती थी। जलेबी भी खूब मीठी करारी। गोंद-बूँदी के लड्डू तो लाजवाब। जिन व्यापारियों के महुआटाँड़ मुख्य बाजार में मिट्टी या पक्की सीमेंट की दुकानें थीं वे भी इस हाट में दरी-टाट बिछाए अपनी अस्थायी दुकान पर सस्ती साड़ी, धोती, लुंगी, नकली जेवर, रंग-बिरंगे रिबन, बालों की क्लिप, कड़े-चूड़ियाँ या अँगूठी-ताबीज जरूर फैला लेते थे।

हाट के बाहर, बूढ़े बरगद के वृक्ष की जमीन में खम्भे जैसी धँसी जटाओं के बीच जुड़ी थी हंड़िया और ताड़ी की चलन्त दुकानें। साठ फीसद से अधिक अल्कोहल होने के बावजूद महुए की शराब पीने के मामले में भी जोगी ने यहाँ कोई लैंगिक भेद-भाव नहीं देखा था। महुए की दारू भी कोई ऐब है भला?... पंगत बनाकर बैठे, ढाकपत्तों के दोनों में भर-भर कर महुए की शराब, हँड़िया या ताड़ी छक रहे थे आदिवासी पुरुष और स्त्रियाँ।

एक ठिगना आदिवासी जिसके कन्धे से गुलेल लटक रही थी और हाथ में लटके थे कुछ पाँव बँधे तीतर, उससे जोगी ने पूछा था,

"क्या भाव?"

"पाँच रुपया में एक ठो।" फड़फड़ाते तीतरों को जोगी की ओर झुलाते हुए भाव बताया गया था।

जोगी को यह सौदा लगभग बेमोल लगा। शहर में कम-से-कम अस्सी से सौ रुपए किलो तक बिकता है मुर्ग का माँस।...माँस सचमुच कितना सस्ता है पलामू में? जिन्दा हो या मुर्दा? पशु-पक्षी का माँस हो या फिर मनुष्य का...?

करौंदे की झाड़ पर बैठा गुलाबी कलंगी वाला मोटा गिरगिट सिर हिलाता जोगी की सोच पर हामी भर रहा था।

हाट का वातावरण महुए की गाढ़ी गन्ध से महमहा रहा था। हाट के बाहर सड़क के किनारे खड़ा जोगी लम्बी-लम्बी साँसें खींचता दिल्ली-दुर्लभ इस मादक सुरभि को फेफड़ों में सोख रहा था।

प्रकृति ने महुए के फूलों के खिलने का जो तापमान सुनिश्चित किया है, वह प्राकृतिक तापमान उपलब्ध होता है फरवरी के अन्त से अप्रैल के मध्य तक जब जंगल में पत्रहीन नग्न पलाश रक्तिम फूलों से लदे होते हैं। पता नहीं कैसे पृथ्वी गढ़ती है अपने श्रृंगार प्रसाधन! तरबूज-खरबूजे जैसे गर्मियों के फलों की तासीर ठंढी होती है और ढलते शीत के मौसम में खिलने वाले महुए के फूलों की तासीर गर्म...!

यह महुए की गर्म तासीर ही थी कि उबल रहे थे महुआटाँड़ के आदिवासी भी? सिर पर गमछे का मुरेठा बाँधे दो लट्ठधर ठूँठा मुंडा से बहस कर रहे थे। ये दो लठैत थे जंगी और अक्षयवर। हवेली महुआगढ़ के मनचढ़े और दबंग लठैत।

जंगल में महुआगढ़ हवेली के मालिक प्रभूदयाल शाहदेव का महुआ, बीड़ीपत्ता और लाह के कारोबार की देखरेख जंगी और अक्षयवर के जिम्मे ही था। ये दोनों थे तो हवेली के बराहिल परन्तु स्थानीय कमियाँ, सेवकिया का हलवाहे बनिहारों के लिए यही दोनों मैनेजर स्थानीय गोमके थे। मालिक के प्रतिनिधि जो अन्य लठैत-चाकरों को निर्देशित करते थे।

हाट-हाट घूम कर हर साल महुआगढ़ की हवेली के लिए लाखों रुपए का महुआ खरीदते थे यही जंगी और अक्षयवर। महुआगढ़ के बड़े मालिक प्रभूदयाल शाहदेव अब शहर में जा बसे थे। खेत-जायदाद की देखरेख अब लालसाहब प्रभूदयाल शाहदेव के इकलौते दामाद तारकेश्वर सिंह उर्फ ताराबाबू उर्फ छोटे सरकार के जिम्मे था।

महुआ के क्रेता-विक्रेता हाट में चलती बहस के समापन की प्रतीक्षा में सिटपिटाए खड़े थे। दसियों गाँवों से हाट तक पहुँचे आदिवासी बात बिगड़ने की आशंका से हताश लग रहे थे। महुआ लुट जाने की स्थिति भी दु:खद थी और महुआ न बिकने की स्थिति में महुए के बोरे सिर पर ढो कर वापस ले जाना, वह भी रात में, एक अनचाही समस्या होती है।

"सुगना हमें आठ रुपए सेर का भाव देगा तो हम काहे पाँच रुपए सेर बेचें अपना महुआ?"

जन्मजात विकलांगता के कारण प्राकृतिक विकास से वंचित हाथों वाला बूढ़ा ठूँठा मुंडा छ: वर्षीय बच्चे जैसे हाथ भाँजता प्रतिरोध कर रहा था।

"काहे नया ढढ़नच पसार रहा है? हर साल कौन भाव बिकता है महुआ सो जानता नहीं का रे?" अक्षयवर खीजने लगा था।

"ढढ़नच का कौन बात है इसमें? महुआ हमार है। जिसको मन करेगा बेचेंगे हम। जहाँ भाव रुचेगा वहीं देंगे। हमको बीचवान नहीं चाहिए।"

"तो देखते हैं आज"—जंगी तमक कर बोला—"देखते हैं कौन मरद तौलवाता है तेरा महुआ। हाट में लाश गिरा देंगे आज।"

इस वर्ष डालटनगंज के गोला में महुए का भाव खुला था बारह रुपया प्रति किलो। शहरी आढ़तिए बनिये देहात में घूम-घूम कर आठ रुपए सेर महुआ खरीदते थे और उसी रात डालटनगंज गोला में चार रुपये प्रति सेर का मुनाफा भुना लेते थे। ...पर हवेली महुआगढ़ को महुआ चाहिए था मात्र पाँच रुपए प्रति सेर की दर से... लाठी के जोर पर! यही महुआ छ:-आठ माह बाद पच्चीस रुपए किलो

तक बिकने वाला था।

महुआ बीनने-बेचने वाले को डालटनगंज का चार रुपया वाला लाभ दूर की कौड़ी लगता था जिसे वे नहीं पा सकते थे परन्तु अक्षयवर और जंगी के हाथों महुआ बेचकर तीन रुपया प्रति किलो का प्रत्यक्ष घाटा तो बिना दीदे वाला भी देख सकता था।

ठूँठा मुंडा की तीनों बेटियाँ अपनी महुए की ढेरी को अकूत खजाने की भाँति घेरे खड़ी थीं। बड़ी सोनवा, मँझली पुतली और छोटी सुइया।

"गरीब-गुरबा को डाकू जैसा लूट काहे रहे हो? राजा गोमके को धन का कौन कमी है जो कोल्ह-धांगड़ के पेट पर लाठी बजाने आते हो...?" सोनवाँ बोली। "वाह रे तिरहुतिया वाली...!" जंगी ने ताना दिया। ना..! सोनवाँ को गाली दी, "सूप बोले तो बोले, तू चलनी क़ाहे को बोली रे?"

"अरे ए ठूँठा, बेटी का मुँह साट साला! मरदा-मरदी वाली बात में जनानी का कौन काम रे?" अक्षयवर ने जोड़ा।

"जितना मन करेगा, पहले उतना महुआ हम उठाएँगे तभी कोई और बनियाँ-धनियाँ बोली लगाएगा। नहीं तो..." उपस्थिति जन समुदाय की ओर लाठी घुमाता जंगी दहाड़ा, "नहीं तो बेचने वाला और खरीदने वाला दोनों का महमंड[1] फोड़ देंगे हम।"

नशाखोरी, जुआ और कर्ज... हाट में इन तीन कारणों से झंझट-झमेले आम होते रहते हैं। कोई इसे गम्भीरता से नहीं लेता परन्तु जोरू, गोरू और महुए का लुट जाना नहीं सह सकते पलामू के वनवासी!

हाट में तनाव बढ़ता जा रहा था। कानून-व्यवस्था का पहरुआ, महुआटाँड़ थाना का दारोगा भोला पासवान, हाट में चलते वाक्‌युद्ध को यों मौन खड़ा ताक रहा था जैसे आँखों में ग्लूकोमा हुआ हो।

सड़क के किनारे पर खड़े भोला पासवान को इस तकरार में हस्तक्षेप करने का कोई अधिकार नहीं था, ऐसा नहीं था परन्तु कानून-व्यवस्था बनाए रखने हेतु नियुक्त भोला पासवान तो मानो युद्ध की समाप्ति के पश्चात् विजेता को पुरस्कृत करने हेतु ही वहाँ उपस्थित हुआ था। बिन हथियार या सिपाहियों के।

महुए के कारोबार में थाना-पुलिस को कोई ऊपरी आमदनी विक्रेताओं की ओर से तो होती नहीं थी। जंगल के भीतर घुसकर भी महुआ बीनने का सरकारी परमिट अब कौन लेता था? महुआटाँड़ में तो अब 'झामुद' की समानान्तर सरकार चल रही थी। 'झामुद' ने मानो परमिट की बिहार सरकारी व्यवस्था को निरस्त कर दिया था। क्यों रुचि लेता भोला पासवान?

1. कपाल।

सड़क के दूसरी ओर जोगी और भोला पासवान की पीठ पीछे तीसी का खेत था। खेत की छाती पर मँडराती चीलों की साँवली परछाइयाँ नाच रही थीं। कोरों-किनारियों से प्रकाश की धारियों के रेले उगलता मटियाले बादल का एक विशाल टुकड़ा हाट पर तैर उठा तो कुछ देर पूर्व तक तिरछी धूप में नीले समुंदर की भाँति लहरें उठाते तीसी के फूल चैत के बादल देख सहम-से गये।

"बेचेंगे हम अपना महुआ, जहाँ मन करेगा। का कर लोगे तुम? लाठी चलाओगे? चला कर देखो लाठी। हमारे पास भी लाठी है।" यह सुइया थी।

बात बढ़ती जा रही थी। अब तो हद से अधिक...! जंगी आगे बढ़ा। सुइया की कलाई पकड़ी और उमेठने लगा।

"छुरी जैसी जीभ चलती है राड़-रेयान की? अभी चीन्हती नहीं हमको? कसबिन कहीं की,... आज चीन्हवा देते हैं हम।"

"ए... ए... हाथ छोड़ो जनानी का। हमसे बतियाओ जो कहना है।" कहीं से दौड़ता आ पहुँचा बीरन।

"तू कौन रे?" अक्षयवर ने बीरन को धकिया देना चाहा।

बीरन भी दौड़ा आया था सो झोंक में था। उसने अक्षयवर के धक्के का प्रतिरोध किया। अति आत्मविश्वास से भरा असावधान अक्षयवर लड़खड़ा कर महुए की ढेरी पर जा गिरा।

उबल पड़ा अक्षयवर। रक्तिम आँखों से आग बरसाता उठा और पूरे वेग से लाठी घुमाई! बीरन ने बैठते हुए वार बचाया। अक्षयवर की कल्पना से भी परे था कि बीरन भी बदले में लाठी भाँज सकता है।

तड़ाक्...! एक आवाज हुई और अक्षयवर की आँखों के सामने अँधेरा... तारे नाच उठे। अक्षयवर की कनपटी से रक्त फूट पड़ा।

चौंका जंगी! कहाँ से आ गया इस धाँगड़ में इतना साहस? इतने मनबढ़े तो कभी नहीं थे ये कोल्ह-किराँट जो लाठी-लठौर की सोच भी सके!... आज तो सचमुच पानी सिर के ऊपर से बह चला था। पिछले वर्ष इसी हाट का सारा महुआ उठवा ले गये थे यही अक्षयवर और जंगी, कोई चूँ तक नहीं बोला था फिर इस वर्ष क्या हो गया था जो...।

फुर्तीला जंगी पलक झपकते सब कुछ भाँप गया। पैंतरे बदल-बदल कर लाठी भाँजने लगा तो तमाशाई भीड़ काई की भाँति फट पड़ी! बचते-भागते भी कइयों के कन्धे-पसली को छू गयी थी जंगी की सनसनाती लाठां। बीरन को ललकारने लगा जंगी।

बीच बजार लट्ठम्-लट्ठा शुरू हो चुका था। अकेला बीरन मुंडा जंगी और अक्षयवर की दोहरी लाठियों से जूझता मात्र अपना बचाव कर पा रहा था।

सुईया को लगा आज तो बीरन की जान गयी। ददुआ ने कहा था कि महुआ जहाँ मन रुचे वहीं बेचना। कुछ हूल-गदर हुआ तो वह स्वयं हाट में रहेगा। पता नहीं कहाँ रह गया था ददुआ मानकी भूसे के ढेर में आग लगाकर।

सुइया महुआ बाजार से बाहर निकली और महुआटाँड़ के बस-पड़ाव की ओर चीखती भागने लगी... "अरे कोई आवा रे... जान बचावा रे...।"

बाजार में चीख रही थी सोनवाँ। जंगी को पीछे से बाँहों में बाँधे बिस्तुईया-सी लटकी थी सोनवाँ। जंगी की पिंडलियों को नोचती-खँखोरती तमाशाई भीड़ के पौरुष को ललकार रही थी सोनवाँ।

"अकेले मरद पर लाठी गिर रही है और सब जन सेनुर-चूड़ी लेकर खड़े हो रे? खूब ताको तमासा..! आग लागे तोहरा जैसन जवानी में... ढह मरे मउगा जवानी रे...।"

जंगी और अक्षयवर अकेले हाट में नहीं आये थे। साथ लाये थे दो बैलगाड़ियाँ... महुआ लादने के लिए! गाड़ी हाँकने वाले गाड़ीवान हाट में कहीं घूम-फिर रहे थे। तड़ातड़ लाठियाँ बज उठीं तो गाड़ीवान हंगामे की दिशा में भागे। अब चार लाठियाँ थीं और अकेला बीरन!

लाठी भाँजता बीरन मुंडा अब चारों ओर से बरसती लाठियों के वार बचाने में अक्षम दिखने लगा था। भोला पासवान इस युद्ध को मनुष्यों की नहीं वरन् मुर्गों की लड़ाई की भाँति देख कर आनन्दित हो रहा था। सड़क पर साथ खड़ा जोगी अब ताव न ला सका। वह चिल्लाया

"ऐ रुको यार! बात सुनो..।"

कौन सुनता वहाँ जोगी की पुकार? उत्तेजित जोगी लपका और अखाड़े में धँस पड़ा। लाठियों की छाया में घुस पड़ा। लाठी का एक वार जोगी की बाँह पर अविलम्ब गिरा। दर्द से ऐंठ गया जोगी! अगला वार बचाने को महुए की ढेरी पर ही लोट गया जोगी।

लाठियाँ थम गयीं। हथेली में समाने जितना छोटा था महुआटाँड़ जहाँ योगराज जोशी उर्फ 'जोशी बाबू' अब जाना-परिचित चेहरा हो चुका था। जंगी ने जोगी की बाँहें पकड़ कर खड़ा करते हुए चेतावनी दी।

"हम चीन्हते हैं आपको। बिड्डी साहेब के आदमी हैं। बीच में मत कूदिये आप! हमें ई बनेचड़ लोग से सुलटने दिजिए। सालों को मार कर बिछा देंगे आज।"

"क्यों जी पासवान जी। लाश गिरने पर सीधा पंचनामा करने ही उतरिएगा हाट में?" पीड़ातिरेक मे चीखा जोगी, "तमाशा मत देखते रहिए... रोकिए यह फौजदारी"

"रोज देखते हैं ऐसी फौजदारी! मेरे रोकने से नहीं रुकने वाला ऐसा गदर" ऊँची आवाज में उत्तर मिला।

भोला पासवान ने अपनी जगह से हिलने का भी उपक्रम नहीं किया। जोगी ने पुनः आग्रह किया।

"भाई कोशिश तो कीजिए आप।"

"बेकार है जोशी बाबू!" पासवान ने वहीं खड़े-खड़े उत्तर फेर दिया।

"आप यों ही मौनी बाबा बने रहे तो मुझे आपके खिलाफ ऊपर शिकायत करनी पड़ेगी पासवान जी।" बाँह में उठती पीड़ा की लहर ने जोगी की आवाज में कड़वाहट घोल दी थी।

"किससे शिकाइत करेंगे आप? सुबीर बाबू से?" अक्षयवर ने नथुने घुमाते हुए पूछा।

"नहीं। कलक्टर से! एस.पी. से भी।"

भोला पासवान के कान खरगोश की भाँति खड़े हो गये! अब वह हिला। ताजा-ताजा मेढ़क निगले साँप की भाँति मन्थर गति से रणभूमि की ओर बढ़ा।

"बहोत डेंजरस आदमी हैं आप जोशी बाबू। हमारी तो नौकरिए खा जाइएगा आप तो", भोला पासवान ने हाथ में थमी बेंत जादुई छड़ी की भाँति घुमाई "ऐ... हटो! शान्ति...! लड़ाई तो महुआ के लिए ही हुआ न? ठूँठा, तू चल थाना पर! केस करेगा न? चल, थाना पर अपना बयान दे। अपना महुआ भी उठा कर ले चल थाना पर! झगड़ालू माल जब्त किया जाता है।"

महुआटाँड़ बस-पड़ाव की ओर भागी सुइया हवा-वातास सी दौड़ती वापस लौट रही थी। महुआ-हाट की ओर...। जंगी और अक्षयवर चौंके...! चौंका भोला पासवान भी!... पीछे-पीछे भागा आ रहा था ददुआ मानकी! हाथ में हरदम दिखने वाली लाठी की जगह चमकती नाल वाली रायफल..! 'झामुद' के पास ऐसी रायफल जैसी महुआटाँड़ थाने में एक भी नहीं...!

"तू बयान देगा न रे? जो पहले लाठी चलाया वही फौजदारी शुरू किया। बोलेगा न थाना पर, कौन चलाया पहले लाठी? बीरना का नाम लिखवाएगा न रे?" भोला पासवान ठूँठा की हलक में ऊँगली डाल कर शीघ्र सहमति उगलवाने को व्यग्र हो उठा।

"आपने जैसे देखा ही नहीं कि एक आदिवासी पर चार लठैत हमलावर थे।" तिलमिलाया जोगी बोल उठा।

"अरे क्या देखेंगे थाना बाबू?" हाट में पाँव रखता ददुआ मानकी गरजा—"लूट का अपना हिस्सा तो लूट के पहले ही मिल जाता है हवेली से...तो क्या दिखेगा भोला बाबू को? जो महुआ आज जब्त करेंगे, सीजन खतम होने पर नीलामी पर चढ़ा देंगे और थाना पर आखरी बोली लगाएँगे यही जंगी और अछयबर! घुमा-फिर कर घीव तो उसी पत्तल पर गिरना है.... का जी भोला बाबू?"

"तुम भी गजब बात करते हो ददुआ," बोला पासवान "फौजदारी का केस तो कहो तो यहीं बना दें हम। तुम गवाही दोगे? जोशी बाबू गवाही-मुकदमे के लिए ठहरेंगे यहाँ? हों भी तो हमें क्या पता नहीं कि केस जब कचहरी में पहुँचेगा तो दो बोतल दारू पी कर केस उठा लेंगे साले आदिवासी? ऐसे में तारा बाबू से रार पसार कर हम तो गये न काम से?"

"आपको जो बुझाय सो कीजिए भोला बाबू बाकी जो माई का पूत ठूँठा का महुआ बरजोरी उठाना चाहे सो," गुर्राया ददुआ मानकी, "सो छाती खोल कर बढ़े आगे। देखें तो हम भी कि कौन मरद का करेजा सेर भर का हो गया है ई महुआटाँड़ में?"

बीरन मुंडा हुमक कर आगे बढ़ा तो ददुआ मानकी ने उसके लहूलुहान सिर को सहलाया।

"रुक रे अन्हिया-तूफान! अकेले चार लाठी सँभाल कर तूने नाक नहीं कटने दिया हमारा, यही बहुत किया।"

सकपकाए जंगी और अक्षयवर पीछे सरकते हुए तमाशाई भीड़ से जा सटे। अब पीछे हटना सम्भव नहीं था। लठैतों की ओर थूकता बोला ददुआ मानकी।

"पता है हमें कि तारकेसर जैसे बढ़का हाथी के कान पर बैठे हो। बाकी आज ई भी जान गये छेबर कि हवेली का धरम-लाज भी घोर कर पी गये हो तुम लोग। बिड्डी साहेब के मेहमान पर लाठी...! छिः हवेली का लाज भी नहीं रखे रे लंगटा?"

साहस अक्षयवर ने ही जुटाया। जहाँ खड़ा था, वहीं से बोला।

"तुम्हारा मान हम रखते हैं ददुआ। काहे को बीच में पड़ते हो तुम। तुमसे नहीं बतियाना हमें।"

"अरे दुर्रे...! तोहार का औकात है कि हमसे बतियाएगा तू? राख लगा कर तोहार जीभ नहीं खेंच लेंगे रे? महुआगढ़ का पोसुआं कुक्कुर... साला! डालटेनगंज में तोहार बाप जो बैठा है न, वही तारकेसर? सो बतिंयाएगा हमसे। चुपचाप भाग यहाँ से नहीं तो छाती में ठोंकेंगे एक-एक बुलेट, सब बरहिली-लठैती निकल जाएगा।"

ददुआ मानकी की सर्द धमकी...! सहम गये महुआगढ़ हवेली के लठैत। कहीं बुढ़वा ने सचमुच रायफल तान दी तो गोली चलाने की नौबत ही नहीं आएगी। हाट में फँसे चार लोगों की हड्डियाँ तक पीस डालेंगे जंगली लोग और कुछ नहीं कर सकेंगे दारोगा भोला पासवान!

कोई कुछ न बोला। भीड़ बिखरने लगी। महुए की खरीद आगामी हाट तक के लिए स्थगित कर बाहर से आये बनिये-आढ़तिए अपने घोड़ों पर काठी कसने लगे। सोनवाँ, पुतली और सुइया भी अपना महुआ बोरों में भरने लगीं।

"आप कहाँ से ई नंगा-लुच्चा लोग के साथ लटपटा गये साहेब?" ददुआ मानकी ने जोगी से पूछा।

"ये दोनों लठैत... ये दादागिरी कर रहे थे। भोला बाबू दूर खड़े लूट का तमाशा देखते रहे तो मुझसे रहा नहीं गया।" घायल बाँह को दूसरे हाथ का सहारा दिये खड़ा जोगी बोला।

"लजाया बच्चा अपनी नाभी टटोलता है!" खिसियानी हँसी ठिठियाता भोला पासवान सफाई देने लगा।

"अब क्या बोलें हम? कितनी साँसत में इधर जीते हैं हमलोग सो तो कोई समझता ही नहीं है। 'झामुद' से कहा-सुनी करके जंगल में चार दिन जीना मुश्किल...।"

"आदमी खाते हैं हमलोग? आपसे तो कहा है न हमने कि रास्ता से काम करने पर आपको कोई डर नहीं? कमाइएगा तो दिक्कत...।" ददुआ ने कहा।

"सो कहा है भाई। अच्छा तारा बाबू को ही लो। सरकारी प्रेसर भी है और ऊँची पहुँच भी रखते हैं। थाना-पुलिस का तो दो पाटों के बीच पिस-पेरा कर तेल निकल रहा है जोशी बाबू।"

उपहास भरी दृष्टि से भोला पासवान को ताकता ददुआ मानकी जोगी से सम्बोधित हुआ।

"लाल साहब लोग के जूते का तल्ला बने बिना कोई सरकारी आदमी टिक सकता है महुआटाँड़ ब्लॉक में? आप निकलिए यहाँ से जोशी बाबू। घबराइए मत, हमने टो-टा कर देख लिया है। चोट जरूर है बाकी हाड़ नहीं टूटा है। हरदी-प्याज-लहसून तेल में भूँज कर पट्टी बाँध लिजिएगा। फायदा होगा।"

भीड़ बिखर चुकी थी। महुआटाँड़ के लठैत भी लुप्त हो चुके थे। जोगी और भोला पासवान साथ-साथ ही हाट से विदा होने लगे। पीछे ददुआ मानकी की आवाज थी।

"रे सुइया, गुरुजी से पूछ लिया है हमने। बीरन तो साथ हो भी गया है। तू कल बीरन के साथ ही आ जाना।"

"कहाँ?"

"सो बीरन जानता है।"

जोगी ने पीछे मुड़कर देखा। सुइया का दाँया हाथ हवा में उठा हुआ था। मुट्ठी बँधी थी। यह अभिवादन था या विदा की मुद्रा...?

ददुआ मानकी ने भी हाथ में थमी रायफल हवा में ऊँची उठाई थी मानो महुआ विक्रेताओं को आश्वस्त कर रहा हो.. अभय!

जोगी डाकबँगले पर पहुँचा तो साँझ ढल चुकी थी।

दारोगा भोला पासवान जोगी को साग्रह साथ खींचता अपने क्वार्टर पर ले गया था और चाय पिलाने के बाद ही जोगी को छोड़ा था। चीनी के शीरे जैसी मीठी चाय...!

मुख्य हॉल में ही मिल गयी मोतिया। जलती लालटेनें खूँटियों पर टाँगती। जोगी ने पूछा।

"सुबीर... ?"

"साहेब जी तो कब्बे आ गये।"

"छत पर बैठा है क्या?" मोतिया के उत्तर की प्रतीक्षा किये बगैर जोगी छत पर जाती सीढ़ी की ओर बढ़ा।

"छत पर नहीं साहेब जी।" मोतिया बोल पड़ी।

जोगी रुका। "छत पर नहीं तो कहाँ?" की प्रश्नवाचक नजरों से मोतिया को देखने लगा। आँखों के दीदा नचाती मोतिया ने उस कमरे की ओर तर्जनी से इंगित कर दिया, जो कमरा जोगी का शयनकक्ष था।

"भीतर क्या कर रहा है पार्टनर... ?" जोगी ने ऊँची आवाज में पुकारा।

"आ... रहा... हूँ... या ऽऽऽ र...।" कमरे के भीतर से सुबीर की लहराती-लरजती आवाज आयी।

जोगी हाल में ही सोफे पर पसर गया। निढाल-सा! कुर्ते की बाँह समेट कर चोट की जगह देखने लगा। दिखा। जहाँ लाठी पड़ी थी वहाँ मोटा नीला निशान उभर आया था। हल्की सूजन थी। दर्द अलबत्ता पहले से कम था।

सुबीर अपने कमरे से बाहर निकला तो आँखों के ढेलों पर रक्तिम डोरे पहने निकला। ललाट और भौहों पर लटक रही थी पसीने की बूँदें। चेहरे पर कुटिल मुस्कान... !

"इस मोतिया का पानी पहले ही से उतारा हुआ है यार! फिर भी थोड़ी चमक बाकी है... लपको।"

"नयी मोतिया?" चौंका जोगी। इतनी जल्दी?

"काला मोती। कमरे में ठूँठा मुंडा की बेटी है... सोनवाँ। तेरा हाल-चाल पूछती इधर आयी है। तेरा शुक्रिया अदा करने। आधा शुक्रिया मैंने पा लिया है, बाकी आधा तू वसूल कर ले फिर छत पर आ जा। दारू पिएँगे। सुना, तुझे थोड़ी चोट भी लगी है, तो दर्द को भी दारू में डुबोएँगे।"

"तू सुधरेगा नहीं।" जोगी ने गहरी साँस ली।

सुबीर ठठा कर हँसा। जोगी की बाँह की चोट का निरीक्षण करता हुआ बोला। "आदिवासिनें हमारी कमजोरी जानती हैं कामरेड। फिर इनके पास हमें धन्यवाद अर्पित करने हेतु इससे बढ़िया और है भी क्या?... लेकिन तुम्हें क्या जरूरत थी हाट में हीरो बनने की?"

"वो तो यार... बस देखा नहीं गया। एक लूले कमजोर पर दो गुंडे दादागिरी दिखा रहे थे। लाठियाँ चलने लगीं तो खुद को रोक नहीं सका।"

"सच बोल रहा है? विकलांग से सहानुभूति ही न? या उसके साथ खड़ी मोतिया की तिकड़ी पर दिल आ गया था तेरा?"

"बकवास...!" जोगी झल्लाया।

"देख कामरेड, यह जंगल है। शहद उतारने के गुर नहीं जानता तो छत्ते मत छेड़ता चल! मेरे लिए मुश्किलें मत खड़ी कर मेरे बाप।" गम्भीर हो उठा सुबीर।

सुबीर की दुर्लभ गम्भीरता को हल्के में नहीं ले सका जोगी। उठ खड़ा हुआ।

"मैं...? मैं तेरे लिए मुश्किलें खड़ी...! यह तू कह रहा है?"

"बात वह नहीं है डियर! मतलब समझ। एक ओर 'झामुद' वाले हैं और दूसरी ओर महुआगढ़ की हवेली के पुराने जमींदार तारकेश्वर सिंह। तीसरा कोण बनाते हैं ये आदिवासी। तीनों ही बराबर के खतरनाक हैं। इनसे ज्यादा यारी भी मुसीबत। इनसे तनिक दुश्मनी भी जी का जंजाल...।"

जोगी ने सुबीर के कई उपदेश सुने। सुनता रहा परन्तु सुबीर की हर बात से सहमत होना कठिन होने लगा तो बोल ही पड़ा।

"और तू जो नित नयी मोतियाँ निगलता रहता है सो? किसी दिन कोई मोती तेरे गले में अटक गया तो?"

"मैं जबरदस्ती कभी नहीं करता।" सुबीर अब सामान्य हो चुका था—"स्वेच्छा से जो मोती मेरे मुँह में टपक आता है, बस वही निगलता हूँ। मैं इधर के लोगों से बातचीत करते हुए यह बताना कतई नहीं भूलता कि मैं अपातकाल में जेल काट चुका हूँ अत: जमीनी आन्दोलनों से जुड़ाव और समर्थन का नाता है मेरा। भूमिगत संगठनों से बनाए रखने की यही कुंजी है मेरे पास, सो कभी ऊँच-नीच हो भी जाय तो मैं मैनेज कर सकता हूँ यार।"

"याने आत्मप्रचार?... साले अवसरवादी।" जोगी की बाँह थोड़ी-थोड़ी देर बाद टीस उठती थी।

"एमरजेंसी ने कितने फलदार वृक्ष उगाए और कितने जहरमोहरे, सो क्या तू नहीं जानता? सामाजिक न्याय के झंडाबरदार हजार करोड़ रुपये तो चने-चबेने की भाँति फाँके जा रहे हैं भइए। दलितों के मसीहा अपनी मूर्तियाँ पुजवा रहे हैं। लाखों रुपए फूँककर अपना जन्मदिन मना रहे हैं..."

"लगा फिर भाषण देने?" जोगी ने मुँह बिचकाया।

"नहीं, भाषण क्या? देख खुद, वामपन्थ शासित केरल में शॉपिंग मॉल, टेगार्ट और निजी क्षेत्र के व्यापार फल-फूल रहे हैं... सो रिलेक्स कामरेड। ढुलमुलपन, बड़बोलापन, और अवसरवाद आपातकाल से हमें विरासत में मिला है। लोग अपनी सत्ता बचाने के लिए सम्पूर्णक्रान्ति को भुना रहे हैं। मैं तो बस अपनी गर्दन बची रखने को एमरजेंसी का हवाला देता हूँ इस जंगल में।"

सुबीर की लम्बी तकरीर, स्पष्टोक्ति, सच्ची दलीलें और भोलेपन की ओढ़ी मुद्रा..! जोगी की हँसी फूट पड़ी।

"एक नम्बर का हरामी है तू।"

"करेक्ट...! अब गर्म थाली का जायका मत खराब कर। कमरे में जा।"

चेहरे पर चिढ़मिश्रित क्रोध लिये जोगी को सुबीर नये दूल्हे की भाँति अपने कमरे में लगभग धकेलता ही पहुँचाने लगा। जोगी ने भी प्रतिरोध करना छोड़ दिया।

"तुझे रेप करने को नहीं कह रहा कोई। राजी-खुशी अपनी जाँघ का मस्सा सेंक ले, फिर छत पर भरपेट दारू पिएँगे। तेरी चोट का ईलाज करेंगे... जा साले... मर।"

पीठ पीछे दरवाजा बन्द। दरवाजे की साँकल चढ़ने की आवाज...!

जोगी ने सुबीर के कमरे का निरीक्षण किया। पिछली खिड़की खुली हुई थी। बाहर हलचल थी। चढ़ती रात में दारू, हँड़िया या धूप में उबली खमीर उठी ताड़ी पीकर हल्ला-गुल्ला मचाते ग्रामीण हाट से वापस घर-गाँव की ओर लौट रहे थे।

बिस्तर पर अस्त-व्यस्त सी सोनवाँ स्वयं को समेट कर अगले आक्रमण को झेलने हेतु प्रस्तुत थी।

बाँह में पीड़ा थी परन्तु सम्मुख छलछलाती 'धन्यवाद' की नदी में लाठी की मार की टीस को घोलने लगा जोगी। अपने हिस्से का शेष बचा आधा 'धन्यवाद' वसूलने लगा योगराज जोशी।

सोनवाँ देर रात गये घर लौटी।

तब चूल्हे में भरा गोईंठा लह-लह कर रहा था। भात का अदहन चढ़ाया जा चुका था। बटलोही में नाचता अदहन का पानी चावल माँग रहा था। बटलोही की पेंदी में लगा लेवन भोर के आकाश सा दहक रहा था।

चूल्हे के निकट बैठे ठूँठा मुंडा के साथ सट कर बैठा किरता मुंडा ठूँठा के हुक्के पर चिलम चढ़ाए धुआँ निगल रहा था।

सोनवाँ को देखते ही अदहन के भात की भाँति खदक उठी सुइया। भुनभुनाई।

"आ गयी कहाँ-कहाँ से गू चाट कर... एक मरद से पेट भरे तब न... सतभतरी...।"

"का बोली रे?" सोनवा का जी बटलोही के लेवन सा तप उठा।

"बोली कि हमारे हाथ का छुआ पानी नहीं पीते दीकू लोग बाकी हमारा मुँह चाटते तनिको नहीं घिनाते।" पुतली ने बात सँभालने का प्रयास किया।

पर सोनवाँ को बहकाना सम्भव नहीं था। 'सतभतरी' की गाली सोनवाँ के कान को छनछनाने लगी थी। फुँफकारी सोनवाँ।

"ना! ऐसन बात नहीं बोली इ भरबितनी। ई बिछखोपड़ी कुछ दूसरा बात

बोली है।''

''हाँ तो? बोली तो?''—धुँआती पुतली लहक उठी—''बोली कि कौनों दीकू से ढील हेरवा[1] कर आ गयी हमार दिदिया।''

''बाकी दीकू जैसा नहीं है 'बिड्डी'। वह तो हमारे हाथ का छुआ पानी भी पी लेता है।'' सोनवाँ ने कहा।

मौन किरता बतरस सुन रहा था। जवान बेटियाँ फूहड़ ताने-तिश्ने फेंक रही थीं। ठूँठा मुंडा उनकी ओर से निरपेक्ष हुक्का गुड़गुड़ा रहा था।

''चार पैसा देता है 'बिड्डी'। बीरन क्या देता है जो उसके साथ तिलंगी जैसा उधियाती चलती है तू?'' जली-कटी सोनवाँ भी चूल्हे के निकट ही आ बैठी।

''बीरन पोन[2] का रुपया देकर बियाह करेगा हमसे। तुझसे बियाह करेगा बिड्डी? तुझे अपने घर की औरत बनाएगा भट्ठा मनीजर तिरहुतिया?'' सुइया ने ताना मारा।

''मत करे बियाह बाकी बीरन जैसा 'झामुदवा' आदमीन से तो बिड्डी ही भला। तिरहुतिया भी अच्छा। बन्दूक ढोने को तो नहीं कहता कोई?''

''का खराबी है बन्दूक ढोने में''—तमक उठी सुइया ''आज मुफुत में हमारा महुआ उठा कर ले जाता न तालकेसर का साँढ़ लोग?''

''यही बीरन छाती ठोंककर आगे आया कि नहीं? जौन बन्दूक को तू गरियाती है वही बन्दूक के बल पर आज अपना महुआ बचा कि नहीं?'' पुतली ने सोनवाँ से कहा।

निरुत्तर सोनवा...! मुँह बिचकाती चूल्हे में ताकने लगी सोनवाँ मानो वहाँ पुतली की ओर फेंक कर मारने योग्य कोई उत्तर लहक रहा था। लुआठी की शक्ल में...पीतल की नथुनी पर जड़े नग को सहलाती पुतली विजय भाव से सोनवाँ को ताक रही थी तभी किरता बोला।

''तीनों छौंड़ी तो एकदम ताड़ हो गयी हैं काका। अब इनके बियाह दान का सोचो।''

''कोई आवे तब न रे?'' ठूँठा ने हुक्का किरता की ओर बढ़ा दिया।

''एक तो हमीं तैयार हैं काका! मँझली को हमको दे दो।'' हुक्का गुड़गुड़ाते किरता की लोलुप आँखें पुतली की देह टटोलने लगीं।

मर्द की मर्दानगी रुपए से ही होती है। किरता के पास कोईलवरी से कमाया हुआ दो नम्बर का रुपया था, सो बोली खूब टाँय-टाँय निकलती थी। टोरी-रजहरा की कोलियरियों से चोरी-चोरी कोयला निकाल कर देहात में चलते

1. जूँ निकलवा कर 2. बधूमूल्य।

वैध-अवैध ईंट भट्ठों के व्यापारियों तक सस्ता कोयला पहुँचाने वाले एक तस्कर-दल का सदस्य था किरता! पलामू के अरण्य में कई ठेकेदार हैं जो कोयला चोरी के लिए अपने गिरोह पाल कर रखते हैं। बेरोजगार युवकों-किशोरों यहाँ तक कि अबोध बच्चों तक को रुपया दिखा कर कोयला तस्करी का वाहक बनाए बैठे हैं ये कोयला चोर! सच यह भी है कि किरता जैसे कोयला-चोर आदिवासियों का जन्म स्त्री के गर्भ से ही नहीं हुआ था। कोयला चोरों को जन्म दिया था सरकारी तन्त्र ने। आज नहीं वर्षों पूर्व...!

"कोल-बियरिंग एक्ट-1957" के द्वारा भारत सरकार ने खान-मालिकों को मारक हथियार थमाया था ताकि खनन हेतु अधिगृहित भूमि को बलात् भी खाली करवा लिया जा सके। नीलहे अंग्रेजों की भाँति कोयला कम्पनियों ने बिना सूचना दिये सैकड़ों आदिवासी गाँवों पर बुलडोजर दौड़ा दिये। महुआ-शाल वृक्ष की भाँति हरे, जीवन से भरे हजारों घर ढाह डाले गये। वन-सीमा से सटे खेतों को खदान में बदल डाला गया। जब तक भारत का सर्वोच्च न्यायालय सरकारी शह पर जारी इस दादागिरी को रोकता, हजारों खानें जंगल की छाती पर घाव की भाँति खुल चुकी थीं। जो आदिवासी पेट-परिवार के लिए खेत में माटी-मटाल होता था, अब रोटी के लिए अपनी ही भूमि पर खुदी खदानों से कोयले चुरा कर उन्हें रोटियों में बदलने लगा था। कल का खेतिहर वनपुत्र अब कोयला चोर हो गया था।

एक बार जो चोरी की लत लगी तो आसान कमाई का चस्का लग गया। जंगल में चलते अवैध ईंट भठ्ठों के लिए सस्ता कोयला अवैध उत्खनकों या कोयला-चोर मंडली से ही खरीदे जाते हैं। कोयला चोरी का रुपया मेहनत के रुपयों से बहुत ज्यादा होता है सो ऐसे आसान पैसे को निर्मोही की भाँति उड़ाता था किरता।

पुतली अब सोनवाँ से सट कर बैठ गयी थी। अपनी बड़ी बहन को मति देने लगी थी। "मुँह फुला लेने से बात सिरा[1] नहीं जाती दिदिया। मीठ-मीठ बोलकर तिरहुतिया तुझे भरमाता रहता है। जान ले कि मुरगी बुढ़ा जाती है तो मुड़ी काट कर बटलोही में सिझा दी जाती है।"

"हाँ रे पुतुली... घर में बैठे-बैठे हमें भी तेरे जैसा गोल-गोल भात मिलता न रे, तो हमारे मुँह से भी निकलती ऐसन बड़ी-बड़ी बोली"—मर्माहत सोनवाँ बोली।

"ओरहन[2] मत दे"—पुतली तुनक उठी—"तू अपनी देह बेच कर जो लाती है न, तो अब हम नहीं खाएँगे तेरा भात।"

---

1. समाप्त 2. ताना

"तो का भूखे मरेगी? कि 'झामुद' बन कर खून-खून खेलेगी?" जबरन परिहास का वातावरण सहेजने लगी सोनवाँ।

"अबुआ राज लाएगा झामुद। आपन राज। तब मोटर पर लाद कर अपना महुआ अपने भाव पर बेचेंगे ललटेनगंज की आढ़त में। तब बाबा को हुक्का-हँड़िया पिला कर किरता जैसा लबार हमारे ही घर में घुस कर हमसे ठिठोली नहीं करेगा।" ऊँची आवाज सुइया की...।

ठूँठा आवाक्...! सन्न रह गया किरता। सचमुच ठूँठा की बेटियाँ तो बिछखोपड़ थीं।

"ई किरता की जिनगी भी कोई जिनगी है? चोर-लबार की जिनगी है। कोईला कोड़ने में कौनों दिन कुँआँ भँस गया तो इसकी ल्हास भी नहीं मिलेगी रोने के लिए।"

सिहर उठा किरता! सुइया की बातें सुइयों की भाँति चुभने लगी थीं। बन्द घोषित सरकारी खदानों में चोरी-चुपके घुस कर चोरी का कोयला निकालना मौत के कुएँ में उतरने जैसा तो था ही। मौत से आँख मिचौली ही तो खेलता था किरता और किरता जैसे लोग...!

अवैध कोयला काटने वाले श्रमिक की मौत भी कोई मौत होती है? लाश पर दो लोर ढरकाने को भी कोई तैयार नहीं होता। लाश को आग-माटी भी नसीब हो जाय तो किस्मत...?

अन्त्येष्टि को छछनती कितने ही किरता की आत्मा अनन्तकाल से हाहाकार करती आकाश के अनन्त में उधिया रही है।

जिन कोयला खदानों से नियमतः कोयले का खनन बन्द कर दिया जाता है, उन खानों में बालू भर देने का सरकारी आदेश है। इस सुरक्षा-प्रबन्ध हेतु करोड़ों रुपयों का खर्च हर वर्ष दिखाया जाता है परन्तु बालू ढुलाईं और बालू खरीद का सारा धन कोयला कम्पनी के अधिकारी गटक जाते हैं। खुले दहानों वाली बन्द घोषित खदानें आदमखोर अजदहों की भाँति मुँह खोले पड़ी रहती हैं।

रत्नगर्भा धरती के यथेच्छ सरकारी दोहन के बाद शुरू होता है खानों के अस्थिपिंजरों का अवैध दोहन। कोयला माफिया भूखे गिद्धों की भाँति भूमिगत सुरंगों पर टूट पड़ते हैं। पुलिस और 'सेंट्रल कोलफील्ड लिमिटेड' के अधिकारियों से मिलीभगत कर काले सोने के लुटेरे इन खदानों से अवैध रूप से कोयला कटवाने लगते हैं। तब तक, जब तक कि खदान धँस नहीं पड़ती। ऐसी ही दो सौ से अधिक खदानों में अवैध रूप से कोयला काटने हजारों श्रमिक रोज घुसते हैं। प्रतिवर्ष सात-आठ सौ करोड़ के कोयले का अवैध कारोबार होता है छोटा नागपुर-सन्ताल परगना में।

यह अकूत काली कमाई सफेदपोश अधिकारियों से शुरू होकर पुलिस-ठेकेदार तक बँटती है। जान की बाजी लगाने वाले किरता जैसे श्रमिकों को प्रतिदिन

मात्र सौ-डेढ़ सौ रुपये मिल जाते हैं। तिस पर तीस रुपए तो क्षेत्र का रंगदार[1] ही छीन लेता है। खान धँस जाय तो कोयला कम्पनी तो अपने हाथ ही झाड़ लेती है। कितने ही श्रमिकों की लाश धँसी खान में ही दफन...। या फिर साथी श्रमिक का शव प्लास्टिक के बोरों में लपेटकर ले भागते हैं जीवित बचे साथी। यदि कहीं लाश पुलिस के हाथ लग जाय तो कोयलाचोर के परिजन लाश की पहचान तक नहीं करते। कहीं पुलिस उन्हें ही न तंग करने लगे।

सचमुच ऐसी मौत भी कोई मौत है? कीड़े पड़े आवारा कुत्ते जैसी मौत...! सिहर उठा किरता। मानो छुपे हुए नितम्ब के घाव को उजागर कर सुइया ने किरता को नंगा कर दिया था। अकबकाया किरता उठ खड़ा हुआ।

''ठिठोली करने नहीं आये थे हम। हम तो बताने आ गये थे काका कि परसों ठीकेदार का ट्रक जाएगा हबड़ा। तो स्टीलवा दीदी ने सन्देसा पठाया है कि पुतली अपनी मोटरी-गठरी बान्ह ले।''

''और हबड़ा से बुधनी जैसा पेट सजा कर घर लौट आवे... न रे किरता?''—सुईया ने भिगो कर जूता मारा—''बकरी-छेरी जैसा बचा गिरावे तो बाप का नाम लापत्ता...।''

''तुमको तो सगरे दुनिया का आदमी एक्के जैसा ऐबी दिखता है।''—तमक उठी सोनवाँ—''एक ही तो साँचा मरद है धरती पर जिसमें कोई ऐब नहीं है। सो बीरन है।''

''हँड़िया-पोचई में नाक डाल कर पड़ा तो नहीं रहता बीरन? आज हटिया में वही तन कर खड़ा नहीं हुआ हमारे लिए? लाठी चलाया कि नहीं? लाठी खाया भी। सच को सच बोला। झूठ को झूठ कहा।'' सुइया ने सगर्व अपने चुनाव का पक्ष लिया।

''चोप्प...!'' —काँपता ठूँठा मुंडा गुर्राया —''का हो जाएगा जो हबड़ा चली जाएगी पुतली?''

''जाए! जरूर जाय पुतली हबड़ा के गबड़ा में। जाने में कौन दिक्कत? कुछ होगा तो तब, जब लौट कर आएगी उधर से। जा कर इज्जत-पानी के साथ कमाने-खाने में कोई खराबी नहीं बाकी देह बेचकर भात कमाना भी कोई जिनगी है बाबा?''

सुबकने लगी पुतली। पहले जो सुइया इतना जोर देकर बोली होती तो परदेश की कठिनाइयों और भयंकरता को जान लेती पुतली। फिर शायद हाबड़ा जाने पर पुनर्विचार भी करती परन्तु अब तो ठूँठा मुंडा किरता से रुपए ले चुका था। रुपए खर्च भी कर चुका था। जबान हार बैठा था।

''मन से बोल, तू जाएगी हबड़ा?'' सुइया ने पुतली से पूछा।

''...'' पुतली निरूत्तर!

''बोल न रे। छौंड़ियों को रंडी बनाने वाली, देहखोरी के रुपए की दलाली

---

1. दादा/गुण्डा।

खाने वाली, पाप के रुपए का बट्टा खाकर गहने झमकाने वाली स्टीलवा के साथ जाएगी तू हबड़ा?''

''हम का करें रे सुईया?'' सुबक उठी पुतली।

''चुप रह गे मयखौकी''—गरजा ठूँठा मुंडा—''भाई को खा गई अब का हमें खाएगी? ज्यादा बतफरोसी करेगी तो मारेंगे एक लुआठी मुँह झोला जाएगा। हरदम नखड़ा... और तू रे सुईया, जब देखो विष बिसाती रहती है तू। दू मुट्ठी अनाज कमा कर लाती तो जानते हम कि तू भी है घर में बोलने लायक।''

सुईया का मुँह पतीली के ढक्कन-सा बन्द हो गया। अविश्वास से लबालब सुइया की आँखें गुस्से से काँपते अपने पिता को ताकने लगीं। दोनों को ताकती रही पुतली...बिटर-बिटर! मौन तन गया।

झोपड़ी के पीछे सियारों के लड़ने की खेंखियाहट हो रही थी। गर्मियों के दिन स्यारों-भेड़ियों के प्रजनन के दिन होते हैं। गर्भवती या ब्याई मादा विश्राम करती है आजकल। मात्र नरपशु ही अखेट को निकलते हैं और एक-एक चूहे-खरगोश के लिए लड़ते-मरते रहते हैं।

सुईया को अपना पिता भी बाहर खोंखियाते सियार जैसा लगने लगा था। रुपए के लिए किसी हद तक गिर जाने वाले भेड़िए जैसा। पित्त से पितपिता कर बोली सुईया।

''तू भी बाबा? तू भी गल्त बूझता है हमें?''

''तू है ही लड़ाकिन।''

''ठीक है बाबा! तू भी क्या करेगा? जब जाहेर थान[1] और माँझी थान[2] का देवता लोग तक बोतल भर दारू में बिक जाता है तो तेरा क्या दोष? तू तो मानुष ही है बाबा। बाकी हम रात को दिन नहीं कहेंगे। तू मत मान कि अभी रात है। बाकी किरता लबार है तो लबार है। स्टीलवा लड़की बेचती है तो बेचती है और तू...? बाबा...? तू भी बेटी बेचवा है तो है।''

सुईया की आँखें अंगार हो उठीं। बोली ऐसी जैसे कड़कड़ा उठती है पानी पड़ने पर तेल वाली जलती ढिबरी। किरता, ठूँठा, सोनवाँ और पुतली पर आँखों से तीर-बरछे बरसाती सुइया चूल्हे पर से उठ खड़ी हुई।

ठूँठा मुंडा ने चूल्हे में से एक जलती लुआठी खींची और अविकसित बाहों से ही जलती लुआठी सुइया की ओर खींच मारी।

सोनवाँ ने झपट कर ठूँठा की बाँह पकड़ ली। दिशाहीन लुआठी दीवार से जा टकराई!

सुईया घर से बाहर निकल पड़ी। बाहर पलाश के नाटे वृक्ष की छाया में खड़ा बीरन मुंडा सुइया की प्रतीक्षा कर रहा था।

1. देवस्थल 2. पंचायत/मुखिया का आसन।

चार

मोटरसाइकिल की भटभटाहट सुनाई दी। सुइया के कान खड़े हो गये।

"आ गया।"

"वही है कि कोई खतरा...!" बीरन बोला।

"देख तो।"

बीरन एक ऊँची चट्टान पर जा चढ़ा। उत्तर दिशा में देखा। कच्चे रास्ते पर हिचकोले खाता एक प्रकाशपुंज महुआटाँड़ की ओर आता दिखा।

हाट की ओर आती मोटरसाइकिल की हेडलाइट, हाट से बहुत पहले ही रुक गयी। प्रकाशस्रोत स्थिर हो गया। लगातार तीन बार हार्न बजने की मद्धिम-मद्धिम आवाज पहाड़ी तक पहुँची। बीरन चट्टान से नीचे उतर गया।

"वही है। लालबँगला पर पहुँच गया है।"

थोड़ी प्रतीक्षा... और पुन: शान्त रात में मोटरसाइकिल का इंजन गरज उठा। प्रकाशपुंज ने अर्द्धवृत-सा बनाया और आने वाले रास्ते को छोड़ कर दूसरे रास्ते से कुछ दूर आगे बढ़ा। पुन: प्रकाश की धारा दाईं ओर मुड़ी और पहाड़ी के नीचे से भटभटाती गुजर गयी मोटरसाइकिल।

मोटरसाइकिल के शक्तिशाली प्रकाश स्रोत के पीछे दो परछाइयाँ देख सुइया ने अपनी कमीज की ऊपर वाली जेब से माचिस निकाली।

बीरन मुंडा के तीर के फलक पर खूब सारा कपड़ा लपेटा हुआ था। कमर में खुँसी थी छोटी शीशी। शीशी में भरा था डोरी वाला तेल! तीर के फलक पर लिपटे कपड़े में शीशी का पूरा द्रव सुखाने लगा बीरन मुंडा। मोटरसाइकिल की आवाज निरन्तर दूर होती जा रही थी।

ददुआ मानकी की योजना थी कि जोगी को लिवाने अजय ही जाएगा। अजय पर निगाह रखेंगे सुइया और बीरन। यदि लालबँगले से वापसी के समय अजय के साथ मात्र एक आदमी हो और कोई सन्देह-धोखे जैसी बात न दिखे तो बीरन को जलते तीर का संकेत आकाश में उछाल कर आगे यह सन्देश देना था कि

योजना के अनुसार सब कुछ ठीक चल रहा है।

आगे जहाँ कच्ची सड़क डामर की पक्की सड़क से जुड़ती थी, 'झामुद' के ग्यारह लड़कों की सशस्त्र टोली बीरन के संकेत की प्रतीक्षा कर रही थी। एक जलता तीर आसमान में तैरते ही 'सबकुछ ठीक है' निश्चित हो जाना था और 'झामुद' के लड़ाकू दस्ते को चुपचाप अपनी राह लग लेना था। आगे की जिम्मेदारी फिर ददुआ मानकी के सिर थी क्योंकि जोगी को उसने ही निमन्त्रित किया था।

यदि अजय का पीछा किया जाता या अजय को घेरने का प्रयास किया जाता तो बीरन मुंडा को पहले के तुरन्त बाद दूसरा जलता तीर आकाश में फेंक देना था। फिर 'झामुद' के लड़ाकू दस्ते को अजय की सुरक्षा के लिए कार्रवाई करनी थी। अजय को 'कवर फायरिंग' देते हुए घेरे से निकालना था।

...परन्तु सब कुछ ठीक-ठाक था। न किसी ने अजय की मोटरसाइकिल का पीछा किया था, न ही कुछ असामान्य घटित हुआ था।

सुइया ने माचिस की तीली सुलगाई और तीली की जलती नोंक बीरन की कमान पर चढ़े तीर के फल से सटा दी। महुए के तेल से तर कपड़ा भक्क-से लहक उठा।

बीरन ने आकाश की ओर ताका और प्रत्यंचा को पूरी लम्बाई तक अपनी ओर नीचे खींच कर तीर आकाश में उछाल दिया।

फदफदाता अग्निपिंड आकाश की ओर लपका। अपनी पूरी ऊँचाई पा चुकने के बाद निमिष भर की गतिशून्यता और फिर लहकता अग्निपिंड वापस धरती की ओर गिरने लगा।

"काम खतम।" सुइया बोली।

"चल। तनिक देर नदी आरा बैठते हैं।" बीरन ने सुइया की रायफल थाम ली।

वे पहाड़ी से नीचे उतरने लगे। वे भूतों की भाँति अँधेरे में निःशब्द चलते कोयल नदी की ओर निकल पड़े।

तारों के धुँधले प्रकाश में झिलकारी मारती बह रही थी कोयल की धारा। धारा के बीच में खड़ी चट्टानों से टकरा कर बहते जल की कलकल... मानो अँधेरे में खड़ी, परिहास करती कोई ग्राम्य पनिहारिन बीरन और सुइया को संग-संग देख आँचल का कोर दाँतों में दबाए खिलखिला रही हो।

वे चुपचाप नदी के किनारे आ बैठे। नदी तट के एक पत्थर पर बैठ सुइया ने बहती धारा में अपना नंगा पैर डाला। ...हल्का सुसुम जल। जाड़ा ढलान पर था... गये माघ दिन उनतीस बाकी!

कहीं दूर किसी गाँव में माँदल बज रही थी। उठान लेती माँदल की ताल के साथ सर्पयुगल सी लिपट रही थी बाँसुरी की टेर।

चन्द्रोदय हो चला। ठंडी चाँदनी उत्सर्जित करते चाँद का तम्बईपन लगातार ठोस होता गया। आकाश से अनवरत झरने लगी ठंडी तरल चाँदनी। जहर चढ़ी रात का विष बीरन के रक्त में घुलने लगा।

नदी का किनारा, निविड़ एकान्त और ऐसी चाँद वाली रात...। उतावला हो उठा बीरन मुंडा। बीरन की थरथराती उँगलियों के स्पर्श को बदन पर महसूस करती सुइया ने बीरन को परे धकेला। सावधान किया।

''होस में...।''

''होस तो गुम है रे।'' तपता बीरन पिघलने को था।

''ना! ई सब बियाह के बाद।'' सुइया उठ कर खड़ी हो गयी।

''बियाह तो तुझसे ही करना है न रे, फिर काहे को ऐसे नाहीं-छाँही करती रहती है तू?''

''पहले बियाह हो जाय फिर ना नहीं कहेंगे।'' सुइया ने झुक कर अपनी रायफल उठा ली।

''बियाह तो पता नहीं कब होगा हमारा। ददुआ कहता है 'झामुद' के आदमी-औरत तभी देह में हरदी लगाएँगे जब अपना राज आ जाएगा।''

''तो बाकी का नेम-करम भी लगन-हरदी के बाद'' दो टूक बोल कर हँसने लगी सुइया। सफेद कौड़ियों-सी जगमग हँसी।

चाँदनी की उजास में उड़ने लगे महुआ गन्ध के पारदर्शी पखेरु। हँसती सुइया को देख निहाल हो गया बीरन मुंडा। बावरा हो उठा बनैला होता मन!

''अबुआ राज आने तक हमारी देह बुढ़ा गयी तो?''

''तब बुढ़भस खेलेंगे।'' फिर खिलखिलाई सुइया।

''तूने नया-नया रैफल जो टाँगा है तो नया धोबिनियाँ जैसा चिरकुट में भी साबुन लगाने लगी है। अरे एक बार से कुछ नहीं होता रे।''

''होता है। मन डोल जाता है। लत लग जाय तो फिर होस धरम भुला जाता है आदमी। देह चाटने की लत लग गयी तो 'झामुद' को बिसरा देगा तू भी...।''

''तू तो हमें छछना-छछना[1] कर मुआ देगी।'' बीरन ने सुइया के नितम्ब में चिकोटी काटी।

''दुर दुसमनवाँ!''—सिसियाई सुइया—''जिए-मरे के बात मत कर। तनिक सोच, अभी बियाह कर लें तो हमें पारटी से निकाल देगा ददुआ। कहेगा, जाओ

1. तरसाना

झोपड़ी-गिरहस्थी बसाओ। फिर कहाँ जाएँगे हम? पुलुस पकड़ लेगी। न भी पकड़े तो बियाह के बाद हमारे धिया-पुता का करेंगे?''

''बाल-बच्चा?'' चौंका बीरन।

''नहीं तो का? बियाह के बाद तू हर साल हमारा पेट फुलाने लगेगा। साले-साल जनम लेंगे रेंगा-टेंगा। तो जौन जिनगी जी रहे हैं हम सब, यही जिनगी जिएँगे हमारे बाल-बुतरू?''

''ना...।''—उदास-सा बोला बीरन—''ई जिनगी भी कोई जिनगी है? दिन-रात कान्ह पर बन्दूक टाँगे जंगल-जंगल दौड़ते रहना भी आदमी की जिनगी है? सियार-हुँड़ार जैसी जिनगी है!''

गहरी साँसे लेते बीरन मुंडा की बाँह थामती हुई बोली सुइया।

''तभी तो रोकती हूँ रे। सोच, देह से देह रगड़ने में कतेक[1] देर लगता है, पर देह से नया देह भी तो उपजता है न रे? उसका भी तो सोच।''

''कहती तो ठीक बात है तू। बाकी दूसरा पारटी में एतना कहाँ सोचते हैं लोग? दूसर पारटी में तो सभी लड़कियों के साथ खूब सोते हैं लोग।''

''मुँह मरावे ऐसे लोग की पारटी। ऐसन लोग अपनी पारटी के साथ धोखा करते हैं। अपनी किराँती को धोखा देते हैं।'' सुइया ने कड़वाहट के साथ कहा।

मौन तन उठा। बीरन मुंडा की नस-नाड़ियों में उमड़ता देह-ज्वार धीमे-धीमे भाटे में बदलने लगा था।

ठीक ही कह रही थी सुइया! पहले अपनी लड़ाई को उसके सुविचारित अन्त तक पहुँचाना जरूरी लगने लगा था। अपने 'अबुआ राज' के सपने को अगोरना आवश्यक लगने लगा था। पहले तो अपने राज में मान-सम्मान के साथ रहने-जीने के अधिकार को सुनिश्चित करना था उसके बाद ही शादी-ब्याह...!

कहता था ददुआ मानकी कि इस 'अबुआराज झारखंड' की लड़ाई लड़ते जो भी मरेगा वह शहीद की मौत मरेगा। बीरन मुंडा के लिलार पर सिगबोंगा ने बिना हाड़ में हरदी लगाए ही मर जाना लिखा होगा तो बीरन भी शहीद की मौत ही मरेगा। इज्जत से चार कन्धों पर उछलता शमशान जाएगा। अपने पिता पन्ना मुंडा की भाँति चोर की मौत नहीं मरेगा बीरन मुंडा।

टोरी के जंगल में एक भूमिगत कोयले की खदान से चोरी का कोयला काटते हुए खदान में ही दफन हो गया था पन्ना मुंडा! मरा आदमी आज भी गुमनाम था। लापता घोषित!

तीन साल से उस भूमिगत खदान से सरकारी कोयला, काटना बन्द घोषित किया जा चुका था। दो तल्ले वाली उस खदान में नीचे के तल, 'सेक्शन एक'

1. कितना।

में अभी भी प्रचुर कोयला था, परन्तु यह सुरंग खुदाई के लिए खतरनाक हो चुकी थी।

खनन बन्द होने के बाद नियमतः निचली सुरंग में बालू भर दिया जाना चाहिए था पर बालू का मूल्य और बालू ढुलाई की राशि हड़प कर गये थे अधिकारी और ठेकेदार। कागजी खानापूरी हो चुकी थी। सुरंग पोली की पोली छोड़ दी गयी थी।

उस अँधेरे 'सेक्शन एक' में बरसाती पानी रिसता रहता था। दीवारों से रिसते पानी के कारण उस भूमिगत सुरंग में टखने-घुटने भर पानी के कारण दीवारें सीली रहती थी। छपर-छपर पानी में, जोंक, साँप और जहरीले कठबिच्छुओं के उसी बसेरे में रोज सैकड़ों अवैध कोयला कटाने वाले 'मलकट्टों' को उतारता था ठेकेदार बनवारी का मुन्शी दामोदर।

दिन-दहाड़े सैकड़ों 'मलकट्टे' लालटेनें लिये खान में उतरें और अधिकारियों को खबर न हो, यह असम्भव है। तिस पर फाइलों में 'एबंडंड' सेक्सन एक नामक उस सुरंग से मात्र सौ मीटर ऊपर सी.सी.एल. का वैध खनन भी जारी था।

बीरन का पिता पन्ना मुंडा सैकड़ों मलकट्टों के साथ मात्र डेढ़ सौ रुपए दिहाड़ी पर रोज उस मौत की सुरंग में उतरता था। एक रोज जब सेक्शन एक में चोरी का कोयला काटा जा रहा था, ऊपर वाली सुरंग सेक्शन-दो धँसक पड़ी थी।

खान धँसते ही ऊपर वाली सुरंग में हाहाकार मच गया था। नीचे की सुरंग में फँसे चोर मलकट्टे चूहों की भाँति पानी भरे बिल में बिलबिलाने लगे थे।

खान प्रबन्धन और अधिकारी घंटे भर तक दुर्घटना से अनजान बने रहे थे ताकि बनवारी धँसी खान से अवैध मलकट्टों को फरार करा सके। ताकि कोई जीवित चोर मलकट्टा पुलिस थाना के पेंच में न पड़ सके।

घायलों को पट्टी-दवाई के पैसे दे कर वहाँ से भगा रहा था दामोदर मुंशी। जिन दब मरे खनिकों की लाश मिल गयी थी उनके शव को प्लास्टिक के बोरों में कस कर हटवा रहा था स्वयं बनवारी ठेकेदार। जिन लाशों को उठाने वाला कोई नहीं था वे कोयला चोरों की लाशें घोषित कर दी गयीं थी जिनके अवैध खनन के कारण ही खान भसक गयी थी।

जो न जीवित लोगों के साथ भाग सके थे, न ही लाश की भाँति बोरे में कसे जा सके थी और न ही मृत कोयला चोरों में गिने जा सके थे... दफन हो चुके ऐसे अभागों में से ही एक था पन्ना मुंडा। बीरन का बाबा!

पिता की गुमनाम मौत के बाद बीरन मुंडा भी पेट-रोटी के लिए उसी राह पर चल पड़ा था। ठेकेदार बनवारी और मुंशी दामोदर के लिए पन्ना विश्वस्त

मलकट्टा था। अतः बीरन को तुरन्त काम पर रख लिया था।

जब-जब चोरी का कोयला काटने किसी खान में उतरता था बीरन तो लगता कि ऐसी ही एक खान में दफन हैं पन्ना के हाड़! दाँत भींच कर ऐसे गैंता चलाने लगता था बीरन मानो कोयले की कब्र में दफन अपने पिता की लाश बरामद करना चाहता हो।

एक दिन की बात...! कन्धे पर फावड़ा टाँगे अवैध मलकट्टों की टोली के साथ कोलियरी के बड़े फाटक पर था बीरन! मुंशी दामोदर की प्रतीक्षा थी।

ददुआ मानकी तब सभा जुटाए था। 'सेक्शन-एक' की दुर्घटना में बनवारी का हाथ बताते हुए, बनवारी के बहकावे में आ कर प्रतिबन्धित खान में उतरे और दब मरे मलकट्टों के मुआवजे के लिए भाषण दे रहा था। ददुआ मानकी नये लड़कों का आह्वान कर रहा था ताकि सी.सी.एल. का घेराव कर सरकारी कोयले की चोरी बन्द करने हेतु दबाव डाला जा सके। ताकि गरीब-गुरबा को लोभ-लाभ में पड़कर ऐसी मौत मरने से बचाया जा सके।

उस दिन ददुआ मानकी ने बीरन को बुला कर अपने पास बिठाया था। बीरन को समझाया था कि चोरी का कोयला काटने जैसा अपराध करने से कहीं बढ़िया है कोयला चोर ठेकेदारों से लड़ना। 'झामुद' के साथ रहकर अपने गाँव-समाज के लोगों को ऐसा मौत मरने से बचाना। चोर की मौत मरने से बढ़िया है अच्छे काम के लिए लड़ते हुए मरना।

वह एक दिन था और आज का यह दिन...! बीरन मुंडा अब 'झामुद' के साथ था। अभी सक्रिय दस्ते में शामिल नहीं किया गया था। परन्तु ददुआ मानकी ने उसे कल-परसों में ही 'झामुद' के प्रशिक्षण शिविर में भेजने का वायदा किया था जहाँ से लौटते ही बीरन 'झामुद' के गश्ती दस्ते में शामिल होने वाला था... सुइया की तरह! सुइया तो 'झामुद' में बीरन के बाद शामिल हुई थी, परन्तु बीरन की भाँति दुविधाग्रस्त कभी नहीं रही थी। वह तुरन्त प्रशिक्षण शिविर में चली गयी थी और अब कन्धे पर अपनी रायफल टाँगती थी।

अन्धकार की वेणी में कुमुदनी के बड़े सफेद फूल-सा जगमग करने लगा था चन्द्रमा! मौन बैठे, धारा में ताकते बीरन के कन्धे पर सिर रखे बैठी सुइया की पता नहीं कब, आँख लग गयी थी।

"ए... उट्ठ! चलना नहीं का?" बीरन ने जगाया।

"ना! तू भी आँख मोड़ कर पड़ जा यहीं। दो पलक नींद जरूर लग जाएगी।"

"हट्ट बौराहिन! यहाँ भी कोई सुतने की जगह है?"

"है! तू यहाँ है न रे, तो हमें कौन डर?"

“सियार-हुँड़ार टँगरी खींचने लगेंगे... बुझाने लगेगा डर। चल-चल... उठ।”

कुनमुनाती सुइया उठ खड़ी हुई। बीरन ने सुइया की रायफल को हाथ लगाया तो सुइया ने अपनी रायफल स्वयं उठाई।

“रहने दे, उठा लेंगे हम। हमार बोझा कै दिन ढोएगा तू?”

“तू आपन बोझा गिरा के देख न हम पर! जिनगी भर ढोएँगे रे।”

“ठीक है... दिन सीधा होने दे! डालेंगे बोझा। चीप कर मुआँ देंगे।”

ठठा कर हँसती सुइया ने एक छलाँग मारी। ऊँची शिला से नीचे मिट्टी के कगार पर कूद पड़ी। पीछे-पीछे बीरन मुंडा! कन्धे पर सृष्टि का प्रतीक, धनुष टाँगे।

धनुष का कठोर अग्र भाग नर है। कोमल-लचीली प्रत्यन्चा नारी! प्रत्यन्चा धनुष से कहती है “तुम झुको, मैं तनूँगी तभी हमारा मिलन सम्भव है। तभी शरसन्धान सम्भव है। शर अर्थात् सन्तानें...।

बीरन झुका था। सुइया का तना निर्णय स्वीकार कर चुका था बीरन!

“जोहार...!” ददुआ मानकी ने आते ही हाथ उठाए थे।

“आओ मानकी...।” सुबीर ने अगवानी की थी।

“तुम्हारा सन्देसा मिला। काहे को खोज रहे थे हमें?”

“पहले बैठो तो...!”

“कोई काम है क्या?” कुर्सियाँ थीं पर ददुआ मानकी एक मूँढ़ा खींच कर बैठ गया।

“काम हमारा नहीं है मानकी। इनको काम है तुमसे”—सुबीर ने जोगी की ओर इशारा किया था—”ये हमारे बहुत पुराने मित्र हैं। लंगोटिया यार। योगराज जोशी नाम है।”

“जोहार...!” ददुआ ने हाथ उठाया था—“हमको भेंट है इनसे।”

जोगी ने कुतूहल भरी आँखों से सुबीर की ओर ताका था। सुबीर ने बताया था।

“यह अभिवादन सूचक शब्द है कामरेड! स्वागत, अभिवादन या बन्दगी के लिए इधर जंगल में प्रचलित शब्द है जोहार।”

“ओह...!”

“ऐसा है मानकी कि जोगी... माने ये जोशी बाबू इधर की आदिवासी समस्याओं को जानने-समझने आये हैं। आदिवासी समाज के जीवन, खान-पान, रीति-रिवाज, पूजा-पर्व...इधर की समस्याएँ, संघर्ष और कठिनाइयाँ। तुम तो समझ सकते हो ये बातें।”

“ओऽ हो! तभी गाँव-गाँव घुमते फिरते हैं जोगी बाबू?” ददुआ ने कहा था।

“हाँ भई! निकट से देखेंगे तभी तो आदिवासियों के जीवन पर किताबें

लिखेंगे। अब इन पर एक और धुन सवार है कि भूमिगत संगठनों की कार्यप्रणाली, उद्देश्य और संगठन के बारे में भी कुछ जानें। तुम्हारे साथ जंगल को देखें। यदि तुम्हारी इजाजत हो तो...।'' सुबीर ने कहा था।

''क्या यार, जिसके साथ घूमना है, उससे क्या छिपाना? साफ-साफ कह डालो न...!'' जोगी ने कहा था।

''हाँ बिड्डी बाबू! साफ बात बोलो। कहीं कोई गड़बड़ न हो तो...''

''...ऐसा कुछ नहीं है मानकी!'' चौकन्ना हुआ ददुआ तो हड़बड़ाए सुबीर ने सफाई दी।

''साफ बात यह है ददुआ कि मैं जंगल के किसी भूमिगत संगठन के किसी जिम्मेदार और समझदार आदमी से मिलना चाहता था। सो तो सुबीर ने तुमसे मिला ही दिया है। अब जो कहते सुबीर हिचक रहा है वह बात यह है कि मैं तुम्हारे किसी गुप्त ठिकाने को अपनी आँखों से देखना चाहता हूँ।'' जोगी ने कह डाला।

''क्या देखोगे तुम जोशीबाबू?''

''मतलब भूमिगत संगठनों के क्रान्तिकारी किन स्थितियों में रहते हैं। क्या खाते-पीते हैं। आपस में कैसे व्यवहार करते हैं। अपने देश-समाज के बारे में क्या सोचते हैं... या कुछ सोचते भी हैं या नहीं। मतलब यही कुछ मैं सीधे आपके साथियों से पूछना चाहता हूँ।''

''तुम अखबार वाले हो क्या?'' ददुआ गम्भीर हो उठा था।

''यही समझ लो। मैं जो देखूँगा उसे सच-सच अखबार में भी लिखूँगा। अब फैसला तुम पर है... दिखाओगे मुझे?''

''तुम यह लिखोगे कि 'झामुद' की लड़ाई जनता लोग से नहीं है? हमारी लड़ाई आदमी को जिनावर बूझने वाले दीकू लोगों से है... सो भी लिखोगे?''

''जरूर।''

''तो इतना तो पता होगा तुमको कि अखबार वाले हमारा कोई भेद पुलिस को नहीं देते? तुम पर इसका भरोसा कर लें हम?'' ददुआ ने स्पष्ट पूछा।

''जोगी पत्रकार है मानकी''—सुबीर बोला—''मेरी तरह सरकारी नौकर नहीं है जो पुलिस से डरे। यह तुम्हारा सन्देश लाखों-लाख लोगों तक पहुँचा सकता है। पत्रकार लोगों को यह हक होता है कि अपनी जानकारी के स्रोत गुप्त रख सकते हैं। पुलिस चाहे भी तो दबाव डालकर जोगी की इच्छा के विरुद्ध इससे कुछ नहीं उगलवा सकती।''

कुछ देर तक मौन छाया रहा था। फिर ददुआ मानकी के चेहरे पर आश्वस्ति के भाव उगे थे। बोला था।

''ठीक है जोशी बाबू! पर हमें अपने साथी लोग से राय-सलाह करना

होगा तभी कुछ पक्का... लोग मान गये तो रात को अपना एक साथी भेज देंगे हम। उसके साथ आ जाना। हम आगे मिलेंगे।''

''रात में?'' सुबीर ने टोका था।

''दिन में तो हमें दिक्कत है बिड्डी बाबू। हमारे पड़ाव पर चलना है तो रात में ही चलना होगा। सोच लो।''

''लेकिन मानकी...'' सुबीर हिचकिचा रहा था।

''हम जमानत देते हैं बिड्डी बाबू कि जोशी बाबू का एक रोवाँ नहीं टूटेगा। हमारी बात का भरोसा नहीं तुमको?''

''सोच लिया यार! ददुआ ठीक कहता है।'' जोगी बोला।

''तुम बिड्डी बाबू...?'' ददुआ ने पूछा।

''कैसी बात करते हो मानकी? महुआटाँड़ में कौन नहीं जानता कि तुम्हारा कौल पत्थर की लकीर है? चलो, ठीक है। जिसमें तुम्हें सुविधा हो लेकिन जोगी को लेने भेजोगे किसे?''

''अभी कैसे कहें? कोई आ जाएगा। तुम निश्चिन्त रहो बिड्डी बाबू।''

''पहचान?''

''हाँ। सो तो ठीक बोले—'' ददुआ मानकी ने कहा—''एक ठो रुपया दो न... बस एक ठो नोट...!''

सुबीर ददुआ की माँग का मन्तव्य समझता इसके पूर्व ही जोगी ने अपने कुर्त्ते की जेब में हाथ डाला था और पाँच रुपए का एक पत्ता बरामद किया था। ददुआ की ओर पाँच रुपए का नोट बढ़ाया था।

''इसका करोगे क्या ददुआ?''

ददुआ मानकी ने बताया नहीं... किया। नोट को बीच से फाड़ डाला। टेढ़े-मेढ़े ढंग से फटे नोट का आधा हिस्सा जोगी की ओर बढ़ाता हुआ बोला।

''बाकी का आधा हम रखते हैं। जो आदमी हमारा वाला अधफटा नोट दिखाए... माने नोट को पूरा कर दे, समझना वही हमारा आदमी।''

साँझ ढलने के बाद किसी दूत को भेजने की सम्भावना व्यक्त कर ददुआ मानकी विदा हो गया था। सुबीर ने जोगी को इस अरण्ययात्रा पर पुनर्विचार करने का आग्रह किया था, परन्तु जोगी अपनी योजना पर अडिग रहा था।

तब दोपहर थी जब ददुआ मानकी विदा हुआ था। अब रात के लगभग नौ बज रहे थे। सुबीर के आवास के बाहर, सड़क पर एक बुलेट मोटरसाइकल आ रुकी थी। लगातार तीन बार हार्न बजी थी।

सुबीर और जोगी तब मुख्य बैठक में ही बैठे विचार-विमर्श कर रहे थे कि पता नहीं ददुआ ने क्या फैसला किया... कि हार्न बज उठी थी।

वे डाकबँगले के बरामदे पर निकल आये थे। सुबीर ने टार्च की रोशनी घरघराते मोटरसाइकल की ओर फेंकी थी।

"दोस्त...!" उत्तर मिला था।

मोटरसाइकल पर एक व्यक्ति सवार था। वह सवार मोटरसाइकल का इंजन बन्द करने, हेडलाइट बुझाने या अपने वाहन से उतरने का उपक्रम करता नहीं दिखा। बस इशारा किया। हेडलाइट की रोशनी में उसका हाथ लहराया। उसकी उँगलियों में फँसा था अधफटा पाँच का हरा नोट...।

जोगी और सुबीर निस्संकोच मोटरसाइकल तक पहुँचे। आगन्तुक सवार का सिर-मुँह... सब पतले गमछे से बँधा-ढँका था। बस आँखें दिख रही थीं।

एक सिनेमाई दृश्य प्रस्तुत हुआ देख रोमांचित हो उठा जोगी।

"जिसे चलना है पीछे बैठ जाए बाबू।" सवार ने कहा।

"जोगी... सोच ले फिर।" सशंकित सुबीर।

"सब ठीक है यार।" जोगी बेफिक्री से बोला।

"शटअप...!" झुँझलाते सुबीर ने अपनी जेब से पाँच की दूसरी अधकटी निकाल कर मोटरसाइकल सवार के अधफटे नोट के साथ मिलाया। जोगी को इस परीक्षा का नतीजा पहले से पता था।

"खुश...?"

"तू मानने वाला तो है नहीं। जा, मर साले।" सुबीर मुस्कुराया।

"कुछ नहीं होगा बिड्डी बाबू... हम हैं न?" आगन्तुक ने धीमी आवाज में आश्वस्त किया।

जोगी के मोटरसाइकल की सीट पर पीछे बैठते ही दो पहिए का इंजन गरजा! मोटरसाइकल ने अर्द्धवृत्ताकार घुमाव लिया और बुलेट तोप के गोले की भाँति वहाँ से भाग छूटी।

पीछे बैठे जोगी को एक जोर का झटका लगा। एक बार तो लगा वह सीट से फिसल कर गिर ही पड़ेगा।

"ठीक से पकड़ कर बैठिए सर, रास्ता खराब है।" चालक ने चिल्ला कर आग्रह किया।

"तुम्हारा नाम क्या है भाई?" जोगी भी चिल्लाया।

"अजय...!"

अँधेरे अरण्यप्रदेश में मोटरसाइकल की आवाज कुछ ज्यादा ही ऊँची सुनाई दे रही थी। सामान्य वार्तालाप भी कठिन था, अतः जोगी ने चालक को फिर नहीं कुरेदा।

बुलेट जल्द ही देहात के हिचकोलों भरे उबड़-खाबड़ से निकल कर डामर

की सड़क पर दौड़ने लगी। लगभग घंटे भर की सरपट दौड़ के बाद पुनः डामर की सड़क छोड़ कर देहात की पगडंडी पर...। लगभग घंटे भर लम्बी यात्रा और...

अन्ततः मोटरसाइकल रुकी। इंजन शान्त हुआ। अजय ने विशिष्ट ढंग से रुक-रुक कर तीन बार लम्बे-लम्बे हार्न बजाए।

इंजन और हार्न की आवाजें शान्त हुईं तो कहीं दूर ऊँचाई से पानी गिरने की मद्धिम-मद्धिम आवाज...! कहीं अँधेरे में अदृश्य बह रहा था कोई जलप्रपात?

वातावरण में सड़ते-गलते माँस की भयानक दुर्गन्ध फैल रही थी। हवा का तेज झोंका आता तो बदबू असह्य हो उठती। जोगी ने नाक पर रुमाल रखा तो...

''शायद आसपास कोई पशु मरा पड़ा है। सड़ रहा है''—अजय ने बताया।

''सड़ क्यों रहा है मरा जानवर? इधर माँसाहारी सियार भेड़िए नहीं हैं?''

''हैं न! परन्तु माँसाहारी होते हुए भी वे जहरीला माँस नहीं खाते। गिद्ध ऐसा माँस खा लेते हैं सो गिद्ध खूब मर रहे हैं इधर विषैला माँस खा-खा कर।''

''विषैला माँस...?''

''जी सर! बीमार ढोरों का इलाज करने के लिए इधर लोग पशुओं को 'डैक्लोफेनिक' नाम की सूई नस में दिलवाते हैं। यदि बीमार पशु चंगा नहीं होता, मर गया तो यह दवा मृत पशु की रग-रग में फैल जाती है। 'डैक्लोफेनिक' गिद्धों के लिए तीखा जहर है। सियार, हुँड़ार या लकड़बग्घे ऐसा माँस भाँपकर परहेज कर लेते हैं पर बेचारे गिद्ध... जंगल में गिद्ध बड़ी तेजी से कम हो रहे हैं सर।''

अचानक शक्तिशाली टार्च की तेज धार उन पर पड़ी। प्रकाश स्रोत के पीछे के झीने अँधेरे से एक प्रश्न बाहर उछला।

''चाँद ऊग गया क्या भाई?''

''तुम्हें दिखता नहीं क्या भाई? अजय का प्रतिप्रश्न

''चार बाँस आगे क्या है भाई जी?''

''बिरनी का छत्ता..!''

यह कूट-संकेतों का आदान-प्रदान था। टार्च का प्रकाश बुझ गया। आँखें मिचमिचाते जोगी ने देखा, तीन-चार लोगों की छोटी-सी टुकड़ी का नेतृत्व करता आगे बढ़ा आ रहा था स्वयं ददुआ मानकी।

अँधेरे के कारण चेहरों की पहचान तो सम्भव नहीं थी, परन्तु तारों के धुँधले प्रकाश में आगन्तुकों के कन्धे पर टँगी लोहे की नालें चमक रही थीं।

अब अजय गाड़ी की सीट से उतरा। जोगी का हाथ पकड़े आगे बढ़ा। ददुआ मानकी के साथ आये चार लोगों से हाथ मिलाता हुआ बोला।

अपना आदमी जिम्मा लो ददुआ।

''जोशीबाबू अखबार वाले हैं रे अजय! भले आदमी हैं।''

"जोहार सर...!" अजय ने अब अभिवादन किया।

"बदले में क्या कहा जाता है ददुआ?" जोगी हँसा।

"यही...जोहार!"

"जोहार भाई अजय जी।" जोगी ने मुस्कुराते हुए अभिवादन का उत्तर दिया।

"अब तेरा काम खतम बबुआ"—ददुआ मानकी ने अजय से कहा—"भोर होने से घंटा भर पहले यहीं मिलेंगे जोशीबाबू! लालबँगले पर पहुँचाना होगा इनको।"

"ठीक...।"

अजय वापस अपनी मोटरसाइकल पर सवार हुआ। इंजन पुन: गर्जा, हेडलाइट जली और मोटरसाइकल वापस मुड़कर डामर की सड़क की दिशा में निकल पड़ी।

"आओ जोशी बाबू...चलें।" ददुआ मानकी ने कहा।

अँधेरे का अभ्यस्त हो चुका था जोगी, फिर भी ददुआ मानकी ने जोगी का हाथ थाम लिया। जोगी को साथ लिए पाँच लोगों की वह टोली वापस उसी दिशा में चल पड़ी जिस दिशा से वे पाँच आये थे। ददुआ मानकी की हथेली कड़ी और गाँठदार थी।

चन्द्रोदय हो चला था। शनै: शनै: एक जादुई आभा से प्रभासित होने लगा था जंगल। मिश्रित वृक्षों के नैसर्गिक अरण्य की जगह एकल प्रजाति के पेड़ रोप कर नकली जंगल बनाने की ढपोरशंखी सरकारी योजनाओं की पोल खोलने लगे भ्रष्टाचार की कलंगी उठाए झूमते यूकिलिप्टस के वृक्ष जिन्हें सुगमतापूर्वक भेदती चाँदनी में जोगी अब सबकुछ स्पष्ट देख सकता था।

ददुआ मानकी के साथ चलते चारों व्यक्ति हथियारबन्द थे। एक के कन्धे पर स्वचालित रायफल, दूसरे के हाथ में दोनाली बन्दूक और शेष दो के पास जोगी के लिए अनदेखे हथियार थे।

आगे बढ़ते हुए ऐसा लगता रहा मानो ऊँचाई से पानी गिरने की आवाज लगातार निकट होती जा रही है।

आधे घंटे की पैदल यात्रा...। फिर घनी आदमकद पुटुस की झाड़ियों के पार निकलते ही दिखा अद्‌भुत दृश्य। एक प्राकृतिक प्रपात से साक्षात्कार...।

बाईं ओर गिरते झरने का तुमुल शोर था। इस रौद्र जल संगीत के साथ संगत कर रही थी वृक्षों पर अधनीदें बगुलों की क्वेंक्... क्वेंक्...।

एक मँझोले पहाड़ के ऊपर से मानो पिघली चाँदी की मोटी धारा नीचे गिर रही थी। नीचे दूधिया फेन खदबदा रहा था। खलखल करता पानी लघु सरिता का रूप धारे दाईं ओर बहा जा रहा था। नन्हीं-नन्हीं चमकदार उर्मियों से भरी थी पतली नदी।

ददुआ मानकी ने अपने कन्धे से फीते के सहारे लटकी सात बैटरियों वाली टार्च जलाई। उसके दूसरे हाथ की पकड़ जोगी की कलाई पर कुछ और मजबूत हुई।

"पैजामा थोड़ा ऊपर चढ़ाना होगा जोशी बाबू। पानी ज्यादा नहीं है, लेकिन जूता तो हाथ में उठाना ही पड़ेगा।"

जोगी ने पाजामे के पाँयचों को ऊपर खींचा। जूते खाली हाथ में उठाए। ददुआ ने सावधान किया।

"साफ-साफ पत्थल पर ही गोड़ रखना बाबू। काला पत्थल माने काई...। बिछल गये तो हम दोनों ही गिरेंगे।"

वे धारा को सुरक्षित पार कर गये। जोगी ने पुनः जूते पहने। शेष लोग नंगे पाँव ही थे। वे पुनः आगे बढ़ चले।

ददुआ मानकी के साथी मौन प्रेतों की भाँति साथ चल रहे थे। अभी तक या जोगी बोला था या फिर ददुआ मानकी ने ही कुछ कहा था।

"यहाँ का सारा पानी आगे कोईल नदी में गिर जाता था पहले। आगे कोईल सोन से मिलती है। इस ढोंढ़ा के अगल-बगल की सारी धरती टाँड़ है। टाँड़ पर धान नहीं होता। बस उड़द, कुर्थी, मडुआ, साँवा, तीसी, अरहर यही सब उपजता है। वह तो उमेश बाबू और ममता दिदिया का कलेजा था कि ढोंढ़ा को बाँधा गया। कुछ हमने भी हाथ लगाया। अब नीचे बाँध बना है तो खेत पटता है बाँध के पानी से। एक बार तो कलेक्टर भी आया था बाँध देखने। खुश हो कर सरकारी खजाना से पचास हजार रुपया दे गया। अब बाँध को हम सीमेंट से पक्का करेंगे।"

बोलते-बतियाते वे उस पहाड़ी की जड़ तक आ पहुँचे जिसके पीछे से उगा था थोड़ी देर पहले रजतवर्णी चन्द्रमा।

"सावधान...!" पहाड़ी के ऊपर कहीं से आवाज आयी।

"दोस्त।" साथ चलते एक साथी ने हथेलियों के कटोरे में मुँह रखकर ऊँची आवाज में कहा।

"रास्ता खुला है।" ऊपर से निर्देश मिला।

वे वनस्पतिविहीन पहाड़ी पर चढ़ने लगे। दूर-दूर तक पहाड़ियों की श्रृंखला थी... फैली बाहों की तरह। पार जाने को शायद कोई समतल रास्ता इधर था ही नहीं।

पहाड़ पर हरियाली के नाम पर मात्र कुछ कँटीली झाड़ियाँ थीं या ठिगने मौसमी पौधे...! शेष यत्र-तत्र टूटी अधटूटी शिलाएँ थीं। पहाड़ी पर खूब बढ़िया हवा चल रही थी। निरभ्र आकाश में टिका चाँद खूब साफ और चमकदार दिखने लगा था।

"देखते हो न जोशी बाबू, कैसे पहाड़ को बरबाद करके रख दिया है दो नम्बरी

ठीकेदारों ने? पहले इधर बढ़िया जंगल था। पहाड़ पर भालू-हनुमान खूब थे। पानी पीने उतरा चीता भी दिख जाता था पर इधर इतना बारूद फोड़ा ठीकेदारों ने कि सब जीव-जिनावर भाग गये। सब पुराने पेड़ काट कर ले भागे लकड़चोर!'' ददुआ मानकी ने बताया।

''हमलोगों ने डेरवाया-धमकाया तब कहीं जा कर रुका इधर का जंगल कटान और धड़ाम-धुडुम!''साथ चलता कोई पहली बार बोला।

''अरे, कितने दिन जिएँगे हमलोग रे? कितने दिन आदिवासी को जीने देगी यह सरकार? एक दिन ऐसा जरूर आएगा जोशी बाबू कि हमारे जंगल का आखरी पेड़ भी कटवा लेगी सरकार। उसी दिन देश-दुनिया को पता चलेगा कि खदान-कारखाना का माल आदमी का पेट नहीं भर सकता! रुपया चबा कर नहीं जीता आदमी। आदमी का पेट भरता है अन्न-पानी से, सो मिलेगा इसी जंगल से''...बोला ददुआ मानकी।

''सरकारी अमला नहीं रोकता गैरकानूनी काम?'' जोगी ने पूछा।

''इधर सरकार कहाँ बाबू? गढ़वा, लातेहार और पलामू में सरकार कहाँ?'' साथ चलते एक साथी ने बताया, ''तीन जिला के सरकार हमीं लोग हैं।''

''माने... ?'' जोगी ने पूछ लिया।

''माने झारखंड मुक्तिवाहिनी दल... हम लोग।'' बताया गया।

''ओह...।''

पहाड़ी को लाँघते ही वे चार-छः नाटी झोपड़ियों वाले एक टोले तक आ पहुँचे। वहाँ एक झोपड़ी में समुचित प्रकाश था। जाग थी। ताजा गोबर लिपी जमीन की गन्ध थी। मिट्टी के नये चूल्हे की सोंधी महक थी। प्रत्यक्षत: यह दो-चार दिन टिकने हेतु स्थापित अस्थायी ठिकाना था।

झोपड़ी के भीतर छः लोग थे। 'झामुद' के सदस्यों में दो स्त्रियाँ भी थी।

ददुआ मानकी ने लालटेन जलती उस प्रकाशित झोपड़ी में प्रविष्ट होते ही पूछा।

''का गे कोसिला, कुछ हँड़िया-डलिया किया कि नहीं?''

''है न ददुआ। भात-दाल है। कोंहड़ा के फूल की तरकारी और खूब रसादार मछरी...।'' पुरुष वेषधारी एक लड़की ने उत्तर दिया।

''माने आज मेहमान को आना था तो मेहनत हुआ है। मछरी तक बन गया...!'' ददुआ मानकी लम्बाई में बिछी दरी पर बैठता बोला।

''चूल्हा के पास वाली कोसिला और दूसरी का नाम बिखनी है।'' ददुआ बोला—''बात बतियाने में जितनी तितकी मिरचाई है बिखनी, राइफल चलाने में भी वैसी ही बिखिया अंगार! दस में आठ सही मारती है जोशी बाबू।''

"एक बात पूछें ददुआ?" जोगी हिचकिचाया।

"पूछो न जोशी बाबू। पूछने-जानने ही तो आये हो इतना तकलीफ कर के?"

"तुम लोगों के पास कितने हथियार हैं? बता दोगे पूछने पर?"

"बता देंगे। यहाँ पर एक ठो सेलार[1]। तीन सौ तीन (बोर) की तीन ठो राइफल। चार सौ दस (बोर) की एक ठो राइफल। दो ठो दोनाली, एक ठो एक्के सैंतालीस और एक ठो यहाँ..."

ददुआ मानकी ने देह से लिपटी चादर हटाई। कन्धे से लटकी झूल रही थी हल्की मशीनगन... एल.एम.जी... या कारबाइन...!

"कहाँ से मिलते हैं तुम्हें ये हथियार...?" जोगी ने पूछा।

"यह मत पूछो जोशी बाबू! नहीं बता सकते हम!"

"चलो कोई नहीं! पर जितने बताए उतने हथियार तो मुझे इस झोपड़ी में दिखते नहीं...।"

"दोसर घर में हैं। हाथे-हाथ टँगा है।" बिखनी टपक पड़ी।

जोगी ने बिखनी को नख-शिख देखा। सोचा क्या उम्र होगी इस किशोरी की...? पन्द्रह? अठारह या बीस? बिखनी दाँत निपोरे जोगी को ताक रही थी। कोसिला ने हस्तक्षेप किया।

"अब हाथ-गोड़ पर पानी गिराओ न ददुआ। हम भात परोसें।"

"हाँ-हाँ। जोशी बाबू भी भुखा गये होंगे।" ददुआ हँसा।

"सच बोलूँ तो हाँ भाई। भूख तो जोर की लगी है मुझे। मछली की खुशबू मुझसे बर्दाश्त नहीं हो रही। फिर वह मोटरसाइकल वाला क्या नाम था अजित...? नहीं अजय, ऐसी गाड़ी चलाता है देहाती रास्तों पर भी कि पेट में निगली हड्डी तक पच जाय।"

जोगी की बात...। बिखनी खिक्-खिक् कर उठी। कोसिला की दन्तपंक्तियाँ भी निखर उठीं। झोपड़ी के पुरुषों की ऊँची हँसी...। समवेत हँसी से भरी-भरी झोपड़ी घरेलू वातावरण सिरजने लगी।

"तुम लोग खा लिए हो बबुआ?" ददुआ ने पूछा।

"हाँ... सब जन।" बिखनी ने ही बताया।

"ठीक। तो एक आदमी घर के पीछे, एक आदमी सड़क पर बजराहा महुआ के नीचे, दो आदमी पहाड़ तल्ली में। एक-एक करके निकलो। पहाड़ पर हम पहुँचेंगे...। वहाँ से खाने को भेजेंगे साथी लोग को।"

---

1. एस.एल.आर.।

ददुआ मानकी सुरक्षाचक्र की व्यवस्था कर रहा था। 'झामुद' के सदस्य निर्देशित चौकियों के लिए कूच करने लगे थे। एक छोटा बच्चा कहीं बाहर से दौड़ता झोपड़ी के भीतर प्रविष्ट हुआ और ददुआ मानकी के पीछे से बाँहें गले में डालकर पीठ पर झूलने लगा। बोला।

"लाल छलाम...!"

"दुर्र पगला!" ददुआ ने बच्चे को गोदी में खींचा—"लाल सलाम नहीं... जोहार बोला कर। अभी तेरी उमर नहीं हुई लाल सलाम वाली।... लेकिन तू अभी तक जाग काहे को रहा है रे? जाकर सुत...! जा...!"

बच्चा ददुआ मानकी की गोदी से उठा। झोपड़ी के दरवाजे तक तो चुपचाप पहुँच गया। फिर मानो बूढ़े दादा को खिजाने लगा पोता। दरवाजे के निकट पहुँच कर बच्चा वापस मुड़ा, हवा में मुट्ठी उठाई मुसकाता बोला... "लाल छलाम्" और झोपड़ी के बाहर भाग लिया।

"देखते हो न जोशी बाबू...? कुछ संगठन ऐसे छोट-छोट बच्चा को गाँव से पकड़ कर यही सब सिखा रहे हैं। अभी से बच्चन को बन्दूक के लिए तैयार करने में लगे हैं। अब तुम्हीं कहो, ई पढ़ने-लिखने की उमर है जोशी बाबू कि लाल सलाम करने की?"

"तुम लोग नहीं अपनाते यह बचपन में ही पकड़ो वाली 'कैच देम यंग' की नीति?" जोगी ने पूछा।

"ना जोशी बाबू! हमें यह ठीक नहीं लगता।"

"अच्छा करते हो ददुआ! इतने अबोध बच्चों की उम्र कोई आन्दोलन करने की उम्र है? क्रान्ति को समझने की उम्र है इस लड़के की? धर्म या क्रान्ति के नाम पर बचपन के हाथ में हथियार थमाना एक बचपन की हत्या है भाई।"

"माने...?" बिखनी ने पूछा।

"नरबलि है यह!"

"हम क्या जाने इतनी बड़ी-बड़ी बात बाबू," ददुआ ने कहा—"लेकिन तुम्हारी बात मन को रुचती है।"

फिर भर पेट भोजन हुआ। मछली के टुकड़ों में काँटे बहुत कम थे सो जोगी ने जम कर मछली-भात जीम लिया।

भोजन के बाद ददुआ मानकी, कोसिला और जोगी झोपड़ी से बाहर निकल पड़े। कोसिला ने खूँटी पर टँगी अपनी दोनाली बन्दूक कन्धे से लटका ली थी।

"पाँच बच्चा दूसरी पार्टी से छुड़ाकर लाए थे हमलोग। चार को तो उनके घर पहुँचा आये। एक यही रह गया है... डेमका नाम है। माई-बाप को गोली मार गये

थे पार्टी वाले। टुअर है डेमका। कहाँ भेजते इसको, सो अभी हमारे ही साथ है।'' ददुआ ने बताया!

''तो करोगे क्या इस बच्चे का?'' जोगी ने 'लाल छलाम' करने वाले बच्चे के बारे में पूछा तो ददुआ मानकी ने बताया।

''एक उमेश बाबू हैं न? और उनकी औरत ममता दीदी...? गाँव में स्कूल चलाते हैं दोनों प्राणी! डेमका थोड़ा दुख बिसर जाय तो इसको भेज देंगे उमेश बाबू के स्कूल में। स्कूल में डालटेनगंज के लोग भी कभी-कभी पढ़ाने-लिखाने आते रहते हैं। अच्छर तो सीख आएगा छौंड़ा।''

''जो जीवन तुमलोग जी रहे हो ददुआ, भय नहीं लगता तुम्हें?'' औचक प्रश्न...।

वे झोपड़ी से दूर होते जा रहे थे और उस वनस्पतिविहीन नंगी पहाड़ी के निकट पहुँच रहे थे जिसे लाँघ कर वे इस पार आये थे। पीछे झोपड़ी में छूटी बिखनी कोई गीत गा रही थी।

ए गोईंया रे,
सोने की अंगूठी मत पहनो
सोना कमाने में सईंया बेघर हो जाता है।
धरती भाग जाती है
सूदखोर महाजन के साथ
सोने सा महुआ बिक जाता है।
माटी के मोल...

''डर...? डर काहे को बाबू''... कुछ देर तक मनन करते चलने के बाद बोला ददुआ—''दिन में महुआटाँड़ थाना से तो हमें कोई खतरा नहीं। साँझ के बाद थाना-पुलिस जंगल में उतरती ही नहीं। जंगल में पुलिस भरने का मतलब छापा मारने वाली फोर्स...।''

''महुआटाँड़ थाना से डर क्यों नहीं?'' जोगी ने पूछा।

''इसलिए जोशी बाबू कि हम हैं तभी थाना भी है। जिस रोज थाना बाबू टेढ़ा होगा हम भी उँगली टेढ़ी कर लेंगे। फिर न थाना रहेगा न थानाबाबू। थाने की ढही दीवार पर उल्लू नाचने लगेगा।''

''याने...?''

हँसा ददुआ मानकी। बस हँस दिया परन्तु उसकी सपाट हँसी में ठंडे बारूद की महक थी जिसे अनुभव करना जोगी के लिए कठिन नहीं था।

''बेमतलब का खून-खच्चर हम नहीं चाहते जोशी बाबू। महीना-लेवी भी

नहीं माँगता 'झामुद'! खाना-पीना के लिए चन्दा जरूर माँगते हैं कभी-कभी। हमें तो राजी-मरजी से थाना भी चन्दा देता है और बिड्डी बाबू भी।"

"सुबीर... !" चौंका जोगी।

"चाहे जो बिड्डी रहे, देता है।"

"सुबीर भी लेवी देता है?" जोगी ने प्रश्न दुहराया।

"लेवी मत कहो जोशी बाबू।"—बोला ददुआ—"जोर जबरई रुपया नहीं तसीलते हमलोग। लेवी, सुनते खराब लगता है। आन्दोलन चलाने को रुपया चाहिए तो जिसका जितना मन करे हमें सहयोग-चन्दा देता है। हाँ, कभी हमारी बड़ी सभा हुई, हमारे ऊपर के लोग इधर आये तो मुँह खोल कर माँगना भी पड़ता है... झूठ क्यों बोलें। लेकिन आदर से माँगते हैं। बन्दूक दिखा कर नहीं।"

" 'याने' झामुद अन्य भूमिगत संगठनों से कुछ अलग चीज है?" जोगी ने मानो स्वयं से पूछा।

"हाँ। एकदम। हमें सिर्फ बन्दूक के बल पर अपना राज नहीं चाहिए जोशी बाबू"—ददुआ ने उत्तर दिया—"हम तो आदिवासी जन में ताकत जुमाना चाहते हैं। हमारी लड़ाई बेईमान थाना, खूनी पुलिस, घूसखोर दीकू साहब और जुलमी जमीन मालिकों से है। हमें तो बस अपना सुखी जंगल समाज चाहिए... पटना का राज नहीं।"

"अच्छा ददुआ, अभी तुमने बताया कि कभी-कभार तुम्हारे ऊपर के लोग भी आते हैं जंगल में?"

"हाँ...तो?"

"तो उसी समय फोर्स का छापा पड़ जाय... घेरा डाल दे रिजर्व पुलिस बल तो? ऐसे में सुरक्षा का जिम्मा?"

"हम लेते हैं। जहाँ सभा होती है वहाँ तक पहुँचने वाले हर रास्ते पर बम गाड़े रहते हैं पहले ही से।"

"लैंडमाइन!"

"वही। फिर जगह-जगह हमारे दस्ते पहरे पर रहते हैं। तब भी घेरा गये तो कौनो गाँव-घर में घुस कर बैठ जाते हैं।"

"गाँव वाले डरते नहीं तुमसे?"

"गाँव के लोग पुलिस से डरते हैं जोशी बाबू और आदिवासी तो हमारे मीत-गोतिया ही ठहरे।" ददुआ मानकी की दन्तपंक्तियाँ दिखने लगीं।

मौन हुआ तो पहाड़ी की पेंदी सामने थी। पहाड़ पर कोई बाँसुरी बजा रहा था। कोई अन्य किसी पत्थर से पत्थर टकराता टेक देता गा रहा था। वे पहाड़ी पर चढ़ने लगे। गीत के बोल साफ सुनाई देने लगे।

अईले जूझे के जमानवाँ मोर जवनवाँ भईया हो,
बान्हऽऽदेह से कफनवाँ मोर जवनवाँ भईया हो।
अबुआ राज खातिर जनवाँ लुटाई दऽऽ
पी जा दीकू के तूफनवाँ मोर जवनवाँ भईया हो।

"सुनते हो जोशी बाबू?" ददुआ ने पूछा।

"हाँ ददुआ। आज जाना कि तुम लोग सिर्फ हथियार ही नहीं चलाते, गीत भी गाते हो।" जोगी गम्भीर था।

खिलखिला कर हँसने लगी कोसिला। पीछे-पीछे आती कोसिला ने बताया।

"अभी तुमने पलामू का फगुआ-चईता तो सुना ही नहीं है बाबू साहेब! खून गरम हो जाता है।"

आधी चढ़ाई चढ़ चुकने के बाद ददुआ ने नीचे देखा। हर दिशा को निहारा फिर एक शिला पर बैठ चुके जोगी से आग्रह किया।

"अच्छा जोशीबाबू...! अब तो हम ऊपर चौकीदारी पर बैठेंगे। ऊपर के दो साथी भात खाने नीचे उतरेंगे। तुम कोसिला के साथ घर में ही बैठना। जिससे जो पूछने का मन हो पूछना। कोई बात मन में मत रखना। भोर से कुछ पहले अजय आ जाएगा गाड़ी लेकर। तुमको लालबँगला तक पहुँचा देगा। अब रात में हमसे भेंट नहीं होगी।"

"जैसा कहो।" जोगी ने स्वीकृति दी।

"कोसिला रे, जोशीबाबू को कोई दिक्कत न हो।"

"का ददुआ हमें फूहर समझते हो?" कोसिला तुनक कर बोली।

"ना रे—तू तो पक्की गिहथिन है। हमीं बुढ़ौती में सठिया गये हैं।"

ददुआ मानकी पहाड़ी की बची चढ़ाई चढ़ने लगा। कुछ देर तक ददुआ मानकी की बगबगाती सफेद भुतैली छाया को गंजी पहाड़ी के ऊपर चढ़ता देखता रहा जोगी।

वनस्पतियों से छीजे हुए मात्र पहाड़ ही नहीं थे। खुले निर्मेघ आकाश में चाँदनी के ठाठें मारते समुद्र की तली में, धरती पर वृक्षों के काले-भूरे ठूँठ पहाड़ी के ऊपर से ऐसे दिख रहे थे मानो युद्धस्थल में हत योद्धाओं के कबन्ध...। या बर्बर आघात-संघातों के बाद निर्वस्त्र पड़ी बलात्कृत शिथिल नारी देह...!

महुआटाँड़ के आसपास के कई क्षेत्रों में जंगल इतना क्षीण हो चुका देख चुका था जोगी कि उन क्षेत्रों को सघन वन की परिभाषा के अन्तर्गत रखा भी नहीं जा सकता था।

"रात भर ऐसे ही ताकते रहोगे का?" कोसिला ने टोका।

"ऐं—नहीं!" चौंका जोगी।

"तो चलो अब नीचे बाबू। हमारा भात तो ठंडा कर पानी हो रहा होगा।"

कोसिला ने बन्दूक कन्धे पर उठा ली तो उसकी कलाई की चूड़ियाँ खनखना उठीं। जोगी हँसा..., स्त्री चाहे कोसिला हो या कोई 'मोतिया', सिंगार के प्रति नारी की चिरन्तन भावनाएँ कभी मर नहीं सकतीं। क्रान्ति या क्रान्ति के नक्सलवादी दर्शन को समझती भी है यह कोसिला... ?

''तुम हँसे काहे... ?''

''कुछ नहीं... चलो भात ठंडा कर पानी कैसे होता है सो देखूँगा।''

वे पहाड़ी से नीचे उतरने लगे। आगे चलती कोसिला का अनुसरण करने लगा जोगी।

''तुम पलामू के नहीं लगते... माने बोली-बानी से! कहाँ से आये हो बाबू ?'' कोसिला ने पूछा।

''दिल्ली से।'' जोगी ने बताया।

''हमार बहिन भी गयी है दिल्ली! कमाने।''

''तुम नहीं गयीं ?''

''का जाएँ हम दिल्ली-हबड़ा ? सब कुत्ता काशी चला जाय तो यहाँ घर कौन अगोरेगा ?'' हँसी कोसिला।

कोसिला के साथ जोगी झोपड़ी में वापस पहुँचा तो बिखनी अकेली नहीं थी। एक और नया व्यक्ति वहाँ उपस्थित था।

अपेक्षाकृत साफ-सुथरी जींस की पैंट और कमीज पहने वह पच्चीस-तीस वर्षीय लगता युवक दरी पर पालथी मारे मछली-भात खा रहा था। जोगी को देखते ही उस युवक ने हाथ का कौर पत्तल पर रख दिया।

''आइए सर,आप ही हैं हमारे आज के विशेष मेहमान! नमस्कार...! कैसा लगा हमारा जंगल ? और कैसा लग रहा है हमारा साथ ?''

साफ-सुथरी भाषा। निर्दोष उच्चारण। वार्तालाप की सलीकेदार शुरुआत! जोगी ने भाँप लिया,... सामने वाला शिक्षित है। पूछा,

''आपका परिचय ?''

''मनोहर नाम है। 'झामुद' का कार्यकर्ता हूँ। डालटनगंज में रहता हूँ।''

''शहर में भी है 'झामुद' ?''

''हाँ! अरे, बैठिए न... खाना तो आप खा चुके थे ?''

''जी हाँ।'' जोगी दरी पर बैठ गया।

''ऐसा है सर कि भूमिगत संगठन के जमीनी कार्यकर्ताओं और शहरों में रहने वाले दिशा निर्देशकों के बीच एक कड़ी चाहिए न ? संवाद के लिए... ? वही काम है मेरा। जरूरी होने पर ही जंगल में आता हूँ। रोज-रोज जंगल में देखा जाऊँ तो शहर में हमारी पहचान छुपी नहीं रह सकती।''

"मैं तो पहचान लूँगा अब।" जोगी ने परिहास किया।

"अरे जोशी सर, आपसे क्या डर? ददुआ से पता चला कि आप भी कामरेड ही हैं। थोड़े वैचारिक मतभेदों के बावजूद हैं तो हम एक ही बिरादरी के लोग?" मनोहर मछली-भात सानता बोला।

"ददुआ से भेंट भी कर चुके?"

"वह तो दोपहर में ही।" वह कौर निगलने लगा!

"फिर रात को इधर आने-जाने की जरूरत तो प्राय: होती नहीं होगी आपको?" जोगी ने कुरेदा।

"प्राय: नहीं... पर आज जरूरी था। राँची में हमारे विशाल प्रदर्शन की तारीख नजदीक आ चुकी है। फिर पलामू के तमाम एरिया कमांडर्स की मीटिंग भी होनी है। यह क्षेत्र चूँकि ददुआ का है, तो सभास्थल के चुनाव और सुरक्षा सम्बन्धी उपायों पर चर्चा करनी थी। फिर इसकी सूचना ऊपर भी भिजवानी है।"

"कहाँ होगी आपकी मीटिंग?"

"यह अभी ददुआ ने बताया नहीं" भात समाप्त कर चुका मनोहर मुस्कुराया— "वैसे मुझे पता भी होता तो मैं आपको बताता नहीं... बुरा मत मानिएगा।"

"अरे नहीं, बुरा क्या परन्तु आप लगते हो नहीं इतने चतुर।" जोगी ने हँसते हुए कहा—"एकदम विद्यार्थी तो लगते हैं आप!"

"सच यही है सर कि अन्तिम समय तक क्षेत्र के एरिया कमांडर के सिवा किसी अन्य को पता नहीं होता कि हमारी गुप्त सभा कहाँ होनी है। क्षेत्रीय कार्यकर्ता साथियों को भी सभा की पूर्वसन्ध्या पर ही जानकारी दी जाती है।"

"शातिर नहीं पर खूब शिक्षित तो जरूर लगते हो यार।"

"क्या शिक्षित सर" मनोहर ने कहा—"अब तो जिसे कम्प्यूटर चलाना नहीं आता उसे अशिक्षित बताकर कूड़े में डालने लगी है व्यवस्था। ग्रेजुएट होने को शिक्षित होना मानें आप तो हाँ, कुछ शिक्षित हूँ।"

मनोहर पत्तल पर से उठा। अपनी जूठी पत्तल समेट कर लोटे भर पानी के साथ झोपड़ी के बाहर निकल गया मनोहर। मिनट के भीतर हाथ पोंछता, खाली लोटा झुलाता झोपड़ी में लौटा।

जोगी विस्मित था। 'झामुद' जैसे आदिवासी बहुल संगठन में गैर आदिवासी स्नातक भी काम करते हैं? क्यों... ? किन सपनों के लिए? किन लक्ष्यों के लिए? अनेक प्रश्न जोगी के मस्तिष्क में कुलबुलाने लगे।

ज्यों ही मनोहर ने दरी पर बैठ कर दीवार से अपनी पीठ लगाई, जोगी ने एक क्षण भी नष्ट नहीं किया, पूछा—

“मेरा परिचय तो आप जान ही चुके हैं मनोहर जी! पत्रकार बिरादरी का हूँ। योगराज जोशी नाम है। दिल्ली में रहता हूँ। इस जंगल और इधर के भूमिगत संगठनों के बारे में मेरे पास कुछ सवाल हैं। ददुआ की इजाजत से, आपसे पूछ सकता हूँ?”

“अरे... इतनी फार्मेलिटि...!” हँस पड़ा मनोहर—“आप ‘झामुद’ के अतिथि हैं सर! आपके अप्रिय प्रश्नों के उत्तर देना भी हमें खराब नहीं लगेगा। मेरी सीमा जहाँ तक है, वहाँ तक पहुँचते आपके प्रश्नों का उत्तर मैं जरूर दे सकूँगा। पूछिए आप...!”

“मेरा पहला प्रश्न आपके लिए व्यक्तिगत है।” जोगी बोला।

“पूछिए भी सर।”

“पहले यह बताइए कि क्या आपको लगता है कि जो आपलोग कर रहे हैं, उससे एक वर्गहीन समाज की स्थापना हो ही जाएगी? क्योंकि उन्नीस सौ सत्तर का प्रयोग तो विफल रहा था?”

“पहले तो यह गाँठ बाँध लीजिए भाई साहब कि ‘झामुद’ में कुछ भी व्यक्तिगत नहीं होता। दूसरी बात है हमारे विश्वास की,... तो हमारी सदस्यता लगातार बढ़ रही है। बिना हमारे संगठन और हमारे मिशन में विश्वास के यह सम्भव है? यदि कुछ टूटा-फूटा आदर्श बचा है सर, तो किसी राजनीतिक दल से अधिक हमारे ही पास बचा हुआ है।”

मनोहर ‘झामुद’ के लिए पर्चे लिखता था। ‘मीडिया’ से जुड़ा था! शब्दों के खेल में जोगी को सामने वाले से बराबर की टक्कर मिलती दिख रही थी। प्रश्न जोगी ने किया था परन्तु अपने उत्तर को प्रतिप्रश्न में ढाल कर मनोहर ने वापस उसे जोगी की ओर ही सरका दिया था। जोगी चौकन्ना हो उठा।

“बुरा मत मानना कामरेड, मुझे लगता है कि शहरी संचार माध्यम ‘झामुद’ जैसे संगठनों को जिस प्रकार ‘प्रोजेक्ट’ करते रहे हैं उससे आपकी वास्तविक पहचान और लक्ष्य जनता के सामने स्पष्ट नहीं हो पा रहे। समाज में आपकी छवि मात्र उग्रवादी या आतंकवादी जैसी बनाई जा रही है। कामरेड कानू सान्याल तो इस बात को स्वीकार भी कर चुके हैं कि उनका रास्ता गलत था।” जोगी ने एक स्थिति सामने रखी।

“सबसे पहले तो सर, आप हमें आतंकवादी या उग्रवादी समझना छोड़ ही दें। हम अलगाववादी नहीं और हमें भी भारत से प्यार है।”

“मैं तो समझता हूँ यार कि उग्रवाद और नक्सलवाद में जमीन असमान का फर्क है।”

“वही तो”—मनोहर उत्साहित हुआ—“हम भारत की व्यवस्था को भारत

में ही रह कर बदलना चाहते हैं। भारतीय जन के द्वारा परिवर्तन, न कि विदेशों से प्रायोजित और संपोषित आतंकवाद हमारा औजार है।''

''जनता हूँ कामरेड! पर मेरा सवाल तो फिर भी अनुत्तरित ही छूटा जा रहा है न?'' जोगी ने आग्रह किया।

''ओ ऽऽ, कानू' दा वाली फिलासफी? तो हाँ, हमारे विश्वास की दीवार वहाँ दरकी जरूर थी जोगी सर, पर ढही नहीं थी। जनान्दोलन अभी भी चल रहे हैं। जन अदालतें बाकायदा लग रही हैं। हमें पता है कि इस रास्ते पर जेल-फाँसी भी है पर पलामू में इस रास्ते का विकल्प भी क्या है? भूख, शोषण, दासत्व, हैजा, मलेरिया, अन्धविश्वास...! अब आप ही सोचिए, पिछले बीस-बाईस सालों से इधर पंचायती चुनाव ही नहीं हुए पर सांसद विधायकों के लिए नित नये चुनाव, चुनाव के बाद गठबन्धन की कुत्ताघसीटी...! एक सच तो यह भी है सर कि पलामू के भूमिगत आन्दोलन जिसे नेतागण उग्रवाद भी प्रचारित करते हैं... इसे राजनीतिज्ञों के जातिवाद, साम्प्रदायिकता और अतिवामपन्थ के त्रिगुट ने ही पाला-पोसा है।'

''और रक्तपात?'' जोगी ने दो-टूक पूछ डाला।

''लम्बी लड़ाइयों में खून तो बहता ही है सर। अपना या शत्रु का।''

''याने नक्सली हिंसा को हिंसा नहीं मानेंगे आप?'' जोगी ने तर्क किया।

''मानते हैं न! लेकिन हम राजनैतिक गुंडे नहीं हैं। हाँ, हिंसा भी हमारी राजनीति का एक हिस्सा है। बावजूद इसके, नक्सलवाद ही भारत की सड़ती-गलती व्यवस्था के लिए आखरी चुनौती है।''

मनोहर का चेहरा तनाव से भर उठा तो जोगी को लगा दही ज्यादा बिलोई तो लस्सी पतली होने का खतरा है।

जोगी चूल्हे के निकट बैठी, पत्तल पर अपने लिए भात काढ़ती बिखनी से सम्बोधित हो लिया।

''मनोहर भाई से तो खूब बहस हुई। अब तू बता, ऐ बन्दूक उठाने वाली लड़की...!''

''हमको कुछ कहे बाबू?'' मछली की हाँड़ी खँखोरती बिखनी ने पूछा।

''तो और क्या, चूल्हे से बतिया रहा हूँ?'' जोगी ने ठहाका लगाया। बनावटी ठहाका...!

मनोहर भी फिक्क् से हँस पड़ा। तनाव थोड़ा शिथिल हुआ। बिखनी ने मछली की पूरी हाँड़ी पत्तल पर पलटते हुए पूछा।

''का पूछते हैं बाबू?''

''तुम कभी अपने गाँव-घर जाती हो?''

"ना।"

"क्यों?"

"पारटी में ही इतना काम रहता है कि अब यही हमें घर-दुआर लगता है।"

"तो गाँव घर में तुम्हारे लिए कोई काम नहीं होता?"

"का काम रहेगा साहेब? जंगल से लाह-बाँस काट-उठा कर बेचते खाते थे तो अस्सी-बेरासी से जंगल का ठिकेदारी भी खतम हो गया। हमारा बाबा अब चोप-घास का छान-पगहा बाँटता है। माई साल-पलाश का दोना-पत्तल बीनती है। छोटा भाई दतवन काट कर बेचता है। यही सब शहर में बेच-खोंच कर पेट चलता है परिवार का। ऐसन कमाई से साल भर पेट चलेगा बाबू?"

मनोहर उठ खड़ा हुआ। अँगड़ाई लेकर हाथों की उँगलियाँ चट्ट-चिट्ट कर बजाता हुआ बोला—

"अब मैं तो निकलूँगा सर।"

"कहाँ?" जोगी ने पूछा।

"डालटनगंज... और कहाँ?"

"अभी? रात को? सवेरे जाते!"

"नहीं सर, शहर में भी बहुत काम पड़ा हुआ है। एक्शन स्क्वाड के लिए प्लानिंग, सभा के लिए सुरक्षित जगह तय करना, ...राँची से महुआटाँड़ तक के नेटवर्क को बन्द नहीं किया जा सकता न? हमारी फोन-लाइन दो-चार घंटे से अधिक बन्द रहना किसी बुरी घटना की निशानी होती है सर!"

"ठीक है भाई तुम्हारे तन्त्र के कायदे तुम जानो।" जोगी ने हाथ बढ़ाया।

मनोहर ने जोगी से हाथ मिलाया और विदा हो गया। मौन कोसिला मछली भात खाती रही थी। बिखनी हबर-हबर करती भोजन निपटा चुकी थी। अपना पत्तल उठाती बिखनी बोली—

"का गे कोसिलवा, पेट का दाह आज शान्त होगा कि नहीं रे?"

"चुप! बात से पेट भरता तो बाबू की बात से कब्बे भर जाता। तू तो बतफरोसिन है। तेरा पेट भात न मिले तो बात से भी भर जाता है।" कोसिला पुनः पत्तल पर झुक पड़ी।

खिक्-खिक् करती बिखनी पत्तल फेंकने झोपड़ी से बाहर निकल पड़ी। जाते-जाते हुक्म सुनाती गयी।

"सब हाँड़ी-बर्तन बाहरी ले आना। धो-माँज कर ही पीठ सोझ करेंगे हम तो।"

"अच्छा तू बता कोसिला, जब 'झामुद' का दस्ता कहीं आक्रमण करने निकलता है तो तुम लोग क्या करती हो? कहाँ रहती हो?" जोगी ने कोसिला

से पूछा।

‘‘रहेंगे कहाँ। हम लोग भी पारटी के संगे-संगे रहते हैं।’’

‘‘तू भी राइफल चला लेती है?’’

‘सैंतालीस।’’

‘‘माने... ? ए. के. सैंतालीस?’’ जोगी चकित हुआ।

‘‘हाँ।’’ कोसिला ने भी अपना भोजन समाप्त कर लिया था। अब वह हँड़िया समेट रही थी।

‘‘कौन सिखाता है तुम्हें ऐसे भारी हथियार चलाना।’’

‘‘ई, तो ददुआ से ही पूछ लेना बाबू।’’ दोनों हाथों में बर्तन उठाए कोसिला झोपड़ी से बाहर निकल पड़ी।

‘‘अरी लड़की सुन... सुन तो... थोड़ी देर पहले बिखनी जो गीत गा रही थी सो...।’’

जोगी की अधूरी बात में अपनी बात जोड़ती कोसिला झोपड़ी से बाहर हो गयी।

‘‘आते हैं बाबू, फिर सुनाते हैं न पूरा गीत...’’

बाहर से बर्तन रगड़ने की आवाज आने लगी। यह मानो पृष्ठभूमि में बजता श्रम का संगीत था और गीत इस बार कोसिला के कंठ से निकल रहा था।

....

....

सोने सा महुआ बिकता है
माटी के भाव
सपना हो जाता है भरपेट भात
पेट-छाती में धधकाती है
जंगल की आग
सोने की बाली मत पहनो
ए गोइयाँ रे
मत माँगना कभी सोना
बाप भाई भतार से...

जोगी अपनी नोट बुक में फर्राटे से गीत के बोलों को लिखने लगा था।

पाँच

आसन्नप्रसवा थी अरण्यभूमि...!

एक नया प्रदेश जन्म लेने वाला था। जन्मदिन की भविष्यवाणी भी हो चुकी थी। ऐसे में अरण्यभूमि का आँचल रक्त से भींगा...! अरण्यभूमि में रक्तपात...!

आसन्नप्रसवा की कोख से टपक रही थी लहू की बूँदें। रक्त की तीन बूँदें महुआटाँड़ प्रखंड पर भी गिरी थीं। तीन उष्ण बूँदें और तप उठा था महुआटाँड़।

सुबह आठ से नौ बजे के बीच वह पहली बस महुआटाँड़ पहुँचती थी जो जिला मुख्यालय डालटनगंज से आती थी। बस पर लद कर महुआटाँड़ पहुँचती थी विभिन्न समाचार पत्रों की पचास प्रतियाँ। डालटनगंज से ही प्रकाशित 'राष्ट्रीय नवीन मेल' और राँची से 'राँची एक्सप्रेस' का ताजा और पटना के अखबारों का एक दिन बासी संस्करण!

स्थानीय दैनिकों की सुर्खियों ने जिले में कोहराम मचा दिया था। महुआटाँड़ में भी आग की भाँति फैल गयी खबर। महुआटाँड़ गाँव का चुक्का मुंडा और माँझिल मुंडा तथा महुअरिया गाँव का छठू मुंडा राँची रैली की पुलिस फायरिंग में मारे गये थे।

महुआटाँड़ के दक्षिण में,... पहाड़ियों की तली में सूर्य उगने तक पहुँच जाते थे आदिवासी रेजा-मजदूर। ठेकेदार दिलावरसिंह के ईंट भट्ठे की चिमनी में खटने वाले श्रमिक-कमियाँ को खरी मजदूरी कमाने के लिए काम भी चोखा करना पड़ता था। ठेकेदार दिलावरसिंह का मेठ-मैनेजर तिरहुतिया दाहिने हाथ में घड़ी बाँधता था और मिनट-मिनट का हिसाब रखता था।

जंगल में चलते वैध-अवैध भट्ठों के मालिक जंगल में कम ही जाते हैं। दिलावर सिंह भी डालटनगंज में ही रहता था। ऐसे घर में जो जाड़े में गर्म और गर्मी में ठंडा रहता है। वहीं बैठे-बैठे दिलावर सिंह की गिद्ध-दृष्टि अपने व्यापार पर टिकी रहती थी। किसी ऊँच-नीच की खबर तिरहुतिया किसी बस के चालक-खलासी के हाथों चिट्ठी में भिजवाता रहता था।

दिलावर सिंह जैसी गिद्ध-दृष्टि वाले कई और भी ठेकेदार पठार के अरण्य में

छितराए बैठे हैं। पूरे छोटा नागपुर में सदियों से आते रहे हैं ऐसे अ-मानुष गिद्ध! किसिम-किसिम के गिद्ध उतरते रहे हैं इस महाअरण्य में! कुलाँचे भरते खरगोशों, पड़कते हिरनौटों या खेलते मेमनों पर झपट्टा मारने वाले गिद्ध।

पक्षी गिद्ध अब झारखंड से विलुप्त हो रहे हैं। अब विरले दिखते हैं वे भारी डैनों और रबर की नली जैसी गर्दन वाले गिद्ध परन्तु दोपाए गिद्धों की संख्या लगातार बढ़ी है जंगल में। रक्तबीज की भाँति...! गाजर घास की तरह...! शत-शत गुणित हो रहे हैं दोपाए नरगिद्ध!

तुर्क गिद्ध, पठान गिद्ध, मुगल गिद्ध, फिरंगी गिद्ध... और अब जंगल पर चढ़े बैठे हैं दीकू गिद्ध! पठार की माँस-मज्जा को नोंच कर अस्थियों की ठठरी पीछे छोड़ जाने वाले गिद्धों का प्रिय आखेट स्थल है पलामू का महाअरण्य!

हाथियों के हत्यारे, बाढ़ भरी नदियों में दरख्तों की लाशें बहा कर जंगल से बाहर ले भागने वाले लकड़चोर, रोजगार दिलाने के बहाने आदिवासियों की देह बेचने वाली भ्रष्ट स्वयंसेवी संस्थाएँ, ठेकेदारी की ओट में अवैध शराब से लाखों रुपये पीटने वाले ठेकेदार, कोयल-दामोदर-स्वर्णरेखा नदियों में अनवरत रासायनिक उच्छिष्ट का हलाहल उगलने वाले कारखानेदार...खनिज, वनोपज, काठ, हाथीदाँत, मृगछाल के अवैध शिकारी...! भाँति-भाँति के गिद्ध...!

आदिवासियों के जीवन के समस्त त्रास का कारण रहे हैं यही नरगिद्ध जिनके भय से भागता-छुपता आदिवासी समाज निरन्तर विस्थापित होते रहने को अभिशप्त रहा है। पौराणिक काल के साम्राज्यवादी सम्राट रहे हों या मुगलकाल में दिल्ली सल्तनत के शहंशाह... दोनों ही ने आदिवासियों को विस्थापन की ओर धकेला है। अंग्रेजों ने प्रत्यक्षत: तो वनपुत्रों को विस्थापित नहीं किया परन्तु वन एवं राजस्व के नाम पर वन-विध्वंसक कानून बनाकर आदिवासियों के गहन वन में प्रवेश को दंडनीय अपराध बना डाला। वनपुत्रों का गर्व, मान और सम्मान लूट लिया। वन के वरदानों पर जीने वाले वनवासी के रोजी-रोजगार अपहृत हो गये तो एक बार पुन: पलायन को विवश हुए आदिवासी।

गोरे गिद्धों से भागते-छुपते आदिवासियों ने कई बार गिद्धों से जूझ कर भी देखा। विदेशी गिद्धों को जंगल से भगाने के संघर्ष में हर बार स्वयं गिद्धों के शिकार बन गये वनपुत्र। तिलका माँझी, सिदो-कान्हू, सिंगराई-बिंदराई,रूदन और कोताँ मुंडा... अनगिनत आदिवासी बेटे।

पूँजीवादी औद्योगीकरण के उपासक अंग्रेजों ने भारत में सर्वाधिक शोषण किया वन और वनवासियों का। अरण्य के गर्भ में दबे थे खजाने। यूरेनियम, कोयला, अभ्रक, लोहा, ताँबा, मैंगनीज, बाक्साइट, शोरा, जिप्सम... पता नहीं और क्या-क्या। गोरे गिद्धों ने जी भर कर इस खजाने को लूटा।

स्वतन्त्र भारत में भी पलामू एक अन्धद्वीप के रूप में ही बदनाम रहा है जहाँ शहरी भ्रम का कोहरा छाया है कि अरण्य के असभ्य भुक्खड़ जंगली वृक्ष के तने चबाते हैं, वृक्षों की जड़ें ही खाते हैं, जहाँ चट्टानें मनुष्य को निगल जाती हैं, जहाँ कौवे को भी बुखार लगता है, जहाँ भूख से बिलबिलाती सोनझरिया दुसाधिन अपनी भूखी सन्तानों का गला घोंटने के बाद स्वयं भी कुएँ में कूद कर आत्महत्या कर लेती है।

अंग्रेजों के भारत छोड़ने के बाद भी उन्हीं अंग्रेजी पटरियों पर चलते और अंग्रेजों द्वारा विरसे में मिले 'इंडियन पीनल कोड' ने आदिवासियों को जीवन-मरण की उसी उपनिवेशवादी स्थितियों में जकड़े रखा। आदिवासियों के जीवन में अन्धकार को बनाए रखा।

भूमंडलीकृत होते स्वतन्त्र भारत में अजगर की भाँति पसरते पूँजीवाद ने आदिवासियों की कीमत पर बाजार के विकास की परम्परा स्थापित कर डाली है। बहुराष्ट्रीय कम्पनियों को शीघ्रातिशीघ्र सैकड़ों-हजारों एकड़ वन भूमि उपलब्ध कराने हेतु 'भूमि अधिग्रहण संशोधन विधेयक' की लाठी से हाँक कर अपनी ही निर्वाचित सरकार ने आदिवासियों को पुनःपुनः विस्थापन की ओर धकेला है। पूँजीवादी व्यवस्था के कांजी हाऊस में सस्ते मजदूरों की विशाल रेवड़ को जमा करने का काम भारत की निर्वाचित संसद ने ही किया है। अकेले उन्नीस सौ इक्यानबे से उन्नीस सौ पिचानबे के बीच झारखंड में पचास हजार एकड़ भूमि पर बसे पन्द्रह लाख वनवासियों को विस्थापित कर पूँजीवादी गिद्धों के आगे फेंक दिया गया है।

एक डरावने तिलस्मी अँधेरे में डूबी रहने वाली यह जादुई जमीन झारखंड की... रत्नगर्भा यह मोहिनी धरती...! अतः सम्मोहित गिद्धों-हुँड़ारों के आने का ताँता कभी नहीं टूटता।

महाअरण्य को नोच-चोंथ कर अपना महा उदर भरने के बाद भी अतृप्त दोपाए गिद्ध यहाँ से लूटने लगते हैं वनजाएँ और श्रम! पीछे बचती हैं ठठरियाँ। लगातार छीजते अरण्य की ठठरी। सदाबहार पहाड़ों की अब अकाल के डाँगर जैसी दिखती ठठरी...!

आदिवासी क्षेत्र में विकास का पहिया जब-जब पहुँचा है, आदिवासी को उस क्षेत्र से अन्तिम रूप से उजाड़ दिया गया है। भारत में विदेशी निवेश का प्रवाह और भारत का आर्थिक महाशक्ति बनने की दिशा में प्रयाण जिन भारतीयों की कीमत पर हो रहा है उनमें सर्वाधिक मूल्य चुकाने वाला भारतीय आदिवासी ही है। अँधेरे में धकेले जा रहे हैं झारखंड के भी आदिवासी। आदिवासियों का विनाश आधुनिक विकास की एक अनिवार्य शर्त बन चुका है। विकास के हरकारों

में से ही एक था दिलावर सिंह!

बिना लाइसेंस परमिट के पचासों दारू भट्ठियाँ चलाने वाला ठेकेदार था दिलावर सिंह। वनाधिकारियों की साँठ-गाँठ से पहाड़ों की छाती फोड़ने वाला हत्यारा था दिलावर सिंह। लगातार चलती क्रशर मशीनों में गिट्टियाँ तैयारकर उसे रात के अँधेरे में जंगल से बाहर भेजने वाला तस्कर, वन्यभूमि पर ईंट भट्ठों का अवैध व्यापार चला कर अरण्यगर्भ को बाँझ करने वाला नृशंस सौदागर... दिलावर सिंह।

दिलावर सिंह के ईंट के भट्ठे पर ही काम करती थी सोनवाँ। सुबह-सवेरे काम पर पहुँची सोनवाँ तो तिरहुतिया ने पूछा—

"का रे, सुईया-पुतलिया नहीं आएगी ईंटा पाथने?"

"ना।" अन्यमनस्क थी सोनवाँ।

"काहे रे? रुपया काटता है क्या?"

"ए मनीजर बाबू, हमार जिनगी तो नास ही रहे हो तुम। अब बहिनियन पर काहे को दाँत गड़ाए हो?"

"तो का हबड़ा भेजेगी बहिनियन को? सियारिन है इस्टीलवा कुजूर। पुतली-सुइया को भी रंडी बना देगी इस्टीलवा छिनरी।"

"तुमको कैसे पता?" सोनवाँ ने पूछा।

"हमको ऐसे पता र्रान्नी कि हम तुमलोग जैसा बनेचड़ थोड़े न हैं। राँची-पटना खूब देखे हैं हम! जो हम झूठ बोलें तो हमें बाघ खा जाय।"

"तुमको तो जरूर खाएगा बाघ" —बोली सोनवाँ—"पुतली को डिल्ली भेजेगी दीदी। दाई का काम खूब मिलता है उधर। पुतली खट कर खाएगी डिल्ली में। हमारे जैसा देह नहीं नोंचवाएगी।"

व्यंग्य भरी हँसी हँसा तिरहुतिया! सोनवाँ ने मिट्टी ढोने वाली खाँची उठा ली तो तिरहुतिया भट्ठे के अन्य रेजा-मजदूरों को हड़काने दूसरी ओर निकल पड़ा।

भट्ठे पर रेजा, मजदूर और ईंट पाथने वाले कारीगरों की भीड़ जमा हो चुकी थी। तिरहुतिया का मुंशी गोरखनाथ कमियाँ—मजदूरों को काम बाँट रहा था। साथ-साथ पारिश्रमिक भुगतान की समस्याओं पर भी किच-किच कर रहा था।

सोनवाँ के मुँह लगने से परहेज रखता था गोरखनाथ। जानता था, तिरहुतिया की मुँहलगी इस रेजा का दर्जा आम मजदूरिनों से थोड़ा ऊपर है। सोनवाँ काम कुछ कम भी करे तो गोरखनाथ ढिलाई बरतता था। सोनवाँ तिरहुतिया की मनसायन जो थी।

मजदूर मिट्टी कूटने लगे थे! मजदूरिनें महीन होती मिट्टी से कंकड़-पत्थर चुनने लगी थीं। कुछ लोग सूख चुकी ईंटों की दीवार सजाने के काम में जुट गये थे। दूर नये भट्ठे की नींव पड़ चुकी थी सो स्त्रियाँ भट्ठे में फूँकने[1] के लिए पंक्तिबद्ध चलती सिर पर ईंटों का पिरामिड ढो रही थीं।

भट्ठों से निकली टूटी ईंटों और जले कोयले की राख-छाई के टीले के पीछे गयी सोनवाँ तो तिरहुतिया ने उसे पुनः घेर लिया।

''ठीक है, बहिन लोग को मत लगा भट्ठा पर। हमारे ट्रक से हबड़ा भेज दे।''

''का करना है वहाँ?'' सोनवाँ ने खीज कर पूछा।

''वहाँ भी मालिक का भट्ठा चलता है रे। सितम्बर से जून तक बहुत लोग खटते हैं और उधर रुपया भी हर एतवार को मिल जाता है। आने-जाने का खर्चा मालिक ही देंगे। वहाँ दो जून खाना भी मिलेगा और रहने को पक्का घर भी।''

तिरहुतिया का प्रस्ताव सचमुच आकर्षक था। खर्च नाम को भी नहीं। पूरी कमाई की बचत ही बचत! सोनवाँ ने पूछा,

''केतना रेजा ले जाना है?''

''पाँच सौ जुट जाय सो भी कम है। एक रेजा भेजने पर तुझे पच्चीस रुपया दिला देंगे... जुटाएगी रेजा?'' तिरहुतिया ने सोनवाँ के गाल पर चिकोटी काट ली।

''गाँव कब लौटेगी रेजा सब?'' सिसियाती सोनवाँ सम्भावित आमदनी से सिहर रही थी।

''जून... माने आषाढ़ में। पानी गिरने पर भट्ठा अपने आप बन्द हो जाता है।''

''ठीक है। हम बतियाएँगे छौंड़ियन से, बाकी एक रेजा पर तीस रुपया लेंगे, सो सुन लो।''

सौदेबाजी करने लगी सोनवाँ। ताड़ गया तिरहुतिया,... लोहा तप चुका है! मुसकाते हुए सोनवाँ के दूसरे गाल पर भी चिकोटी... छनछना उठी सोनवाँ। आँखें तरेरीं...

''अरे तू ही तो है जिसके कारण खेलारी सिलमिंट कारखाना का मनेजरी छोड़कर जंगल में ईंटा गिनने आ गये हम''—बोला तिरहुतिया—''तेरे लिए पाँच रुपए का घाटा ही सही रन्नी! बाकी तनिक जल्दी करना। दो-चार रोज में ही मालिक का ट्रक निकलेगा हबड़ा।''

''ठीक है।''

''ठीक क्या? बहुत काम है। जाने वाले रेजा-कमियाँ को सादे कागज पर अँगूठा छाप देना होगा कि आधा काम छोड़कर भागे नहीं कोई। अँगूठा टीपते ही माई-बाप को सौ रुपया सलामी में तुरन्त देंगे मालिक!''

1. पकाने।

सोनवाँ खिल उठी। इतने रुपयों के लिए तो कितने ही माई-बपई[1] अपने निठल्ले बेटों और रोपनी-कटनी के बाद बेकाम बैठी बेटियों को हँसी-खुशी हाबड़ा भेजने के तैयार हो जाएँगे।

तपिश से सूखते दिनों में जंगल में काम ही क्या था? एक बीड़ी पत्तों का काम ही तो होता था। तेंदू की पत्तियाँ जमा करो, पचास-पचास पत्तों की गड्डियाँ बनाओ और पाँच रुपए प्रति हजार गड्डी के भाव ठेकेदारों के हाथ बेच दो। जब पता चलता है कि जंगल बाबू और ठेकेदार वही बीड़ी पत्ता सौ रुपए प्रति हजार गड्डी के भाव पर आगे बेच कर मालामाल हो रहे हैं तो कैसा लुटा-ठगा अनुभव करता है जंगल का आदमी?

ऐसी ठगाई से या वैशाख से आषाढ़ तक के तीन महीने घर बैठ कर पूँजी खाने से कहीं बढ़िया है हाबड़ा जा कर चार पैसे कमा आना। भले परदेश हो परन्तु पानी गिरने पर बीज-बीहन के लिए चार पैसे रहेंगे हाथ में तो महाजन-मालिक से सूद पर रुपया नहीं लेना पड़ेगा।

"बता देना गाँव में, कहीं भाग्य से चाँद-तारा का झंडा उड़ाने वाला भट्ठा मिल गया तो चालीस रुपया रोज की कमाई पर भी कोई दाग नहीं लगने वाला।" घड़ी देखता तिरहुतिया बोला।

चालीस रुपया रोज..! अर्थात् महीने में कम-से-कम बारह सैकड़ा रुपया...! एक जोड़ा सूअर या बकरी खरीदने भर रुपया? मात्र एक महीने की कमीनी में?

टीले की ओट से बाहर निकलते ही तिरहुतिया का रसिक प्रेमी का कायान्तरण दबंग मनीजर बाबू में हो गया।

"काहे रे रमरतिया?" तिरहुतिया ने ईंटें उठाती रमरतिया को टोका—"ऐसे देरी से आएगी तो कैसे चलेगा रे? हजार ईंटा सजाए बिना एक रुपया नहीं मिलेगा छिनारो? रुपया पेड़ पर नहीं फलता बबुनी।"

"काहे हल्ला करते हो, बिन काम किये रुपया कब देते हो?" रमरतिया बिखिया कर बोली।

"माटी से रुपया काढ़ने के लिए देह माटी करना ही पड़ता है न रे, सो बता रहे हैं"—नर्म पड़ा तिरहुतिया—"बाकी तुम लोंगों को तो माटी में खटने के लिए भी सिंगार-पटार जरूरी है।"

"ए ऽऽ मनीजर बाबू, घाठा[2] सिंझाने को पानी नहीं तो नहान का कौन ठिकाना? सिंगार कौन पतुरिया कर रही थी, हम तो तनिक बिलम[3] गये मरकिट में," सनीचरी ने हस्तक्षेप किया।

1. माता-पिता। 2. मक्के का दलिया 3. विलम्बित।

"क्या बेचने बाजार गयी थी एतना भोरे-भोरे ए भौजी... ? क-ट-ह-र?" गोरखनाथ ने चुस्की ली।

"अलबत्ते काठ करेजा है जी तुम लोगन का? छापा में खबर छपा है। राँची में गोली-बारूदा छूँटा है। चुक्का और छठू की लहास गिर गयी है.. ल्हास!"

मिट्टी गूँथते अनेक हाथ जड़ हो गये। ईंटें पाथते कारीगर स्तब्ध रह गये। ईंटें सजाती रेजा सनीचरी के निकट आ सटी। पड़ोसी गाँवों के दो जवान बेटों की लाश जो गिर गयी थी राँची में।

"कौन बताया रे?" तिरहुतिया ने पूछा।

"गुरुजी लोग बतिया रहे थे मरकिट में। राँची में जहाँ जहाज उतरता है उधर आदिवासी लोग का भारी जुटान हो गया था। 'झामुद' वाले गुरुजी भी आये थे जुटान में। आदिवासी लोग का भीड़ राँची में घुसा तो सड़क पर धक्कापेल मच गया। रेल-पेल से अकबका कर पुलुस लोग गोली ठोंकने लगा। मार-पीट और...।" सनीचरी लगातार आती उल्टियों की भाँति सूचनाएँ उगलती जा रही थी।

राँची के हृदयस्थल में 'अलबर्ट एक्का चौक' से 'शहीद चौक' तक... आगे अपर बाजार की तंग गलियों तक ठेलमठेल भरे प्रदर्शनकारी आदिवासियों पर लाठियाँ बरसाई जाने लगी थीं तो भड़क उठा था वनवासी समाज और अहिंसापूर्ण प्रदर्शन में हिंसक घटनाएँ दर्ज होने लगी थीं।

पुलिस की लाठियों से प्रदर्शन का नेतृत्व करते नेताओं को भी चोटें लगी थीं। 'झामुद' के सुप्रीमो, गुरुजी कालीपद दत्त उर्फ काली बाबू का तो माथा ही फट गया था।

गुरुजी के सिर से बहते लहू को देख अनुयायी प्रदर्शनकारी आपा खो बैठे थे। संयम टूटा था और तीर-कमान कन्धों से उतर कर हाथों में आ गये थे। पुलिस बल पर तीरों की बारिश होने लगी थी।

प्रत्यक्षदर्शियों का बयान था कि राँची रैली को उग्र होता देख कालीपद दत्त के जोड़ीदार भुवनेश चन्द्र सान्याल उर्फ भुवन बाबू हिंसक होते आदिवासियों को नियन्त्रित करने के प्रयास में भीड़ में घुस पड़े थे। भुवन बाबू चीख रहे थे कि धनुष मत उठाओ। 'झामुद' ने प्रशासन से शान्तिपूर्ण सभा और मौन प्रदर्शन का वायदा किया है। भुवन बाबू समझा रहे थे कि दीकू और आदिवासी एक ही भारत देश के भाई-भाई हैं। भाइयों पर तीर मत मारो। भाइयों का खून मत बहाओ। हिंसा बन्द करो...।"

भीड़ के बीच धँसे, भीड़ को समझाते, प्रदर्शनकारियों को नियन्त्रित करने

की हर सम्भव चेष्टा करते भुवनेशचन्द्र सान्याल के विपरीत कालीपद दत्त हाथों में माइक लिए शहीद चौक के ऊँचे चबूतरे पर चढ़कर दहाड़ रहे थे। चबूतरे पर बने मशाल थामे काले पत्थर के बलिष्ठ हाथों के नीचे खड़े प्रदर्शनकारियों को उत्तेजित कर रहे थे।

''तीर-धनुष आदिवासी की शोभा-सिंगार नहीं है, रक्षा का हथियार है तीर-धनुष। धनुष उठाओ रे। दीकू पुलिसवालों को तीरों से छेद डालो। अलग झारखंड के धोखे में हमें ऐसा राज्य देगी सरकार जहाँ वही ठेकेदार होगा, वही पुलिस होगी, वही जोतदार-महाजन-कारखानेदार होंगे। वही जंगलबाबू भी रहेगा रे साथी जो आज तक तुम्हें लूट कर खाता है। आगे भी लूटकर खाएगा। तुम्हारा ही रक्त पी कर मोटे हुए हैं ये दीकू सिपाही। आज इनकी छाती फाड़कर इनके खून से टीका लो भाई! अपना या दीकू सिपाही का... आज खून बहा दो। आज नहीं तो कभी नहीं... एक धक्का और दो... दीकूओं को खदेड़ दो...।''

कई पुलिस वाले घायल हो गये और एक सब-इंसपेक्टर मारा गया तो पहले आँसू गैस छोड़ी गयी थी। प्रदर्शनकारी धुएँ-धुक्कड़ से विचलित नहीं हुए तो अन्ततः स्थिति को नियन्त्रित करने हेतु पुलिस बल को गोलियाँ भी चलानी ही पड़ी थीं।

भगदड़ मच गयी थी राँची में। प्रदर्शनकारियों पर धुएँ की चादर और पुलिस द्वारा कई चक्र गोली चालन...! दस-बारह लाशें तो शहीद चौक पर ही लोटने लगी थीं। जिधर राह मिली उधर भागते प्रदर्शनकारियों ने राह रोकने वाले कुछ सिपाहियों को भी तीरों से गोद डाला था।

घायल सिपाहियों को आनन-फानन पुलिस की लॉरी में लाद कर राँची मेडिकल कॉलेज अस्पताल रवाना कर दिया गया था, परन्तु पागल हुए जंगलियों को उनके प्रदर्शनकारी साथियों के भरोसे छोड़ दिया गया था। उनके भरोसे, जिन्हें खदेड़-खदेड़ कर पीटा-मारा जा रहा था।

सूचना अब मात्र समाचार नहीं रही, एक उद्योग में बदली जा चुकी है। सूचना प्रौद्योगिकी के इस तेज़ रफ्तार समय में खबरें पंख लगा कर उड़ती हैं। राँची गोली कांड के धमाके पड़ोसी औद्योगिक कस्बे पतरातू में भी सुन लिए गये और वहाँ भी त्वरित प्रतिक्रिया घटित हो गयी।

पतरातू ताप विद्युत इकाई में तृतीय और चतुर्थवर्गीय कर्मचारियों की बहाली हेतु साक्षात्कार देने बिहार के कोने-कोने से अभ्यर्थी पतरातू पहुँचे थे। नारे लगाते क्रोधोन्मत 'झामुद' समर्थक आदिवासियों ने परीक्षार्थियों को घेर लिया था और अन्धे तीरों की बरसात कर डाली थी। नारे उमड़ रहे थे।

''झामुद जिन्दाबाद...!''

''क्रान्ति अमर रहे...।''

"झारखंडियों को ही नौकरी दो...।"

"ए.बी.सी.डी. साफ करो...।"

"अबुआ राज जिन्दाबाद...।"

पतरातू में भी रक्तपात और अफरा-तफरी...। सीमित पुलिस बल और उग्र 'झामुद' समर्थक...! पृथक प्रान्त के लिए चले अविवेकी तीरों ने कई अपनों को भी बींध डाला था, परन्तु बाद में 'झामुद' के शीर्ष नेतृत्व ने इसे 'बड़े उद्देश्यों के लिए बलिदान' की संज्ञा दे डाली थी।

महुआटाँड़ बस पड़ाव पर दो-ढाई रुपए मूल्य वाला अखबार दस-दस रुपए तक में बिक गया था। सुबह के दस बजते-बजते तक जनसमूह की बतरस से बाजार पटा पड़ा था। और एक हाथ से दूसरे हाथ तक की यात्रा करते-करते अखबारों की लुगदी बन चुकी थी।

साईकिलों पर अपने विद्यालय को जाने वाले शिक्षकगण आज कुछ पहले ही महुआटाँड़ हाट पहुँच गये थे। नित्य की भाँति चाय के साथ समाचार वाचन एवं सूचना-चर्वण...! शाम तीन बजे तक देहात के विद्यालय बन्द हो जाते हैं क्योंकि शिक्षकों को दस-दस मील दूर स्थित अपने गाँव-घर लौटना होता है।

आज तो तीन बजे ही शिक्षक साँझ के कौवों की भाँति महुआटाँड़ में जुटने लगे थे। गोष्ठी जल्दी जम गयी थी। दिन-भर की चबाई-चाटी अखबारी खबरों पर बहस-विमर्श चलने लगे थे। राँची गोली कांड और पतरातू हंगामे पर अपनी-अपनी चिन्ता, भय, सम्मति, सहमति और असहमतियाँ थीं...।

"यह तो होना ही था गोखुल बाबू। छोटा नागपुर के असन्तोष को कितने समय तक दबाया जा सकता है लाठी के जोर पर?"

"लाठी भी हमारी कहाँ? बिहार पुलिस में कितने आदिवासी हैं और कितने गैर झारखंडी सो तो छुपा नहीं है न भाई? तो हम पर गोली चलाने में क्यों काँपेंगे बिहारी ए.बी.सी.डी. लोग के हाथ?"

"पुलिस ही क्या कम साम्प्रदायिक है? पुलिस वाले भी आदमी ही हैं। गुरुजी कोई मशीन थोड़े न हैं जो आपकी मार-गाली पर चुप रहेंगे?... आप लोग तो बस बिहारी-झारखंडी के टुच्चे विवाद में ही मूल मुद्दे को भटका देंगे।"

"क्या बात करते हैं आप? विवाद कौन कर रहा है? पुलिस विभाग के अफसरों में ही देखिए... सारे के सारे गैर-छोटानागपुरिया ही भरे पड़े हैं।"

"धत्त महाराज, हम विवादी हैं तो आप ही संवाद कीजिए न? जैसा राजा वैसी सेना नहीं होती... बताइए? दक्षिण बिहार का कोई मुख्यमन्त्री सुना है आजादी के बाद बिहार में? तो पुलिस-अफसर कहाँ के रहेंगे? पहाड़-जंगल के...?"

अनेक मुँह अनेकानेक बातें...। विचार... प्रतिविचार...! प्रतिक्रियाएँ और

असहमतियाँ... ? बात से बात निकलती है और किस्से बन जाते हैं।

पृथक राज्य झारखंड के आन्दोलन की इस चरमपन्थी पराकाष्ठा के पीछे भी एक लम्बी कहानी है। भारत की आजादी से भी पुरानी है पृथक् झारखंड के लिए चल रहे आन्दोलन की कहानी। उन्नीसवीं सदी के उत्तरार्द्ध में...

यह कहानी शुरू हुई थी वर्तमान बांग्लादेश में जो तब पृथक देश नहीं था। पृथक छोटा नागपुर आन्दोलन का बीज—कहा जाता है—ढाका में बोया गया था। बांग्लादेश की वर्तमान राजधानी ढाका में...।

एक ईसाई बुद्धिजीवी जे. बारथोलमन ने शिक्षित आदिवासियों की सहायता से 'छोटानागपुर उन्नति समाज' की नींव डाली थी। इसे सफलतापूर्वक संचालित करने में लगे थे जुलियस लकड़ा, ठेबले उराँव, पॉल दयाल और बन्दी उराँव जैसे स्वप्नदर्शी नायक! ईस्वी सन् 1928 में 'साइमन कमीशन' की भारत यात्रा के समय यही नेता आदिवासियों के प्रतिनिधि बनकर आगे आये थे और साइमन की मेज पर अपनी माँगें रखी थी। छोटानागपुर के आदिवासियों के लिए एक पृथक प्रशासनिक इकाई की माँग...।

वर्तमान झारखंड आन्दोलन की जड़ों में खाद-पानी डालने में चर्च की भी सक्रिय भूमिका रही थी। ईस्वी सन् 1915 में ही आनन्दमसी टोपनों ने राँची के जी.ई.एस. चर्च[1] के परिसर में आदिवासी संगठन की अनिवार्यता पर व्याख्यान देते हुए उल्लेखनीय प्रवचन किया था।

किन्हीं कारणों से आगे चल कर ठेबले-पॉल की जोड़ी ने 'छोटानागपुर उन्नति समाज' से अलग अपनी नयी संस्था बना ली थी—'किसान सभा।'

पठार की त्रासदी यह रही कि आदिवासियों के बीच से कोई सक्षम नेतृत्व उभर नहीं पा रहा था। पृथक छोटानागपुर आन्दोलन से जुड़े कई नये-नये संगठन तो खड़े हो रहे थे, परन्तु सारी संस्थाएँ ईसाइयों के द्वारा ही संचालित हो रही थीं। एँग्लिकन, लुथरन तथा कुछ गैर आदिवासी ईसाई ही अग्रणी भूमिका में थे। इन उदारवादी नेताओं ने रूढ़िवादी कैथोलिकों से अस्पृश्यों जैसी दूरी बना रखी थी।

कैथोलिकों की महत्त्वाकाँक्षा ने भी अपनी सक्रिय उपस्थिति दर्ज कराने हेतु अपनी एक संस्था स्थापित कर डाली—'छोटानागपुर कैथोलिक सभा।' इसके अध्यक्ष बने बोनिफेस लकड़ा और मुख्य सचिव थे पाकिस्तान के तब्त्कालीन 'भावी जनक' मुहम्मद अली जिन्ना के विचारों से प्रभावित इग्नस बैक!

एकता के पक्षधर इग्नस बैक ने समस्त आदिवासी समुदायों को एक सूत्र

1. गबोस्सनर एग्लिकन सोसाइटी गिरजाघर।

में बाँधा। ईसाई मिशनरियों, ब्रिटिश अधिकारियों, मुस्लिम लीग तथ छोटानागपुर में बसे बंगालियों से प्रोत्साहन पा कर इग्नस बैक ने 'छोटानागपुर आदिवासी महासभा' का गठन किया। यह वह समय था जब बिहार विधान सभा के लिए ई. सन् 1937 के चुनाव हुए थे 'प्रान्तीय स्वायत्तता अधिनियम—1935' के अनुसार बिहार में कांग्रेसी मन्त्रिमंडल का गठन हुआ तो क्षेत्रफल में बिहार का आधा या जनसंख्या में बिहार के एक-तिहाई छोटानागपुर को न कोई प्रतिनिधित्व और न ही छोटानागपुर के किसी कांग्रेसी नेता को ही बिहार मन्त्रिमंडल में कोई स्थान मिला। इसे छोटा नागपुरी समाज ने बिहारी उपनिवेशवादी नीति के रूप में लिया।

बात यहीं तक रुकती तो कोई बात होती, परन्तु बात बढ़ी और दूर तक गयी। ईस्वी सन् 1938 में 'आदिवासी महासभा' ने पृथक छोटानागपुर की माँग की तो 'बिहार विधान सभा' ने निर्णय दिया कि शैक्षणिक, औद्योगिक तथा जनजातीय पिछड़ेपन के कारण छोटानागपुर एक पृथक प्रान्त के रूप में विकसित हो ही नहीं सकता।

उपेक्षित, हताश और आन्दोलित छोटानागपुर को ऐसे समय में एक योग्य, दूरदर्शी एवं कर्मठ नेता मिल गया... जयपाल सिंह।

जयपाल सिंह ने ऑक्सफोर्ड विश्वविद्यालय से शिक्षा प्राप्त की थी। वे अंग्रेज पादरी कैनन कॉसग्रेभ के शिष्य थे, परन्तु पादरी बनने की अपेक्षा उन्होंने शिक्षक बनना पसन्द किया था। शिक्षक बनकर जयपाल सिंह घाना (अफ्रीका) चले गये थे। घाना से लौटे तो तेल कम्पनी 'वर्माशेल' में नौकरी कर ली। यह नौकरी छोड़ी तो 'राजकुमार महाविद्यालय' के प्राचार्य नियुक्त हो गये। यहाँ भी जयपाल सिंह का चित्त नहीं रमा तो वे बीकानेर रियासत (राजस्थान) के औपनिवेशिक मन्त्री का दायित्व निभाने लगे। यहाँ से भी मुक्त हुए जयपाल सिंह और अन्ततः छोटानागपुर की राजनीति से आ जुड़े और उन्हें सर्वसम्मति से 'आदिवासी महासभा' का अध्यक्ष चुन लिया गया।

जयपाल सिंह ने अपने संगठन के नाम से 'आदिवासी' शब्द ही नहीं हटाया वरन् इस संगठन को 'झारखंड पार्टी' का नया नाम देकर ईस्वी सन् 1950 के बाद एक सम्पूर्ण राजनैतिक दल के रूप में स्थापित कर दिखाया। आदिवासियों के बीच 'मारंग गोमके'[1] के रूप में प्रतिष्ठित हो गये जयपाल सिंह।

जयपाल सिंह की नेतृत्व क्षमता, लोकप्रियता तथा कूटनीतिक क्षेत्र में बढ़ते कद से घबराई भारत सरकार ने पृथक छोटानागपुर आन्दोलन को कमजोर करने के लिए एक गैर-आदिवासी संगठन 'छोटानागपुर प्रोटेक्शन लीग' की स्थापना करा डाली।

1. सर्वोच्च नेता।

इस षडयन्त्रपूर्ण सरकारी गतिरोध से पृथक छोटानागपुर आन्दोलन पर कोई प्रभाव नहीं पड़ा, परन्तु जयपाल सिंह के सपने को घर के दीपक से ही आग लग गयी।

जयपाल सिंह की दूसरी पत्नी सिंहल ईलाई जहाँआरा भारतीय प्रसासनिक सेवा के एक अधिकारी की बेटी थी जो स्वयं भी कांग्रेस पार्टी में मन्त्री बनने की प्रबल महत्त्वाकाँक्षिणी थीं परन्तु शर्त यह रख दी गयी थी कि उन्हें राज्यमन्त्री का पद तभी मिल सकता था जब उनके पति जयपाल सिंह अपने संगठन की बलि दें।

बलि पड़ी और ईस्वी सन् 1963 में 'झारखंड पार्टी' का कांग्रेस में विलय हो गया।

हताश, निराश, थके और टूटे जयपाल सिंह अपने जीवन के अन्तिम शरद में अपनी मूल्यवान पुस्तकों और दस्तावेजों को आग में झोंक-झोंक कर अलाव तापते देखे गये थे। यह एक समर्थ नायक की पराजय के बाद उपजी हताशा, कुंठा और स्वयं के प्रति घृणा की पराकाष्ठा थी। फिर तो आत्मपीड़क जयपाल सिंह की मृत देह ही वापस छोटानागपुर लौट सकी थी।

जयपाल सिंह की मृत्यु के साथ पृथक झारखंड आन्दोलन के एक महत्त्वपूर्ण अध्याय का अन्त हो गया था, परन्तु कथा तो आगे भी चलती रही, कहानी कभी खत्म नहीं होती।

...आगे वह सब घटित हुआ जिसने छोटानागपुर में पृथक प्रान्त की आग को कभी बुझने नहीं दिया।

धुआँधार औद्योगीकरण ने बाहरी लोगों के लिए छोटानागपुर-सन्ताल परगना के दसों दरवाजे खोल डाले थे। छोटानागपुर में आदिवासी अल्पसंख्यक होने लगे थे। विकास का थोड़ा बहुत वास्तविक लाभ ईसाई आदिवासियों को ही मिल पा रहा था जबकि उनकी संख्या नगण्य थी।

छोटा नागपुरी नेता काँग्रेस के महानद में विलीन होते गये थे। जो स्वतन्त्र रहे भी वे छोटे-छोटे स्वार्थों के लिए आपसी सिरफुटौव्वल में ही अपनी ऊर्जा क्षरित करने लगे थे।

...वे, जो पृथक राज्य आन्दोलन को गति दे सकते थे व्यक्तिगत कारणों से झारखंड आन्दोलन से विमुख होते गये थे। सुशील कुमार बागे, बागुन सुम्ब्रई, सनातन माँझी, बनविहारी महतो, साइमन तिग्गा और ए.के. राय के नाम से विख्यात अरुण कुमार राय...!

छोटे राजनैतिक दलों के छुटभैये नेताओं के व्यक्तिगत स्वार्थ और तुच्छ महत्वाकांक्षाओं को सुनिश्चित करने वाले संगठनों में संगठन से अधिक महत्त्व

नेता का हो गया था। यही वह समय था जब झारखंड आन्दोलन में वामपन्थ और अतिवामपन्थ का हस्तक्षेप बढ़ने लगा था। ईस्वी सन् 1968 में 'बिहार राज्य हूल झारखंड' का गठन हुआ। साथ ही उभरा था 'बिरसा सेवा दल।'

इधर के पिछले दो दशकों में भारत की एकता-अखंडता के कवच में सुराख कर चुकी है स्वार्थी क्षेत्रीयता और क्षेत्रीय कट्टरताएँ... क्षेत्रीय राजनैतिक दल, क्षेत्रीय आन्दोलन, क्षेत्रीय समस्याएँ, क्षेत्रीय लिप्सा, क्षेत्रीय नेता यहाँ तक कि अखबारों के संस्करण तक क्षेत्रीय।

क्षेत्रीय नेताओं का एकमात्र लक्ष्य रह गया है राज्य विधान सभा की सदस्यता। लालबत्ती वाली मोटर और गिद्ध की भाँति जनता तथा विकास राशि को झपटने-नोंचने के अवसर...! राष्ट्रहित के बारे में सोचना अब पूरी तरह से दिल्ली के जिम्मे छोड़ दिया गया है।

ऐसे में कई छोटे-बड़े संगठन कुकुरमुत्तों की भाँति उगने लगे छोटानागपुर-सन्ताल परगना में जैसे कि भुवनेशचन्द्र सान्याल उर्फ भुवन बाबू और कालीपद दत्त उर्फ काली बाबू के संयुक्त नेतृत्व में 'झारखंड मुक्तिदल' उर्फ 'झामुद'!

प्रत्यक्ष रूप में मिशनरियों द्वारा सेवाकार्य की आड़ में चर्च के लिए हजारों आदिवासी सेवक जुटाने, आदिवासियों को ईसाई बनाकर उन्हें उनके मूल जनजीवन एवं संस्कृति से काटने, जनजातियों को साम्प्रदायिक शक्तियों के हाथों कठपुतली बनने से बचाने या विदेशीदान-अनुदान की भिक्षा पर जीने के परजीवीपन से जनजातियों को मुक्त करने जैसे विराट चिन्तन और परिवर्तनकारी लक्ष्यों को लेकर गठित हुआ था 'झारखंड मुक्ति दल' जिसका मुख्य कार्यालय राँची में था और जिसके भूमिगत दस्ते—'झारखंड मुक्तिवाहिनी दस्ता' पलामू, लातेहार, और गढ़वा में पैठ बना चुके थे और जिनकी धारणा थी कि पृथक् झारखंड की इतिहास कथा उनकी बन्दूक की नली से ही लिखी जाने वाली थी।

राँची में 'झारखंड मुक्ति दल' का शान्तिपूर्ण प्रदर्शन का आग्रह था, परन्तु अदूरदर्शी पुलिस व्यवस्था और उत्तेजित प्रदर्शनकारी नेताओं के बीच समन्वय की कमी एवं संवादहीनता ने राँची शहर में मानो एक और 'चौरी-चौरा' घटित कर दिया था।

कालीपद दत्त और भुवनेशचन्द्र सान्याल... 'झामुद' के दोनों शीर्ष पुरुष चौबीस घंटे तक पुलिस की हिरासत में रखे गये थे और फिर बिना शर्त रिहा कर दिये गये थे।

बिना शर्त रिहाई 'झामुद' के लिए एक मनोवैज्ञानिक विजय थी। कूटनीतिक बढ़त...। राँची-पतरातू में जो दुर्घट घट चुका था वह 'झामुद' नेतृत्व की योजना के विपरीत अप्रत्याशित अवश्य घटा था, परन्तु वह राजनीतिज्ञ ही क्या जो हर

अच्छी-बुरी घटना का राजनैतिक लाभ न भुना सके?

कालीपद दत्त अपने आन्दोलन के प्राप्य से परम सन्तुष्ट थे। जो गोलीकांड राँची में हुआ था उसकी गूँज दिल्ली तक पहुँची थी और 'झामुद' राष्ट्रीय क्षितिज पर उदित हो चुका था।

'झारखंड मुक्तिदल' जैसी नयी और क्षेत्रीय राजनीतिक पार्टी के नेता कालीपद दत्त की क्रान्तिधर्मिता तात्कालिक चर्चा के बाद अप्रासंगिक हो जाती यदि नये राज्य का निर्माण लोकतान्त्रिक प्रक्रिया से और सत्ता का हस्तान्तरण बन्दूक की नली के बिना ही सम्पन्न हो जाता। अपनी उपस्थिति दर्ज करवाने हेतु तथा 'झामुद' की शक्ति सिद्ध करने के लिए पृथक राज्य निर्माण की उद्घोषणा से पूर्व कुछ करना आवश्यक था। औपचारिक घोषणा से पूर्व कोई रैली या महारैली या शान्तिपूर्ण प्रदर्शन ही...! सो आयोजित किया था 'झामुद' ने और नतीजा उम्मीद से कहीं अधिक विस्फोटक निकला था।

चूँकि 'झामुद' को संचार माध्यमों के द्वारा भी जबर्दस्त उछाल मिल रही थी अतः कालीपद दत्त और भुवनेशचन्द्र सान्याल को भी लगने लगा था कि उन्हें पृथक झारखंड आन्दोलन के क्रान्तिकारी नेताओं के रूप में आज नहीं तो कल राष्ट्रीय मान्यता मिल कर रहेगी। निकट भविष्य में पृथक झारखंड राज्य की स्थापना होने-होने को थी और अब पठार की क्षेत्रीय राजनीति में कालीपद दत्त और भुवनेशचन्द्र सान्याल की उपेक्षा करना दिल्ली सरकार के लिए भी असम्भव-सा लगने लगा था।

कालीपद दत्त अपने नाम को झारखंड आन्दोलन के प्रणेताओं और अग्रदूतों जे. बारथोलमन, जुलियस लकड़ा, पॉल दयाल, बेनिफेस लकड़ा, इग्नस बैक, बन्दी उराँव, ठेबले उराँव और जयपाल सिंह की परम्परा से जोड़ते हुए आत्मप्रचार में जुटे ही थे कि पकी-पकाई खीर में मक्खी टपक पड़ी थी। केन्द्र सरकार ने 'झारखंड मुक्ति दल' को प्रतिबन्धित संगठन घोषित कर दिया था। कालीपद दत्त ने इस प्रतिबन्ध को आदिवासी संगठनों का गला घोंटने का नाम दिया और आन्दोलन की आग में घी की भाँति लिया परन्तु भुवनेश चन्द्र सान्याल को यह राजनीतिक मृत्यु के प्याले जैसा लगने लगा था। एक सपने के अन्त की भूमिका की भाँति शान्तिपूर्ण आन्दोलन के पक्षधर भुवनेशचन्द्र सान्याल और रक्तक्रान्ति के उपासक कालीपद दत्त के बीच का वैचारिक मतभेद राँची गोलीकांड के बाद उभरकर सतह पर आने लगा था और 'झामुद' के विखंडन की सम्भावना बढ़ती जा रही थी।

'झारखंड मुक्ति दल' तो भावी राज्य की सम्भावित राजधानी में मात्र एक धमाका करना चाहता था, परन्तु वह एक महाविस्फोट सिद्ध हो चुका था जिसने छोटानागपुर—

सन्ताल परगना में आदिवासी–गैरआदिवासी के बीच सन्देह और भय की एक और गहरी खाई तो खोदी ही, साथ–साथ इस महाविस्फोट ने स्वयं 'झामुद' को भी दोफाड़ कर डाला था।

महुआटाँड़ में अगले पूरे पखवारे चर्चाओं और अफवाहों का उफान उमड़ पड़ा था। कुछ देखी घटना, कुछ सुनी बातें और कुछ अखबारी खबरों को घोंट–पीस कर कई मिथ्या–प्रत्यक्षदर्शी राँची गोली कांड और पतरातू हंगामे का आँखों देखा हाल सुनाने लगे थे हाट–बाजार में।

पूरे पठार पर चरणामृत की भाँति अखबारों का आचमन हो रहा था। "ये आकाशवाणी पटना–राँची–भागलपुर–दरभंगा है, अब आप अमुक–तमुक से प्रादेशिक समाचार सुनिए" का उपदेशों की भाँति श्रवण हो रहा था। समाचारों पर बहस–विमर्श अनिवार्य दिनचर्या में शामिल हो चुका था।

चूँकि सूचना–बाजार में आदिवासी आन्दोलन और भावी नये राज्य सम्बन्धी खबरों की भयंकर खपत बढ़ी थी अतः स्थानीय समाचार पत्रों में राँची गोलीकांड और पतरातू विप्लव की 'फालोअप स्टोरी' कई दिनों बाद तक प्रकाशित होती रही थी। बासी चित्रों को नये–नये कोणों से अखबारों के मुख्यपृष्ठ पर स्थान मिलता रहा था और राष्ट्रीय मुद्दे नीचे सरका दिये गये थे।

दक्षिण बिहार के घाघ–घुटे राजनीतिज्ञों को 'झामुद' की कार्रवाइयाँ अपनी टाँगों पर स्वयं कुल्हाड़ी मारने जैसी मूर्खता लग रही थीं। जब पृथक प्रान्त को मान्यता देने पर केन्द्र सरकार सर्व सहमति बना ही चुकी थी और बिना नयी चुनाव प्रक्रिया का सामना किये ही कई लोगों को अपना मन्त्रीपद सुनिश्चित दिख रहा था तो 'झामुद' ने यज्ञ की पूर्णाहुति से ठीक पहले यज्ञभंग करने की मूर्खतापूर्ण असफल योजना क्रियान्वित कर डाली थी।

'झारखंड मुक्ति दल' जैसे उभार पा रहे संगठन के लिए अपनी अस्तित्व की रक्षा का प्रश्न खड़ा हो चुका था। इस राजनैतिक संगठन को सरकारी प्रतिबन्ध की मार झेलनी पड़ रही थी, अतः जनसम्पर्क के लिए अब 'झामुद' के नेताओं को अपनी भूमिगत शाखा 'झारखंड मुक्तिवाहिनी दस्ता' पर ही निर्भर रहना पड़ रहा था और यह भुवनेशचन्द्र सान्याल को कतई स्वीकार नहीं था।

कभी एक लक्ष्य के लिए कृतसंकल्प हो कर लगभग साथ–साथ राजनीति में शुरुआत करने वाले दो साथी—कालीपद दत्त उर्फ काली बाबू और भुवनेशचन्द्र सान्याल उर्फ भुवन बाबू—अब अमरकंटक से निकली नर्मदा नदी और शोण नद की भाँति दो दिशाओं में बह निकले थे। दोनों ही का गंतव्य एक था... पृथक राज्य झारखंड!

महाअरण्य में कालीबाबू उर्फ आदिवासियों के गुरुजी वनवासियों के मसीहा के रूप में स्थापित हो चुके थे जो अपने अरण्य के अधिकार को बलपूर्वक छीन

लेने के पक्षधर थे। काली बाबू की दहाड़ उनके भूमिगत ठिकाने से उठकर शहर में गूँज रही थी...। ''गाँधीवाद से हमें अपना झारखंड नहीं मिलने वाला। दिल्ली सरकार गाँधीवादी भाषा नहीं बूझती रे साथी। वह लालडेंगा के हथियारों की भाषा ही बूझती है।''

लोकतन्त्र के हामी भुवन बाबू शान्तिपूर्ण आन्दोलन के समर्थकों और पठार की गैरआदिवासी जनता के बीच उदारवादी नेता के रूप में जाने जा रहे थे जिनके बयान अखबारों में प्रमुखता पा रहे थे, ''...जो आन्दोलनकारी हथियार जमा करने से प्रेम रखता है, वह सच्चा क्रान्तिकारी नहीं, बल्कि भ्रमित उग्रवादी है। ऐसा उग्रवादी देशद्रोहियों से भी सम्बन्ध रख सकता है।''

भुवन बाबू ने 'झामुद' से त्यागपत्र भी दे डाला था क्योंकि कालीबाबू के बयानों के कारण 'झामुद' एक उपद्रवी और अलगाववादी संगठन सिद्ध किया जा रहा है।

'झामुद' फिलहाल तो मात्र एक वर्ष तक के लिए प्रतिबन्धित किया गया था। परन्तु सम्भावना थी कि यह अवधि बढ़ाई भी जा सकती थी।

कालीबाबू पुलिस की हिरासत से छूटते ही भूमिगत हो गये थे। अज्ञातवास करते कालीबाबू के वक्तव्य समाचारपत्रों के मुखपृष्ठ पर बाक्स में प्रकाशित किये जा रहे थे जो पत्रकारों को किन्हीं विशिष्ट सूत्रों से प्राप्त कराए जा रहे थे।

भुवन बाबू भारतीय संविधान और भारतीय न्याय व्यवस्था में पूरी आस्था प्रकट करते हुए सार्वजनिक रूप से सभा या प्रेस वार्ताएँ आयोजित कर रहे थे। वे प्रजातन्त्र की लोकतान्त्रिक प्रक्रिया में हिस्सेदारी के इच्छुक थे और राजनीति की मुख्यधारा से जुड़े रहने को प्रतिबद्ध थे।

ताजा अखबार में दोनों ही के वक्तव्य मुख्यपृष्ठ पर मोटी-मोटी सुर्खियों में प्रकाशित हुए थे जिसमें कालीबाबू ने भुवन बाबू पर आरोप लगाते हुए कहा था... ''भुवनेश चन्द्र सान्याल सत्तापक्षियों का दलाल बन चुका है। 'झामुद' को सत्ताधारियों के हाथों बेचने वाला गद्दार है भुवनेश। उसे 'झामुद' से निकाला जा चुका है। ...दान में मिला स्वतन्त्र राज्य झारखंड एक छलावा सिद्ध होगा, ऐसी 'झामुद' की मान्यता है। आदिवासी को ऐसी झूठी आजादी नहीं चाहिए। जब प्रशासनिक शक्तियों और राजनैतिक सत्ता पुराने लोगों के हाथों में ही रहनी है तो पृथक प्रान्त का यह नाटक क्यों...?''

भुवन बाबू अपनी नयी पार्टी बनाने की योजनाओं के बारे में बताते हुए यह राय जाहिर कर रहे थे... '''झामुद' का पृथक प्रान्त आन्दोलन पथभ्रष्ट हो चुका है। भ्रमित 'झामुद' उग्रवाद की अन्धी खाई में गिर चुका है। 'झामुद' जैसे संगठन शिशु प्रान्त में आतंक और उग्रवाद का ही पोषण करेंगे अत: कालीपद दत्त को आत्मालोचन करना चाहिए। राज्य की जनता से क्षमा माँगकर अपनी

राजनीति पर पुनर्विचार करना चाहिए...।"

अब स्थिति स्पष्ट थी। काली बाबू का जनाधार पृथक झारखंड में भी गाँव-देहात तक ही सिमट कर रह जाने वाला था और भुवन बाबू का जनाधार शहरों की सीमा में सीमित होने को अभिशप्त था। दोनों ही अब एक दूसरे के जनाधार वाले क्षेत्रों के लिए 'बाहर का आदमी' थे।

स्वतन्त्र नये राज्य के लक्ष्य की प्राप्ति हेतु कभी काली बाबू और भुवन बाबू एक दूसरे के पूरक होते थे। संयुक्त रूप से एक विशाल बहुमत को गोलबन्द करने की क्षमता थी उनमें और 'झामुद' राष्ट्रीय राजनीतिक दलों के लिए एक चुनौती खड़ी करने में सक्षम था, परन्तु अब कालीपद दत्त और भुवनेशचन्द्र सान्याल एक दूसरे के राजनीतिक प्रतिद्वन्दी थे। वैचारिक शत्रु...!

बरसात सिर पर थी। नये जन्म से पूर्व की प्रसव पीड़ा के अन्तिम झटकों से जूझ रहा था पठार।

बारिश होते ही द्विगुणित होकर अंकुरित होने वाले थे नये बीज। त्रिगुणित होने वाली थी नयी-नयी कोंपले। चतुर्गुणित होते नये बिरवे-लताएँ-गुल्म...। शतगुणिता होने वाली थी नये अंडे ढोती चीटियों की कतारें। नयी फसल की उम्मीद में पठार पर नव जीवन की आहट सुनाई देने लगी थी। नया जीवन प्रकृति का। नव जीवन धरती का। जन्म एक नये प्रान्त का...।

छः

चैत-वैशाख से ही तपने लगता है पठार! जेठ की गर्म हवा से भनभनाते रहते हैं पहाड़। प्रचंड सूर्य की उष्मा को भरपूर सोखती हैं चट्टानें... पथरीली भूमि!

पहले महुआटाँड़ हाट तक सटा हुआ था घोर जंगल! रेलगाड़ियों और ट्रकों में लाद कर जंगल को पलामू से बाहर भेजते रहे थे काठचोर, वनविभाग के भ्रष्ट अधिकारी, लकड़ियों के तस्कर व्यापारी और बड़े दबंग सवर्ण... ! जब तक महुआटाँड़ प्रखंड मुख्यालय नहीं बन गया। अब भी जंगल में दस हजार पेड़ लगते हैं तो पच्चीस हजार वृक्ष कट जाते हैं।

अन्धाधुन्ध वृक्ष-कटाई ने पठारी वन को इतना छिछला कर दिया है कि नंगे पहाड़ तो पहाड़, मई-जून में यहाँ का कंकड़-कंकड़ दहकने लगता है। सूर्यास्त के बाद जब शैल-शिलाओं द्वारा अवशोषित ताप उत्सर्जित होने लगता है तो साँझ का तापमान और बढ़ जाता है। अब तो मई-जून में आधी रात तक गर्म लू के झोंके चलते हैं छोटानागपुर के पठार पर।

आधी रात के बाद तापमान तेजी से गिरने लगता है। भोर में तो ऐसी शीतल हवा कि खुले में सोना हो तो मध्य जेठ में भी मोटी चादर आवश्यक हो जाती है।

इस वर्ष आषाढ़ पठार पर कुछ जल्द ही आ धमका था। जून के दूसरे सप्ताह में ही परन्तु पठार पर गर्मी की कसक अभी बची हुई थी।

पुरवैया के साथ साँझ को हल्की फुहारें पड़ी थीं। सो उमस बेतरह बढ़ गयी थी। डाकबँगले के कमरों में चिपचिपाहट इतनी थी कि लेटने पर बिस्तर की चादर नंगी देह से चिपकने लगी थी।

इसी लगन में सुबीर की नौकरानी मोतिया का ब्याह हो गया था। मोतिया के ससुराल बिदा हो जाने के बाद सुबीर ने एक नयी लड़की को काम पर रखा था। डाकबँगले की साफ-सफाई और रसोई का जिम्मा अब आदिवासिन तेतरी

---

1. यह मेरी टोप में लगने वाला सातवाँ-बल्कि नवाँ पंख है अर्थात् उपलब्धि है।

के जिम्मे था। जिसके बारे में सुबीर झा, द ओनली वन का दावा था...''दीस इज सेवेन्थ, रादर नाइन्थ फीदर इन माई कैप।''[1]

तेतर याने स्थानीय बोली में इमली का वृक्ष! खट्टा... अस्वास्थ्यकर! तेतरी अर्थात् माँ-बाप की तीसरी कन्या सन्तान! बोझ... मुसीबत!

सुबीर की हर कसौटी पर मोतिया की भाँति ही खरी उतर चुकी तेतरी सुबीर और जोगी को रात का भोजन खिला कर अपने घर जा चुकी थी। असहनीय उमस से राहत हेतु दोनों मित्र अब डाकबँगले की छत पर थे।

छत पर बिछी दरी पर चित्त लेटा था सुबीर। छत पर टहलता जोगी रात के अरण्यव्योम को निहार रहा था।

साँझ वाले बादल कहीं दूर निकल चुके थे। हल्की बारिश के बाद का निरभ्र आकाश सिर पर तना था। बिखरी-सुथरी चाँदनी खिली पड़ी थी। रात का जंगल चाँदनी में गजब का सम्मोहक दिख रहा था।

''कहाँ तक पहुँची तेरी रिसर्च?'' लेटे सुबीर ने पूछा।

''तकरीबन पूरा ही हुआ समझो। इसके पहले कि ज्यादा बरसात शुरू हो; सोचता हूँ, निकल पड़ूँ इधर से।''

''हड़बड़ी क्या है यार, ठीक से देख-पढ़ ले। कुछ रह-बच गया हो तो सँवार ले।'' सुबीर ने कहा।

''अरे नहीं; सामग्री तो इतनी जमा हो चुकी है कि दो-तीन किताबें आराम से तैयार कर सकता हूँ। शीर्षक तक तैयार है, आदिवासियों का सामाजिक-आर्थिक जीवन, आदिवासी समाज और पठार की राजनीति, झारखंड आन्दोलन...'' जोगी ने बताया।

''शाबाश वीर बालक! तेरे भीतर का पत्रकार अभी मरा नहीं रे जोगी'' —सुबीर गम्भीर हो उठा—''मेरा तो समझ ले यार कि पतन ही हो चुका। सिस्टम ने जैसा चाहा, वैसा ढलता गया मैं, पर तुझे काम करने का यह बढ़िया मौका मिला... अच्छा इस रिसर्च के लिए तुझे रुपया कहाँ से मिला?''

''कई संस्थाएँ हैं जो रुपया पानी की भाँति बहा रही हैं भारत में।''

''कौन सी ऐसी सखी हातिम संस्थाएँ हैं?''

''ह्यूमन राइट्स वाच, फंड फॉर ग्लोबल ह्यूमन राइट्स, कौंसिल फॉर फॉरेन रिलेशंस, फ्रेंडस ऑफ वीमेन्स, वर्ल्ड बैंक इन इंडिया, पैक्स क्रिस्टी, एमनेस्टी इंटरनेशनल...''

''बस-बस, रहने भी दे यार।'' सुबीर ने रोका।

''हर साल तकरीबन पाँच हजार करोड़ रुपया अनुदान के रूप में भारत आता है। लगभग तीस हजार से अधिक एन.जी.ओ. हैं भारत में जो विदेशी अनुदानों पर

ही पल रहे हैं। आर्थिक उदारीकरण के बाद पश्चिमी एजेंसियों से निकली अनुदानों की बाढ़ भारत की ओर उफन पड़ी है।'' जोगी ने कहा।

''तूने इसी बाढ़ में डुबकी मारी?'' सुबीर हँसा।

''और क्या? मैं ग्लोबल सिटिजन हूँ कामरेड! विश्व नागरिक!'' जोगी भी कुटिल हँसी हँसा।

''कितने रुपए ऐंठे तूने?''

''यह मत पूछ यार!''

''विदेशी मुद्रा?''

''हम तो विदेशी मुद्रा विनिमय कानून ही समाप्त करने के पक्षधर हैं'' —जोगी उत्तर टाल गया—''काश यह हो पाता।''

''ताकि तुझे विदेशी स्रोतों से धन उगाहने और उसे निर्बाध भोगने के बड़े-बड़े मौके मिलते रहें?''

''करेक्ट।'

''स्साले चार सौ बीस...!''

''जल गया?'' जोगी की हँसी फिर फूट पड़ी।

डाकबँगले के पीछे घनी बँसवारियाँ थीं। कभी-कभी बाँस के झुरमुटों में स्यारों की छीना-झपटी करने जैसी आवाजें आ रही थीं तो कभी नोच-चोथ करती खें-खें... झें-झें...। रह-रह कर बँसवारियों में रैन बसेरा किये बैठे परिन्दों-चरिन्दों के पंख फटफटाने की चिट्ट-चिट्ट ध्वनि और भयभीत चीखें...!

बहुत दूर... काँपते-थरथराते एक प्रकाश बिन्दु की ओर आँखें फाड़-फाड़कर देख रहा था जोगी। समद्र में खड़े आकाशदीपक की भाँति पश्चिम में टिमटितामा एक क्षीण प्रकाश बिन्दु...! पूछा।

''ए सुबीर, उधर पच्छिम में लाइट हाऊस जैसी रोशनी... रोज देखता हूँ... वो, वहाँ... वह कैसी रोशनी होती है, तुझे पता है?''

लेटे सुबीर ने सिर समेट धड़ को थोड़ा ऊपर उठा कर पश्चिम की ओर उड़ती नजर से ताका! पुनः लेटता हुआ बोला—

''अच्छा... वह? वहाँ महुआगढ़ की हवेली है।''

''अभी भी आबाद हैं इधर गढ़ और हवेलियाँ?''

''आबाद न सही, पर हैं।''

''किसकी है वह हवेली... गढ़?'' जोगी ने पूछा।

''इस इलाके के लाल साहब प्रभूदयाल शाहदेव की।''

''सुबीर, तेरा ब्लॉक है महुआटाँड़। वह हवेली हुई महुआगढ़! निकट गाँव है

महुअरिया। इधर महुआ-महुआ कुछ ज्यादा ही है... नहीं?'' हँसा जोगी।

''अभी तूने जाना ही कितना है? पूरा महुआटाँड़ ब्लॉक ही महुआमय है। तूने देखा होगा, महुअर, महुराँव, महुआखोह, महुअरीडिहरी, महुआखाप...! कई गाँव के नाम में महुआ लटका है। दरअसल लाह और महुआ इस क्षेत्र की अर्थव्यवस्था की रीढ़ है; जैसे आगे बढ़ने पर लातेहार-टोरी से कोयलांचल शुरू होता है।''

''और वह महुआगढ़ की हवेली?''

''बताया तो। इलाके के सबसे धनी, दबंग और पहुँच वाले भूतपूर्व जमींदार की गढ़ी है। लालसाहब प्रभूदयाल शाहदेव की हवेली। खुद तो लाल साहब अब डालटनगंज में सैटल हो गये हैं, पर सुनते हैं, कभी बड़ा रुतबा था इस हवेली का। अब तो नीम उजाड़ पड़ी है।'' सुबीर ने बताया।

''नीम उजाड़... ? या गुलजार होता है या उजाड़ होता है। यह नीम उजाड़ क्या?''

''मतलब हवेली के वारिस यहाँ नहीं रहते। हवेली अब मात्र भंडार बन कर रह गयी है। रब्बी-खरीफ की रोपाई-कटाई के मौसम में कभी-कभी लालसाहब के दामाद तारकेश्वर सिंह इधर आते-जाते रहते हैं। अभी हवेली में उनके गुमाश्ते-बराहिल रहते हैं। थोड़ी जो रोशनी दिख रही है उन्हीं से कायम है हवेली में। रब्बी-महुआ समेट कर ये भी चले जाएँगे इधर-उधर।''

''इसके बाद?''

''भूत बसेरा। जंगली जानवरों और चिड़ियों का डेरा।''

दूर-दूर तक चाँदनी में सब कुछ जगमग-जगमग दिख रहा था। सिहरती नीरवता को चीरती दूर तक जाती थी कभी-कभार चीख उंठते सियारों को हुआँ-हुआँ या उल्लू की चीख! दूर-दूर तक चिरता-भिदता चला जाता था चाँदनी घुला जंगली सन्नाटा।

''याने लाल साहब अब गाँव नहीं आते।'' जोगी बोला।

''आते होंगे कभी-कभार, रैयतों की सलामी-जोहार लेने''—सुबीर ने कहा—''मैंने अलबत्ता कभी उन्हें महुआटाँड़ में नहीं देखा। डेढ़ वर्ष से ऊपर हो गये मुझे यहाँ। शायद लाल साहब अब शहर की अपनी सुरक्षित माँद से बाहर निकलना ही नहीं चाहते।''

''सामन्त बताते हो। दबंग भी, फिर माँद की सुरक्षा में रहने की वजह? भूमिगत संगठनों का भय?'' जोगी ने पूछा।

''उम्रदार भी हो गया है यार। अस्सी से कम का नहीं होगा बूढ़ा। खाया-पिया कसरती बदन है। सुना है अभी-भी एकदम सीधा चलता है। हँसी भी एकदम पोपली नहीं हुई उसकी। अपने वंश में कोई उसकी अकूत सम्पत्ति को भोगने वाला तो है नहीं, फिर क्या पड़ी है जो जंगल-मिट्टी में अपनी मिट्टी पलीद करता रहे बूढ़ा?''

"गोया देहात की पुरानी कमाई अब शहर में बैठ कर ताप रहे हैं लाल साहब?"

"कमाई शहर में भी कम नहीं है।"

"अच्छा?" विस्मित जोगी।

"शाहदेव रोडवेज, लाल ट्रांसपोर्ट्स... कई बसें चलती हैं। ट्रकों के कानवॉय[1] हैं। पेट्रोल पम्प है रेड़मा चौक पर। सबकुछ तारकेश्वर ही देखता है।"

"और खुद लाल साहब?"

"लाल साहब बुढ़ौती में खूब धार्मिक हो गये हैं; सुनते हैं"—सुबीर ने सुनी-सुनाई बताई—"सुनते हैं राजनीतिक गतिविधियों में भी खूब सक्रिय रहते हैं। नेता चाहे किसी पार्टी का हो, बिना लालसाहब की कोठी पर मत्था टेके स्थानीय नेताओं का चुनाव प्रचार अधूरा है। क्षेत्र के गँउँवाँ का आशीर्वाद मिल गया तो समझो लगभग पूरी सवर्ण बिरादरी के वोट खरे हो गये। दलितों के हाथों प्रताड़ित सामन्ती शान और खोती जा रही सवर्ण ऐंठ की टीस के प्रतीक पुरुष हैं लालसाहब।"

"गोया इधर की राजनीति के किंग मेकर कहे जा सकते हैं लालसाहब प्रभूदयाल शाहदेव।" जोगी भी दरी पर बैठता हुआ बोला।

लालसाहब प्रभूदयाल शाहदेव के बहाने ही पलामू की राजनीति की दिशा-दशा का दिलचस्प अध्याय खुल पड़ा था जिसे पूरी तन्मयता के साथ पढ़ने को उत्सुक हो उठा जोगी।

गुमसुम-सा मौसम अब रंग बदलने लगा था। चैत-वैशाख की दोपहरी और देर शाम कितनी उदास और थकी-थकी होती थी। पत्ते तक शान्त-पिटे और मौन...! अब रात चढ़ते ही पछुवा हवा डोलने लगी थी और पत्ते फटफटाने लगे थे।

"दरअसल यह इलाका जमींदारों-जागीरदारों का क्षेत्र रहा है"—सुबीर तारों पर आँखें टिकाए कहने लगा—"डालटनगंज से नार्थ-वेस्ट में चलो तो सरगुजा तक... मुगलकाल से ही उत्तरी पलामू के स्टेट चैनपुर, रंका, ऊँटारी, वगैरह शक्तिशाली राजपूतों के गढ़ रहे हैं। दक्षिणी पलामू की ओर देखो तो देवगन और मनातू क्षेत्र में चेरों, खरवार, रक्सेल, नागवंशी या आदिवासियों का वर्चस्व रहा है। आजादी के बाद स्थितियाँ तेजी से बदलीं जरूर परन्तु दस साल पहले तक इधर भी राजपूत-ब्राह्मणों की ही तूती बोलती थी।"

"अब क्या हो गया ससुरी तूती को?" हँसा जोगी।

"कैसे बोले तूती? मुर्दे भी बोलते हैं?"

"सो क्यों?"

---

1. काफिला

"तूती मर चुकी है यार," सुबीर ने तप उठी करवट बदलते हुए बताया— "रंका, नगर, छत्तरपुर, चैनपुर, लादीगढ़ जैसी जागीरों के जमींदारों ने किसान सेवक समाज खड़ा कर इस तूती को बचाने की कोशिश तो की थी। उभार पाते भूमिगत संगठनों के विरुद्ध एक मोर्चा भी लड़ा था, पर स्टेट्स हल्के पड़ गये। एक-एक कर भूमिपति-
सामन्त भूमिगत संगठनों के द्वारा मार डाले गये। जो बचे उन्होंने भूमिगत संगठनों के समक्ष हथियार डाल दिये। समझो, खून के घूँट पी कर अपने ही हाथों अपनी तूती की गर्दन मरोड़ डाली।"

"फिर तो महुआगढ़ की तूती भी खत्म।" जोगी ने दो जमा दो का हिसाब चार निकाल डाला।

"गलत! महुआगढ़ की तूती फिलहाल अधमरी है। लाल साहब ने मध्यमार्ग अपना रखा है। गाँव से भाग कर शहर में जा बसे हैं। गाँव की जायदाद के सदके कभी किसी भूमिगत संगठन से जुड़ते हैं, कभी दूसरे संगठन के समर्थक हो लेते हैं... मतलबी बूढ़ा बड़ा शातिर है यार... पालिटिशियन जो ठहरा।"

"यार पार्टनर, यह लालसाहब हैं किस प्रजाति के मनुष्य?"

"दोगली प्रजाति।" सुबीर ने बुरा-सा मुँह बनाया।

"क्या बकता है?"

"यही सच है भई। ऊँचे राजपूत घराने से ब्याह कर आयी पत्नियों से जो राजपूत बेटे जनमे सो कहलाते हैं राय साहब। जो बच्चे रखैलों की कोख से पैदा हुए, सो हुए लालसाहब।"

"रखैलों के बच्चों के पास भी इतनी जमीन जायदाद! ऐसा रौब और ऐसा रुतबा?" जोगी ने साश्चर्य पूछा।

"हिस्सा मिला यार! विरसे का धन! आखिर वे भी तो राजपूत बाप के बेटे थे। राजपूती रक्त...।

"मतलब यह कि राजपूतों ने अपनी दोगली या सौतेली सन्तानों को भी मान दिलाया।"

"ऐन महाभारत काल की जारज सन्तानों की तरह, परन्तु मान्यता दी सो सही है। इसीलिए तो लाल साहब लोग सम्पत्ति, अकड़ या अत्याचारों में राय साहबों से अंगुल भर भी कम नहीं। बल्कि ज्यादा हैं। प्यादा से फर्जी बने सामन्तों की चाल ऐसी ऐंठन भरी कि नाम के साथ जुड़ी शाहदेव की दुम कट नहीं सकती।"

"इधर तो समय जैसे रुका पड़ा है यार।" विस्मित जोगी...!

"नहीं एकदम ऐसा नहीं कह सकते। इनकी अकड़ कुछ ढीली की है भूमिगत संगठनों ने और इस महुआगढ़ की शान-आन को तो हवेली के ही एक आदिवासी

रैयत ने लगभग तबाह ही कर डाला था।

"जंगली रैयतों ने?" चौंका जोगी।

"यकीनन! एंड फॉर यूअर इन्फार्मेशन[1],... महुआगढ़ की चूलें हिलाने वाला एक सन्ताल था।"

सुबीर ने किसी रहस्यपूर्ण पटकथा के भेदिये नायक की भाँति रहस्योद्घाटन-सा किया। क्योंकि जोगी आदिवासियों के बीच कुछ दिन जी चुका था, अत: जोगी के लिए यह रहस्योद्घाटन अविश्वसनीय बल्कि कल्पनातीत था।

"एक...? एक सन्ताल ही बोला न? आई जस्ट कांट बिलिव[2] कि एक जंगली आदमी ने..."

"मुकम्मल आदमी भी कहाँ?" सुबीर ने बात काटी—"अभी तो जवान ही हो रहा था पट्ठा। लाल साहब का ही बैठ-बेगार था। जीने की न्यूनतम जरूरतों के लिए दलित समाज का जो दोपाया प्राणी मालिक का बन्धुआ मजदूर हो वह इधर कमकर या कमियाँ कहलाता है। इससे भी नीचे दर्जे पर होता है बैठ-बेगार।"

"सिनेमाई किस्सा...?" —जोगी ने जम्हाई ली—"ऐसा यथार्थ में होता है कहीं? उस लाल-नीले साहब का इतना लम्बा-चौड़ा खाका खींच चुके हो और कहते हो कि उस लार्जर दैन लाइफ कैरेक्टर[3] को एक अकेले सन्ताल ने डंडा कर दिया...? शिट्...! यह अमिताभ बच्चन की फिल्मों जैसी बात... मुझे तो विश्वास नहीं होता यार।"

"यू डोंट।[4] मेरा काम तुम्हें कुछ बताना है। सचाई का यकीन दिलाना नहीं पर जो जानकारी मेरे पास है जोगी, वह किस्सा नहीं। सरकारी दस्तावेजों में दर्ज है।"

"हर्फ-ब-हर्फ—?" जोगी ने व्यंग्य से कहा।

"कुछ अतिशयोक्ति हो सकती है। इससे मैं इन्कार नहीं करता"—सुबीर ने माना—"गँवई लोग अपने नायकों के किस्से कुछ बढ़ा-चढ़ा कर बताते ही हैं पर क्या ऐसा ही नहीं है जोगी कि हर शुरुआत किसी अकेले आदमी के दम पर ही शुरू होती है। जरूरत होती है तो बस जिगर और जुनून की? फिर तो बाद में लोग साथ आने ही लगते हैं?"

"सुनने में तो मुझे यह सब एक रोमानी क्रान्तिकथा जैसा लग रहा है कामरेड! सातवें-आठवें दशक में ऐसी ही कहानियाँ नहीं लिखी जा रही थीं हिन्दी में?" जोगी ने उबासी ली।

"पर यह कहानी नहीं है। इसके जीवित साक्ष्य अभी भी उपलब्ध हैं।"

---

1. तुम्हारी जानकारी के लिए 2. यकीन नहीं आता 3. जीवन से भी बड़े चरित्र 4. मत करो विश्वास।

सुबीर जिद् पर अड़ गया।

''कैसे साक्ष्य?''

''एक तो खुद प्रभूदयाल शाहदेव...!''

''मुझे तो यार ये आदिवासी सवेरे से शाम तक के बीच अपने लिए खाना और सिर पर छप्पर का जुगाड़ करने से आगे की सोचने वाले लगते ही नहीं।''

''तुझे नहीं लगते, क्योंकि तू इन आदिवासियों को अभी पूरी तरह जानता नहीं। सतही तौर पर जाना है अभी।'' सुबीर ने दावा किया।

''चल मान लिया कि तेरी बात दस्तावेजों की रूह में सौ फीसदी सच है पर सोच''—जोगी ने तर्क किया—''लाल साहब की दुम वाले अन्य दुमदारों ने मिल कर प्रभूदयाल शाहदेव का साथ क्यों नहीं दिया? आखिर यह सामन्ती अस्मिता और प्रतिष्ठा का भी तो सवाल होगा? दूसरे लालसाहबों के रैयत भी तो बिगड़े हालत से सीख लेकर बिगड़ सकते थे... सोच, है कि नहीं?''

''सिद्धान्त रूप में तेरी बात सही लगती है, पर राजपूतों का इतिहास क्या रहा है?'' सुबीर ने जोगी के तर्क को निरस्त किया—'' आपसी सिरफुटौव्वल! पूरा मध्यकालीन इतिहास राजपूतों की आपसी लड़ाइयों का इतिहास है। इस क्षेत्र में तो राजपूत बाद में आये। फिर धान और राजपूतों की अनन्त किस्में हैं। कई गोत्र, ऊँची-नीची पाँत, सामाजिक जटिलताएँ... एकता होना असम्भव...!''

''याने राजपूत यहाँ के मूल निवासी...।''

''नहीं हैं।'' सुबीर ने जुमला पूरा किया।

''फिर...? कौन था यहाँ पहले-पहल? यही जंगली सब?''

''बिल्कुल! प्रागैतिहासिक काल में तो लगभग पूरा पठार ही महाजंगल था''—उँगलियाँ चिटखाते सुबीर ने कहा—''जो दोपाए तब इधर थे, उन्हें अब तो अर्द्धमानुष ही कह सकते हैं। गुप्त शासकों के बाद शशांक को छोड़कर कोई अन्य भारतीय राजा यहाँ राज नहीं कर सका। तुर्क, पठान, मुगल... कोई नहीं। जो भी आया यहाँ के भूगोल और जलवायु ने इधर टिकने नहीं दिया।''

इतिहास का छात्र रहा था सुबीर झा। अपने विषय में कितनी गहरी पकड़ थी सुबीर की इससे अनभिज्ञ नहीं था जोगी।

''तो लाल साहब या ब्राह्मण इधर कैसे जमे-टिके रहे?''

''इन्हें तो जंगल में टिकाया अंग्रेजों ने। खिल्लतें और जागीरें देकर ताकि सवर्ण शक्ति अंग्रेजों के पक्ष में विद्रोही वनवासियों का दमन करे। ये जंगली अँगूठे के नीचे दबे रहें वर्ना इन जंगलियों ने अंग्रेजों को क्या कम परेशान किया था? सिदो, कान्हू, रूदन, तिलका, बिरसा... ससुरों ने अंग्रेजों को नाकों चने चबवा दिये थे।''

"गोया इधर खलक खुदा का, मुल्क ब्रितानियाँ महारानी मल्लिका विक्टोरिया का और हुकमत की लाठी ब्राह्मणों-राजपूतों के हाथ... ?" जोगी भी अब सुबीर के बराबर में लेट गया।

"कुछ ऐसा ही बीता इधर।"

"समझा।"

"समझदार बच्चा है। आखिर समझ ही गया।" सुबीर ने जोगी का माथा सहलाया।

"एक शक तो अभी भी रह गया कामरेड।"

"बको।"

"चूँकि इतिहास गवाह है सो माना, परन्तु इन अधनंगे, भूखे, मरियल-हड़ियल आदिवासियों में... आई मीन, आर्थिक-सामाजिक रूप से टूटे-हिले इन लोगों में प्रतिरोध की शक्ति अब तो मुझे नहीं दिखती। फिर लाल साहब की जमींदारी में तो और भी दबे-कुचले होंगे ये लोग? फिर क्यों कर परवान चढ़ सकी वह क्रान्तिकारिता जिसने बकौल सुबीर झा,... महुआगढ़ की चूलें हिला दी थीं?"

"वह इसलिए सम्भव हो सकी वीर बालक कि लम्बी असुरक्षा बनैले प्राणियों को हमेशा अक्रामकता और हिंसा की ओर धकेलती है। इट्स अ सिम्पल साइकोलॉजी...।[1] बनैला प्राणी फिर चाहे सरीसृप हो, चौपाया हो या दोपाया।" सुबीर ने अकाट्य तर्क दिया।

"साले... तूने तो"—हँसा जोगी। "तूने तो साँप, जानवर और आदमी, तीनों को एक ही फीते से नाप दिया।"

"फीता गलत है?" उठ बैठा सुबीर।

"नहीं!" जोगी हँसता रहा। "मान ली तेरी जिरह!"

"यही जंगल की रीत है जोगी, पर याद रख, जूलियस सीजर ने भी कैशियस के लिए ऐसा ही कुछ कहा था...। वह दुबला-पतला भूखा दिखता आदमी...! ऐसे लोग खतरनाक होते हैं। ...तो कामरेड, वह अकेला सन्ताल भी भूखा-नंगा ही था। उस बैठ-बेगार का नाम था... क्या नाम था..., बुचन! या बुच्चन...? यस...। बुचुन मुरम् या... ऐसा ही कुछ था।"

"नाम कितना बचकाना और काम...?" जोगी मुदित स्वर में बोला।

"काम...? ससुरे ने हनुमान की तरह लालसाहब का तो लगभग लंकादहन ही कर डाला था।"

"लंका...द-ह-न?"

---

1. यह तो सामान्य मनोविज्ञान है।

"अग्निकांड यार! लाल साहब के लाखों रुपयों का दाह-संस्कार। माल से अटे पूरे गोदाम को राख कर डाला था।"

"अकेले?" पुनः संशय!

"कहा तो हाँ! कतई अकेले। सिर्फ लंकादहन ही नहीं, लाल साहब के वंशवृक्ष को भी उजाड़ डाला। लालसाहब के इकलौते बेटे को तीरों से गोद डाला था।

"हत्या...।"

"यस! डेलिब्रेटेड कोल्ड ब्लडेड मर्डर...।"[1]

"इतना कलेजा?" सिहर उठा जोगी—"आदिवासियों में इतना जिगरा? ऐसी आग कि अपने मालिक के बेटे का खून कर डाले? कुछ अति नहीं लगती इस किस्से में?"

"मुगालते में मत रहना कामरेड... कभी खता खा जाएगा। ये आदिवासी ससुरे नाग हैं...!"—सुबीर ने जोगी को चेतावनी दी—"ब्लैक इंडियन कोबरा! वैसे तो आहट से भी सहमता है नाग, परन्तु यदि पलटवार करने पर अमादा हो जाय तो खदेड़ कर डँसता है और नाग के जहर का तोड़ मिलेगा नहीं इस जंगल में।"

"ऐसा है?"

"और क्या? पासवान को देखा है न? वह दारोगा भोला पासवान? बिना वर्दी का जंगल में क्यों घूमता है? क्योंकि इसी में सुरक्षित है वर्ना खाकी देखते ही धाँय...! भूमिगत संगठनों के भय से साँझ होते ही तमाम देहात के थाने-चौकियाँ या पुलिस पिकेट्स मरघट बन जाते हैं और भूमिगत संगठन इधर किनके हाथ में है? इन्हीं आदिवासियों के हाथों में।"

"मुझे डरा रहा है?"

"नहीं। सचाई बता रहा हूँ।"

"फिर तू कैसे टिका हुआ है इधर? मुझे तो इधर भय से अधिक ऊब होने लगती है कभी-कभी।"

"ऊब?"

"हाँ, बेमतलब वाली शान्ति से ऊब। महानगरीय चहल-पहल से दूर रहा हूँ न?" जोगी ने लम्बी जम्भाई ली।

"मैं इधर टिका हूँ क्योंकि जंगलराज के कानून का पालन करता हूँ। जंगल के भूमिगत संगठनों की इस शर्त पर ईमानदारी से अमल करता हूँ कि वेतन से ऊपर की कमाई करनी हो तो लेवी दो। सुविधा शुल्क है यह।"

"तू भी लेवी चुकाता है?" जोगी ने कृत्रिम आश्चर्य प्रकट किया।

"बिना नागा। नियत समय पर।"

---

1. हाँ, सोची-समझी पूर्वनियोजित हत्या।

"यदि कोई ऊपरी कमाई का रसिया न हो...तो?" जोगी ने पूछा।

"तो हैं कुछ भूमिगत संगठन ऐसे भी जो ईमानदारी की कद्र करते हैं। उनसे बेवजह डरने की भी जरूरत नहीं यहाँ परन्तु सारे संगठन उसूलों वाले थोड़े न हैं। लेवी न वसूलें तो खाएँ क्या? हथियारों का खर्च कहाँ से जुटेगा? तो... इधर भ्रष्ट तो होना पड़ता है कामरेड। हमें ऊपरी कमाई के स्रोत पैदा करने होते हैं। वेतन से क्या बनता है?"

"इतनी सूचनाएँ हैं तेरे पास सुबीर कि तू मुझे आदमी से अधिक अखबार दिखने लगा है।" हँस पड़ा जोगी।

"यहाँ जान साँसत में है और तुझे मसखरी सूझ रही है। कल कोई नेता गाँव में कम्बल बाँटने आ जाय तो कम्बल मुझे ही मुहैया कराने होंगे। रुपया कहाँ से लाता हूँ, सो मेरी बला से। फिर भी यदि वित्तीय अनियमितता में पकड़ा गया तो वही नेता फंड का दुरुपयोग करने के आरोप में मुझे सस्पैंड भी करा देगा।"

"फिर निभती कैसे है यार?" जोगी को अब हल्की ठंड लगने लगी थी।

"निभाना पड़ता है कामरेड! जिन्हें कम्बल दिये जाते हैं, दाम भी उन्हीं से वसूल करना पड़ता है किसी न किसी ढंग से।"

"विचित्र चक्रव्यूह है यहाँ।" जोगी ने सहानुभूति प्रकट की।

"और तुझे लगता है कि यहाँ बड़े मजे हैं।... ठंढ बढ़ गयी है। नीचे चलें?"

"हाँ।" जोगी उठ खड़ा हुआ!

सुबीर दरी समेटता हुआ खीज भरी टिप्पणियाँ करता रहा।

"साले आई.ए.एस. लोग, पटना में बैठ कर पलामू के लिए पॉलिसी बनाते हैं और हम बिहार लोक सेवा वालों को तो किरानी ही समझते हैं। चार सालों में ये लोग कलक्टर बन जाते हैं और दस वर्षों में कमिशनर तक! हम लोग सत्रह-अट्ठारह सालों तक बस इस प्रखंड से उस प्रखंड की धूल फाँकते फिरते हैं। कमीने अफसरों और भ्रष्ट नेताओं ने पूरा जंगल बेच दिया और लाठी हमारी चूतड़ पर..."

"तू तबादला नहीं करा सकता?" जोगी ने सुबीर के प्रलाप को रोका।

"कहाँ तबादला करा लूँ? लगभग सारा जंगल ऐसे ही जंगली कानूनों के तहत चलता है।" सुबीर ने गाढ़ी साँस ली।

"शहर में ट्रान्सफर ले यार! ऐसे तो जंगल में रहते-रहते जिन्दगी ही जंगल हो जाय।"

"जुगाड़ में तो हूँ। बिहार विभाजन से पहले हम सरकारी कर्मचारियों को

विकल्प चुनने का मौका दिया गया है... बिहार या झारखंड? मैंने बिहार माँग लिया है। भ्रष्टाचार बिहार में भी है, बल्कि वहाँ तो खुला बाजार है। भाव भी यहाँ से चार गुना है, लेकिन उधर भूमिगत संगठनों की तलवार तो गर्दन पर नहीं लटकी होती...।''

सुबीर सीढ़ियों से नीचे उतरने लगा। जोगी ने पीछे मुड़कर देखा। दूर... महुआगढ़ की हवेली पर टिमटिमाता प्रकाश बिन्दु पूर्ववत् झिलमिला रहा था। ताड़ की फुनगी पर स्वर्णथाल-सा जा टिका था चन्द्रमा।

सात

बिरजा नोनियाँ का बेटा हरिया जब भुतहा कुएँ पर से लौट कर आया था, रह-रह कर उसे कँपकँपी चढ़ने लगी थी। थरथराने लगता था हरिया तो देह का ताप भी बढ़ने लगता था। लाल-लाल आँखों से हरिया अपने माँ-बाप को ताकने लगता था और और फिर बेहोश...!

उड़सुग्गी गाँव के ओझा लेदा भगत की मति से बाहर था यह कि आखिर डईनी बाहामुनी ने कितना जबरजस्त भूत हरिया की देह पर बोझ दिया था कि बच्चे की देह ऐसी काँपती थी जैसे पूस की कनकनी पछुआ बयार में थरथराता कुतिया का पिल्ला...!

लहकते तवे जैसी देह और डूबती आँखों वाला हरिया थरथराते होंठों से कभी-कभी पुकार उठता था—

"अइयो! ए अइयो? आइयो गेऽऽऽ"

कुछ समय बाद जब भूतबाथा का जोर कम होता तो हरिया की देह से हराहर पसीना...! पसीने से भीग जाती थी चादर और कथरी।

उड़सुग्गी में मात्र दो घर आदिवासी थे। उनमें से एक घर अकेली बुढ़िया बाहामुनी का था।

हरिया बाहामुनी को अइयो कहता था। दादी माँ...! बाहामुनी अइयो से खूब हिला हुआ था हरिया। जब बाहामुनी अपनी झोपड़ी के बाहर बैठी दातुन के छोटे-छोटे गट्ठर बाँधती होती थी या बाँस की घिरनी पर सुतली कातती होती थी या पत्तल-दोने गढ़ती होती थी या बाँस की झलरी-झाँपी-दौरी-सूप बीनती होती थी, अइयो के साथ दुनिया जहान की बातें बतियाता रहता था हरिया। जब तक कि उसके समवय बच्चे खींच कर उसे खेलने नहीं ले जाते थे।

हरिया के भोले-बचकाने प्रश्नों पर 'फूफ्-फूफ्' हँसती बाहामुनी। यथासम्भव हरिया की जिज्ञासाओं के समाधान भी देती बाहामुनी।

लेदा भगत का विश्वास था कि जब्बड़ गुनिया है बुढ़िया। कई भयंकर नासान बोगा[1] बाहामुनी के वश में हैं। अपने अधीन की बुरी आत्माओं को सन्तुष्ट और प्रसन्न रखने के लिए डायन,ओझा, बैंगा या मती प्राय: बलि देते रहते हैं। अपने प्रिय की बलि सर्वोत्तम बलि होती है जो बुरी आत्माओं की क्षुधा-तृषा को लम्बे समय तक तृप्त किये रहती है और अपने स्वामी को रोज-दिन बकरी, सूअर या मुर्गी खरीद कर बलि चढ़ाने के खर्च से भी बचाए रखती है।

कानी कौड़ी की दलिद्दर बाहामुनी कहाँ से जुटाती बार-बार बलि की मुर्गी भी?... पर बुरी आत्माओं की सत्यानाशी भूख की शान्ति भी तो अनिवार्य थी सो बाहामुनी ने लम्बे समय तक अपना बलि व्यय बचाने का प्रबन्ध कर डाला था। हरिया पर अपने भूतों को बोझ दिया था।

ओझा लेदा भगत ने डायन बाहामुनी की काट ढूँढ़ निकाली थी। सवेरा होते ही डायन की मरणान्तक पिटाई निश्चित हो चुकी थी। मानव मल का घोल पिला-पिला कर खूब पिटाई और लाल तप्त हँसिए से अंग-प्रत्यंग की दगाई तय हो गयी थी।

उड़सुग्गी गाँव की गैरआदिवासी बहुल पंचायत ने निर्णय लिया था कि बाहामुनी का टंटा हमेशा के लिए समाप्त कर डालना ही भविष्य की सुरक्षा की जमानत थी बहामुनी की देह के रोम-रोम में बसी समस्त बुरी छायाओं को कील देने के बाद बुढ़खोंखनी के गले में पानी भरा घड़ा बाँध कर उसे भुतहवा कुएँ की गहराई में डूबो कर मार दिया जाए।

लेदा भगत अपनी बिरादरी के पंचों से बाहर कैसे जा सकता था? बाहामुनी के पक्ष में खड़ा होने वाला कोई उड़सुग्गी गाँव में नहीं था।

बीरन मुंडा ने जब पंचायत के निर्णय को सुना था तो भागा-भागा बाहामुनी के घर पहुँचा था जहाँ सुइया बाहामुनी से चटाई बीनना सीख रही थी।

बीरन और सुइया उड़सुग्गी गये थे बाहामुनी को न्योता देने।

छठू मुंडा की मृत्यु के बाद बुलाकी मुंडा के घर में कोई जवान पुरुष नहीं रह गया था। जाते-जाते छठू अपनी पत्नी रतनी के भीतर अपना अंश छोड़ गया था। प्रसव का दिन निकट था, अत: प्रसव कराने में सिद्धहस्त बाहामुनी को बुलावा देने उड़सुग्गी पहुँचे थे बीरन और सुइया। ...पर यहाँ तो जीवन देने वाली पर ही मृत्यु संकट...!

एक रायफल के साथ बीरन को बाहामुनी की सुरक्षा का भार सौंप कर सुइया ददुआ मानकी की खोज में उड़सुग्गी से भाग निकली थी।

1. बुरी आत्माएँ।

उड़सुग्गी के सिवान से निकलते ही सुइया को दिख गया था। 'झामुद' का एक गश्ती दस्ता। साथी नन्हकू बैठा ने बताया था कि बुलाकी मुंडा नदी नहाते हुए फिसल कर गिर पड़ा था। हाथ की हड्डी में चोट थी। शायद टूट ही गयी हो हड्डी। अंग्रेजी डागदर को देने भर रुपया कहाँ से जुटा पाता बुलाकी मुंडा सो ददुआ मानकी महुअरिया गया है, बुलाकी मुंडा के लिए कुछ पैसे-कौड़ी पहुँचाने।

आधी रात होते-होते महुअरिया पहुँच गयी थी सुइया। तब ढिबरी के जले हुए डोरी के तेल से बुलाकी मुंडा की चोट पर मालिश कर रहा था ददुआ मानकी ताकि दर्द कुछ कम हो सके।

सुइया के अधरतिया के इस आगमन ने घर के लोगों को सशंकित कर दिया था... अब कौन विपदा...!

छठू की पत्नी रतनी और छठू की पहली पत्नी से जन्मे डेमका के लिए बुलाकी मुंडा बूढ़ा सही पर घर के लिए बरगद की छाँह सरीखा था। तिसपर गर्भभार से लदी थी रतनी... तो कभी सुइया, कभी बीरन, कभी स्वयं ददुआ मानकी महुअरिया का फेरा लगा लिया करते थे।

सुइया ने जल्दी-जल्दी ददुआ मानकी को बाहामुनी के संकट के बारे में बताया और ददुआ को हड़बड़ाने लगी ताकि भोर होने से पहले उड़सुग्गी गाँव पहुँचकर बाहामुनी को अकारण मरने से बचाया जा सके।

मौन ददुआ मानकी सुइया की बातें सुनता रहा था। जनता था कि भूत-दूत की बातों में कुछ नहीं रखा! जानता था कि पलामू के शक्तिहीन, धनहीन और भूमिहीन देहातियों को भूत-प्रेत नहीं पकड़ते। भूत से भी अधिक भयंकर है भूख, भोट और मलेरिया।

हरिया का हाल समझने के बाद ददुआ मानकी ने रतनी से अपना झोला मँगाया। झोले में से कागज के कुछ छोटे-छोटे लिफाफे निकाले और जमीन पर बैठकर ढिबरी के प्रकाश में वांछित लिफाफे छाँटने लगा।

एक लिफाफा, जिसके कोने पर सूर्य चित्रित था, ददुआ मानकी ने उस लिफाफे में से दवा की टिकियों का एक पत्ता बाहर खींचा, पत्ते में से छः टिकिया अलग की और सुइया को थमाया।

"एक टिकिया पीस कर एक पुड़िया बाँधना है। कुल छौ पुड़िया बाँध जल्दी।"

ददुआ के बताए अनुसार सुइया सिल-लोढ़े पर जुट पड़ी। ददुआ मानकी ने दूसरे लिफाफे में से दर्जन भर दूसरी गोलियाँ निकालीं और टिकियों को खाट की पटिया पर रख राइफल के कुन्दे तले पीसने लगा।

'झारखंड मुक्तिवाहिनी दस्ते' के प्रशिक्षण शिविरों में 'झामुद' के सदस्यों को

प्रशिक्षित करने हेतु पता नहीं कहाँ-कहाँ से प्रशिक्षक बुलवा लेते थे 'झामुद' के गुरुजी कालीपद दत्त! थानेदार आते थे, प्राथमिक स्वास्थ्य केन्द्र के चिकित्सक आते थे, देसी ही नहीं विदेशी प्रशिक्षक तक...! मात्र आग्नेयास्त्र प्रयोग करने का प्रशिक्षण ही नहीं कई अन्य प्रकार के प्रशिक्षण भी 'झामुद' के शिविरों में चलते थे।

जंगल में संकट-काल में मात्र बिस्कुट पानी पर दिन काटना, सैनिक छापामारी के समय हफ्ता-दिन तक पेड़ पर छुपे-टँगे रहना, किस कुएँ का पानी पिएँ, किस पोखर का पानी न छुएँ, विषाक्त खाद्य की पहचान, प्राथमिक चिकित्सा के गुर...! हथियार चलाने के आलावा भी बहुत कुछ सीखना पड़ता था 'झामुद' के सदस्यों को तब कहीं आखिर में हाथ में रायफल-बन्दूक थमाई जाती थी। फिर ददुआ मानकी तो साधारण सदस्य भी नहीं था। वह महुआटाँड़ प्रखंड में 'झामुद' का एरिया कमांडर था।

'झामुद' के हर एरिया कमांडर के पास कुछ जीवनरक्षक औषधियों के साथ 'प्राथमिक चिकित्सा पोटली' अनिवार्य रूप से होती थी। जीवाणुरोधक डेटॉल, पट्टियों की कुछ गड्डियाँ, दर्दनाशक-ज्वरनाशक दवाइयाँ...।

निरक्षर या अंग्रेजी न जानने वाले एरिया कमांडरों के लिए चित्रलिपि की व्यवस्था थी। कागजी लिफाफे में दवा और लिफाफे के ऊपर सांकेतिक चिह्न की मुहर! बुखार के लिए प्रचंड सूर्य, ठंड के लिए कटा चन्द्रमा, सिर दर्द के लिए विस्फोट, उल्टियों के लिए गिरती जलधार या दस्त के लिए लोटे का चित्र...!'झामुद' के प्रशिक्षण शिविर में रोग के लक्षण, प्राथमिक चिकित्सा तथा संकेत चिन्ह रटवा दिये जाते थे।

पलामू के भूमिगत संगठनों ने अरण्यवास में इस यथार्थ को जान लिया है कि इधर के देहात और मलेरिया बुखार का जनम-जनम का नाता है। पूर्वपरिचित रोग के चिरपरिचित लक्षणों के लिए अनेक बार आजमाई हुई दवाओं की पुड़िया तैयार करा चुका था ददुआ मानकी। ज्वर के लिए तत्काल 'पारासिटामोल' और मलेरिया के लिए 'क्लोरोक्विन'! दोनों दवाएँ भभूत के रूप में पुड़ियाबन्द!

ददुआ मानकी जंगल का आदमी था। जानता था कि पलामू का देहाती-आदिवासी शहर के अंग्रेजी डॉक्टरों को अपेक्षा गाँव के ओझा-गुनी, मन्त्र-भभूत या गंडे-ताबीज पर अधिक विश्वास करता है। गँवई विश्वासों के अनुरूप उपचार करने की तरकीब यही थी कि रोगी को दवाएँ साबुत टिकिया के रूप में न देकर प्रसाद या भभूत के रूप में दे दी जाएँ। रोगी के आत्मबल के साथ जुड़कर एक प्रतिरोधक क्षमता विकसित कर देनेवाली यह उपचारविधि अच्छे परिणाम देती थी। ददुआ मानकी ने इस नुस्खे को कई बार सफलतापूर्वक आजमाया हुआ था।

इधर दवाएँ तैयार हो रही थीं और उधर बुलाकी मुंडा का नाती डेमका कहानी सुनने के लिए अपने दादा के सिर पर सवार था।

"फिर का हुआ नूनू?"

"रात को बेंग पोखरा से निकला और महुए के पेड़ के नीचे पहुँच गया। बेंग के कपार पर महुआ गिरा, टप्प...! बेंग बोला..." टप्प्-टिप्पी गिरे ले, कपार काहे फोरले?[1]

"तब?"

"महुआ का पेड़ बोला, बेंग राजा रात में काहे घुमे ले?"[2]

खिलखिला उठा पोता। निहाल हो गया बूढ़ा दादा। बाँह की टीस कुछ और घटती लगी।

अनिवार्य औषधियाँ तैयार होते ही ददुआ मानकी ने सिर पर अपना लाल मुरेठा पहना। कन्धे से अपनी कारबाइन लटकाई। ऊपर से मोटी सफेद चादर ओढ़ने के बाद हाथ में लाठी। सुइया से बोला।

"चल बुचिया!"

खटिया पर लेटे बुलाकी मुंडा ने प्रस्ताव रखा।

"कहो तो गाँव के चार जवान साथ कर दें।"

"ना भइया। हम वहाँ लाठी चलाने थोड़े जा रहे हैं? बात सिराने जा रहे हैं हम तो। अपना ध्यान रखना तुम। सवेरे आएँगे तो महुआटाँड़ ले चलेंगे तुमको। वहीं दवाई प्लास्तरा कराएँगे।"

सुइया ने भी अपनी रायफल उठा ली। रात का तीसरा पहर था जब सुइया और ददुआ मानकी उड़सुग्गी गाँव की ओर निकल पड़े थे जहाँ एक बीमार बच्चा अनजाने में और जान के खतरे से जूझती एक बुढ़िया विकलतापूर्वक... ददुआ मानकी की प्रतीक्षा कर रहे थे।

उड़नसुग्गी वह गाँव था जिसके समाज में पैठने में ददुआ मानकी को सर्वाधिक समय खर्च करना पड़ा था क्योंकि इस गाँव के अन्धविश्वासी और भीरु गड़रिए ददुआ मानकी को आदिवासी 'ओटंगा' समझते थे।

ददुआ मानकी को देखते ही गड़रिए अपने घरों के दरवाजे बन्द कर लेते थे। कोई ददुआ मानकी को सुनने को तैयार नहीं था। कोई ददुआ मानकी के निकट खड़ा होने तक को तैयार नहीं था। क्योंकि उनके लिए ददुआ मानकी कोई आम आदिवासी नहीं था, वह तो एक रक्तपिपासु 'ओटंगा' था।

'ओटंगा' अर्थात् नरबलि देने वाला किराए का वधिक जिसे किसी गाँव का ओझा-गुनी भाड़े पर खरीदता था। ओटंगा को रुपए देकर अपने हित में किसी मनुष्य

1. टप्प-टिप्प गिरते रहते हो सो तो ठीक, मेरा सिर क्यों फोड़ा?
2. मेढ़क राज, रात में घूमते ही क्यों हो?

की बलि दिलवाता था। बलि का रक्त खेतों में छिड़कवाता था ताकि फसल उत्तम हो। बलि का रक्त गाँव की गलियों में छिड़कवाता था। गाँव की सुरक्षा, समृद्धि और रोगमुक्ति हेतु प्रचलित एक गर्हित आदिम परम्परा!

ठगों-पिंडारियों की भाँति झाड़ियों में छिपा या किसी वृक्ष पर टँगा 'ओटंगा' अपने असावधान शिकार पर अचानक आक्रमण करता था और एक झटके में शिकार की गर्दन रेत डालता था। उड़सुग्गी गाँव के गड़रिए समझते थे कि 'ओटंगा' ददुआ ओढ़ी हुई चादर के भीतर तेज धार वाली भुजाली छुपाए फिरता था और बातों में उलझा कर अवसर पाते ही असावधान व्यक्ति की गर्दन रेत सकता था।

नरबलि देने वाला 'ओटंगा' बलि कार्य प्राय: रात में ही करता था। विवशता होने पर ही दिन में किसी निर्जन स्थान पर बलि सम्पन्न करता था। बलि प्रक्रिया किसी अन्य के द्वारा देख ली जाती थी तो यह अन्धविश्वास था कि बलि का प्रभाव घट जाता था और वांछित बलिफल प्राप्त नहीं होता था।

'ओटंगा' के भय से देहात के लोग मार्च से जून तक के बीच अकेले जंगल में जाने से बचते थे क्योंकि 'ओटंगा' का शिकार बनना या भूल से भी बलि पड़ती देख लेना, दोनों ही स्थितियों में मृत्यु निश्चित थी। ऐसे में ढोर-डाँगरों को चराने हेतु जंगल ले जाने के लिए रोगी, काने, लूले या लँगड़े आदमी की उपयोगिता बढ़ जाती थी। कोढ़ी, अन्धे या चेचक के दाग वाले भी ऐसे में गाँव की संचित पूँजी बन जाते थे क्योंकि ऐसे लोगों को बलि के लिए उपयुक्त नहीं माना जाता था।

अधेड़ ददुआ मानकी को उड़सुग्गी के गड़रिए एक ऐसा अधेड़ 'ओटंगा' प्रचारित करते थे जिसमें स्वयं नरबलि चढ़ाने की शक्ति नहीं भी हो तो शिकार भाँप तो सकता ही था। फिर अस्सी रुपए पारिश्रमिक देकर किसी किराए के 'ओटंगा' (दादनी) से अपने शिकार की बलि करवा सकता था।

'ओटंगा' जिस ओझा के लिए काम करता था, साक्ष्य के रूप में ओझा की पूजा हेतु शिकार का दोना भर रक्त और शिकार की कटी कनिष्ठा या अँगूठा या कान अनिवार्य रूप से प्रस्तुत कर ओझा के समक्ष बलि हो जाने की पुष्टि भी करता था।

खतरों से खेलता था 'ओटंगा'। जान से खेलता था और कभी-कभी तो जान पर भी खेल जाता था। यदि नियमित पूजा-बलि सम्भव नहीं कर पाता था तो 'ओटंगा' पागल हो सकता था। अत: शिकार का अकाल होने पर हृदयहीन बन कर कभी-कभी स्वजनों की भी बलि चढ़ा डालता था 'ओटंगा'।

ददुआ मानकी की वेश-भूषा भी उड़सुग्गी के गड़रियों को कुछ विचित्र लगती थी। ददुआ मानकी की सफेद दाढ़ी-मूँछें, सफेद धोती-चादर और लाल पगड़ी...! किसी 'ओटंगा' या 'दादनी' जैसी...।

ददुआ मानकी के 'ओटंगा' होने की अफवाह उड़सुग्गी से उड़-उड़ कर

दूसरे गैर आदिवासी गाँवों तक भी पहुँचने लगी थी। जहाँ-जहाँ उड़सुग्गी के नेग-सम्बन्ध या शादी-न्योता थे उन गाँवों के लिए भी ददुआ मानकी 'ओटंगा' बन गया था।

बहुत समय लग गया था ददुआ मानकी को अपनी छवि बदलने में। बहुत परिश्रम लगा था अपने व्यक्तित्व के साथ जुड़ गयी 'ओटंगा' की आरोपित परछाईं से मुक्त होने में। स्वयं को निर्दोष और अहिंसक सिद्ध करने हेतु ददुआ मानकी ने क्या-क्या जतन नहीं किये थे।

अन्ततः ददुआ मानकी ने अपना अभीप्सित पा ही लिया था। अब उड़सुग्गी के कई घरों के, पुलिसिया बन्दूकों से भयभीत ग्रामीणों को ददुआ मानकी कहीं विश्वस्त, कहीं मानवीय और आपनजन लगता था।

आज पुनः उसी गाँव उड़सुग्गी की ओर बढ़ा जा रहा था ददुआ मानकी जहाँ के गड़रिए अब उसे 'ओटंगा' नहीं समझते थे। जहाँ एक आदिवासिन बूढ़ी बाहामुनी पंचायत द्वारा डायन घोषित कर प्रताड़ित की जाने वाली थी। जहाँ एक बच्चा हरिया मलेरिया ज्वर से ग्रस्त था और गाँव का ओझा लेदा भगत भी पंचायत के निर्णय की पुष्टि कर चुका था कि हरिया पर बाहामुनी ने प्रेत बोझ दिया है।

भोर होने लगी। अँधेरे की चादर दरकी तो पूरब का क्षितिज दूधिया-दूधिया हो उठा। सुइया के चलने की गति बढ़ गयी। ददुआ को भी प्रेरित किया।

"हाली-हाली[1] चलो न ददुआ। कहीं देर न हो जाय। ऐसे मुलुर-मुलुर चलोगे तो गड़ेरी लोग बाहामुनी काकी को जरूर घाठी दे देंगे।"

"कैसे कोई घठिया देगा रे। वहाँ है न... तेरा बीरन?" ददुआ मुसकाया।

"मुसकी मत मारो। क्या कर लेगा अकेले बीरन?"—चिढ़ गयी सुइया, "देह में हाथी का बल थोड़े है? सारा गाँव एकमत हो गया है। दू घर हमारी बिरादरी कैसे रोकेगी गाँव को? ऊपर से तुम्हीं कहते हो कि बात-बेबात फैर[2] मत करो... बन्दूक-रैफल का टोंटा[3] बहुत दामी होता है।"

"सो गलत नहीं कहते रे छौंड़ी। जंगल के लोग ही जंगल के आदमी-जन का खून बहाने लगे तो कैसे चलेगी हमारी लड़ाई? सबके एका से ही अबुआ राज आएगा न रे?" ददुआ मानकी भी तेज-तेज चलने लगा।

मुगलसराय-गोमो रेलखंड की रेल पटरियों तक पहुँचने के बाद पटरियों के पार बसा गाँव दिखाई देने लगा। बाईं दिशा से पटरियों पर धड़धड़ाती आ रही थी सवेरे वाली गाड़ी—पलामू एक्सप्रेस! वे पटरियों के निकट पहुँचे तो रेलगाड़ी की बोगियाँ उनके सामने से साँय-साँय गुजर रही थीं।

1. जल्दी-जल्दी 2. फायर 3. कारतूस।

पटरियों को फलाँगते ही गाँव में चलती चख-चख सुनाई देने लगी। गाँव की सबसे आखरी, बाहामुनी की झोपड़ी के सामने जनसमूह एकत्रित था। भुतहा कुएँ के पास भी कुछ लोग दिख रहे थे। आधा-अधूरा सूर्य उगने लगा था।

"बुझाता है भुतहवा कुइयाँ पर जुट गये हैं पंच।" सुइया बोली।

ददुआ मानकी ने आँखों के ऊपर, भौहों से सटा कर फैली हथेली की ओट लगाई। दिखा, बाहामुनी के घर से कुछ हट कर खड़ा बरगद का पुराना वृक्ष जिसकी जड़ में गाढ़ी छाया रहती थी। बूढ़े बरगद की डालियों से निकली कई बरोहें खम्भों की भाँति जमीन में धँसी हुई थी। कभी बरगद के छाया-क्षेत्र से बाहर रहता था भुतहा कुआँ, पर अब बरगद की एक छतनार शाखा के नीचे आ गया था।

देहात में गायों के प्राकृतिक गर्भाधान हेतु साँढ़ दाग कर छोड़ने की पुरानी परम्परा है! ऐसे ही एक परम स्वतन्त्र साँढ़ ने उन्मत्त हो कर भुतहा कुएँ की जगत ढाह दी थी। सींगों की मार से ढह चुकी जगत के कारण अक्सर छोटे जंगली जानवर या आवारा विचरते चौपाए कुएँ में गिर जाते थे। किसी ने देख लिया तो निकाला गया अन्यथा रात-बिरात गिर कर उस उपेक्षित कुएँ में ही सड़ मरता था प्राणी।

अंग्रेजों के जमाने का वह खूब बड़े मुँह वाला कुआँ सम्भवत: जमींदारी राज में सिंचाई हेतु खुदवाया गया होगा, परन्तु पलामू का लोकमानस जड़ अन्धविश्वासों, भूत-प्रेत कथाओं और टोना-टोनही की शक्तियों के प्रति परम आस्थावान समाज है। उस पुराने कुएँ को लेकर उड़सुग्गी से महुआटाँड़ हाट तक जो कहानी प्रचलित थी वह एक ब्रह्महत्या से जुड़ी दन्तकथा थी।

उड़सुग्गी में अफवाहें थीं कि इसी पुराने कुएँ में वास करते थे बाहामुनी के सिद्ध किये हुए भूत, प्रेत, चुड़ैल और किच्चिन! बुरी आत्माएँ दिन के उजाले में अन्धे कुएँ में छुपी रहती थीं और रात को कुएँ से बाहर निकल कर गाँव-जवार में उत्पात् मचाती फिरती थीं। बाहामुनी के नासान बोंगाओं"[1] के कारण बदनाम था गाँव का सिवान... भुतहा! हारी-बीमारी, आग-ओले या अकाल मृत्यु... हर प्राकृतिक आपदा को गँवई अन्धविश्वास सहज ही बाहामुनी के अधीनस्थ पराशक्तियों से जोड़ लेता था।

पलामू के गहरे जंगलों में बसे कई गाँव दोपायों के ऐसे खोभाड़ हैं जहाँ दिल्ली में बजती उदारीकरण की मनमोहिनी वंशी-धुन सुनाई नहीं देती। ओझा, मती, और झाड़-फूँक में खूब रुपया और बहुमूल्य समय नष्ट कर लेने के बाद जब रोगी को लेकर लोग महुआटाँड़ के झोला छाप डॉक्टरों तक पहुँचते हैं तो वहाँ भी दोहन...!

---

1. बुरी आत्माओं।

नित नयी ऊँचाई की ओर सनकी साँड़ की भाँति उछलते शेयर सूचकांकों को अन्धेरी धुरी तले बसने वाले पलामू के देहाती जन बाजार में बदलते नये भारत की यान्त्रिकी के ऐसे अनुत्पादक पुर्जे हैं जिनकी टूट-फूट की मरम्मत आवश्यक नहीं। उपयोगिता, समाप्त हुई; कूड़े में डालो का सिद्धान्त यहाँ नृशंसतापूर्वक लागू होता है।

जब भरपूर रुपया दुहने के बाद रोगी की हालत नियन्त्रण से बाहर हो जाती है तो झोला छाप डॉक्टर रोगी के अन्धविश्वासी घर वालों को फटकारने लगते हैं। ऊपर ओझा भी ताने देता है कि भूत-दूत के मामले में क्या कर लेगा कोई 'डागदर-फागदर'?

जब तक बाहामुनी उड़सुग्गी को अपना गाँव मानती रही तब तक तो सहनीय भी था, परन्तु अब पानी सिर के ऊपर से गुजरने लगा था। डायन भी एक घर छोड़ देती है... यह कहावत झूठी सिद्ध हो रही थी। डायन बाहामुनी अपने ही गाँव के धिया-पुता[1] पर बान[2] मारने लगी थी। सुइया और ददुआ मानकी भुतहा कुएँ तक पहुँचे। उपस्थित जनसमूह से उठती चख-चख अचानक शान्त...! उपस्थित पंच ददुआ मानकी को एकटक घूरने लगे। सुइया के हाथ में थमी रायफल की नाल पर पड़ती सूर्य की ताजा किरणें चमक फेंक रही थीं।

"डरो मत भाई लोग, हम यहाँ कोई झंझट पसारने नहीं आये हैं। हम तनिक बिरजा के घर तक हो आते हैं। फिर हम भी सुनेंगे तुम लोगन का पंचैती फैसला। जबतक हम लौट न आवें, बाहामुनी माई का फैसला रोक कर रखो।" विनय पगी आवाज में छुपा हुआ था ददुआ मानकी का आदेश। ददुआ मानकी बाहामुनी के घर तक पहुँचा। दरवाजा बन्द था। दरवाजे के भीतर बन्द थी आतंकित बाहामुनी।

ददुआ मानकी के आगमन से निरपेक्ष युवाओं का जनसमूह बाहामुनी के घर पर गोबर-पत्थर फेंक रहा था। बाहामुनी को लक्ष्य कर फूहड़ गालियाँ दे रहा था।

घर के निकट होता ददुआ मानकी दहाड़ने लगा था। गुस्से से उबलता और बाहर उमड़ने को खदकते पित्त के ज्वार को नियन्त्रित करता ददुआ मानकी...।

"अरे... ए... रुको रे। डइनी-फइनी किसको कर रहे हो तुमलोग रे?"

ढेला, पत्थर और गोबर फेंकते हाथ ठिठके। लोगों ने क्रुद्ध ददुआ मानकी को देखा। सहम-से गये।

"जब बुढ़िया बाहामुनी के हाथ का बना पत्तल खरीद कर पत्तल पर भोज-भात खाते हो तो तुम लोगन के पेट में नहीं समाता कोई भूत? डइनी बाहामुनी के गढ़े सूप से सुरूज महाराज को छठ पर्व में अरग[3] देते हो तो सिगबोंगा महाराज को भूत नहीं लगता? जब तुम लोगन के बाल-बच्चा का नार[4] काटती है यही

1. बेटी-बच्चे 2. टोना 3. अर्घ्य 4. नाल।

बाहामुनी तो सौरी में ही जम्हुआँ भूत काहे नहीं बोझ देती है तुम्हारे छौंड़ा-छौंड़ी पर ई डईनी?

"हमारे गाँव का मामला है ददुआ... तुम बीच में मत पड़ो।" कोई दबी आवाज में बोला।

"चोप्प... तोहार तरहत्थी पर बसा है गाँव?" चीखा ददुआ मानकी—"हम गाँव के नहीं तो का डिल्ली-बाम्बे से आये हैं। इस गाँव की रीत यही है रे पतुरिया के पूत, कि छुप के बतियावें? ऐं? कि जौन थाली में खाए उसी में मूत दें...? ऐसी जूँजी में कोढ़ी नहीं फूटता रे?"

उन्मादी जनसमूह का उन्माद पेशाब के झाग की भाँति बैठने लगा। ददुआ मानकी के मुँह से अभद्र-फूहड़ बोली... अर्थात् अनर्थ की दस्तक...! ददुआ मानकी की दहाड़ बरगद तले बैठे पंचों तक भी पहुँच रही थी।

"हम बिरजा के घर से लौट कर आते हैं। तब तक एक भी ढेला-पत्थल बाहामुनी माई के घर पर गिरा तो ढेला फेंकने वाले को गोली ठोंक कर फेंक देंगे हम उसी भुतहवा कुईंयाँ में। ...आदमी के बूँद से जन्मे हो तो आदमी जैसा सुनो-मानो। बैल बनोगे तो हमें बैल नाथना भी आता है।"

झोपड़ी के भीतर घुटनों में सिर गाड़े बैठी थी भयभीत बाहामुनी। आसन्न मृत्यु की आशंका से सूखे पत्ते की भाँति पीली पड़ गयी थी वह काली बुढ़िया।

"बीरन रे..?" ददुआ ने हाँक लगाई।

"हो ऽऽऽ" भीतर से बीरन की हाँक।

"केवाड़ी खोल दे। डेरा मत। माई को पंच लोग के पास ले जा। हम पहुँचते हैं वहीं। अब कोई गलत बात बोले,... गारी-फक्कड़ करे, ढेला-ढुक्कुर उठावे तो ठोंक देना साले को गोली!"

झोपड़ी का दरवाजा खुलने से पूर्व ही ददुआ मानकी तेज-तेज कदमों से गाँव के भीतर बढ़ चला। साथ सुइया भी।

बिरजा के घर का मुख्य द्वार खुला पड़ा था। बिना साँकल-किल्ली खड़काए ही सुइया ने साधिकार घर के भीतर पाँव रखा।

"भौजी हो ऽऽऽ! ए देमनियाँ भौजी ऽऽ।"

बिरजा की पत्नी देमुनियाँ किसी काम में लगी थी। औचक पुकार पर चौंकी। बाहर निकलने को हुई पर बरामदे पर खड़ा दिख गया ददुआ मानकी। हड़बड़ा गयी देमुनियाँ। चट आँचल से माथा ढँका।

"बिरजा है दुलहिन?" ददुआ ने पूछा।

"गोरेया बाबा के थान पर गये हैं। मनौती भाखने।" देमुनियाँ ने पैर छुए।

सुइया दरवाजे के निकट खड़ी देमुनियाँ को मुसकाती ताकने लगी। जानती थी

सुइया भी कि कई मन्नतें माँग चुका होगा इकलौते बेटे का पिता... और माँ भी। जिसका विश्वास जहाँ टिका होगा।

"बेटा कहाँ है तुम्हारा? तनिक नाड़ी देखेंगे हम! नाती के लिए ऐसा सिद्ध भभूत लेकर आये हैं दुलहिन कि साँझ तक तेरा बेटा रोटी माँग कर खाएगा।"

सुबक उठी देमुनियाँ। आँखें पोंछती, नाक गारती देमुनियाँ ददुआ मानकी और सुइया को उस कोठरी तक ले आयी जहाँ खटिया पर मोटा कम्बल ओढ़े निढाल पड़ा हुआ था बीमार हरिया।

ददुआ मानकी खटिया की पाटी पर बैठ गया। हरिया की आँखों का रंग देखा... कहीं पियरी[1] तो नहीं? ना...! हाथ पकड़ कर नाड़ी-पढ़ी। रोग के लक्षण पूछे, फिर सन्तुष्टिपूर्वक सिर हिलाते ददुआ मानकी ने धोती के फेंटे में उड़सी दवाओं की पुड़िया वाली पोटली निकाली। बोला।

"रो मत दुलहिन। तेरे बेटे को कुछ नहीं होगा। मन कड़ा रख रे... अब हम आ गये हैं न?" देमुनिया की सिसकी फूट पड़ी। हचक-हचक कर नि:शब्द रोती देमुनिया की आँखों से ढर-ढर लोर...! मुँह पर मुट्ठी भर आँचल...!

सुइया ने अपनी रायफल दीवार के साथ खड़ी कर दी और देमुनिया को अंकपाश में समेट कर सान्त्वना देने लगी।

"ए भौजी, रो मत! हम भगवान बिरसा का भभूत लेकर आये हैं। भूत दूत का ऐसा तोड़ किसी ओझा—डागदर के पास भी मिलेगा?"

"जैसे हम बतावें, हरिया को भभूत खिलाना होगा।" ददुआ बोला।

"मुँह नहीं खोलता लड़िका। कब्बो-कब्बो देह के ताप से दाँत तक लग[2] जाता है।" रुलाई रोकती देमुनिया ने बताया।

"कोई बात नहीं। भभूत को दो सितुहा पानी में फेंट दे? सितुहे से हरिया के मुँह में डाल। कंठ से पार हो जाएगा भभूत!... चल तू पानी दे, हमीं पियाते हैं।"

लगभग अचते हरिया के मुँह में पहले बुखार की दवा घोल कर डाली गयी। थोड़ी देर बाद कुचेत की पहली खुराक भी घोल कर पिलाई गयी। कुछ समय तक हरिया के चेहरे को ताकता रहा ददुआ मानकी फिर बोला—

"सुन रे दुलहिन,आज दिन भर हम गाँव में ही रहेंगे। कुछ देर बाद हरिया पसीना से नहाने लगेगा। भींजा कपड़ा देह पर मत रहने देना। एक गमछा पानी में बोर[3] कर बढ़िया से पानी गार देना। उसी गमछे से लइका का देह पोंछ देना फिर कम्बल ओढ़ा देना।"

---

1. पीलिया 2. मूर्छा 3. डुबाना।

''ठीक है।'' सिसकी देमुनिया।

''बच्चा कुनमुनाए... जाग कर खाएका माँगे तो भात एकदम नहीं! गोहुम का दू ठो पतला रोटी...। नोन-रोटी देना! पानी खूब पिए हरिया। दुपहरिया बाद भुतहवा कुईंया पर हरिया का हाल भेजना... जरूर!''

''भेज देंगे।''

''हमारा मन नाती में ही अटका रहेगा दुलहिन! हाल मिलेगा तब फिर भभूत देने आएँगे हम। जो करने को बोले हैं सो याद रहेगा न रे?''

''भींजल गमछा से देह पोंछेंगे। खाने को नीमक-रोटी...?'' रट्टू तोते-सी बोली देमुनिया।

''बऽऽस-बस! बहुत अकिलवंती कनेया है तू। बात बूझती है।''

उठ खड़ा हुआ ददुआ मानकी।

''अभी तो ई घर में नाहीं है। हमरे कन[1] एक्को रुपया-कौड़ी नहीं...'' सकुचाती देमुनिया सुइया से बोली।

''तो हम का करें भौजी?'' सुइया ने रस लिया।

''देवता का भभूत दिये हो तो कुछ देना होगा न? चेंगना[2], मुर्गी, पइसा...?''

स्त्रियों की बातें सुन कर अनसुना करते ददुआ ने कहा।

''अभी हम भुतहवा कुँइयाँ पर जाते हैं। तनिक अपना डोर-बाल्टी देगी दुलहिन? सलाई और ललटेन भी चाहिए। साँझ होने तक सब सामान भेजवा देंगे हम।''

''औ' रुपया-पइसा?'' सकुचाती बोली देमुनिया।

''भक्क् बौराहिन! जो माँगते हैं सो दे बस। रुपया-पइसा कौन माँगा रे?''

फिर देमुनियाँ कुछ न बोली। वांछित चीजें ढूँढ़ कर जुटाने लगी। डोर-बाल्टी और माचिस-लालटेन लिये घर से निकलने लगा ददुआ मानकी तो व्यग्र हो उठी देमुनियाँ।

''कै गो मुर्गी जुटाना होगा?''

''सुन दुलहिन, तू हमारे पतोह की उमिर की है,'' —बोला ददुआ मानकी— ''तू पतोह हुई तो हरिया हुआ हमार नाती! तो बीमार नाती को दो चुटकी भभूत देने का दाम लेंगे तुझसे? बुढ़वा बाबा को पाप नहीं चढ़ेगा रे?'' सुबक उठी देमुनिया। ददुआ मानकी ने देमुनिया के आँचल ढके सिर पर हाथ फेरा।

''जैसा बताया, वैसा करना। दुपहरिया तक हरिया का हाल जरूर भेज देना।''

---

1. पास 2. चूजा।

आशीष और सुझाव देकर बिरजा नोंनिया के घर से निकला और सुइया को साथ ले बूढ़े बरगद के नीचे आ पहुँचा ददुआ मानकी।

बरगद की मोटी जड़ की ओट में बैठी थी मुँह छिपाए बाहामुनी! ऐसे अपराध के लिए अपराधबोध से मरती बाहामुनी जो अपराध उसने किया ही नहीं था।

पहरूआ बीरन मुंडा रायफल कन्धे पर रखे बाहामुनी की रखवाली पर तैनात था।

ददुआ मानकी कुएँ की टूटी जगत पर जा बैठा। देह पर ओढ़ी चादर हटाई। दिखी कन्धे से फीते के सहारे लटकती कारबाइन। हथियार को देह से अलग कर कुएँ की जगत पर रखते हुए ददुआ ने कहा।

''हँ तो पंच लोग। अब कहो जो कहना है।''

''कहना क्या? डइनी बुढ़िया का माथा मूड़ेंगे आज। मुँह-कपार पर करिखा पोत कर इसको गदहा पर गाँव घुमाएँगे। डइनी ने हरिया पर भूत बोझा है।'' एक पंच सुखाड़ी पाल ने पंचायत का निर्णय सुनाया।

''बिरजा मानता है कि बाहामुनी माई ने हरिया पर भूत बोझा है?'' ददुआ ने पूछा।

''बिरजा तो डरपोक है। डइनी के डर से चुप है, बाकी हमारा तो धरम बनता है गाँव-घर की रच्छा करना। गोतिया-समाज का भला न सोचे तो पंचायत है काहे को?'' ओझा लेदा भगत ने कहा।

''कुईयाँ पर से उतर कर बैठो ददुआ''—बिगन पाल चेताया—''डइनी के सब भूत इसी कुईयाँ में है।''

''ए बाबू बिगन पाल, तनिक मुँह कर बैठो तुम—'' ददुआ ने डाँट दिया—''देखते नहीं अभी पंच से बतिया रहे हैं हम? भुतहा है,... तुझे कैसे पता रे कि कुएँ में मुँह से तल्ली तक भूते-भूत भरे हैं?''

बिगन पाल सहम गया। चुप लगा गया परन्तु जंगी पाल चुप न रह सका। बोला।

''हम कोई पटना-डिल्ली से आये हैं का? ये ही गाँव के हैं हम। हमार बकरी भी कुइयाँ में गिरी थी। मर गयी थी। बिरजा की बकरी भी मर गयी।''

''अच्छा...! सो कैसे?'' ददुआ ने पूछा।

''हरिया बकरी चराने ही तो आया था इधर। कुईंयाँ में छाँक गयी बकरी तो बाप के डाँट-मार के डर से इधर ही बैठा रहा हरिया। ढेर रात को घर गया।''

''और उसी अबूझ लड़िका ने जाकर बाप को बताया कि बन्करी को भूत लील गया। सो भी बाहामुनी माई के भूत... ठीक?'' ददुआ ने व्यंग्य किया।

''तो और कौन? हमारी बकरी भी गिरी थी। हम तो उतरे थे कुइयाँ में बकरी निकालने। माथा घूमने लगा था। हमारे कपार पर चढ़ कर भूत हमारा माथा

घुमाने लगा था। होस-बदहोस का हाल हो गया। चार आदमी साथ न होते तो बकरिया जैसा हम भी डूब कर मर जाते। छान कर निकाला गोतिया ने... बात मानो ददुआ, सब यही बुढ़िया का खेला है। इसको झोंटा लेसार-लेसार कर मारेंगे तभी हरिया पर से भूत उतारेगी डइनी...'' गुस्से से काँपने लगा जंगी।

ददुआ मानकी मौन रहा। ठंडे दिमाग से जंगी पाल की बातें सुनता रहा था। अब मुँह खोला। माचिस की एक तीली सुलगाते हुए बोला—

''पंच का हुकुम हो तो हम कुछ कहें?''

''कहो...!'' अनुमति मिली।

लालटेन की घुंडी को नीचे दबा कर ददुआ ने जलती तीली लालटेन की बाती से छुआई। लालटेन जल उठी तो घुंडी का घोड़ा ऊपर कर लालटेन का शीशा बन्द किया।

''सुनो भाई पंच लोग...।''

''अरे का बोलोगे तुम ददुआ? कोई ओझा-मती तो हो नहीं तुम जो बे फालतू दखल...।'' रघु पाल टपक पड़ा।

''ऐ रघु पाल...! बीच में बोले तो मार लप्पड़ सब दाँत झाड़ देंगे।'' गुर्राया ददुआ मानकी...। ''जब तुम लोग बोले तो टोके हम? अब पंच से हम बतिया रहे हैं तो बीच में टाँग काहे फेंकते हो... ऐं?''

''ठीक बात!'' पंच बोले।

''तो रघु को समझाओ ठीक बात!'' ददुआ मानकी की त्योरियाँ चढ़ गयी थीं।

''ददुआ जब चुपचाप गाँव की बात सुनता है तो ददुआ के बोलने पर कोई बीच में न टोके। यही कायदा है।'' पंच सुखाड़ी पाल ने कहा।

सभी मौन...! ददुआ मानकी अब जलती लालटेन की लटकाने वाली तार घुंडी में पानी भरने वाली डोर का एक सिरा बाँध चुका था। मौन दर्शक दुविधा में... भरे दिन में लालटेन जलाने की जरूरत...?

''कहना ई है सुखाड़ी भाई कि हरिया को कोई भूत-दूत नहीं लगा है। छौंड़ा को जूड़ी ताप चढ़ा है... मलरिया जर! ई मलरिया बोखार मच्छड़ काटने से चढ़ता है।''

''अब सुनो बे-बात का बात!'' —पंच सोनारी पाल बोला—''कहाँ मच्छड़ जैसा बिना देह का जीव और कहाँ आदमीन! रोज कितना मच्छड़ काटता है आदमीन को, गाय-गोरू को! अब तक तो ऊड़सुग्गी गाँव उजाड़ हो जाता... का भाई?''

''हँ भाई।'' ओझा लेदा भगत ने लुत्ती लगाई।

"ए लेदवा, साँप का पोआ देखा है कि नहीं?" ददुआ मानकी ने पूछा— "साँप के अंडा से अँगुरी भर का निकलता है साँप का बच्चा। पोआ काट ले तो दाँत चिहार दोगे। सब ओझाई बिसर जाओगे। साँप काटने का मन्तर आता होगा किसी को पर पोआ का काटा पानी नहीं माँगता।"

ददुआ मानकी कुएँ की जगत पर जा खड़ा हुआ। कुएँ के मुँह पर आच्छादित पत्तों लताओं को एक ओर खींच कर बाँधा। कुएँ के भीतर झाँकने योग्य जगह खुल गयी। रस्सी ढीली छोड़ते हुए ददुआ मानकी जलती लालटेन को कुँए की गहराई में उतारने लगा।

लोग कुएँ की जगत से आ सटे। क्या करने जा रहा था ददुआ मानकी...?

"अब ददुआ से बहस कौन पसारे?" लेदा भगत भुनभुना रहा था।

"मत करो बहस। मान लो बात कि कुईंयाँ में कोई भूत-दूत नहीं है और हरिया को मच्छड़ बोखार चढ़ा है।"

"कैसे मान लें भाई?" जंगी पाल ने पूछा।

"अरे जंगी भाई, कुईंयाँ के भीतर जो हवा बन्द है न? उस हवा में जहर हो गया है। वही गन्दा हवा सूँघ कर तुम्हारा माथा भारी हो गया था और तुम बेहोस हो गये थे। देर तक पुराने कुएँ में रहने पर कपार तो घूमेगा ही। फिर बेहोस जीव पानी में डूब कर मर नहीं जाएगा?... आओ देखो कौन तमासा है कुईंयाँ में।"

ददुआ के आमन्त्रित करने से पूर्व ही उपस्थित जनसमुदाय उत्सुक बच्चों की भाँति कुएँ की जगत से आ सटा था। लता-गुल्मों की फँकार से कुएँ के भीतर झाँकने का प्रयास करने लगे थे लोग। कई हाथ पहुँच का उपयोग करते हुए कुएँ के मुँह को ढँकती पत्तियाँ हटाने लगे थे। शनैः शनैः काँपती लौ वाली लालटेन कुएँ में नीचे उतर रही थी। कुएँ की भीतरी भयावहता को उजागर करता प्रकाश जल की सतह की ओर बढ़ रहा था।

आधी दूरी तय करते-करते लालटेन की लौ फदफदाने लगी। जल-तल को छूते-छूते तो एकदम से भभक उठी लालटेन। कुएँ में अचानक भक्-भक्... और प्रकाश...। बस एक क्षण को और फिर फक्क...। घुप्प अन्धेरा...!

भड़क कर जल उठी लालटेन और फिर प्रकाश का दम घुटता देख उड़सुग्गी के गड़रियों में सन्नाटा भर गया।

"भूत को अंजोरिया नहीं सुहाता। एक फूँक मारा और सब अँजोरिया पी गया भूत।" लेदा भगत ने व्याख्या की।

"ई कुँइयाँ को तो माटी से भठ देना होगा।" बिगन पाल बोला।

"कुँइया कोड़ने में मेहनत लगता है भाई, रुपया लगता है।" रस्सी समेटता

ददुआ मानकी मुसका रहा था।

"तो का रोज-रोज भूत-दूत से मरें जीव? बुढ़िया को मुआं कर ई कुँइयाँ में गाड़ न दें हम? खतम करें रोज-रोज का डर।"

बाहामुनी वहीं चुपचाप बैठी थी, जहाँ बिठाई गयी थी। बरगद की जड़ की ओट में। झोंटा खोले अपने दुर्भाग्य पर निःशब्द विलाप कर रही थी बाहामुनी। ददुआ मानकी उसके निकट जा खड़ा हुआ।

"उठ माई। चल पंचैती में।"

"दद्दुआ ऽऽऽ! बेट्टा रे ऽऽ" ददुआ मानकी के घुटनों से चिपट कर भोंकार पार उठी वह पोपले मुँह वाली बुढ़िया!

"मत रो! माई रो मत। अभी तोहार पाँच हाथ का बेटा ददुआ जी रहा है रे। हमरा जियते कोई तेरा रोआँ भी तोड़ दे तो उड़सुग्गी की माटी लाले-लाल कर देंगे हम...! चल, उठ!"

ददुआ मानकी की हिमशीतल आवाज...! ठोस आश्वासन। सुइया ने बाहामुनी की बाँह थामी। लगभग जमीन से नोंच कर उठाया और बाहामुनी को कुएँ की जगत के पास ला बिठाया।

"बिरजा...!" ददुआ ने पुकारा।

"का बात...?'

"कुँइयाँ का मुँह नहीं बँधाएगा तो रोज-दिन किसी का बकरी-छेरी गिरता रहेगा कुँइयाँ में। किसी का बाल-बच्चा भी गिर सकता है न भाई? फिर कुँइयाँ बँधवाने में जाँगर भी लगता है और रुपया भी...।"

"तो हम का करें?" अन्यमनस्क बिरजा नोनियाँ। ददुआ की बात समझ में आवे तब तो?

"तुम अकेले थोड़े ही? पूरा गाँव मिल कर करे भाई! तुमसे इसलिए पहले कहते हैं कि अभी तुम्हारे घर में आग लगी है तो पहले तुम आगे बढ़ो। बताओ, हरिया की जान का कितना मोल होगा?"

"का बोलते हो ददुआ?"—बिरजा की त्योरियाँ चढ़ उठीं—"ऐसा ठट्ठा हमें ठीक नहीं लगता। पहले ही से हमारा मन झोला रहा है और तुम... कान्हा में बन्दूक टाँगते हो तो जो मुँह में आएगा बोलते चलोगे का?"

"खीस चढ़ गया? चलो, अपना बात फेरते हैं हम। हरिया का जान अनमोल है। अब बताओ कि केतना देवी-देवता भाख चुके हो हरिया के लिए...?" ददुआ ने पूछा।

"तुमको मतलब?"

"है न हमको मतलब। हमारे पास भगवान बिरसा का भभूत जो है। हम

हरिया को ठीक कर दें तो हमें क्या दोगे... सो कहो?"

"तुम का ठीक करोगे ददुआ? ई ठाँय-ठुँई करने वाला मामिला थोड़े है। डइनकुरी[1] का मामिला है।" लेदा भगत ने चुनौती फेंकी।

"लेदवा की बात छोड़ो बिरजा! देवी-देवता का भारा-भखौटी भी छोड़ो। पंच के सामने हम सिंगबोगा का किरिया[2] खाते हैं। जहाँ जाना पड़े, राँची-पटना तक... हरिया को हम ठीक करावेंगे। जो ऐसा कर दें हम तो हमें क्या दोगे?" ददुआ ने पूछा।

"..." बिरजा मौन...।

"बल्कि हम तो बाजी बदते हैं कि अनगुत्ती[3] तक हरिया अपने हाथ से रोटी तोड़ कर खाएगा।" ददुआ ने बिरजा को उत्साहित किया।

"ऐसा हो जाय तो... तो..."

"ऐसा होगा रे भाई, हो के रहेगा" —ददुआ ने पेंच खेला—"ऐसा हो जाएगा तो कुँइयाँ बँधवाने में अगुआईं करोगे न तुम? बोलो बिरजा। इसमें हमारा कोई फायदा नहीं। उड़सुग्गी को ही लाभ होगा।"

बिरजा वचन देने में हिचकिचा रहा था। कहीं कुएँ की जगत की मरम्मत का खर्च अकेले न वहन करना पड़ जाय।

"चलो, हम जबान देते हैं। साँझ तक हरिया का मन ठीक नहीं हुआ तो उसे डालटेनगंज ले जाकर अंग्रेजी डाकदर को हम देखाएँगे। जो खर्चा होगा... हमारा! तुम बस कबूल करो कि कुँइयाँ बँधाएगा। कोई गोतिया-भाई चाहे तो देह लगावे, चाहे तो रुपया लगावे... आगे-आगे तुम रहोगे।" ददुआ मानकी ने सशर्त घोषणा की।

"एतना रुपया हमारे पास कहाँ?" बिरजा नर्म पड़ा।

"नहीं है! सो जानते हैं हम कि तुम्हारे पास बहुत धन नहीं है पर मन तो है न?"

"हाँ।" बिरजा सहमत हो गया।

"बस! मन ठीक तो जग ठीक! तुम अभी तुरन्त अपने घर जाओ और हरिया का हाल देख कर आओ।"

बिरजा हतबुद्धि! बिरजा ठगा-सा। बिरजा मौन खड़ा। ददुआ मानकी ने बिरजा का कन्धा थपथपाया। आग्रह किया।

"जाओ भाई। बढ़िया समाचार लाकर दो।"

थके-थके पग धरता बिरजा अपने घर की ओर निकल पड़ा! ददुआ मानकी के दम्भ भरे बड़े-बड़े दावे लेदा भगत को पच नहीं रहे थे। यह गाँव के ओझा

1. भूतबाधा 2. कसम 3. प्रातः।

के मान-सम्मान और गुण-विद्या को चुनौती थी और ददुआ के दावे की भावी सत्यता ओझाई के लिए आघात। लेदा भगत खँखार कर बोला।

"अब डइनी का फैसला भी हो जाय! बेमतलब बात में आधा दिन कट गया। यहाँ दुपहरिया होने को है और हुआ का...? खाली बतकुच्चन...!"

"अरे ऐ भगत, देंगे एक रहपट मिर्गी छा जाएगा! पूरा रमैन बाँच दिये और तुमको बुझाया ही नहीं कि सीता जी केकर मेहरारू थी? कह रहे हैं न हम हरिया पर भूत नहीं, मलरिया बोखार चढ़ा है? साँझ तक जर उतर जाएगा... अब सुनाया कि कान में फूँकें?"

"आज एतना बमक काहे रहे हो ददुआ?" जंगी ने टोका।

"अरे ई अकिल के बगुला को समझा रहे हैं कि कुँइयाँ में जहर फेंटाया हवा भरा है। कोई भूत-दूत नहीं, तो ई बनडमरूआ[1] को बुझता काहे नहीं भाई?"

"कुँइयाँ में उतर कर दिखा दे कोई तब न?" चुनौती देता लेदा भगत!

ददुआ मानकी की आँखें अंगार हो उठीं। ओझा लेदा भगत को लगा, ददुआ की आँखें उसे छेद कर पार हो जाएँगी। वह ददुआ मानकी के सामने से हटा। वह पंचों से जा सटा।

ददुआ मानकी कुपित हो चुका था। बीरन और सुइया की भौहें भी कपार पर चढ़ी हुई थीं। दुविधाग्रस्त पंच मौन थे। शेष उपस्थित सन्न...!

ददुआ मानकी की कारबाइन कुएँ की जगत से सटी खड़ी थी। दनदनाती हुई पच्चीसों गोलियाँ फेंकती थी। ददुआ मानकी से रगड़ा पसार बैठें तो आज कोई बचेगा उड़सुग्गी में?"

"आज इस कुँइयाँ में उतरेंगे हम"—ददुआ मानकी ने घोषणा की—"दामें-दाम पानी उबिछ[2] देंगे हम। इस कुँइयाँ को उड़ाह कर ही उड़सुग्गी से जाएँगे हम। हैं जब्बड़ तो हमें लील कर देखावें कुँइयाँ के भूत...।"

"ई का कहते हो ददुआ?" जंगी घबरा उठा।

"हाँ भइया, अब तो काल्ह बिहाने इसी कुँइयाँ का पानी पीएँगे हम। जो हम कुँइयाँ उड़ाहते मर जाएँ, कुँइयाँ का पानी पीकर मर जाएँ तो जीते जला देना बुढ़िया माई को। हम रोकने को जिएँगे थोड़े?"

"कुँइयाँ के भीतर तो पीपर का रूख है। बिना पीपर काटे कुँइयाँ साफ कैसे होगा?" बीरन ने पूछा।

"सब रूख-बिरिख काट-कूट कर साफ कर देंगे।" ददुआ बोला।

"पीपर काटोगे?" जंगी ने चेतावनी दी।

---

1. वज्रमूर्ख 2. उलीच।

''जरूर काटेंगे। जो दोष-पाप लगेगा सो सह लेंगे हम, बाकी उड़सुग्गी को दिखाकर जाएँगे कि न तो कुँइयाँ भुतहा है,न बाहामुनी माई डाइन है।''

''फिर से विचार लो।'' जंगी ने कहा।

''जा रे बीरन, एक और डोर-बाल्टी का जुगाड़ कर।'' ददुआ ने आदेश दिया।

''हमारे ही घर से ले आना रे बाबू...।'' अब तक निराश बाहामुनी मानो हरी होने लगी।

धोती का पछुआ कस कर बाँधने लगा ददुआ मानकी। सुइया भी सक्रिय हुई। रायफलें—कारबाईन बाहामुनी के सामने लिटा दी गयीं। कुँए के मुँह पर आच्छादित बेलों-डालियों पर अपनी शक्ति आजमाने लगी सुइया। डालियाँ पुरानी थीं... जड़ें गहरे धँसी, परन्तु सारा झाड़-झंखाड़ आज साफ करना ही था।

''एक गो टाँगी भी लाना रे ऽऽऽ।'' सुइया ने जाते बीरन को सुझाया।

ददुआ मानकी की पुरानी हड्डियों में अभी भी जान थी। अधेड़ कन्धों और बाँहों में अभी भी खूब बल था। पतले तनों वाले पौधों को झटके दे-दे कर उखाड़ने लगा ददुआ मानकी।

थोड़े ही समय में कुँए का मुँह एक किनारे से इतना खुल गया कि बिना अवरोध के बाल्टी कुँए के पानी तक उतारी जा सकती थी। कमर में रस्सी बाँध कर, कुएँ में उतरते हुए, कुँए की भीतरी दीवारों पर उगे पेड़-पौधे काटे जा सकते थे।

कुँएँ के भीतर अँधेरा रहता था परन्तु सूरज सिर पर चढ़ा आ रहा था सो कुँएँ का मुँह साफ होते ही प्रकाश का उजास कुँएँ के पानी पर चमकते तारकोल की सतह की भाँति छिलबिल—छिलबिल करने लगा।

बाहामुनी के घर से बीरन के डोर-बाल्टी लेकर आते ही ददुआ मानकी और बीरन कुँएँ पर पिल पड़े। जगत से पाँव अड़ाए, दो ओर से बाल्टियाँ कुँए में उतार दी गयीं। कुँएँ में जमा पानी निकाला जाने लगा। सुइया जहाँ तक पहुँच सकी, रास्ते में आड़े आने वाली डालियों पर खटाक्-खटाक् टाँगी मारने लगी!

ददुआ मानकी पर विचित्र सनक सवार होता देख गाँव के पंच, बूढ़े-बुजुर्ग और लेदा भगत एक-एक कर वहाँ से खिसकने लगे थे। काफी लोगों के वहाँ से हट चुकने के बाद मात्र दो-चार जिज्ञासु युवक वहाँ खड़े रह गये थे जो रहस्योद्घाटन को उत्सुक थे। कौतूहल से भरे कि कुँए के भीतर से आखिर निकलता क्या है। एक दु:साहसी युवक तो अपनी डोर-बाल्टी लेने ही चला गया था...! क्या है वह रहस्य जो आज मिटने वाला है...? जरा जल्दी सामने आये, जो आना है...!

ददुआ मानकी यह सिद्ध करने की हठ ठान चुका था कि वस्तुतः कुँए में

कोई रहस्य था ही नहीं। कुछ था तो मात्र अन्धविश्वास था। अतीत में दबी एक सच्ची-झूठी कथा थी। उपेक्षित पनघट की व्यथा... जो कि वस्तुतः अभिशप्त था ही नहीं। वह निर्दोष कूप किसी भूत-प्रेत का डेरा नहीं था। आज ही नहीं; बल्कि तब भी नहीं जब यह निर्मित हुआ था।

उड़सुग्गी की बूढ़ी पीढ़ी के गड़रिए बताते थे कि बहुत दिन हुए एक बार एक डकैत ने किसी पंडिज्जी को जंगल में घेर लिया था। जजमानी कमा कर लौटते पंडिज्जी महाराज की गाँठ में कुछ रुपए थे। पंडिज्जी की घोड़ी पर महीन महकदार चावल की बोरी भी लदी थी। महकौवे चावल की महक से गमगमा रहा था जंगल। महक से बावला हुआ डाकू पंडिज्जी के पीछे पड़ गया था।

डकैत ने पंडिज्जी को लूट ही लिया। लूटा सो लूटा, प्रतिरोध पर उतारू पंडिज्जी की कनपट्टी पर ऐसी करारी लाठी बजा दी थी कि पंडिज्जी की हत्या ही कर डाली थी।

फटफटाते-छटपटाते पंडिज्जी डकैत को शाप देकर मरे। शाप दे डाला कि जिस धन के लिए तूने मुझे मारा है, इसे भोगनेवाला कोई तेरे कुल में नहीं जनमेगा। रे डाकू, तू निरबंस रहेगा। निरबंस मरेगा। तेरे खानदान में तेरा तर्पण करने वाला कोई न होगा। मरने के बाद मोक्ष नहीं पाएगा तू। तेरी आत्मा इसी जंगल में भटकती रहेगी।

डकैत के घर सन्तान जन्मी परन्तु सौरगृह में ही काल कवलित होती गयी! डकैत ने पूरी जवानी एक और सन्तान के जन्म लेने या जन्मी सन्तान के बड़े होने की प्रत्याशा में काटी परन्तु व्यर्थ...! मरते ब्राह्मण का शाप...!

डकैत उम्र के चौथेपन की ओर बढ़ चला। जवानी के जोम भरे दिन ढल गये और घर में दिया जलाने वाला कोई खड़ा न हुआ तो डकैत घबराने लगा। अपुत्रस्य गतिर्नास्ति...!

डकैत ने अपने पुरोहित से सबकुछ सच-सच कह डाला। प्रायश्चित का उपाय पूछा। पुरोहित शाप मुक्ति का मार्ग तो न बता सका परन्तु चित्त-शान्ति का उपाय अवश्य सुझाया...''एक कुआँ खुदवा दो।'' वन के रास्ते आते-जाते बटोही उस कुएँ का पानी पिएँगे। लू-तपिश से जलते जीव तृप्त हो कर आशीष देंगे। तब शायद कुँआँ खुदवाने वाले जजमान के पापों का बोझ कुछ कम हो सकेगा।

वही डकैत का कुआँ अब भुतहा कुआँ कहला रहा था जिसके मुहाने से बाहर झाँकने लगी थी घने पीपल की शाखाएँ। कुएँ के भीतर दीवारों में उगे बरगद-पीपल की उर्ध्वगामी शाखाओं-पत्तों ने कुएँ का मुँह बन्द कर रखा था क्योंकि वर्षों से उपेक्षित इस कुएँ से कोई पीने हेतु पानी नहीं लेता था। मवेशी तक धुलने

हेतु इस कुएँ पर नहीं लाए जाते थे। एक तो डकैत के पापी धन से निर्मित कुआँ तिस पर ब्रह्महत्या के पातक के प्रायश्चित स्वरूप निर्मित...।

दोपहर उतरते-उतरते कुएँ की ओर लम्बे-लम्बे डग भरता आता दिखा बिरजा नोनिया। खाली हाथ नहीं..! हाथ में पानी भरी बाल्टी और लोटा! सिर पर कपड़े की चादर में बँधी मोटरी।

तब ददुआ मानकी की बाँहें अधिक श्रम के कारण भर उठी थीं। लगातार पानी भरी बाल्टी खींचता रहा था ददुआ मानकी। अब डोर-बाल्टी छोड़कर बाहामुनी के पास बैठा था। बीरन पूर्ववत् कुएँ से पानी उलीच रहा था।

कुएँ के निकट पहुँच कर पानी भरी बाल्टी जमीन पर रखता बिरजा सुइया से बोला।

"तनिक हाथ लगा रे बहिनी...! हरिया की माई ने तोहरे खातिर भेजा है..।"

"का है इसमें?" सुइया ने पूछा।

उत्तर नहीं मिला। बिरजा तो मानो भीतर तक भरा हुआ आया था। बस धम्म से ददुआ मानकी के सामने बैठा और ददुआ का घुटना थाम कर हिलक-हिलक कर रोने लगा।

"का हुआ रे...?" सशंकित ददुआ मानकी...!

"अभी तक ताप नहीं आया एक्को बार... खूब पसीना... तोहार भभूत"—रोते बिरजा के टूटे-फूटे वाक्य "हरिया आँख खोला...पानी माँगा... उठ कर बैठा... पानी पिया।"

"तो रोता काहे है रे?" ददुआ हँसा, "हँस रे बिरजा... हँस!"

"द...द् दु आ ऽऽऽ" हिलकता रहा बिरजा नोनिवाँ।

अब तक सुइया बिरजा का लाया बोझा खोल चुकी थी। भीतर था मोटे चावल का आधा कठौता भरा भात! आधा तसला पतली दाल... लालमिर्च-जीरे की छौंक लगी दाल! तसले के मुँह पर रखे कटोरे में आलू का खूब सारा चोखा जिसकी लाली चुगली कर रही थी कि चोखे में टमाटर भी मसला गया था। चोखे पर गड़ी थी तली हुई हरी मिर्चें।

"बड़ी लुरगर[1] है देमनियाँ भौजी। भात बड़ा फरहर[2] उतारती है!" सुइया ने टिप्पणी की।

"सब तिरिया तोहरे जैसी फेदराह[3] थोड़े होती है जो अनाज नासती रहे।" कुँए की जगत पर खड़े बीरन की टिहुरी[4]...!

1. गुणी 2. दाना-दाना अलग 3. फूहड़ 4. छेड़खानी।

"दुर्र बेदरदा! हमीं से रैफल भी चलवाएगा और हमीं से हँड़िया भी उतरवाएगा? तनिक सुनो तो इसको ददुआ...।" नेह से बीरन की ओर ताकती सुइया ने मीठा उलाहना दिया।

"ना रे! अभी तू रैफल ही चला! बीरन से तेरा ब्याह कर देंगे तब हँड़िया डुगडुगाना।" हिमानी दाढ़ी-मूँछ के जंगल से झरने-सी फूटी ददुआ मानकी की हँसी।

जामुन कुतरती गिलहरी की भाँति दाँतों से मिर्च खोंटती सुइया का चेहरा आरक्त हो उठा।

"भक्क ददुआ। बूढ़ होकर बेटी से ठट्ठा...?"

सचमुच ठठा कर हँस पड़ा ददुआ मानकी! ऐसे ही हँसा करता था ददुआ मानकी! भीतर से खुश होता था तो खुलकर ठहाके लगाता था। ददुआ मानकी की यह हँसी मानो उसके समस्त दु:खों की दवा थी। मानो अपने विरुद्ध के हर षडयन्त्र-कुचक्र के विरुद्ध निहत्था प्रतिरोध थी।

बिरजा की रुलाई से गीली-गीली हो उठी हवा में हँसी झिरझिराने लगी। बिरजा के म्लान चेहरे पर भी इस मीठी चुहल ने हल्की मुस्कान पोत ही डाली! आँखें पोंछता बोला बिरजा।

"हम दोनों बेकत का जीव ठौर में नहीं था ददुआ। हरिया पानी माँगा तब कहीं जाकर आज चूल्हे में आग पड़ी। लड़िका का फरहर[1] मुँह देखा तो चित्त चैन में हुआ। हरिया की माई कहने लगी कि अनगुत्ती[2] ददुआ से पानी भी नहीं पूछे हम। अब लाज लग रही है कि कुँइयाँ पर भुखाए होंगे लोग। तब जा कर भात का अदहन चढ़ाया...।"

"भूख तो सच्चो बुझाने लगा था भाई।" ददुआ मानकी ने सुइया की ओर देखा।

"आज बड़े भाग्य से भौजी के हाथ का भात मिला है। पतोह के हाथ की रसोई खा लो ददुआ" बाल्टी खींचता बीरन बोला—"साँझ को तो बुढ़िया आजी का टेढ़-मेढ़ रोटी चबाना ही है।"

"तू खा ले रे बीरन!" ददुआ मानकी देह झाड़ कर उठ खड़ा हुआ— "तू भी सुइया। माई को भी दो कौर खिला देना!"

"और तुम?" सुइया ने पूछा।

"हम नाती को दुपहरिया का भभूत चटा कर आते हैं।"

"दू मुट्ठी भात खाकर जाते।"

---

1. स्वस्थ/निर्मल 2. सवेरे।

"ना रे बेटी! बाल-बुतरू निरोग रहें तभी बुढ़-पुरनियाँ को बढ़िया भूख लगती है रे। आकर खाते हैं न भरपेट चोखा-भात...!"

हरिया को दोपहर की दवा की खुराक देकर अकेला कुएँ पर नहीं लौटा ददुआ मानकी! स्वस्थ होते बेटे का सुथरा-निखरा चेहरा देखने के बाद बिरजा के भीतर भी एक उत्साह हिलोरें लेने लगा था। ददुआ मानकी में विश्वास बढ़ा था। बिरजा भी अब ददुआ के साथ था और अब छः हाथ कुँआँ उड़ाहने के अभियान में जुट पड़े थे।

सूरज के पश्चिमी क्षितिज पर पहुँचने से पूर्व ही कुएँ के आस-पास कीचड़-कीचड़ हो उठा था। कुँए का सारा सड़ता पानी निकाल फेंका गया था। तली में गाद ही गाद...! नाक-मुँह में भीगा गमछा बाँध कर रस्से के सहारे कुँए में उतर पड़ा ददुआ मानकी।

एक जमाने से कुएँ में गिरा-भरा अल्लम-गल्लम कुएँ से बाहर निकाला जाने लगा। बच्चों की कई फटी-साबुत गेन्दे। कुछ गेंदें ऐसी भी जिन्हें खेलनेवाले अब अधेड़ हो चुके थे। पुराने जूते-पनही, जिनके पैर आयु पूरी कर चिता पर जलाए जा चुके थे। हँसिए, खुरपी, टूटी टोकरियाँ, लोहे-काठ के कई टुकड़े, टूटी-अधटूटी बोतलें, छोटे-बड़े मेंढ़क, गरई मछलियाँ, एक फूलती मरी बकरी, एक बकरी की ठठरी, दो अन्य पशुओं के अस्थि-पिंजर... सियार, भेड़िए या कुत्ते के...! पत्थरों का ढेर और ढेर सारी सड़ती मिट्टी जिसे कोड़ कर हटाते ही नीचे से उजागर हुआ था मीठे ताजा पानी का बुलबुलाता सोता। जलोद्गम...।

सरज डूबने और साँझ घिरने तक भुतैले कुएँ की पूरी सफाई की जा चुकी थी और ददुआ मानकी कुएँ के भीतर से जीवित बाहर निकल आया था।

यह अवश्य था कि देह थकन से निढाल होने लगी थी। बाँहों-पिंडलियों में रक्त मानो जमने लगा था। माथा भी चकरा रहा था। उल्टी करने की प्रबल इच्छा हो रही थी परन्तु वमन या अपने किसी शारीरिक असन्तुलन का भेद ददुआ मानकी ने अपने भीतर ही गाड़े रखा था।

दिया-बाती जलने तक पूरा उड़सुग्गी गाँव जान चुका था कि अभिशप्त कुएँ में उतरा ददुआ जीवित ही नहीं, पूर्ण स्वस्थ भी था।

लोग यदि जान-मान जाएँ कि भूत-प्रेतों का वस्तुतः कोई अस्तित्व ही नहीं होता तो गाँव-देहात के ओझा-मती या कस्बों के मान्त्रिक-तान्त्रिक जिएँगे-खाएँगे कैसे? लेदा भगत ददुआ मानकी के हठ और पुरुषार्थ के समक्ष हथियार डाल कर अब अफवाहें फैलाने में जुट गया था।

"बुझाता है कि ददुआ कुछ गुन-विद्या भी जानता है। ओझाई भले नहीं करता पर गुनी आदमीन जरूर है नहीं तो...।"

अफवाहें ये भी थीं कि ददुआ मानकी ने अपनी शक्ति के बल पर कुएँ की सारी बुरी ताकतों को रात के अँधेरे में उड़ाकर कहीं दूर कील दिया है।... बाहामुनी अब शक्तिहीन हो चुकी है, बस एक आम बुढ़िया जिससे डरने की अब कोई आवश्यकता नहीं है। साक्ष्य था बिरजा नोनिया का बेटा हरिया जो रात में माँ के हाथों प्याज-रोटी खा चुका था।

अगली भोर...! खूब सवेरे...! ददुआ मानकी पुनः बड़े कुएँ पर पहुँचा। डोर-बाल्टी के साथ। कुएँ से बाल्टी भर साफ पानी निकाल कर भरपेट पानी पिया और डकारें लेता बिरजा नोनिया के घर की ओर बढ़ चला। साथ-साथ बीरन और सुइया...!

घर के ओसारे पर नयी भोर का उजास बिखरा हुआ था। अपेक्षाकृत स्वस्थ दिखता हरिया गा रहा था।

"बिलाई-बिलाई... कहाँ जाती रे?"

"भंटा तोड़े खेत में।"

"कइसे तोड़बे?"

"डाल झुका के।"

"कइसे लाइबे?"

"घोलटा-घोलटा के।"

"का से चीरबे?"

"हँसुआ झुका के।"

"कइसे चीरबे?"

"काठ-कूट।"

"कइसे बनयीबे?"

"छनन-मनन।"

रात को हरिया को दवा की खुराक खिलाने गयी थी सुइया तब इतनी टाँय-टाँय नहीं कर पा रहा था हरिया। अभी दवा आगे भी दी जानी थी, सो ददुआ मानकी ने बिरजा को पुकारा।

"का बिरजा, अब तो ठीक लगता है नाती?"

"हँ ददुआ।" बिरजा ओसारे से नीचे उतर आया। देमुनिया खम्भे की ओट में जा खड़ी हुई।

"हमने अपनी बात निबाह दी न भाई?"

"हँ ददुआ। हम भी आपन बात से पीछे नहीं हटेंगे। कोई साथ दे चाहे न दे, हम माटी काटेंगे। हरिया की माई माटी सानेगी। साँझ तक माटी से कुँइयाँ जरूर बाँध देंगे हम दोनों प्रानी।" प्रसन्नता के आवेग से बिरजा का चेहरा खिला

पड़ा था। सन्तुष्ट हुआ ददुआ मानकी।

"अभी तो तुम्हें हमारे साथ चलना होगा भाई... महुअरिया! जड़ से रोग उखाड़ना है तो कुछ और पुड़िया देंगे अभी। सवेरे, साँझ और दुपहरिया... एक-एक पुड़िया नियम से खाएगा हरिया। तभी एकदम से ठीक होगा मलेरिया बोखार।"

ओसारे पर खटिया पर बैठा हरिया मानो पाठशाला में मिले पाठ का रट्टा-सा मार रहा था। प्रश्नोत्तरी कथा की लय के साथ झूमते हरिया को बड़े राग से निहार रही थी देमुनिया।

"कइसे खइबू?"

"चापड़-चुपुड़।"

"कहाँ सुतबु?"

"चूल्हा में।"

"का ओढ़बु?"

"सूप!"

"देख बिलाई के रूप...!"

कथा समाप्त कर खिलखिलाया हरिया तो देमुनिया ने बेटे की पीठ में टहोका लगाया। कान में धीमे से कुछ कहा।

चट ओसारे से नीचे कूदा हरिया और लपक कर ददुआ मानकी के पैर छूने लगा। ददुआ मानकी ने हरिया को गोद में उठा लिया।

"जीता रह नाती। पीपर-बरगद की उमर जिए तू—" आशीष देता ददुआ—"इसको अभी भात मत देना दुलहिन। बस रोटी! अभी बकरी चराने भी मत भेजना। घाम-घुमरी में थकेगा तो बोखार बहुर आएगा। दस रोज बचाना! देह जुड़ा जाय तो फिर जहाँ मन करे खेले-कूदे नाती। लइका और पंछी को हरमेसा बाँध कर रखना भी ठीक नहीं।"

आवश्यक निर्देश देने के बाद रेल की पटरियों की ओर मुड़ा ददुआ मानकी।

सुइया और बीरन के साथ चलता ददुआ मानकी पुराने कुँएँ से आगे निकल चुका तो अपनी झोपड़ी के बाहर, किवाड़ के सहारे खड़ी बाहामुनी ने यथासम्भव ऊँची आवाज में पुकारा।

"रे बेटा। अरे ददुआ। खाली पेट कहाँ भागता है रे? दू मुट्ठी भात खा के जा रे दुशमनवाँ...!"

"फिर आएँगे माई" ददुआ ने पीछे ताक कर बाहामुनी से वायदा किया—"अबकी आएँगे तो भरपेट तेरा भात भी खाएँगे। अभी तोहार रोटी पची कहाँ है रे माई।"

हरिया अब बाहामुनी की झोपड़ी के पास खड़ा खिलखिला रहा था। हरिया

की हँसी से ही मानो उग चला था बालसूर्य। रेल पटरियों पर वही समय था...! वही पलामू एक्सप्रेस...! ददुआ के अन्तिम शब्द रेलगाड़ी के शोर में डूब गये थे।

जबतक रेलगाड़ी गुजरी वे पटरियों तक पहुँच गये थे। गाँव से इतनी दूर कि उन्हें पीछे से पुकारती आवाजें उन तक नहीं पहुँच सकती थीं।

बूढ़ी बाहामुनी भी अपने बूढ़े हठी बेटे ददुआ को पुकारना स्थगित कर चुकी थी।

आठ

गैर-आदिवासियों में भी कम आक्रोश नहीं था। आदिवासी तो मर्माहत थे ही।

किसी क्षेत्र में सर्वाधिक सक्रिय भूमिगत संगठन की सत्ता को चुनौती देकर कोई अन्य संगठन उस क्षेत्र में दो लाशें गिरा जाय और सक्रिय संगठन का एरिया कमांडर हत्यारों को दंडित न कर सके...? यह 'झामुद' के लिए वर्चस्व का संकट था। महुआटाँड़ क्षेत्र के एरिया कमांडर की साख का संकट...! ददुआ मानकी तो अपने सर्वोच्च नेता कालीपद दत्त से बहस कर बैठा था।

''हमें पता है कि उमेस बाबू और ममता दीदी को जीराखन मिसिर ने मारा है...नहीं तो बेलभद्दर दूबे ने। अपने हाथ से नहीं मारा तो किसी पारटी को रुपया देकर मरवाया है।''

''इतना तो हमें भी पता है रे।'' निर्विकार थे काली बाबू।

''उमेश बाबू बढ़िया आदमी था गुरुजी।''

''सो भी पता है रे टीका! बेईमान होता उमेश तो ऐसे मारा जाता? गाँव में सड़ता रहता उमेश? पाँव-पैदल जंगल में घुमता?''

''जो आदमी उमेस बाबू और ममता दीदी को मारा है उसे हम गोली जरूर ठोकेंगे गुरुजी, नहीं तो महुआटाँड़ में हमारा मान घटेगा। दो कौड़ी का हो जाएगा हमार मरजादा।'' ददुआ के नथुने काँप रहे थे।

''चुप रह टीका। भूमिगत संगठनों की आपसी मार-काट में पहले ही कम जानें गयी हैं क्या?'' काली बाबू ददुआ को समझाने लगे थे—''पृथक प्रान्त आन्दोलन आपसी संघर्षों से कमजोर होता है रे। तू और बैर बढ़ाएगा? संगठनों के दस्ते जंगल में पुलिस-सामन्त गठजोड़ से लड़ेंगे कि आपस में ही गोली-खून करते रहेंगे?''

''इसलिए तो हम कहते हैं गुरुजी कि एक बात-विचार वाला सब संगठन मिलकर एकजोट ताकत खड़ा कर लें। यहाँ तो दो-दो आदमी का पारटी बनाकर

मनचढ़े लड़के रात में मोटर लूट रहे है। रेल में डाका डाल रहे हैं। मुरई-मिरचाई[1] जैसे नौछँटिएँ[2] छोकड़े जान मारने का ठेका ले रहे हैं। छँटुआँ बदमाश हैं और कहते हैं कि हमीं असली नेक्सलाइट है। ऐसे नेक्सलाइट लोग ही हमें बदनाम करके रख दिये हैं पलामू में।'' ददुआ मानकी भिन्नाया हुआ था।

भूमिगत संगठनों के समन्वय, आपसी संघर्ष विराम और भावी झारखंड राज्य के आग्रह के प्रति प्रतिबद्धता की शपथ की याद दिला कर कालीपद दत्त ने येन-केन ददुआ मानकी को शान्त किया था। अस्थायी रूप से...!

ऐसा पहली बार नहीं हुआ था। जब किसी हत्या, किसी डाके या किसी लूट से खिन्न ददुआ मानकी को मन मार कर अपने गुरुजी कालीपद दत्त से सहमत होना पड़ा था।

जब-जब तूतिया मिली जहरीली शराब पी कर मरते थे आदिवासी तो ददुआ मानकी भीतर से खौल उठता था। मन करता था रातोंरात जंगल में उगी समस्त अवैध शराब की भट्ठियों को तबाह कर डाले। मृत्यु बेचने वाले भट्ठी मालिकों को भून डाले परन्तु कालीपद दत्त समझाने लगते थे।

''अवैध व्यापारों से ही भूमिगत संगठन जीवन पाते हैं रे टीका! जंगल में काली कमाई करने वाले सौदागर न हों तो संगठनों को खाद-पानी कहाँ से मिलेगा? फिर तो हमें भोजन-हथियार के लिए बस्तियों से ही रुपया वसूलना होगा न रे? ऐसी वसूली से तो अपना जनाधार ही टूटने लगेगा।... तू समझ रहा है न बात?''

''हाँ गुरुजी।'' विवश ददुआ मानकी...!

''बड़े लक्ष्य, माने पृथक प्रान्त के लिए छोटे-मोटे समझौते करने पड़ते हैं टीका! जहरीली दारू रोकने को पुलिस है। आबकारी विभाग है। हम क्यों नष्ट करें दारू की भट्ठियाँ?

''तो हम क्या करें फिर?''

''ऐसे व्यापारियों को डरा कर रखें ताकि काले धन्धे वाले हमें चुपचाप चन्दा देते रहें। किसी ईमानदार अफसर, शिक्षक, वनपाल या गृहस्थ को छेड़ना मत। किसी भ्रष्ट, घूसखोर, कमीशनखोर या बेईमान को छोड़ना मत। ऐसे लोगों को चिन्हित करो। चन्दा वसूलते रहो। न दें तो छः ईंच छोटा कर दो। बेईमान दीकूओं को निशाने पर रखो और अपने जनाधार को बढ़ाते रहो।''

बस-ट्रक के मालिकों, बीड़ी पत्ते के ठेकेदारों, अवैध शराब और ईंट-भट्ठे के मालिकों, पत्थर-गिट्टी तोड़ते क्रेशर मालिक, इमारती लकड़ी के तस्कर, वनोपज के तस्कर... जितनी बड़ी कमाई उतनी ही अधिक लेवी-चन्दा...। प्रतिवर्ष

1. मूली-मिर्च 2. किशोर।

करोड़ों रुपयों की वसूली होती है पलामू में। रुपए में चार आने क्षेत्रीय कमांडर के हाथ खर्च के लिए छोड़कर शेष राशि संगठन में नगरवासी सुप्रीमो के पास पहुँचा दिये जाते हैं।

ऐसे क्षेत्र जहाँ भूमिगत संगठनों की समानान्तर सरकार चलती है, समाजसेवी उमेश और ममता गाँव-गाँव में रात्रि पाठशालाएँ खुलवाते चल रहे थे। गाँव के लोगों को सहमति के बिन्दु पर गोलबन्द कर गाँव की छोटी-छोटी समस्याओं के लिए सरकार का मुँह न ताकने हेतु प्रेरित करते चल रहे थे। वर्षों से ग्राम पंचायत के चुनाव न होने के कारण बिखर चुकी पंचायती व्यवस्था में छोटे-मोटे झंझट झमेले आम होते थे, जिनमें हस्तक्षेप कर दोनों पक्षों को समझाते थे उमेश और ममता तथा कोई बीच की राह निकालने का प्रयास करते थे।

महुआटाँड़ प्रखंड में 'अच्छे लोग' के रूप में ख्यात था यह समाजसेवी युगल। दोनों न पूँजीपति थे, न उद्योगपति थे, न व्यापारी थे और न सरकारी कर्मचारी ही थे। उनका प्रत्यक्षत: कोई व्यतिगत स्वार्थ भी तो नहीं दिखता था। अपनी ओर से वे किसी से कोई बैर भी तो नहीं करते थे। फिर भी उमेश और ममता की हत्या कर डाली गयी थी।

समाजसेवी दम्पती की रात्रि पाठशाला योजना की खिल्ली उड़ाते थे महुआटाँड़ के रामप्रताप चौबे। कुँवर भानू सिंह जैसे लोग मजाक बनाते थे।

''बुढ़-बुढ़ सुग्गा को पढ़ाने आये हैं ये लैला-मजनूँ। हल-हेंगा करते जौन उँगली पर घट्ठा पड़ा हुआ है तौन उँगली में कलम-स्लेट पकड़ाने आये हैं ये शहराती लोग।'' उमेश-ममता शिक्षित थे। समझते थे कि हर नयी शुरुआत को अपने विरुद्ध उठने वाली ऐसी आलोचनाओं को अतिक्रमित करना ही होता है। अपने प्रति ऐसी फूहड़ टिप्पणियों और वक्रोक्तियों से निरपेक्ष वे पति-पत्नी अपने प्रारम्भ को अच्छी निष्पत्ति तक पहुँचाने हेतु कटिबद्ध थे।

अपनी न्यूनतम आवश्यकताओं के साथ उमेश-ममता दलित बहुल गाँव महुआखाप में रह रहे थे जहाँ भोगता, धानुक, मल्लाह, धोबी, और कोईरी लोगों के कच्चे घर थे।

सादा जीवन, सरल स्वभाव, सामान्य व्यक्तित्व और काम और काम...! सप्ताह में एक दिन वे महुआटाँड़ हाट जाते थे जहाँ से अपने दैनिक उपयोग की वस्तुएँ खरीद कर शाम तक वे महुआखाप लौट आते थे। जब महुआखाप की रात्रि पाठशाला में कुछ निरक्षर दलितों को कागज पर अँगूठा लगाना छुड़ाकर टेढ़े-मेढ़े हस्ताक्षर करना सिखा डाला तो क्षेत्र के सवर्णों-भूमिपतियों के कान खड़े हो गये थे। शिक्षक समाज भी कुछ चिन्तित हुआ था।

धुर देहात में जिला शिक्षा पदाधिकारी दौरों पर कभी आते ही नहीं थे। कोई शिक्षक लातेहार में मनिहारी की दुकान खोले बैठा था, कोई गुरुजी डालटनगंज

में कोचिंग-ट्यूशन की दुकान चलाते थे और किसी माट्साब को खेती से ही इतनी फुर्सत नहीं थी कि नित्य विद्यालय जा सकें। शिक्षक बिना नियमित विद्यालय गये भी नियमित वेतन पा सकते थे और विद्यालय क्षेत्र में सक्रिय संगठन को सुविधा शुल्क देकर सुखपूर्वक जी लेते थे।

अब उमेश-ममता जैसे 'दुष्ट लोग' शिक्षकों के सुख-चैन में मानो आग लगाते फिर रहे थे। वे गाँव में अलख ही जगाने लगे थे... विद्यालय क्यों होते हैं?... शिक्षकों का नियमित विद्यालय आना क्यों आवश्यक है?... शिक्षा का क्या महत्त्व है?... शिक्षा हमारा अधिकार है तो कैसे...? ऐसी ही भड़काने वाली कितनी ही बातें...! अधिकांश शिक्षक सवर्ण ही थे जो उमेश-ममता से खार खाए बैठे थे।

आगे तो उमेश-ममता और भी भयंकर कठिनाइयों को जन्म देने लगे थे... जैसे मछलीपालन और सड़क निर्माण की योजना का श्रीगणेश...!

महुआखाप के सुखाड़ी रजक के पास बंजर भूमि का एक पुश्तैनी टुकड़ा था। टाँड़ जमीन थी। खेत के नाम पर भीठा! सामूहिक श्रमदान के द्वारा उमेश-ममता ने उस भीठे को खुदवा कर तालाब में बदलना प्रारम्भ कर दिया था।

महुआटाँड़ हाट में चाय चुसकते कुँवर समुन्दर सिंह ने खिल्ली उड़ाई थी।

''ई मजनुआँ तो अब फरहाद बन रहा है भाई! केतना पानी : धो-धो रानी खेल रहा है।''

''टाँड़ कोड़ कर पानी काढ़ने चला है पगलैठा! अपने तो एक छेंव कुदाल नहीं चलाता। मूरख राड़-रेयान लोगों से बालू पीसवा कर तेल निकलवाना चाह रहा है बौराहा।'' चाय वाले ने जोड़ा था।

रेत पीसने से तेल नहीं निकलता। निकला था भी नहीं। अलबत्ता टाँड़ खोद कर पत्थर की कठोर तली वाला एक तालाब निकालने में सफल अवश्य हो गये थे महुआखाप के दलित!

पहली ही बारिश में तालाब में इतना पानी जमा हो गया कि पानी में मछली के जीरे डाल दिये गये थे। अब सुखाड़ी रजक की व्यस्तता बढ़ गयी थी।

तालाब की साफ-सफाई रखना, छोटी मछलियों को बगुलों-पनकौवों से बचाना, और रात में तालाब की रखवाली...! अब अपने गउँवाँ नौनिहाल सिंह के घर समय पर हल-बैल जोड़ने हेतु पहुँचने में देरी भी होने लगी थी। सूरज निकलने तक गउँवाँ के दरवाजे पर पहुँचता सुखाड़ी तो आधे दिन की मजदूरी-बनी काटने लगते नौनिहाल सिंह। ताने देते सो ब्याज में...

''मछली का व्यापारी बन रहा है? मूस को हरदी का एक गो गेंठा[1] मिल गया तो साला मूस हरदी का आढ़तिया बनने लगा रे?''

---

1. जड़।

रोज-रोज के तानों-उलाहनों से तंग तो था ही सुखाड़ी। लगता था दुविधा में माया और राम दोनों न गँवा बैठे कि तभी एक दिन नौनिहाल सिंह के बेटे ने सुखाड़ी पर लाठी उठा दी। सुखाड़ी ने उसी रोज नौनिहाल सिंह की हलवाही छोड़ दी थी।

सुखाड़ी रजक जैसे पुराने हलवाहे की यह ऐंठन महुआखाप में भूत घुसने जैसी घटना मानी जा रही थी। यह भूत एक-एक कर अन्य हलवाहों-कमियाँ के भीतर न पैठने लगे...! सवर्णों के बीच खलबली सी थी... ''रैयत-कमियाँ को बाहर की हवा लग रही है। रोका नहीं गया तो कल हमारे कपार पर चढ़कर मूतने लगेंगे राड़-रेयान...!''

बाघ के गाँव में प्रवेश करने का उतना भय नहीं होता, अधिक भय होता है बाघ के गाँव में परिकने[1] का। क्षेत्र के सारे हलवाहे-चरवाहे-बनिहार-कटनिहार ऐसे ही अकड़ दिखा कर काम छोड़ने लगे तो हो चुकी खेती...। यह सरासर विद्रोह का लक्षण था!

भूमिपति सवर्णों ने यह धारणा बना ली थी कि सुखाड़ी रजक में यह दुस्साहस उमेश-ममता की गलत शिक्षा और भड़काऊ सीख के कारण ही था। पहले तो उमेश-ममता की हँसी उड़ाने वालों ने इस जोड़े को गम्भीरता से लिया ही नहीं था। सोचा था, गँवई जीवन की कठिनाइयों से घबरा कर पति-पत्नी स्वयं गाँव छोड़कर शहर चले जाएँगे। ऊब जाएँगे गाँवों की अनन्त समस्याओं से परन्तु ये शहराती जीव तो गाँव से जाते ही नहीं थे। आगे पता नहीं कैसे-कैसे तमाशे रचने वाले थे ये शहरी नमूने...!

उमेश-ममता को महुआखाप से उखाड़ने के षडयन्त्र होने लगे थे।

रातों में उमेश-ममता के खपड़ैल की छप्पर वाली कोठरी पर पत्थर गिरने लगे थे। कभी प्रातः घर का दरवाजा खोलती ममता तो दरवाजे से सटे ही कोई शौच निपटा चुका होता था।

पति-पत्नी कोई प्रतिक्रिया तक नहीं व्यक्त करते थे। किसी अदृश्य पर दोषारोपण करने के बदले वे चुपचाप गन्दगी की साफ-सफाई में जुट जाते थे। उन चिकने घड़ों को न ताने-उलाहने विचलित कर पाए थे, न ही किसी प्रकार का भय उन्हें दबाव में ला सका था।

कुछ दिनों तक एक लजाई खिसियानी प्रतिक्रिया एक मुँह से दूसरे मुँह तक यात्रा करती रही थी...''साले गान्हीं बाबा के बानर है। मुँह, नाक, कान, आँख सब बन्द रखते हैं साले...!''

---

1. प्रवेश की आदत पड़ना।

आखिरकार जमीन मालिक गृहस्थों के लिए एक आशाजनक परिस्थिति उत्पन्न हुई थी। उमेश ममता ने महुआखाप से डालटनगंज-नेतरहाट मार्ग को जोड़ने वाली प्रकल्पित सड़क पर श्रमदान कार्यक्रम प्रारम्भ कर दिया था। नौनिहाल सिंह ने सहर्ष यह भविष्यवाणी की थी...''अब छनेगा मजा...!''

दसियों गाँवों से गुजरती हुई, महुआखाप से निकल कर डामर की मुख्य सड़क तक पहुँचने वाली इस मिट्टी की सड़क के कारण जो 'मजा छनने' की सम्भावना बन रही थी वह सड़क निर्माण के सम्भावित ठेकेदारों जीवराखन मिश्र और बेलभद्र दूबे के कारण थी।

जब 'ग्राम पंचायत सड़क निर्माण योजना' के अन्तर्गत सरकारी ठेका घोषित हुआ था तो चौदह लाख रुपए के इस ठेके की निविदा भरने के दिन प्रखंड मुख्यालय महुआटाँड़ में पचास चक्र गोलियाँ चल गयी थीं। जगह-जमीन या रुपया कितना भी हो परन्तु यदि दस 'मामिला-मुकदमा' सिर पर लदा न हो तो राजपूत कैसा? जो ब्राह्मण दब कर जिये सो खाँटी ब्राह्मण नहीं... पैदाइश में दोष होता है।

ठेका स्थगित कर दिया गया था। भविष्य में इस ठेके को हथियाने के लिए दोनों बाहुबली ठेकेदार पुनः कमर कस ही रहे थे कि लगभग तैयार दिखती खीर में मक्खी की भाँति टपक पड़े थे उमेश और ममता।

विवादास्पद सम्भावित सड़क जलेबीदार घुमाव लेती दसियों ऐसे गाँवों को लाभान्वित करती निकलने वाली थी जिन गाँवों तक बरसात में साइकिल के अलावा कोई अन्य दुपहिया-चारपहिया वाहन बड़ी कठिनाई से पहुँचते थे। ऐसे गाँवों के सवर्ण खेतिहर भी शीघ्रातिशीघ्र सड़क निर्माण के पक्षधर थे। जीप, ट्रक, ट्रैक्टर... सीधे गाँव-दरवाजे तक पहुँचाना सुगम जो होने वाला था।

बैरिया के प्रधानाध्यापक रामलखन गुरुजी, कांडी के बाबू सुनेश्वर सिंह, खरौंधा के शिक्षक रामदास तिवारी, पखनाहा के वकील प्रमोद सिंह या बुचुन बाबू जैसे गृहस्थ... ऐसे लोग उमेश-ममता से आर्थिक सहयोग तक करने को तैयार थे। उमेश-ममता के सद्कार्यों से प्रभावित महुआटाँड़ चर्च के पादरी फादर इमानुएल नथेनियल ने भी आर्थिक सहायता के साथ-साथ अपने कई अनुयायियों को श्रमदान हेतु भेजने की सहमति भी दी थी। रामलखन गुरुजी तो खुल कर कह रहे थे।

''राकेश शर्मा अन्तरिक्ष में टहल आया और हमारे गाँव में अभी तक रौशनी के लिए लालटेन है। कम-से कम अब बैलगाड़ी युग से तो निकलेंगे दस-बीस गाँव...!''

सड़क मुख्यत: ऐसी भूमि या भूखंडों से होती निकाली जानी थी जो टाँड़ थे। ऊसर वन भूमि...! गैरमजरुआ खास...! इन पर किसी का कब्जा नहीं था। उमेश-ममता ने जब पहल की थी तो गाँव के सामने की सड़क पर मिट्टी डालने का दायित्व सम्बन्धित गाँव वालों ने ही उठा लिया था।

उमेश-ममता की अगुवाई में श्रमदान प्रारम्भ हो गया तो सड़क का ढाँचा-सा उभरने लगा था। साथ ही उभरने लगी थी सलाह और नसीहतें...

"थोड़ा सावधान रहिएगा उमेश बाबू...!"

"कैसी सावधानी?" नासमझ बन जाते उमेश-ममता।

"मधमाछी के दो छत्तों में एक साथ ढेला मार कर पूछते हैं कैसी सावधानी? थोड़ा आँख-कान खोल कर चलने में क्या हर्ज है गुरुजी?"

उमेश-ममता भी खूब समझते थे कि उन्हें खतरा किससे या किनसे या किस प्रकार का हो सकता था। दबंग ठेकेदारों बेलभद्र दूबे या जीवराखन मिश्र, जो भी इस ठेके को उठाने में सफल होता उसके सम्भावित नफे को कुतर रहे थे श्रमदानी! सड़क निर्माण में मुख्य लाभ तो मिट्टी कटवाने में ही था।

भूमि गैरमजरूआ थी और जनसमर्थन साथ था। अत: श्रमदान द्वारा सड़क निर्माण को बलात् या किसी कानूनी फच्चर से रोकना सम्भव नहीं था। उमेश-ममता पढ़े-लिखे लोग थे; प्रतिकार कर सकते थे। फिर उमेश-ममता से सहमत सवर्ण बिरादरी यदि ठेकेदारों के विरुद्ध खड़ी हो जाती तो महुआटाँड़ क्षेत्र की सवर्ण एकता में दरार भी पड़ सकती थी! सवर्ण लोग आपसी फूट में पड़कर एक-एक कर भूमिगत संगठनों का शिकार होने का खतरा नहीं उठा सकते थे।

एक सुरक्षित और सफल षडयन्त्र रचा गया था। क्षेत्र की सवर्ण एकता भी अखंडित बच गयी थी और सड़क निर्माण का कार्य भी रुक गया था। एक गहराती साँझ को उमेश-ममता महुआटाँड़ बाजार से अपनी दैनिक जरूरतों की वस्तुएँ खरीद कर वापस महुआखाप लौट रहे थे परन्तु वे वापस गाँव पहुँच नहीं सके थे।

प्रात:, बीच राह में पड़ने वाले एक बड़े प्राकृतिक नाले से उनकी लाशें उठी थीं। सियारों ने मृत शरीरों को नोंच-चोंथ डाला था...!

महुआखाप पर वज्रपात-सा हुआ था। आदिवासियों के मानो स्वजन मारे गये थे। गैर-आदिवासी लोगों के कलेजे भी धुआँ-धुआँ हो उठे थे।

ददुआ मानकी के क्षेत्र में ऐसी घटना पहली थी जब किसी हत्याकांड की जिम्मेदारी 'झामुद' नहीं ले पाया था। न ही हत्यारों के विरुद्ध ठोस कार्रवाई का बयान दे सका था 'झामुद'! कालीपद दत्त ने ददुआ मानकी को समझा-बुझा कर हिंसा-प्रतिहिंसा से रोक तो लिया था परन्तु एक अपराधबोध से लदा हुआ था ददुआ मानकी! दो अच्छे लोगों के हत्यारे उसके क्षेत्र में लाशें गिरा कर चैन की नींद सो रहे थे। ददुआ न तो हत्यारों को दंडित कर सका था, न 'झामुद' की सर्वोच्च सत्ता को प्रभावित ही कर पाया था।

उमेश-ममता की लाश का पंचनामा महुआटाँड़ थाना ने ही किया था। थानेदार

भोला पासवान की सरकारी प्रतिक्रिया थी,...''यह नक्सलियों की आपसी शत्रुता का नतीजा है। उमेश-ममता भी सम्भवतः नक्सली ही थे जो गाँव में छुपकर रह रहे थे। कुछ भूमिगत संगठनों की राज्य इकाई का एजेंडा यही है कि पिछड़े क्षेत्रों के विकास हेतु सरकार जो प्रस्ताव बनाती है उसके विपरीत वैकल्पिक प्रस्ताव की रूप कल्पना करो और आदिवासियों-दलितों को सरकारी विकास योजनाओं से विमुख कर अपनी ओर आकर्षित करो।''

अखबारों के अनुसार भी उमेश-ममता अपने इसी एजेंडे के अन्तर्गत गाँव वालों को बहका कर सड़क निर्माण करा रहे थे। दूसरे किसी भूमिगत संगठन को यह पसन्द नहीं आया। मौखिक चेतावनी दी होगी। रोकने का प्रयास किया होगा। बात से बात नहीं बनी तो उमेश-ममता जैसे सफेदपोश नक्सलियों की पहचान और सफाया कर भूमिगत संगठन ने पुलिस का काम आसान कर दिया।

पोस्टमार्टम आदि की सरकारी औपचारिकताएँ पूरी करने के बाद मृतकों की देह डालटनगंज के सदर अस्पताल में उमेश के घरवालों को सौंप दी गयी थी।

महुआखाप गाँव में भी सूतक माना गया था। उमेश-ममता के प्रिय अनुयायियों ने कोयल नदी के तट पर क्षौर कर्म सम्पन्न कराया था। अब महुआखाप में उमेश-ममता के घर पर मृतकों को श्रद्धांजलि देने के बाद श्राद्ध भोज चल रहा था। दलित-आदिवासी एकता तथा उमेश-ममता के प्रति ग्रामीणों के स्नेह-समर्पण का प्रतीक-भोज...!

इस महाभोज में ददुआ मानकी उपस्थित था। देर साँझ जब भोजन करने अन्तिम पाँत बैठी थी तो ददुआ मानकी भी पाँत में बैठा था। तभी वहाँ पहुँचा था बीरन मुंडा!

शंकित हो उठा था ददुआ मानकी। कहीं बुलाकी मुंडा की तबीयत ज्यादा न बिगड़ गयी हो।

जब से कोयल नदी के काई लगे पत्थर पर फिसल कर गिरा था बुलाकी मुंडा तभी से खटिया से लग गया था। उम्र भी हो गयी थी सो देह गिरने के बाद कोई न कोई शारीरिक व्याधि लगी ही रहती थी।

छठू के देहान्त के बाद बुलाकी मुंडा के घर में कोई पुरुष नहीं रहा था जो देख-रेख करता। पेट-रोटी के जतन तो घर की बहू रतनी किसी भाँति कर भी लेती थी पर हारी-बीमारी में देख-भाल करने हेतु ददुआ मानकी, बीरन या सुइया को बुलाकी के घर आते-जाते रहना पड़ता था।

खटिया पर गिरे बुलाकी मुंडा की सेंक-माँड़ का जिम्मा बीरन मुंडा पर सौंप कर महुआखाप के श्राद्ध-भोज में आया था ददुआ मानकी परन्तु साँझ के चढ़ते अँधेरे में बीरन मुंडा महुआखाप में था...! विषादयुक्त मुखमुद्रा के साथ

बीरन..!

भोज खाते ददुआ मानकी ने भृकुटी संकेत से बीरन को पास बुलाया। बैठी पाँत के पीछे पहुँच कर ददुआ मानकी की पीठ से जा सटा बीरन मुंडा। भर्राए गले से बोला—

''नूनू का देह छुट गया...!''

हाथ का कौर थरथराया और ग्रास पत्तल पर गिर पड़ा। हठात् ददुआ मानकी के भीतर एक बगूला-सा उठा और भीतर के सबकुछ को मरोड़ता-ऐंठता बवंडर की भाँति गले की ओर उठने लगा।

ददुआ मानकी के लिए इससे बुरा समय पहले कभी नहीं आया था। उसके जीवन में आये अच्छे लोग एक-एक कर उसे छोड़ते जा रहे थे। यह विदाई भी इतनी जल्दी-जल्दी हो रही थी मानो टप्प-टप्प चू रहे थे डाल से छूटते महुए के पके फूल..!

पहले वनाधिकारी समर सिंह गये। फिर गये उमेश और ममता।.. और अब बुलाकी मुंडा भी...!

ये वे लोग थे जिनसे ऊर्जा पाता था ददुआ मानकी। सच के लिए संघर्ष करने की शक्ति पाता था। हक के लिए लड़ने की प्रेरणा...! बुलाकी मुंडा की तो फिर भी उम्र थी जाने की पर समर सिंह...? अभी तो तीस-पैंतीस का युवा ही था वह जंगल का रखवाला! उमेश-ममता की भी कोई उम्र थी मरने की? ऐसे लोगों को जीवन से बाहर कर दिया गया था। मात्र इसलिए कि ये लोग अपना जीवन रहते सच और अच्छाई का साथ छोड़ने को तैयार नहीं किये जा सके थे।

कितना अकेला होता जा रहा था ददुआ मानकी...?

मुंडा लोगों का विश्वास कहता है कि आत्मा नहीं मरती। मरती है मात्र देह...! देह के अन्त के बाद मनुष्य का हापरोम (जीवात्मा) में रूपान्तरण हो जाता है जो अदृश्य रूप में ब्रह्मांड में उपस्थित रहता है। पर्व-त्योहारों में पूजा चाहता है। पूजित होकर तृप्त होता है। फिर किसी स्वजन के देहान्त पर रोना-पीटना क्यों...?

क्योंकि एक शरीर अब उपस्थित नहीं रहा। अत: किसी की मृत्यु का शोक तो मनाते हैं मुंडा, परन्तु ज्ञानी बड़े-बूढ़े विलाप नहीं करते। पुरुष नहीं रोते। ददुआ मानकी ने जीवात्मा की अमरता के मुंडा विश्वास के साथ अपने मन को बाँधा। स्वयं को सहेज कर भोजन समाप्त किया।

रात गिर चुकी थी अत: महुआखाप के लोगों ने जंगल में निकलने से रोक लिया। तर्क दिया कि रात में अन्त्येष्टि और कर्मकांड तो किये नहीं जाते। जो भी होना था, अगले दिन ही होना था। ददुआ मानकी ने चार लोगों की बात रखी थी और रात आँखों में काटी थी। भोर होने से कुछ पहले ही ददुआ मानकी

और बीरन महुअरिया के लिए निकल पड़े थे।

महुअरिया पहुँचा ददुआ मानकी तो सोमाई, सनीचर और बुधुआ ससान-दिरी (शमशान) में बुलाकी मुंडा के लिए गोर (कब्र) तैयार करने निकल चुके थे। अन्तिम संस्कार शुरू हो चुका था। बुलाकी मुंडा को नहला कर तेल लगाने के बाद मृतक के लिए रंथी (अर्थी बाँधी) जा रही थी।

अर्थी के सिरहाने माथे पर हाथ रखे बैठा था बुलाकी मुंडा का समधी कोदई। रतनी का पिता...! रतनी के विवाह के लिए कोदई ने अपने मालिक से सात सौ रुपया कर्ज लिया था। महाजन को मूल से अधिक सूद प्यारा होता है। अभी रतनी के ब्याह पर लिया कर्ज चुकता भी नहीं हुआ था कि बेटी राँड़ हो गयी थी।.. और अब बिना पुरुष का हो चुका था घर!

कभी मृत बुलाकी और कभी अपने नाती डेमका को ताकता कोदई आँखें पोंछता। फिर-फिर लोराने लगती बूढ़ी आँखें..!

जंगल में जितने भी रक्त-सम्बन्ध हैं उनमें सबसे घनिष्ठ सम्बन्ध है दादा-पोते का नाता! कैसी विडम्बना थी कि पिता के न होने के कारण बुलाकी मुंडा के पोते डेमका को ही अपने दादा की अन्त्येष्टि के समस्त संस्कार करने थे।

''देह छूट गया सो ठीक्के हुआ। खटवाँस-पटवाँस धर लिया था बुलाकी। गू-गींजन कराने से बढ़िया है कि उड़ जाय सुग्गा।'' बूढ़े सान्त्वना दे रहे थे।

''खटिया धर लिया था सो बात तो ठीक है पर कुछ हो, एक बुढ़वा घर में रहता है भाई तो बूझो कि टूटही छप्पर में खम्भा लगा रहता है। अब तो बिना खम्भा-खूँटा का घर हुआ।'' डेमका के नाना कोदई ने गहरी साँस लेकर कहा।

ददुआ मानकी की उपस्थिति और बूढ़ों के वार्तालाप को देख-सुन रही थी घर की किवाड़ से सटी बैठी रतनी। रतनी के भीतर मानो कोइ दरकता बाँध था जो कोदई की आह सुनते ही टूट पड़ा। विलाप कर उठी रतनी।

''हाय हो नूनू...! अब केकर मुँह देख के जिनगी काटेंगे ए नू ऽऽऽ नू... ?''

ददुआ मानकी का मन भर आया। किवाड़ के पीछे जा पहुँचा ददुआ मानकी। रतनी के माथे पर हथेली रखी।

''ऐसा काहे सोचती है रे दुलहिन? बुलाकी गये... जाने दे निरमोही को। अपना भरोसा जिलाए रख रे। अभी हम जी रहे हैं रे। बुलाकी भाई को जबान दिये हैं। जबान निबाहेंगे बेटी...!''

कहने को तो कह गया ददुआ मानकी, परन्तु बुलाकी मुंडा का जाना स्वयं ददुआ के लिए भी क्या कम दुःखद था? ददुआ मानकी के बीते हुए कल और आने वाले समय के बीच 'की एक पुरानी कड़ी था बुलाकी मुंडा। बिना ददुआ

से कुछ कहे-सुने टुप्प-से टूट गयीं थी वह इकलौती कड़ी।

मरा मात्र बुलाकी मुंडा नहीं था। बुलाकी मुंडा के साथ आँखें मूँद ली थीं उन अनेकों कथा-कहानियों ने जिन्हें वह बूढ़ा कथावाचक सुनाया करता था। नदी के तीर पर, खेत-खलिहान में... कहीं भी शुरू हो जाने वाले किस्सों का वह बूढ़ा जादूगर लोक में उपस्थित वाचिक परम्परा में जीवित और उम्र में प्रकतिमूलक वैदिक ऋचाओं से भी अधिक आयु वाली कई-कई कथाओं को भी अपने साथ लेता गया था। साथ ही समेटे चला गया था ददुआ मानकी के जीवन के कई गुप्त पन्ने... अतीत के!

बुलाकी मुंडा की अर्थी उठी। ददुआ मानकी ने अर्थी के एक कोने पर अपना कन्धा लगा दिया। ससान-दिरी की राह में चलते वे बजराहा ताड़ के नीचे रुके। अर्थी भूमि पर रख दी गयी। अर्द्ध-विश्राम के संस्कार निपटाए गये।

डेमका ने पिछले वर्ष बुलाकी मुंडा द्वारा उपजाए गये जौ-मकई के दाने अर्थी के चारों ओर छींटे। स्वजन-सम्बन्धी मृतक के मुँह में हल्दी-चावल-जल डालने का कर्मकांड निपटाने लगे। डेमका के नाना कोदई ने डेमका के कान में कुछ कहा तो डेमका आगे बढ़ा। ददुआ मानकी का हाथ थाम कर बोला।

''तुहों चल न बाबा...!''

रात से भूखा था डेमका। अभी उस बच्चे ने दुनिया ही कितनी देखी थी? नहीं जानता था डेमका कि जो कर्मकांड उसके हाथों सम्पन्न कराए जा रहे थे उसके लिए वही क्यों सुपात्र था।

एक हृदयहीन परन्तु अनिवार्य संस्कार निस्पादित करने की जिम्मेदारी का महाबोझ अपने शिशु कन्धों पर उठाए डेमका का म्लान चेहरा देख कर ददुआ मानकी का मन गीला-गीला हो उठा। डेमका को छाती से सटाते हुए बोला ददुआ मानकी।

''ई काम घर के लोग ही करते हैं बाबू। हम कैसे करें रे?''

''ना ददुआ। देह छोड़ते बुढ़उ तुमको खोज रहे थे। कहते थे ददुआ से तुलसी-पानी दिलवाओ तभी चोला छूटेगा।'' कोदई ने आग्रह किया।

''चल न बाबा...।'' डेमका खींचने लगा।

ददुआ मानकी जैसा काठ कलेजा आदमी भी टूट ही गया। कई लोगों ने पहली बार देखा कि पहाड़ भी रोता है। ददुआ मानकी की हिचकियों से हिलते कन्धे, भिंचे होंठ और आँखों से बहती धारा...।

ददुआ मानकी आगे बढ़ा। सफेद केश। सफेद भौहों और सफेद मूँछों वाले शान्त बुलाकी के चेहरे को हथेलियों के कटोरे में भर कर भर आँख निहारा। बुलाकी मुंडा का मुँह खोल कर दिवंगत को हल्दी-चावल-जल दिया। मानो अपने बूढ़े सखा

को अन्तिम पाथेय दिया। विदाई दी अपने अतीत को...।

बुलाकी मुंडा की मृत्यु ददुआ मानकी के अतीत की भी मृत्यु थी। मिट चुके थे यारों के बीते हुए समय के वे पदचिह्न जिन्हें दिखा-दिखा कर ददुआ मानकी को पुनर्नवा किये रहता था बुलाकी मुंडा। नया-नया हो उठता था ददुआ मानकी।

बजराहा ताड़ से अर्थी उठाई गयी तो शवयात्रा श्मशान पर ही रुकी। नागफनी, पुटुस, बबूल और पत्थर की अनेक पट्टियाँ गड़े उस भूखंड पर... ससान दिरी!

गोर के बगल में रख दी गयी अर्थी। उपस्थिति लोगों ने हाथ लगा कर बुलाकी मुंडा की देह कब्र में उतारी। उत्तर दिशा की ओर, सिर के निकट एक लोटा पानी और दातुन रखा गया। दोने में थोड़ी-सी खिचड़ी भी।

लेटे मृतक के दाईं ओर मृतक का सोंटा, सुतुम-थैली और चातोम (लाठी, सुरती की पोटली और बाँस की छतरी)...! साथ ही खरपा... चमड़े की चप्पल! काठ के तख्त पर मिट्टी की परत बिछा कर मकई-जौ के बीज छींटे गये।

डेमका को गोद में लिये अलग बैठा रहा ददुआ मानकी। महुअरियाँ गाँव के गोतिया जन मृतक की अन्त्येष्टि के कर्मकांड निपटा रहे थे। कर्मकांड में उपयोग की जा रही वस्तुएँ डेमका से स्पर्श करा ली जा रही थीं।

कर्मकांड पूरे हुए। ददुआ मानकी ने सबके साथ माटी-कर्म पूरा किया। मिट्टी से बनी देह को मिट्टी ने वापस पा लिया। कब्र को मिट्टी से पाट कर मृतक के सिर की ओर पत्थर की एक पतली पट्टिका गाड़ दी गयी...'मोदिरी'।

दो बाँस सूरज रहते सगोत्री लोगों ने नदी के तीर पहुँच कर क्षौर कर्म निपटाया। देह में हल्दी-तेल लगाकर स्नान किया। तब तक रतनी भी मिट्टी के अशुद्ध पुराने घड़े घर से बाहर निकाल चुकी थी। घर को लीप कर शुद्ध कर चुकी थी।

बुलाकी मुंडा को महायात्रा की विदाई देने गये लोग घर लौटे। लोगों के सिर पर तेल-मछली-रनू[1] के पवित्र मिश्रण का छिड़काव करने के बाद चूल्हे में आग दी गयी।

सामूहिक भोजन का भात पसाने तक रात हो चुकी थी। मृतात्मा को भोजन देने बजराहा ताड़ तक डेमका को जाना पड़ा। साथ लालटेन लिए ददुआ मानकी...!

---

1. एक वृक्ष की छाल।

डेमका ने दोने में भात और आदिवासी समाज के लिए गंगाजल तुल्य हँड़िया भरा दोना दिवंगत बाबा के लिए ताड़ तले रख दिया। फिर वे बिना पीछे देखे घर वापस लौटे।

भोजनोपरान्त गाँव के गोतिया अपने-अपने घर को चले गये। घर के बाहरवाली कोठरी में लेट गये बीरन, कोदई और ददुआ मानकी। वे एक वर्ष बाद सम्पन्न होने वाले कर्मकांड 'अम्बल अदेर' के बारे में विचार करने लगे। कोठरी के ताखे पर रखी के ढिबरी धुँआने तक।

छठू की अनुपस्थिति में डेमका के बाल कन्धों पर ही भावी कर्मकांडों को निपटाने का दायित्व था। वही तो था बुलाकी मुंडा का शेषांश।

"कैसे करेगा एतना छोट लड़िका-अम्बल अदेर?" चिन्तित था कोदई।

"सब होगा भाई। सिगबोंगा दु:ख देता है तो दु:ख सहने का बल भी देता है। फिर तुम तो रहोगे ही। हम भी नहीं मरेंगे तब तक।" ददुआ ने कहा।

"तुम तो अभी टाँठ[1] हो। मरोगे काहे? हम साल भर जिएँ-बचें तब न? पर-साल[2] तो डेमका की नानी को भी लाना पड़ेगा। अबकी तो ऐसी हड़बड़ी में भागे आये कि...।"

छठू की ससुराल महुआटाँड़ प्रखंड में ही थी। मरते बुलाकी मुंडा का कंठ अवरुद्ध होने लगा था तो आनन-फानन बीरन को महुआखाप और सनीचर को छठू को ससुराल के लिए दौड़ाया गया था। हड़बड़ी में भागा आया कोदई। डेमका की नानी को साथ नहीं ला सका था।

चूँकि डेमका की दादी भी नहीं रही थी, अत: अगले वर्ष होने वाले 'अम्बल अदेर' में मृतक के घर की एक बूढ़ी स्त्री की उपस्थिति अनिवार्य थी। सौरी घास में आग देने के बाद मृतक की पत्नी या स्वजन वृद्धा मिट्टी की हाँड़ी पर हँड़िया का छिड़काव करती थी। गोतिया-समाज जौ के दाने का हवन करते थे तब मृतक का पुत्र या घर का मुखिया हाँड़ी को फोड़ कर मृतात्मा को घर के मोह-लोभ से मुक्ति देता था। अब जाओ पुरखे,.... काम, क्रोध, लोभ, मोह सबसे परे जाओ। मुक्त होकर विचरण करो अनन्त ब्रह्मांड में।

ददुआ मानकी ने मन बना लिया था कि व्यस्तता चाहे जितनी हो, बुलाकी मुंडा के 'अम्बल अदेर' में उसे आना ही होगा ताकि डेमका का हाथ पकड़कर हाँड़ी फोड़वा सके। ताकि विधि-विधान समापन के बाद स्वयं हँसुआ-फाल बजाता आगे-आगे चलता वह घर के मालिक डेमका को घर तक पहुँचा सके। आदमी

---

1. स्वस्थ 2. गत वर्ष

के जो सपने आधे-अधूरे मर जाते हैं उन सपनों को अपनी सन्तति की आँखों में पुनर्जिवित करता है आदमी। डेमका ही बुलाकी का शेष सपना था।

घर पहुँच कर बाहर वाली इसी कोठरी के चौखट के भीतर अपने हाथों से राख की परत छिड़केगा ददुआ मानकी। कुछ समय बाद स्वयं ढूँढ़ेगा राख की परत पर बने चिह्न। जिस योनि में धरती पर पुनर्जनम लेगा उसका सखा बुलाकी, उस प्राणी के पदचिह्न स्वयं देखेगा ददुआ मानकी। मनुष्य, पशु, पक्षी, कीट, पतंग...किसी रूप में, बस बुलाकी मुंडा की उपस्थिति आवश्यक थी ददुआ मानकी के जीवन में।

''बहुत भला आदमीन था। इस घर में बेटी ब्याही हमने तो हमारे घर पोन[3] देने आया था। हमने नहीं लिया तो रीत-रिवाज कह कर सवा रुपया देकर ही माना था। ऐसा आदमीन जरूर कोई बढ़िया जोनि में जनम लेगा।''

बुलाकी मुंडा को याद करते कोदई का गला भरभराने लगा। ददुआ मानकी ने धीरज बँधाया। कन्धा थपथपाया।

''तुम तनिक फिकिर मत करना। यहाँ का सारा खरचा हम उठाएँगे। तुम बस देह लेकर आ जाना।''

थेन-दिरी और बिद-दिरी के लिए पटिया... ?

''सब हो जाएगा।''

'अम्बल अदेर' के लिए एक पत्थर की पटिया... 'थेन-दिरी'...! एक वर्ष बाद मृतक की स्मृति पट्टिका के रूप में शमशान में सोए मृतक की कब्र पर बीचो-बीच गाड़नी थी। थेन-दिरी गाड़कर उसके चारों ओर भुने अनाज का लावा बिखेरा जाना था। तेल-चावल-पैसा चढ़ाकर मृतक को अन्तिम प्रणाम निवेदित करने की आदिम परम्परा...! पवित्र चौरेठा[1] का घोल छिड़क कर हल्दी तथा भोजन अर्पित करता है मृतक का वंशज!

'बिद-दिरी'... अर्थात् एक पतली-लम्बी पत्थर की पटिया जिसे मृतक के घर की ओर आती-जाती किसी राह-पगडंडी से सटे गाड़ा जाना था। ऐसी राह न होने पर यह पटिया मृतक के आँगन में भी गाड़ी जा सकती है। अनन्त ब्रह्मांड में बिचरता जीवात्मा या धरती पर उपस्थित किसी योनि को प्राप्त पुरखा अपनी 'बिद-दिरी' पहचान कर जब चाहे अपने घर में आ सकता है। अपने वंशजों को पहचान कर आशीष दे सकता है।

'अम्बल-अदेर' एक बड़े खर्च का काम था। बुलाकी मुंडा के न रहने पर घर की तलहत्थी भर की खेती तो वैसे ही टूट जाने वाली थी। स्त्रियाँ हल छू

1. स्वस्थ 2. गत वर्ष 3. वधू मूल्य।

नहीं सकतीं और डेमका की हथेली में अभी हल की मुठिया समा ही नहीं सकती थी। फिर कहाँ से जुटता 'अम्बल अदेर' जैसे खर्चीले कर्मकांड हेतु वांछित धन? चिन्तित था कोदई। आश्वस्त कर रहा था ददुआ मानकी।

''तुम एकदम मत घबड़ाना! बुलाकी भाई का काम खूब बढ़िया करेंगे हम! 'बिद-दिरी' पर तुम्हारे समधी का नाम-गाँव गोत्र सब लिखाएँगे। डालटेनगंज में बनवाएँगे खूब सुन्दर 'बिद-दिरी'। बस सिगबोंगा हमारी देह बनाए रखे। तुम पर साल जरूर 'बिद-दिरी' गाड़ोगे भाई।''

बूढ़े कोदई की आँखें सजल हो उठीं। ददुआ मानकी ने काँपती ढिबरी के प्रकाश में कोदई की झिलमिलाती आँखें देखीं तो उस बूढ़े से आँख मिलाना दु:सह लगने लगा। छूत का रोग जो होता है यह लोर[2]...!

---

1. चावल का आटा 2. आँसू।

नौ

चौबीस घंटे सुबीर झा के लिए चौबीस जनम की भाँति बीते थे। पिछले चौबीस घंटों से लापता था योगराज जोशी।

बाहर के आदमी के लिए अन्धकार भरा जंगल गूँगे प्रेत से कम नहीं होता। अतः सुबीर ने जोगी को चेतावनी दे रखी थी कि रात होने तक वह हर्गिज बाहर न रहे। अँधेरा होने से पहले जोगी डाकबँगले में जरूर-जरूर लौट आये।

जोगी भी अब महुआटाँड़ के लिए नया नहीं रह गया था। नित्य ही बाहर निकलता था और कभी-कभी तो आठ-दस मील दूर तक निकल जाता था। स्वयं को 'शायद आता ही हो जोगी' के दिलासे दे-दे कर थक चुका था सुबीर झा।

नहीं लौटा था जोगी। पूरी रात जोगी की प्रतीक्षा में जाग कर काटने के बाद प्रातः जोगी की खोज-खबर निकालने हेतु डाकबँगले से निकल पड़ा था सुबीर। रात भर टूट-टूट कर जैसी बारिश होती रही थी वैसे में रात को तो कोई पूछ-ताछ सम्भव थी ही नहीं सिवाय जोगी की हिमाकत पर झल्लाने और तपते रहने के।

सुबीर जब बस पड़ाव पर नियमित जुड़ने वाली शिक्षकों की गप्प-गोष्ठी में पहुँचा था तो एक-दो शिक्षकों ने कल सुबह 'जोशी बाबू' की गोष्ठी में उपस्थिति की पुष्टि की थी। गोष्ठी-समापन के उपरान्त शिक्षकों के अपने विद्यालय को निकल पड़ने के पश्चात् जोगी किधर निकल पड़ा था, इसका कोई सुराग शिक्षकों से नहीं मिल सका था।

दोपहर तक सुबीर के दफ्तर में यह सूचना दाखिल हुई थी कि कल दोपहर बाद जोगी को पहाड़ी वाले चर्च की ओर जाता देखा गया था। सुबीर फौरन पहाड़ी वाले चर्च जा पहुँचा था।

चर्च के फादर इमानुएल नथेनियल ने बताया था कि 'मिस्टर जोशी' वहाँ पहुँचे अवश्य थे। देर तक वे आदिवासियों की समस्याओं और चर्च की सामाजिक भूमिका पर चर्चा करते रहे थे, परन्तु तीसरे पहर तक तो 'मिस्टर जोशी' पहाड़ी से नीचे उतर चुके थे।

साँझ होने लगी, जोगी के बारे में आगे कोई अन्य सूत्र नहीं मिला और एक बार फिर ठहरे बादलों से बूँदा-बाँदी झरने लगी तो सुबीर महुआटाँड़ थाने तक चला गया। दारोगा भोला पासवान से मिलने।

''चौबीस घंटे हो गये पासवान जी। जोगी का कुछ अता-पता नहीं मिल रहा। मैं तो उसे ढूँढ़-पूछ कर निराश होने लगा हूँ।''

''आप कहें तो जोशी बाबू के लापता होने की एफ.आई.आर. लिख लूँ।''

''सो तो दर्ज कर ही लिजिए आप, लेकिन कुछ कीजिए भी। उसे ढूँढ़िए। आखिर कहाँ जा सकता है जोगी?'' चिन्तित सुबीर...।

''पत्रकार हैं जोशी बाबू। ठहर गये होंगे किसी गाँव में। उधर ही लिख पढ़ रहे होंगे कुछ-कुछ।'' व्यंग्य से बोला पासवान।

''रात में वह बस्तियों में नहीं रुकता। अँधेरा होने तक कभी बाहर नहीं रुका आज तक।'' सुबीर ने रूखेपन से कहा!

''तब... ?'' पासवान गम्भीर हुआ—''आपको कोई शक? किसी पर सन्देह?''

''शक-तो है।'' हिचकिचाहट के साथ बोला सुबीर।

''किस पर?''

''तारा बाबू के लठैतों पर! पिछले दिनों महुआ हाट में तारा बाबू के लठैतों से उलझ पड़ा था जोगी। कहीं उन्होंने ही तो कुछ...''

''...नहीं। हम नहीं मानेंगे आपकी यह बात—''पासवान ने बात काटी—''बिना तारा बाबू के हुकुम के किसी अफसर के मेहमान के साथ खून-खराबा... ? ना!... वैसे आपका मन न माने तो एक दफा तारा बाबू से मिल आने में कोई हर्जा भी नहीं।'' पासवान ने राय दी।

''सोचता हूँ कल ही डालटनगंज हो आऊँ।''

''जरूर। मन का खुटका जितनी जल्दी मिट जाय उतना ही अच्छा।'' पासवान ने राहत की साँस ली—''वैसे जोशी बाबू का सामान वगैरह...।''

''कुछ साथ नहीं ले गया सिवा अपने झोले के। महुआटाँड़ से कहीं बाहर जाता तो बिना मुझे बताए हर्गिज नहीं जाता।'' सुबीर ने एक सम्भावना को निरस्त किया।

अगली सुबह सुबीर ने अपने जीप चालक के आने की भी प्रतीक्षा नहीं की। ड्राइवर तो दफ्तर के सरकारी समय के अनुसार ग्यारह बजे तक आता और सुबीर दोपहर तक डालटनगंज से वापसी की सोच रहा था।

महुआटाँड़ से निकलने से पूर्व सुबीर एक बार पुनः थाने तक पहुँचा। वर्दीहीन भोला पासवान धूप में लेटा तेल मालिश करवा रहा था।

''आइए सर, बैठिए।''

''ना! बैठ नहीं सकूँगा। डालटनगंज निकल रहा हूँ। कुछ खोज-खबर... ?''

"अभी तो नहीं। कोशिश कर रहे हैं"

"कोई नतीजा निकालिए पासवान जी। आखिर एक पूरा आदमी छत्तीस घंटों से लापता है। जोगी कोई बच्चा नहीं कि इतने समय तक जंगल में खोया रहेगा।"

"खो जाना एकदम असम्भव भी नहीं सर। नये अनजान आदमी के लिए दूर का जंगल अभी भी इतना घना जरूर है कि...।"

"...मैं नहीं मानता।" सुबीर ने बात काटी "जोगी इतने दिनों से यहाँ है। आसपास ही नहीं, दूर की बस्तियों तक भी अकेला आता-जाता रहा है।"

"वही तो! वही तो शंका है सर। कहीं अनजाने में जिला पार न कर गये हों या कोई जंगली जानवर...।" पासवान अनिष्ट की सम्भावना व्यक्त करते-करते रुक गया।

"क्या बात करते हैं आप भी। बेतला टाइगर प्रोजेक्ट में बाघों का अकाल पड़ा हुआ है और आप हैं कि खुले देहात में शेर-बाघ दिखा रहे हैं।" सुबीर झुँझला उठा।

"बाघ नहीं सर! सिर्फ बाघ थोड़े ही? कोई पागल हाथी, मदाया भालू, साँप या आदमखोर हुँड़ारों का झुंड...? ऐसा ही कुछ...।"

"माना! आपकी बात मान भी ली जाय तो"—सुबीर ने कहा—"तो साँप-भालू आदमी को निगल तो नहीं सकते न? खींच कर खाई-खोह में तो नहीं ले जाएगा हाथी? आप अपने आदमियों से आसपास का जंगल बारीकी से छनवाइए।"

"सो छान-फटक तो चल ही रही है।"

"मुझे मेरा दोस्त वापस चाहिए पासवान जी... जिन्दा! सूई नहीं है जोगी जो ढूँढ़े न मिले।"

"सर, बुरा न मानें तो"—किंचित हिचकिचाया भोला पासवान—"बुरा न मानें तो मेरे मन में एक शक है। कह दूँ?"

"कहिए! बुरी से बुरी बात भी कह ही डालिए। अभी हर सम्भावना विचार करने लायक है।"

"जंगल से जोशी बाबू का अपहरण तो नहीं कर लिया गया? किसी उग्रवादी दल-दस्ते ने..." पासवान दुविधा में था। किस संगठन का नाम ले।

"असम्भव। यह पटना नहीं है पासवान जी... पठार है। यहाँ किसी की गर्दन रेती जा सकती है, गोली मारी जा सकती है पर अगवा-फिरौती का कारोबार इधर के भूमिगत संगठनों का चरित्र नहीं है।" सुबीर ने विश्वासपूर्वक कहा।

"सो भी ठीक है लेकिन पूछताछ कर लेने में कोई हर्ज है?"

"ठीक है पासवान जी! आपका सन्देह भी कैसे कहूँ कि एकदम निराधार है। शाम तक लौट कर आता हूँ फिर किसी भूमिगत संगठन से सम्पर्क बनाने की कोशिश

भी करूँगा। ददुआ मानकी यदि महुआटाँड़ में दिखे तो उसे मेरा सन्देस दीजिएगा कि मैं उससे मिलना चाहता हूँ।'' सुबीर ने आग्रह किया।

''हाँ! एक ददुआ ही तो है वर्ना दूसरे संगठन वाले तो सरकारी अफसर से मिलने के नाम पर भड़क उठेंगे।''

''फिर कैसे बनेगी बात?''

''बनेगी सर। बस सरकारी गाड़ी और सरकारी कुर्सी डाकबँगले में ही छोड़कर ज़ंगल में उतरना पड़ेगा।''

''ठीक है भई! जोगी के लिए कुछ भी करने को मैं तैयार हूँ।''

''तो फिर तय रहा। आप डालटनगंज से लौटिए, फिर देखते हैं...।''

सुबीर ने जीप स्टार्ट की! सूखते कीचड़ पर मोटी लकीरें खींचती सुबीर की जीपगाड़ी मुख्य सड़क की ओर भाग निकली।

चिन्तित सुबीर डालटनगंज की ओर निकल पड़ा। उलझन गहरी... और गहरी होती जा रही थी। भोला पासवान सुलझा पाएगा यह उलझन? आखिर कहाँ था जोगी? कहाँ लापता था या छुपा बैठा था योगराज जोशी?

जीप के सामने वाले विंडस्क्रीन के शीशे की दाईं ओर चिपके स्टीकर पर जब भी नजर जाती थी, सुबीर का कलेजा लरज उठता था... यू विन सम, यू लूज सम... लाइफ गोज ऑन!

जिस दिन से जोगी गायब था, उसी रोज की बात...!

स्टेला कुजूर की प्लेसमेंट एजेंसी 'उद्धार' के माध्यम से रोजी-रोजगार की खोज में जंगल से बाहर भेजी गयी पुतली वापस जंगल लौट आयी थी। लुटी-पिटी पुतली...! पेट सजाए[1] पुतली...!

मायावी शहरों के सुनहरे सपनों के महाजाल में जा फँसी पुतली को महुआटाँड़ से राँची ले गयी थी स्टेला कुजूर। राँची से कई अन्य लड़कियों के साथ 'उद्धार' द्वारा दिल्ली भेजी गयी जंगल की बेटी का शहर ने उद्धार कर दिया था।

जब पुतली दिल्ली से भाग कर अपने गाँव वापस लौटी थी तब तक जीने-पाने के छोटे रास्ते ने पुतली का जीवन चितकबरा कर डाला था। पुतली के पेट में किसी दीकू का अंश था, उस दीकू का बीज जिसे आदिवासी अपना परम शत्रु समझते हैं।

घर के सदस्यों के समक्ष एक यक्षप्रश्न की भाँति प्रकट हुई थी पुतली। पुतली के गर्भ में आकार पा चुके इस जनम-जनम के वैरी से कैसे लड़ता पुतली का पिता ठूँठा मुंडा?

---

1. गर्भवती।

पुतली के घर में पैर डालते ही मानो आँगन में जंजाल ने पाँव रोप दिया था। पुतली के साथ मानो घर में घुस आया था कोई प्रेत जो पुतली की देह के भीतर छुपा बैठा था।

पुतली के ऐसे आगमन की सूचना सुइया तक पहुँचाने हेतु घर से निकल पड़ी थी सोनवाँ। घर की छत-दीवारों के बाहर तेज वर्षा थी, तूफानी हवा भी परन्तु जाना आवश्यक था। निकल ही पड़ी थी सोनवाँ।

पेरिस स्थित भारतीय दूतावास से न भाग पाती ललिता उराँव या देहमंडी के चक्रव्यूह से जीवित न निकल पाती रीता कुजूर तो आदिवासियों के कुछ उद्धारकों के घिनौने चेहरे छुपे के छुपे रह जाते। पुतली की महुअरिया वापसी ने भी स्टेला कुजूर और मॉरिस कुजूर के आदिवासी करुणा का मुखौटा नोंच डाला था। स्वयं एक आदिवासी होते हुए स्टेला कुजूर ने आदिवासी बेटियों के बेचने का धन्धा क्यों अपनाया... ?

ईसाई मिशनरियों ने आदिवासियों को शिक्षित बनाया। जागरुक और आधुनिक बनाने के अभियान भी अवश्य चलाए पर साथ-साथ अरण्यवासी जनजातियों को उनकी संस्कृति से काट कर एक नयी संस्कृति के साँचे में ढलने की प्रेरणा भी दी।

मिशनरी मात्र उन आदिवासियों के प्रति उत्तरदायी हुए जो स्वयं को चर्च के प्रति प्रतिबद्ध मानने पर सहमत हुए। चर्च के प्रति समर्पित लोगों के समाज में ही रहते थे वे आदिवासी जन भी, जो पादरियों को सफेद भूत कहते थे परन्तु वे भी स्वयं को चर्च के प्रभाव से बचाए न रख सके।

यह प्रभाव था धन का। यह प्रभाव था नयी संस्कृति का। यह प्रभाव था जड़ संस्कारों से मुक्ति का। इन प्रभावों के यौगिक ने आदिवासियों को ऐसे मनोहारी सपने दिखाए जिनका साकार होना चर्च की सहायता के बिना अकल्पनीय था।

अपनी आदिम जीवन-संस्कृति से कट कर नयी आधुनिक संस्कृति में ढल जाना गाँव में रहते सम्भव नहीं था। नया आचार, नये विचार, और नये-नये सपनों को साकार करने के लिए जंगल से बाहर खुला आकाश था और स्टेला कुजूर जैसी स्त्रियाँ उस अनन्त व्योम के उड़ान-पथ की निर्देशिका थीं।

पुतली भी स्टेला कुजूर द्वारा नियत-निर्देशित उड़ान पर निकल पड़ी थी। वहाँ, जहाँ कोई भूख नहीं थी। वहाँ, जहाँ छुआ-छूत नहीं था। वहाँ जहाँ अबाध जीवन, था। मुक्ति थी।

महुआटाँड़ से निकली पुतली राँची पहुँची तो देखा, जंगल के अँधेरे से मुक्त होकर 'शहराती' बनने की दिशा में बढ़ने वाली वह अकेली नहीं थी। पुतली तो उस झुंड की बत्तीसवीं लड़की थी जिस झुंड में पहले से उपस्थित थी गुमला, चतरा, सिमडेगा, खूँटी और हजारीबाग से लाई गयी लड़कियाँ। इकतीस अन्य लड़कियाँ।

सबकी सब किशोर या युवा! नयन-नक्श अपेक्षाकृत सुघड़-सुन्दर! उम्र पन्द्रह से पच्चीस के बीच..!

पुतली की दिल्ली यात्रा भी उन्हीं लड़कियों जैसी थी जैसी यात्रा उड़ीसा या छत्तीसगढ़ से नौकरी पाने हेतु दिल्ली-मुम्बई-हैदराबाद जाने वाली दूसरी गरीब लड़कियों की होती है।

दिल्ली पहुँच कर पुतली ने जाना कि चकमक-जगमग करती राजधानी की चौड़ी-चिकनी सड़कों और हवा में टँगे लम्बे-ऊँचे पुलों के नीचे-निकट बसी मलीन झुग्गियों में देह व्यापार के हजारों हाट हैं। गर्म गोश्त की खूब बड़ी मंडी...।

कोटला, मुबारकपुर, मुनीरका, महरौली, शाहदरा, राजौरी गार्डन या निजामुद्दीन...! इन्हीं क्षेत्रों के बाजारों में से किसी एक में पहुँचा दी गयी थी पुतली और उसकी सहयात्री साथिनें। वह कौन सी जगह थी, सो कभी न जान सकी पुतली, परन्तु वह किसी अभिजात्य कॉलोनी के छायाक्षेत्र में, पुलिस की देख-रेख में चलने वाली आदिवासी स्त्री-देह की आढ़त जरूर थी।

यात्रा से थकी लड़कियों को एक तंग, नीम अँधेरी उस सीलन भरी कोठरी में सूअरों की भाँति ठूँस दिया गया था जहाँ पहले ही से कई और लड़कियाँ भी ठुँसी पड़ी थीं।

सुबह-शाम वहाँ पथराए चेहरे वाले लोग आते थे। खुर्रांट और काँइयाँ दिखते जरायमपेशा लोग पहुँचते थे। कुछ फार्म भरे जाते थे जिन पर फर्जी नाम-पते लिखे जाते थे। कुछ कागज-पत्तर होते थे जिन पर लड़कियों के अँगूठे छपवा कर नकली हस्ताक्षर घसीटने की औपचारिकता भी निभाई जाती थी। फिर देह के सौदागर अपनी मनपसन्द लड़की को ऐसे टो-टटोल कर छाँटते थे मानो हाट में मुर्गी, बकरी या मछली खरीद रहे हों। खरीददार के साथ मनपसन्द लड़की जब कोठरी के बाहर निकलती थी तब कहीं वह साफ हवा, सूरज का प्रकाश या अन्य पुरुष को देख पाती थी। कुछ लड़कियों को तो कश्मीर तक भेजा गया था।

मासूम किशोरियों की तिजारत का केन्द्र बनी दिल्ली से पुतली की कुछ सहयात्री लड़कियाँ हिंसा और आतंकवाद से झुलस रहे कश्मीर में आतंकवादियों का आहार बनाकर भेजी गयी थीं। पुतली कैसे भूल सकती थी उन थोड़े समय की साथिनों को... ? सुनीता हँसदा या सरोज केरकेट्टा की रूलाई को ? बिराजो लकड़ा कैसे तड़फड़ा रही थी ? गीता होरो, फूलो नाग या पारबती नाग को कैसे घसीट कर ले गया था वह लम्बी दाढ़ी वाला... ?

दिल्ली की उस कालकोठरी में लड़कियों के सिर पर नंगी तलवार की भाँति लटकी रहती थी एक मोटी औरत! स्त्री ही नारी देह की दलाली करती है दिल्ली में...! भागने का प्रयास करने वाली लड़की के हाथ-पैर तोड़ डालने वाली वह

क्रूर स्त्री चौकीदार भागने पर जान से भी मार डालने की धमकियाँ देती रहती थी। अपनी अपाहिज माँ की सेवा और घरेलू नौकरानी का काम देने के बहाने पुतली को खरीद कर ले गया था एक अधेड़ विधुर मोनिन्दर मेंहदीरत्ता!

मेंहदीरत्ता के बँगले पर पहुँचने के बाद पुतली ने पाया था कि उसके मालिक की कोई माँ थी ही नहीं और अगले ही महीने अनवरत देह शोषण के कारण स्वयं पुतली ही माँ बनने की ओर कदम बढ़ा चुकी थी।

मेंहदीरत्ता के घर में कैद पुतली ने तीसरे महीने तक अपने गर्भ की बात मन में गाड़े रखी थी। आखिर भेद खुला तो मेंहदीरत्ता ने गर्भ गिरवा देना चाहा था। भ्रूणहत्या के लिए तैयार नहीं हुई थी पुतली। चीख-पुकार मचाने लगी तो अभिजात बँगले के अभिजात्य को सुरक्षित रखने हेतु मेंहदीरत्ता ने पुतली का ब्याह अपने अधेड़ नेपाली नौकर टनकबहादुर थापा के साथ करा दिया था।

परदेश में नौकरी की किल्लत और आर्थिक असुरक्षा के दबाव में टनकबहादुर ने पुतली से ब्याह तो स्वीकार कर लिया था, परन्तु अवसर मिलते ही काली पुतली का वह गौरांग पति बलात् के वैवाहिक बन्धन की बेड़ियाँ तोड़ कर मेंहदीरत्ता के घर से भाग निकला था। पुतली और मालिक की कोठी की चौकीदारी छोड़ने से पूर्व, पुतली से सहानुभूति रखने वाले टनकबहादुर ने पुतली को भी उस नर्क से मुक्त करा दिया था। दिल्ली छोड़ने से पूर्व टनकबहादुर पुतली को भी ऐसी गाड़ी में बिठा गया था जो गोमा डालटनगंज तक जाती हो।

चार-पाँच महीने दिल्ली के रंग-ढंग देखकर, जंगल से बाहर की दुनिया की रीति देखकर और अपने पेट में एक नया जीवन लेकर घर लौट आयी थी पुतली। दिल्ली अपना पेट पालने गयी पुतली अपने पेट में पालती लौटी थी दिल्ली का बीज...। जिस पिता की सहमति से परदेस गयी थी पुतली, जिस बाप ने पुतली के लिए मिले रुपए दस बार गिने थे उस बाप ठूँठा मुंडा के मन में अब पुतली की अनिच्छा से हुए अपराध के लिए कोई सहानुभूति नहीं थी। ठूँठा मुंडा उबल रहा था।

''सिंगबोंगा बहुत जुलुम किये हम पर जो हाथ ठीक नहीं दिये। छन भर के लिए हाथ में जान आ जाय तो हँसुआ से तोहार मुड़ी छाप[1] दें हम।''

ठूँठा मुंडा तो पुतली को एक दिन भी घर में रखने को तैयार नहीं था। सोनवाँ ने किसी प्रकार खौलते बाप को रोका था और घर पर आयी विपदा, पुतली के भविष्य निर्धारण तथा मिल-बैठ कर इस पारिवारिक समस्या का हल निकालने हेतु अपनी छोटी बहन सुइया की खोज में निकल पड़ी थी। जंगल पर आँधी-तूफान बरस रहे थे।

---

1. काट।

सुइया ने महुअरिया छोड़ दिया था। अब वह 'झारखंड मुक्तिवाहिनी दस्ता' की सक्रिय सदस्या थी। इस नाते अब सारा जंगल ही उसका घर था। 'झामुद' के साथी ही उसके स्वजन-गोतिया थे। स्वतन्त्र झारखंड राज्य के लिए प्रतिबद्ध हो चुकी थी सुइया फिर माटी की दीवारों और बाँस-खपड़े के छप्पर का क्या नेह-मोह?

पुतली के लिए तो अब चहुँ ओर अँधेरा था। चहुँदेस कुचकुच अन्हरिया रात...! कोई आशा की किरण थी तो मात्र सुइया थी जो खतरा मोल लेने की क्षमता रखती थी। विपदा से जूझने की ताकत रखती थी पर जब तक सुइया आती नहीं थी तब तक...?

"हमको छिमा कर दे बपई। हमार नरेटी काट दे बाकी घर से मत निकाल...।" ...तब तक जमीन पर लोटती पुतली विलाप करती रही थी।

नेतरहाट की तर्सिला मिंज नहीं बन सकी थी सुइया। कोयलकारों की इमानी-दयामनी या शंख परियोजना के विरुद्ध आवाज उठाने वाली गुलाब कलौडिया कुजूर जैसी भी नहीं बन सकी थी सुइया, परन्तु 'झामुद' के शिविरों में पहुँच कर सुइया ने आदिवासी स्त्री शक्ति के सामर्थ्य को पहचाना अवश्य था।

पलामू और गुमला में दो सौ पैंतालीस गावों को उजाड़कर वहाँ भारतीय सेना की 'फील्ड फायरिंग रेंज' बनाने की योजना सामने आयी थी तो जंगल की रक्षा हेतु स्त्रियों ने भी पुरुषों के साथ सत्याग्रह ठान दिया था। इस मौन संघर्ष में नेतरहाट से महुआटाँड़ तक के आदिवासी भी शामिल हुए थे।

तोपों की गोलाबारी से जान-माल का नुकसान, रायफलों-मशीनगनों की चाँदमारी से विनष्ट होते जंगल-पहाड़, फौजियों की कवायदों से बर्बाद होते खेत और स्त्री-संसर्ग को तरसते सैनिकों के हाथों भ्रष्ट होती नारी देह की रक्षा हेतु उठे इस जनान्दोलन को 'झामुद' ने भी अपना समर्थन दिया था। अन्ततः 'फील्ड फायरिंग रेंज' की परियोजना रद्द हो गयी थी, परन्तु आन्दोलनकारी भी सस्ते में नहीं छूट सके थे। कई आदिवासियों पर देशद्रोह का मुकदमा चल रहा था।

ऐसे ही कई 'देशद्रोही' जो पुलिस की पकड़ में नहीं आ सके थे, अब 'झामुद' के सक्रिय सदस्य थे। ऐसे ही सदस्यों में से एक था बीरन मुंडा जो टोही सदस्या सुइया की सुरक्षा हेतु परछाईं बना चलता था।

सुइया चूँकि भूमिगत दस्ते की टोही थी अतः उसके पैरों में पहिए लगे हुए थे। पैरों में चक्कर बाँधे अरण्य में चकफेरियाँ लगाने वाली सुइया को ढूँढ़ने निकली थी सोनवाँ।

पुतली की त्रासद वापसी और अब महुअरिया में सुइया के सम्भावित आगमन से सहमे हुए थे गाँव के लोग। भय अपने बीच की बेटी सुइया का नहीं था। भय

'झामुद' का भी नहीं था। वह तो आदिवासियों का मित्र-संगठन था। भय था छापा-पुलिस से।

कहीं सुइया का सुराग लगाती, सुइया का पीछा करती पुलिस की छापामार टुकड़ी गाँव में आ धमकी तो आदिवासियों के लिए तो मानो विपदा ही आ जानी थी। केन्द्रीय सुरक्षा बल के गबरू जवान किस घर में समा जाएँ, क्या पता! किस निरपराध को सन्देह के आधार पर पकड़कर घसीटते हुए ले जाएँ, कौन ठिकाना...।

ठूँठा मुंडा का घर बरसात की उस रात में मानो अभिशप्त प्रेतात्माओं का वास बनने वाला था जिसके पास भी फटकना खतरनाक था।

बरसती रही थी रात...! सारे घर-झोपड़ियाँ अँधेरे में डूबी भीग रही थी। गरजते बादलों और मलमलाती बिजली वाली तूफानी रात में प्रेतों की भाँति चार परछाइयाँ ठूँठा मुंडा के घर पहुँची थीं।

वे परछाइयाँ घर के भीतर प्रविष्ट हो गयी थीं। फिर बादलों की तड़तड़ाहट के साथ कहीं बिजली गिरी थी। साथ ही उठी थी सुइया की चीख...,

"घर लौटकर काहे आयी तू? जब हम रोकते थे तब तो मानी नहीं, अब बहिन की माया में छाती काहे फाट रही है रे? का सोच कर पेट फुलाए आयी तू कि हम गरसीबोंगा[1] पूजेंगे?"

सुइया के पैरों में लोटती पुतली कुतिया की भाँति कूँकिया रही थी। रोते-रोते कंठ बैठ चुका था। रुँधे कंठ से मात्र सिसकी और रूँधी आवाजें...!

"नन्हकी गे न-न्ह-की ऽऽऽ। अब हम कहाँ जा कर मरें ए बहिनी ऽऽऽ।"

"जहर-माहुर खा लेती रंडी कहीं की—" सुइया का माथा और तप उठा था—"रेल में मुंडी काहे नहीं दे दिया रे बेसवा? ...रे बीरन, ठोंक दे एक गोली हरमजादी को... ठोंक गोली... बिना मँड़वा-चुमावन[2] के पेट साज कर घर लौटी है ई बेलज्ज पतुरिया...।"

सुइया के पैरों से बन्दरिया की भाँति चिपटी पुतली ब्याह के बाद पितृगृह से विदा होती दुल्हन की भाँति घिघियाती फफकने लगी तो सुइया की आँखें भी सजल हो उठीं। बहन की पीर अपने मन के क्रोध पर भारी हो उठी। पीर के पर्वत तले खड़ी स्त्री...! झरझरा उठा लोर...!

बाहर मौसम की भयंकरता को देख-देख सिहर रहा था जंगल। मेघ के गर्जन के साथ आकाश मानो फट-फट जा रहा था, जैसे बहन की पीड़ा से फटने लगा था सुइया का कलेजा...!

---

1. गर्भरक्षा का देवता 2. मंडप-हल्दी-चावल आशीष।

जिस दिन से लापता था योगराज जोशी, उस रोज वह महुआटाँड़ हाट में देर तक बैठा देखा गया था।

दोपहर के समय हाट में पचासों लोगों की नजरों में उपस्थित था जोगी फिर कहाँ गुम हो गया था खरगोश के सींग की तरह ? और क्यों... ? और कैसे... ?

उस दिन रोज की भाँति ही डाकबँगले से निकला था जोगी। तब नहाई-धोई धूप से आकाश ऐसा चमचमा रहा था कि आकाश पर आँखें टिकाना कठिन था।

नित्य की भाँति जोगी शिक्षक मंडली की बतरस में भी शामिल हुआ था जिसमें चर्चा चल रही थी वनाधिकारी समर सिंह की हत्या पर।

जोगी ने अखबारों में छपा समाचार भी पढ़ा था। उसे लगा था कि अखबारों ने अतिरंजना से काम लेते हुए समर सिंह की छवि को सिनेमाई नायकों की भाँति चित्रित कर दिया था। शिक्षकों के वार्तालाप से जोगी अब इस नतीजे पर पहुँचा था कि मृतक वनाधिकारी समर सिंह सचमुच पर्यावरण का पहरेदार कहा जा सकता था।

''जहाँ भी गया समर सिंह, माफिया लोगों को तबाह कर दिया। सासाराम में ही देख लो, जिला सरकार की जानकारी में सौ से ऊपर नाजायज क्रशर चल रहे थे। शहर से सटे पत्थर तोड़ने की अवैध मशीनें हड़हड़ाती रहती थीं। पहाड़ रोज टूटता था। रोज तीन-चार सौ ट्रक गिट्टी बिकती थीं। दाम जोड़ लो।''

''एक ट्रक लोड, माने साढ़े आठ हजार रुपया। माने पच्चीस लाख रोज का कारोबार... ? तो साल भर में... ?''

''एक अरब रुपए का काला धन्धा...। सब रोक दिया था समर सिंह।''

''चाईबासा के सारंडा जंगल से काठ-लकड़ी का स्मगलिंग तो एकदम बन्द ही हो गया था पर समर सिंह को कहाँ टिकने दिया सरकार ने चाईबासा में ? पैसा भकोसने वाला डी.एफ.ओ. ही वहाँ साल भर टिक पाता है, नहीं तो बदली तय...।''

''माफिया लोग पटना दरबार में मुड़ी पटकते रहे भाई लेकिन समर सिंहवा... ? काहे को माने पट्ठा किसी मन्त्री-सन्त्री की बात... !''

''गढ़वा थाना में ही जा कर देखिए। नाजायज पत्थर कोड़कर बेचने वाले लोगों का पचासों ट्रक-ट्रैक्टर थाना में खड़ा-खड़ा सड़ गया है। जमानत तक नहीं होने दिया समर सिंह।''

शिक्षकों के साइकिलों पर सवार होकर अपने विद्यालय की ओर निकल पड़ने तक फटे दही के थक्कों जैसे बादल आकाश में दिखने लगे थे। रह-रह कर बादल का कोई काला टुकड़ा गुलाबजल के छिड़काव की भाँति बूँदें झिरझिराता निकल जा रहा था।

दोपहर तक जोगी हाट में ही इस दुकान से उस ढाबे तक लुढ़कता फिरा था। समर सिंह की चर्चा सुनता। सोचता, निश्चय ही अरण्य में चलते भ्रष्टाचार के विरुद्ध

खड़ा एक हठी वनाधिकारी होगा यह समर सिंह। पहाड़ की छाती फोड़ने वालों का विरोधी। जंगल को दूहने वालों का दुश्मन! माफिया गिरोहों की नींद उड़ाए रखने वाला जंगल का पहरुआ जो वन और वन्य उत्पादों से जुड़े आदिवासियों के पारम्परिक अधिकारों की वापसी का समर्थक था। सरकारी राहत, रोजगार और विकास कार्यों में आदिवासियों की सहभागिता का हामी था। उचित मजदूरी दिलवाने के प्रति प्रतिबद्ध था।

अखबारों के मुताबिक पहले तो माफिया तत्त्वों ने एकजुट होकर समर सिंह को खरीद लेना चाहा था। कीमत लगाई गयी थी पन्द्रह लाख रुपए। समर सिंह नहीं बिका। एक अखबार ने तो खुला आरोप लगाया था कि वही पन्द्रह लाख रुपए एक भूमिगत संगठन को दिये गये थे। समर सिंह की हत्या के लिए सुपारी...!

उस भूमिगत संगठन ने आपसी मतभेदों को समाप्त करने हेतु समर सिंह को एक मैत्री-वार्ता का निमन्त्रण दिया था। यह एक छल था...।

संगठन का निमन्त्रण स्वीकार कर समर सिंह अकेला जंगल में उतर गया था... बिना हथियार! छलपूर्वक समर सिंह को घेर कर पहले तो उसे लाठियों से पीटा गया था। बाद में घायल समर सिंह पर गोलियाँ बरसा कर उसे रक्त से नहलाया गया था।

एक ईमानदार और कर्तव्यनिष्ठ वनाधिकारी की यह बर्बर हत्या क्या एक विचार–नक्सलवाद—की भी हत्या नहीं थी? यह भूमिगत संगठनों की वैचारिक भटकन नहीं थी?

हाट से बाहर निकला था जोगी तो पहाड़ी पर खड़ा चर्च उसे लुभाने लगा था। चर्च के गुम्बद पर लगे क्रॉस से लिपट रहे थे रूई जैसे बादल? कभी आधा क्रॉस बादलों से ढँक जाता था, कभी चर्च के गुम्बद को ही चुरा लेते थे सफेद बादल।

शहरवासी जोगी ने ऐसी प्राकृतिक लुकाछिपी की कल्पना भी नहीं की थी जिसे वह प्रत्यक्ष देख पा रहा था। जोगी उन बादलों तक पहुँचने, बादलों के बीच होने और फिर गगनविहारी बादलों को ऊपर से देखने का लोभ सँवरण न कर सका।

दोपहर के भोजन की चिन्ता छोड़कर जोगी पहाड़ी की ओर बढ़ गया था।

हाट में या गाँवों के दौरे पर निकले जोगी से कभी-कभार फादर इमानुएल की भेंट हो जाया करती थी। परिचय बढ़ गया था। चलती-फिरती मुलाकातों में फादर जोगी को दो-तीन बार निमन्त्रित भी कर चुके थे।

"कभी चर्च की ओर भी आओ। तुम पत्रकार हो, तुमसे बातें करना मुझे अच्छा लगेगा।"

"मुकम्मल जर्नलिस्ट भी कहाँ हूँ लेकिन फादर, किसी दिन आऊँगा जरूर।"

"कब...?"

"जल्द ही किसी दिन...।" जोगी वायदा कर लेता था।

वचन तो दे देता था जोगी परन्तु कभी चर्च गया नहीं था। आज वह अपने वायदे और फादर इमानुएल के निमन्त्रण को निभाने के उद्देश्य से भी... पहाड़ी की ओर निकल ही पड़ा था।

पहाड़ी के ऊपर चढ़ती सड़क सँकरी थी। बल खाती... चक्करदार! खूब बड़े सिर वाली किसी स्त्री की टेढ़ी-मेढ़ी माँग की तरह! माँग में खूब भरे सिन्दूर जैसी दिखती थी सड़क की केसरिया मिट्टी... दूर से! जलेबीदार पतली सड़क पर ऊपर की ओर बढ़ता गया था जोगी।

बजरी की वह सड़क एक फुलवारी में समाप्त होती थी जिसके परले सिरे पर चर्च के बरामदे पर ही फादर इमानुएल टहलते मिल गये थे।

जोगी ने फादर इमानुएल के साथ टहलते हुए पूरा चर्च देख डाला था। चर्च की परिक्रमा करते हुए वे पहाड़ी के पश्चिमी-दक्षिणी किनारे पर पहुँचे थे तो नीचे घाटी में दिखा था शंक्वाकार झोपड़ियों वाला गाँव महुआखोह!

खोह जैसी दुर्गम प्राकृतिक घाटी में बसे गाँव की झोपड़ियाँ बादलों की छाया में धूसर रंग के कुकुरमुत्तों की भाँति दिख रही थीं। फादर इमानुएल ने पूछा था।

"उधर गये?"

"अभी नहीं।"

"अभी तक नहीं? महुआखोह गाँव इतना दूर भी नहीं, अलबत्ता दुर्गम अवश्य है! तुम्हें वहाँ जाना चाहिए।"

"अभी तक मैं पूरब और उत्तर ही पूरा देख सका हूँ फादर।"

"महुआखोह भी जाओ ताकि देख सको और बाहरी दुनिया को प्रमाणिकता के साथ बता सको कि न्यूनतम जरूरतों के लिए भी कितनी मुश्किल से जिया जाता है पलामू के देहात में।"

उमस से सींझते दिन की ढलान शुरू होने लगी थी। बादल का कोई काला टुकड़ा क्षितिज के किसी किनारे से उठता था। झींसी, झड़ी या फुहारों से धूप-हवा को नहलाता मेघ इठलाता हुआ आगे बढ़ जाता था। मेघ माने वर्षा! वर्षा अर्थात् जीवन। जीवन ठहरता है कभी कहीं?

खुली धूप में चमचम चमकती बूँदों के धरती पर गिरने का वह चमकदार दृश्य...! पठार की अद्‌भुत बारिश देख मुग्ध था जोगी। बादलों को ऊपर से, धुनी रूई की लहरों की भाँति बहता देख रोमांचित था जोगी।

अन्तत: भेंट के समापन पर जोगी ने फादर इमानुएल से विदा माँगी तो फादर ने आग्रह किया था।

"तुम जर्नलिस्ट हो इसलिए कहता हूँ मिस्टर जोशी... हम पर आरोप लगाए जाते हैं कि हम लालच देकर आदिवासियों को ईसाई बनाते हैं। सोचना तुम जोशी,

कि यदि ऐसा करना सम्भव होता तो सम्पूर्ण आदिवासी समाज अब तक ईसाई क्यों न बन गया! चर्च के पास न समय की कमी है, न धैर्य की, न धन की...! फिर महुआखोह जैसे गाँव की हर झोपड़ी को प्रभावित करने में क्यों विफल रहे हम... ? सोचना! फिर लगे कि हमारा पक्ष कपटपूर्ण नहीं, तो हमारे बारे में लिखना भी।''

''जरूर फादर! फिलहाल तो मैं इतना ही समझ सका हूँ कि आदिवासियों का धर्म तो आप मिनट भर में बदल सकते हैं... किराए के घर की तरह! परन्तु उनकी संस्कृति ... ? उनकी आस्थाएँ? विश्वास... ? उनका क्या करेंगे आप? इन्हें बदलने में तो सदियाँ बीत जाती हैं फादर...!''

''पूरी तरह गलत हो, ऐसा कहने की स्थिति में सचमुच नहीं हूँ मैं।'' फादर ने मुस्कान के साथ माना था।

''मेरी अगली बात शायद आपको कटु लगे। मैं अग्रिम क्षमायाचना करता हूँ परन्तु सच्चाईं यही है फादर, कि सिर्फ बपतिस्मा पढ़वा कर आप किसी व्यक्ति या समाज की सदियों में निर्मित परम्परा को नहीं बदल सकते। मैं दावा नहीं करता कि मेरी बात आखिरी सच है फिर भी यदि आपको मेरे कथन से दु:ख पहुँचा हो तो मुझे क्षमा करें!''

अपने पीछे निर्वाक और ठगे से खड़े फादर इमानुएल को छोड़कर चर्च से विदा हुआ था जोगी।

सुबीर ने जोगी को बार-बार चेतावनी दी थी कि जंगल की धुआँधार कटाई के बाद अपने आवास छिन चुके वन्य प्राणी बौखलाए फिरते हैं। शाम होते ही भोजन की तलाश में बस्तियों के इर्द-गिर्द मँडराने लगे हैं माँसाहारी जानवर! अवसर मिलने या विवशतावश मनुष्यों पर भी आक्रमण कर बैठते हैं हिंसक वनचर... परन्तु जोगी की भी अपनी ही धुन थी।

कन्धे पर सफरी झोला लटकाए जोगी पहाड़ी शिलाओं-झाड़ियों-लताओं का सहारा लेता महुआटाँड़ की विपरीत दिशा में उतरने लगा था। पहाड़ी से नीचे... घाटी में, जहाँ महुआखोह गाँव बसा था।

शिलाओं के सहारे रुक-रुक कर विश्राम करते उतरते जोगी के मन में यह विचार भी आया था कि बारिश से ढीली पड़ी मिट्टी पर खड़ी कोई शिला धँसक पड़ी तो... ? पहाड़ों की देह इसी तरह नंगी होती रही तो भूमंडलीकृत पलामू के भू-स्खलन को रोकने यहाँ कोई संस्था आएगी? यहाँ तो न्यूनतम सरकारी सुविधाओं का दुर्भिक्ष है। विज्ञान, औद्योगीकरण और बुद्धिवाद ने भारत के नागरीय समाज को अवश्य बदला है परन्तु परिवर्तन के जलेबीदार रास्ते पलामू के पठार तक कहाँ पहुँच सके हैं अभी तक?

महुआखोह गाँव तक जा ही पहुँचा था जोगी। मिट्टी के बौने घरों के बीच। मिट्टी के साथ जीते-मरते और जीवन को मिट्टी करते आदिवासियों के बीच। मिट्टी जैसे धूसर जीवन की अनेकानेक छवियों को स्मृतियों और कागज पर सँजोने लगा था जोगी। मिट्टी में लोटते भारत के भविष्य... नंग-धड़ंग बच्चों को डायरी में दर्ज करता रहा था जोगी। ...देर तक!

गाँव के कुछ नवयुवकों ने नया-नया बपतिस्मा लिया था। गाँव के एक बूढ़े ने बताया,... उनके पास पुरखों के रचे गीत थे, आदिम नृत्य थे, माँदल था परन्तु...

"...पहाड़ वाला फदरिया हमें पुरखैती नाच-गान के लिए मना करता है। कहता है, अब तुम लोग जंगली नहीं रहे। क्रिस्तान बन गये हो...।" बूढ़े ने बताया था।

सभ्य बनने की सीख या नयी संस्कृति में ढलने से पूर्व पुरानी संस्कृति का अनिवार्य निरोध... ? जोगी के लिए यह जानकारी विचित्र थी जबकि स्वयं जोगी आदिवासियों के बीच एक अजूबा बना हुआ था।

अभी महुआखोह से निकला ही था जोगी कि मौसम ने भयंकर धोखा दिया था। औचक ही आसमान का रंग बदलने लगा था। धूल भरी आँधी उठी थी। तेज झंझावात सा.. और ऐसी मूसलाधार बरसात होने लगी थी कि जिसका दिन की चकाचौंध में अनुमान भी नहीं लगा सकता था जोगी। शाम को ही ऐसा अँधेरा मानो रात का पहला प्रहर...!

जोगी चिन्तित हो उठा था। अँधेरे जंगल में रास्ता भटक जाने का डर। भीग कर बीमार पड़ जाने की आशंका... सो भी ऐसे चिकित्सा सुविधा-रहित वन प्रदेश में। सर्वोपरि लक्ष्यभ्रष्ट हो जाने पर अछोर वन में वन्य प्राणियों से मुलाकातें होती जाने का भय!

नम मौसम के कारण अपनी डायरी या कागज-पत्तर जलरोधी थैले में रखता था जोगी! उसने अपने थैले की चेन-जिप दुरूस्त की। किसी वृक्ष के नीचे ठहर कर बारिश के रुकने की प्रतीक्षा करना अन्तहीन प्रतीक्षा भी हो सकती थी। फिर हरे वृक्षों पर आसमानी बिजलियाँ कुछ ज्यादा ही कृपालु होती हैं अतः किसी वृक्ष तले खड़े भींगते रहने की अपेक्षा चलते जाने में ही निस्तार लगा था।

पहाड़ी के रास्ते वापसी अब असम्भव दिख रही थी। पहले हुई बारिश के कारण वैसे ही पहाड़ी पर फिसलन थी जिस पर उतरना तो फिर भी आसान था, अब तेज बारिश में चढ़ना असम्भव...!

छोटी-बड़ी जलधाराएँ प्रबल वेग से पहाड़ी से नीचे उतर रही थीं। कभी भी कोई बड़ा पत्थर धसक सकता था। भू-धंसान के कारण कभी भी कोई स्खलित शिला लुढ़कती हुई रास्ते में पड़ने वाली हर चीज को पीसती निकल सकती थी।

पहाड़ी पर ऐसे तूफानी मौसम में चढ़ना आत्महत्या भी हो सकती थी।

जोगी पहाड़ की जड़ के साथ बनी पगडंडी पर बाईं दिशा में बढ़ने लगा क्योंकि आगे पर्वत शृंखला बौनी थी और जोगी का अनुमान था कि नाटी पहाड़ियों के बीच कोई गलियारा-सा अवश्य मिल सकता था जिससे गुजर कर महुआटाँड़ की ओर निकला जा सकता था।

अपने वांछित मार्ग की खोज में विफल हो रहा था जोगी। बारिश एकसार बरसती रही थी। तेज हवा की गति एकसम थी। अँधेरा गाढ़ा होता जा रहा था।

दसों दिशाओं के गहन तमस में कभी साँय-साँय बज रही थी तो कभी झन्न-झन्न हो रही थी। वनस्पतियों से टकराती, पहाड़ियों से झगड़ती तूफानी हवा के शोर के साथ हजारों झिंगुरों की जुगलबन्दी होने लगी थी। बरसाती मेढ़क-दादुरों की भयावह टर्राहट थी और पैरों के नीचे कुचले जाते घोंघों के कवच की कड़-कड़ाक्... चिर्र-मिर्र...!

पहाड़ियों में पता नहीं कितनी खोह-खाइयाँ थीं। हवा को सूँघ कर शिकार का पीछा करने वाले हिंसक भेड़िए—लकड़बघ्घों के घर थे। राहत की बात थी कि अनवरत बरसात हो रही थी जिसके कारण जंगल का प्राणिजगत अपने आश्रयों में शान्त था और जोगी का किसी हिंसक जानवर से सामना नहीं हुआ था। यह अवश्य था कि कभी सियारों की भयद्रावक दूरस्थ हुआँ-हुआँ और कभी दाँत-पंजों की निकटस्थ गुर्राहट की आवाजें सुनाई दे जाती थीं।

पता नहीं कितनी देर तक... कितनी दूर तक चलने के बाद एक पहाड़ी का चक्कर काटता दिशाहारा जोगी अँधेरे में भटकता अन्ततः एक गाँव के निकट पहुँचा था।

बरसती काली रात में कहीं दूर बजती माँदल की धुन ने भटके जोगी का मार्गदर्शन किया था। मानो माँदल वादक की ऊँगली पकड़े जोगी जब माँदल की आवाज के उद्‌गम तक पहुँच चुकने के प्रति आश्वस्त हो चला था तो पता चला था कि वह किसी बस्ती के निकट आ पहुँचा था और माँदल की वह धुन वस्तुतः उस बस्ती से कहीं और आगे... किसी अन्य गाँव से आ रही थी। किसी दूरस्थ स्थान से... अगले अँधेरे से।

मायावी जंगल के गहन अँधेरे में ठगा-सा जोगी...!

हर ओर अँधेरा था। बस एक धुँधली-सी प्रकाश की रेखा एक छप्पर से फूट कर आकाश की ओर उठ रही थी। खपरैल की छप्पर वाले उस इकलौते घर में प्रकाश था।

जोगी लपकता बढ़ा था और उस घर के पतले ओसारे पर जा चढ़ा था। बरामदे पर बैठे थे बड़े-बड़े मेढ़क! भद्‌द-भदाक् करते बरामदे से नीचे कूदने

लगे थे वे भारी-भरकम पिंड। दूसरी ही छलाँग में किसी गहरे जल के गढ़े-तलैया में छपाक्-छपाक्...! जल के छपाके से जोगी ने अनुमान लगाया, एक-एक मेंढ़क किलो-दो किलो से कम का क्या होगा!

यह जोगी की पहाड़ी की जड़ कतई न छोड़ने की जिद्द ही थी जिसने उसे जंगल में भटकने से बचा लिया था और अन्ततः उसे पहाड़ी के पार बस्ती तक पहुँचा दिया था!

मिट्टी के फर्श पर भद्द-भद्द पाँव पटकता जोगी अपने कीचड़ से लिथड़े जूतों में चिपकी मिट्टी झाड़ने लगा था। जूतों के तलों में चिकनी मिट्टी के चिपकने से एक और तला बन गया था। मिट्टी का तला, जिससे फिसलन हो रही थी।

सम्भवतः जूते पटकने की आवाज से ही आकृष्ट हुए थे घरवासी। घर का दरवाजा खुल गया था। दरवाजा खोलने वाली को जोगी ने तुरन्त पहचाना था।

''अरे...! यह तेरा ही घर निकला?''

भीतर जलती ढिबरी का म्लान प्रकाश बरामदे तक पसर आया था। नीम अँधेरे में भी सोनवाँ को पहचान गया था जोगी।

''झर-बरसात में कहाँ साहेब जी? रात के ई बेर?'' चकित थी सोनवाँ।

''फँस गया था बारिश में'' ठंड से सिहरते जोगी ने बताया था—''पहाड़ी के पार महुआखोह गया था। अब मुझे महुआटाँड़ जाना है। सुबीर परेशान हो रहा होगा।''

सिर पर छायाहोते ही जोगी को ठंड का अनुभव होने लगा था। अपने लथपथ भीगे होने का अनुभव...!

''ई कुबेरा कहाँ जाओगे साहेब जी? अन्हरिया में रास्ता भुला गये तो कहाँ के कहाँ पहुँच जाओगे। भीतर आ जाओ।''

सोनवाँ ने घर के आँगन और बाहरी ओसारे को जोड़ने वाली दो-मुँही गलियारी में खूब सारा पुआल बिछा दिया था। जोगी के भीगे कपड़े उतरवा कर मैली धोती दे दी थी। ओढ़ने को साट कर दो-तीन कम्बल दिये थे। भोजन के नाम पर आधा लोटा बकरी का गर्म दूध।

सोनवाँ को आवभगत में लगा देख-देख कर उकताए ठूँठा मुंडा ने खीज कर पूछा था—

''कौन पहुना आया है रे जो ऐसे हलफला रही है तू?''

''बिड्डी साहेब के साथी हैं।'' सोनवाँ ने पिता को बताया था।

दुमुँही में एक खूँटी से लटकती ताड़ी की लबनी देख जोगी ने सोनवाँ से आग्रह किया था—

''दो घूँट गर्माहट मिल जाती तो दवा का काम करती रे। बड़ी ठंड लग

रही है। कुछ है घर में?''

''घर में दारू नहीं है।'' सोनवाँ ने टाला था।

''तो चावल वाली हँड़िया तो होगी?''

''सो भी नहीं है।''

सोनवाँ घर के भीतर चली गयी थी। फिर किसी मनुष्य की स्पष्ट आवाज नहीं सुन सका था जोगी। कभी कोई महीन सिसकी-सी,... कभी किसी पुरुष की गुर्राहट-सी,... कभी धीमे-धीमे फुसफुसाती कुछ आवाजें, मानो कोई षडयन्त्र रचा जा रहा हो। जोगी कम्बल में लिपटा-दुबका सोने का प्रयास करता रहा था।

देर तक भीगे जूते पहने चलने के कारण जोगी के पैर सूज गये थे। जूतों में घुस गये कंकड़ों और जूतों की दीवारों से रगड़ खा कर मुलायम पड़ी एड़ियों में फफोले उठ आये थे जो चाकू से चिरे घाव से अधिक टीस रहे थे। मेढ़कों की अनवरत टर्राहट ऐसी कि खीज होने लगी थी और बारिश थी कि हठी बच्चे की रूलाई की भाँति बरसती ही जा रही थी। मद्धिम-मद्धिम थाप पर कहीं निकट ही माँदल बज रही थीं। कोई गा रहा था... *''अंगना में पड़ेला फुहरवा, ओसरवा में चल ऽ बलमू! झींसी-फूही बरसे बदरवा, जरेला जियरवा, ओसरवा में...।''*

पता नहीं अभी कितनी रात बीती थी, कितनी रात शेष थी जब जोगी की नींद उचट गयी थी। कारण थी बेतहाशा बढ़ गयी ठंढक! कम्बल के भीतर थर-थर काँपने लगा था जोगी।

खूब भीग जाने के कारण जोगी को बुखार का अनुभव भी हो रहा था। सन्निपात के दौरे जैसी उमड़ी कँपकँपी जब असहनीय हो उठी और जोगी के दाँत बजने लगे तो विवश जोगी ने सोनवाँ को पुकार ही लिया था।

सोनवाँ आयी थी। अभी तक जगी हुई थी सोनवाँ...? आते ही उसने जोगी की जो बुरी हालत देखी तो घर के भीतर से मैला-कुचैला एक और पुराना कम्बल ले आयी! जोगी ने कम्बल ओढ़ाती सोनवाँ का हाथ पकड़ लिया था।

''तू भी कम्बल के भीतर आ।''

''नहीं।'' सोनवाँ ने दृढ़तापूर्वक मना किया था।

''ठंढ से मर जाऊँगा रे।'' दाँत भींचे बोला जोगी।

''छोड़ो हमें। घर में सब लोग जागे हुए हैं।'' फुँफकारी थी सोनवाँ।

''दस मिनट... अच्छा पाँच मिनट ही लगेंगे। इतने में देह गर्म हो जाएगी। आ, साथ लेट जा।'' जोगी ने आग्रह किया था।

''छोड़...!'' अपेक्षाकृत ऊँची आवाज में बोली थी सोनवाँ और अपनी कलाई जोगी की पकड़ से छुड़ाने लगी थी।

चिट्ट-चिट्ट कर सोनवाँ की कुछ चूड़ियाँ टूटी थीं। जोगी की थरथराती

उँगलियाँ ऊकाब के पंजों की भाँति सोनवाँ की कलाई पर जकड़ गयी थी।

"सनक गये हो का? छोड़ो हमें साहेब, नहीं तो ठीक नहीं होगा। चिल्ला देंगे हम।"

पकड़ से छूटने को अपनी कलाई उमेठती सोनवाँ ने अपनी देह को बलपूर्वक पीछे झटका दिया था। जोगी की पकड़ से छूटी सोनवाँ सँकरी दुमुँही की दीवार से टकराई थी। खूँटी पर लटकी ताड़ी की लबनी गिर कर फूटी थी.. भड़ाक्!

खाली मटकी फूटने की आवाज गलियारी में गूँजी थी। रात के सन्नाटे में आवाज दूनी ऊँची गूँजी थी।

"तेरे घर के लोग जानते नहीं क्या कि तू डाकबँगले पर हमारे साथ..." जोगी ने तर्क दिया था।

"आँख के ओट में जो होता है सो सबको पता, बाकी ऐसे घर में घुस कर... रार मत पसारो नहीं तो दिक्कत में पड़ोगे...।"

इसके पूर्व कि जोगी कुछ और कहता, टार्च का तेज प्रकाश उसकी आँखों में भर गया था। नजर चौंधिया गयी थी। टार्च के पीछे से स्त्री आवाज...।

"हम तो सोचते थे कि तू बढ़िया आदमीन है। बाकी तू भी तो दीकू ही निकला रे।" यह सुइया थी।

"कौन है रे?" उत्सुक बीरन दुमुँही में प्रविष्ट हुआ था।

"वही, दिलियाइट जात का दीकू आदमीन जिसने पुतली के पेट में बच्चा डाला है। हरमजादा कुक्कुर का जात...।"

बीरन आगे बढ़ा था। जोगी की देह पर पड़े कम्बल खींच लिये थे।

"उठ साहेब।"

"सुनो, बात सुनो भाई..." जोगी घबरा गया था।

"भइया-बहिनी मत कर। उठ बोलें... तो उठ।"

"अरे तू बीरन ही है न रे? तू तो मुझे जानता है न?" शुतुरमुर्ग की भाँति कम्बल में देह सिकोड़ता जोगी बोला था।

"आज चीन्ह गये तुमको भी रे सहेबवा।"

जोगी ने दाँत पीसते बीरन को देखा तो जोगी के भीतर कुंडली मारे सोया कोई सँपोला मानो फन जोड़ने लगा था।

ये वही आदिवासी लोग थे जो फटे-मैले-मोटे कपड़े पहनते थे? सुबीर और जोगी की सेवा हेतु तत्पर रहते थे? वही लोग थे ये, जिन्हें देख लगता था कि हाथ बाँधे खड़े ये लोग मानो मुँह से निकली बात को भी भूमि पर गिर कर मैली नहीं होने देंगे...?

"चलो रे, हमारा इतनी देर तक एक घर में टिकना ठीक नहीं...।" दुमुँही

के बाहर से खुरदुरी आवाज आयी थी। जोगी के लिए परिचित आवाज!

''तनिक इधर तो आओ ददुआ।'' सुइया ने पुकारा था।

ददुआ मानकी भी दुमुही में आ गया था। सिर पर भीगी कत्थई पगड़ी, देह से चिपकी भीगी मैली धोती, निचोड़ी हुई चादर ओढ़े! कीचड़ सने सूप जैसे पैर...!

''जोशी बाबू..! तुम यहाँ?'' विस्मित ददुआ मानकी।

''घर में घुस कर सोनवाँ से बरजोरी कर रहा था कुत्ता।'' सुइया के नथुने फूल रहे थे।

''तब तो इसने हमारे भरोसे को गोली ठोंक दी रे...। छोड़ दें तो अखबार में पता नहीं क्या-क्या लिखेगा! भरोसे के लायक आदमी नहीं यह।''

''इसको छोड़ना ठीक नहीं ददुआ! दिल्लियाइट हरामी है।''

''इसको साथ ले चल।'' ददुआ ने घर के भीतर झाँक कर आवाज दी— ''तेरी माई है नहीं। बाप का काठ करेजा बेटी का दरद नहीं बूझता रे पुतली। यहाँ रहेगी तो किसी बहाने तुझे काट देगा ठूँठा। भात में जहर दे देगा। पेट का जीव मारना महापाप है। तू भी चल हमारे साथ...।''

घर के बाहर निकल पड़ा था ददुआ मानकी। जोगी की कँपकँपी पता नहीं कब मर चुकी थी। अब नयी परिस्थिति में देह से पसीने की धारा फूटने लगी थी।

बीरन ने जोगी की बाँह पकड़ी थी और झटके से खींच कर उसे खड़ा कर दिया था। जोगी को लगा था बीरन बाँह को जड़ से ही उखाड़ डालेगा। सुइया ने पीछे से धक्का दिया तो लड़खड़ाता जोगी दुमुँही से निकल कर बरामदे पर आ गया था।

जोगी डरपोक नहीं था। पुलिस की थर्ड डिग्री वाली यातना और आपातकाल के झंझावात से जूझकर उबरा था, सो जोगी भीरू नहीं था, परन्तु भय के क्षितिज पर उगने वाली सिहरन का अनुभव अवश्य करने लगा था जोगी। पहली बार उसे पता चल रहा था कि 'रीढ़ की हड्डी में ठंढक दौड़ना' के मुहावरे का सही अर्थ क्या होता है। स्वयं को भुलावा देने लगा था जोगी कि यह सिहरन हल्के ज्वर में धुलती बनैली बरसाती हवा के कारण थी।

''गोड़ में मेंहदी लगा है का रे सहेबवा? जल्दी-जल्दी डेग उठा।''

सुइया ने चोरबत्ती की दुम से जोगी की गुद्दी पर चोट की थी।

जोगी की बाँह थामे बीरन मुंडा और पुतली को थामे सुइया बरसाती रात में ददुआ मानकी के पीछे चलते गाँव से बाहर निकल पड़े थे।

जोगी को क्षण-क्षण बदलते, एक दूसरे पर आरोपित-प्रत्यारोपित होते चित्रों

के कोलाज की भाँति याद आने लगी थीं वे आदिवासिन किशोरियाँ जिन्होंने सुबीर के डाकबँगले में जोगी के समक्ष स्वेच्छा से समर्पण किया था और सुबीर के द्वारा उपकृत हुई थी। उन आदिवासिनों में से किसी के भीतर किसी प्रतिरोध की चिनगारी तक नहीं दिखती थी। फिर यह सोनवाँ और सुइया...? किस मिट्टी की बनी थीं ये? आदिवासिनें ही थीं या रात में कुछ और थीं...?

पावस रात्रि का सघन तमस उत्तरोत्तर गाढ़ा होता जा रहा था। बारिश अब थम चुकी थी।

जिस रोज से लापता था योगराज जोशी उसी रात की भोर...!

ददुआ मानकी ने महुआटाँड़ थाने के दारोगा भोला पासवान के आवास का दरवाजा खटखटाया था।

देर रात हुए किसी छापामारी से विफल लौटा भोला पासवान गहरी नींद में सोया था। कच्ची नींद टूटने से चिड़चिड़ाए पासवान ने दरवाजा खोला था तो सामने था ददुआ मानकी...!

"ददुआ...! इत्ते भोरे-भोरे...?" सशंकित पासवान!

"आना पड़ा भोला बाबू।" ददुआ ने गहरी साँस ली थी।

"बात क्या है जो झर-बरसात में ऐसे रात-बिरात...?"

"अब साँप-गोजर से क्या डरें हम भोला बाबू? हमें तो डोंड़वा साँप ने पहले ही काट लिया है।"

पानी का साँप-डोंड़वा, प्रायः डँसता ही नहीं। डँस भी ले तो डंक विषहीन होता है। देहात में 'डोमसाँप' कहलाता है डोंड़वा साँप। अछूत...। लोक-मान्यता है कि जिसे डोंड़वा साँप काट लेता है, शेष श्रेष्ठ सर्प बिरादरी उस डोम डँसी देह को नहीं डँसती।

भोला पासवान ददुआ मानकी के ऐसे आगमन पर द्वन्द्व में था। निरुद्देश्य तो इस बेला में आया नहीं होगा ददुआ मानकी..?

"नहीं...सो बात...माने थाना से चन्दा तो भिजवा ही दिये हैं हम...! फिर?"

"चन्दा की बात नहीं है भोला बाबू! रात में छापा मारने गये थे न? तो सोचे हम कि भोला बाबू का कुछ भला कर दें।"

"क्या भला करोगे तुम ददुआ? हमारी तो किस्मत ही फूटी है। खबर मिली थी कि झुनकी पहाड़ी पर देसी बन्दूक गढ़ने का गुप्त कारखाना चल रहा है। डालटनगंज से धावा-दल आया था। छापा मारने का हुक्म ऊपर से आया था।"

"काम बना?"

"कहाँ ऽऽ!" भोला पासवान ने जम्भाई ली थी—"बेकार की भागदौड़...! पहाड़ कोड़ दिया! बुकनी-बुकनी छान कर देखा। मूस की चुटरी[1] तक नहीं मिली। भीतर आओ न...।"

"ना। बाहर ही ठीक है।"

वे बरामदे में रखी कुर्सियों पर ही बैठ गये थे। ददुआ मानकी ने भोला पासवान के समक्ष एक प्रस्ताव रखा था।

"तुम तो जंगल में सड़ रहे हो भोला बाबू। एकाध ठो बढ़िया मामला पकड़ लो तो शहराती थाना में बदली करवा लोगे।"

"प्रमोशन का चांस तो है ही ददुआ पर सर्विस बुक थोड़ी कमजोर पड़ रही है। बहुत दिन काट लिए महुआटाँड़ में। आज जो बन्दूक फैक्ट्री पकड़ पाते तो शहरी थाना तो क्या, ईन्सपेक्टरी का चांस भी पक्का बन जाता।"

"तारकेसर का बन्दूक कारखाना पकड़ोगे? करोगे हिम्मत?" ददुआ मानकी ने न्योता दिया था।

"क्या बात करते हो ददुआ...!" निराश भोला पासवान "कौन मानेगा यह बात कि तारा बाबू... ना ददुआ।"

"तुम तो मानो भोला बाबू। बन्दूक गढ़ने वाला कारीगर तो एक मसीन[2] है बस। मसीन का मालिक है तारकेसर।"

"तुम्हें कैसे पता?" भोला पासवान ने अनिच्छा से पूछा था।

"जंगल के पात-पात पर 'झामुद' का आँख है भोला बाबू। पहाड़ भी कोड़ दोगे तो नहीं खोज सकोगे बन्दूक कारखाना। बन्दूक तो वहाँ बैठकर गढ़ रहा है कारीगर जहाँ जाने का नाम नहीं लेता कोई थाना।"

"कौन जगह?"

"काठगोदाम।"

"लाल साहेब का काठगोदाम...? भक्क...!" विस्मित था पासवान।

"पहाड़ पूजा पर्व के रोज हमारी सभा है। बैठक से निकलेंगे तो सीधे तुम्हारे पास पहुँचेंगे हम... यहीं! तैयार रहोगे तो हम पकड़वा देंगे बन्दूक कारखाना!"

"उधर का एकाध फेरा तो लगाया है हमने। हमें तो नहीं लगी उधर कोई गड़बड़!" भोला पासवान को विश्वास नहीं हो रहा था।

"तुम बस हाँ करो। अठबकरा को चीन्हते हो? पुराना पापी है। वही अब

1. चूहे का बच्चा 2. यन्त्र।

तारकेसर के लिए बन्दूक गढ़ता है। जंगल में अब तारकेसर की बन्दूक ही बिक रही है भोला बाबू।''

''सबूत... ?''

''साबुत कठगोदाम में मिलेगा।'' ददुआ विश्वासपूर्वक बोला था।

''और गवाही कौन देगा?'' हमारे-तुम्हारे कहने भर से केस खड़ा होगा?''

''गवाह भी हमीं जुटाएँगे। पक्का गवाह! कचहरी में ऐसा केस बनेगा भोला बाबू कि तारकेसर छूट नहीं सकेगा।'' ददुआ ने कहा था।

''सच्चो ऐसा हो सकता है? हो जाय ऐसा तो... तब तो... चाय पियो न ददुआ। एकदम कड़क चाय बनवाते हैं।''

उत्साहित भोला पासवान ने ददुआ मानकी की दोनो हथेलियों को मुट्ठी में जकड़ लिया था। घर के भीतर चाय बनाने का आदेश विदा किया था।

''ए ऽऽ... कौन है रे...? दो चाय...!''

ददुआ मानकी की कोई सूचना कच्ची नहीं होती थी। ददुआ मानकी यदि यह केस मजबूती से खड़ा करवा सके तो एक झटके में महुआटाँड़ के उजाड़ से भोला पासवान की जान छूट जाय।

''तुम चाह जाओ भोला बाबू तो 'उधार' का खेल भी उजागर हो सकता है।''

''उधार माने?'' भोला पासवान पुनः चकित!

''वही स्टीलवा कुजूर का खेला।''

''अब सुबह-सवेरे हमें बुड़बक बनाने लगे ददुआ? उस जनाना के ऊपर नेता-मन्त्री हाथ रखे खड़े हैं भइया। मोटर पर झमकती घूमती है। उस सतभतरी[1] घोड़ी को कौन नाथ सकता है?'' निःश्वास के साथ बोला था भोला पासवान।

''बात गलत नहीं बोले तुम पर मन पक्का करो तो आदिवासिन छौंड़ी लोग को बेचने का धन्धा ढाहने पर तुम्हारे नाम का दमामा बज जाएगा। सोच लो।'' ददुआ ने उत्साहित किया था।

''सो तो ठीक है ददुआ पर इस गन्दे व्यापार में पता नहीं कौन नेता फँसा निकल जाय! कहीं हमारी वर्दी ही न उतर जाय।''

''कोई नेता-फेता नहीं निकलेगा! यह भी तारकेसर का ही काम निकलेगा... तुम देखना।'' ददुआ बोला था।

भोला पासवान दुविधा में पड़ गया था। सम्भावित पृथक झारखंड के सम्भावित पुलिस महानिदेशक की प्रिय स्टेला कुजूर के विरुद्ध हाथ-पैर हिलाएँ... न हिलाएँ?

---

1. सात पतियों वाली।

"तुम मुँह खोलवा रहे हो तो... ददुआ, जान लो कि झारखंड बन गया तो हैदर साहब का आई.जी. बनने का पूरा चान्स है। स्टीलवा तो समझो कि हैदर अली की रखैल ही है। पलंग तोड़ने को नयी-नयी लड़कियाँ हैदर साहब तक पहुँचाती रहती है यही स्टेला कुजूर।"

"का गजब कहते हैं भोला बाबू? कहाँ स्टीलवा जैसी घिनावन[1] औरत और कहाँ पुलिस का बड़ा साहब...!"

"छोड़ो भी ददुआ! पुलिस विभाग की बड़ी-बड़ी कुर्सी पर कितने बड़े-बड़े गिद्ध बैठे हैं सो हम नहीं जानेंगे तो क्या तुम जानोगे? हमलोग मुँह साट कर रखते हैं अपना कि मामला खुलेगा भी तो बड़े अफसर तो बच ही जाएँगे। हमारी नौकरी जरूर खा जाएँगे साले।"

"इतने ऊपर तक देहखोरी...!" दंग था ददुआ मानकी।

"और क्या? अहोतकर मैडम पर कोई उँगली उठा सका कभी? पाल्टा साहब के बारे में कहाँ कोई बोल सका? जो ईमानदार अफसर हैं उन पर झूठा अछरंग[2] नहीं लगाते हम पर स्टेला जैसी घोड़ी पर काठी कसना हमारे बूता के बाहर है भाई।"

"तारकेसर फँस जाय तो स्टीलवा अपने आप खतम।" ददुआ मानकी बोला था।

"तुम तो नमक-सत्तू बाँध कर ताराबाबू के पीछे ही पड़ गये लगते हो। हर नाजायज धन्धे में तारा बाबू ही दिखते हैं तुम्हें। सोचो ददुआ, देह की दुकानदारी के केस में लाल साहब के दामाद तारा बाबू के खिलाफ गवाही देने को कौन खड़ा होगा पलामू में?"

"कितना समय से तुम इधर हो? हमारे बारे में नहीं जानते हो तुम?" ददुआ ने चिढ़े स्वर में कहा था—"कोई हो, जो दीकू गरीब आदिवासी को दिक्कत करता है सो हमारा बैरी होता है। लाल साहेब हो, तारकेसर हो चाहे भोला बाबू तुम हो।"

जानता था भोला पासवान कि 'झारखंड मुक्तिवाहिनी दस्ते' की शत्रुता आम आदमी से नहीं थी। दूसरे कई संगठनों की भाँति 'झामुद' बलात् टैक्स, लेवी या कमीशन भी नहीं वसूलता था। दूसरे संगठनों के साथ टकराव या निर्दोष भूमिपतियों के विरुद्ध रक्त-आग का खेल खेलने से परहेज रखने वाले 'झामुद' की लड़ाई सीधे प्रशासन के साथ थी। आपराधिक चरित्र के सामन्तों के साथ थी। सरकारी भवन, सरकारी रेल, सरकारी पुलिस चौकी या सरकार समर्थित अपराधी ही 'झामुद' के निशाने थे। तारकेश्वर सिंह भी ऐसे ही चिन्हित निशाना थे।

---

1. घिनौनी 2. लांछन।

भोला पासवान की मुसकान से ददुआ मानकी सहज हुआ था। बोला था पासवान,

"जानते हैं ददुआ कि क्या हो तुम। तुम्हारी बात भी पत्थर की रेख मानते हैं हमलोग पर लड़कियों की दलाली के केस में गवाही जरूरी है कि नहीं?"

"गवाही देगी ठूँठा मुंडा की बेटी। पुतली और सोनवाँ... दोनों। पुतली को दिल्ली में बेचवाई है स्टीलवा। मुंडी कट जाय पर पुतली और सोनवाँ की गवाही नहीं पलट सकती भोला बाबू।" ददुआ मानकी ने दावा किया था।

ददुआ मानकी गम्भीर था, अत: भोला पासवान की महत्वाकांक्षाएँ दूनी हो उठी थी। यदि दो-दो बड़े मामलों में सफलता भोला पासवान की सर्विस बुक में जुड़ जाती तो वर्दी के कन्धे पर तीन सितारे टँकने में देरी ही कितनी होती?

भाग्य की देवी आज स्वयं चल कर महुआटाँड़ थाने पर आ गयी थी। भोला पासवान का दरवाजा खटखटा रही थी। अब दरवाजा खोलें या न खोलें... भोला पासवान की मर्जी!

"ठीक है ददुआ। यह मामला भी देखेंगे लेकिन बाद में। पहले बन्दूक का कारखाना पकड़वा कर दिखाओ।" भोला पासवान ने दरवाजा खोल दिया था।

"पक्का रहा।" ददुआ ने वचन दिया था।

चाय आ गयी थी। गर्म चाय के साथ सक्रिय हुआ था पासवान का मस्तिष्क। शक का जो कीड़ा पुलिस वालों के दिमाग में सदैव कुलबुलाता रहता है, भोला पासवान के दिमाग में जाग्रत हो उठा था। सन्देह... शक... आशंका...? जबकि पाँचों उँगलियाँ घी में डूबती दिख रही थीं?

अन्तत: भोला पासवान के मन की बात बाहर निकल ही आयी थी।

"ए ददुआ! तुम तो भाई ठहरे 'झामुद' के कैडर! ऐसा-ऐसा बड़ा मामला मुफ्त में तो पकड़वाओगे नहीं। हमसे भी कोई न कोई काम तो करवाओगे ही। बोल दो, हमसे क्या लाभ लोगे?"

"बिन दाम के कुछ मिलता है भोला बाबू?" ददुआ ने चाय समाप्त करते हुए कहा था।

"दाम बोलो।" दो टूक प्रस्ताव।

"जोशी बाबू को खोजना बन्द करो।" दो-टूक माँग।

भोला पासवान के हाथ में थमी चाय की प्याली थरथरा गयी थी। पेंदी में बची चाय बाहर छलक पड़ी थी। दहशत से भोला पासवान की आँखों की कटोरियों में नाचने लगे थे दीदे।

"क्या माँग रहे-हो-तु-म ददुआ?"

"यही दाम हमें चाहिए भोला बाबू... सोच लो। सौदा पसन्द है तो अभी

हाँ कह दो। हमें अभी डालटनगंज भी जाना है। तुम नहीं तो सरना से भेंट कर लेंगे।'' ददुआ मानकी कुर्सी छोड़ कर खड़ा हो गया था।

''अरे रुको! बैठो ददुआ। बढ़ा दरमाहा और प्रमोशन किसे खराब लगता है भाई? जंगल से कौन नहीं निकलना चाहता?'' भोला पासवान ने ददुआ मानकी का हाथ थाम लिया था।

''माने सौदा पसन्द है?''

''मन से। लेकिन अगर जोशी खुद लौटकर आ गया तो हमारी कोई जिम्मेदारी नहीं होगी। खोजबीन का नाटक तो हमें करना ही होगा। हमरे हाथ न आये इसकी गारंटी देते हो?''

''जोशी बाबू किसी को नहीं मिलेगा अब।''

''कभी नहीं?''

''ना...!'' बरामदे से नीचे उतरता ददुआ मानकी...!

''मतलब... माने कि...'' भोला पासवान पीछे लपका।

''अब ऐसे दूध पीता बच्चा भी नहीं हो भोला बाबू कि माने-मतलब ही न बूझ सको।''

लम्बे-लम्बे डग भरता ददुआ मानकी थाना परिसर से बाहर निकल गया था। भोर के दुधिया उजाले में वह मुख्य सड़क की ओर बढ़ता गया था जहाँ डालटनगंज जाने वाली पहली बस खड़ी घुरघुरा रही थी। बस का खलासी चिल्ला-चिल्ला कर ऐसी सवारियों को यात्रा हेतु आमन्त्रित कर रहा था जो सवारियाँ बस के आसपास भी कहीं नहीं थीं।

लगभग खाली दिखती बस में सवार हो गया था ददुआ मानकी! ठगे-से खड़े भोला पासवान...! कभी प्रफुल्ल... कभी अवसन्न...!

दोपहर में...!

डालटनगंज के व्यस्त बस पड़ाव पर सुबीर झा को दिख गया था ददुआ मानकी। सुबीर ने जीपगाड़ी को उस दुकान के निकट ले जाकर रोका था जिसके बाहर खड़ा ददुआ मानकी पानी पी रहा था।

''मानकी...! ए मानकी...!''

''अरे...! बिड्डी बाबू...? इधर कहाँ?'' ददुआ मानकी मुसकाया था।

''आओ जीप में बैठो।''

''कोई बात है का?''

''तुमसे मिलना था भाई! मेरे साथ जीप में थोड़ी देर बैठो तो बताता हूँ।'' सुबीर ने आग्रह किया था।

ददुआ मानकी जीप में आ बैठा। सुबीर ने जीप को गति दी और कचहरी मोड़ की ओर बढ़ते हुए जीप को शहर से बाहर निकलने वाली सड़क पर डाल दिया।

बनारस-मिर्जापुर सड़क पर रेलवे के ऊपरी पथ वाली पुलिया के नीचे से गुजरने के बाद सड़क पर अपेक्षाकृत कम व्यस्त आवाजाही थी।

''गाड़ी तो बाहर ले आये बिड्डी बाबू। हमें तो अभी बाजार में काम है।''

''वापस तुम्हें बाजार में छोड़ दूँगा पर अभी मैं जिस विपदा में हूँ मानकी, मुझे तुम्हारी मदद की जरूरत है। हुआ यह है...।''

सुबीर ने जोगी के घर से निकलने से लेकर अब तक का सारा कुछ बता डाला।

''भोलाबाबू ने जंगल छान मारा है। तारकेश्वर सिंह से भी मिला। साफ इन्कार किया कि वे इस मामले में नहीं हैं। बचे भूमिगत संगठन तो पहले-पहल तुम्हीं मिल गये हो। मेरा दोस्त कहाँ गया मानकी... ? कुछ अता-पता लगा दोगे ?''

''हमारे कहे पर भरोसा करोगे बिड्डी बाबू?'' ददुआ ने पूछा।

''तुम्हारे नहीं तो और किसकी बात पर विश्वास करूँगा महुआटाँड़ में ?''

''तो गाड़ी घुमा लो। शहर में चलो।''

सुबीर ने ददुआ मानकी के आग्रह पर जीपगाड़ी वापस शहर की ओर मोड़ी।

''हम ठहरे 'झामुद' और तुम सरकारी साहेब...'' बोला ददुआ

''इस मामले में सरकार मेरी कोई सहायता नहीं कर सकती—''सुबीर जल्दी से बोला—''यह तुम भी जानते हो और मैं भी कि महुआटाँड़ में कोई सरकार चलती है तो 'झामुद' की चलती है मुझे टालो मत मानकी।''

''पर बिड्डी बाबू, हम कोई भेद दें और हमारा भेद पुलिस तक पहुँच गया तो ?''

''नहीं पहुँचेगा। जबान देता हूँ'' —सुबीर ने वायदा किया—''मुझे पता है तुम्हारी हजारों आँखें हैं। जंगल में घटने वाला अच्छा-बुरा कुछ भी, झामुद से छुपा नहीं रहता। बता दो मानकी, अगर तुम्हें कुछ पता है।''

''पता तो है साहेब।''

''तो बताओ... प्लीज।''

''भले आदमी को हम कभी तंग नहीं करते। तुम्हारे खिलाफ कभी कोई जनअदालत में नालिश करने नहीं आया तो आजतक हमने कभी तुम्हें तंग किया बिड्डी बाबू... ? जबकि हमें पता है कि...''

"...छोड़ो भी शिकवे-शिकायत। फिर कर लेना। आज नहीं मानकी। आज तो बस जोगी की बात करो।"

"हम अभी तक तुम्हें भला आदमी मान कर ही चल रहे हैं बिड्डी बाबू इसीलिए बतिया ले रहे हैं।"

"कहो मानकी" —उत्तेजित सुबीर—"जो भी तुम्हारे मन में है बोलो। दो दिन से पागल कुत्ते की तरह जोगी की गन्ध ढूँढ रहा हूँ मैं। उसे खोज रहा हूँ...।"

"मत खोजो।"

"क्या... ?" चौंका सुबीर।

"बोले हम कि जोशी बाबू को मत खोजो।"

"मतलब... ? मतलब... ? मानकी... !"

आँखें फाड़े ददुआ मानकी को ताकने लगा सुबीर झा। जीभ तालू से चिपकने लगी। अचानक देह मानो निर्जल होने लगी। जीपगाड़ी शहर की व्यस्त सड़क पर पहुँच रही थी।

"रास्ता देखो बिड्डी बाबू, नहीं तो गाड़ी कहीं लड़ जाएगी।" ददुआ का चेहरा सपाट था।

"तुमने जो अभी कहा... ?"

"ठीक कहा बाबू! कूद-फाँद करने से कुछ फायदा नहीं।"

छः रास्तों के मेल-डालटनगंज के हृदयस्थल-छः मुहान चौक से आगे बढ़ते सुबीर ने पूछा,

"अपहरण... ? न खोजें तो जोगी वापस कैसे आएगा ? फिरौती के लिए पूछ-ताछ तो करनी होगी न मानकी ?"

"अब और मुँह मत खुलवाओ साहेब।"

"परन्तु यह तो बता दो मानकी कि अपहरण किसने किया है। मतलब किस संगठन से सम्पर्क करना चाहिए मुझे, ताकि सौदा तय हो सके ?"

"सौदा-सुलुफ का यहाँ कोई काम नहीं बिड्डी बाबू"—बोला ददुआ— "जोशी बाबू गया तो समझो चला गया।"

जीप की स्टियरिंग पर सुबीर की पकड़ थरथरा उठी। स्टियरिंग काँपी। जीप लहरा गयी। सुबीर ने ब्रेक लगाकर जीप रोकी। वे डालटनगंज से पूरब दिशा में राँची की ओर निकलने वाले ओवर ब्रिज के ऊपर आ चुके थे।

"तुम तो डरा रहे हो भाई।" सशंकित सुबीर...!

"सच बता रहे हैं बिड्डी बाबू। जो दीकू जंगल से धोखा-बदफेली करता है उसको लील जाता है जंगल! जोशी बाबू को लील गया जंगल।" ददुआ जीप से उतर

पड़ा।

"सुनो... मानकी सुनो तो...।" सुबीर भी नीचे उतरा। जीप का घेरा काट कर ददुआ मानकी के निकट पहुँचा।

"जितना बताया, उतना मन में गाड़ कर रखना साहेब! आज की भेंट का पता किसी को न चले। हमसे धोखाबाजी मत करना तुम। हमारा भरोसा तोड़ोगे तो महुआटाँड़ में बड़ी दिक्कत में रहोगे। तुमको भी लीलने लगेगा जंगल। फिर मत कहना ददुआ ने चेताया नहीं था।"

ददुआ मानकी की अम्लीय मुस्कान...। ददुआ मानकी की ठंढी आवाज..। छिपी धमकी? या खुली चेतावनी...?

ददुआ मानकी वापस शहर की ओर उतरती ढालवाँ सड़क पर बढ़ गया। पीछे पुल पर खड़ा रहा हतबुद्धि सुबीर झा। देर तक काठ बना खड़ा सुबीर ददुआ मानकी को जाता देखता रहा। फिर दिन भर हल में जुतने के बाद हल से छूटे बैल जैसी निढाल देह लिए वापस जीप में जा बैठा।

महुआटाँड़ पहुँचा सुबीर झा तो दिन के खाते में अभी हल्की पीली धूप शेष थी।

आकाश में, उत्तरी कोण से दक्षिणी छोर तक एक विशाल पनसोखा तना हुआ था। प्राकृतिक संकेत कि कम-से-कम रात के पहले पहर तक बारिश होने की सम्भावना नहीं थी। ...पर मौसम और आसमान का क्या ठिकाना?

महुआटाँड़ हाट से पहले ही था सुबीर का आवास परन्तु जीप डाकबँगले तक पहुँची तो आगे हाट में असमान्य-सी हलचल दिखी। आसन्न साँझ के समय, बाजार खाली होने के समय जमावड़ा-सा लगा दिख रहा था।

शाम के समय जब यह ग्रामीण हाट क्रेता-विक्रेताओं की वापसी से खाली होने लगता था, प्राय: इतने लोग इकट्ठे नहीं दिखते थे। कुछ अघटनीय घट चुका था महुआटाँड़ में...? सशंकित सुबीर जीपगाड़ी को डाकबँगले में मोड़ने की बजाय आगे बढ़ाता गया।

हाट से सटे थाने के बाहर इतने लोग जमा थे कि थाने का दरवाजा-बरामदा तक नहीं दिख रहा था। सुबीर ने जीप रोकते हुए एक व्यक्ति से पूछा।

"सुनो...ए...!"

"जोहार साहेब!" अभिवादन किया गया।

"भीड़ क्यों जुटी है यहाँ?

"ल्हास मिली है न साहेब।"

सुबीर के कलेजे पर मानो घूँसा पड़ा! अनिष्ट की आशंका से आतंकित मन

शुभ-शुभ सोचने का ढब ही भूल जाता है।

"कहाँ से मिली लाश?"

"कोईल नदी में थी हजोर! पत्थल में अटका हुआ था मरा आदमीन। लड़िका लोग देखकर हल्ला मचाया। सिपाही लोग छान कर लाए हैं थाना पर।" वह व्यक्ति जल्दी में था। आगे बढ़ गया।

पठार से समतल की ओर भागती नदियाँ बारिश होते ही जिस तेजी से उफनती हैं, बरसात थमते ही नदियों का जलस्तर उतनी ही तेज गति से नीचे उतरता है।

बरसात में बहुत उधम मचाती है पलामू की रानी नदी कोयल! नदी के दोनों किनारों तक हाहाकार करता है लाल-पीला पानी! वैशाख-जेठ में लगभग रेत और रेत...! जाड़े में पतली धारा वाली कोयल में तब अगाध पानी था। फेनिल-ललछौंह जल में तेज बहाव और भँवर... महाभँवर...।

कोयल का उफान उतरा था तो दो शिलाओं के बीच फँसी मिली थी वह लाश जो अब थाने के बरामदे पर रखी हुई थी।

सुबीर जीप से उतर पड़ा। थाने के सामने एकत्र भीड़ ने बिड्डी साहब के लिए रास्ता दे दिया। भीड़ फटी तो थाने के बरामदे पर बैठे भोला पासवान को दिख गयी सुबीर की जीप! थाने की ओर बढ़ता सुबीर।

"आप ही का इन्तजार था सर... आइए।" बरामदे से उतर कर भोला पासवान ने आगवानी की।

"सुना कोई लाश बरामद हुई है?" ददुआ की बातों की रूह में सुबीर का कलेजा लरज रहा था।

"पूरी लाश भी कहाँ सर? बस धड़ है। घुटने के नीचे टाँगे नहीं हैं। सिर भी गायब... केहुनी के आगे का हाथ लापता...।"

"मछलियों ने खा डाला?" सुबीर ने पूछा।

"हाड़ चबाती हैं मछलियाँ? नहीं सर, चढ़ते पानी में मछलियाँ स्थिर ही कहाँ रहती हैं जो लाश नोंचेंगी? पानी तो अब उतर रहा है। रात भर लाश पानी में रह जाती तो सारा माँस नोंच खातीं मछलियाँ। ठठरी ही मिलती हमें...।"

"तो यह भंग लाश...?

"काटी गयी है। टुकड़ों-टुकड़ों में, ताकि पहचान न हो सके...।"

"शिनाख्त करवाया?" सुबीर ने पूछा।

"क्या पहचान कराएँ सर? माँस के लोंदे की क्या पहचान कराना? बेकार में यह माँस की ढेरी हमारे सिर मँढ़ा गयी है। बाँस से नदी की धारा में धकेलवा ही देते पर इस उम्मीद में उठवा लाए कि...।" कहते-कहते ठिठक गया भोला

पासवान।

"कहिए पासवान जी।"

"अब हम क्या कहें सर? आप चल कर लाश पर एक नजर डाल लें तो हमें चैन पड़े। हाट-बाजार है... तमाशा बन गया था; सो लाश पर चादर डलवा दी है।"

भोला पासवान के साथ थाने के बरामदे पर जा चढ़ा सुबीर। पैरों में मानो भारी बाट बँध गये थे।

बरामदे पर पहुँच कर भोला पासवान ने लाश पर पड़ी चादर का एक कोना चुटकी में पकड़ा और झटके से चादर खींच दी।

मक्खियों का बाजार भनभना उठा। सामने था एक आधा-अधूरा धड़...। कटी बाँहें... टाँगें नदारद...! सिर गायब...! गुप्तांग की जगह भुर्ता कूटा हुआ था, मानो वहाँ कभी कोई अंग था ही नहीं। पानी से भीग कर लाश फूल गयी थी... हवा भरे आदमी की भाँति...!

बरामदे से एकदम आ सटी भीड़ में खलबली सी मच गयी। उँचक-उँचक कर उस माँस के लोथड़े की एक झलक पाने की होड़...!

लाश पर नजरें फिराते ही सुबीर का चेहरा फक्क...! कलेजा मानो किसी कठोर मुट्ठी में भिंच उठा था। देह का सारा रक्त क्षणांश में सूखता-सा लगा। मानो अपने पैरों में अपनी ही देह का भार ढोने की शक्ति नहीं रह गयी।

एक कुर्सी पर बैठ ही गया सुबीर झा। किसी मैराथन दौड़ में हारे धावक सा...!

दिलावर सिंह के ईंट भट्ठे से छूटे कामगारों की टोली के साथ थाने पर पहुँची सोनवाँ भी। सोनवाँ ने भी लाश देखी! लाश को भर आँख देखती सोनवाँ की आँखों में नयी ब्याई गाय जैसी सन्तुष्टि की चमक उभर आयी।

लाश की जाँघ पर एक बड़ा मस्सा...! पानी में फूल कर नींबू के आकार का दिख रहा था। ललछौंह मस्सा...! खूब पके, फूटने को तैयार फोड़े जैसा मस्सा...!

"अब आप ही कहिए सर, क्या पहचान होगी इस अभागे की? क्या पंचनामा करें हम और क्या डायरी लिखें?" लाश पर वापस चादर डालता भोला पासवान बोला!

दो तत्पर सिपाही लाश को ढँकने लगे। सुबीर स्वयं को समेटता कुर्सी से उठा। अपने मनोभावों को संयमित रखने का हर सम्भव प्रयास करता सुबीर... पर उसकी चाल चुगली कर रही थी कि उसके भीतर भयानक उथल-पुथल मची हुई है!

"क्या हुआ सर? तबीयत तो ठीक...?" भोला पासवान ने पूछा।

"कुछ नहीं। लगता है सारा खाया-पिया बाहर... मुझे शायद उल्टी हो जाएगी पासवान जी। और आपने इस धड़ को ऐसे सहेज रखा है जैसे किसी एनकाउंटर का शिकार रखा हो। सड़ने तक सहेजेंगे इसे?"

"नहीं सर! सहेजना क्या? अभी इसे वापस नदी में फिंकवाते हैं न...!" सुबीर के साथ जीप की ओर बढ़ा तत्पर पासवान!

"आप भी गजब करते हैं पासवान जी। इतने दिनों से पुलिस की नौकरी में हैं। फिर ऐसा झमेला कैसे गले में लटका लिया आपने?"

"बस आपकी पहचान के लिए सर...।" पासवान ने सफाई दी।

"बकवास...! इसकी शिनाख्त असम्भव है।"

"वही तो सर! एकदम ठीक कहते हैं आप सर।" भोला पासवान जीप के निकट आ कर ही रुके।

जीप में जा बैठा सुबीर। इग्नीशन में चाबी लगाई तो लगा उँगलियों में चाबी घुमाने भर भी शक्ति नहीं बची थी। सामने विंडस्क्रीन पर मानो खिल्ली उड़ा रहा था वह जुमला... यू विन समः यू लूज सम, लाइफ गोज ऑन...!

महुआटाँड़ की धरती मानो तप उठी थी। जूतों के भीतर तक तपिश! सुबीर को अपने तलवों में तपन का अनुभव होने लगा था। उसने जीप को गियर में डाला। जीप को थाने के निकट से हटा कर डाकबँगले की दिशा में डाल दिया।

आकाश में उगा वह चटख इन्द्रधनुष आकाश के विशाल पर्दे से मिट चुका था।

दस

टिंऽऽ टिंरहुट्ट...टिंटिरहुट्ट...टिं-टिं-टिं...! आकाश में नाचती निशाचर टिटहरी चिल्ला उठी। निकटवर्ती पहाड़ में आग लगी थी। शनैः शनैः शिखर की ओर उठती बनैली दावाग्नि...!

गर्मियों में बाँसों की आपसी रगड़ से जंगल-पहाड़ में आग लगना वन्य पशु-पखेरूओं के लिए असामान्य घटना नहीं होती। नित्यलीला होती है परन्तु उतरती बरसात में जंगल में आग...! अर्थात् जंगल में सक्रिय थे लकड़ियों के निर्द्वन्द तरस्कर! या वन्य प्राणियों के अवैध शिकारी!

टिटहरी चीख-चीखकर सावधान कर रही थी परन्तु जंगल का कोई सरकारी वेतनभोगी पहरुआ सुन नहीं रहा था टिटहरी का अरण्य रोदन!

कुर्र्रर्र कुरकोंच-कुरकोंच-कुरकोंच...! पलामू किले के खंडहर में उल्लू चीखा! भग्न किले की किसी टूटी बुर्जी-अटारी पर बैठा उल्लू अपने एकान्त में एक साथ बहुत सारे लोगों की घुसपैठ देख भय और क्रोध से चीख रहा था।

कभी शान भी इस पलामू किले की। आज खंडहर बना पड़ा था। पुरातत्वावशेष...!

ईस्वी सन् 1613 में दक्षिण पूर्व से जंगल में आए पलामू के रक्सेलवंशी राजा मानसिंह को युद्ध में परास्त कर चेरो जाति के भागवन्त राय ने पलामू में ख्यात चेरो वंश की स्थापना की थी। चेरो राजवंश के आदिपुरुष महारथ चेरो का वंशज था। राजा मेदिनी राय जिसने अपने शौर्य, पराक्रम और दूरदर्शिता से इस पलामू किले को ऐतिहासिक महत्त्व का दुर्ग बना दिया था।

ईस्वी सन् 1658 से लेकर ईस्वी सन् 1674 तक के अपने राज्यकाल में राजा मेदिनी राय ने न तो मुग़ल शासक औरंगजेब को पलामू की धरती पर चैन से टिकने दिया और न ही अंग्रेजों को पलामू में पैर पसारने की जगह दी।

राजा मेदिनी राय से जुड़ी कई कथा-किंवदन्तियाँ प्रचलित है पलामू में। पलामू का वाचिक इतिहास लोक कथाओं की भाँति देहात में पीढ़ियों से कहा-

सुना जाता रहा है। ...हातिमताई की भाँति राजा मेदनियाँ रात में साधु-संन्यासी या पागल-भिखारी का वेष बदल कर गाँव-गाँव घूमता था। प्रजा के दु:ख-सुख को अपनी आँखों से देखा करता था।

जिनके घर में भोजन न पकने के सूत्र मिलते, प्रात: उन घरों के लिए अनाज भिजवाता था राजा मेदनियाँ। जो देह नंगी दिखती उस देह के लिए राजमहल से वस्त्र भिजवा देता था मेदनियाँ राजा। जिन घरों से भोर में दही बिलोने की मथानी चलने की घर्र-घर्र नहीं सुनाई देती, उन घरों के बाहर खूँटों पर अगले रोज गाय-भैंस बाँध जाते थे राजमहल के कर्मचारी! पलामू में कहावत प्रसिद्ध है, धन्न-धन्न राजा मेदनियाँ: घर-घर बाजे मथनियाँ।

कहावत हो, लोककथा हो या दन्तकथा परन्तु ऐतिहासिक सच भी यही है कि पलामू के जनमानस में महानायक की भाँति अमर है चेरो राजा मेदनियाँ। मेदिनी राय की प्रजावत्सलता, शौर्य, वैभव और प्रबन्धकीय क्षमता के साक्ष्य हैं पलामू किले की भग्न बुर्जियाँ, टूटी चहारदीवारियाँ, ढहे कोटे-पर कोटे, बिखरी ईंटें...! विशाल खंडहर गवाह है कि कभी यहाँ मजबूत दुर्ग था।

ईस्वी सन् 1791 में अंग्रेज अधिकारी कैप्टन जैकब कैमक ने मेदिनी राय के अयोग्य उत्तराधिकारी चित्रजीत राय को परास्त कर पलामू की भूमि पर ईस्ट इंडिया कम्पनी का झंडा गाड़ दिया था और इसी अंग्रेजी ध्वजा के नीचे चेरो वंश के ही एक कठपुतले राजा गोपाल राय को बिठा कर पलामू में कम्पनी राज की सत्ता स्थापित की गयी थी।

चेरो राजवंश का यह भग्न पलामू किला जिसने अतीत का वैभव देखा था, जंगल रौंदते मराठा आक्रमणकारियों को विफल लौटते देखा था, बर्बर पिंडारियों की लूटपाट देखी थी, राजपूत-ठकुराई घरानों की शक्ति का विस्तार देखा था और देखा था चेरो राज का उत्थान-पतन...! सदियों से अनेकानेक उतार-चढ़ाव का साक्षी यह पलामू किला...! अब किले के भग्नावशेष देख रहे थे पलामू की भूमिगत सशस्त्र क्रान्ति का समय!

शोषण, दमन, बँधुआगिरी और सामन्ती ग्राम्य-व्यवस्था को ध्वस्त करने हेतु दमित, शोषित और बँधुआ समाज तिलमिलाकर उठ खड़ा हुआ था पलामू में। अब सशस्त्र प्रतिरोधों के लिए खड़े दर्जन भर भूमिगत संगठन सक्रिय हैं अरण्यक्षेत्र में जबकि इस जमीन पर भूमिगत आन्दोलन का इतिहास मात्र कुछ वर्षों पुराना है।

ईस्वी सन् 1980 में बँधुआ मजदूरी के विरुद्ध 'पार्टी यूनिटी' नामक भूमिगत संगठन ने अपना एक समानान्तर राजनीतिक संगठन भी खड़ा किया था—'मजदूर किसान संग्राम समिति...!' समिति का लक्ष्य था गरीबों की भूमि पर भू-सामन्तों

के बलात् कब्जे को रोकना, दलित स्त्रियों के दैहिक शोषण को रोकना तथा उचित मजदूरी हेतु जनमत को गोलबन्द करना।

मजदूर किसान संग्राम समिति नामक राजनैतिक संगठन के (अखंडित) बिहार के महामन्त्री थे 'पार्टी यूनिटी' के एक जुझारू नेता, कृष्णा सिंह! तब इस अल्पज्ञात संगठन को मात्र एक नक्सली गिरोह के रूप में चिन्हित किया जाता था, न कि एक सुसंगठित दल के रूप में।

जून 17 ईस्वी सन् 1983...! पलामू जिले के हुसैनाबाद प्रखंड मुख्यालय के निकट के एक गाँव 'झरगाड़ा' में दलितों के बीच उपस्थित थे कृष्णा सिंह। कुछ भूमिपति अपने खेतों में बलात् काम करवाने हेतु विरोधी दलितों की पिटाई करने लगे तो कृष्णा सिंह चुप न रह सके। उन्होंने बीच-बचाव करना चाहा था।

दलितों के इस प्रतिनिधि के द्वारा हस्तक्षेप ने भूमिपतियों के क्रोध को और भड़का दिया था। हथियारबन्द संगठित भूमिपति तथाकथित अपराधी सरगना कृष्णा सिंह पर टूट पड़े थे। कृष्णा सिंह की हत्या कर डाली गयी थी।

कृष्णा सिंह की हत्या से पलामू की राजनीति में भूचाल आ गया था। पुलिस ने तो आनन-फानन में कृष्णा सिंह का शव कोयल नदी की रेत में दफना ही दिया था, परन्तु राज्य के छोटे-बड़े सभी प्रमुख राजनैतिक दलों का दबाव बढ़ने लगा और विशाल जनमत सामन्त-पुलिस गठजोड़ के विरुद्ध गोलबन्द होने लगा तो पुलिस ने आखिरकार घुटने टेक ही दिये थे। दफनाए गये कृष्णा सिंह के शव को रेत से बाहर निकाल कर उनके संगठन को सौंप दिया गया था।

यह पलामू की धरती पर रक्त-क्रान्ति की पहली कूटनीतिक सफलता थी, जो अब इतिहास है।

कृष्णा सिंह की हत्या ही वह चिनगारी थी जो आने वाले समय में दावानल बन गयी। कुल बारह लाख, चौदह हजार हेक्टेयर क्षेत्रफल वाले पलामू जिले के चप्पे-चप्पे को तपाने लगा था प्रतिहिंसा का अग्निगर्भ!

तपते जून-महीने, ईस्वी सन् 1984 में फिर जल उठा था पलामू...! कृष्णा सिंह की हत्या का लोमहर्षक प्रतिशोध लिया गया था। 'मजदूर किसान संग्राम समिति' के सशस्त्र दस्ते ने झरगाड़ा गाँव पर आक्रमण कर दिया था।

फिर तो आगे घात-प्रतिघात का वह हाहाकारी दौर चला जिससे पूरा पलामू धू-धू कर जल उठा। सरकार ने 'मजदूर किसान संग्राम समिति' पर प्रतिबन्ध लगा दिया तो 'पार्टी यूनिटी' ने अपना चेहरा बदल डाला। अब वही संगठन नये चोले 'जनमुक्ति' के नाम के साथ सामने आ गया था। आन्दोलनकारी वही पुराने लोग थे।

देखा-देखी नये-नये संगठन उभरने लगे थे। आगे तो 'भूमिगत क्रान्ति' को

बेरोजगारों के लिए रोजगार का पर्याय ही बना डाला गया जिसमें युवाओं के लिए दाल-रोटी की समस्या का हल भी था और क्रान्तिकारिता का रूमान भी। इक्का-दुक्का संगठन ही थे जो सिद्धान्तों के प्रति आस्थावान तथा परिवर्तन के प्रति प्रतिबद्ध थे।

अब तक उभरने वाला हर भूमिगत क्रान्तिकारी संगठन गैर-आदिवासी क्षेत्रों में उठा जन उभार था जिसका आदिवासियों की समस्याओं से कोई सीधा सरोकार नहीं था। वर्ग-संघर्ष के इस रक्तिम घात-प्रतिघात से नितान्त कटे रहे आदिवासी, हाशिए के लोग ही बने रहे थे।

जीवित रहने मात्र के संघर्ष में जीते-मरते वनवासियों के पास ज्ञान-विज्ञान-सूचना के लिए अवकाश ही कहाँ होता है? आदिवासी तो आदिकाल से भद्रलोक की बुद्धिमानी या चालाकियों से निर्देशित होकर जीवित-यन्त्र की भाँति दासत्व का जुआ कन्धों पर उठाए बस सेवा करते रहे हैं। बाहरी लोग आदिवासियों के परिश्रम का बहुलांश हड़पते रहे हैं और आदिवासियों को पशुओं की भाँति हाँकते रहे हैं।

ऐसे में कालीपद दत्त—भुवनेश चन्द्र सान्याल की जोड़ी तथा ऐसे ही कुछ अन्य छुटभैये आदिवासी नेता जंगल-समाज में अपनी जड़ें जमाने लगे थे। आदिवासी हितों के संरक्षक नये-नये संगठन खड़े होने लगे थे। इन्हीं संगठनों में से एक था 'झामुद' जिसका उद्देश्य था भुँइयाँ, दुसाध, नागेशिया, खरवार, उराँव, मुंडा, ...आदि-आदि जातियों को सवर्णों के घर पीढ़ियों से बँधे सेवकाई-कमियाँ-बँधुआगिरी के परम्परागत खूँटों से मुक्त करना।

'झामुद' का भूमिगत संगठन गाँवों में सक्रिय था, 'झारखंड मुक्तिवाहिनी दस्ता...! 'झामुद' का राजनैतिक संगठन शहरी क्षेत्रों में कार्यरत था जिसका पार्टी कार्यालय राँची में था। समूल परिवर्तन हेतु 'झामुद' एक दोधारी तलवार था जिसकी मूँठ कालीपद दत्त के हाथ में थी और म्यान थी भुवनेशचन्द्र सान्याल के हाथ में। सत्ता बन्दूक की नली से उबले या मतपेटियों से बाहर निकले, 'झामुद' ने दोहरी व्यवस्था कर रखी थी।

आदिवासी असन्तोष को बारूदी विस्फोट की हद तक पहुँचाने वाले कालीपद दत्त ने आज पलामू किले के खंडहर में अपने भूमिगत संगठन की जिला समितियों के एरिया कमांडरों की एक बैठक बुलाई थी।

क्योंकि कालीपद दत्त भावी चुनावों को सम्भावना देखते हुए डालटनगंज की सीट को अपनी विजय हेतु सुरक्षित मान रहे थे। क्योंकि पलामू से ही वे अपने चुनावी दौरों का प्रारम्भ करने वाले थे जो आगे चतरा, खूँटी, गुमला, सिमडेगा, लोहरदग्गा, दुमका, हजारीबाग तक चलने वाले थे। क्योंकि बैठकों की शृंखला की शुरुआत शानदार होनी चाहिए थी अत: बड़े जनाधार वाले क्षेत्र से शुरुआत कर रहे थे कालीपद दत्त! भावी नये प्रान्त में अपने संगठन की दोनों शाखाओं-भूमिगत और राजनीतिक-की भूमिका के बारे में अपने एरिया कमांडरों को निर्देशित कर रहे थे कालीपद दत्त

उर्फ कालीबाबू उर्फ गुरुजी!

'झामुद' के प्रतिबन्धित होते ही भूमिगत हो गये थे कालीपद दत्त! पाँच लाख तेइस हजार छः सौ सतावन हेक्टेयर में फैले जंगल में अज्ञातवास कर रहे कालीपद दत्त को ढूँढ़ रही थी बिहार पुलिस!

'झामुद' के कैडर तथा जमीनी स्तर पर कार्यरत कार्यकर्ताओं से कालीबाबू की प्रतिज्ञा थी कि पृथक प्रान्त की माँग के पीछे उनका कोई हित-स्वार्थ नहीं था। जिस दिन नया प्रान्त अखंड बिहार से अलग कर स्वतन्त्र कर दिया जाएगा, 'झामुद' का अस्तित्त्व उसी दिन स्वतः समाप्त मान लिया जाएगा।'', 'झामुद' का आन्दोलन जिस स्वतन्त्र झारखंड के लिए है, उस लक्ष्य की पूर्ति होते ही आन्दोलन भी स्वयं समाप्त-तथा भूमिगत संगठन भी बिना किसी सूचना के भंग माने जाएँगे।

अब जब बिहार विभाजन निश्चित हो चुका था, 'झामुद' की चिर अभिप्सित आकांक्षा पूर्ण होने वाली थी तो कालीपद दत्त ने अपनी आस्तीन में छुपाए पत्ते खोले थे। अब काली बाबू की आकांक्षा थी राज्य की राजनीति में सक्रियता तथा निर्णायक हस्तक्षेप...! अब गुरुजी नये झारखंड में 'झारखंड मुक्तिवाहिनी दस्ते' की विप्लवी गतिविधियाँ स्थगित कर देने के पक्ष में नहीं थे। 'झामुद' की नागरीय इकाई को राजनीति की मुख्यधारा से जोड़ने की सम्भावनाएँ ढूँढ़ते काली बाबू 'झामुद' के भूमिगत संगठन की नयी भूमिका तय करने लगे थे।

'पाला' अर्थात् खूब ठंड और 'मूँ' याने मरना! पलामू का अर्थ हुआ शीत से मरा हुआ। कड़ाके की ठंड पड़ती है पलामू में। पूस-माघ में जब पाला-कोहरा गिरता है तो वृक्ष-वनस्पतियों के पात-पात झड़ जाते हैं!

अरण्य की पवन सिहर रही थी! उतरती बरसात का हरा-भरा जंगल आसन्न शीत की कल्पना से ही मानो हल्की सिहरन से भर उठा था!

सिहरती रात में काली बाबू पलामू किले के खंडहर में उपस्थित थे। उपस्थित थे 'झामुद' के हुसैनाबाद, छत्तरपुर, गढ़वा, उँटारी, रजहरा, चैनपुर, विश्रामपुर, पाँकी, गारू, मुहम्मदगंज, मनातू, महुआटाँड़-कई क्षेत्रों के प्रतिनिधि... एरिया कमांडर!

प्रत्यक्षतः भूतों की मंडली-सी बैठी गोष्ठी में नीरवता व्याप्त थी परन्तु हर सदस्य के भीतर मन्थन चल रहा था। अभी थोड़ी देर पहले कालीपद दत्त ने जो प्रस्ताव रखे थे, सदस्यों को जो कहा-बताया-समझाया था उस गरिष्ठ को पचाने में कई एरिया कमांडरों को कठिनाई हो रही थी! कई छिट-पुट असहमतियाँ मुखर होने को उतावली थीं परन्तु पहल कौन करे... ?

कालीपद दत्त के सहयोगी भुवनेशचन्द्र सान्याल दूरदर्शी निकले थे। हवा की चाल और समय की गति को पहले पहचान लिया था और लोकतान्त्रिक व्यवस्था

को अंगीकार कर लिया था। 'झामुद' और कालीपद दत्त से अलग होने के बाद वे निर्भय और परम स्वतन्त्र हो चुके थे।

अब बन्दूक में विश्वास रखने वाले कालीपद दत्त को भी अपनी 'हिमालयी भूल' समझ में आ चुकी थी। भूमिगत रह कर अपने भविष्य की हत्या करने के अपने 'गलत निर्णय' को तिलांजलि दे चुके थे कालीपद दत्त! सक्रिय चुनावी राजनीति में ही अपना भविष्य ढूँढ़ने की योजना सँवार चुके थे काली बाबू! 'झामुद' के संविधान में अपने हितों के अनुसार परिवर्तन कर गुरुजी लोकतन्त्र की मुख्य धारा में शामिल होने का अपना प्रस्ताव अपने साथियों के समक्ष रख चुके थे।

इसमें कठिनाइयाँ थी। एक नहीं... कई! पहली तो यही कि पृथक राज्य निर्माण के साथ ही 'झारखंड मुक्तिदल' के स्वतः भंग होने की अपनी संवैधानिक प्रतिज्ञा से ही मुकरने लगे थे कालीपद दत्त! दूसरी झारखंड राज्य के गठन के बाद 'झारखंड मुक्तिवाहिनी दस्ते' को भंग न कर चलाए रखना चाहते थे काली बाबू! तीसरी कि इस भूमिगत संगठन को चुनावों में जनमत लूट का औजार बनाना चाहते थे गुरुजी! राज्य में लोकसभा-विधानसभा या पंचायती चुनावों में 'झामुद' के भूमिगत दस्तों द्वारा देहात में भयादोहन कर जनमत को अपने पक्ष में झुकाने की दूरगामी योजना...!

'झामुद' का तपा-तपाया कार्यकर्ता ददुआ मानकी 'झामुद' के इस गर्हित दुरुपयोग से असहमत था। वह अपने गुरुजी के अन्य प्रस्तावों से भी असहमत था। कई अन्य एरिया कमांडर ददुआ मानकी से सहमत थे।

"अपने गाँव-समाज पर बन्दूक तानना ठीक नहीं होगा। लोगों का 'झामुद' पर से भरोसा उठ गया तो हमारा दस्ता चार दिन भी गाँव में नहीं टिक सकता! अपना राज मिलते ही 'झामुद' खत्म कर देने की बात थी। अब अपने दिये जबान से बेईमानी करना ठीक नहीं गुरुजी।" ददुआ मानकी ने स्पष्ट कह डाला था।

"इसमें ईमानी-बेईमानी वाली बात नहीं है रे। यह तो राजनीति है रे टीका! राजनीति में कोई बात अन्तिम सत्य नहीं होती। कोई अनन्तकाल तक किसी का मित्र नहीं होता। कोई किसी का चिरशत्रु नहीं होता। राजनैतिक लाभ-घाटे को देखकर मित्र भी शत्रु और शत्रु भी मित्र बनाए जाते हैं।"

"तुम बनाते हो राजनीति में मीत-वैरी?" ददुआ ने पूछा था।

"यही तो पालिटिक्स है रे।"

"हमें ठीक नहीं लग रही तुम्हारी यह पोलटिस।"

कालीपद दत्त जैसे सुन्दर तर्क गढ़ना नहीं जानता था ददुआ मानकी। तर्कातीत यह था कि ददुआ मानकी इस बार अपने गुरुजी से सहमत नहीं था। विवशता यह थी कि वह अपने जीवनरक्षक और संरक्षक कालीपद दत्त के विरुद्ध कभी खड़ा नहीं हो पाता था। तर्क-असहमति को दबी आवाज में ही प्रकट करता था। ददुआ मानकी

का सरल मन आज उद्वेलित था फिर भी वाणी मुखर नहीं हो पा रही थी।

कैसे भूल सकता था ददुआ मानकी उस जलती रात को, जब आग से डरे बाघ की भाँति वह सड़क के रास्ते चढ़ाई की ओर भागा जा रहा था?

वर्षों पहले की यह बात...! कैसे भूल जाता ददुआ मानकी वह चाँदनी रात जब उसके सामने अँधेरा ही अँधेरा दिख रहा था? वह अपना धनुष खो चुका था। उसका तरकश तीरों से रिक्त था, पीठ पर मरे गोह सा झूलता हुआ! कमर में खुँसी टाँगी भी कहीं गिर चुकी थी। ऐसे श्रृंगारविहीन आदिवासी पर दया दिखाई थी इसी कालीपद दत्त ने।

ददुआ मानकी की नंगी देह को कपड़ा दिया था इसी कालीपद दत्त ने। ददुआ मानकी के कंकड़-पत्थरों से रक्तरंजित पैरों के लिए पनही दी थी इसी कालीबाबू ने। एक बेघर-बेपता आदिवासी पर भरोसा कर 'झामुद' के इसी गुरुजी ने ददुआ मानकी को अपना विश्वास तक सौंप दिया था।

यह सब... इतना कुछ कैसे भूल सकता था नमक का मोल चुकाने वाला आदिवासी मन... ?

उस रात जब ददुआ मानकी के सिर पर मौत नाच रही थी, अपना पीछा करती मृत्यु छायाओं से बच कर भागा था ददुआ मानकी! भागता ही गया था जंगल-जंगल होता हुआ... लातेहार तक! जंगल से लड़ने की ताकत चुकने के बाद सड़क के रास्ते...!

जब टाँगों में और आगे भागने की शक्ति शेष नहीं रह गयी थी तो खुर कटे बैल-सा सड़क के किनारे ढह गिरा था ददुआ मानकी! वहीं निकट ही था 'झामुद' का रात्रि पड़ाव! पदयात्रा पर निकले थे 'झामुद' के कालीपद दत्त और भुवनेशचन्द्र सान्याल। साथ थे कई अनुयायी-समर्थक! अलाव के इर्द-गिर्द कपड़े की छोलदारियों में उपस्थित थे कई लोग!

घायल सरीसृप की भाँति रेंगता ददुआ मानकी प्रकाश की ओर बढ़ा था।

तब ददुआ मानकी की अन्तिम इच्छा थी मात्र दो घूँट पानी! तब सिंगबोंगा साक्षात् प्रकट होकर मनचाहा वरदान माँगने को कहते तो ददुआ मानकी ईश्वर से भरपेट पानी ही माँगता ताकि आतंक और प्यास के कारण कंठ में उगे काँटों को भिगो कर नर्म कर सके।

थका, हारा, भूखा, प्यासा, हताश और आतंकित ददुआ मानकी कालीपद दत्त के पड़ाव तक पहुँचते-पहुँचते चेतना खोने लगा था। मिट्टी के गिलावे की भाँति पसरने लगा था जमीन पर!

चैतन्य हुआ था ददुआ मानकी तो वह साफ-सफेद बिछावन पर था। उसकी

काली देह झक्क सफेद उजली चादर पर बेढंगी दिख रही थी। उसके सिर के नीचे गुलगुल बलिस्ता[1] था। आँखें खुली थीं तो गुरुजी कालीपद दत्त की स्नेहिल हथेली उसके माथे पर फिर रही थी।

"डर मत। तुझे कुछ नहीं हुआ। जल्दी दौड़ने लगेगा।"

कितना समय बीत गया था ऐसे स्नेह भरे शब्द सुने... ? ददुआ मानकी को याद तक नहीं था।

"तेरा ऐसा हाल कैसे हुआ रे?" ददुआ मानकी ने बाद में जाना था कि पूछने वाले भुवन बाबू थे।

"हाँका लगाने गये थे। बाघ लड़ गया।" ददुआ मानकी ने झूठ कहा था। सच कहते डर गया था।

"कौन गाँव-गोत्र का है तू?" काली बाबू ने पूछा था।

"ई सब हमसे मत पूछो गँउँवाँ।" ददुआ टाल गया था।

"सुन रे, यहाँ कोई गँउँआँ-गोमके नहीं है। हम सब साथी हैं। तू अपने बारे में नहीं बताना चाहता तो ठीक है। तेरा मन। मत बता।"

"पर यह तो बता कि अस्पताल के कागज में तेरा नाम क्या लिखाएँ?" भुवन बाबू ने पूछा था।

"कुछ भी लिखवा दो गोमके।" ददुआ ने कहा था।

भागते हुआ ददुआ मानकी ने पता नहीं कितनी ठोकरें खाईं थीं। रास्ते में पता नहीं कितनी बार गिरा था। किसी बार उसके माथे में एक कंकड़ धँस गया था। दोनों भौहों के बीच...! घाव साफ कर पट्टी साट दी गयी थी। लम्बे तिलक जैसी...!

भुवन बाबू ने मुसकाते हुए काली बाबू को सुझाव दिया था।

"माथे पर टीका लगाए है। तिलक ही नाम लिखवा दें कि तिलका...?"

"टीका।" ददुआ बोला था।

"लगता है अभी भी तुझे कुछ तकलीफ है। तू आराम कर। भरपेट खा और सुन, चिन्ता मत करना। यहाँ का खर्च हमारी चिन्ता है, तेरी नहीं"—कालीपद दत्त ने कहा था—"भुवन बाबू, यह अपना आदमी है। इसे कोई कष्ट हुआ तो मुझे दुःख होगा।"

"आप निश्चिन्त रहें गुरुजी! हम हैं न!" भुवन बाबू ने आश्वस्त किया था।

उसी दिन काली बाबू के हाथों बिन मोल बिक गया था ददुआ मानकी। उसी दिन से काली बाबू का भक्त बन गया था ददुआ मानकी। उस दिन के बाद काली बाबू के हितों के प्रति प्रतिबद्ध हो गया था ददुआ मानकी।

---

1. तकिया।

घर-बार से मोह भंग हो चुका था। अतीत के बारे में न सोचना चाहता था ददुआ मानकी, न ही कुछ कहना चाहता था। भविष्य से निराश था तब, सो सधुआ-सा गया था ददुआ मानकी का तन-मन...!

बहुत दिनों तक निष्क्रिय जीवन जीने के बाद कुछ दिनों तक कालीपद दत्त के राँची स्थित पार्टी दफ्तर में चपरासी की भाँति बैठता रहा था ददुआ मानकी। काली बाबू के सेवक और अंगरक्षक की भूमिका निभाने लगा था। राँची शहर की सभाओं और फिर देहात के दौरों पर भी काली बाबू के साथ यात्राएँ करने लगा था ददुआ मानकी।

काली बाबू के राजनीतिक दौरों और जन सभाओं में 'झामुद' के नेताओं के भाषण सुनने-गुनने के बाद ददुआ मानकी की नयी समझ बनने लगी थी। समझ में आने लगा था कि क्यों आदिवासी समाज हमेशा से शोषित, वंचित और दमित रहता आया है। कैसे जंगल दीकू गिद्धों के डेरे में बदलता जा रहा है! कैसे आदिवासी को उसके पारम्परिक अधिकारों से वंचित किया जाता रहा है।

उदारीकरण और भूमंडलीकरण के भयावह डैनों के सहारे उड़ने वाले, आधुनीकीकरण की दुम और बाजारवाद के पैने पंजों वाले गिद्ध महाअरण्य में झुंड के झुंड उतर रहे हैं। अपने विकास की रक्तरंजित चोंच से पठार की छाती उधेड़ रहे कपटी गिद्धों ने आदिवासियों को सदियों पुराने दासत्व की ओर धकेलना प्रारम्भ कर दिया है। वहाँ, जहाँ अँधेरे में डूबा वर्तमान है और कोहरे में डूबा भविष्य... ?

जंगल पहले ही छीना जा चुका है। वनवासियों की जमीनें हथिया कर नित नये कल-कारखाने खुलेंगे। तब न अपनी एक धुर जमीन होगी, न रोजगार में हिस्सेदारी...! बिजली, सुरक्षा, शिक्षा, चिकित्सा... आदिवासी के जीवन में पहले ही कहाँ है यह सब? आदिवासियों के पास कुछ संचित हो रही है तो दमित चेतना, दासत्वबोध और वोट-बैंक में बदलते जाने की पीड़ादायक छलना जो महाजनी समय के चक्रवृद्धि ब्याज की भाँति बढ़ती ही जा रही है। झारखंड का हर चौथा झारखंडी विस्थापन की पीड़ा से त्रस्त है और हर चार विस्थापितों में एक आदिवासी अवश्य है।

धीरे-धीरे ददुआ मानकी को यह समझ भी आयी थी कि मुफ्त की रोटियाँ तोड़ते रहना हरामखोरी है। उसने अपने गुरुजी से आग्रह किया था कि उसे उसके योग्य उचित कार्य में लगा दिया जाय।

कालीबाबू अत्यन्त प्रसन्न हुए थे। ददुआ मानकी का कन्धा थपथपाया था। बोले थे।

"साधु जैसा भेष लिया तूने तो हमें लगा तू किसी दिन संन्यास ही ले लेगा.. पर अच्छा है! तू कुछ करना चाहता है सो बढ़िया सोचा है। 'झामुद' के लिए

काम करेगा?''

''कौन काम?''

'झामुद' पृथक झारखंड राज्य पाने की लड़ाई लड़ रहा है। अबुआ राज.. समझता है न? जो लड़ाई बिरसा मुंडा ने लड़ी थी। तिलका माँझी ने, सिदो-कान्हू ने लड़ी थी। तो गाँव-गाँव जाकर लोगों को जगाना है। जनसंघर्ष से ही अपना राज आएगा। हर ब्लॉक में 'झामुद' का एक विश्वस्त साथी चाहिए। उसके ऊपर हर जिले में एक साथी...

''हमसे ऐसा काम होगा गुरुजी?'' ददुआ अपनी सामर्थ्य के प्रति आश्वस्त नहीं था।

''जरूर होगा। पहले तुझे हमारे ट्रेंनिंग कैम्प में प्रशिक्षण लेना होगा। छः महीने तक प्रशिक्षण चलेगा। इसके बाद तुझे खूँटी जाना होगा।''

''वहाँ क्या करेंगे हम?''

''करना क्या? उधर के आदिवासी भाइयों को 'झामुद' की रीत-नीति बताना। लोगों को 'झामुद' के आन्दोलन से जोड़ना है रे। लोगों के मन में 'झामुद' का भरोसा जगाना होगा तुझे। फिर चन्दा जमा करना होगा! बहुत जिम्मेवारी होगी तुझ पर।''

''तुम्हारे लिए हम कुछ भी करेंगे गुरुजी।''

कालीपद दत्त की आँखों में चमक उभर आयी थी। अपने लिए मनोवांछित व्यक्ति पाने की चमक! कालीपद दत्त ने संयोगवश उपलब्ध मानवीय संसाधन का दोहन प्रारम्भ कर दिया था।

'झामुद' के भूमिगत प्रशिक्षण शिविर में छः महीने बिता लेने के बाद ददुआ मानकी 'जमीनी कार्य' में उतार दिया गया था। खूँटी, इटकी, चतरा, गुमला, सिसई, ...ददुआ मानकी जहाँ भी गया था, सन्तोषजनक कार्य किया था।

ददुआ मानकी ने एक उम्र बिता डाली थी काली बाबू की सेवा में। अपनी जवानी एक ऐसे उद्देश्य के लिए झोंक डाली थी जिसके बारे में प्रारम्भ में उसे कुछ भी पता नहीं था सिवाय काली बाबू के आदेश के और अब जब सबकुछ समझने लगा था ददुआ मानकी और 'झामुद' का अभियान पूर्णता के निकट पहुँच चुका था तो गुरुजी के प्रति ददुआ के समर्पण और उसकी सांगठनिक प्रतिबद्धता के बीच द्वन्द्व उठ खड़ा हुआ था।

आदिवासी बहुल गाँवों में काम करना ददुआ मानकी के लिए कभी समस्या नहीं था। फिर महुआटाँड़ प्रखंड में तो ददुआ मानकी का पुराना परिचित बुलाकी मुंडा का गाँव भी था। ददुआ मानकी ने महुआरिया को ही अपना पहला पड़ाव बनाया था! बुलाकी मुंडा के दूरस्थ रिश्तेदार के रूप में नया परिचय पाया था। बुलाकी मुंडा ने उसे इलाके में गाँव के एक बुजुर्ग का मान तथा मानकी की प्रतिष्ठा दिलाई थी।

पहले तो ददुआ मानकी हफ्ते में चार दिन ही महुआटाँड़ में टिकता था परन्तु इधर दो तीन वर्षों से वह स्थायी रूप से इसी क्षेत्र में रहने ही लगा था।

शुरुआती दिनों में ददुआ मानकी को महुआटाँड़ के गैर आदिवासी बहुल गाँवों में पैठने में थोड़ी कठिनाईं अवश्य हुई थी। ददुआ मानकी की लम्बी दाढ़ी, लाल-कत्थई पगड़ी, देह से लिपटी चादर और घुटनों तक ऊँची धोती के कारण कई गैर-आदिवासी गाँवों के लोग उसे 'ओटंगा' प्रचारित करने लगे थे। नरबलि चढ़ाने वाला कापालिक... 'ओटंगा।'

गैर-आदिवासी गाँव ददुआ मानकी से अछूत जैसा व्यवहार करते थे। तब भी ददुआ ने धीरज नहीं खोया था। चादर के नीचे छिपी रहने वाली उसकी कारबाईन कभी बाहर नहीं निकली थी।

ददुआ मानकी सबसे प्रेम से मिलता था। मामूली रोग-बीमारी की दवाइयाँ मुफ्त बाँटता था। छोटे-मोटे झगड़े सुलझाता था। शादी-ब्याह, श्राद्ध-सत्ताईसा में आर्थिक सहयोग तक कर देता था। ब्लॉक से कर्ज लेने वालों की हर सम्भव सहायता...! धैर्य और लगन के साथ जुटा रहा था ददुआ मानकी!

अन्ततः गैर-आदिवासी दलितों, भूमिहीनों, गरीबों, कमियाँ, हलवाहों, चरवाहों... आदि-आदि का विश्वास; श्रमिकों का अपनापन; रेजा-मलकट्टों का भरोसा... सबकुछ पा लेने में सफल हुआ था ददुआ मानकी! गैर आदिवासी दलित समाज के भी सोच और मानसिकता को अपने पक्ष में मोड़ने में सफल हुआ था।

अब महुआटाँड़ के हर दलित-गरीब के लिए ददुआ मानकी 'अपना जन' था। गाँव के दुःख-सुख में सहभागी होने वाला ददुआ मानकी अपने भरोसे का आदमी था। वयस और वेश भूषा ने भी ददुआ को वन्य समाज में कुछ वैशिष्ट्य दे दिया था, कुछ सम्मान दे दिया था।

अब ददुआ मानकी की महुआटाँड़ क्षेत्र में गहरी और मजबूत पकड़ थी। विश्वस्त सूचनातन्त्र था और सुसंगठित-अनुशासित जमीनी कार्यकर्ताओं की बड़ी संख्या थी जो ददुआ के एक इशारे पर 'झामुद' के लिए खून दे सकते थे। खून कर सकते थे। महुआटाँड़ में ददुआ मानकी की उपलब्धियाँ कालीपद दत्त के लिए कल्पनातीत थीं! 'झामुद' की ऐसी लोकप्रियता और जमीनी पकड़ विस्मयकारी थी। यह सब ददुआ मानकी के सदके थी।

अन्ततः सहमति में ढल जाने वाली क्षणिक असहमतियों के अलावा आज तक ददुआ मानकी ने अपने गुरुजी कालीपद के किसी निर्णय पर उँगली उठाई हो—ऐसा कभी नहीं हुआ था। अपने अतीत से डरे-भागते ददुआ मानकी की पुरानी पहचान को पूर्णतः मिटाकर कालीबाबू ने उसे 'टीका मुंडा' की नयी पहचान दी थी। नया नाम दिया था। नया काम दिया था। ददुआ मानकी उर्फ टीका मुंडा को अमानुष बनने

से बचाया था। काल के कूड़ेदान में फेंके जाने योग्य आदिवासी को एक समर्थ संगठन का एरिया कमांडर बनाकर समाज के मुकुट में मोरपंख-सा सजा दिया था।

परन्तु अब...जब ददुआ मानकी के आदर्श, नियन्ता और मार्गदर्शक, अपने गुरुजी कालीपद दत्त अपने ही सिद्धान्तों और प्रतिज्ञाओं की हत्या करने लगे थे तो ददुआ मानकी उद्वेलित हो उठा था। मन में अनेकानेक प्रश्न उठने लगे थे।

सम्पूर्ण परिवर्तन की अलाव जलाने वाले कालीपद दत्त आसन्न परिवर्तन की आहट सुनते ही अराजक की भाँति संगठन के संविधान में मनोवांछित परिवर्तन करने लगे थे। नये राज्य... अपने झारखंड में भी वही आग-गोली-रक्त का खेल चलाए रखना चाहते थे काली बाबू और यह ददुआ मानकी को हर्गिज स्वीकार नहीं था। अपने नेतृत्व के प्रति सशंकित और प्रश्नाकुल हो उठा था ददुआ मानकी।

खंडहर के बाहर रात का भोजन बन रहा था। मड़ुवे की लिट्टी ढाक के पत्तों पर थाप-थाप कर आग में सेंकी जा रही थी। लिट्टी पर चुपड़ने हेतु कटोरे में घी गर्म हो रहा था। धीमी आँच पर भुनी जा रही थी हरी मिर्चें। मिर्चों की महक हवा में घुल रही थी। बहस में भी उतरती जा रही थी मिर्च की तासीर!

"हमने कहा था न साथी कि झारखंड स्वायत्त परिषद के गठन का अर्थ ही है झारखंड राज्य निर्माण की ओर एक और कदम...! वही हुआ न जो हमने कहा था?"—काली बाबू बोले।

"तुमने तो यह भी कहा था गुरुजी कि झारखंड राज बनते ही 'झामुद' का काम खतम। गाँधी बाबा का नाम लेते थे तुम जो बोलते थे कि भारत देश आजाद होते ही काँग्रेस का काम खतम...।" ददुआ मानकी ने सवाल उठाया।

"तू तो एकदम भोला ही रह गया रे टीका"—मुसकाए काली बाबू—"कहाँ खतम हुई काँग्रेस? जोड़ा बैल आया। फिर गाय-बछड़ा। अब हाथ छाप... है कि नहीं? काँग्रेस जीवित रही कि नहीं? इसीलिए जीवित रही कि जैसी बहे बयार, पीठ तब तैसी कीजै! लोकतन्त्र की मुख्यधारा से जुड़े बिना देशहित का काम करना सम्भव नहीं है साथी।"

पटना का गोलघर जो 15 अगस्त 1998 तक दहाड़ रहा था कि झारखंड तो मेरी लाश पर ही बनेगा, बिहार का विभाजन मेरी लाश पर ही होगा... अब सन्नाटे में था। स्तब्ध गोलघर भी अपनी जगह पर सलामत था और पृथक झारखंड का निर्माण भी अब किसी राजनीतिक शक्ति के रोके रुकने वाला नहीं था।

झारखंड के रूप में मात्र एक भूक्षेत्र ही बिहार से अलग नहीं हो रहा था वरन् बिहार की पकड़ से छूट कर निकल रही थी कोई कामधेनु! वनोपज, ऊर्जा,

खनिज सम्पदा और सस्ते श्रम की खान हाथ से निकलने वाली थी। अब इस सम्पदा पर गिद्ध की भाँति आँखें गड़ाए थे झारखंडी नेतागण। कालीपद दत्त जैसे सांगठनिक अगुआ।

कालीपद दत्त के कान ददुआ मानकी की बातों पर लगे थे और आँखें उपस्थित एरिया कमांडरों और जोनल कमांडरों के चेहरे पढ़ रही थी। ददुआ मानकी के अनगढ़ देसी तर्कों से बहुमत का मन न डोल जाय! चिन्तित कालीपद दत्त...!

''तुमने ही तो कहा था गुरुजी कि बिना 'पीआर' के काम नहीं चलता। अगिया-बैताल बन कर गाँव-गाँव में आन्दोलन की आग फैलाना होगा। सो हमने किया। अब जब आन्दोलन का फल मिल ही रहा है तो आगे काहे को आन्दोलन... ?'' यह सुनील पांडे था।

''सो याद है। हमने जरूर कहा था कि पैसिव रेसिसटेंस में ज्यादा आग होती है पर पी.आर. से भी अधिक आग मिलिटेंसी में है। हथियारबन्द संघर्ष में...!'' बोले काली बाबू।

''पर मिलिटेंसी तो तभी तक न, जब तक सत्ता हमारी माँगों की उपेक्षा करती रहे? अब सत्ता ने हमारी माँगें मान ली हैं। तो जरूरत ही क्या रह गयी है मिलिटेंसी की?'' चन्दवा-टोरी का निताई मंडल भी उठ खड़ा हुआ।

''जरूरत है न साथी!''—खुरदुरे तर्कों पर चिकनाई लेपने लगे काली बाबू—''ताकि सरकारी तन्त्र पर हमारा दबाव बना रहे। कोई सत्ता का लोभी हमारा साथी रुपयों के लिए पल्टी मार कर दीकू लोगों के पाले में न जा बैठे? 'झामुद' रहेगा तो दलबदलुओं के सिर पर नंगी तलवार लटकती रहेगी।''

''कौन झारखंडी होगा जो अपना राज्य पाने की बात से पल्टी मार जाएगा?'' औरंगाबाद के सुनील पांडे ने असहमति प्रकट की।

''ग्रेजुएट होकर अनपढ़ों जैसी बात करते हो पाण्डे?'' कालीबाबू ने चट अपने मोहरे सही खाने में बढ़ा दिये—''आदिवासी मनुष्य नहीं होता क्या? देवता होता है? 'झारखंड मुक्ति मोर्चा' के आधे नेता पटना-राज के पक्ष में पल्टी न मार जाते तो राँची कब का झारखंड की राजधानी बन गया होता।''

फिर सुनील पांडे कुछ न बोल सका। गुरुजी ने रत्ती भर भी झूठ कहाँ कहा था? अलग राज्य का मुद्दा तो बिहार की राजधानी में ऐसा चालू सिक्का बन गया था जिसने हर पठारी सांसद-विधायक की कीमत तय कर डाली थी।

अतीत के वैभव के खंडहर में मौन भूतों की भाँति बैठे रहे 'झामुद' के सिपाही! चिन्तन और मनन...! सुनील पांडे या निताई मंडल जैसे पढ़े लिखे जोनल कमांडर राजनैतिक दुरभिसंधियों को समझते थे सो काली बाबू की बात से मौन सहमति प्रकट कर रहे थे परन्तु ददुआ मानकी जैसा आदर्शों के प्रति अन्धभक्त और लक्ष्य के प्रति एकनिष्ठ प्रतिबद्धता रखने वाला सरल मानुष कूटनीति

की अवसरवादी गर्हित चालों के प्रति सहमत नहीं हो पा रहा था। वह तो एक आम आदमी था, सीधीबात बोला।

‘‘बन्दूक ढोते-ढोते हम सबका कन्धा छिला गया है गुरुजी। बनबिलार जैसा जंगल-खोह में छिपते-रहते हम सबकी तो जिन्दगानी ही जंगल हो गयी है। अब अपने राज में तो चैन से जिएँ हम? अबुआ राज में नोन-भात ही खाकर भर नींद सोएँ हम?’’

‘‘सुन टीका; हमें जो कहना था सो कह दिया। अब फैसला तुम लोगों को करना है पर जान ले, अपना राज मिल जाने पर ऐसा नहीं होगा कि हम पर चलने वाला सारा केस-मुकदमा खतम हो जाएगा। सरकारी घोषणाओं के भुलावे में आकर एक बार जो बन्दूक रख देगा तो फिर यह नयी सरकार के हाथ में होगा कि तुम्हें आम माफी दे या जेल-फाँसी दे।’’ कालीपद दत्त ने चेतावनी दी!

‘‘यह तो कौड़ी फेंकने जैसी बात...!’’ शंका उठी।

‘‘माने चित्त तो बचे... पट्ट तो मरे?’’ प्रश्न भी उठा।

‘‘हाँ। बन्दूक रखकर सुखी हो ही जाओगे इसका दावा कोई नहीं कर सकता।’’ बोले कालीबाबू—‘‘न हम, न टीका, न कोई...।’’

कालीपद दत्त की बात ने उपस्थित लोगों पर पुनः सन्नाटा बोझ दिया। आज तक ‘झामुद’ के भूमिगत दस्तों ने जितने लोमहर्षक कांड किये थे उनके दृश्य सम्बधित लोगों की आँखों के समक्ष नाचने लगे।

खंडहर के बाहर बहती हवा तेज हो चली तो प्रांगण में सूखे गिरे पत्ते खड़खड़ करते दौड़ने लगे। प्रांगण के सीमित घेरे में थोड़ी देर तक नाचने के बाद हवा मन्द होते ही एक कोने में शान्त पड़ गया निर्जीव पत्तों का ढेर...

‘‘माने अब तुम भोट जरूर लड़ोगे?’’ ददुआ ने दो-टूक पूछा।

‘‘हाँ!’’

‘‘तो अब हमारे साथ नहीं रहेंगे गुरुजी।’’ पूछा नहीं, निताई मंडल ने घोषणा की।

‘‘कहीं भी रहें, इससे क्या? विधान सभा में तो मेरी देह भर बैठेगी साथी। मन तो तुम्हीं लोगों के बीच रहेगा... हमेशा।’’ कालीबाबू ने सफाई दी।

‘‘ना गुरुजी! तुम भोट लड़ोगे तो हम लोग गाँव-गाँव में बन्दूक चमका कर तुम्हारे लिए भोट बटोरेंगे। माने भोट की डकैती। भोट जीत कर तुम लालबत्ती वाली मोटर में राँची-पटना घूमोगे। तुम तो सुखी हो जाओगे गुरुजी। हम रह जाएँगे वही बनेचड़ के बनेचड़!’’ ददुआ बोला।

‘‘न चैन, न सुख,न घूमने-फिरने की आजादी। हमेशा पुलिस का भय! हमें

राज अलग होने से क्या मिला? ठगा गये हम तो।" सुनील पांडे ने तिक्त स्वर में कहा।

"अब जवान छौंड़ा लोग को कौन सपना दिखा कर 'झामुद' में भरती लेंगे हम लोग? अपने राज का सपना दिखाते थे, सो तो मिल गया समझो। अब क्या पाने को कोई आएगा 'झामुद' में। जिनगी भर पुलिस के साथ बेमतलब खरहा-कुत्ता खेलने काहे आएगा कोई?" व्यथित हो उठा ददुआ मानकी।

"जवानों को रुपया मिलेगा रे टीका। 'झामुद' के हर सदस्य को दरमाहा दिया जाएगा... वेतन!" काली बाबू ने खुलासा किया।

"और इसके लिए बहुत सारा रुपया कहाँ से आएगा?" यह आवाज चतरा से उठी।

"लेवी वसूलेंगे हम।"

धक्क रह गया ददुआ मानकी। लेवी वसूलने वाले भूमिगत संगठनों के विरोधी रहे थे कालीपद दत्त! ऐसे संगठनों को उग्रवादी, आतंकवादी, लुटेरों का गिरोह आदि-आदि कहा करते थे और अब... ?

अन्य क्षेत्रों, जहाँ दूसरे किसी संगठन की पकड़ 'झामुद' से अधिक मजबूत थी, वहाँ सक्रिय संगठन कस्बाई क्षेत्रों के व्यवसायी, प्रशासनिक तन्त्र में कार्यरत अधिकारी, व्यापारियों या ठेकेदारों आदि से भारी लेवी वसूली कर रहे थे। सालाना तीन से चार करोड़ रुपए तक की लेवी उगाही जाती है पलामू में। कालीपद दत्त बिना जबरन लेवी वसूली के इतना बड़ा संगठन चलाते थे। पता नहीं कहाँ से संगठन हेतु धन जुटाते थे 'झामुद' के गुरुजी।

जंगल-देहात में सरकारी जनजातीय योजनाओं, सड़क-पुलिया निर्माण, जवाहर रोजगार योजना या ग्रामीण विकास योजना... बिना क्षेत्र के भूमिगत संगठन को चढ़ावा चढ़ाए कार्य सम्भव नहीं। 'झामुद' ने अपने कार्यक्षेत्रों में बलात् लेवी वसूली लादने की बजाय स्वैच्छिक दान या चन्दे के द्वारा ही संगठन चलाया था। अब 'झामुद' के गुरुजी की नयी नीति...! लेवी वसूली...!

"फिर बाकी पार्टी और 'झामुद' में क्या फरक रहा? जबरिया लेवी वसूल कर हम भी तो वही बन जाएँगे गुरुजी! मुरकटवा पारटी।" ददुआ बोला।

"मुड़ी काटना, पेट फाड़ देना, हाथ-पैर काट डालना... यह सब बर्बरता है। यह करने को नहीं कहते हम। पूरे शासक वर्ग को मार कर सत्ता पर कब्जा कर लेने से व्यवस्था में बदलाव थोड़े आ जाएगा? लेकिन साथी, समय के साथ नीतियों और विचारधारा में परिवर्तन तो करना ही पड़ता है।" काली बाबू ने समझाया।

"परिवर्तन-परिवर्तन क्या करते हो गुरुजी? ऐसी बोली बोलो जो हमारी

समझ में भी आवे।'' ददन माँझी ने चिढ़कर कहा।

''परिवर्तन रे दद्दन! बदलाव...! माने हेर-फेर! बदलाव व्यवस्था में घुसकर ही लाया जा सकता है। व्यवस्था को अपने सिद्धान्तों के अनुसार मोड़ना होता है। चुनाव लड़कर। सरकार में अपनी संख्या का बल बढ़ाकर। फिर यह भी तो बात है कि बिना भय के प्रीत नहीं होती? इसलिए भूमिगत दस्ता चलते रहना चाहिए।''

''व्यवस्था को अपने सिद्धान्तों के अनुसार तब न मोड़ोगे गुरुजी जब सिद्धान्त हों। तुम तो अपने सिद्धान्त को ही व्यवस्था के मुताबिक तोड़-मरोड़ रहे हो।'' निताई मंडल ने कह डाला।

''हाँ भाई मुंडा-सन्ताल का क्या है? हाथ पर रुपया रखो तो जो कहो काट देंगे। पेड़, पहाड़, आदमी-बाकी हम लोग सब समझते हैं गुरुजी।'' सुनील पांडे भी खुल पड़ा।

''ए बबुआ सुनील, मुंडा-सन्ताल भी एकदम गोबर का चोत नहीं है। खूब समझ रहे हैं हम भी।'' ददुआ बोला।

''बुझौव्वल...।खाली बुझौव्वल—''तमक कर खड़ा हो गया ददन माँझी—''गोड़-मुड़ी कुछ पता नहीं चलता। हमको तो कुछ नहीं बुझा रहा, कौन औल-फौल बात बतिया रहा है सुनील, ददुआ और हमार गुरुजी।''

''कोई बुझौव्वल नहीं बूझना दद्दन! सीधी बात है''—काली बाबू ने समझाया—'''झामुद' जंगल में चलता रहे। शहर में पार्टी चुनाव लड़े। चुनाव में दोनों शाखाएँ मिल कर काम करें। इधर महुआगढ़ के लाल साहब से भी हमने सम्पर्क बढ़ाया है, वे हमें ही समर्थन देंगे। हमारी जीत तो पक्की है साथी!''

कालीपद दत्त आज ददुआ मानकी को एक के बाद एक आघात दिये जा रहे थे। महुआगढ़ का जिक्र आते ही ददुआ मानकी के कलेजे में टीस उठने लगी।

कल तक 'झामुद' का महुआगढ़ की हवेली से सीधा टकराव था। आज उसी हवेली से समर्थन पाने को लालायित थे गुरुजी? यह कैसी राजनीति थी जो एक संगठन प्रमुख अपने ही हाथों से अपने सिद्धान्तों का गला घोंटता जा रहा था...?

राजनीति की बिसात पर आड़े-टेढ़े खिसकते मोहरों की यह अटपटी चाल सीधे-सादे ददुआ मानकी की समझ में भी आ रही थी।

जंगल में अपने शोषण चक्र को अविराम गतिमान रखने हेतु महुआगढ़ के लालसाहब प्रभूदयाल शहदेव भूमिगत संगठनों से दोस्ताना रिश्ते स्थापित करने के अनथक प्रयास करते रहे थे। लाल साहब के दामाद तारकेश्वर सिंह के सम्बन्ध कुछ भूमिगत संगठन प्रमुखों से थे। कई संगठनों को भारी आर्थिक सहायता का चारा या गिरफ्तार सदस्यों के लिए जमानत दिलाने की भिक्षा उपलब्ध करा कर उपकृत करती रही थी हवेली।

लाल साहब की वोट खींचने की शक्ति कई राजनैतिक दलों के घोषणापत्रों को भी चबा चुकी थी। कुर्सी का लोभ कितने ही भूमिगत संगठनों के सफेदपोश सूत्रधारों के आदर्शों को निगल चुका था। अब चुनावी राजनीति के समझौते के भुलावे में डालकर 'झामुद' को भी नकेल पहनाना चाहते थे महुआगढ़ के मालिक प्रभूदयाल शाहदेव।

अपनी क्रान्तिधर्मिता को महुआगढ़ की सीढ़ियों पर जिबह करने को प्रस्तुत थे कालीपद दत्त। यह ददुआ मानकी के लिए असह्य था। अपने आदर्शों को लालसाहब के दरबार में बन्धक रखने की बात करते हुए ऐसे उत्साहित थे काली बाबू मानो महुआगढ़ का आशीर्वाद मिलते ही वे पलामू किला जीत लेंगे। इस सन्धि प्रस्ताव से कई एरिया कमांडर असहमत थे।

''दीकू कभी हमारा हितू नहीं हो सकता।'' निताई मंडल ने विरोध का साहस कर दिखाया!

''तू तो पगला है। अभी मुर्गा दुकान पर है और तू तो प्याज भी छीलने लगा।'' मुसकाए काली बाबू।

''महुआगढ़ से हाथ मिलाना था तो पहले बैठक करके राय-विचार तो कर लेते गुरुजी। बिना चरचा किये चुपचाप 'झामुद' के नियम का उल्टा काम कर आये तुम... ? काहे गुरुजी ?''

ददुआ मानकी की आवाज असंयत हो उठी। कालीपद दत्त के नेतृत्व पर अराजकता का आरोप..! सदस्यों में भुनभुनाहट होने लगी।

''यह तू बोल रहा है टीका ? तू अब हमसे सवाल करने लगा रे ?'' कालीबाबू की मुस्कान लुप्त हो गयी।

''सुनो गुरुजी! यहाँ कोई गू खाने वाला नहीं है। हमने तो यही देखा है कि बाहरी लोग जंगल में घूमने नहीं आते। जनसेवा करने भी नहीं आते! आते हैं अपना धन्धा खड़ा करने। रुपया कमाने! दूसरे साथी समझे कि नहीं समझे सो दूसरे जानें। कम से कम हमारी समझ में तो आ रहा है गुरुजी कि तुम भी जंगल में कारोबार करने ही आये हो। अब तक वही कर भी रहे थे। नेतागिरी का कारोबार...।'' हाँफने लगा था सुनील पांडे।

''क्या बक रहा है पांडे ? होश में रह!'' क्रोधित काली बाबू तमतमा कर उठ खड़े हुए —''समझता है किससे बात कर रहा है तू ?''

''देर से समझे हम तुम्हारी पोलटिक्स गुरुजी। पर समझ गये हम कि तुमको तो राज-पाट चाहिए। भरसक तुम दीकू लोग हमें जंगली बूझते हो ? देर से बूझते हैं हम सो बूझ गये कि हमारी बन्दूक और शिकार तुम्हारा। अनपढ़ समझ कर हमें लड़ा मारोगे तुम ? अब आदिवासी भकुआ नहीं रहा। कोयलकारों की लड़ाई

अकेले लड़ कर दिखा दिया है हमने कि बकलोल नहीं हैं हम।'' निताई मंडल ने भी विद्रोह का झंडा उठा लिया था।

''तुम लोग बागी हो गये हो। बागियों के लिए 'झामुद' में कोई जगह नहीं। तुम दोनों चुपचाप निकल जाओ मिटिंग से वर्ना...।''

कालीपद दत्त ने रायफल उठाई और खड़े निताई मंडल की ओर तान दिया।

ददुआ मानकी अपने स्थान से उठा। आगे बढ़ा। रायफल की नाल पकड़ी और उसे आकाश की ओर उठा दिया। दुनिया के समस्त दुःखों से बोझिल आवाज में बोला ददुआ मानकी।

''अब हमारी छाती पर गोली ठोंकोगे तुम गुरुजी? महुआगढ़ के लिए? राज-पाट के लोभ में? गलत नहीं बोला सुनील। ठीक बोला निताई भी। तुम भी दीकू ही निकले आखिर। तुम आदिवासी के हक के लिए कभी नहीं लड़े गुरुजी। तुम लड़े नेताजी बनने के लिए। लालबत्ती वाला मोटर के लिए लड़े तुम। तुमने हमारे 'झामुद' को, सुनील को, निताई को, दद्दन को, हमें... हम सबको अपनी पोलटिस का लुकमा बना दिया तुमने गुरुजी! यह तुमने ठीक काम नहीं किया गुरुजी।''

''जिस थाली में खाया उसी में छेद करता है रे?''–दहाड़े कालीबाबू– ''छटपटाता छोड़ देते हम तो तू कब का मर गया होता। आज ऐसे ऐंठने को जीता न बचता तू।''

''हम सबको बुझा गया गुरुजी कि तुमको अबुआराज खरीदना-बेचना है। 'झामुद' को लालसाहब के घर बेच भी दिये तुम! तुमने तो अपने को भी बेच दिया है गुरुजी। पटना में, राँची में, दिल्ली में। बार-बार बेचो पर जान लो कि अपना हक छोड़ने का पाप हम सब नहीं करेंगे। हमें भी चैन से जीने का हक है। हम भी अपने राज में सुख से जिएँगे—'' मरे ढोर की चमड़ी से मँढ़ी मेहराई माँदल से फूटती धुन जैसे ददुआ के गीले स्वर...।

''और चैन कैसे मिलेगा तुम सबको?'' काली बाबू ने पूछा।

''बन्दूक रख देंगे हम सब कोरट में। सब अपना किया-धरा कबूल करेंगे। अपनी सरकार जो जेल-जुरमाना करेगी सो सहेंगे। जेल से छूटेंगे तो कमा-खा कर जिएँगे हम।''

''तेरा यह सपना कभी पूरा नहीं होगा रे। बिना मरे स्वर्ग नहीं मिलता।'' व्यंग्य से बोले काली बाबू।

''हमारा क्या जीना गुरुजी और क्या मरना। हम तो जनता लोग हैं। हारते रहे हैं। फिर हार लेंगे एक बार। तुम नेता हो गये गुरुजी। जीतो तुम।''

बहुमत की मानसिकता ददुआ मानकी से जुड़ती देख कालीबाबू की रायफल

झुक गयी। उनके समर्थन में इतने लोग नहीं दिख रहे थे कि बन्दूक ऊँची कर सकें काली बाबू।

अपनी कारबाइन कन्धे से लटकाता ददुआ मानकी आगे बढ़ा। कालीपद दत्त की बगल में आ कर बोला।

"सपना देखने में रुपया नहीं लगता गुरुजी। तुमने हमें अपना राज का सपना दिखाया। सो सपना तो सच होने जा रहा है। अब जो सपना हम अपने मन से देख रहे हैं, सो भी जरूर पूरा होगा।"

कालीपद दत्त का कूटनीतिज्ञ अपने आवेश को नियन्त्रित कर चुका था, परन्तु अपने पाले हुए आदमी के खुले विरोध के कारण उपजी अपनी हताशा को छुपा नहीं पा रहे थे गुरुजी! अपने विस्मय के अतिरेक से उबर नहीं पा रहे थे काली बाबू क्योंकि जो ददुआ मानकी सामने खड़ा था उसमें और जिस 'टीका' को उन्होंने जंगल से घायल अवस्था में उठाया था उसमें... आकाश-पाताल का अन्तर दिख रहा था।

ददुआ मानकी कालीपद दत्त के सामने झुका। अपने गुरुजी के पाँव छू लिये। बोला—

"एकदम मूरख थे हम गुरुजी। तुमने हमें आदमी बनाया। सोचने-समझने लायक बना दिया। अब जब तुमने अपना रास्ता ही बिगाड़ लिया है गुरुजी तो जो रास्ता हमें सही लगता है उस रास्ते हमें जाने दो तुम।"

जब-जब समाज हारता है, राजनीति जीतती है परन्तु जब-जब समाज स्वविवेक से निर्णय लेता है, राजनीति स्तब्ध रह जाती है।

खंडहर के अधटूटे दरवाजे की ओर बढ़ा ददुआ मानकी। चौखट पर ठिठका। पीछे मुड़कर आवाज दी।

"जिसको हमारे साथ चलना रुचे भाई, आ जाओ। गुरुजी आज किसी को नहीं रोकेंगे। आज ही फैसला कर लो। आर कि पार...! चैन से जीना कि जिन्दगी भर का जंगल और जंजाल?"

ददद्न माँझी उठ खड़ा हुआ। सुनील पांडे ओर निताई मंडल ने भी ददन का अनुसरण किया। फिर बीरन, फिर सुइया, फिर कई अन्य लोग भी साथ होने लगे। गिनती के बैठे लोगों के बीच खड़े रहे कालीपद दत्त! ददुआ मानकी की जनप्रियता साहस और अप्रत्याशित कृत्य पर अचम्भित। 'झामुद' के संस्थापक...!

किले से बाहर निकले लोग ढलान से नीचे उतरने लगे। मानो कई वर्ष लम्बी किसी सपनीली भुलभुलैया वाली सुरंग से बाहर निकल कर वे लोग पुनः अपने पुराने पठार पर आ चुके थे जहाँ भग्न शुभेच्छाओं के अवशेष बिखरे हुए थे। क्षत-विक्षत सपनों के शव पड़े हुए थे और उन शवों का भक्षण करने हेतु लगातार

उतर रहे थे गिद्ध। भयावह डैने फटफटाते झुंड के झुंड गिद्ध...!

"अभी तो महुआटाँड़ जाना है हमें। तुम लोग महुआखाप में जाकर टिको। सवेरे भेंट होगी। तब सब मिल कर सोचेंगे आगे क्या करना चाहिए।"

मौन सहमति...! अपने विश्वासी साथियों से विदा लेकर ददुआ मानकी महुआटाँड़ की ओर निकल पड़ा... अकेला!

शनैः शनैः पहाड़ के पीछे से उगने लगा था ताम्रवर्णी चन्द्रमा! अर्द्धरात्रि के कटे चाँद से चाँदी-चाँदी होने लगी साँवली रात। जगमग चाँदनी में मायालोक की भाँति दिखने लगे थे पीछे छूटे पलामू किले के खंडहर। चारों ओर फैला गहन अरण्य मानो रहस्यलोक था जिसे भेद कर बाहर निकल पड़ा था ददुआ मानकी।

रात अधिया चुकी थी...!

महुआटाँड़ थाने के परिसर में प्रविष्ट हुआ ददुआ मानकी। तब हर ओर सन्नाटा था। महुआटाँड़ थाने में भी नीरवता ऊँघ रही थी। ददुआ मानकी की हाँक दूर-दूर तक फैल गयी थी—

"भोला बाबू हैं का भाई ऽऽऽऽ?"

ग्यारह

जंगल परछाइयों से भर गया था। वृक्षों के तनों पर अस्ताचलगामी सूर्य की हल्की लालिमा अभी शेष थी। सामने वाले पहाड़ पर भी साँझ की छाया उतर रही थी। साथ ही उतर रहा था भय... ! अठबकरा लुहार के भीतर अन्धकार की ही भाँति भरता भय... !

वनस्पतिविहीन पथरीले पहाड़ में बसे गाँव की उस झोपड़ी में ऐसी उदासी व्याप्त थी मानो घर के लोग किसी स्वजन का शवदाह कर के लौटे हों और पीपल की डाल में घंट टाँगने[1] के बाद मृतात्मा का स्मरण कर रहे हों।

बचाव की हर दिशा बन्द देख फुलिया अपनी समस्त खीज और तिलमिलाहट पति के सिर पर उगल रही थी।

''भकचोन्हर को पोंछ नहीं होता जो चीन्हा जाय! तुम्हारे जैसा अदमीन ही कहाता है भकचोन्हर।''

''चोन्हर नहीं हैं हम। सब बूझते हैं बाकी देहात में रहना है तो ददुआ का मन रखना ही होगा हमें।'' बोला था अठबकरा।

''और उधर जो बड़का गँउँआँ को पता चला कि तुम धान-पगहा तोड़ा रहे हो तो... ?''

—''पिलुआहे[2] कुक्कुर जैसा हमें जहर दे देगा तालकेसर।''

बड़का गाऊँआ अर्थात् लाल साहब प्रभूदयाल शाहदेव। छोटका गँउँआँ... तारकेश्वर सिंह? एक अजगर था तो दूसरा गेहुँअन!''

''अब एक्के उपाय है। गाँव से भाग चलो। कहीं दोसर गाँव में रहेंगे हम।'' फुलिया ने कहा था।

''दोसर गाँव भागने से जान छूट जाएगी क्या?''

''तो चल चलो ललटेनगंज! सहर-बजार में कौन चीन्हेगा हमें? टीसन पर बोझा ढो लेना! रेकसा खींच लेना।''

---

1. पानी भरा मिट्टी का मटका टाँगने का कर्मकांड 2. कीड़ा पड़े।

"भक्क कुत्ती! जा के गाय बान्ह।" खीज उठा था अठबकरा।

अरण्य में भटके ढोर-डाँगर का पता रखने की सहज युक्ति है ढोरों के गले में बँधी घंटी। चर-चोंथ कर खूँटों पर लौटते गाय-गोरू के गले से लटकी घंटियों की टुनटुनाहट के बीच अपनी बुढ़िया गाय की जानी-पहचानी घंटी की आवाज सुनाई पड़ी तो फुलिया घर के बाहर लपकी थी। बुढ़िया गाय तुरन्त खूँटे पर न बाँधी गयी तो घोरान[1] के लर-पत्तों में मुँह मारने लगेगी। सेम, झींगी और नेनुआँ के फूल-भतिया लगने लगे थे।

अप्रिय प्रसंग से कतराने की पुरानी लत थी अठबकरा की। फुलिया को बतरस से हटा कर अठबकरा अपनी स्थिति पर मनन करने लगा था। किंचित पछतावा भी हो रहा था कि शुरू में ही वह गोबिन की बात मान लेता तो आज साँप-छछुँदर की गति नहीं होती। ऐसे जंजाल में तो हर्गिज नहीं पड़ता अठबकरा।

अठबकरा का पिता मोहर विश्वकर्मा लोहसारी चलाता था। देहात के खेतिहरों से एक पाँजा[2] फसल की खलिहानी लेकर हल-फाल, हँसुआ-हाल, दराँती-खुरपी, कलछुल-पहसुन, ढिबरी-चलनी आदि-आदि गढ़ता था मोहर मिस्तरी।

छुटपने से ही मोहर की लोहसारी में बैठने लगा था अठबकरा। सीखने लगा था लोहे का मर्म, अग्नि का धर्म और घन की ताकत! निहाई पर रखे रक्ततप्त लोहे पर हथौड़ा मारते-पीटते अठबकरा भी पिता की भाँति लोहे का कारीगर बन गया था।

खेती-बारी के मौसम में अब मोहर मिस्तरी गँउँआँ-गोमके लोगों के खेतों में जम कर हरवाही-बनिहारी कर सकता था। बटाई पर ज्यादा खेत लेकर जोत-रोप सकता था क्योंकि तब अठबकरा अकेला भी लोहसारी सँभाल सकता था। मोहर भी सन्तुष्ट था कि उसके घर में काम करने लायक अब दो हाथ और तैयार हो गये थे।

मोहर के बूढ़े होने तक अठबकरा की मूँछों की रेखा ही फूटी थी। तब खेतों की छाती पर हनहनाने लगे थे ट्रैक्टर! खेतों से बाहर होने लगे थे हल-बैल! घर की गृहस्थी पर बोझ होने लगे थे पाड़े और बछड़े!

बैल बिकने लगे तो बैलगाड़ी के पहिए और पहियों पर लगने वाली लोहे की 'हाल' भी इतिहास की चीजें होने लगीं। अगला बज्रपात हुआ कटनी-बनिहारों पर...! ट्रैक्टर-थ्रेशर ने अप्रशिक्षित खेत मजदूरों को दो जून का भात भी सपना कर दिया। हँसिए-दराँतियाँ अब कौन बनवाता था?

नये जमाने की नयी चाल ने गँवई दस्तकारों को बेकार करना प्रारम्भ कर दिया तो उपयुक्त अवसरों की अनुप्लब्धता ने बेरोजगार प्रतिभा को भटका कर अपराध के

1. बाड़ 2. एक बोझा का चौथाई हिस्सा।

ऐसे मार्ग पर धकेल दिया जहाँ खतरे अवश्य थे परन्तु न्यूनतम परिश्रम में अधिकतम आमदनी भी थी।

मोहर ने अठबकरा को अपने साथ खेती-बारी में लगाना चाहा था पर तब तक निठल्ला अठबकरा 'झामुद' की खुली बैठकों में दिन काटने जाने लगा था। वहाँ अठबकरा की शारीरिक विरुपता पर कोई हँसता नहीं था। वहाँ एक बूढ़ा ददुआ मानकी था जो अठबकरा को मात्र एक मनुष्य ही मानता था न कि कोई हास्यास्पद बिजूका। 'झामुद' के साथी भी उसे अजूबे की भाँति नहीं देखते-छेड़ते थे।

'झामुद' की खुली बैठकों वाली, मोर्चा-क्रान्ति-संगठन-प्रतिरोध-प्रतिबद्धता आदि-आदि की शब्दावली भले पल्ले नहीं पड़ती थी परन्तु अठबकरा जैसे ठेठ निरक्षरों की समझ में भी इतना अवश्य आने लगा था कि एक दिन 'झामुद' के कारण गरीब-गुरबा लोगों के अच्छे दिन भी आएँगे। पटना-सरकार ने भी गरीब-गुरबा की सरकार होने का ढोल पीटा था परन्तु पटना सरकार के गरीब-गुरबा पठार पर नहीं बसते थे। वे तो गंगा पार या गंगा के तीरे-तीरे ही बसते थे। अब पठार के आदिवासी पटना-सरकार के भुलावे में नहीं आने वाले थे। अब छोटा नागपुरिया समाज "अबुआ राज" की अपनी सरकार बैठाने के लिए लड़ने पर तैयार हो चुका था!

श्रम के शोषण का प्रतिकार करने वाला ददुआ मानकी अठबकरा को प्रभावित करने लगा था। अठबकरा ने मोहर के साथ खेती का काम करने से स्पष्ट इन्कार कर दिया था। किसी मालिक-गँउआँ-गोमके के खेत-खलिहान में अपना श्रम बेचने से मना करने वाला अठबकरा 'झामुद' की भाषा भी बोलने लगा था।

"हरबाही-चरवाही कोई सरकारी नौकरी है जो बुढ़ौती में पिनसिन[1] मिलेगा? तुम्हारे जैसा बैल बनकर गँउआँ के खेत में हम नहीं खटेंगे बपई।"

"काम बिना कैसे ढोएगा घर-परिवार? बेकाम रहेगा तो कौन तुझसे अपनी बेटी ब्याहेगा रे? बुढ़ारी तक बंडा बैल बन कर जिएगा तू?" मोहर ने बेटे को दुनियादारी सिखाई थी।

गोबिन और अठबकरा मीत थे। गोबिन की लोहसारी ठीक-ठाक चलती थी। महुआटाँड़ जाता अठबकरा तो गोबिन की लोहसारी में लोहा तपाते, लोहा पीटते, लोहे को मनचाहे आकारों में ढालते हुए बतरस होती थी। अपने मन की सारी खीज और व्यथा वहीं उगलता था अठबकरा।

"सोचते हैं घर-बार सब छोड़कर 'झामुद' में भरती हो जाएँ। लूटें खाँय! अब हरवाही-बहिनहारी तो हमसे नहीं होगी गोबिन भाई।"

"इससे तो बढ़िया है कि तू महुआटाँड़ में ही लोहसारी खोल ले।"

---

1. पेंशन।

महुआटाँड़ में अठबकरा ने लोहसारी तो नहीं खोली थी परन्तु गोबिन की लोहसारी में बैठ-बैठ कर बुद्धि जरूर खुल गयी थी। बन्दूक बनाने की कला सीख गया था अठबकरा।

कभी-कभार गोबिन के गोतिया-स्वजन, या जो लोग जान की सुरक्षा तो चाहते थे पर महँगी सरकारी बन्दूक या लाइसेंस के पचड़े मे नहीं पड़ना चाहते थे, उनके लिए देसी बन्दूक या मरठुँआँ कट्टा बना देता था गोबिन।

शौक के लिए एक-दो हथियार जरूर बना-देता था गोबिन पर इसे व्यवसाय बनाने से डरता था। भीरू जो था। पुलिस और भूमिगत संगठनों के भय से गोबिन ने कभी प्रकट तक नहीं किया था कि उसके हाथ में हथियार गढ़ने की रेखा भी है।

अठबकरा ने देख-देख कर बन्दूक गढ़ना सीख लिया था। देखते ही देखते हथियार निर्माण की कला में गोबिन के कान काटने लगा था अठबकरा। अठबकरा के भीतर धन कमाने की राक्षसी भूख थी और कलेजे में बल भी था सो उसने अपना सारा आत्मबल और अपनी समस्त प्रतिभा को अग्नेयास्त्र कला में झोंक डाला था।

सौ-दौ सौ की पूँजी लगती थी और 'सामान' हजार-डेढ़ हजार में आराम में बिक जाता था। सरकारी रायफल यदि अठारह सौ गज तक मार करती थी तो अठबकरा भी चौदह सौ गज तक गोली फेंकने का दावा करता था।

हर छठे दिन कम-से-कम एक नाल 'सामान-'[1] गढ़ने लगा था अठबकरा। अब उसे अपने उत्पाद की खपत के लिए बाजार की जरूरत थी। कौन हर हफ्ते खरीदता है कट्टा-तमंचा-बन्दूक... ?

अपने उत्पादन की अधिकतम खपत की ललक ने अठबकरा को सड़क लुटेरों, ट्रेन डकैतों और छोटे-मोटे अपराधियों तक सम्पर्क बनाने को विवश कर दिया था। गाँव का वह साधारण लुहार छोकरा आगे तो भूमिगत संगठनों तक भी जा पहुँचा था। जिसे लोग अष्टावक्र या अठबकरा कह कर चिढ़ाते थे, मोहर मिस्त्री का वह विकलांग बेटा अपराध की अन्धी सुरंग में उतरा तो उतरता ही चला गया था।

काला पैसा छुपाए नहीं छुपता। विशेषकर देहात में, जहाँ पड़ोसी के घर में छौंकाते साग की महक या पिछवाड़े वाले के घर तली जाती मछली की गन्ध भी गोतिया पा ही लेता है। रुपए वाला आदमी बन गया था अठबकरा और दो नम्बर का रुपया बहुत वाचाल होता हैं।

अठबकरा के ढंग-चलन देखकर उसके हितैषी मित्र गोबिन ने समझाया था.. कई बार, कि जिस डगर पर भागा जा रहा था अठबकरा वह खतरों से भरी राह थी। एक ऐसी अन्धी गली थी जिसके अगले मुहाने पर जेल थी और अब पीछे लौटने

---

1. हथियार।

पर छः ईंच छोटा हो जाने का भय था। पलामू में, भूमिगत संगठनों के शब्दकोष में शत्रु की गर्दन रेत देने की प्रक्रिया हेतु मुहावरा प्रचलित है... छः ईंच छोटा कर देना।

गोबिन की अन्तिम सीख अब अठबकरा को याद आने लगी थी। गोबिन ने समझाया था।

''देख मीता, मछरी खाने में कोई हर्जा नहीं पर मगरगोह पर दाँत मत गड़ाना! थाना-पुलिस से तो फिर भी कुछ सलामी-दस्तूरी ले-दे कर निबाह हो जाता है पर पार्टी-दस्ता से निबहना जीव का जंजाल है रे भाई!''

जेब में रुपया हो जाता है तो खोपड़ी में बुद्धि भी हो जाती है। जितना अधिक धन, व्यक्ति उतना ही अधिक ज्ञानी!

अठबकरा अब गोबिन से अधिक होशियार हो गया था। गोबिन की सलाह-चेतावनी को एक डरपोक देहाती का भीरू सोच मानने वाला अठबकरा अब गोबिन की हर शंका को हँसी में उड़ा देता था।

गोबिन अठबकरा का बाल सखा था। परम हितैषी...! परन्तु अपनी हँसी उड़ती देख गोबिन ने अठबकरा से मुँहाठोंठी[1] करना बन्द कर दिया था। विशेषकर धन्धे-व्यापार या आय-व्यय के मामले में तो बतियाना ही बन्द कर दिया था। बस रमरमी-प्रणामी ही रह गयी थी उनके बीच। अठबकरा को अब अवकाश ही कहाँ था जो घंटों गोबिन की लोहसारी में बैठ पाता?

दक्ष कारीगर की ख्याति अपराध की काली दुनिया में कस्तूरी-गन्ध की भाँति फैलती है। भूमिगत संगठनों के साथ-साथ अठबकरा की कीर्ति महुआटाँड़ के बड़का गँउआँ लाल साहब प्रभूदयाल शाहदेव और छोटका गँउआँ तारकेश्वर सिंह तक भी पहुँची थी। जरखरीद पुलिस के द्वारा दबाव डलवा कर, भयादोहन कर तारकेश्वर सिंह ने अठबकरा को तोड़ लिया था।

अब अठबकरा अवैध हथियारों का स्वतन्त्र व्यापारी नहीं रह गया था। अब वह तारकेश्वर सिंह के भूमिगत हथियार कारखाने में काम करने वाला कुशल श्रमिक बना डाला गया था। रुपए-पैसे की कमी तो तारकेश्वर सिंह भी कभी नहीं होने देते थे परन्तु अब तैयार हथियारों की कीमत तय करना या पार्टी से मोल-भाव करना अठबकरा के अधिकार में नहीं रह गया था।

महुआटाँड़ की दक्षिणी-पश्चिमी पर्वत श्रृंखला को लाँघ कर अठबकरा की कारीगरी सरगुजा होते हुए मध्यप्रदेश के जंगल तक पहुँचने लगी थी। छत्तीसगढ़ के जंगलों में भी तारा सिंह के कारखाने से निकली बन्दूक-रायफलों की अच्छी माँग थी। चार गुना मुनाफे पर 'सामान' बेचने लगे थे तारा बाबू!

---

1. बहस।

जंगल में स्थापित, तारकेश्वर सिंह के लाभ लूटते व्यापार की सूँघ जब 'झामुद' को लगी थी तो 'झामुद' की मंडल समिति में अठबकरा का मामला रखा गया था। जोनल कमिटी ने सर्वानुमति से महुआटाँड़ के क्षेत्र-प्रभारी ददुआ मानकी को अधिकृत किया था कि वह अठबकरा पर लगाम लगाए। ददुआ मानकी ने अठबकरा को चेतावनी दी थी...,'' बन्दूक गढ़ना बन्द करो...!''

'झामुद' के फरमान पर अमल करना अब अठबकरा के वश में नहीं था। उसने अपनी विवशता बताई थी तो 'झामुद' ने पुनः संवाद भेजा था...,'' तू पहले अपना बिजनस चलाता था। फिर वैसे ही चला! किसी दूसरे के लिए बन्दूक गढ़ना ही है तो भूत-राक्षस के साथ मिल कर काम कर ले पर तालकेसर का साथ छोड़ दे। ददुआ को तालकेसर फूटी आँख नहीं रुचता। तालकेसर को छोड़ नहीं तो अबकी दफा तुमसे बतियाने ददुआ ही पहुँचेगा तेरे घर।''

तारकेश्वर सिंह और 'झामुद'... जैसे चक्की के दो पाट! दो पाटों के बीच भुने चने सा फँसा अठबकरा...! चाहे कोई पाट घूमे अठबकरा को पिस ही मरना था।

जो फुलिया कभी अठबकरा की काली कमाई से खरीदे गये गिलट-चाँदी के गहने और सिल्कन की साड़ी झमकाती गाँव-हाट घूमती थी और अपने कमासुत मरद पर गर्व करते न अघाती थी, वही फुलिया अब अठबकरा को जली-कटी सुना रही थी।

फुलिया भयभीत थी। अठबकरा भी कम आतंकित नहीं था। गाँव की धरती अब अठबकरा को जलते तवे सी लग रही थी। वह स्वयं भी गाँव से निकल भागने की सोच रहा था परन्तु फुलिया ने अपने और गृहस्थी के खर्च को कमल-नाल की भाँति बढ़ा लिया था। रिक्शा खींच कर या मोटी मजदूरी कर जितनी कमाईं होती उतने रुपए में कैसे निर्वाह कर सकेगी फुलिया, यह अठबकरा की सोच से बाहर की बात थी। हलहीन प्रश्न...!

जहाँ-तहाँ जंगल में पहाड़ तोड़े जाते थे। अन्धाधुन्ध डायनामाइट फोड़े जाते थे। एक तो अठबकरा की गाय ही बूढ़ी थी तिस पर डायनामाइट के विस्फोटों से बिसुख कर लुटिया भर दूध देना भी बन्द कर चुकी थी।

गाय को बथान पर बाँध कर घर के भीतर आयी फुलिया। घर में अबोला तिर रहा था। मुँह में माटी लगाए अठबकरा कोठरी के कोने में बने कोहबर के धुँधलाते चित्रों को ताकता, माटी का बबुआ बना बैठा था। पिछवाड़े की बँसवारी से गुजरती साँझ की हवा अठबकरा को अजीब-अजीब भुतहा आवाजें उत्पन्न करती सुनाई दे रही थी।

गाय को भूसा-सानी देने के बाद ढिबरी जलाकर खूँटी में टाँगती फुलिया

निर्णय कर चुकी थी।

"छोड़ दो यह जनमरवा काम! गोबिन खुरपी–कुदारी गढ़कर पेट भरता है कि नहीं? हमारा भी काम चल जाएगा।"

"खूब चल जाएगा तेरा काम...!

अठबकरा ने व्यंग्य से अपनी बहुरिया को ताना दिया था जिसने इसी साल सियरमरवा पहाड़ी के मेले में चाँदी की कनबाली पहनी थी जबकि एक जोड़ा कनबाली पहले से सिन्होरे के सिन्दूर में गड़ी धरी थी।

काठ के कठोले में ढेर सारी सरसों, तेजपत्ता और लाल मिर्च लिये फुलिया घर के बाहर ओसारे पर निकली थी। बाहर रखी सिल पर मसाला पीसने जा बैठी थी फुलिया। सिल पर फिरता लोढ़ा मानो अठबकरा के कलेजे पर फिरने लगा था।

अचानक लोढ़े की गरड़–गरड़ थम गई थी। झटके से चूड़ियाँ छनछनाती फुलिया सिल पर से उठी थी और घर के भीतर समा गई थी। अठबकरा के घर के सामने कच्ची सड़क पर मोटर घुरघुरा रही थी! जानी–पहचानी आवाज...! अठबकरा के कान खरगोश की भाँति खड़े हो गये थे।

फुलिया ने भी भीतर आते ही दरवाजे पर कुंडी चढ़ाते हुए घोषणा कर डाली थी।

"थाना गाड़ी..!"

"पुलिस...!" धक्क रह गया था अठबकरा! खेल खतम...?

...परन्तु आज यह विपदा उसके दरवाजे पर क्यों कर आ धमकी थी? वहीं ददुआ मानकी ने तो पुलिस को कोई भेद नहीं दे दिया? कहीं तारा बाबू ने तो कुछ... पर तारकेश्वर क्यों फँसाने लगे अपने ही कारीगर को...?

"अठबकरा है रे?" किसी ने पुकारा था! शिवजी सिंह जैसी आवाज...! अठबकरा के कुन्द होते सोच पर मानो ठोकर पड़ी थी।

"के है भाई?" अठबकरा ने अधमरी आवाज में पूछा था।

आतंकित आँखों के दीदे नचाती फुलिया को निरीह आँखों से ताकता अठबकरा उठा था। झुके कन्धों के साथ आगे बढ़ा था। घर का दरवाजा खोला था।

सामने था महुआटाँड़ थाने का सिपाही त्रिलोचन तिवारी। अठबकरा को देखते ही रूखाई से बोला था।

"गाड़ी में बड़ा बाबू बैठे हैं। तुमसे बतियाना है। चल।"

"का बतियाना है?"

"सो तो साहेब जानें। चल...।"

अठबकरा ने अपने पीछे देखा था। किंकर्तव्यविमूढ़ खड़ी थी फुलिया! अठबकरा ने साहस कर पूछ लिया था।

"कहीं जाना है?"

"दरवज्जे पर खड़ा-खड़ा वकील-मोख्तार जैसा बहस काहे करता है रे? सुन लिया कि साहेब बोला रहे हैं तब्बो बोकरादी छाँट रहा है साला? आकर पिछाड़ी में लाठी पेलेंगे तब कान खुलेगा तेरा?" जीप के निकट खड़े सिपाही शिवजी सिंह ने हड़काया था।

आसार ठीक नहीं लग रहे थे। फुलिया के भीतर ममता उमड़ने लगी थी। फुलिया के कंठ में कुछ अटकने लगा था। अनिष्ट की आशंका...? फुलिया ने आगे बढ़कर अठबकरा की बाँह थामी थी। रूँधे कंठ से बोली थी।

"दुपहरिया से भूखे हो। कुछो खा कर जाते।"

"का खियाएगी अभी...? सोहारी[1]?" सिपाहियों पर उबलता पित्त फुलिया पर उगल दिया था अठबकरा ने।

ऐन थाने की नाक के नीचे अवैध आग्नेयास्त्र गढ़ता था अठबकरा। थाने में नियमित सलामी-दस्तूरी पहुँचाता रहता था। तब यही दारोगा भोला पासवान दाँत चिहार कर अठबकरा का हाल-समाचार पूछा करता था। तब यही अठबकरा शान से गमछा फटकारता थाने के सामने से निकल जाता था। थाने के सिपाहियों को भी चाय-पानी देने में कभी कंजूसी नहीं की थी। तब तो सबकुछ ठीक-ठाक था, अब यही दारोगा-सिपाही अठबकरा के साथ ऐसा रूखा व्यवहार क्यों कर रहे थे मानो अठबकरा जेल तोड़ कर भागा हो? मानो अठबकरा ने कोई खून कर डाला हो?

दो डग में ओसारा लाँध कर, पाँच कदम में बीच की दूरी नाप कर थाने की जीपगाड़ी तक पहुँचा था अठबकरा।

"डर मत! चल, जीप में पीछे बैठ जा।" भोला पासवान ने आश्वस्त किया था।

जीप के पीछे भाग में पहले ही से बैठे थे दो और सिपाही। मुख्तार अली और बैजनाथ माँझी। अठबकरा को भोला पासवान की सीट की पुश्त से सटे बिठाकर बाकी दो सिपाही भी जीप में बैठे थे। जीप चल पड़ी थी।

जीप गाँव से बाहर निकल पड़ी थी तो भोला पासवान ने बिना पीछे देखे शहद लिपटी आवाज में पुकारा था।

"सुनता है रे अठबकरा?"

"हजोर...!" चौकन्ना हो उठा था अठबकरा। ऐसी मधुर वाणी दारोगा की?

"एक एनकाउंटर करना है रे! एक भरेंठ बन्दूक चाहिए।"

"तो हमें काहे पकड़ लिए हजोर?" अठबकरा की घबराहट कुछ कम हुई थी।

---

1. पूरियाँ।

"दाई से पेट छुपाता है स्साले! हमें क्या पता नहीं कि तेरे हाथ की कारीगरी अम्बिकापुर-चुनार तक जाती है?"

"जिसका कहें किरिया[1] खा लेंगे हजोर! हम कब गये मिर्जापुर चुनार?"

"हमने मिर्जापुर का नाम कब लिया बे?" हँसा था भोला पासवान।

"जो हम झूठ बोलें तो हमारी गाय मर जाय।" अठबकरा ने हाथ जोड़े थे।

"गउहत्या लग जाएगी रे... झूठा साला।"—जोर से हँस पड़ा था भोला पासवान "खैर, अब तुमसे क्या पर्दा? तू लाल साहब का खास आदमी है सो बताने में कोई हर्जा नहीं है। ददुआ मानकी पकड़ा गया रे अठबकरा...।"

"ऐं"—चौंका था अठबकरा—"धरा गया? द-दु-आऽऽ?

"लाल साहब ने उसे बँधवा कर महुआगढ़ की हवेली में बन्द करवा रखा है।" भोला पासवान ने पुष्टि की थी।

"हवेली में..!" अठबकरा के विस्मय का ओर न छोर...!

"अब ददुआ कारोबार ही बिगाड़ने पर तुल गया तो तारा बाबू भी क्या करें? लाल साहब कहते हैं कि आज रात ही ददुआ को इनकाउंटर दिखाकर खतम कर दिया जाए। तेरे गँउआँ का ही काँटा निकालना है रे अठबकरा। इसीलिए तेरे ही पास 'समान' माँगने आना पड़ा हमें।"

—"लेकिन ई तो सफा मना कर रहा है हजोर।" पीछे से बोला था मुख्तार अली।

—"नहीं! माने जब हजोर कह रहे हैं तो बात गल्त भी कैसे? बाकी ददुआ जैसा बाघ आदमी पकड़ाया तो कैसे सो थोड़ा माथा चकरा..." अठबकरा उत्सुक हो उठा था।

—"हमारी बात नहीं पतियाता? 'झामुद' में फूट पड़ गयी है रे। मुखबिरों ने ददुआ को पकड़वा दिया। रात-बिरात का मामला न होता तो हमलोग तुझे डालटेनगंज ही ले चलते और तारा बाबू के सामने खड़ा कर देते पर तू नहीं समझ रहा है बात तो...ए, गाड़ी रोको जी।" पासवान ने चिढ़े स्वर में आदेश दिया था। जीपगाड़ी में ब्रेक लगे। गति मन्द हुई। जीप रुकते ही भोला पासवान ने आदेश किया था।

—"जा अठबकरा उतर जा गाड़ी से, जैसे भी होगा इस मामले से निपट तो लेंगे ही हम पर तू भाग स्साले...।"

—"खिसियाते काहे हैं मालेक?" खुल पड़ा था अठबकरा।

---

1. सौगंध।

—"माथा मत खराब कर...जा तू भाई! सवेरे तारा बाबू से कह देंगे कि अपना अठबकरा बहुत होशियार हो गया है अब। आगा-पीछा देख कर काम करता है।"

अठबकरा ने जीप से उतरने का उपक्रम नहीं किया था। संशय तो अब रहा नहीं था सो चैन की साँस लेता बोला था।

—"ऐसे मत बोलिए हजोर! 'समान' देने से मना नहीं करते हम, बाकी अपने घर में एक्को नाल नहीं रखते। सवेरे थाना पर पहुँचा देंगे समान।"

"माई के भतार, साले—दाँत पीसता पासवान झल्लाया था—" आज की रात एनकाउंटर कर देना है। सवेरे तक तो ददुआ की डेड बौडी डालटनगंज में पोसमार्टम भी करा देना है और तू वेह्टा सवेरे भरना पर पहुँचाएगा, सामान।"

—"ज्जा रे सार बनडमरू...!" हँसा था शिवजी सिंह।

—"सवेरे तेरे सामान का अचार पड़ेगा रे?" हँसते त्रिलोचन तिवारी ने अठबकरा की पीठ पर दोस्ताना मुक्का मारा था।

—"माने अभी चाहिए...!" सोच में अठबकरा...!

—"एकदम तुरन्त! रातो रात रामायण खत्म कर देना है," बोला था पासवान।

—"तब तो गँउआँ के कठगोदाम तक चलना होगा हजोर।"

—"तो चल न रे भाई! पैदल थोड़े दौड़ा रहे हैं तुमको। जीप है काहे को?" मुख्तार अली ने जोड़ा था।

—"ठीक है तब! चलिए फिर!"

मौन जीप चालक ज्ञानी आदमी था। भोला पासवान को कुछ नहीं बताना पड़ा और जीप की दिशा बदल गयी थी। उत्तर दिशा की ओर जाते कच्चे रास्ते पर उतर कर धीरे-धीरे बढ़ने लगी थी जीपगाड़ी! लाल साहब के काठगोदाम की ओर...हिचकोले खाती। काठगोदाम कोठिलवा पहाड़ की तराई में था।

भोला पासवान का तीर निशाने पर लग चुका था। एक बार फिर ददुआ मानकी की सूचना खरी निकली थी। पुलिस के सूचना तन्त्र से कहीं अधिक सक्रिय और संवेदनशील था ददुआ मानकी का खुफिया तन्त्र!

कोठिलवा पहाड़ की तराई में उगाई जाने वाली हथियारों की अवैध फसल जो पलामू में वर्चस्व की लड़ाई लड़ रहे भूमिगत संगठनों या जातीय उन्माद के दौरों से ग्रस्त अगड़ों-पिछड़ों तक पहुँचाई जाती थी...उसका हलवाहा-कटनिहार अठबकरा ही था। खेत मालिक लाल साहब ही थे और हथियारों की भूमिगत खलिहान का भंडारी सचमुच तारकेश्वर सिंह ही थे।

रात के अँधेरे में दो भूखे विशाल जुगनुओं की भाँति अँधेरे को निगलती प्रकाश रेखाएँ...! जीप की हेडलाइट काठगोदाम की ओर बढ़ती जा रही थी।

काठगोदाम के सामने पहुँच कर जीपगाड़ी का ईंजन शान्त हुआ तो आस-पास का जंगल झाँय-झाँय कर रहा था। अँधेरे में भुतहे खंडहर की भाँति ढहता-ढिमलाता काठगोदाम तमस का गढ़ बना हुआ था।

—"चोरबत्ती है न... ?" अठबकरा ने पूछा था।

उत्तर में भोला पासवान ने पाँच बैटरियों वाली हाथ भर की टॉर्च भक्क-से जलाई थी। टॉर्च का प्रकाश वृत्त काठगोदाम की नोन खाई दीवारों पर फिरने लगा था जिसकी दरारों में घास-लत्तरें उगी हुई थीं। प्रकाश वृत्त रुका था तो काठगोदाम की टूटी-फूटी सीढ़ियाँ आलोकित हो उठी थीं।

—"इधर का तो सब ढह गया है। सब राह-रास्ता बन्द हो गया है। पीछे से घुसना होगा हजोर!" अठबकरा बोला था।

—"चल, रास्ता बता।"

आगे-आगे अठबकरा, पीछे भोला पासवान! ड्राइवर को जीपगाड़ी में ही छोड़ कर चारों सिपाही भी साथ आगे बढ़े थे।

काठगोदाम के ढूह बनते मलबे का घेरा काटते हुए वे पिछवाड़े की ओर पहुँचे थे। पीछे के प्रवेशद्वार के नाम पर सामने था टूटा-फूटा दरवाजे का अवशेष जो अमरबेल की लत्तरों से पटा पड़ा था। निकट ही किसी झाड़ी-झुरमुट में 'फुस्स-फुस्स' की सीत्कार-सी उठ रही थी। किसी खुरदुरी सतह से देह रगड़-रगड़ कर कोई साँप सम्भवत: केंचुल उतारने का यत्न कर रहा था।

पलामू का बीहड़ बेतला जंगल और सारंडा का सघन वन हाथी, तीतर, गौर, या चीतल के लिए तो विख्यात है ही साथ ही प्रख्यात है पलामू के अजगर, गेंहुअन, करैत, नाग और विशालकाय धामिन साँप के लिए।

दारोगा भोला पासवान ने अपनी होलस्टर से सर्विस रिवाल्वर निकाल कर मुट्ठी में थाम लिया था।

—"तिरलोचन... !"

त्रिलोचन तिवारी और शिवजी सिंह ने भोला पासवान का मन्तव्य समझा था। आगे बढ़े थे। बन्दूक के कुन्दों के सहारे अमरबेल की लन्तरों को एक ओर खींच कर भीतर जाने योग्य राह निकालने लगे थे।

जाने-आने भर जगह बन गयी तो वे भीतर प्रविष्ट हुए थे। भीतर ढहे कमरों और धँसी छतों का मलबा अटा पड़ा था। दीवारें कहीं पूरी कहीं टूटीं! खंडहर में मानो भूत रो रहे थे। भूतों के रुदन के साथ संगत कर रहे थे झिंगुर और झिल्लियाँ...।

काठगोदाम की दशा देख कर पहली नज़र में यह अनुमान भी लगाना कठिन था कि अब तक इस खंडहर में कोई कक्ष सुरक्षित भी बचा होगा परन्तु था...।

अठबकरा उन्हें एक ऐसे स्थान पर ले आया था जहाँ सूखी-हरी झाड़ियों

का ढेर हटाते ही नीचे उतरने को सीढ़ियाँ दिखने लगी थीं। उस अन्धे कुएँ जैसे दिखते तहखाने में गहन अन्धकार था। सीलन और वर्षों से जमी काई की उबकाई आने लायक दुर्गन्ध थी।

निडर अठबकरा तहखाने की सीढ़ियों पर उतर पड़ा तो टॉर्च जलाए भोला पासवान ने भी अठबकरा का अनुसरण किया था।

तहखाने के फर्श तक पहुँचने के बाद भोला पासवान ने टॉर्च का प्रकाश चारों ओर फिराया था। तहखाने की छत पर रौशनी की धार पड़ी थी तो कई आँखें पीले-हरे कंचों जैसी चमक उठी थीं। छत से उल्टे लटकते चमगादड़ों का झुंड...! चिंचियाते चमगादड़ तहखाने में उड़ने लगे थे।

महुआटाँड़ का पुलिस बल चमगादड़ों के डैनों की हवा पहली बार इतने समीप अनुभव कर रहा था। पहली बार सुन रहा था सिर के इतने पास चीखते चमगादड़ों की चिंचियाहट...।

पंख फटफटाते चमगादड़ सीढ़ियों के बाहर दिखते धुँधले उजास की ओर उड़ते...! फिर वापस लौटते। पंख फटफटाता कोई चमगादड़ तहखाने से बाहर भी निकल जाता परन्तु तुरन्त वापस लौट कर तहखाने की छत से लटक जाता।

तहखाने की दीवारों से सटा कर रखा हुआ था ताजा चिरी लकड़ियों का छत तक ऊँचा ढेर! सखुआ, शीशम, बीआ, गम्हार जैसी सोने के भाव बिकने वाली लकड़ियों का भूमिगत गोदाम था यह तहखाना...! चोरी से कत्ल किये गये वृक्षों की कब्र...।

अठबकरा एक ओर अँटी लकड़ियों की स्लीपरें-तख्ते हटाने लगा था। भोला पासवान के संकेत पर सिपाही भी अठबकरा का हाथ बँटाने लगे थे। एक क्षण को लकड़ियों के ढेर में एक साँप की पीली दुम भी दिखी परन्तु तुरन्त ही दुम लकड़ियों में गुम हो गयी थी।

लकड़ियों के ढेर में फाँक उत्पन्न होते-होते दिखने लगी थी लोहे की झलक! सामने आने लगी थी देशी बन्दूकों की नालें। फिर पूरी बन्दूकें। कुछ अधूरी बन्दूकें भी। कुछ पुर्जे! कुछ अधगढ़ी नालें भी। एक छोटी एक गोली दागने वाला देसी कट्टा...।

—"तू तो कमाल का कारीगर है रे। पूरा खजाना ही गढ़ कर रख दिया है।"

—"यहाँ तो कम है हजोर! महुआगढ़ में पचास नाल पड़ा होगा अभी।" खुश अठबकरा ने बताया था।

—"शाबाश...!" भोला पासवान ने अठबकरा की पीठ ठोंकी थी—"चलिए जी शिवजी सिंह। सब सामान उठवा कर जीप तक पहुँचाइए जल्दी-जल्दी।"

अठबकरा के कंठ में थूक अटकने लगा था। साँस भारी हो उठी थी। आज की रात मानो रहस्यों की रात थी। एनकाउंटर के लिए मात्र एक बन्दूक माँगी गयी थी परन्तु अब तो भोला पासवान उँगली पकड़ने के बाद पूरी बाँह ही उखाड़ने लगा था।

—"समान तो एक्के-गो न चाहिए हजोर!"

—"चोप्प...।" भोला पासवान ने डाँटा था।

—"हजोर तो कहे थे कि काउंटर दिखाना है सो एक-ठो..."

—"बोला न, मुँह बन्द?" भोला पासवान ने धमकाया था।

—"ई तो मालेक न्याय नहीं है।" घिघियाया था अठबकरा।

—"ए...ऽऽ" भोला पासवान ने अपने रिवाल्वर की नाल से अठबकरा की कनपट्टी पर दस्तक दी थी।

भारी लोहे की नाल ने कनपट्टी पर चोट दी परन्तु पीड़ा से निरपेक्ष अठबकरा भावी अनिष्ट की आशंका से सिहर उठा था। अब आगे क्या होगा दइब?

—"तो हमसे धोखा किए आप, न हजोर? झूठ-मूँठ छोटका गँउआँ का नाम ले कर हमें फँसा दिए न मालेक...?" गिड़गिड़ा उठा था अठबकरा।

—"आगे कुछ बोला तो गोली...! यहीं सड़ जाएगा साले।" दाँत पीसता भोला पासवान...!

गूँगा हो गया अठबकरा! जड़मति...! फटी-फटी आँखों से बस ताकता रहा था और अवैध आग्नेयास्त्रों का जखीरा तहखाने से बाहर निकाल कर जीपगाड़ी में स्थानान्तरित किया जाता रहा था।

सूई ढूँढने की भाँति हथियार निर्माण में प्रयुक्त होने वाली एक-एक कील-नट ढूँढ़-ढूँढ़ कर तहखाने में से बीन ली गयी थी। अब वहाँ किसी प्रकार के हथियार की उपस्थिति कभी साबित नहीं की जा सकती थी। सारा लोहा जीप के पीछे लदवा चुकने के बाद भोला पासवान ने ठंढे पड़ते अठबकरा की बाँह पकड़ी थी।

—"चल। गाड़ी में बैठ।"

सवारियों के जीपगाड़ी में बैठते ही जीप का इंजन घुरघुराया। क्षुधा तृप्ति के बाद डकार लेते बाघ जैसी घुरघुराहट...!

वापसी में जीपगाड़ी अपेक्षाकृत तेज गति से लौटी थी। नेतरहाट जाने वाली तारकोल की पक्की सड़क पकड़ने के बाद जीप की दो चलिस्णु प्रकाश धाराएँ द्रुत वेग से चढ़ाई की ओर भागने लगी थीं। महुआटाँड काफी पीछे छूट चुका था।

सड़क के दोनों ओर के वृक्ष-बँसवारियाँ तेजी से पीछे भागती काली दीवार

जैसे लग रहे थे। निगूढ़ जंगल में दौड़ती जीप में दारोगा भोला पासवान के साथ आगे की ही सीट पर बैठा अठबकरा इस चूहा-बिल्ली खेल को समझने का विफल प्रयास कर रहा था।

जीप के झागदार प्रकाश से चौंका कोई खरगोश छलाँगें मारता सड़क पार कर जा रहा था। कभी सड़क के किनारे खड़े सियार की चौंकती आँखें बिल्लौर की भाँति चमक उठती थीं।

असहाय अठबकरा रह-रह कर जीप के बाहर ताकता तो दिखता था काला आकाश। चहुँ ओर अँधेरा ही अँधेरा।

ठंढक की रजाई ओढ़े चन्द्रमा पहाड़ की ओट छोड़कर बाहर निकला तो जीप के भीतर उजास भर गया था। पेड़ों-घाटियों पर बरसने लगी थी ठंडी चाँदनी।

सम्भावित जेल-जुर्माने से बचने की हर युक्ति ढूँढ़ने का हरसम्भव प्रयास करता अठबकरा अब चिरौरी पर उतर आया था।

—"हमको तो फँसा मारे न हजोर?"

—"गलत फँसाया रे? तू नाजायज 'सामान' नहीं बनाता?"

—"बनाते भले हम हैं सो मानते हैं। बेचते तो छोटका गँउआँ हैं न मालेक? उनको तो कोई कुछ नहीं बोलेगा न हजोर?"

अठबकरा की मन:स्थिति को समझ रहा था अनुभवी पुलिसिया भोला पासवान। पुलिस हेडक्वार्टर की थर्ड डिग्री वाली धुलाई झेलने लायक हर्गिज नहीं था अठबकरा। एक बार ममला महुआटाँड थाने के हाथ से निकल गया और पुलिस हेडक्वार्टर में अठबकरा की डंडा परेड हुई नहीं कि तारकेश्वर सिंह के विरुद्ध सिक्केबन्द मुकदमा तैयार...!

—"तारा बाबू को भी पकड़ेंगे रे। तेरा चालान काटने के बाद तारा बाबू को भी नाप देंगे हम।" भोला पासवान ने बताया था।

—"उ तो गोमके हैं हजोर! रुपया देकर छूट जाते हैं गँउआँ-गोमके! हमारे पास एतना रुपया कहाँ कि कचहरी में मोकदमा लड़ेंगे? हम गरीब-गुरबा तो गँउआँ का साथ देकर पिसा गये न हजोर?

—"अरे...! साफ बोल! तू चाहता क्या है?" भोला पासवान ने ढील का पेंच खेला था।

—"हमको बकस देते हजोर तो आपका गोड़ धो-धो कर पीते हम।" अठबकरा ने पासवान का घुटना थामा था।

—"छोड़ तो सकते हैं रे, अभी बात हमारे ही बीच है...लेकिन जीप में जो गाड़ी भर सामान लदा है उसका क्या करेंगे?" भोला पासवान ने कुछ क्षण के गहन चिन्तन का अभिनय किया था फिर हठात्—"अच्छा सुन! तू एक काम

कर अठबकरा।''

—''हजोर...!'' तत्पर अठबकरा...!

—''तुझे छोड़ दें तो यह नाजायज सामान किसी और के माथे थोपना तो होगा ही। किसी-न-किसी को धर-पकड़ कर दिखाना ही होगा। तो हम महुआगढ़ की हवेली पर ही छापा मार देते हैं। जो बराहिल-लठैत पकड़ में आ जाएगा उसी का चालान काट देंगे पर तुझे तारा बाबू के खिलाफ गवाही देनी होगी कि सारा नाजायज माल हवेली से ही बरामद हुआ। बोल, कबूल है?''

—''कचहरी में गोवाही...? गँउआँ के ममिला में...!'' हिचकिचाया था अठबकरा।

—''तू हमारा वादा-माफ गवाह होगा साले! पुलिस का मुखबिर। हो सकता है कचहरी में हाकिम तुझे छोड़ भी दे। सजा होगी भी तो बहुत मामूली होगी...साल-दो-साल की जेल। अभी तो लम्बा नप जाएगा। साल-दो-साल कौन बड़ी सजा है? पर कचहरी में बयान देना होगा कि तू तारा बाबू के लिए बन्दूकें गढ़ता था। दबाव में ही सही, गढ़ता था!''

—''छोटका गँउआँ जमानत पर छूट गये तो गवाही देने को हम जिएँगे मालेक? बड़का गँउआँ हमें जीते लील नहीं जाएँगे?'' आत्मा की गहराई से निकली थी अठबकरा की भय से काँपती आवाज़।

—''नहीं छूटेंगे तारा बाबू! ऐसा मजबूत केस खड़ा कर देंगे हम कि लाल साहब का सारा पैरवी-पैसा धरा रह जाएगा। सब बबुआनी झाड़ देंगे हम। बस तू डर मत! हमारा साथ दे।'' पासवान ने अठबकरा का कन्धा थपथपाया था।

—''ठीक है हजोर।'' अठबकरा ने हथियार डाल दिये थे।

अठबकरा के कन्धे ढीले पड़ते ही मानो जादू हुआ था। भोला पासवान ने कुछ कहा भी नहीं पर जीप की रफ्तार कम होती गयी थी। जीप रुकी थी तो त्रिलोचन तिवारी भविष्य ताकने लगा था;

—''ई तो सरकारी गवाह बन कर छूट जाएगा सर! छोटा-मोटा सजाय नहीं तो कोरट से माफी...! सरेंडर कर के भी हीरो कहलाएगा। हमें क्या मिलेगा सर?...घंटा?''

—''क्या तिवारी..., सरकार हमें ड्यूटी करने को दरमाहा देती है न? लोभ-लालच में गरीबमार करना ठीक बात नहीं।'' उदारतापूर्वक बोला था भोला पासवान।

—''जिनगी भर यहीं महुआटांड़ में रहिएगा सर? परमोशन मिलता तो ई जंगल से जान छूटता।'' शिवजी सिंह ने भी खिन्न स्वर में हस्तक्षेप किया था।

—''सब होगा शिवजी। टाइम आने पर प्रमोशन का चांस भी मिलेगा।'' भोला पासवान ने धैर्य बँधाया था।

—"चांस तो है ही, आप छोड़ रहे हैं सर!" मुख्तार अली ने फिसलते अवसर को बेचारगी से देखा था।

—"चुप! अब कोई नहीं बोलेगा।" भोला पासवान ने घुड़क दिया था।

आस-पास था जंगल और...जंगल! चाँदनी में जगमग करते वृक्षों की फुनगियाँ और भुतैली आकृतियों जैसे दिखते तनों का जमघट!

वे जहाँ थे, वह एशिया के सर्वाधिक घने सारंडा के जंगल से होड़ लेता बारेसाँड़ का वन था। एक समय था जब इस अरण्य में सूर्य का प्रकाश धरती का स्पर्श तक नहीं कर पाता था परन्तु अब बारेसांड़ के निकट बसी बस्तियों के लोग शवदाह हेतु सूखी लकड़ियाँ ढूँढ़ते फिरते थे।

अन्धा वनदोहन...! अवैध वृक्ष कटाई...। आम-आदमी हेतु प्रतिबन्धित होने के बावजूद निरन्तर छीजता जंगल! काश किसी अनपढ़ आदिवासी को वनाधिकारी बना कर एक प्रयोग ही किया जाता! सम्भवतः एक वृक्ष की चोरी भी असम्भव हो जाती। सम्भवतः एक भी बाघ लुप्त नहीं होता।

—"उतर...!" भोला पासवान का हुक्म।

—"यहाँ उतरें हजोर?"

—"हाँ। यहीं।"

—"बाघ-चीता नोंच खाएगा बिहाने तक। हाथी तो ज़रूर हमें धाँग देगा हजोर!" अठबकरा ने चारों ओर आँखें नचाते हुए कहा था।

दूर कहीं माँदल बज रही थी। दिन में पूजा से निवृत हुए आदिवासियों के किसी अखरा[1] में अब मदिरा, माँदल और नृत्य की जुगलबन्दी चल रही थी।...यह पहाड़-पूजी की रात थी। मुंडा-सन्ताल समाज द्वारा पर्वत पूजन का त्योहार...!

—"कोई गाँव नज़दीक ही लगता है"—भोला पासवान ने आश्वासन दिया था। "वहीं ठहर लेना रात भर! बच जाएगा जानवर से। हमें महुआटाँड़ जाना होता तो भला तुझे इस जंगल में क्यों उतार देते? अब तो हम सीधे डालटेनगंज ही निकलेंगे। महुआगढ़ में जो भी पकड़ में आ गया उसे लिये-दिये तारा बाबू के सिर पर सवार होना है। जल्दीबाजी का काम...बात समझ।"

—"हजोर!" समझ गया था अठबकरा।

—"उतर और निकल जा! आज रात की बात किसी से कहना मत।"

—"आपन मेहरिया से भी नहीं।" बैजनाथ माँझी ने जोड़ा था।

भली-भाँति समझ गया था अठबकरा! जीप से उतर कर भोला पासवान के पैर छू लिये थे। जीप के पृष्ठ भाग में पहुँच कर मुख्तार अली, त्रिलोचन तिवारी

1. चौपाल

और शिवजी सिंह को कड़क सलामी दी थी। बैजनाथ माँझी से प्रणाम-रमरकी भी की थी।

—"अच्छा भइयन...!"

—"ठीक है—ठीक है, अब फूट।"

अपनी सहज मुक्ति पर अचम्भित होता अठबकरा सड़क छोड़ कर नीचे उतरा था। आगे जंगल घना था परन्तु माँदल की आवाज़ को पकड़ कर आगे बढ़ते हुए किसी गाँव तक अवश्य पहुँचा जा सकता था।

जीप से दूर होता अठबकरा सोच रहा था, जंगल में छोटे-बड़े जानवर मिल भी सकते हैं पर वे पुलिस से अधिक खतरनाक नहीं होते। किसी वृक्ष पर चढ़ कर बनैले पशु से प्राणरक्षा हो सकती है परन्तु पुलिस के चंगुल से बच निकलने का अवसर सबको नहीं मिलता। यह सुयोग गँवाना तो महामूर्खता...!

आज की कृपा हेतु अपने ईश्वर को लाख-लाख धन्यवाद देता अठबकरा पीछे मुड़-मुड़ कर देखता जा रहा था। कहीं भोलवा की नीयत न बदल जाय पर नहीं...। जीप के निकट तीन भुतैली आकृतियाँ अडोल खड़ी थीं।

अँधेरे में भी भोला पासवान की आँखें चमक उठी थीं। निशाचर हुँड़ार की भाँति, जिसके सामने उसका प्रिय शिकार विवश दिख रहा था। बोला था पासवान,

—"प्रमोशन का टाइम आ गया तिरलोचन! कहीं बन्दूक बहक न जाए...!"

—"नहीं बहकेगी सर।" बात का मर्म भाँप गया था तत्पर शिवजी सिंह!

बहुत दूर नहीं जा सका था अठबकरा! जीप के निकट एक शोला-सा दहका था। तत्क्षण तड़ाक्...की एक आवाज़ अठबकरा के कानों से टकराई थी। लगा था उसकी गर्दन में पीछे से कोई रक्त तप्त लोहे का सरिया आर-पार उतरता चला गया...!

मानो जंगल के सारे वृक्ष कट-कट कर अठबकरा पर ही ढहने लगे थे। काली छायाओं-सी दिखती पहाड़ियाँ हवा में तैर उठी थीं। अठबकरा गिर पड़ा था। तप्त लोहे की पूरी तपिश का अनुमान भी नहीं लगा पायी थीं ज्ञानेन्द्रियाँ कि देह बिना जल की मछली की भाँति ऐंठने लगी थी। बस एक अन्तिम जोरदार ऐंठन और फिर अठबकरा के लिए दुनिया खत्म हो गयी थी।

समाप्त हो गया था चूहा-बिल्ली खेल! जंगल में चलने वाले ऐसे अनेकानेक नाटकों का एक और अंक! भोला पासवान ने अवैध हथियारों के एक विशाल खजाने का उद्‌भेदन कर लिया था। सबूत थीं पुलिस जीप में लदी अनेक पूरी-अधूरी बन्दूकें। बन्दूकों का निर्माता-विक्रेता फरार होने के प्रयास में पुलिस की गोली का शिकार हो गया था।

अठबकरा की लाश को सबूतों के खजाने के साथ लादे जीपगाड़ी वापस

महुआटाँड़ थाने की ओर भाग छूटी थी। सुबह होने से पूर्व थाने की डायरी-रोजनामचा दुरुस्त कर लाश को डालटेनगंज कोतवाली तक पहुँचाने को व्यग्र हो उठा था भोला पासवान।

महुआटाँड़ थाने के प्रांगण में जीपगाड़ी प्रविष्ट हुई थी तो जीपगाड़ी के झागदार प्रकाश में दिखा, थाने के बाहर बरामदे पर कोई चादर ओढ़े सोया पड़ा था। जीपगाड़ी की आवाज़ सुनते ही वह 'कोई' उठ बैठा था। भोला पासवान चौंका था।

आँखों पर तलहथी की छाया किये आँखें मिचमिचाता ददुआ मानकी जीप की ओर ताक रहा था।

बारह

रात अधिया चुकी थी जब महुआटाँड़ थाने पर पहुँचा था ददुआ मानकी।

तब हर ओर सन्नाटा था। महुआटाँड तब थाने में भी नीरवता उँघ रही थी! ददुआ मानकी की हाँक दूर-दूर तक फैल गयी थी,

—"भोला बाबू हैं का भाई ऽऽऽ"

—"कौन... ?" थाने के भीतर से पूछा गया था।

—"हम हैं ददुआ। भोला बाबू से आज भेंट करना तय है। केवाड़ी खोलो भाई।"

ददुआ मानकी थाने के बरामदे पर जा चढ़ा था पर दरवाजा नहीं खुला था! भीतर से पुनः उसी आवाज़ ने सूचना दी थी,

—"साहेब तो छापामारी में निकले हैं ददुआ।"

—"लौटेंगे कब तक?" ददुआ ने पूछा था।

—"कोई ठीक-ठिकाना नहीं है। सवेरे आओ न ददुआ। दारू भट्ठी पकड़ने गये होंगे तो बिहाने से पहले थोड़े लौटेंगे साहेब।"

—"ठीक है भईया। तुम केवाड़ी बन्द रखो! अब आ गये हैं तो भोला बाबू से भेंट कर के ही जाएँगे हम! हम तो यहीं आसन लगा लेते हैं...बाहरे।"

ददुआ मानकी ने अपनी पगड़ी माथे से खोल कर बरामदे पर बिछाई थी। कन्धे से लटकती कारबाईन का तकिया बनाकर लेट गया था।

थकी देह की पुरानी हड्डियों के जोड़ कड़-कड़ बोलने लगे थे। पलकें बन्द थीं पर नींद नहीं आने वाली थी।

पीछे पलामू किले में अपने गुरुजी से ददुआ मानकी की जो कहा-सुनी हुई थी उसके बाद नींद कहाँ? ददुआ का मन खिन्न और उद्विग्न था। गुरुजी के प्रति मन ही फट गया था अब। अब 'झामुद' आन्दोलन को लेकर गहरे मोहभंग से गुजर रहा था ददुआ मानकी। इतनी मेहनत, इतनी तपस्या, इतनी जानें लग गयीं और मिला क्या... ? सर्वोच्च नेतृत्व ने ही छल किया... ?

कालीपद दत्त की अवहेलना और उनसे हुए कटु वार्तालाप का अपराधबोध भी ददुआ मानकी के मन को मथ रहा था। इस मन्थन से कोई निष्कर्ष नहीं निकल पा रहा था कि ददुआ मानकी ने जो किया था सो ठीक किया था या गलत...!

परन्तु ददुआ मानकी करता भी तो क्या? जिन आदर्शों और लक्ष्य के लिए वर्षों से जी-मर रहे थे 'झामुद' के सैकड़ों साथी...। जिन मूल्यों और सिद्धान्तों के साथ जन्मा था 'झामुद'; अपने निहित स्वार्थ की खातिर कालीपद दत्त उस समस्त सर्वस्व की हत्या कर लाल साहब प्रभू दयाल शाहदेव जैसे रक्तपिपासु से हाथ मिलाने की बात कर रहे थे। बल्कि निर्णय भी कर चुके थे। एक ज़मीनी संगठन की विचारधारा को सिर के बल खड़ा कर रहे थे 'झामुद' के गुरुजी!

गुरुजी के प्रति अपनी समस्त श्रद्धा के बावजूद ददुआ मानकी अपने उन साथियों के साथ दगा नहीं कर सकता था जिन्होंने ददुआ की बात मानकर बन्दूक उठाई थी! प्रभू दयाल शाहदेव जैसे आदमखोर के साथ किसी कीमत पर खड़ा नहीं हो सकता था ददुआ मानकी।

सोच में डूबे ददुआ मानकी की आँख लग गयी थी। अभी नींद-जाग के झूले में डोल ही रहा था कि थाने का बरामदा झागदार प्रकाश से नहा उठा। ददुआ मानकी की पलकों के नीचे तक चुभने लगा तीक्ष्ण प्रकाश!

ददुआ मानकी उठ बैठा! आँखों पर तलहथी की छाया कर आँखें मिचमिचाते हुए प्रकाश-स्रोत की ओर देखा। मदुआटाँड़ थाने के परिसर में प्रविष्ट हो चुकी थी थाने की जीपगाड़ी!

जीप बरामदे के निकट आ रुकी। जीप से बाहर उतरा तत्पर भोला पासवान! चार सिपाही भी।

ददुआ मानकी ने अपनी कारबाईन कन्धे से लटकाई। हथियार छुपाते हुए चादर ओढ़ी! पगड़ी को फटकार कर सिर पर मुँड़ासा बाँधते हुए उलाहना दिया।

—"कहाँ निकल गये थे भोला बाबू? भुला गये थे क्या? हम बोले थे न कि आज आपको तालकेसर के काठगोदाम पर ले चलेंगे? कब से यहाँ बैठे आप ही का आसरा देख रहे हैं।"

—"काठगोदाम से ही आ रहे हैं हमलोग।" गम्भीर भोला पासवान।

—"माने?"

—"तुम्हारी खबर पक्की निकली ददुआ! सामान मिला। सारा असलहा हमने बरामद कर लिया है।"

दारोगा भोला पासवान के भारी पुलिसिया बूटों की धमक सुनते ही मानो थाने का बन्द दरवाजा सिमसिम-सा खुल पड़ा!

—"और अठबकरा...?" ददुआ ने पूछा।

—''पीछे...जीप में है अठबकरा...भी।'' भोला पासवान का संकेत पाकर शिवजी सिंह ने टॉर्च ददुआ की ओर बढ़ाई।

टॉर्च जलाए ददुआ मानकी जीप के पीछे पहुँचा। प्रकाश की धार जीप के भीतर गिरी! वितृष्णा से भर उठा ददुआ मानकी।

अठबकरा का शव मुँह के बल औंधा पड़ा था। तुड़ा-मुड़ा। गर्दन में पीछे से गोली लगी थी। गोली का अंगुल भर का गहरा सुराख अब काला पड़ चुका था। रक्त भले नहीं उबल रहा था या अब रिस भी नहीं रहा था परन्तु घाव के चारों ओर चमकते रक्त के ताजा थक्के चीख रहे थे कि गोली लगे अधिक देरी नहीं हुई थी।

थाने के भीतर लालटेन जलाई जा चुकी थी। भोला पासवान खड़े पैर कागजी खानापूरी करने में व्यस्त होते दिखने लगे।

ददुआ मानकी थाने के भीतर आ गया! उसके हाथ में थमी टॉर्च अब भी जल रही थी। कारबाईन कन्धे से उतर कर हाथ में आ गयी थी। दारोगा भोला पासवान की काँईयाँ नज़रों ने ददुआ मानकी की देहमुद्रा को भाँप लिया।

—''विदेशी कारबाईन? इतनी महँगी चीज रखते हो ददुआ?''

—''रखना पड़ता है भोला बाबू। देसी-बिदेसी हम नहीं चीन्हते पर रखना तो पड़ता ही है। थाना-पुलिस का ईमान कब बदल जाय, कौन ठिकाना?''

—''कैसी बात बोलते हो ददुआ? तुमसे भला कभी दगा किया है हमने?'' भोला पासवान फीकी हँसी-हँसा।

—''बहुत गलत काम किया तुमने भोला बाबू! बहुत गलत...! पकड़ना था तो डाकू के सरदार को पकड़ते पर तुमने तो तालकेसर तक पहुँचने का रास्ता ही बन्द कर दिया! यह तुमने ठीक नहीं किया भोला बाबू।'' दीर्घ निःश्वास के साथ सामने की कुर्सी पर ढह पड़ा ददुआ मानकी!

—''हम भी क्या करते ददुआ? अठबकरा भागने लगा था न? गवाह था तो...''— भोला पासवान ने हाथ पसार दिये—''हमने चेतावनी दी थी ददुआ। हमसे पहले तारा बाबू तक पहुँच जाता अठबकरा तो सारा खेल बिगड़ जाता न? विश्वास करो, हमने अठबकरा को रोकने के लिए मजबूरी में ही फायर किया...।''

—''गोली गर्दन में लगी है।'' ठंढी आवाज़!

—''इसमें हमारा कोई दोष नहीं ददुआ। गोली तो पैर पर ही चलाई गयी थी। अभागा था अठबकरा। भागते हुए ठेस खा कर गिरने लगा तो...गोली...गर्दन, में...गलती से...''

—''गोदी का बच्चा बूझकर हमें बहला रहे हो भोला बाबू? रात-दिन गोली-बन्दूक ही खेलते हैं हम भी। पता है न कि ऐसा काउंटर मडर कहाता है?''—ददुआ गुर्रा उठा—''तुमने मडर किया है भोला बाबू...।''

—"अब-अब हम क्या कहें? कैसे विश्वास दिलाएँ ददुआ कि हम झूठ नहीं बोल रहे? तुम मानो चाहे मत मानो। चाहो तो सिपाहियों से पूछताछ कर लो।" कमजोर सफाई भोला पासवान की।

—"सच-झूठ का पता हम तुम्हारे सिपहियन से करें? जो भुखमरे आदिवासी जन से हाट में चवन्नी-अठन्नी तसीलते चलते हैं, उनसे पूछें? तुमने जो किया है भोला बाबू उस पर 'झामुद' में चर्चा होगी। तुमको तो जन-अदालत में हाजिर हो कर सफाई देना होगा भोला बाबू।"

फुँफकारता ददुआ मानकी एक झटके के साथ कुर्सी से उठा और कमरे से बाहर निकल पड़ा—"ददुआ सुनो...बात तो सुनो...ए ददुआ..." कुर्सी छोड़ कर उठा घिघियाता भोला पासवान।

थाने के बरामदे को रौंदता ददुआ मानकी आगे बढ़ता गया। थाने के फाटक पर पहुँच कर हाथ में जलती टॉर्च को ददुआ ने थाने के बरामदे की ओर उछाल दिया। बरामदे पर खड़ा भोला पासवान गुहार लगा रहा था,

—"बात साफ कर के जाओ ददुआ! एक मिनट रुको...! कहो तो हम थाना छोड़ दें। छुट्टी पर चले जाएँ हम! मन साफ कर के जाओ...ए ददुआ..."

ददुआ मानकी ने कुछ नहीं सुना। ददुआ मानकी ने फिर कुछ नहीं कहा। बस थाना परिसर से बाहर निकलता गया। पीछे जीप में पड़ा था मरा अठबकरा। भयभीत त्रिलोचन तिवारी और शिवजी सिंह! आतंकित मुख्तार अली और बैजनाथ माँझी।

थाने के आस-पास की हवा में मृत्युगन्ध जो फैलने लगी थी।

तेरह

सुबीर झा ने महुआटाँड़ छोड़ दिया था।

जब पहली बार प्रखंड कार्यालय में योगदान करने महुआटाँड़ पहुँचा था सुबीर तो उसके सहकर्मियों और मातहतों ने एकमत से उसे परामर्श दिया था,

—''डेरा तो डालटेनगंज में ही रखिये सर।''

—''मैं भी तो रोज डालटेनगंज से ही आता हूँ बल्कि आधा से अधिक स्टाफ महुआटाँड़ में नहीं रहता। यहाँ तो बस छोटी तनखाह वाले पिउन-चपरासी ही रहते हैं।'' अंचलाधिकारी ने बताया था।

—''मैं तो यहीं महुआटाँड़ में रहूँगा। अच्छी जगह है।'' सुबीर ने अपना निर्णय सुनाया था।

—''इधर है ही क्या सर? छः-छः महीने बिजली नहीं रहती। जंगल ही जंगल है इधर। आदिवासी भुच्चड़ रहते हैं इधर। उग्रवाद भी खूब है...।'' बड़े बाबू ने भी समझाया था।

—''मुझे कोई फर्क नहीं पड़ता।'' सुबीर हठी था।

—''कभी न कभी फर्क पड़ ही जाएगा सर। अभी आपने जंगल को जंगल में रह कर देखा नहीं है न, इसलिए... हम तो पलामू में ही जन्मे हैं।''

—''मेरे लिये तो आप महुआटाँड़ में ही आवास की व्यवस्था करवा दीजिए।'' सुबीर अड़ गया था।

—''पुराना डाकबँगला साफ-सुथरा है सर।'' प्रधान लिपिक ने बताया था।

—''ठीक है। उसे रहने लायक बनवाइए।'' सुबीर ने आदेश दिया था।

—''आपका मन है तो यहाँ रह कर भी देख ही लीजिए सर। देखिए कब तक आप निभा सकते हैं महुआटाँड़ को।'' अंचलाधिकारी ने चुनौती दी थी।

अब सुबीर बेहिचक स्वीकार करता था कि जंगल को निभाना उसके बूते की बात नहीं थी। अब जंगल को उसकी सम्पूर्ण भयावहता के साथ देख चुका था सुबीर। अब वह किसी भी मूल्य पर महुआटाँड़ से छूट भागने को प्रतिबद्ध

था। महुआटाँड़ से स्थानान्तरण की कोई भी कीमत चुकाने को राजी था सुबीर...दो, चार, पाँच, सात...लाख तक!

सुबीर के बदल चुके विचार–व्यवहार और उसकी डालटेनगंज से आवाजाही अब महुआटाँड़ के प्रखंड कार्यालय में चर्चा–चुटकुलों का विषय थी। सहकर्मी अंचलाधिकारी तो अब व्यंग्य पर उतर आया था,

—"कहिये सर, बनबिहार से मन भर गया? कहते थे न हमलोग कि जंगल सबसे नहीं निभता?"

जंगल से क्यों नहीं निभा सका यह किसी को बता भी तो नहीं सकता था सुबीर! एक ऐसी गुम चोट दे गया था जोगी जिसे किसी को दिखाना स्वयं को नंगा करना था। यह दर्द न तो सहा जा रहा था, न किसी से कहा जाने योग्य था।

उग्रवाद प्रभावित क्षेत्रों के प्रखंड विकास पदाधिकारियों को यह विशेषाधिकार प्राप्त था कि वे अपने उग्रवाद प्रभावित क्षेत्र में स्थित प्रखंड कार्यालय तक न जाकर प्रखंड में ही किसी सुरक्षित–सुविधाजनक जगह पर अपना कार्यालय स्थानान्तरित कर ले सकते थे।

सुबीर को महुआटाँड़ के निकट कोई जगह ऐसी नहीं लगी थी जो महुआटाँड़ से अधिक सुरक्षित हो, अत: उसने अपना कार्यालय जिला मुख्यालय डालटेनगंज में ही स्थानान्तरित करने की अर्जी दे रखी थी। अब वह डालटेनगंज में ही रह रहा था जहाँ से सप्ताह में एक–दो दिन महुआटाँड़ जाता था और आवश्यक कार्य निपटा कर सूरज रहते वापस डालटेनगंज लौट आता था।

डालटेनगंज में सरकारी आवास मिलने का प्रश्न तो था नहीं अत: विवशतावश सुबीर डालटेनगंज के होटल 'कोयल' में एक कमरा लेकर रह रहा था। विगत एक–डेढ़ महीनों से वह पलामू के राजनैतिक–प्रशासनिक गलियारों में प्रभावशाली हस्तक्षेप करने वाले महुआटाँड़ के लाल साहब प्रभू दयाल शाहदेव से सम्पर्क करने के प्रयास करता रहा था।

जब से महुआटाँड़ में पदस्थापित था सुबीर, लाल साहब के चर्चे सुनता रहा था। सुबीर को लाल साहब की किसी कृपा की कभी आवश्यकता नहीं पड़ी थी। अब लाल साहब के दरबार में हाजरी लगाने की विवशता आ पड़ी थी।

समय बदल गया था। लाल साहब के मोहरों की चाल भी बदल गयी थी। अब लाल साहब के मोहरे प्रतिशोध, आतंक और सामन्ती हठधर्मिता के खानों में नहीं वरन् व्यवहारकुशलता, काँइयाँपन और राजनीतिक अवसरवाद के खानों में सजाये जाते थे।

बिचौलियों की सहायता से सुबीर पहले लाल साहब के दामाद तारकेश्वर सिंह तक अपनी पहुँच बनाने में सफल हुआ था। प्रभूदयाल शाहदेव के दामाद

को सीढ़ी बना कर वह लाल साहब प्रभू दयाल शाहदेव तक अपनी मुलाक़ात की अर्जी पहुँचाने में भी सफल हो गया था परन्तु भेंट का सुयोग शीघ्र नहीं जुट पाया था।

प्रभूदयाल शाहदेव के राँची-पटना के लगातार दौरे चल रहे थे। नये प्रान्त का नामकरण सुनिश्चित हो चुका था। लाल साहब जैसे किंगमेकर जो गणतन्त्र दिवस और स्वतन्त्रता दिवस के झंडोत्तोलन समारोहों में जिला प्रशासन के सम्मानित अतिथि होते थे; नवजात शिशु राज्य की नाल काटने, नहलाने-धुलाने, आँखों में काजल, ललाट पर काजल-टीका करने और सोहर[1] गाने वालों में से थे, अत: शिशु के जन्म के आगे-पीछे उनकी उपयोगिता स्वाभाविक रूप से बढ़ गयी थी।

लाल साहब व्यस्तता के चरम पर थे। कभी वे शिशु-राज्य के पिता केन्द्र सरकार के गलियारों में हाजरी लगाने दिल्ली निकल पड़ते थे, कभी शिशु-राज्य की अम्मा-पटना की ओर भागते थे।

अन्तत: सुबीर के लिये प्रभूदयाल शाहदेव से प्रत्यक्ष साक्षात्कार का सुयोग जुट ही गया था। भेंट का दिन तय हो गया था। लाल साहब के बैठकखाने तक पहुँचने में सफल हो गया था सुबीर जहाँ वह देख-देख कर भौंचक्का था। माउंट किये हुए सिर के साथ दीवार पर टँगी बाघ की खाल, बारहसिंगे के सींग, कई राज्यस्तरीय तथा एक-दो राष्ट्रस्तरीय राजनेताओं के साथ खड़े लाल साहब के बड़े-बड़े मंढ़े चित्रों की सज्जा! सोफे के पाँवपोश की जगह चीते की खाल...!

सुबीर को बैठकखाने में बिठा कर तारकेश्वर सिंह साथ लगे एक कक्ष में जा घुसे थे। कक्ष के दरवाजे पर झूलते मोटे महँगे पर्दे के पीछे का वार्तालाप धीमा-धीमा सुनाई दे रहा था।

—''आ गये हैं भेंट करने।'' यह तारा बाबू थे।

—''हमें दम लेने की फुर्सत नहीं सो देख रहे हैं आप। ऊपर से मुलाकाती ले आये?'' खुरदुरा उलाहना! प्रभूदयाल शाहदेव...?

—''बहुत दिन से लगे हुए हैं बेचारे! आपसे भेंट नहीं हो रही थी। परेशान आदमी हैं! बस दो मिनट बतिया लीजिए बाउजी!'' तारा बाबू आग्रह कर रहे थे।

—''ठीक है! जब बुला ही लिए हैं आप तो बैठाइए।''

—''वही हैं बाउजी। महुआटाँड़ वाले बी.डी.ओ. झा जी। हमने बताया था आपको।''

—''ओऽऽ! अच्छा...हाँ-हाँ। उनको आदर से बैठाइए! चाय-पानी पूछिए! खातिर में कोई कमी न हो। जरा भोलवा से बतिया लें, फिर आते हैं हम।''

—''ठीक है बाउजी।''

---

1. मंगल गान

तारा बाबू बैठक में लौटे। सुबीर के सामने मोटे गद्दे वाले सोफे में धँस पड़े।

—''कहिए साहेब, क्या सेवा करें? ठंडा कि गरम? बाउजी दो मिनट में आते हैं।''

अगले दस मिनट औपचारिकता में बीते। चाय आयी। चुपचाप पी डाली गयी। भीतर वाले कमरे से लाल साहब की टेलीफोन वार्ता के टूटे-फूटे वाक्यांश सुनाई देते रहे।

—''उस लोहरवा के साथ जो किया...चाहें तो इस एनकाउंटर की इन्क्वायरी भी करा सकते हैं। ना-ना...हमें पढ़ाओ मत! ऊपर से डंडा पड़ता है भोला तो नीचे वाले को भी कहीं न कहीं बाँस धाँसना ही पड़ता...लेकिन...नहीं...सो तो ठीक है हम तो मुँह बन्द...ऐ...तुम भी तो कुछ करो...तारा बाबू पर आँच न आवे...अब हम बतावें क्या करोगे? बरामदगी कहीं और दिखा...हाँ भाई तुमको सदर कोतवाली में खींच लेंगे...ठीक है...ठीक-ठीक...तारा बाबू का एक बाल न टूटे...अरे तुम अपने आदमी हो भोला...हंः हंः प्रणाम...प्रणाम।''

सुबीर के कान बैठकखाने के भीतर वाले कमरे में झाँकते रहे थे और आँखे तारा बाबू को पढ़ती रही थीं।

सामने बैठे तारकेश्वर सिंह की देह पर पोशाक महँगी थी! हाथ में सोने की जंजीर वाली घड़ी भी भारी थी। गले में भी मोटी सोने की पट्टी! सबकुछ भारी-भरकम, तारा बाबू की पृथुल काया से सजता परन्तु सुबीर को सामने बैठा व्यक्ति हल्का लगा! आँखों में दलालों जैसा काँइयाँपन सुरमे की भाँति रचा-बसा दिखा!...परन्तु पत्थर के नीचे हाथ दबा था सो सुबीर झा को इसी हल्के आदमी के सामने घुटने टेकने की विवशता थी।

—''तो आपके मित्र का कुछ पता नहीं चला?'' तारा बाबू ने सहानुभूति भरे स्वर में पूछा।

—''पता-तो-चल-गया परन्तु पता नहीं चलता सो ही ठीक होता छोटे सरकार।''

—''ऐसा काहे कहते हैं भाई?'' तारा बाबू की आँखें सिकुड़ीं तो आँखों के नीचे लटकती थैलियाँ हिल उठीं।

—''लाश मिली उसकी! लाश भी क्या, एक टुकड़ा देह थी बस।'' जोगी के उस कटे कबन्ध की स्मृति से सुबीर की देह में झुरझुरी-सी दौड़ गयी।

—''फिर पहचाना कैसे आपने? लाश पहचानने में गफलत तो नहीं कर गये आप?''

—''ना! रत्ती भर शक नहीं छोटे सरकार। मैंने थाने पर स्पष्ट पहचान

लिया था।''

—''थाना पर? फिर वहाँ के थानेदार पर इन्क्वायरी के लिए दबाव डालते न?''

—''मैंने लाश पहचान जरूर ली थी लेकिन दारोगा पासवान पर जाहिर नहीं होने दिया कि मैंने शिनाख्त कर ली है।'' सुबीर ने भारी मन से कहा।''

—''तब तो अभी तक वे लापता के खाते में ही...''

—''जी! थाने की डायरी में यही लिखा है कि योगराज जोशी नाइदर फाउंड डेड नॉर लिविंग...जस्ट ट्रेसलेस।''

—''भोलवा अंग्रेजी में डायरी लिखता है?'' चौंके तारा बाबू।

—''नहीं...! वह तो मैंने...''

—''खैर...! छोड़िये! यह बताइये कि आपने ऐसा किया क्यों?''

सुबीर उत्तर देने में हिचकिचाया। सुबीर की मनोदशा भाँपते तारा बाबू ने धीमी आवाज़ में प्रोत्साहन दिया,

—''आधा सच बोल कर तो महाभारत जीत लिया गया था झा जी! यहाँ कौन सुनने वाला है? कह दीजिये दिल पर जो बोझ है।''

—''अब क्या कहना छोटे सरकार!'' सुबीर ने टालना चाहा।

—''वैसे ठीक ही किया आपने। लाश की पहचान कर भी लेते आप तो कुछ होना-हवाना तो था नहीं। उल्टे केस-गवाही में थाना-कचहरी दौड़-दौड़ कर पैमाल हो जाते आप।''

मौन सुबीर ने सहमति में सिर हिलाया। तारकेश्वर सिंह को अपने सुझाव और सुबीर की सहमति से प्रसन्नता हुई।

तारकेश्वर सिंह भी घाघ-घुटे आदमी थे। उन्होंने भाँप लिया था कि बैठकखाने में मौन स्थापित रहने पर सुबीर के कान भीतरी कमरे में चलते टेलीफोन वार्तालाप की ओर आकर्षित हो जाते थे। सुबीर का ध्यान बँटाये रखने की सहजयुक्ति थी सुबीर से कुछ-कुछ बतियाते रहना। समझाने लगे तारा बाबू,

—''पलामू का रेकार्ड है सुबीर बाबू कि सरकार न तो पलामू की भुखमरी को स्वीकार करती है, न ही उग्रवाद को! थाने में होने वाली मौत को न तो थाना मानता है, न सरकार। महुआटाँड़ का दारोगा तो साफ नहकार जाता कि उसने कोई लाश भी बरामद की थी।''

—''सब समझने लगा हूँ छोटे सरकार, तभी तो डालटेनगंज आ बैठा हूँ—'' थकी आवाज़ में बोला सुबीर। ''अब तो सोचता हूँ लम्बी छुट्टी ले लूँ। इस विपदा से मुझे उबारिये। महुआटाँड़ लौटने का साहस अब मुझमें नहीं है छोटे सरकार।''

अकारण हँसी-हँसते तारा बाबू कुछ देर तक सुबीर को ताकते रहे। आँखों-आँखों में सुबीर की विवशता भाँपते रहे! सामने बैठे आसामी को बकरे की भाँति परखते रहे कि इसमें गोश्त कितना निकल सकेगा।

—"कितने दिन से हैं आप इधर?" तारा बाबू ने पूछ लिया।

—"पलामू से ही नौकरी शुरू की है।"

—"ठीक! तो बताइये, कौन दारोगा खुल कर स्वीकार करता है कि उसके थाना-क्षेत्र में भारत सरकार नहीं बल्कि उग्रवादी संगठन का शासन चलता है?"

—"कौन मानेगा यह बात?" प्रतिप्रश्न।

—"और यह भी सही है कि जब तक कोई लाश कागज पर बरामद न लिखी जाय तब तक महुआटाँड़ थाना भी आपके साथी का मर्डर अपने थाना क्षेत्र में होना कबूल नहीं करेगा।"

—"सही है! सरकारी नौकर हूँ सो सरकारी रीत-रिवाज तो जानता ही हूँ—" बलात् की हँसी ओढ़ते सुबीर ने कहा—" छोटे सरकार, राजनीति जब संसद में होती है तो उसका नजरिया कुछ और होता है। वही राजनीति जब सड़क पर आ जाती है तो उसका सोच कुछ दूसरा...बल्कि एकदम उल्टा भी...।"

तारा बाबू ने ठहाका लगाया फिर हठात् प्रभूदयाल शाहदेव के कमरे की ओर देखते हुए मुँह पर हथेली रख कर हँसी को नियन्त्रित करने का अभिनय किया! गालों के लटके मांस को थुलथुल हिलाते हुये बोले।

—"खूब बढ़िया बोल लेते हैं आप। इतने बढ़िया ढंग से बात कहना तो हमलोग को आता ही नहीं सुबीर बाबू।"

—"बस अब आपलोग का ही सहारा है छोटे सरकार! बड़का गँउआँ की बात पलामू तो क्या, राँची में भी कोई नहीं टाल सकता, सो जान गया हूँ मैं। मेरी बदली महुआटाँड़ के नर्क से कहीं दूर करा दीजिये फिर जो सेवा कहें...मैं पीछे नहीं हटूँगा।"

—"कहाँ बदली चाहते हैं आप?" दो-टूक प्रश्न।

—"राँची, छत्तरपुर, गुमला, खूंटी, विश्रामपुर, गढ़वा...कहीं भी, लेकिन जंगल से बाहर।" सुबीर बोला।

—"कहीं भी शान्ति नहीं है सुबीर बाबू! सब इलाका एक समान गर्म है।" तारा बाबू ने बताया।

पलामू में कोई प्रखंड ऐसा नहीं था जहाँ गर्म मुट्ठी में बर्फ का ढेला न पिघले। पूरा झारखंड ही तप रहा था परन्तु तात्कालिक संकट से मुक्ति सुबीर की प्रथमिकता थी। बोला सुबीर, "बस इस 'झामुद' से पीछा छूटे।"

—"यह भी ठीक है! जंगल के बाहर 'झामुद' का प्रभाव नहीं है सो तो

ठीक है! इधर जंगल का हाल तो ऐसा समझिये कि 'झामुद' ने कोल्ह-चुहाड़[1] लोगों को एकदम कपार पर चढ़ा दिया है। रैयत साले इतने बिगड़ चुके हैं कि इस साल तो हमारा महुये का कारोबार ही खराब कर दिया! बाउजी हाथ न रोक लेते तो आपके ब्लॉक के दसियों गाँव को फूँक देते हम। बाकी सालों को अपने-आप बुद्धि आ जाती।'' तारा बाबू के नथुने फूलने-पिचकने लगे।

बात और आगे नहीं बढ़ सकी! लाल साहब प्रभूदयाल शाहदेव बैठकखाने में प्रविष्ट हो रहे थे।

झक्क सफेद कलफदार धोती और खद्दर का कड़क कुर्ता धारे। सत्तर के ऊपर निकली आयु परन्तु देवदार-सी सीधी खड़ी देह! दोहरा बदन! पहलवानों जैसे छोटे कटे केश! ऊपर की ओर सँवरे...बिना माँग काढ़े! नीचे की ओर झुकी मोटी-मोटी सफेद मूँछें। दोनों हाथ की कलाइयों में रूद्राक्ष के कंगन! दायें हाथ में मोटे लाल-पीले धागे वाला रक्षासूत...!

हड़बड़ा कर खड़ा हो गया सुबीर क्या! प्रभूदयाल शाहदेव की दाईं हथेली अभय की मुद्रा में ऊपर उठी।

—''बैठिये-बैठिये...तो आप ही हैं सुधीर झा?''

—''सुबीर...सुबीर झा...!'' करबद्ध सुबीर।

—''महुआटाँड़ के बी.डी.ओ. साहब...न?''

—''जी...? जी!''

प्रभूदयाल शाहदेव के एक एकल सोफे में धँसते-धँसते उठ खड़े हुये तारा बाबू और अपने श्वसुर के पीछे विनय की मूर्ति की भाँति स्थापित हो गये। सुबीर ने याचक-दृष्टि से लाल साहब को देखा। बोला।

—''शरणागत हूँ। आपका आशीर्वाद चाहिये गँउआँ।''

मुसकाये प्रभूदयाल शाहदेव। दन्त-पंक्तियों के बीच के खाली स्थानों ने उम्र की चुगली की परन्तु जो दाँत शेष थे घिसे होने के बावजूद नकली नहीं थे।

—''आपके लिये हम गँउआँ-गोमके थोड़े हैं सुधीर बाबू! यह हक तो रैयतों का है। रैयत हमें मान देते हैं सो इलाके के सांसद को हमारी प्रतिष्ठा पची नहीं। सरकारी तन्त्र और अखबारी यन्त्र को खिला-पटा कर हमें तो आदमखोर ही घोषित करवा दिया।''

—''जी...जी...!'' सुबीर बोले तो क्या बोले?

—''चीता पोसने का शौक था हमें। पोसा भी था, इससे इन्कार भी नहीं किया हमने पर 'मैन ईटर औफ महुआटांड़...!' छिः! गन्दी राजनीति का गन्दा

1. अपवित्र-लुटेरे

कुप्रचार। कई केस लदवाये गये हम पर! कुछ तो अभी भी चल रहे हैं।''

—''जानता हूँ गँउआँ।'' बोल सका सुबीर।

—''जो जानते हैं सो जुटाएँ दो गवाह कि हमने आदिवासियों को चीते को खिला दिया। हम खूनी सिद्ध हो जाएँ तो हमें फाँसी चढ़ा दे सरकार। हमारे खिलाफ कुछ मिला तो नहीं पर पूरे देश में हमारे नाम पर थू-थू करवा कर रख दिया मन्त्री जी ने। सिर्फ डाह के कारण सुधीर बाबू।''

—''वह बेबुनियाद आरोप समय के साथ खत्म हो चुका है गँउआँ। अब मरी बात का बोझ क्यों मन पर लादे हुये हैं आप?'' सुबीर ने साहस कर कहा।

—''ए सुधीर बाबू, बात आप बहुत सुन्दर करते हैं लेकिन भाई, अब आप भी हमें गँउआँ कहेंगे तो हमें लगेगा कि आप हमें चिढ़ा रहे हैं।''

—''भला मेरी इतनी मजाल...?''

अब तक सुबीर प्रभूदयाल शाहदेव के बारे में बहुत कुछ जान चुका था! पलामू के राजा मेदिनी राय के शासनकाल में लाल साहब प्रभूदयाल शाहदेव के पुरखों को राज्य की ओर से सौ गाँवों की जमींदारी प्राप्त थी। जब अंग्रेजी राज ने पलामू में अपनी जड़ें मजबूत कर लीं तो लाल साहबों ने हवा की दिशा-गति को पहचाना था। अंग्रेजों के साथ हो लिये थे लाल साहब। रायबहादुर की उपाधि तक प्राप्त की थी।

—''अब आप भी बैठिये न सुधीर बाबू! बैठ जाइये भाई।'' आदेश मिला।

हाथ जोड़े रहा सुबीर। करबद्ध अपने स्थान पर बैठते-बैठते सुबीर ने विनती की—''आप मेरे लिए ईश्वर का रूप धर कर मुझे इस विपदा से उबारें गँउआँ। पीढ़ियों से आप इस क्षेत्र के राजा गँउआँ हैं। स्नेहवश मैं भी गँउआँ कहता हूँ तो मुझे भी कहने दीजिये। यह हक तो मैं आपसे लेकर ही मानूँगा।''

—''रक्षा तो ईश्वर करते है। सुधीर बाबू—'' मन्द-मन्द मुसकाये लाल साहब—'' हाँ अपनी शक्ति भर आपकी सहायता का मन बना लिया है हमने भी। पर आपको थोड़ा रुकना पड़ेगा।''

कृपालु मुस्कान से सुबीर को कृतज्ञ करते प्रभूदयाल शाहदेव ने वचन दिया।

—''मैं छुट्टी ले लेता हूँ। बराबर डालटेनगंज में, आपके हुक्म की प्रतीक्षा में उपस्थित रहूँगा।''

—''देरी का कारण है सुधीर बाबू। अभी पटना-राँची में उथल-पुथल का आलम है। नवम्बर में बीस-पच्चीस तक बिहार बँटना तय है। सरकारी अमला जब तक स्थिर नहीं होता, बदली-बहाली की बात कौन सुनेगा? समझ रहे हैं न बात...?''

—''बात आपकी सही है गँउआँ लेकिन बिहार विभाजन के बाद नये राज्य

में ट्रांसफर-पोस्टिंग तो और भी कठिन होगा।''

—''ए सुधीर बाबू, जानते हैं, हमारी कोयल नदी पलामू की गंगा है? कोयल की बाढ़ में पड़ने वाला जितना छटपटाता है उतना ही डूबता जाता है। धारा में देह को शान्त छोड़ देंगे तो अपने आप उतराते किसी किनारे निकल जाएँगे।''

शंकित मन सुबीर लाल साहब से किसी पक्के आश्वासन की आशा कर रहा था कि पुनः भीतर वाले कक्ष में रखा टेलीफोन बजने लगा! तारा बाबू लपक कर भीतर गये। टेलीफोन-सेट उठाये वापस लौटे और टेलिफोन का चोंगा लाल साहब को थमा दिया।

टेलीफोन पर वार्तालाप करते लाल साहब को सुनना मनोरंजक भी था और सूचनापरक भी! भावी झारखंड की राजनीतिक गतिविधियाँ चरम पर थीं और दूरसंचार के कारण वाद-संवाद गर्म था।

—''ना-ना गाँधीवाद करने से सत्ता नहीं मिलती अब। अजी छोड़िये भुवनवाँ को—'' बोल रहे थे लाल साहब—'' बाँझ गाय हैं भुवन बाबू। हाँ जी पूरा सहयोग देंगे। काली बाबू... ? अच्छा-अच्छा। हमने वचन दिया। समझिये राँची जाने वाला हर पुल ढह गया। कोई विरोधी विधायक राँची नहीं पहुँचेगा। अच्छा, तो काली बाबू का सुग्गा मिरचाई नहीं खा रहा है? पिंजड़ा से निकलते ही सुग्गा का गर्दन मरोड़ देंगे हम। और बढ़िया हो गया भाई, बिना चुनाव लड़े पोर्टफोलियो मिल रहा है आपको...बहुमत तो सिद्ध होना ही है...कमजोर लोग माला बनाते हैं साहेब, मजबूत लोग पहनते हैं...हाँ-हाँ...कल भेंट होगी राँची में...हाँ...पक्का...खुश रहिये...खुश रहिये...।''

वार्तालाप समाप्त कर टेलिफोन का चोंगा तारा बाबू को थमाते लाल साहब का चेहरा मेघरहित व्योम में खिले मध्याह्न सूर्य-सा दपदपा उठा! सुबीर को भेदभरी आँखों से ताकते हुये बोले,

—''हाँ तो क्या कह रहे थे आप? आपको क्या लगता है कि बिहार से अलग होते ही झारखंड में आदिवासी राज हो जायेगा? हमारा कोई वजन ही नहीं रह जाएगा पलामू में... ?''

—''मेरा यह मतलब नहीं था गँउआँ।'' सिकुड़ गया सुबीर।

—''ऐसा नहीं होगा सुधीर बाबू! मुख्यमन्त्री कोई बने हमें परवाह नहीं। तब भी राज्य की लगाम तो केन्द्र की गैर-आदिवासी सरकार के हाथ में ही रहेगी न? गद्दी पर बैठने वाला आदिवासी भी अपना आदिवासीपन त्याग कर हमारे ही रंग में रँगा आदमी होगा।''

आत्मविश्वास से भरे लाल साहब की आँखें सिकुड़ गयी थीं मानो सुई

में धागा पिरो रहे हों। सुबीर मौन रहा। लाल साहब कहते रहे,

—"आदिवासी मुख्यमन्त्री भी होगा तो वह केन्द्र सरकार की गोदिया सन्तान ही होगा सो आप चैन रखिये। नये झारखंड में हम और बड़ी ताकत बन कर उभरेंगे। आपकी बदली सुरक्षित और बरक्कत वाली जगह पर कराने का जिम्मा हम लेते हैं।"

—"मैं तो कोयल किनारे सूर्यमन्दिर में आज ही प्रसाद चढ़ाऊँगा कि गँउआँ का प्रताप बना रहे।" सुबीर ने कहा।

—"बना रहेगा। हमारे समर्थन के बिना पलामू में सरकारी व्यवस्था चार डेग नहीं चलती। हमीं लोग थे जिन्होंने आर्थिक नाकाबन्दी कर डालटेनगंज में रेल का चक्का जाम कर दिया था।" बोले तारा बाबू।

—"झारखंड की आदिवासी बहुल राजनीति भी बिना गैर-आदिवासी समर्थन के नहीं टिक सकेगी सुधीर बाबू। जहाँ इतने दिन काटा वहाँ महीना दिन और काट लीजिए।" लाल साहब ने आश्वस्त किया।

प्रभूदयाल शाहदेव आसन छोड़कर उठ खड़े हुए। यह वार्तालाप का पटाक्षेप था।

—"मैंने अब अपना भविष्य आप ही के हाथों में छोड़ दिया है गँउआँ।" हाथ जोड़े खड़ा हो गया सुबीर।

—"अरे नहीं साहेब। आपका भविष्य आपके हाथ में ही है! आपका ध्यान हम रखें, हमारा ध्यान आप रखें...इसी तरह देस-समाज चलता है।"

—"जी गँउआँ...!" कृतज्ञ सुबीर। सम्भावित उपकार के बोझ से पीठ अभी से दुहरी हुई जा रही थी।

लाल साहब पुनः अपने कक्ष में समा गये! तारा बाबू ने हाथ में थमा टेलिफोन-सेट मेज पर रखते हुए बाहर की ओर इशारा किया।

—"आइए चलें...!"

प्रभूदयाल शाहदेव की कोठी से बाहर निकलते ही सुबीर ने तारा बाबू से अपनी आपत्ति दर्ज की;

—"सुन रहे थे न आप छोटे सरकार? लाल साहब हमें सुधीर-सुधीर कहते रहे?"

—"अरे क्या ऽऽ आप भी सुबीर बाबू! बाउजी व्यस्त आदमी हैं। एकाध अच्छर इधर-उधर हो गया तो क्या हुआ? अब बाउजी आपको भूलेंगे थोड़े? उनका दिमाग अभी भी बहुत ठोस है।"

—"आप देख ही लीजिएगा छोटे सरकार। कही ट्रांसफर लेटर पर भी सुधीर ही न टँका जाय।"

ठठाकर हँसे तारा बाबू! गालों की लटकी चर्बी और आँखों के नीचे लटकी थैलियाँ झुला-झुला कर हँसे फिर सुबीर के कन्धे पर हाथ रख कर बोले।

—"एतना कच्चा गोटी हमलोग नहीं खेलते सुबीर बाबू! काम होगा तो एकदम पक्का होगा। जब आप रुपया पहुँचाने आइएगा तो आपका नाम, उपनाम, पता...सबकुछ डायरी में लिख लिया जाएगा। चैन रखिए और विचार कीजिए कि कहाँ बदली चाहते हैं आप?"

—"जंगल से बाहर, कहीं भी।" सुबीर ने कहा।

—"जहाँ चाहेंगे होगा, देहात क्षेत्र में दो से तीन तक लगेगा। डालटेनगंज के आस-पास के ब्लॉक का रेट तो बहुत महँगा है।"

—"चैनपुर, शाहपुर या विश्रामपुर...?" सुबीर ने टटोला।

—"विश्रामपुर जाइएगा?"

—"जरूर।"

—"पाँच लाख...!" तारा बाबू ने पंजा लहराया।

खुलेआम पदस्थापन की खरीद-बिक्री...! यह सबकुछ एक सामानान्तर दफ्तर चलने जैसा ही तो था! वह भी प्रतिष्ठित लाल साहब के द्वारा! सुबीर अनुमान नहीं लगा सका कि कितने पहुँचे हुए हैं प्रभूदयाल शाहदेव! सीधे मन्त्रालयों के ही दलाल हैं या नौकरी-पद-स्थानान्तरण बेचने वाले दलालों के प्रतिनिधि...!

हक्का-बक्का नहीं हुआ था सुबीर। ज़मीन से आसमान तक तने इस तन्त्रजाल से अब कोई अनभिज्ञ नहीं रहा है! आवश्यकता होती है इस जाल के सही सूत्र को पकड़ लेने की।

सीधी बात थी कि तारा बाबू जरूरतमन्द को भाँपते थे। ग्राहक सुरक्षित लगा तो उसे लाल साहब तक पहुँचाते थे। लाल साहब ग्राहक को तौलते थे। लाल साहब द्वारा ठेका उठाते ही अग्रिम धन तारा बाबू टेकते थे। काम हो जाने के बाद पूरा भुगतान वसूल पाते थे! कितना नियोजित और व्यवस्थित होता है भ्रष्टाचार का तन्त्र! आज कोई सरकारी सेवा इतनी सुनियोजित और सुव्यवस्थित रही ही नहीं!

तारा बाबू के मीनपुच्छ की भाँति लहराते पंजे को थाम कर बोला सहमत सुबीर,

—"एडवांस देने कब आ जाएँ?"

—"आपसे क्या बयाना लेना सुबीर बाबू? सँपेरा कभी सँपेरे को ताबीज नहीं बेचता। झारखंड की घोषणा होने दीजिए फिर पूरा पेमेंट एक ही बार...बात और विश्वास भी तो कोई चीज है।"

—"जैसा आप चाहें।" सुबीर ने वायदा किया।

—"बदली की चिट्ठी हाथ में लेकर पढ़ लीजिएगा तभी दीजिएगा रुपया! ओरिजिनल लेटर वैसे भी पूरा पेमेंट के बाद ही मिलता है।"

—"मुझे कोई आपत्ति नहीं छोटे सरकार। मुझे हर शर्त मंजूर है। इस साँसत से जान छूटे बस...!"

भ्रष्ट अफसरशाही, भीरु ग्रामीण, लक्ष्यभ्रष्ट भूमिगत संगठन, भ्रष्ट जनप्रतिनिधियों और अभिशप्त दुर्भिक्ष का दूसरा नाम हैं महुआटाँड़...या पलामू? एक महुआटाँड़ से छूटने को व्यग्र था सुबीर परन्तु महुआटाँड़ तो पलामू के कोने-कोने में था। महुआटाँड़ एक स्थान विशेष है भी नहीं। वह पूरा पलामू है या पूरा पलामू ही महुआटाँड़ है।

हाथ मिले। मुस्कराहटों का आदान-प्रदान हुआ। सौदा पक्का होने के बाद हल्के मन के साथ प्रभूदयाल शाहदेव की कोठी से विदा हुआ सुबीर! महुआटाँड़ के भयंकर चक्रव्यूह से सुबीर की निकासी अब मात्र समय की बात थी!

जिसे दो कौड़ी का आदमी कहा करता था सुबीर झा, उसी दो-टकिये आदमी के सामने गिड़गिड़ा कर याचना करनी पड़ी थी! जिसे पलामू का सबसे बड़ा माफिया सरगना, सामन्त और भ्रष्ट राजनीतिज्ञ कहा करता था सुबीर झा उसी के जूतों पर आज नाक रगड़नी पड़ी थी। जिन लोगों से अकड़ कर बात किया करता था महुआटाँड़ का प्रखंड विकास पदाधिकारी सुबीर झा, अब अपने प्रखंड कार्यालय जाते हुए ईश्वर से मन्नतें माँगता था कि उन लोगों की व्यंग्य भरी मुस्कुराहटें देखना नसीब न हो!

जीप के विंडस्क्रीन पर सटा स्टीकर सुबीर झा को अब मुँह चिढ़ाता लगने लगा था...यू विन सम, यू लूज सम, लाइफ गोज़ ऑन...!

चौदह

तीस नवम्बर: ईस्वी सन् 2000...!

भारत का नवनिर्मित अट्ठाईसवाँ राज्य एक पखवारा पुराना हो चुका था। पन्द्रह नवम्बर को बिहार की कोख से झारखंड नामक एक नये प्रान्त का जन्म हो चुका था।

पन्द्रह नवम्बर की तिथि झारखंड में पन्द्रह अगस्त की भाँति मानो उत्सव की तारीख थी। संचार माध्यम झारखंड के जन्म पर थालियाँ बजा-बजा कर बधाइयाँ गा रहे थे। बिना किसी चुनावी झंझट-झमेले के विधायक बने रहने वाले नेतागण सोहर गा रहे थे। झारखंड के राजनीतिक-प्रशासनिक गलियारों में मिठाइयाँ बाँटी जा रही थीं।

झारखंड की जनता के बीच भी इतनी उत्सवधर्मिता बलबलाने लगी थी मानो उन्हें एक पृथक प्रान्त ही नहीं मिला था वरन् किसी विदेशी उपनिवेशवादी सत्ता की दासता से मुक्त हो गया हो हिन्दुस्तान का यह एक टुकड़ा पठार...! हास्यास्पद ढंग से एक-दूसरे को बधाइयाँ दे रहे थे लोग, मानो कोई व्यक्तिगत उपलब्धि प्राप्त हो गयी हो।

झारखंड की राजधानी राँची में तो दशहरा-दीपावली का वातावरण सिरंजा हुआ था! बड़े होटलों का आपादमस्तक छोटे रंगीन बल्बों की झालरों से जगमग कर रहा था। मोटरों और तिपहिया वाहनों में देशभक्ति के सिनेमाई गीत बज रहे थे। ढोल-माँदल के साथ मुक्ति-दिवस की रैलियाँ निकाली जा रही थीं। सड़कों पर अबीर-गुलाल उड़ रहे थे मानो किसी महान विजय का महोत्सव मनाया जा रहा हो। जगह-जगह राजनैतिक दलों की सभाएँ, बुद्धिजीवियों की गोष्ठी-परिचर्चाएँ और व्यवसायी वर्ग के सेमिनारों का आयोजन चल रहा था।

अब उत्तर बिहार की राजनीति का चिरकालीन बिहारी वर्चस्व समाप्त हो चुका मान लिया गया था। झारखंडी मूल के पुराने राजनेताओं तथा राजनीति में भविष्य तलाशते नये लोगों पर अब तक उपेक्षित दक्षिण बिहार—अब झारखंड के विकास का महती दायित्व आ पड़ा था। उद्योगधन्धों और श्रमशक्ति के लिए ख्यात झारखंड, की सम्पदा तथा खनिज धन हेतु विख्यात झारखंड, चिरकाल से शोषित-उपेक्षित एवं

अपमानित वन समाज...सबको समन्वित कर एक नया झारखंड निर्मित और विकसित करने का गम्भीर उत्तरदायित्व...!

झारखंड के राजभवन, विधानसभा, सचिवालय और मन्त्री आवास हेतु भवनों या भू-खंडों की खोज और स्थिति सुनिश्चित की जाने लगी थी। नयी स्थिति की समीक्षा और महत्त्वपूर्ण समस्याओं की प्राथमिकताएँ तय करने हेतु बैठकें शुरू हो चुकी थीं। गरीबी, कुपोषण, जलापूर्ति, कृषि, अशिक्षा, पथनिर्माण, स्वास्थ्य-सेवाओं की बदहाली और उग्रवाद...! समस्याओं की सूची लम्बी थी परन्तु इनसे निपटने हेतु आवश्यक थी राज्य में शान्ति और सुव्यवस्था ताकि सुशासन में विकास कार्यों को सुचारु रूप से गतिमान किया जा सके।

झारखंड के राजनैतिक परिदृश्य पर एक बुद्धिजीवी राजनेता की छवि के साथ उभर चुके थे भुवनेशचन्द्र सान्याल और उनकी टिप्पणियों को गम्भीरता के साथ लिया जा रहा था जैसे कि यह...'' खान-खदान से ही झारखंड का विकास होना होता तो कोयले के खजाने पर बसे गिरिडीह और अभ्रक की खान कोडरमा से भूख-गरीबी कब की समाप्त हो चुकी होती। विकास तब तक एक दिवास्वप्न होगा जब तक कि झारखंड में मूलभूत ढाँचे...बिजली, पानी, सड़क, स्वास्थ्य, शिक्षा और सर्वोपरि कानून-व्यवस्था को बहाल नहीं किया जाता...।''

झारखंड में कानून-व्यवस्था की सबसे महत्त्वपूर्ण समस्या को तभी निर्मूल किया जा सकता था जब झारखंड के गाँव और जंगल में फैले भूमिगत संगठनों के संजाल को समाप्त कर बन्दूक उठाने वालों को राज्य के विकास की मुख्यधारा से जोड़ लिया जाता। पन्द्रह नवम्बर वर्ष दो हजार तक के तथाकथित 'जंगल राज' में किन्हीं कारणों से हथियार उठाने को विवश नागरिकों की सामाजिक पुनर्प्रतिष्ठा के बिना शान्ति व्यवस्था असम्भव थी। अत: यह अपरिहार्य माना गया था कि दर्जनों की संख्या में उगे भूमिगत संगठनों के आधिकाधिक सदस्य सरकार के समक्ष आत्मसमर्पण करें!

कतिपय शर्तों के साथ राज्य की नयी सरकार इस दिशा में पहल भी कर चुकी थी! भूमिगत संगठनों के नाम एक खुली अपील सारे प्रमुख समाचार पत्रों तथा संचार माध्यमों के द्वारा जारी की गयी थी कि भूमिगत संगठनों से जुड़े लोग अपने हथियार रख कर शान्तिवार्ता की मेज पर उपस्थित हों। सरकार वहाँ उनका स्वागत करेगी तथा राज्य सरकार के प्रतिनिधियों के साथ बातचीत के आधार पर विभिन्न संगठनों की समस्याओं और शर्तों पर विचार किया जाएगा।

कुछ संगठनों ने इस सरकारी अपील पर कान तक नहीं दिया था, कुछ संगठन इसे ढपोरशंखी अपील कह कर खारिज कर चुके थे, कुछ संगठनों ने इस अपील को सरकारी धोखा और झारखंड निर्माण को झूठी आज़ादी करार देते हुए नाकारात्मक बयान जारी किये थे और अपनी लड़ाई जारी रखने की घोषणा की थी!

'झामुद' की औरंगाबाद लेस्लीगंज और विश्रामपुर शाखाओं ने अवश्य इस अपील का स्वागत करते हुए नयी व्यवस्था की ओर से इसे एक सकारात्मक पहल बताया था।

जिन मुट्ठी भर संगठनों की ओर से 'मानवीय व्यवहार' और 'पुर्नवास के अवसर' की शर्तों पर सकारात्मक प्रतिक्रिया आयी थी, 'झामुद' की महुआटांड़ शाखा उनमें से एक थी!

महुआटाँड़ के एरिया कमांडर ददुआ मानकी ने तो महुआटाँड़ के क्षेत्रीय संवाददाता के माध्यम से पलामू के क्षेत्रीय समाचार-पत्र 'मेदिनी मेल' में अपने आत्मसमर्पण की घोषणा ही कर डाली थी। राज्य की राजनीति और सूचना माध्यमों ने इस सम्भावित समर्पण को सरकार की एक महत्त्वपूर्ण उपलब्धि के रूप में रेखांकित किया था। जिला मुख्यालय से दूर स्थित प्रखंड महुआटाँड़ के सरकारी कर्मचारियों, छोटे-मँझोले किसानों, व्यापारियों और बुद्धिजीवी समाज ने 'झामुद' की इस घोषणा को चैन की साँस के रूप में ग्रहण किया था।

ददुआ मानकी प्रशासन की सुविधानुसार पलामू के जनप्रतिनिधियों या किसी अधिकृत पुलिस उच्चाधिकारी के समक्ष सार्वजनिक रूप से हथियार समर्पण का इच्छुक बताया जा रहा था। अब स्थान और समय नियत करने का दायित्व जिला प्रशासन का था।

'झामुद' के क्षेत्रीय प्रतिनिधि का बयान 'मेदिनी मेल' के मुख्य पृष्ठ पर बॉक्स में प्रकाशित देख 'झारखंड मुक्ति दल' के सुप्रीमो कालीपद दत्त की नींद उड़ गयी थी। ददुआ मानकी का आत्मसमर्पण काली बाबू के सपनों, लक्ष्य, कार्यनीति...हर चीज को मटियामेट कर सकता था। वे सक्रिय हो उठे थे।

पलामू की प्रत्यक्ष और प्रच्छन्न राजनीति के एक कद्दावर व्यक्तित्व, महुआगढ़ के लाल साहब, महुआटाँड़ क्षेत्र के राजा गँउआँ और सम्प्रति जिला मुख्यालय डालटेनगंज के एक सम्मानित व्यक्ति प्रभूदयाल शाहदेव के दरबार में हाथ जोड़े उपस्थित हो चुके थे कालीपद दत्त!

—"टीका तो हथियार रख रहा है गँउआँ।"

—"रखने दीजिए...ठीक तो है।" लाल साहब ने अरुचिपूर्वक कहा था।

—"कैसे रखने दें गँउआँ? बन्दूक छोड़ते ही टीका को गिद्ध की तरह नोचेंगे अखबार वाले। टेलिविजन वाले पता नहीं कैसे-कैसे प्रश्न पूछने लगेंगे। कहीं टीका ने हमारा नाम उछाल दिया तो हमारी तो राजनीतिक हत्या ही कर डालेगा यह जंगली बन्दर।"

कोई प्रतिक्रिया नहीं...! दाँत पीसते विवश कालीपद दत्त को देख-देख मुस्काते रहे थे प्रभूदयाल शाहदेव।

—"मैं आपकी गाय हूँ गँउआँ! सहमति; समर्थन, सेवा...जो कुछ मेरी शक्ति है, सब आपको सौंप चुका हूँ।" काली बाबू ने याद दिलाया था।

—"अरे कह दीजियेगा न कि यह सब आपके विरोधियों की साजिश है।"

—"इतना आसान नहीं होगा गँउआँ। टीका को झुठलाना बहुत कठिन...आपको तो पता है वह मेरा विश्वस्त सेवक रहा है। हमारे खिलाफ इतने सबूत उसके पास होंगे कि-कि...!"

—"जो उछाल सकता है टीकवा, उसे उछालने दीजिये काली बाबू! आपको कुछ नहीं होगा। रेभेन्यू टिकट साट कर लिखने को तैयार हैं हम कि कोच्छ नहीं होगा।" लाल साहब ने आश्वस्त किया था।

—"बात को समझिये गँउआँ...

—"समझिये आप और बिन लिखा संविधान भी जानिये आप काली बाबू कि किसी छोटे-से-छोटे राजनीतिक आदमी को किसी बड़े-से-बड़े अपराध के लिए भी किसी प्रकार की सजा भारत में कभी नहीं होगी।...अभियोग लगते हैं भाई। चार दिन हल्ला-गुल्ला मचता है। अखबार वाले मजा लेते हैं, जनता रस लेती है और बात खत्म! बच्चे के फुलौना जैसा विरोधी लोग महीना भर बात फुलाते हैं। फुलाते-फुलाते एक दिन फुलौना फटाक-से फूट जाता है। जमानत ले-ले कर सैकड़ों सांसद-विधायक अपराध की कमाई से मलाई काट रहे हैं। संसद तक में बैठे राज कर रहे हैं। अब बरसों-बरस चलता रहे साला मुकदमा। जिनगी भर मलाई चाभेंगे लोग। फैसला आने तक तो ऐसे भी बुढ़ा कर मर ही जाना है।"

—"आप हँसी कर रहे हैं गँउआँ? यहाँ जान पर तलवार लटक रही है।" खिन्न हो उठे थे काली बाबू—

"आपके केस का भी कोई फैसला आपके जीते जी नहीं होगा सो ग्रांटी देते हैं हम।" हँसने लगे थे लाल साहब।

—"आप तो हर बात को आसान समझते हैं। आपके लिये तो सबकुछ आसान है भी, सो कौन नहीं जानता? परन्तु कोर्ट-कचहरी में एक बार फँसने के बाद बेदाग छूटना इतना आसान नहीं होगा गँउआँ। हम न तो विधायक हैं, न सांसद है।" कसमसा उठे थे काली बाबू—

"नहीं हैं तो अबकी चुनाव में हो जाएँगे आप भी विधायक।" लाल साहब ने मानो वरदान दिया था।

—"तब तक तो हमारा जहाज ही डूब जाएगा गँउआँ।"

जिस साँसत में पड़े थे कालीपद दत्त वह गली बड़ी संकरी थी। प्रभूदयाल शाहदेव ने उस संकरी जगह में अपना पेंच कसना शुरू किया,

—"आपके 'झामुद' ने हमारा बहुत नुकसान किया है काली बाबू। आपका वह बूढ़ा सुग्गा, क्या नाम? हाँ टीकवा, इस साल हमारे महुये का बिजनेस ही चौपट कर दिया इस धाँगड़ ने। बहुत भरोसा था आपको जंगली लोग पर...? तो अब भोगिये।"

—"ऐसा मत बोलिये गँउआँ। हम तो मर जाएँगे इस विभाजन के दरियाव में।"

—"जानते हैं न कि बाढ़ में साँप-नेउर दोनों को एक ही काठ पर बहना पड़ता है?

—"काली की सौगन्ध...दुर्गा की सौगन्ध, जो अब आपसे दगा करूँ। मुझे अपना दास समझें। मुझे अभय दें आप!"

—"ठीक है! एकदम साफ बात बोलिये, हम क्या सहायता करें आपकी?" गम्भीर हुये थे लाल साहब—"आप क्या चाहते हैं?"

—"टीका को सरेंडर करने से रोकना।"

—"असम्भव! एस.पी. को अभी नहीं जानते आप! बहुत टेंटिया आदमी है यह संजय लकड़ा। ऊपर से कलेक्टर मिहिर सेन भी कड़ा पानी का...टीकवा का सलेंडर तो होना तय समझिये। अटल बात...।" लाल साहब ने निराश किया था।

—"फिर टीका का मुँह बन्द करने का उपाय सोचिये गँउआँ! यह काम तो आपको करना ही होगा।" गिड़गिड़ा उठे थे काली बाबू।

—"हाँ! रिस्क तो है पर यह काम हो सकता है—"लाल साहब की आँखें सिकुड़ गयी थीं—" पर दो-चार दिन तो फिर भी रुकना होगा। एक बार टीकवा जेल पहुँच जाय फिर तो उसका मुँह हमेशा के लिए भी बन्द किया जा सकता है।"

—"खर्च की चिन्ता नहीं गँउआँ।"

—"ठीक है। हम जुगाड़ लगाते हैं।"

—"लेकिन इन्हीं दो-चार दिनों में टीका ने मुँह फाड़ दिया तो? जनता के बीच का आदमी है! कहीं जेल से ही चुनाव न लड़ने लगे।"

—"अब इतना खतरा तो आपको उठाना ही होगा काली बाबू...हाँ झारखंड में कोई चुनाव अभी नहीं होने वाला। अभी भोट-सोट भूल जाइये। अगर टीकवा ने मुँह फाड़ा भी तो आप उसे चीन्हने से भी इन्कार कर दीजिये। उल्टे आरोप लगा दीजिये कि आपका किसी उग्रवादी से कोई सरोकार नहीं। आपकी पार्टी से मिलता-जुलता नाम रख कर टीकवा खून-खराबा कर रहा था। अब आपके विरोधियों से रुपया खा कर उनकी शह पर आपकी छवि खराब करने को जाल रच रहा है।"

—"हाँ...यह तो ठीक है...!" डूबते काली बाबू को तिनका मिला था।

—"आप बेकार में इतना डेरा रहे हैं। कौन साथ देगा टीकवा का? कौन उसका मुँह खुलवायेगा?"

—"कौन की कमी नहीं है गँउआँ। एक तो भुवन ही है। जरूर प्रयास करेगा

कि कोई उपद्रव खड़ा करे।''

—''धत्त...! भुवन तो बिना अंडकोष का बैल है। उससे कुछ खड़ा नहीं होगा।''

अपने भदेस व्यंग्य पर हँस पड़े थे प्रभूदयाल शाहदेव परन्तु कालीपद दत्त की तो मानो हँसी ही खो चुकी थी। दु:श्चिन्ताएँ ऐसी कि आश्वासनों की भारी खुराक के बावजूद शमित नहीं हो पा रही थीं।

—''भुवनेश हमारा राजनैतिक प्रतिद्वन्दी है गँउआँ। हमारे सारे भेद जानता है। हमारी कमजोरियाँ जानता है। उसे एक मौका मिला है यह, तो परेशानी पैदा करने से क्यों चूकेगा?''

—''बिना अंडकोष का बैल कुछ पैदा नहीं कर पाता काली बाबू। बस जहाँ-तहाँ थूथन रगड़ सकता है! भुवनवाँ को नाथने का जिम्मा हम पर छोड़िये न भाई...!''

—''अब तो आप ही का सहारा है। सरकार ने तो एक साल के लिए हमारा हाथ-पैर ही काट दिया है।''

—''बस! अब कुछ मत बोलिये! हमने जिम्मा उठा लिया तो उठा लिया।''

सचमुच कोई समस्या नहीं खड़ी कर पाये थे भुवनेशचन्द्र सान्याल! कोई उपद्रव सम्भव था भी नहीं! जिस शहर को अब जोश के साथ एक नये नाम—मेदिनी नगर-के रूप में प्रक्षेपित कर रहे थे समाचार-पत्र, जबकि नगर की दुकानों-मकानों पर टँगे नामपट्ट पर अभी भी शहर का पुराना-प्रचलित नाम ही सवार था, उस शहर डालटेनगंज के वर्तमान आरक्षी अधीक्षक संजय लकड़ा की व्यवस्था इतनी सटीक और सुव्यवस्थित थी कि शहर में किसी गड़बड़ी या आन्दोलन को हवा देना सम्भव नहीं हो सका था! रहे गाँव, तो वहाँ भुवनेशचन्द्र सान्याल की न कोई जड़ थी, न जनाधार था, न ही कोई नामलेवा था।

अन्तत: प्रतीक्षित तीस नवम्बर की वह तारीख आ ही गयी थी जब डालटेनगंज के हृदय में स्थित शिवाजी मैदान में एक भव्य समारोह का आयोजन हो रहा था! नये राज्य के उदय पर स्थानीय जनता की प्रतिक्रिया तथा शहर के कुछ बड़ों के उद्‌गारों का प्रकटीकरण शिवाजी मैदान में होने वाला था! क्षेत्र के विधायक का सार्वजनिक अभिनन्दन करने वाले थे 'पलामू चैम्बर ऑफ कॉमर्स' तथा 'पलामू बार एसोशिएसन' के पदाधिकारी! इसी समारोह में पलामू के कलक्टर की उपस्थिति में 'झामुद' की महुआटाँड़ इकाई का एरिया कमांडर ददुआ मानकी अपने कुछ समर्थकों के साथ आत्मसमर्पण करने वाला था।

आत्मसमर्पण से पूर्व ददुआ मानकी को मीडिया से दूर रखने की योजना के अन्तर्गत आत्मसमर्पणकारियों को डालटेनगंज में किसी गुप्त स्थान पर रखा गया था। अब पुलिस की सुरक्षा में, पुलिस विभाग की एक बख्तरबन्द गाड़ी में सवार ददुआ

मानकी अपने साथियों के साथ शिवाजी मैदान तक लाया जा रहा था।

पुलिस लॉरी में, चालक कक्ष में चालक के साथ चार रायफलधारी कमांडो बैठे थे। ददुआ मानकी को महुआटाँड़ से डालटेनगंज तक सुरक्षित लाने वाले महुआटाँड़ के थाना प्रभारी भोला पासवान पर ही ददुआ को शिवाजी मैदान तक पहुँचाने की जिम्मेदारी सौंपी गयी थी!

भोला पासवान समर्पणकारियों के साथ ही पीछे वाले बन्द कक्ष में बैठा था। जब वह बख्तरबन्द गाड़ी शहर की सीमा में प्रविष्ट होने लगी तो भोला पासवान ने अपनी वर्दी के भीतर छुपाई दो छोटी पिस्तौलें निकालीं। पिस्तौलें ददुआ मानकी की ओर बढ़ाते हुये पासवान ने दबी आवाज़ में याचना की।

—"रख लो ददुआ।"

—"अब हम इसका करेंगे क्या?" बीरन ने पूछा

—"समय का कौन ठिकाना रे! क्या पता कहाँ धोखा हो जाय...!"

धोखा...! सन्नाटे में था ददुआ मानकी! ददुआ मानकी के साथियों के कलेजे भी हद्द-हद्द करने लगे। भयंकर घात...!

पन्द्रह

बीस नवम्बर: ईस्वी सन् 2000/सुबह...!

पृथक प्रान्त झारखंड की अधिसूचना जारी होते ही सुबीर झा आशान्वित हो उठा था! प्रभूदयाल शाहदेव का दर्शन कर लेना अनिवार्य लगने लगा था।

वह प्रभूदयाल शाहदेव की कोठी पर उपस्थित हुआ था! तुरन्त उसे लाल साहब के निजी कक्ष में बुलवा लिया गया था जहाँ प्रफुल्ल बढ़का गँउआँ ने विहँसते हुये आगवानी की थी।

—"पता चल गया क्या जी सुधीर बाबू?"

—"किस बात का?" अनभिज्ञ सुबीर।

—"माने चिट्ठी अभी नहीं मिली आपको। बैठिये...बैठिये...।" सुबीर को तपाने लगे थे लाल साहब।

उत्सुक सुबीर...! लम्बे समय से वह छुट्टी पर रह रहा था। अब तो छुट्टियाँ भी समाप्त हो चली थीं और झारखंड की राजनैतिक-प्रशासनिक व्यवस्था में भी उथल-पुथल भरे परिवर्तनों की धमक सुनाई दे रही थी।

सुबीर ने दफ्तर में योगदान हेतु किसी विभागीय आदेश-पत्र या मेमो की आशा की थी जिसे कारण बताओ पत्र के नाम से जाना जाता है परन्तु बोल-चाल की दफ्तरी भाषा में इसे 'लव लेटर' कहा जाता है!

—"कैसी चिट्ठी...?" सुबीर ने पुनः पूछा था।

—"बधाई हो सुधीर बाबू! आपकी बदली हो गयी है—" हँस पड़े थे लाल साहब—"लगता है इधर आप महुआटांड़ से एकदम्मे कट गये हैं। आपकी चिट्ठी आपके औफिस में पड़ी होगी।"

सुसंवाद...! हर्षातिरेक से सुबीर के रोंगटे खड़े हो गये थे। कृतज्ञताज्ञापन हेतु सटीक शब्द ढूँढ़ते जीभ लड़खड़ाने लगी थी। सचमुच प्रभूदयाल शाहदेव चमत्कार कर सकते थे झारखंड में। चमत्कार कर चुके थे।

पटना उच्च न्यायालय के वकील त्रिलोकी सिंह प्रभूदयाल शाहदेव के सारे

केस-मुकदमों की पैरवी करते थे! उच्च न्यायालय पटना के परिसर में बाबू टी. सिंह एडवोकेट के नाम का दमामा बजता था! त्रिलोकी सिंह ने ही पटना सचिवालय में सक्रिय एक तेज-तर्रार बिचौलिये उस्मान अंसारी के माध्यम से प्रभूदयाल शाहदेव का काम करवाया था। कैसे..., बता रहे थे प्रभूदयाल शाहदेव,

—"पटना निकल गये थे। देखा सुधीर बाबू कि मन्त्रालय से सचिवालय तक ट्रांसफर-पोस्टिंग का तो हाट-बाजार ही खुला हुआ है। लक्ष्मी बटोरने का महापर्व। हमने भी सोचा कि बिहार बँटने के बाद सचिवालय-मन्त्रालय वगैरह ठीक-ठीक होने में पता नहीं कितना समय लगे...है कि नहीं?"

—"जी...सो तो है।" सुबीर ने सिर हिलाया था।

—"हाँ भाई। कर्मचारी लोग से जोड़-जुगाड़ बैठाने में समय तो लगता ही है और हमने देखा था कि आप बहुत परेशान हो रहे थे...नहीं...?"

—"जी! चिन्तित तो जरूर था।" शिष्ट स्वर में सुबीर ने स्वीकार किया था।

—"बस, गोठी बैठाकर देखने में कोई हर्ज नहीं लगा हमें। सोचा, क्या पता आपका भाग्य प्रबल हो...। रुपया तो बहुत लग गया सुधीर बाबू लेकिन चलिये...आपका काम तो हो गया? हमें खुशी हुई कि हमारा वचन नहीं टूटा।"

—"जी, मैं छोटे सरकार से भेंट कर लेता हूँ।"

सुबीर ने शेष रकम शीघ्र चुका देने का संकेत किया था परन्तु प्रभूदयाल शाहदेव ने आश्वासनों पर जीना नहीं सीखा था। बोले थे,

—"हाँ कुछ एडभांस दिया था आपने, तारा बाबू ने बताया था। आपकी सरकारी चिट्ठी तो महुआटाँड़ भेजी गयी होगी ही। चाहें तो अभी नकल दिखा सकते हैं हम। फोटोस्टेट...! मन न माने तो महुआटाँड़ से लौटने के बाद ही बाकी रुपया—कहा, मैंने माना। काम हो गया है।"

"लज्जित न करें गउँवाँ"—सुबीर ने बात काटी की—आपने कहा, मैंने माना, काम हो गया है।

—"ना-ना...! आदमी चीन्हने की चीज है सुधीर बाबू और रुपया गिनने की चीज है। कागज पत्तर है बीनने की चीज सो देख ही लीजिये।"

प्रभूदयाल शाहदेव ने साग्रह सुबीर को उसके स्थानान्तरण आदेश की छायाप्रति दिखाई थी। सुबीर को वांछित विश्रामपुर प्रखंड के विकास पदाधिकारी के पद पर स्थानान्तरण होने का आदेश किया गया था और पत्र प्राप्त होने की तिथि से ही योगदान करने का निर्देश भी टंकित था! अब सुबीर को मात्र अपना योगदान पत्र दस्तखत करने की देरी थी अन्यथा अब वह विश्रामपुर का प्रखंड विकास पदाधिकारी था।

सुबीर ने पटना तक फैली प्रभूदयाल शाहदेव की पैठ और पहुँच का सिक्का मान लिया था। जबकि उसके स्थानान्तरण में प्रभूदयाल शाहदेव की पहुँच या पैरवी का योगदान शतांश मात्र था। मुख्य योगदान था प्रभूदयाल शाहदेव की समय को भुनाने की योग्यता और उस रुपये का जो मनोवांछित पदास्थापन-स्थानान्तरण हेतु पटना सचिवालय में लुटा रहे थे अधिकारी, पदाधिकारी और सेवाकर्मी।

बिहार विभाजन से पूर्व की अफरा-तफरी में इस विभाग से उस मन्त्रालय तक भाग रहे थे किरानी, बिचौलिये और दलाल! नेता-मन्त्रियों के दफ्तरों में हड़बोंग मचाने की भाँति ठंडी कब्रों में दफन फाइलें खोद-खोद कर निकाली और निपटाई जा रही थीं। भावी झारखंड हेतु लाभप्रद फाइलों पर 'नोट ऑफ डिसेंट' गोदे जा रहे थे। 'डिस्कस' टाँके जा रहे थे। प्रशासनिक पदाधिकारी और मन्त्रीगण बिहार के हित वाली महत्त्वपूर्ण संचिकाओं पर होड़ मचाने की भाँति सहमतियाँ पैदा कर रहे थे ताकि भविष्य में अधिकतम मलाई उनके हिस्से में चाटने हेतु उपलब्ध होती रहे!

संचिकाओं की इस भगदड़ में, अन्धाधुन्ध हस्ताक्षरों की बरसात के समय में किसी मन्त्री महोदय के निजी सलाहकार या सचिव को कुछ उत्कोच देकर अपनी भी एक संचिका दौड़ा ले जाना कोई कठिन कार्य नहीं था। स्वयं मन्त्री महोदय की सहमति हो गयी तो सुबीर या सुबीर जैसे कई लोगों के पदास्थापन-स्थानान्तरण की पूरी सूची को ही अनुमोदित करा लेना और भी सहज-सरल था।

फिर मन्त्री महोदय करते भी क्या हैं? कितने मन्त्री हैं इतने शिक्षित-सक्षम जिन्हें अपने विभाग के बुनियादी ढाँचे की भी जानकारी होती है? विकास, कर्तव्य या कार्यप्रणाली को समझने की अनिवार्यता कितने मन्त्री समझते भी हैं? जो समझते भी हैं, उन्हें अवकाश कहाँ होता है गैर-सरकारी या दलगत कर्तव्यों से? उन्हें तो अपने अधीनस्थ अधिकारियों की जंजीर से ऊपर खिंचती आती संचिकाओं पर जड़ी नोटशीट या संस्तुति को भी पढ़ डालने का समय नहीं मिल पाता। बस चिड़िया की भाँति बिठा देते हैं एक हस्ताक्षर।

यदि भविष्य में कोई गलती-गड़बड़ी पकड़ में आयी तो विभागीय कार्रवाई का ठीकरा किसी अधीनस्थ कर्मचारी, किसी बाबू या किसी कनीय पदाधिकारी के सिर पर फोड़ कर अपने हाथ झाड़ लेना सरल है।

जब तक अपने ऊपर या बिल्कुल ऊपर के आलाकमान से किसी संचिका को रोकने, छानबीन करने या शीघ्र निष्पादन के संकेत नहीं मिलते, तब तक संचिकाएँ कच्छपगति से सचिवालय के विभिन्न कमरों की यात्रा करती रहती हैं।

बिहार विभाजन बज उठी सायरन ने पटना सचिवालय की कार्य-संस्कृति में हाहाकारी परिवर्तन ला दिया था। संचिकाएँ चल नहीं...उड़ रही थीं जिस प्रकार

सचिवालय के गलियारों में उड़ रहे थे रुपये।

सुबीर या सुबीर जैसे पता नहीं कितने और लोगों को यह मालूम नहीं था कि कितने लोगों की चिट्ठियों पर हस्ताक्षर की चिड़िया बिठवाने में सफल रहे थे प्रभूदयाल शाहदेव। पता नहीं कितने लालायित लोग हस्ताक्षर के इस शकुन-पक्षी के दर्शन हेतु अपनी कमीज तक दाँव पर लगा चुके थे। सुबीर का सौदा पाँच लाख में तय हुआ था। पता नहीं सामूहिक रूप में कितने लाख या करोड़ का दाँव था यह जिसे जीत चुके थे प्रभूदयाल शाहदेव। ऊपर से नीचे तक बँटने-बँटाने के बाद भी तारकेश्वर सिंह ने बड़ी रकम पीट ली थी!

दोपहर तक सुबीर शेष रुपये अर्पित करने तारकेश्वर सिंह के पास पहुँचा था तो प्रभूदयाल शाहदेव कोठी से बाहर निकले हुए थे। तारकेश्वर सिंह ने पूछा था,

—''कल सवेरे आ सकते हैं सुबीर जी? बाउजी आपसे कुछ जरूरी सलाह करना चाहते हैं।''

—''गँउआँ सलाह के लिए बुलाएँ, मेरे लिये तो यह सौभाग्य और सम्मान की बात है। जरूर आऊँगा छोटे सरकार। बल्कि शाम को ही गँउआँ के पाँव छूँ लूँ तो कोई दिक्कत...?''

—''ना...दिक्कत कैसी? आपकी सुविधा। बैठिये न, कुछ चाय-चक्कड़...!''

सुबीर ने भाँपा कि मात्र औपचारिकता थी। आग्रह जैसा कुछ नहीं। सादर टाला था,

—''बुरा न मानें छोटे सरकार, सोच रहा था तुरन्त महुआटाँड़ निकल जाऊँ। जितनी जल्दी हो अपना ट्रान्सफर लेटर ले लूँ। मैं तो सोचता हूँ कल ही विश्रामपुर जा कर ज्वाईन भी कर ही लूँ।''

—''सो भी ठीक है। मैं बाउजी को बता दूँगा कि आज शाम को आप आ सकते हैं। बाउजी घर पर ही रुकेंगे।''

—''जी...जरूर।''

मनोवांछित स्थानान्तरण-पदस्थापन पा लेने के बाद अब सहज तनावमुक्त था सुबीर झा! पिछली कई रातों से वह चैन की नींद नहीं सो पाया था। ट्रैंक्वेलाज़र्स लेने पड़ते थे। आज सुबीर को लगा था कि शायद अब उसे नींद की गोलियों की आवश्यकता नहीं होगी।

प्रभूदयाल शाहदेव की कोठी से निकला तो सीधा अपने वर्तमान अस्थायी डेरे, होटल कोयल की ओर भागा सुबीर। कुछ आवश्यक कागजात समेटने के बाद अभी भी महुआटाँड़ के लिए अन्तिम बस मिल सकती थी। घंटे भर बस महुआटाँड़ के बस-पड़ाव पर ठहरती थी फिर पुनः डालटेनगंज के लिए वापस

लौट पड़ती थी। सुबीर को महुआटाँड़ के दफ्तर में कोई विशेष कार्य था भी नहीं और डाकबँगले का ताम-झाम वह पहले ही समेट चुका था। अत: बदली की चिट्ठी प्राप्त कर रात होने तक उसी बस से डालटेनगंज वापस लौट सकता था सुबीर।

अभी सुबीर होटल कोयल से आधे फलाँग दूर नामधारी मार्केट के मुख्यद्वार तक ही पहुँचा था कि सामने चौराहे पर दिख गया सफेद भूत...! ददुआ मानकी।

नुक्कड़ पर खड़ी रहने वाले चलन्त चाय-दुकान के पास खड़े ददुआ मानकी ने बीमारों की भाँति कम्बल ओढ़ रखा था। सुबीर जानता था कि कम्बल के नीचे कोई न कोई हथियार अवश्य होता था।

लम्बे-लम्बे डग भरता सुबीर ददुआ मानकी के निकट पहुँचा था,

—"मानकी...तुम इधर? अभी?"

—"तुमको ही खोज रहे थे बिड्डी बाबू। पता चला इधर रहते हो पर सवेरे से ही तुम्हारी कोठरी में ताला लगा है।"

—"बात क्या है मानकी?"

—"बात अकेले में कहने लायक है बिड्डी बाबू। काम तो थाना-पुलिस वाला है लेकिन हमें पुलिस-थाना से जादा तुम ठीक लगे, सो मिलने आये हैं।"

ददुआ मानकी की चौकन्नी आँखें भयभीत कबूतर की भाँति हर दिशा में नाच रही थीं। सुबीर ने ददुआ मानकी की आँखों की भाषा पढ़ ली थी,

—"आओ मानकी।"

वे होटल तक पहुँचे थे। वे सुबीर के कमरे में पहुँचे थे। सकुचाते ददुआ मानकी को सुबीर ने लगभग धकेल कर सोफे पर बिठाया था।

—"हाँ अब कहो, क्या बात?"

—"हम महुआटाँड़ में 'झामुद' तोड़ रहे हैं बिड्डी बाबू।"

—"माने?"—सुबीर चौंका था—"सचमुच हथियार रख रहे हो?"

—"हाँ बिड्डी बाबू। अब बन्दूक रखना ही है! अपना राज मिल गया तो बन्दूक का काम भी खत्म! 'झामुद' का काम भी खत्म। पहले हम पाँच-सात आदमी बन्दूक छोड़ेंगे फिर बाकी आदमी को भी मनाएँगे।"

—"यह तुम कह रहे हो मानकी?" दंग सुबीर...।

—"गुरुजी भी तो पहले यही कहते थे बिड्डी बाबू कि अपना झारखंड मिलते ही 'झामुद' अपने आप खत्म मान लेना। अब अपने ही कहे से पलट गये हैं गुरुजी लेकिन हमें नहीं पलटना अपनी बात से।" ददुआ मानकी का चेहरा भावहीन था।

—"गुरुजी माने काली बाबू...?"

—"वही! अब कहते हैं 'झामुद' चलता रहेगा। गुरुजी भोट लड़ेंगे तो 'झामुद' लेवी वसूल कर उनके लिए रुपया जुटायेगा। भोट में बन्दूक चमका कर उनके लिए भोट गिरवाएगा।" ददुआ ने भेद खोला था।

—"तुम नहीं चाहते यह सब?"

—"कोटिनो[1] नहीं। अपने राज में अपने ही गाँव-गोतिया लोग पर बन्दूक चलाएँ हम? सो हमसे नहीं होगा बिड्डी बाबू।"

—"सोच तो तुम्हारा बहुत बड़ा है मानकी पर अपनी बात कहने के लिए आदमी तुमने गलत चुन लिया है। तुम्हें पलामू के एस.पी. से सम्पर्क बनाना चाहिए था। भोला पासवान से मिलना चाहिए था।" सुबीर ने पल्ला झाड़ना चाहा था।

—"गुरुजी को तुम नहीं जानते बिड्डी बाबू। कौन जाने एसपी तक पहले ही पहुँच गये हों गुरुजी। क्या-क्या लगा-बझा दिया हो और भोला पासवान क्या कम बकोटन[2] है। तुरन्त गुरुजी का कान फूँकने दौड़ जाएगा! फिर हमें राह चलते गोली ठोंकवा देगा गुरुआ और गोली मारेगा घुसखोर भोलवा...जैसे अठबकरा को मार दिया।"

—"तो तुम क्षेत्र के सांसद या विधायक को अर्जी क्यों नहीं भेजते?" विस्मित सुबीर बोला था।

—"हमें नेता लोग पर भरोसा नहीं बिड्डी बाबू।"

—"मुझ पर है?"

—"है।"

—"कहीं हवन करते मेरा हाथ जल गया तो? इस काम में खतरा है। दोधारी तलवार पर चलने जैसा और तुम जानते हो कि मैं पलामू से बाहर का आदमी हूँ।" सुबीर ने साफ-साफ कह डाला था।

—"जब तक हमार जिनगी रहेगी बिड्डी बाबू, कोई तुम्हारा नोंह[3] नहीं छू सकेगा।"

—"ठीक है! ऐसा करो, पहले मैं एक चिट्ठी लिख देता हूँ। एस.पी. साहब के नाम से अर्जी...इसे सही जगह पर पहुँचाने की कोशिश करो। आगे मैं सोचता हूँ कि क्या और कैसे करना ठीक रहेगा पर एक बात साफ कह दूँ, यदि इस मामले में कोई झंझट-बखेड़ा हुआ तो मैं अपने हाथ खींच लूँगा फिर नाराज मत होना। वैसे भी मैं अब महुआटाँड़ में नहीं हूँ।"

—"नहीं हो? हो तुम बिड्डी बाबू।"

—"मेरी बदली हो गयी मानकी।" सुबीर ने बताया था।

---

1. कतई 2. शोषक/दुष्ट 3. नाखून।

—"तो तुम भी महुआटाँड़ से भाग ही गये बाबू?" ददुआ ने थकी आवाज़ में कहा था।

—"नहीं...! भागना क्यों? बदली एक सरकारी प्रक्रिया है भाई! दो-तीन साल पर सबकी बदली होती है इस नौकरी में। इसीलिये बताया कि अब महुआटाँड़ की समस्याओं में रुचि लेना मेरी विवशता नहीं है। तुमसे बढ़िया निभी इसलिये तुम्हारे लिए जो कुछ सम्भव होगा, करूँगा।"

—"ठीक है। जो तुमसे बने वही करो बिड्डी बाबू। आगे जो सिंगबोंगा की मर्जी।" ददुआ ने गाढ़ी साँस ली थी।

—"जल्दी से तुम्हारी चिट्ठी लिख दूँ फिर मुझे निकलना होगा।"

—"क़हाँ।"

—"महुआटाँड़ जाना है! आज अन्तिम बार! कुछ जरूरी काम निपटाने हैं! मेरी बदली की चिट्ठी वहीं पड़ी है सो लेना है। आखिरी बस से वापस भी लौटना है।"

—"मोटरसाइकिल हाँक लेते हो न बाबू।" ददुआ ने पूछा था।

—"हाँ...क्यों?"

—"हमें भी महुआटाँड़ जाना है! मोटरसाइकिल का जुगाड़ हो सकता है पर हमें चलाना नहीं आता। कहो तो मोटरसाइकिल से ही चलें। जहाँ से गाड़ी उठाएँगे, लौट कर वहीं गाड़ी जमा तो कर दोगे न तुम?"

—"जरूर!"

सुबीर के महुआटाँड़ तक जाने और वापसी की समस्या का समाधान हो गया था।

अगले घंटे धुआँ उड़ाती मोटरसाइकिल चालक सुबीर झा और पीछे बैठी सवारी ददुआ मानकी को पीठ पर लादे डालटेनगंज से पूरब की ओर निकलती डामर की सड़क पर लगभग उड़ी जा रही थी।

20 नवम्बर: ईस्वी सन् 2000/देर रात...!

—"तो पा गये चिट्ठी?" सोफे पर थके-थके से बैठे लाल साहब ने पूछा था!

—"सब आप ही की कृपा है।" कृतज्ञ सुबीर!

—"इसमें किरपा क्या सुधीर बाबू? एक हाथ दूसरे हाथ को न धोये तो अपना मैला धोने के लिए भी दूसरे का मुँह ताकता रहेगा आदमी।"

—"सो तो है।"

—"अब ट्रेन के रूट पर हो गये हैं आप! डालटेनगंज में ही डेरा कीजिये।

रेल से आधा-पौन घंटे का रास्ता है गढ़वा रोड, वहाँ से आधा घंटा सवारी से विश्रामपुर...! सुबह आठ तीस वाली पसिंजर से निकल पड़िये और साँझ वाली चारबजिया पसींजर से लौट आइये डालटेनगंज!''

प्रभूदयाल शाहदेव ने परामर्श दिया था जो सुबीर को भी रुचा बल्कि पूर्व निर्धारित था।

भीतर वाले कक्ष में मधुर संगीत की लहरी गूँजी थी। हाथ में हथेली भर का सेलफोन लिये बैठक में प्रविष्ट हुये थे तारकेश्वर सिंह।

—''लकड़ा साहब का फोन है।''

—''जी, नमस्कार सर''—लाल साहब के कान से सेलफोन चिपकाया गया था! चेहरे पर मुस्कान स्वयं चिपक आयी थी—''तैयारी एकदम टंच होगी सर! आपका ही काम है, हम तो सेवक हैं बस। जी...! चार बजे? ठीक ही तो...जी...जी... पड़नाम...पड़ना...''

वार्तालाप समाप्त कर सेलफोन तारकेश्वर सिंह को ओर बढ़ाते बोले थे प्रभूदयाल शाहदेव..., ''तीस को जलसा है शिवाजी मैदान में। नये राज्य का अभिनन्दन समारोह...! यही क्या कम है सुधीर बाबू कि यहाँ आने वाले साहेब-अफसर पुराने लोगों को भूलते नहीं है? अब यही लकड़ा साहब,...सारा इन्तजाम देखने की जिम्मेदारी हम पर फेंक दिये। अब कैसे मना कर सकते हैं।...बताइये आप ही?''

प्रत्यक्षतः प्रभूदयाल शाहदेव किसी राजनीतिक दल के प्रति प्रतिबद्ध नहीं थे। किसी पार्टी से गहरा जुड़ाव भी नहीं परन्तु समारोह के लिए आवश्यक धन और कार्यकर्ताओं की भी आवश्यकता होती है। पुलिस अधीक्षक संजय लकड़ा को भरोसा था कि लाल साहब जन-धन में सक्षम थे। सुबीर को तो अब पूर्ण विश्वास हो चुका था कि डालटेनगंज या पलामू में ही नहीं, झारखंड में भी प्रभूदयाल शाहदेव जो चाहें कर या करवा सकते थे।

—''लकड़ा साहब से तो हमें भी एक काम है गँउआँ। आप एक रुक्का लिख देते तो हमें मिलने का समय जल्दी दे देते एस.पी. साहब।''

—''काहे को मिलना चाहते हैं आप?'' उबासी लेते लाल साहब ने अनायास ही पूछ लिया था।

सुबीर हिचकिचाया था। समय से पूर्व किसी अपात्र के समक्ष कोई रहस्य उजागर करना उचित होगा?

प्रभूदयाल शाहदेव ने भी जीवन भर उड़ती चिड़िया के पर गिने थे। सुबीर की हिचकिचाहट ने उन्हें उत्सुकता से भर दिया था।

—''थथमिये मत सुधीर बाबू! कोई भेद की बात हुई तो हम दोनों के बीच

ही रहेगी! आखिर हम दोनों में एक नाता तो बन ही गया है न? निश्चिन्त होकर कहिये आप।''

—''अब आपसे क्या पर्दा गँउआँ!—'' सलज्ज मुस्कान के साथ बोला था सुबीर ''आपसे कुछ छुपाने लायक है भी नहीं। कल जिस बात को हर कोई जानने वाला है उसे क्या छुपाना? बात ददुआ मानकी के बारे में है इसलिये जरा संकोच...''

सुबीर ने कनखियों से देखा था। लाल साहब के पीछे खड़े तारकेश्वर सिंह गहरी दिलचस्पी के साथ वार्तालाप सुन रहे थे। प्रभूदयाल शाहदेव ने सुबीर का मन्तव्य भाँप लिया था। बोले थे।

—''तारा बाबू, जरा देखिये भाई! सुधीर बाबू के लिए कुछ जलपान तो...! अकेले आदमी हैं...घर-बारी[1] हमीं लोग न हैं इनके?''

उपेक्षा भरी दृष्टि से सुबीर को ताकते तारकेश्वर सिंह बैठकखाने से हटे थे तो प्रभूदयाल शाहदेव ने पुनः पूछा था।

—''हाँ! अब कहिये। बात क्या है?''

—''ददुआ मानकी को तो जानते ही हैं आप?''

—''वही न? 'झामुद' वाला? टीका नाम है उसका...टीका मुंडा।''

—''अच्छा...!''—चकित सुबीर—''उसका नाम टीका है?''

—''हाँ। यही उसका असली नाम है। खूब जानते हैं हम उसको। क्या हो गया, कहीं नया कांड करने वाला है क्या टीकवा?''

—''वह तो आत्मसमर्पण करना चाहता है गँउआँ, कांड क्या करेगा?''

नाटकीय ढंग से चौकन्ने दिखने लगे थे प्रभूदयाल शाहदेव! देह की शिथिलता भाप की भाँति तिरोहित हो गयी थी।

—''सच्चो...?''

—''जी! आज ही सुबह मुझसे मिलने आया था मानकी! चाहता है कि मैं उसके और लकड़ा साहब के बीच मध्यस्थता करूँ। अब बताइये, मुझसे कहाँ सम्भव है यह जटिल काम? पर इतना तो जरूर है कि मानकी अपने कुछ साथियों के साथ सरेंडर करना चाहता है।'' सुबीर ने बता डाला था।

—''माने पक्की बात...?''

—''जहाँ तक मुझे लगता है।''

—''काम तो यह बहुत झमेले का है सुधीर बाबू पर यह काम कर के भी देखिये। नया अनुभव लीजिये।''—लाल साहब ने ढील का पेंच खेला था।

—''मैं इतना योग्य नहीं हूँ गँउआँ। मानकी डरता है कि उसने किसी थाने से सम्पर्क किया तो थानेदार सरेंडर करवाने के बाद ईनाम-इकराम लूटने की नीयत

1. स्वजन।

से कहीं मानकी का फर्जी एनकाउंटर न कर दे। पुलिस का भय...और क्या? सो वह सीधे लकड़ा साहब तक पहुँचना चाहता है। अब इसमें मैं उसकी सहायता कैसे कर सकता हूँ भला?''

—''टीका को चाहने दीजिये जो-जो चाहता है! आप क्या चाहते हैं सो कहिये?'' निरपेक्ष भाव से सोफे की पुश्त पर टिके हुये थे लाल साहब।

—''यदि शान्तिपूर्ण समर्पण हो जाता तो ठीक ही रहता।''

—''आप हमें अच्छा लगने लगे हैं सुधीर बाबू। आपकी यह इच्छा भी सोचते हैं पूरा करना ही होगा हमें। शान्तिपूर्ण समर्पण...! हाँ, समझिये आप ही का काम मान कर हम यह भी करवा सकते हैं पर हमारी भी एक शर्त होगी सुधीर बाबू।'' लाल साहब ने पेंच खींचा था।

—''शर्त...!'' सुबीर समझा नहीं।

—''शर्त यह कि मध्यस्थता कराने का श्रेय आपको मिलना चाहिये। समर्पण का श्रेय मेरा। जलसे के दिन ही हथियार समर्पण का कार्य भी मेरे हाथों कराने का संकल्प कीजिये तो हम भी शान्तिपूर्ण ढंग से काम पूरा कराने का संकल्प ले सकते हैं। आपको कोई दिक्कत...?''

—''मानकी अपनी सुरक्षा के लिए चिन्तित है बस! वर्ना मुझे दिक्कत कैसी...?'' पतंग कट गयी थी।

—''गलत चिन्ता नहीं करता बेचारा। अठन्नी-चवन्नी के लिए ठेले-टोकरी वालों पर बेंत पीटने वाली पुलिस पर अब कौन भरोसा करता है? पर इतनी छोटी बात के लिए लकड़ा साहब तक काहे को जाना सुधीर बाबू? जब हाईकोट से ही मामला सुलट जाय तो सुप्रीम कोट तक बेकार ही न दौड़ियेगा?''

—''मानकी सुरक्षा की गारंटी...?'' सुबीर का प्रश्न अभी भी कटी पतंग-सा हवा में लटका था।

—''हम देंगे न गारंटी। इतने बड़े काम का श्रेय हमारे-आपके बीच बँटना है तो हमारा भी कुछ कर्तव्य बनता है सुधीर बाबू। सारी व्यवस्था एकदम गुप्त रहेगी और सारा काम सही ढंग से निपट जाएगा...हम वचन देते हैं।'' लाल साहब ने डोरी लपेट कर पतंग को अपने कब्जे में ले लिया था।

—''अब जैसा आप उचित समझें।'' सुबीर ने कहा था।

—''हमने सब सोच लिया है। हम अपने हाथ से माला पहना कर टीका को समाज की मुख्यधारा में शामिल कराएँगे...पर सुधीर बाबू, अभी सबकुछ भेद ही रहना चाहिये! किसी से कुछ कहने की जरूरत नहीं। न टीका से, न तारा बाबू से...किसी को अन्तिम समय तक कानों कान खबर न हो।''

—''यही तो मानकी चाहता भी है कि बात किसी स्तर से लीक न हो

जाय।'' सुबीर ने चैन की साँस ली थी।

—''तो तय रहा। टीका की सुरक्षा का जिम्मा हमारा! आप अकेले या महुआटाँड़ पुलिस से मिल कर टीका को डालटेनगंज तक सुरक्षित पहुँचाने का जिम्मा लीजिये क्योंकि जंगल में हम लाचार हैं! यहाँ आने के बाद हम हैं।''

महुआटाँड़ से डालटेनगंज की दूरी कम नहीं थी। वैसे तो ददुआ मानकी जंगल क्षेत्र में अपनी सुरक्षा स्वयं कर सकता था परन्तु जंगल क्षेत्र से बाहर निकल पड़ने के बाद...? सोच में पड़ गया था सुबीर।

—''महुआटाँड़ में भोला पासवान भी अपना ही आदमी है समझिए''—सुबीर के द्वन्द को भाँप कर बोले थे लाल साहब—''फिर यहाँ डालटेनगंज से बाहर हमारा एक कोल्ड स्टोर है। वहाँ कोठरियाँ एकदम तैयार हैं...रहने लायक। अभी भंडारण शुरू नहीं किया गया। अत: वहीं व्यवस्था रहेगी टिकने की! दस आदमी का खाना-रहना हम पर बोझ नहीं है। बोलिये, ठीक रहेगा?''

—''जी...! यही ठीक होगा।'' सुबीर सोच से बाहर निकला था।

—''हमारे बावर्ची-चौकीदार डर न जाएँ इसलिए भाई, एक बात अभी साफ हो जाय...! क्या पता वहाँ पहुँचने के बाद टीका का किसी कारण से मन बदल ही जाय! हमारे आदमीजन को डरा-धमका कर या खून-खराबा ही कर वहाँ से भाग न निकले! इसलिये सुधीर बाबू..., अपने आदमियों की सुरक्षा भी तो हमें सोचना है सो वहाँ पहुँचने के बाद टीका और उसके साथी लोग से हथियार रखवा लेना होगा। समर्पण के समय दे देंगे फिर से...।''

—''टीका ऐसा नहीं करेगा गँउआँ।'' सुबीर ने जमानत दी थी।

—''हम कसम नहीं खा रहे कि हमारा डर सच ही बीत जाएगा पर टीका ठहरा जंगली बाघ! तो थोड़ी सावधानी रखने में क्या हर्ज है? वैसे भी टीका के नाम से जनता की थरथरी छूटने लगती है। डाँट दे टीका तो झाड़ा[1] उतर जाता है। हमेशा बन्दूक-राइफल टाँगे रहेगा टीका तो आधा जान किये रहेंगे नौकर-चाकर।'' लाल साहब ने स्पष्टीकरण दिया था।

—''ठीक है गँउआँ। मैं मानकी को समझा लूँगा।''

—''बस...! तो तय रहा! ठीक समय पर टीका को जलसे तक लाएँगे हमलोग। आदर के साथ, एकदम सुरक्षित। एक बार हमने टीका को फूलमाला पहना दिया तो टीका हमारी शरण में आ जाएगा। फिर अगर पुलिस एनकाउंटर के बारे में सोचेगी भी या कोई दूसरी चाल भी चलेगी तो समझ लीजिये कि डालटेनगंज में आग लगवा कर रख देंगे हम।''

---

1. मलत्याग

लाल साहब ने भरोसा दिलाया तो चिन्तामुक्त हुआ सुबीर झा। एक जटिल अभियान की सटीक योजना इतनी सरलतापूर्वक बन सकेगी यह तो सुबीर ने सोचा तक नहीं था। प्रभूदयाल शाहदेव ने सुबीर की सहायता नहीं की थी बल्कि सारा उत्तरदायित्व ही अपने कन्धों पर उठा लिया था। अब सुबीर के लिए करने को बचा ही क्या था? मात्र ददुआ मानकी को प्रभूदयाल शाहदेव द्वारा नियत ठिकाने तक पहुँचाना ही तो था।

—"बहुत फूँक-फूँक कर चलना होगा सुधीर बाबू। एक-दो ठो बात और ध्यान में रहे। याद रहे अभी टीका से काली बाबू की कोई बात मत छेड़ियेगा। बमक उठा टीका तो आपकी योजना गड़बड़ा जाएगी।"

अपेक्षाकृत धीमी आवाज़ में योजना के विभिन्न बिन्दुओं पर सुबीर को निर्देशित करते रहे थे प्रभूदयाल शाहदेव! सुबीर के सुझाव सुनते रहे थे। कई पक्षों पर सहमतियाँ बनती गयी थीं। सुबीर प्रभूदयाल शाहदेव के उर्वर मस्तिष्क का कायल हो गया था।

तारकेश्वर सिंह पुन: बैठकखाने में नहीं दिखे थे। जलपान भी नहीं आया, न ही उसे आना था।

उनतीस नवम्बर : ईस्वी सन् 2000/शाम...!

डालटेनगंज शहर से मात्र सातवें किलोमीटर पर...। डालटेनगंज से निकल कर गढ़वा होते हुये उत्तरप्रदेश-मध्यप्रदेश को जाने वाली सड़क पर, जहाँ अमानत नदी के ऊपर सड़क-पुल है, वहीं निर्माणाधीन था प्रभूदयाल शाहदेव का अधबना विशाल शीत-गृह! सुबीर की जीपगाड़ी-बोलेरो-निर्माणाधीन भवन के विशाल फाटक के भीतर प्रविष्ट हुई थी।

सुबीर की जीप के पीछे-पीछे पहुँची थी महुआटाँड़ थाने की जीप गाड़ी! बोलेरो सुबीर को तारा बाबू ने दी थी बिना ड्राइवर के। थाना गाड़ी भी ड्राइवर नहीं स्वयं भोला पासवान चलाता आया था। स्वयं थानेदार, थाना महुआटाँड़...!

दोनों गाड़ियों में आये थे ददुआ मानकी और उसके साथी बीरन मुंडा, सुइया, पुतली, डमरू, जतरा, नाटा, भुअर, करीमन और लाल बाबू...! सबको इसी शीत-गृह में टिकाना था।

शीत-गृह का उद्‌घाटन अगले माह सम्भावित था अत: निर्माण कार्य जोर-शोर से चल रहा था। बस आज और कल के लिए काम स्थगित कर दिया गया था। भवन का मुख्य दफ्तर, कर्मचारियों के लिए दो कमरे और बरामदा आनन-फानन में काम आने योग्य बना लिया गया था। नये सीमेंट और ताजा चूने की

गन्ध कमरों के भीतर भंभा रही थी।

दोनों वाहनों की सवारियाँ गाड़ियों से उतर कर मुख्य दफ्तर के हॉलनुमा कमरे में पहुँची थीं। प्रत्यक्षत: ददुआ मानकी के आत्मसमर्पण की पूरी योजना गुप्त तथा सुबीर के द्वारा संयोजित दिखाई जा रही थी परन्तु मात्र सुबीर और भोला पासवान जानते थे कि पर्दे के पीछे बैठा सूत्रधार प्रभूदयाल शाहदेव थे।

बुलाकी मुंडा की पतोहू रतनी गर्भवती पुतली को ददुआ मानकी के साथ डालटेनगंज भेजने पर सहमत नहीं थी। उसने बार-बार आग्रह किया था कि पुतली को इस झंझट में समेटना ठीक नहीं था। पुतली तो महुअरिया में बुलाकी मुंडा के घर में ही ठीक रहती।

पुतली के दिन पूरे होने वाले थे। गर्भ भार से थकान जल्दी हो जाती थी जीपगाड़ी की उबड़-खाबड़ यात्रा पुतली को भारी पड़ सकती थी जबकि महुआरिया में रतनी स्वयं बाहामुनी के साथ मिलकर पुतली के प्रसव की व्यवस्था घर में ही कर सकती थी।

ददुआ मानकी रतनी से सहमत नहीं था। वैसे तो गाँव-जंगल में घास-लकड़ी काटते हुये भी बच्चे जन्म लेते रहते हैं और बड़े भी हो लेते हैं परन्तु पुतली का यह पहला प्रसव था। ददुआ मानकी को विश्वास था कि आत्मसमर्पण के बाद पुतली के सुरक्षित प्रसव का दायित्व प्रशासन को उठाना ही पड़ेगा। पुतली को यदि सरकारी अस्पताल में भर्ती कर दिया जाता तो यह अतिरिक्त सुविधा मिल पाने की स्थिति होती।

'झामुद' की दस सदस्यों वाली टोली को शीत-गृह तक पहुँचा देने के बाद अपराध-बोध से ग्रस्त सुबीर झा ददुआ मानकी सामने खड़ा हुआ था। ऊपर से सबकुछ सामान्य दिखते हुये भी सुबीर को भीतर से लग रहा था कि कुछ असामान्य घटित हो रहा है या घटने वाला है।

—''अपने हथियार हमें दे दो मानकी।'' सुबीर ने आग्रह किया था।

—''सो काहे?'' सुइया ने पूछा था।

—''अभीये काहे जमा करा दें सामान?'' ददुआ ने भी पूछा था।

—''लकड़ा साहब ने कहा है—''सुबीर ने झूठ बोला था''—इधर लोग तुम्हारे नाम से ही डरते हैं मानकी। तुम लोगों की देखभाल और खाने-पीने की व्यवस्था के लिए यहाँ दो आदमी रहेंगे। इतने हथियार देख कर शक करेंगे। बाहर के किसी आदमी से चर्चा कर सकते हैं। काली बाबू के आदमी शहर में फैले हुये हैं तुम्हें सूँघने को! आत्मसमर्पण तक सबकुछ गुप्त रहना ही ठीक रहेगा।''

—''हाँ, यह बात तो ठीक ही है।'' ददुआ मानकी सहमत था।

—''तो इस लड़की को समझाओ मानकी, बल्कि सबको...! सब काम

ठीक से निपट जाय तो मुझे भी चैन मिले।''

—''ठीक है बिड्डी सैब। ले लो हमारा रैफल भी।'' सुइया ने अनमनेपन से कहा था।

—''...और मानकी, जलसे में या आत्मसमर्पण के बाद भी...कालीपद दत्त का नाम जबान पर न आये।''

—''गुरुआ...!''—ददुआ के जबड़े भिंच उठे थे—''गुरुआ ने हमें धोखा दिया है बिड्डी बाबू। हम तो ढोल पीट कर बताएँगे सबको कि झारखंड के लिए लड़ने की नौटंकी करने वाला हमारा गुरुआ भी डाकू ही निकला। डाकू...लोभी...धोखेबाज!''

—''अभी नहीं मानकी, अभी नहीं...!—'' सुबीर ने समझाया था। ''जरूर बताना तुम। दुनिया के सामने ऐसे जनशत्रु राजनेता की पोल खुलनी ही चाहिये लेकिन अभी समय नहीं है। गुस्से में या उतावली में काम बिगड़ भी सकता है।''

—''बिगड़ कैसे जाएगा काम?'' बीरन के नथुने फड़क रहे थे।

—''वह ऐसे बिगड़ जाएगा भाई कि अभी काली बाबू पर हाथ डालने लायक पुख्ता सबूत पुलिस के पास नहीं हैं। आत्मसमर्पण के बाद तुम्हीं लोग तो जुटाओगे सारे सबूत। उसके पहले काली बाबू का नाम उछला तो काली बाबू ऐसे गायब हो जाएँगे कि फिर पुलिस को ढूँढ़े नहीं मिलेंगे।''

सुबीर के पीछे खड़े भोला पासवान की मुंडी सहमति में तेज-तेज हिल रही थी। ददुआ मानकी को भी लगा, गुरुजी के बारे में सुबीर का आकलन गलत नहीं था। काली बाबू थे ही इतने काँइयाँ।

अभी तक ददुआ मानकी ने कालीपद दत्त का कोई काला कारनामा सार्वजनिक नहीं किया था। कालीपद दत्त से अपना सम्बन्ध भी प्रकट नहीं किया था। मात्र लकड़ा साहब को लिखे पत्र में इशारा दिया था कि 'झारखंड मुक्ति दल' नामक राजनैतिक संगठन का ही भूमिगत चेहरा है 'झारखंड मुक्तिवाहिनी दस्ता...!' यह पत्र भी अभी गोपनीय ही रहा था।

—''ऐसे भी पुलिस को ढूँढ़ने से कहाँ मिल रहा है गुरुआ?'' बीरन ने कहा था।

—''मत मिले! उसके मकान-दफ्तर पर तो पुलिस की सील पड़ी हुई है न? समर्पण के बाद तुम लोग जो जानकारी पुलिस को दोगे उसी के आधार पर काली बाबू के दफ्तर और तमाम ठिकानों पर छापा मारेगी पुलिस। सबूत-गवाह जुटायेगी। तभी मजबूती से बाँधा जा सकेगा काली बाबू। अभी उसके नाम का हंगामा उठा दोगे तो काली बाबू सावधान हो जाएगा। गवाह गायब कर देगा।

अपने खिलाफ सारे सबूत मिटा देगा।'' सुबीर ने खुल कर समझाया था।

ददुआ मानकी का सोच गहराने लगा था। इरादे शिथिल पड़ने लगे थे। मन सुबीर की हर बात से सहमत होने लगा था।

—''काली बाबू के हाथ बहुत लम्बे हैं मानकी यह मुझसे अधिक तुम जानते हो। क्या पता वह अपनी राजनीति बचाने के लिए तुम्हारी हत्या की भी योजना बना रहा हो?''

—''हाँ बिड्डी बाबू! गुरुआ किसी का हितू नहीं। बस चले तो बाज थोड़े आएगा गुरुआ।'' ददुआ ने माना था।

—''रुपया खिला कर हत्या तो किसी की करवा ही सकता है काली बाबू? तुम नहीं रहे तो फिर काली बाबू का कुछ नहीं बिगाड़ सकेगी पुलिस। मान लो हत्यारा पकड़ा भी गया तो उसे तुरन्त फाँसी थोड़े हो जाएगी? काली बाबू का रुपया हत्यारे को जमानत पर छुड़ा ले सकता है। मान लो फाँसी हो भी गयी तो भी तुम्हारे शत्रु काली बाबू का इससे क्या बिगड़ जाएगा?''

—''ठीक है बिड्डी बाबू। कल हम अपना मुँह साट कर ही रखेंगे।'' टूटे आत्मबल वाले ददुआ मानकी की सहमति ने सुबीर को आश्वस्त किया था।

—''कल के समारोह में विधायक जी भी आ रहे हैं। जलसे में कोई गड़बड़ी न हो, सो अपने साथियों को समझा कर रखना। शान्तिपूर्ण समर्पण से प्रभावित हो कर शायद अदालत जमानत देने में आनाकानी न करे। सजा में भारी ढील भी मिल सकती है। अब सोचना तुम लोगों को है मानकी कि तुम्हारा लाभ किसमें है।''

—''बात हम बूझ रहे हैं बिड्डी बाबू। जैसा तुम कहते हो वैसा ही करेंगे सब लोग।'' सुइया ने समझदारी दिखाई थी।

—''और, एक विनती है मानकी। इतनी दया और करना कि इस मामले में मेरा नाम कहीं मत लेना। काली बाबू से वैर मैं भी नहीं झेल सकता। कोई पूछे तो कह देना कि बड़का गँउआँ ही जंगल में गये थे। वही तुमसे बात किये। सरकार और तुम्हारे बीच बड़का गउँआँ ने ही मध्यस्थता की, मैंने नहीं। मुझसे अपने परिचय को मन में ही रखना।''

—''झूठ...! झूठ बात है बाबू।'' तुनक उठा था बीरन।

—''जानता हूँ कि साफ झूठ है यह बात लेकिन यही कह कर तुम कई तरह के सवाल पूछने वालों से पीछा छुड़ा सकते हो। अखबार वाले गिद्ध होते हैं। नोंचने लगेंगे, हजार तरह के सवाल करेंगे। कहीं मेरा नाम तुम्हारे मुँह से निकल गया तो कालीपद दत्त मुझे छोड़ेगा? मैं ठहरा गंगा पार का आदमी, पलामू में काली बाबू जैसे सफेदपोश गुंडे से मेरी रक्षा कौन करेगा? बिकाऊ पुलिस?''

ददुआ मानकी गम्भीर हो उठा था। आमसमर्पण की नयी-नयी शर्तें सामने आ रही थीं। ददुआ मानकी हर शर्त स्वीकार करता जा रहा था। मौन लोग दंग थे।

—"सोचो मानकी, मैं तुम लोगों की तरह सरकारी सुरक्षा में थोड़े ही हूँ। मुझे काली बाबू से जान का खतरा हुआ तो? मुझे तो बन्दूक-पिस्तौल भी नहीं चलाना आता...सीखा ही नहीं।"

कालीपद दत्त के सामर्थ्य और सुबीर के भय, दोनों ही से अनभिज्ञ नहीं था ददुआ मानकी। ददुआ मानकी को सुबीर की चिन्ता गलत नहीं लगी थी। कालीपद दत्त जैसा महत्त्वाकांक्षी व्यक्ति अपनी गर्दन बचाने के लिये सुबीर जैसे दसियों आदमियों के कटे सिर लुढ़का सकता था। अभी भी कालीपद दत्त के कई समर्थक टूटे-फूटे 'झामुद' को सक्रिय रखने हेतु प्रतिबद्ध थे। ददुआ मानकी ने आश्वासन दिया था,

—"डरो मत बिड्डी बाबू। हमको बहुत मदद किये हो तुम! हम भी तुमको निबाह देंगे बाबू। हम वही करेंगे जिसमें तुम अपना भला समझो।"

किसी के विश्वास की रक्षा हेतु इतना समर्पण...! मददगार के लिए ऐसा तर्कहीन प्रतिदान...! अपराध-बोध से भर उठा था सुबीर झा। अब तक क्या वह ददुआ मानकी के प्रति अपनी चिन्ता के कारण सबकुछ करता रहा था? नहीं...! सुबीर तो प्रभूदयाल शाहदेव के प्रभामंडल को और चमक देने हेतु उन्हीं के निर्देशानुसार कालीपद दत्त की सुरक्षा सुनिश्चित रखने हेतु बातों-वायदों का कवच तैयार कर रहा था।

—"अब मुझसे भेंट नहीं होगी मानकी। अब तुम लोग वी.आई.पी. मतलब सरकार के मेहमान हो। अब हर किसी को तुमसे मिलने का आदेश नहीं मिलेगा। तो, मेरा काम यहीं खत्म हुआ समझो! अब तो कल के जलसे में दुआ-सलाम भर होगी।"

सुबीर ने हाथ जोड़े थे। ददुआ मानकी ने सुबीर की जुड़ी हथेलियों को थाम लिया था,

—"यह क्या करते हो बिड्डी बाबू...!"

—"भोला बाबू, मैं बाहर जीप में हूँ—" सुबीर ने दर्शक बने खड़े भोला पासवान से कहा था "इनके हथियार बाहर ले आइये। कल आत्मसमर्पण के समय मंच पर जाने से पहले इन्हें हथियार दे दिये जाएँगे। अच्छा तो मानकी...मैं चलूँ...?"

ददुआ मानकी ने सुबीर की जुड़ी हथेलियों को मुट्ठी में दबाकर अपने माथे से लगाया था, और छोड़ दिया था।

सुबीर कमरे से बाहर निकल पड़ा था। भोला पासवान एक-एक कर 'झामुद'

के सदस्यों के हथियार लेने लगा था। सुइया की रायफल, बीरन की दोनाली, ददुआ मानकी की कारबाईन, देशी-विदेशी हथियार...।

हथियार वसूलते भोला पासवान के हाथो में कम्पन था। घाघ-घुटे पुलिस के दारोगा के चेहरे पर फटकार बरस रही थी।

बाहर किसी सूखते वृक्ष के तने में सुराख करता कठफोड़वा काठ पर चोंच पटक रहा था, ठक्-ठक्...ठक्-ठक्...ठक्...ठक्...ठक्क्!

तीस नवम्बर : ईस्वी सन् 2000/पूर्वाह्न...!

ददुआ मानकी और उसके साथियों को शीत-गृह से शिवाजी मैदान तक ले जाने हेतु पुलिस की जेलगाड़ी आयी थी तो चौकन्ने हो उठे थे 'झामुद' के सदस्य।

सुबीर के कथनानुसार आत्मसमर्पण की इस योजना में हथियार रखने के पूर्व स्थानीय पुलिस का हस्तक्षेप नहीं होना था परन्तु उन्हें लेने आ गयी थी डालटेनगंज मंडल कारा की बख्तरबन्द लॉरी! कैदियों को ढोने वाली मोटर...!

गाड़ी शीत-गृह के मुख्यद्वार से चहारदीवारी के भीतर प्रविष्ट हुई थी। चालक कक्ष का दरवाजा खोल कर बाहर कूदा था भोला पासवान! अपना महुआटाँड़ थाना छोड़ कर डालटेनगंज में कुछ अधिक ही सक्रिय था भोला पासवान!

भोला पासवान ददुआ मानकी के निकट पहुँचा था। ददुआ मानकी के प्रति अतिरिक्त सम्मान दिखाते हुये सबको सादर जेलगाड़ी के पिछले भाग में चढ़वाया था। स्वयं भी समर्पणकारियों के ही साथ पिछले हिस्से में चढ़ा था और गाड़ी का दरवाजा बन्द कर उसमें ताला जड़ने के बाद ददुआ के निकट आ बैठा था।

गाड़ी खुली तो पासवान ने दरवाजे पर लगे जंगी ताले की चाबी पिछले कक्ष को चालक कक्ष से अलग करने वाली जालीदार दीवार के पार सरका दी थी।

चालक कक्ष में वाहन चालक के साथ बैठे थे आधा दर्जन रायफल-मशीनगन धारी कमांडो जवान जिन्हें देख 'झामुद' के सदस्यों के मन में कई प्रश्न घुमड़ने लगे थे।

ददुआ मानकी के साथ सटा बैठा भोला पासवान चोर नजरों से चालक कक्ष की ओर देखता हुआ बुदबुदाया था,

—"हमें माफ कर देना ददुआ।"

—"ऐं...!" चौंका था ददुआ।

—"क्षमा।"

—"काहे को भाई?" ददुआ मानकी सहज था।

—"अठबकरा एनकाउंटर में नहीं मारा गया, सो जान गये थे तुम, पर तुमने हमें छोड़ दिया। महुआटाँड़ में तुमसे हरदम सहयोग ही मिला हमें। हमने जो भी दिया तुमने लिया! कभी लेवी के लिये हमें तंग नहीं किया तुमने! तुमने जो हमारे लिए किया ददुआ उसके बदले हमने तुम्हारे साथ धोखा किया है।"

—"धोखा... ?"

भोला पासवान ददुआ मानकी से आँखें नहीं मिला पा रहा था। भोला पासवान की मन:स्थिति से अनभिज्ञ, इस आत्मसर्पण की अर्न्तकथा से अनजान और भावी चक्रव्यूह से बेखबर ददुआ मानकी गहरी साँस लेकर बोला था,

—"क्या करते हम भोला बाबू! 'झामुद' ढीला बोझा जैसा छितरा गया तो अठबकरा के लिए क्या हिसाब माँगते हम? तुमने जो सही-गलत किया है उसे अब सिंगबोंगा ही देखेगा।"

—"सो हमें पता नहीं ददुआ। हमें तो बस इतना पता है कि तुम चाहते तो झूठे एनकाउंटर की बात उठा कर अठबकरा को मारने के लिए हमें जनअदालत में खींच सकते थे। हमें छ: ईंच छोटा भी कर सकते थे तुम। तुम तो हमारा थाना भी फूँक सकते थे पर तुमने कुछ नहीं किया। हमें माफी दे दी। तुम्हारा यह उपकार हमारे मन पर बोझ लगने लगा है ददुआ।"

—"बोझा काहे भोला बाबू... ?"

—"इसलिये कि हम सबने मिलकर तुम्हें धोखा दिया है ददुआ।"

चलती गाड़ी की घरघराहट और खड़खड़ थी। तिस पर भोला पासवान की आवाज़ इतनी धीमी कि ददुआ मानकी को अपना कान भोला पासवान के कन्धे पर ही रख देना पड़ा था।

ददुआ मानकी ने जो कुछ सुना था वह अविश्वसनीय था परन्तु भोला पासवान का मुँह भी तो नहीं महक रहा था। वह जो भी बोल रहा था, पूरे होश में कह रहा था।

—"बौरा तो नहीं गये हो भोला बाबू?" ददुआ ने पुष्टि की थी।

—"बौराये नहीं हैं हम! मन पर जो बोझा है आज उसे उतार देना है बस। मन बहुत खराब लग रहा है ददुआ। पता नहीं, तुमसे आगे भेंट हो कि नहीं तो बता ही दें कि जिस पर तुमने आँख मूँद कर भरोसा किया, वही तुम्हारे साथ धोखा कर रहा है।"

—"माने... ?" चौंका था ददुआ।

—"बी.डी.ओ... !"

—"बिड्डी बाबू... ? उ भी ?" कटकटा उठा था ददुआ मानकी।

—"हाँ ददुआ! वह भी बड़का गँउआँ का पालतू कुत्ता बन गया। यह सारा

प्रपंच गँउआँ का ही रचा हुआ है। अपने देवता बनने के लिए और तुमको फँसाने के लिए गँउआँ ने दीकू ओझवा से यह जाल बिछवाया है।''

ददुआ मानकी सिहर उठा था। बन्द गाड़ी आचानक चूहेदानी दिखने लगी थी जिसका खटका बन्द हो चुका था।

गाड़ी में आगे बैठ सकता था भोला पासवान परन्तु ददुआ के साथ आ बैठा था। भोला पासवान की कमर से सरकारी तमंचा लटका था। जालीदार दीवार के पार भी छः नाल सरकारी अग्नेयास्त्र थे। गाड़ी नीम वीराने से गुजर रही थी। आखिर भोला पासवान चाह क्या रहा था...? ददुआ मानकी का मस्तिष्क सक्रिय हो उठा था।

—''बिड्डी को कुक्कुर कहा तुमने! तुम नहीं हो गँउआँ के पोसुआँ कुक्कुर...?'' ददुआ मानकी की आवाज़ सर्द थी।

—''हैं। हम भी वही हैं ददुआ। हमारे थाना इलाके का मामला था सो तुम्हें डालटेनगंज हमें ही लाना पड़ा। तुमको डालटेनगंज तक पहुँचाने का हुकुम आया था...ऊपर से। बी.डी.ओ. हमेशा साथ लगा रहा तो कब बताते तुम्हें...? हम नहीं बता सके कि तुम खतरे में हो।''

—''अब बता रहे हो भोला बाबू जब छाती तक कदई[1]-पाँकी में गाड़ दिये हमें। बिरसा भगवान ठीक बोल कर गया, साहब-साहब एक टोपी है।''

यही थी बिरसा मुंडा की सीख! विदेशी शासक हों या गैर-आदिवासी देसी प्रशासक, मिशनरी हों या हाकिम..., सबके सिर पर टोपी एक जैसी होती है। सत्ता की टोपी। शक्ति की टोपी। प्रतिष्ठा की टोपी! सवर्ण मानसिकता की टोपी...! वनवासियों से छः हाथ ऊँचे होने की टोपी।

ददुआ मानकी का मन भोला पासवान की सचाई की गवाही देने लगा था। भोला पासवान अब जो बता रहा था वह पूरा नहीं भी तो अर्द्धसत्य तो अवश्य लग रहा था।

—''तुम्हारा कहा सच निकला भोला बाबू तो हम जियें चाहे मर जाएँ, बिड्डी को गोली जरूर ठोंक कर मरेंगे हम! और जो तुम झूठ निकले तो भोला...''

—''...तो जो मन करे हमें सजा देना। तुम हमें भी गोली मार देना।...पहले इस जाल से निकल जाओ ददुआ तो सब झूठ-सच अपने आप समझ जाओगे। तुमसे बोला बी.डी.ओ. कि तुम सरकारी मेहमान हो जबकि राँची सरकार को यह पता तक नहीं होगा कि तुम अभी कहाँ रखे गये थे।''

ददुआ मानकी के जबड़े कस उठे थे। गालों पर उभरी हड्डियाँ फूलने-पिचकने लगी थीं। आँखों में आग भर आयी थी। ददुआ मानकी की बदली मुख

1. दलदल।

मुद्रा ने साथ बैठे लोगों को भी आकृष्ट किया था, अवश्य कुछ गड़बड़ थी। कुछ अघटनीय अवश्य घट रहा था भागती बन्द गाड़ी के भीतर...या बाहर।

बीरन, सुइया और डमरू ददुआ मानकी की ओर वाली बेंच पर बैठे थे। कछुए की भाँति यथासम्भव अपनी गर्दन बाहर खींचे सुनने का प्रयास करने लगे थे जो साँस की आवाज़ जितने धीमे बोल रहा था भोला पासवान! जिसे सुनते ददुआ मानकी की देह भंगिमा अप्रत्याशित दिखने लगी थी।

—"वहाँ एकदम शान्त रहना ददुआ। भागने की बुड़बकाही तो एकदम मत करना। पचासों नाल बन्दूक-राइफल तनी रहेगी तुम लोगों पर। वहाँ पता नहीं कौन तुम्हारा अपना होगा और कौन वैरी। बी.डी.ओ. ठीक बोला, काली बाबू का नाम मत लेना। वहाँ भी नहीं और जेल-थाना में भी नहीं। काली बाबू का नाम लिया तो जैसे जेल में बिरसा को ज़हर खिला दिया गया था, तुम्हारे भात में भी ज़हर फेंटवा सकता है काली बाबू और बड़का गँउआँ।"

ददुआ मानकी की तपती चेतना तप्त हँसिया थी जिस पर छन्न-छन्न गिर रहा था पानी! भोला पासवान की बातों की बूँदें...! तप्त हँसिया सोख रहा था पानी! छनछनाहट की आवाज़ की जगह चेतना में ध्वनित हो रहे थे शब्द...धोखा, छल, दगा...जाल...!

अवसन्न थे ददुआ मानकी के साथी। फरेब...महाषड्यन्त्र...महाजाल...! किस षड्यन्त्र चक्र की ओर भागी जा रही थी बन्द गाड़ी?

जिस राज्य की बुनियाद ही एक चालाकी पर रखी गयी हो वह राज्य जन्म से ही धोखे का बाज़ार बना हुआ था तो इसमें आश्चर्य क्या था?

पन्द्रह नवम्बर वर्ष 2000 को झारखंड का जन्मदिवस घोषित किया गया था। क्यों...? क्योंकि सरकारी मान्यता थी कि पन्द्रह नवम्बर को ही वर्ष 1875 में भगवान बिरसा का जन्म हुआ था।

बिरसा का जन्म 'बिरसा' इसीलिये रखा गया था क्योंकि वह बृहस्पतिवार के दिन जन्मा था और 15 नवम्बर 1875 का दिन बृहस्पतिवार नहीं, सोमवार था। लेकिन इससे क्या? प्रामाणिक इतिहास तो वही हो सकता है जो शासकों के मनोनुकूल हो। इतिहास पुरुषों के जन्मदिन नियत करने का अधिकार भी शासक के हाथ में ही होता है।

बर्लिन में गोस्सनर मिशन के दस्तावेज गवाही देते रहें कि बिरसा का जन्म 22 जुलाई वर्ष 1875 को हुआ था पर वह गवाही झूठी मानी जाएगी। यह गवाही इसलिये प्रामाणिक नहीं मानी जा सकती थी क्योंकि अगली जुलाई आने में आठ माह की देरी होती। बिरसा के अनन्य मित्र भरमी मुंडा की पांडुलिपि जिसमें उल्लिखित है बिरसा का जन्मदिन...बृहस्पतिवार, जुलाई 1872,...अठारहवीं या

पच्चीसवीं तारीख...! यह भी प्रामाणिक नहीं मान सकती थी सरकार क्योंकि शीघ्र कुर्सी पर काबिज होने की हड़बड़ी थी। क्या पता अगली जुलाई तक राजनीतिक समीकरण ही बदल जाय अतः सत्ता की सुविधानुसार बिरसा को पन्द्रह नवम्बर को ही जन्मा दिया गया था।

नये राज्य का जन्मदिन ही एक दिवंगत महापुरुष के साथ धोखा था।

धोखे के हरकारे भी छलिया। छल के ही शिकार थे 'झामुद' के लोग!

—"साँप निकला बिड्डी। हमारी पीठ पर तीर भोंका। एक बार सिंगबोंगा हमें बिड्डी से मिला दे तो बिड्डी का आँजर-पाँजर हम अपने लात से तोड़ेंगे।" फुँफकार उठा था बीरन मुंडा।

गाड़ी की काठ की बेंच पर बैठने में हिचकोले लग रहे थे। गर्भवती पुतली वाहन के फर्श पर थसका मारे बैठी थी। बोली थी पुतली,

—"बढ़िया से ठोंक-ठेंठा कर नहीं देखा हमने। संगत से आदमी चीन्हा जाता है। डिल्ली वाले हरामी जोसिया का साथी बढ़िया आदमी कैसे होगा?"

—"अरे, हम अब बुढ़ा गये हैं न रे पुतलिया? पुराना आदमी का माथा भी बुढ़ा जाता है रे। नया जमाना के आदमी लोग का चाल-चलित्तर हमसे अब नहीं चिन्हाता बेटी।" कराह कर बोला था ददुआ मानकी।

—"एक बार गाड़ी शिवाजी मैदान पहुँच जाय ददुआ तो फिर हमसे कोई उम्मीद मत रखना। हमारे प्रमोशन का उम्मीद है ददुआ। वहाँ न तुम हमें चीन्हना, न हम तुम्हें जानेंगे। हमारे पेट पर लात मत मारना ददुआ।" कातर स्वर में बोला था भोला पासवान।

—"चोप्प साला ठुल्ला—" सुइया फुंफकारी थी "हमें दोगला लोग के हाथ बेचकर अब जनाना जैसा लोर ढरका रहा है कुत्ता...!"

भोला पासवान जिबह होती बकरी जैसी आँखों से सुइया को ताकने लगा था। सुइया की आँखों से जलती बरछी-सुइयाँ बरस रही थी। भोला पासवान को अपनी पुतलियाँ सुलगती-सी लगी थीं। उसने आँखें चुराते हुए अपनी वर्दी के भीतर हाथ डाला था।

हाथ बाहर निकला था तो सुइया की आँखें फट पड़ी थीं। भोला पासवान के हाथ में पिस्तौल थी...! एक जोड़ी विदेशी...चपटी...हथेली के आकार की पिस्तौलें...!—"रख लो ददुआ।"

ददुआ मानकी ने पिस्तौलें थाम ली थीं। भोला पासवान का खाली हाथ पुनः वर्दी के भीतर रेंग गया था। इस बार उसकी मुट्ठी में थी मैले-कुचैली कपड़े की सिली थैली।

बार-बार चोर नज़रों से जालीदार दीवार के पार चालक कक्ष की ओर

देख रहा था भोला पासवान। चालक कक्ष में बैठे लोग निश्चिन्त बैठे आगे सड़क ताक रहे थे।

—"बीस ठो गोली है।"

—"कहाँ से ऊपर किये एतना समान?" बीरन ने पूछा था।

ददुआ मानकी के जबड़े भिंचे हुए थे। ललाट पर रेखाएँ गहरी हो उठी थीं पर उसके मस्तिष्क में किसी खतरे की घंटी फिलहाल क्यों नहीं बज रही थी? भोला पासवान पर विश्वास क्यों कर रहा था उसका सजग एरिया कमांडर जबकि एक बार भोला पासवान धोखा कर चुका था?

—"जब्ती का माल है रे—" कह रहा था पासवान "—छापा-एनकाउंटर में कुछ सामान पचा लेते हैं हमलोग। सब दारोगा-इन्सपेक्टर विदेशी माल पचा कर बेचते हैं।"

—"हम इसका करेंगे क्या?" बीरन ने पूछा था।

—"रख ले बीरन! समय का कौन ठिकाना...कब धोखा हो जाय।"

—"कौन ठेकाना कि तुम्हीं कोई जाल नहीं रच रहे हो? हमारे हाथ में समान

धरा कर कहीं तुम्हीं लोग हमारा काउंटर कर दोगे तो? हमारी ल्हास इधर ही कहीं नदी-ढ़ोंढ़ा से उठाया बता दोगे तो?" सुइया की आवाज़ कसैली हो उठी थी।

—"जवान बेटा मरे हमारा जो इसमें कोई धोखा हो।"

जेलगाड़ी अब शहर में प्रविष्ट हो रही थी। शहर के पहले उपनगर बैरिया की दुकानें सड़ासड़ पीछे भागने लगी थीं। अब तर्क-वितर्क का समय था भी कहाँ जो भोला पासवान की सहायता को कुछ और छीला जाता। अब तो बस सामने एक महाजाल था और हाथ में थीं मात्र दो खिलौने जैसी पिस्तौलें...!

ददुआ मानकी ने एक पिस्तौल सुइया की ओर बढ़ाया था। दूसरी पिस्तौल बीरन के हवाले कर दी थी।

भागती बन्द गाड़ी अब डालटेनगंज के रेड़मा मुहल्ले को मुख्य शहर से जोड़ने वाले रेल के ओवर ब्रिज पर चढ़ी जा रही थी। एक किलोमीटर और...! शिवाजी मैदान तेजी से बस की ओर भागा आ रहा था।

हताश था ददुआ मानकी। जिन गिद्धों-हुँड़ारों से अपने जंगल-ज़मीन की मुक्ति का सपना देखा या 'झामुद' ने, 'झामुद' के सदस्यों को जिस कालीपद दत्त ने एक बड़ा सपना दिखाया था उसी कालीपद दत्त ने सारे सपनों को गिद्धों-हुँड़ारों के हाथ बेच दिया था। ददुआ मानकी और ददुआ जैसे पचासों एरिया कमांडरों को गुरुजी ने जिस परिवर्तन का सपना दिखाया था...प्रान्त अलग होने

के बाद भी अब लगता था कुछ भी बदलने वाला नहीं था। गिद्धों और हुँड़ारों ने जंगल में स्थायी रूप से बस जाने के कई चोर-रास्ते ढूँढ लिये थे। जंगल को नोंचने हेतु उतरे थे झारखंड में दीकू गिद्ध, अब भी पूर्ववत् नोंचते रहेंगे झारखंड की देह...!

शिवाजी मैदान के मुख्यद्वार पर पहुँच कर बंद जेलगाड़ी गतिशून्य हुई तो ददुआ मानकी के भीतर मानो एक अनहद नाद गूँजा...! लड़ाई अभी खत्म नहीं हुई। लड़ाई अभी आगे भी चलेगी रे ददुआ। दीकू गिद्धों-हुँड़ारों को जंगल से भगाने की प्रतिज्ञा करने वाले झारखंडी सादानों ने भले दीकूओं से गँठजोड़ कर लिया हो, भले ही नये-नये गिद्धों को भी न्योता दे दिया हो परन्तु यह तो एक मोर्चा है जिसे हार चुका है आदिवासी समाज। मात्र एक मोर्चा...लड़ाई अभी नहीं हारी गयी है। लड़ाई अभी खत्म नहीं हुई ददुआ मानकी...लड़ाई अभी खत्म नहीं...।

तीस नवम्बर : ईस्वी सन् 2000/अपराह्न...!

विशाल शिवाजी मैदान के चारों ओर बाँस-लट्ठे का घेरा बना हुआ था। चारों ओर से घिरे मैदान में जनता के प्रवेश हेतु तीन दिशाओं में भव्य तोरण द्वार सजे थे। पश्चिमी किनारे पर खूब ऊँचा लम्बा-चौड़ा मंच निर्मित था। रंगीन कपड़ों की चुन्नटों से सजा मंच, जिसके ऊपर सुनहरी कामदार चाँदनी तनी थी। काठ-कपड़े से निर्मित मंच की दीवारों पर फूलों की घनी लड़ियाँ झूल रही थीं। लाउडस्पीकर पर देशभक्ति गीत बजाये जा रहे थे।

लगभग ठसाठस भरा मैदान...। मंचस्थ अनेक लोगों में से कुछेक वक्ता अपना भाषण दे चुके थे। कुछ अपनी बारी आने की प्रतीक्षा में थे। कोई स्थानीय छुटभैया युवा नेता कविताओं की पंक्तियाँ और शेरों के अशआर की मिलावट वाली भाषा में लच्छेदार भाषण दे रहा था। रह-रह कर मंच के किसी कोने से एक ताली बजती थी और फिर पूरा मैदान तालियों की आवाज़ से भर उठता था।

मंच पर बैठे थे क्षेत्र के बड़का गँउआँ, महुआटांड़ के खानदानी जमींदार लाल साहब प्रभूदयाल शाहदेव! आज के आयोजन के सूत्रधार! प्रभूदयाल शाहदेव के ठीक पीछे बैठे थे तारकेश्वर सिंह! हवेली महुआगढ़ के दामाद के साथ खुसर-फुसर में तल्लीन थे एक पुराने भूतपूर्व विधायक जी। नगर के गणमान्य व्यवसायी, जिलाधीश तथा कुछ स्वयं सेवी...! कुल मिला कर हर व्यक्ति अपनी उपस्थिति दर्शाने को आतुर था। फलस्वरूप मंच पर जगह कम पड़ रही थी।

वर्तमान विधायक महोदय राँची से हैलिकॉप्टर द्वारा डालटेनगंज पुलिस

लाइन में उतर चुके थे। हैलिपेड से नगर के सर्किट हाउस को चल पड़ने की सूचना मंच पर पहुँच चुकी थी। पलामू के पुलिस अधीक्षक अपनी देख-रेख में एस्कार्ट करते हुए विधायक महोदय को समारोह स्थल तक लाने हेतु सर्किट हाउस में ही उपस्थित थे।

मंच की पीठ पर तिरपाल की दीवारों से निर्मित एक टप्पर-तिरपाल का अस्थायी कक्ष निर्मित था। इसी कक्ष में अपने साथियों के साथ बैठा था ददुआ मानकी! बाहर मैदान में झाँकने पर बाँस बल्लियों के घेरे पर जगह-जगह रायफलधारी पुलिस वाले ही दिखते थे जिनकी असावधान मुद्रा बता रही थी कि समारोह में किसी प्रकार का विघ्न या व्यवधान नितान्त अनपेक्षित था। तिरपाल की उस कोठरी के पहरे पर भी मात्र दो सिपाही लगाये गये थे।

उत्कंठा से भरे हुये थे 'झामुद' के सदस्य। ऊपर से संयत दिखता ददुआ मानकी भी भीतर-भीतर भयानक अन्तर्द्वन्दों और आशंकाओं से जूझ रहा था। यदि जीने-मरने का प्राप्य यही था तो प्रेत छायाओं की भाँति जंगल के अँधेरे में किस प्राप्य के पीछे भागता रहा था ददुआ मानकी? पृथक प्रान्त के बाद आदिवासी समाज की सम्पूर्ण प्रभुत्वसम्पन्नता की मरिचिका के पीछे? लकलकाती उठती गर्म जेठ की हवा को जल सँमझने वाले भ्रमित लोग मानो रेत के खेतों में पालते रहे थे अपनी पवित्र इच्छाओं की मछलियाँ। ददुआ मानकी के भीतर कोयल की हहराती बाढ़ का प्रचंड शोर था।

तिरपाल की कोठरी में उनकी तलाशी भी ली गयी थी। किसी के पास कुछ भी अपत्तिजनक नहीं मिला था। एक पिस्तौल बीरन मुंडा की लँगोट में बँधी थी। दूसरी पिस्तौल गर्भ भार से श्लथ दिखती पुतली के उदर से नीचे बँधा था। अतिरिक्त कारतूसों की थैली सुइया के जाँघों के जोड़ के बीच बँधी थी।

मंच पर कोई भाषण दे रहा था...''जुगों-जुगों के संघर्ष के बाद हमें बिहार के जंगल राज से आज़ादी मिली है। ना-ना..., 'जंगल राज' हम नहीं कह रहे भाई, यह बिहार के हाइकोट के माननीय जज महोदय की टिप्पणी है।...तो जंगल राज में हमारे संसाधनों पर आलू-बालू वाले लीडर लोग खूब मलाई काटते रहे और हमें भूखा-नंगा-उपेक्षित रखा। अब हमारे झारखंड में जंगल राज नहीं है। पढ़े-लिखे समाज ने तो आज़ादी का मोल पहचाना ही है, हमारे आदिवासी भाइयों ने भी जल, जंगल और ज़मीन के लिये जुगों-जुगों से अनेक बलिदान दिया है...''

पुतली की तलाशी लेते डालटेनगंज सदर कोतवाली के इन्सपेक्टर ने पुतली की छातियाँ दबाई थीं। जब उदर तक हाथ पहुँचने लगा तो गर्भस्थ शिशु कुलबुला रहा था। मानो साँप पर हाथ पड़ गया हो...घृणा से मुँह बिचकाते इन्सपेक्टर ने हाथ वापस खींच लिया था और ददुआ मानकी की कमर थपकाते हुये तलाशी

लेने लगा था।

मंच पर भाषण जारी था...'' आप लोगों को यह जान कर खुशी होगी कि झारखंड आज़ाद होते ही सरकारी जुलुम, शोषण और अन्याय के खिलाफ हथियार उठाने वाले अनेक भूमिगत संगठनों ने हथियार छोड़ने का संकल्प उठाया है। अब हमारे संघर्षशील भाई अपने स्वतन्त्र राज्य के विकास की मुख्यधारा में शामिल होना चाहते हैं। उनका स्वागत होना चाहिये...''

बीरन और सुइया की तलाशी भोला पासवान ने ली थी और कुछ भी अपत्तिजनक नहीं की पुष्टि की थी। शेष लोगों की जमातलाशी में न कुछ मिलना था, न ही मिला।

मंच पर चलते लम्बे भाषण के शब्द शिवाजी मैदान को चारों ओर से घेरे खड़े मकानों से टकरा-टकरा कर आपस में लड़ते गूँज रहे थे...हमारे डालटेनगंज के बड़का गँउआँ, परम आदरणीय श्री लाल साहब जी के गाँधीवादी प्रयासों ने महुआटाँड़ क्षेत्र के 'झामुद' के एरिया कमांडर ददुआ मानकी उर्फ टीका मुंडा जी का हृदय परिवर्तन कर दिया है। आज इसी मंच पर सार्वजनिक रूप से ददुआ मानकी जी अपने कुछ साथियों के साथ आत्मसमर्पण करेंगे। बड़का गँउआँ फूलमाला पहना कर 'झामुद' के सदस्यों को समाज की मुख्यधारा में शामिल करेंगे।

तालियों की गड़गड़ाहट से एक बार फिर गूँजा शिवाजी मैदान! अपनी उपलब्धियों से स्वयं को गौरवान्वित अनुभव करते प्रभूदयाल शाहदेव सम्मुख उल्लसित जनसमूह को ताकते रहे। गर्व करने लगे एक ऐसे कार्य का जिसमें उनका पवित्र योगदान शून्य था।

भाषण सुनते ददुआ मानकी का चेहरा तमतमा उठा। तालियों की आवाज़ के बीच वह जल्दी-जल्दी अपने साथियों को अपनी योजना समझाने लगा। आवाज़ शान्त होते-होते मंच से नीचे तिरपाल की कोठरी में उतरती काठ की सीढ़ियों पर प्रकट हुआ सुबीर झा। नीचे आता हुआ बोला।

—''स्टेज पर चलो मानकी।''

—''विधायक जी आ गये का?'' बीरन ने पूछा।

—''अभी नहीं।''

—''तुम तो बोले थे बिड्डी बाबू कि विधायक जी भी रहेंगे और अभी तो हमें हमारा 'सामान' भी नहीं लौटाया गया।''

—'' 'सामान' ऊपर स्टेज पर ही पूछना, पहले ऊपर तो चलो।''

—''विधायक जी को आने काहे नहीं देते? हड़बड़ी काहे को?''

—''पहले समान दो।''

ददुआ और बीरन के सवालों से हड़बड़ा गया सुबीर। इतनी जवाब तलबी

की उम्मीद उसे नहीं थी। कोठरी में उतर कर बोला,

—''बस आ ही रहे हैं विधायक जी। सर्किट हाउस से निकल चुके हैं। तुम जल्दी चलो ऊपर। माला पहनो।''

—''हमें माला पहिराएगा कौन'' ददुआ ने पूछा।

—''क्या मानकी? सुना नहीं अभी? बड़का गँउआँ खुद अपने हाथ से माला पहनाएँगे तुम्हें।'' सुबीर झल्ला कर बोला।

—''ई तो धोखा है बिड्डी बाबू! आपसे तो ऐसा उम्मीद नहीं सोचे थे हम।''

—''बहस मत करो मानकी। ऊपर चलो तुम।'' सुबीर ने ददुआ का हाथ पकड़ कर सीढ़ियों की ओर खींचा।

—''हाथ छोड़ हमारा''—उबल पड़ा ददुआ—''हत्यारा खूनखोरवा के हाथ से माला पहिरेंगे हम? अपना हाथ से अपनी खोपड़ी में गोली नहीं ठोंक लेंगे हम?''

—''तुम ना नहीं कर सकते मानकी। चारों तरफ पुलिस भरी पड़ी है।'' सुबीर ने धमकाया।

ददुआ मानकी को मंच तक पहुँचने में अप्रत्याशित विलम्ब हो गया था। सुरक्षा हेतु मंच पर उपस्थित सरना हेम्ब्रम भी काठ की सीढ़ियों पर प्रकट हो गया।

—''क्या देरी है सर?''

—''मानकी नखरे कर रहा है।'' दाँत पीसता बोला सुबीर।

—''ए...अरे बुढ़वा, चल ऊपर नहीं तो...'' कमर से लटकती होलस्टर से रिवाल्वर निकाल कर मुट्ठी में चमकाता सरना सीढ़ियों से नीचे उतर पड़ा।

—''हमीं से गलती हो गयी रे बिड्डी जो तुम पर भरोसा किया। तू तो दीकू गीध था ही—'' ददुआ के क्रोधित होंठों से थूक फूटने लगी ''—अपना सरना भी तो दीकू का दलाल बन गया। हाय रे करम[1]...।''

—''जबान सँभाल स्साले...।'' सरना ने ददुआ मानकी के पेट में रिवाल्वर की मूठ 'हच्च-से' मारी।

—''ए ऽऽ सरना...। गले में जोड़ पहिरने लगा तो क्रिस्तान का पैदाइस बन गया का रे?—'' सुइया ने गाली दी—''मोर का पाँख पोंछ में खोंस कर मोर बनने लगा रे डोमकौआ? थूऽऽ आदिवासी हो कर दीकू का जुत्ता चाटने वाला बहिनबेचवा...थूऽऽह!''

1. हा-भाग्य!

—"जनानी नहीं होती तू तो...तो आज..." फुँफकारा सरना।

—"तो का रे? तू भी दीकू लोग जैसा हमार जाँघ में लाठी कोंच दे न रे। तेरे जैसन लोग ही भगवान बिरसा को पकड़वाया...तेरे दादा-परदादा लोग ही सिदो-कान्हों को मरवाया...साला जनम-जनम का हरामी है तू...दोगला...भेंडुवा..."

सुइया के मुँह से गालियाँ और होंठों के कोरों से थूक से उड़ते फिचकुर...! सरना हेम्ब्रम आगे बढ़ा। सुइया के जट्ठ जैसे उलझे केश मुट्ठी में भींच कर गुर्राया,

—"चोप्प हरामजादी...! एक लफज भी आगे बोली तो सच्चो जाँघ में ऐसा लाठी पेल देंगे कि फाट कर दू गो हो जाएगी बुजरी...।"

सुबीर जब ददुआ मानकी के साथ खींच-तान कर रहा था और सरना हेम्ब्रम सुइया का झोंटा पेरने लगा था तो एक ओर मौन खड़ा बीरन मुंडा शान्त न रह सका! शेष साथियों के आतंकित चेहरे और टूटती हिम्मत को बटोरना जरूरी था। बीरन ने लंगोट में छुपी पिस्तौल निकाल कर सुबीर की गुद्दी से सटा दी

—"बस बिड्डी...छोड़ ददुआ को! मुँह से चें भी निकला तो महमंड[1] उड़ा देंगे।"

भौंचक्का रह गया सरना! कैदियों के पास ऐसी पिस्तौल...! चकचिहाये सरना की किंकर्तव्यविमूढ़ता का लाभ उठाते हुये डमरू ने सरना की रिवाल्वर पर हाथ डाल दिया। सरना की कलाई को पूरी निर्ममता से उमेठते हुये रिवाल्वर छीनी और ददुआ को थमा दी।

—"तुम लोग...थुमलोद साले...कोई नहीं बचोगे।" क्रोध और भय से सुबीर की आवाज़ लड़खड़ाने लगी।

सुइया ने एक और पिस्तौल की नली सरना की पसली में गाड़ दी तो सरना हेम्ब्रम पिन चुभे गुब्बारे-सा पिचकने लगा। सबकुछ मिनट भर में घट गया था।

—"अब चल बेट्टा, कहाँ चलना है।" ददुआ मानकी ने पुलिसिया रिवाल्वर वापस डमरू को दी—"डमरू रे, बाहर सरना जैसे ही दो कुक्कुर खड़े हैं। शान्त रहना सब। पहले हम ऊपर चढ़ते हैं। मैदान में भारी भीड़ है। हम भीड़ में फाँद जाएँगे।"

—"पुलिस... ?" बीरन ने पूछा।

—"हमें मारना होगा तो भरी भीड़ पर गोली चलावे पुलिस! गिरा दे दस-बीस ल्हास...।"

सरना और सुबीर को बन्धक बनाये शेष साथियों के पास तिरपाल की कोठरी में छोड़ कर निहत्था ददुआ मानकी मंच पर जाती सीढ़ियों पर चढ़ने लगा। पीछे सुइया निर्देश दे रही थी।

1. खोंपड़ी।

—''तू पेशाब करने के बहाने बाहर निकल पुतली! पेट वाली औरत पर कोई संका नहीं करेगा। ओट लेने के बहाने तू भीड़ में घुस जाना।''

ददुआ मानकी मंच पर जा पहुँचा और प्रभूदयाल शाहदेव के समक्ष जा खड़ा हुआ! भीड़ में उपस्थित अधिसंख्य लोगों ने कुख्यात ददुआ मानकी को पहली बार प्रत्यक्ष देखा...प्रभूदयाल शाहदेव ने भी...!

उम्र की ढलान पर खड़ा काला आदिवासी। तना हुआ शीश, विशाल काया, श्वेत केश, सफेद दाढ़ी-मूँछ, घुटने तक ऊँची मैली धोती, माथे पर चीकट होती कत्थई पगड़ी और देह पर मोटिया की सफेद गन्दी चादर...! भावहीन चेहरे और पथराई आँखों वाला महुआटाँड़ प्रखंड का वह एरिया कमांडर...!

—''देख लीजिये, यही हैं हमारे ददुआ मानकी जी उर्फ टीका मुंडा जी।''

मंच पर भाषण देते खद्दरधारी युवा की उद्घोषणा शिवाजी मैदान की चौहद्दी पर खड़ी इमारतों से टकराई। भीड़ से व्यर्थ का एक शोर उठा। अभी घोषित शब्द प्रतिध्वनित ही हो रहे थे कि ददुआ मानकी का प्रतिवाद हर दिशा की दीवारों पर पछाड़ें खाने लगा,

—''झूठ...झूठ बात...!''

राष्ट्रपिता महात्मा गाँधी के नाम पर समर्पित टाउन हॉल की दीवारों से टकराई ददुआ मानकी की आवाज़ ''...झूठ...झूठ बात...!''

हठात् भीड़ का शोर शान्त होने लगा। अब आगे क्या कहेगा ददुआ मानकी? ददुआ मानकी ने कहा नहीं। माइक को दूर रखते हुये प्रभूदयाल शाहदेव से पूछा,

—''हम कहाँ के मानकी? पंचैती राज में मानकी का क्या काम? हमको चीन्ह रहे हो गँउआँ?''

—''ददुआ मानकी हो तुम।'' कुर्सी पर आसीन लाल साहब को स्थिति असामान्य लगने लगी। साथ बैठे लोगों को भी असहजता अनुभव होने लगी। माइक पर पुनः अनर्गल भाषण चलने लगा।

—''गलत चीन्हते हो तुम गँउआँ। तुम्हारा दलाल बिड्डी बाबू तुमसे झूठ बोला। दोमुँहा साँप है बिड्डी।''

लाल साहब की आँखें जल उठीं। एक नंगा-भुच्चा आदिवासी अशिष्ट भाषा में अशिष्टतापूर्वक बातें कर रहा था। मंचस्थ लोग ददुआ मानकी के मुँह लगने से कतराते दिखे तो तारकेश्वर सिंह से न रहा गया! बोल पड़े।

—''ए...तमीज से बात करो।''

ददुआ मानकी ने तारा बाबू की बात पर कान नहीं दिया। मंच से घोषणा हो रही थी...'' अब लाल साहब ददुआ मानकी को माला पहनाएँगे...''। एक व्यक्ति थाल में मालाएँ लिये उपस्थित था भी।

—"हम न ददुआ हैं, न टीका हैं, न मानकी हैं। हम बुचानी मुरमू हैं गँउआँ। तोहार बैठ-बेगार बुचनियाँ...। हमको भुला गये गोमके?...नान्ह बाबू का ल्हास तो याद होगा गोमके...?"

अचानक मानो सन्निपात का दौरा...! काँपने लगे प्रभूदयाल शाहदेव! भय से नहीं, क्रोध के आधिक्य से। उठ कर खड़े हो गये—इधर-उधर ताका! मंच पर एक भी खाकीधारी नहीं...! बूढ़ी टाँगों की थरथराहट...कुर्सी पर ढह पड़े गोमके प्रभूदयाल शाहदेव! भाषणकर्ता सन्नाटे में गिर पड़ा! शान्ति...मंच पर! शोर, मैदान में...।

अन्य मंचस्थों में कुछ लोग लाल साहब की प्रतिक्रिया का कारण समझने में विफल रहे। कुछ लोग भय से जड़ और कुछ की जीभ तालू से जा चिपकी। चीखे तारकेश्वर सिंह

—"पुलिस...! सुबीरवा कहाँ है रे...? सरना...? दरोगवा कहाँ मर गया?-?"

—"मुँह साट साला हरामी" ददुआ गर्जा "बिड्डी की कनपटी पर पिस्तौल है! हमें रोका तो खून बह जाएगा...चल रे बीरन...!"

मंच के नीचे, मंच के सुरक्षा घेरे पर खड़े रायफलधारी जवान मंच पर चलते नाटक का ओर-छोर समझते इसके पूर्व माइक पर गूँज उठी आवाज़..."चल रे बीरन...!"

स्थिति की गम्भीरता को भाँपते सुरक्षाकर्मी रायफलधारी रायफलें सीधी कर चुके थे परन्तु "चल रे बीरन..." की प्रतिध्वनि के साथ ददुआ मानकी ने मंच से छलाँग लगा दी और पलक झपकते सुरक्षा घेरे के खाली स्थान को पार कर, बाड़ को फाँद कर भीड़ में जा घुसा।

लगातार तीन हवाई फायर हुये। मानो बिलों में पानी भर गया हो या जहरीला धुआँ...बौखलाये नागों की भाँति तिरपाल की कोठरी से निकल कर मंच पर दिखते 'झामुद' के सदस्य मंच से नीचे छलाँग लगाने लगे। जनसमुद्र के बीच...अनेक मंचस्थ लोग भी बौखलाये मंच से नीचे कूदने लगे।

सुरक्षाकर्मी रायफलें हक्की-बक्की थीं। इस अफरा-तफरी और हड़बोंग में मंच की दिशा में गोली चलाने पर कोई मंचस्थ या मंच से भागता-कूदता कोई अतिथि हताहत हो सकता था।

शिवाजी मैदान में भगदड़ मच चुकी थी। घुड़साल से छूटे घोड़ों की भाँति हर दिशा में भागने लगे थे लोग। चीखते पुरुष, चिल्लाती स्त्रियाँ, क्रन्दन करते बच्चे...मंच पर पहुँच कर चीखा सुबीर झा...

—"गोली मार दो...उग्रवादी बचने..."

चीखते सुबीर की गुद्दी पर नाल सटा कर सुइया ने घोड़ा दबा दिया और सुबीर के ढेर होने से पूर्व वह फरार होती अन्तिम 'साथिन' भी मंच से नीचे कूद पड़ी।

लगभग उसी क्षण प्रभूदयाल शाहदेव अपनी समस्त ऊर्जा झोंक कर उठे थे और तिरपाल वाली कोठरी की ओर लपके थे। तूफान की भाँति ऊपर आते बीरन से टकरा गये थे प्रभूदयाल शाहदेव। बिना सीढ़ी पर पाँव रखे सीधे तिरपाल वाली कोठरी में जा गिरे थे। गिरते ही अचेत...।

सुइया के साथ-साथ बीरन भी मंच से नीचे कूद पड़ा था। बौखलाया सरना हेम्ब्रम बीरन के पीछे था। मंच से नीचे कूदते ही सरना हेम्ब्रम ने एक सुरक्षाकर्मी के हाथ से रायफल छीनी थी,

—"साले हिजड़े...सामने भाग रहे हैं हरामजादे और तू साला भकुआ..."

बीरन के आगे-आगे भागती सुइया ने पीछे मुड़ कर देखा। अपनी ओर भागता आता बीरन दिखा। बीरन की पीठ पर रायफल साधता सरना दिखा। सुइया ने गोली दाग दी।

सुइया का खरा निशाना सरना की छाती को भेद गया परन्तु पिस्तौल का घोड़ा दबाने के उसी क्षण में सुइया को भी लगा, उसके पेट में भी एक तप्त लौह पिंड प्रविष्ट हो चुका था। पेट में घुसते ही गोल-गोल नाचने लगा था लहकता लोहे का गोला...।

बीरन सुरक्षा घेरे वाली बाड़ फाँद गया परन्तु पीछे की ओर झटका खाती सुइया की देह लड़खड़ा गयी। बीरन को 'कवर फायरिंग' देने में जो क्षणिक विलम्ब हुआ था उस निमिष मात्र के समय ने सुइया को बाड़ के पार जाने से रोक लिया था।

सुइया के हाथ से पिस्तौल छूट गिरी। बाड़ के लट्ठे पर टँगी देह सुइया की...पैर हवा में छटपट-छटपट लट्ठे पर ही लटक गयी सुइया की निष्प्राण देह...।

सायरन बजाती विधायक जी की कार शिवाजी मैदान के मुख्यद्वार तक पहुँची थी तो मुख्यद्वार को उजाड़ती भीड़ बाढ़ की भाँति बाहर उबल रही थी। आरक्षी अधीक्षक को भाँपते देर नहीं लगी थी कि कुछ क्षण पूर्व जो धीमे धमाके हुये थे वे न पटाखों की आवाज़ थे, न किसी वाहन के बैकफायर की आवाजें...समारोह में अवश्य कुछ अघटनीय...हंगामा...शोर...अफरा-तफरी...भगदड़...

विधायक जी की कार की पीठ पर एक डंडा पड़ा। ड्राइवर के कन्धे पर थप्पड़ के साथ कड़क आदेश,

—"इधर कोई प्रॉब्लम-सर,...ऐ...वापस सर्किट हाउस...जल्दी...।"

विधायक जी की कार ने तीखा मोड़ काटा। कई लोगों को धकियाती-गिराती

कार भाग पड़ी।

पुतली भीड़ के बीच फँस गयी थी। हर ओर से धक्के लग रहे थे। भगदड़ में छितराये पुलिस के जवानों के लिए छिनगाना कठिन हो रहा था कि किसे पकड़ें, किसे छोड़ें...कि तभी एक रायफलधारी जवान ने पुतली को पहचान लिया। क्रुद्ध-कटकटाए जवान ने अपने शिकार के पेट में रायफल के कुन्दे का भरपूर प्रहार किया,

—"मारो साली को...यह भी थी..."

पुतली गिर पड़ी। पुलिसियों के क्रूर जूते पुतली की छाती, पेट और पसलियों पर वज्र-प्रहारों की भाँति गिरने लगे। माइक से आरक्षी अधीक्षक का कड़क आदेश गूँजा—"कुछ उग्रवादी मैदान से निकल कर नदी की ओर भागे हैं। उधर की हर सड़क को घेरो...जल्दी...जल्दी...।"

पचासों जोड़ी भारी बूट शिवाजी मैदान से कोयल नदी की ओर निकलती पतली सड़कों पर दौड़ पड़े। सड़क पर भागते दिख गये कुछ लोग...। भागते लोग...काले...अल्प वस्त्रों में...'झामुद' के सदस्य...? निश्चय ही।

रायफलें गरज उठीं। सड़क पर बलबला कर बहने लगा रक्त। सबसे आगे भागता दाढ़ी वाला भागता रहा। उसके दस-बीस कदम पीछे एक युवा उग्रवादी...। आगे बह रही थी कोयल...पलामू की गंगा! नदी के पार था झीना जंगल जो आगे दूर-दूर तक घना होता पसरा हुआ था।

ददुआ मानकी की अधेड़ काया अपनी समस्त शक्ति टाँगों में झोंके भागी जा रही थी। भागा जा रहा था ददुआ मानकी, वृक्ष से टूट कर आँधी में उधियाते पत्ते की भाँति जिसे अब तक स्थिर होने हेतु अपने हिस्से की ज़मीन नहीं मिल सकी थी। भाग रहा था ददुआ मानकी मानो मनुष्य के बहुरूप में किसी जर्जर म्यान से निकली तलवार...जिस पर अभी तक जंग का एक भी कतरा लगना बाकी था।

पीछे-पीछे भाग रहा था बीरन मुंडा जिसके हाथ में ऐसी पिस्तौल थी जिसमें एक भी कारतूस नहीं था। पीछा करती रायफलों से दगती अनेक लक्ष्यहीन गोलियों में से एक अन्धी गोली ने अन्ततः अपना लक्ष्य पा ही लिया था। पत्रकार रामेश्वरम के घर से दो-तीन इमारत आगे था बीरन कि पछाड़ खा कर ढह पड़ा।

ढहते बीरन की देह में एक और गोली...कन्धे में आ धँसी गोली परन्तु पहली ही गोली ने बीरन मुंडा को चीर डाला था। पसलियों के बीच से आर-पार होती बारूद ने बीरन के पेट की जगह जो भँभाड़ खोल दिया था उस माँसल खोह से बाहर निकल कर सड़क पर बहने लगी थी बीरन मुंडा की अँतड़ियाँ...।

अपनी चाँदमारी से मुग्ध रायफलधारी जवान बीरन की बेजान होती देह के

निकट ठिठके थे। जूतों से बीरन को टहोका था और शिकार के निश्चिन्त अन्त की पुष्टि हेतु आखिरी गोली शिकार के माथे पर मारी थी, तभी...

तभी कोयल की धारा में छपाक्...की आवाज़ हुई। नदी की गोद में कूद पड़ा था ददुआ मानकी!

आनन-फानन में कोयल का तीर खाकी-खाकी हो उठा। पुलिस की पूरी गारद नदी के किनारे आ जुटी। नदी की धारा को थाहने लगीं कई जोड़ी आँखें। आर से पार तक को नापने लगीं दूरबीनें। धारा के दोनों ओर, बहाव की दिशा में, रेत पर, नदी के पार तक...ददुआ मानकी को ढूँढ़ रही थीं आँखें ही आँखें...।

प्रेत की भाँति लुप्त हो चुका था ददुआ मानकी। एक बार पुनः मृत्यु को छलावा दे कर निकल भागा था बुचानी मुरमू। पसलियों में तीर धँसे हिरण की भाँति, जिसकी जिजिविषा देहान्त को तैयार नहीं हो रही थी।...खूब तनी प्रत्यंचा वाले धनुष से प्रक्षेपित वाण की भाँति, न्याय की कालीतीत आकांक्षा के साथ, साँझ की छाया से ढँकते जाते जंगल में धँसता चला गया था ददुआ मानकी...या बुचानी मुरमू...जिसका गन्तव्य अरण्य ही नहीं सम्भवतः क्षितिज के भी पार था।

ढलती साँझ में ज्यों ही कोई जलपाखी पंख फटफटाता, दगने लगती बन्दूकें! ज्यों ही कोई बगुला चीखता, तप उठती रायफलों की नालें। नदी के दोनों कूलों तक गूँजती निरुद्देश्य तड़तड़ाहट...! इस पार सिहरती डालटेनगंज की दीवारें, उस पार काँपती चट्टानें, ढलान और थरथराती उपत्यका पर सिर पटकती गूँजती विफल आग्नेयास्त्रों की ठाय-धाँय...।

लक्ष्यहीन फायर करती नालें थकने लगीं।

तीस नवम्बर : ईस्वी सन् 2000/देर साँझ...!

पीछे शिवाजी मैदान में टूटे बाँस-बल्ले थे। भग्न मंच था। मैदान से मानो हाथियों का पागल झुंड तोड़-फोड़ मचाता गुजर चुका था।

मैदान को अभी भी घेरे खड़ी थी पुलिस जबकि घेराव की अब कोई आवश्यकता नहीं रह गयी थी। मैदान के बीच पड़ी ढाई लाशों के सिवा खाली मैदान शमशान की भाँति झन्न-झन्न कर रहा था।

लाल बाबू की लाश मैदान के एक कोने पर पड़ी हुई थी। मैदान के बाहर सड़क पर जतरा और नाटा के शव पड़े हुये थे। भगदड़ में कुचले एक बूढ़े और एक बच्चे की लाश भी एक तोरणद्वार के किनारे भिनक रही थी। मैदान के भीतर थी लाश होती कठजीव पुतली की देह।

मंच के सुरक्षा चक्र के घेरे के बाहर, खाली मैदान में छटपटाती अधनंगी पुतली की टाँगें चिरी पड़ी थीं। उसके कंठ से निकली मृत्यु-यातना की चीख

का एक-एक स्वर हवा में घुल-बिला चुका था। जिस भ्रूण को दिल्ली से ढो कर झारखंड तक लाई थी पुतली, समय से पूर्व ही वह भ्रूण जबरन गर्भ से बाहर निकलने को विवश किया जा चुका था।

कुछ देर तक अपनी ऐंठती कोमल टाँगों से धूल पर धुँधले निशान छोड़ने के बाद शान्त हो चुका था भ्रूण! झारखंड की धरती पर अवतरित होने को विकल वह दिल्ली का बीज!

रक्तहीन होती पुतली के गर्भ से ठंडे पड़ते रक्त के परनाले के साथ पैरों की ओर से उल्टा बाहर निकलती दिख रही थी एक दिल्लीवासी की वासना। रक्त से सना वह ठंडा होता माँस का मृत लोथड़ा। एक आदिवासिन का सपना जो सदी की सांध्य बेला में जन्म लेने से पूर्व ही मर चुका था।

प्रभवति मल : मल्लाय...

हड्डियों का पुल शिराओं की नदी है
इस सदी के पार भी कोई सदी है...

प्रस्तुत पुस्तक का अन्तिम अक्षर लिखा जा चुका है परन्तु यह अन्तिम अक्षर आखरी न भी हो तो कोई आश्चर्य नहीं क्योंकि कहानी कभी समाप्त जो नहीं होती।

सम्भव है किसी अरण्य पथ पर, किसी अँधेरे में किसी बातपोश से बुचानी मुरमू उर्फ टीका मुंडा उर्फ ददुआ मानकी का पुनः सामना हो जाय।...सम्भव है तब किसी अन्य कथावाचक के माध्यम से पुनः यह ठहरी हुई कथा और आगे बढ़ निकले।

ब्रह्मांड में न संवेदनशील किस्सा-गो का अकाल है, न संयोगों का दुर्भिक्ष...परन्तु जब तक किसी ऐसे कहानीकार की बुचानी मुरमू या टीका मुंडा या ददुआ मानकी से भेंट नहीं होती तब तक के लिए इस शुभेच्छा के साथ विदा कि आदिवासी कभी समाप्त न हों। क्योंकि जब तक आदिवासी रहेंगे तब तक रहेगा मनुष्य की अपराजेयता के प्रति मनुष्य का विश्वास...

(प्रस्तुत उपन्यास के नाम, पात्र एवं घटनाएँ काल्पनिक हैं। किसी जीवित या मृत व्यक्ति के साथ किसी प्रकार की समानता संयोग मात्र हैं। कथानक में तिथियों, तथ्यों, स्थानों एवं ब्योरों का उपयोग मात्र कथ्य को विश्वसनीयता प्रदान करने हेतु किया गया है।)

❑ ❑ ❑

णाणं पयासयं

वीर नि. सं. 2470

भारतीय ज्ञानपीठ

ई. 1944